上册

鱼迎 著

青岛出版集团 | 青岛出版社

图书在版编目（CIP）数据

大吉大利，今天恋爱/鱼迎著. —青岛：青岛出版社，2025.9
ISBN 978-7-5552-4823-1

Ⅰ.①大… Ⅱ.①鱼… Ⅲ.①言情小说－中国－当代 Ⅳ.①I247.5

中国版本图书馆CIP数据核字（2021）第206315号

DAJI DALI，JINTIAN LIAN'AI
大吉大利，今天恋爱
鱼迎 著

责任编辑	郭红霞
特约编辑	程钰云
责任校对	李玮然
插　　图	飞　飞
装帧设计	蒋　晴
出版发行	青岛出版社（青岛市崂山区海尔路182号）
本社网址	http://www.qdpub.com
邮购电话	18613853563
照　　排	梁　霞
印　　刷	天津明都商贸有限公司
出版日期	2025年9月第1版　2025年9月第1次印刷
开　　本	32开（880mm×1230mm）
印　　张	17
字　　数	539千
书　　号	ISBN 978-7-5552-4823-1
定　　价	65.00元（全2册）

编校印装质量服务电话　4006532017　0532-68068050

编校印装质量服务

目录 上册

第一章 "落魄"少女入驻电竞基地　　1

第二章 冠军梦　　38

第三章 伪装"菜鸡"　　78

第四章 你到底是谁　　116

第五章 加入TT战队　　156

第六章 男生的世界太复杂　　195

第七章 我的生日，快乐给你　　229

目录 下册

第 八 章　以后，有我　　　　　　　269

第 九 章　你已经很勇敢了　　　　　311

第 十 章　那你喜欢我吗　　　　　　348

第十一章　新年愿望　　　　　　　　386

第十二章　神仙搭档强势官宣　　　　425

第十三章　冠军，我们来了　　　　　461

第十四章　大吉大利，今天恋爱　　　501

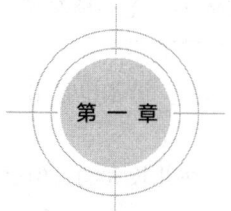

第一章

"落魄"少女入驻电竞基地

M市，6点30分，天还未亮，一辆外形彪悍的越野车打破清晨的寂静，呼啸着冲进市郊望山别墅区的一个院子里。

后院车库里，冯曼若睡眼惺忪，边打哈欠，边帮霍嘉鲜开了车库门。

"我说大小姐，昨天你不是说中午才来吗？电竞选手上午不出没，就算你现在去他们基地，也没人帮你入职吧？"

越野车灵活地转了一个弯后稳稳停下，车窗摇下，露出霍嘉鲜天真讨好的笑容。

"哎呀，姐，我放下鼠标，天就已经亮了大半，反正再睡觉也睡不了几个小时，索性就先过来咯。"

2月时，霍嘉鲜刚过了十八岁生日，一张脸清丽漂亮，满满的胶原蛋白，就算没化妆，也白得近乎透明，根本没有熬了一夜的倦态。

小姑娘下巴小巧，再加上一双微微下垂的鹿眼，天真中透露出几丝不谙世事的无辜样子，漾着水光，让人很难不对她心生怜惜之意。

冯曼若也不例外。

眼下她明知道霍嘉鲜是在胡来，却抵不住小姑娘对她撒娇，语气不由得软了三分。

"下来吧。"冯曼若挥挥手,无奈地笑了笑,"你先在我这儿休息一会儿吧,待会儿我也要去公司了。"

冯曼若比霍嘉鲜大十三岁,母亲也是出身不凡,早年和霍父离婚后便给她改了姓。

虽然她和霍嘉鲜不是一块儿长大的,但她向来喜欢自己这个同父异母的妹妹。

霍嘉鲜从小到大因为太爱打游戏这事,不知道被爸妈骂了多少回,很多次离家出走到冯曼若这里,只一个眼神,冯曼若就会心软。

就在几天前,霍嘉鲜第一次和她爸说了自己想做职业选手的梦想。

自己千娇万宠养大的女儿,竟然想去做这种在他们看来乱七八糟的职业?霍父再次意识到问题的严重性,于是连夜就开了一个家庭会议。

霍嘉鲜表面上看着乖巧,其实胆大、心野又叛逆。如果强行逆着她来,结果只会越来越糟糕。

最后,霍父、霍母、霍嘉鲜的哥哥三个人终于讨论出一个最有效的办法,以绝后患。

霍父让霍嘉鲜的哥哥联系了一个投资电竞俱乐部的朋友,问俱乐部里有没有位置,让霍嘉鲜去近距离感受一下。

正好俱乐部的烧饭阿姨刚辞职回家,于是对方隔天就让霍嘉鲜去俱乐部做后勤了。

"就这个暑假的事哟。"冯曼若离开家门前,还在不停重复,"是让你出来历练一下,不是让你出来疯玩的。你的那些'男神'表面上看起来光鲜,实际上生活肯定枯燥单调,而且压力又大。这是一份职业,绝对不是你想象中单纯玩游戏那么简单。"

"知道的知道的。"霍嘉鲜拼命点头,冲冯曼若露出一个甜美笑容,"姐慢走!反正基地别墅也在望山这边,我有空就会回来看你的!"

冯曼若没回头,边换鞋边想:也不指望小姑娘能回来看自己了,别野疯了忘记自己还有个姐姐就不错了。

9点30分,TT俱乐部的基地依然寂静无声。

俱乐部经理史迪一边打着哈欠下楼,一边给微信那头的烧饭阿姨指路:"你看到那两棵金桂树没有?从那儿右转,然后上一个小坡就到了。"

几天前,俱乐部的烧饭阿姨突然辞职,说是儿媳妇早产,要回家帮其带孙子,把史迪弄得猝不及防。

这几天,俱乐部都是靠点外卖撑着,所以俱乐部的这群大少爷早就吃不习惯了,天天嚷嚷着要罢工转会,除非来个新的烧饭阿姨继续伺候他们的刁钻口味。

还好 M 市够大,这阿姨找得也快,而且是老板那边介绍过来的人。

新的阿姨微信名叫什么"春暖花开",头像是一朵玫瑰花,朋友圈里分享的全是菜谱链接,整个气质就是中年阿姨范儿,不过看起来还挺靠谱儿的。

史迪边想边开了别墅的院门,然后站在路边等人。今天他起得很早,哈欠连天,泪眼汪汪,渐渐看到从坡下走上来一个小姑娘。

小姑娘看起来年纪不大,就刚成年的模样,一双鹿眼湿漉漉的,漂亮得不行。

小姑娘还拖着两个巨大的行李箱,拖完这个,又转头去拖另一个,艰辛无比,我见犹怜。

史迪哪里能袖手旁观?他一时间也忘了自己在等烧饭阿姨,热心肠地就上手去帮小姑娘拎行李箱。

他边拎,还边热络地和小姑娘聊上了:"美女你住哪边呢?一个人拿两个行李箱真的太难了,我帮你一下吧。"

小姑娘抬头看了史迪一眼,出乎意料地没有什么戒备心,反而笑吟吟地开了口,眼睛清澈又明亮。

"就是你在等我呀。"

史迪一下子没反应过来,以为对方误会了,连忙道:"没有,我在等我们请的阿姨,我不是你要找的人。"

哪知小姑娘用力点了点头,笑意更深了:"对呀!我就是你们请的阿姨呀!"

史迪足足失语半分钟:"你是我们的……"

"是的呀。"霍嘉鲜笑眼弯弯,"我就是'春暖花开',以后多多指教呀。"

史迪晕了。

霍嘉鲜很快就被领到自己的房间安顿下来。

她的房间算是个半地下室，顶上窗户通风，阳光还算充足。

史迪把霍嘉鲜安顿好之后，没先着急和她签合同，也尽量让自己不被美色所诱惑，伸手想要看霍嘉鲜的证件。

"不好意思呀，美女，都是熟人介绍，我没想到你……是这样的，我得先确认一下你有没有成年呀。"

霍嘉鲜早就料到了这茬，连忙掏出口袋里的身份证递了过去，笑意不减："应该的，没事。"

史迪把身份证对着光照了好半天，确定不是假的，才说："十八岁？"

"嗯。"

"刚成年？"

"对的。"

史迪将身份证还回去，神色疑惑："怎么想到来我们这儿烧……做后勤工作的？"

她当然是为了追梦啊！

霍嘉鲜压抑着激动的心情，眉头微蹙，泫然欲泣，样子可怜得不行，然后熟练地拿出一套她哥和她一起准备好的说辞。

"经理，你也看到我身份证上的地址了吧？"

史迪点头，心里想：那一带是有名的别墅区，这小姑娘家境应该很好才对。

哪知小姑娘声音轻柔，带着若有似无的哭腔："那是我没成年之前住的地方。去年我爸得癌症去世之后，公司里的股份被我们家的亲戚分光了，我妈是个家庭妇女，什么也不知道，之后就改嫁了。她很自私的，从来不管我。前段时间，家里的别墅也被银行收走了，我没地方可以去，也找不到工作。"

史迪被这如同网络小说一般的事惊呆了："那你现在住在哪里？"

"就住白沙那边的棚户区呀。"

霍嘉鲜叹了口气，继续道，"我爸留给我的钱也快用完了，我连泡面都要省着吃。"她说到这里，眼睛忽地又亮了起来，灼灼地看向史迪，"不过，你们老板以前正好认识我爸，于是那天就过来问我要不要来你们这边工作。你们这里提供吃的，住的地方也暖和，正好我也没有别的特长，就是烧饭可厉害了！真的！我很勤快的！"

这最后几句话彻底把史迪的嘴给堵住了。

看着霍嘉鲜充满期盼与希冀的目光，史迪沉默了。

他干吗还要拒绝呢？这小姑娘的身世也太惨了。

反正小姑娘也成年了，而且会做饭，他招这么一个漂亮小姑娘到基地，说不定这群大少爷的心情能好点儿。

更重要的是，这可是老板介绍过来的人。

史迪平复了一下沉重的心情，轻轻拍了拍霍嘉鲜的肩膀，道："你父亲去世，母亲也不管你，如果你不介意的话，以后TT俱乐部就是你的家，这里的人就是你的家人。"

就这么一句话，霍嘉鲜知道自己过关了。她脸上的愁容一扫而光，圆圆的鹿眼一下子弯了起来，笑颜甜美又灿烂，神色感动不已。

"好！谢谢经理！我一定不会让你失望的！"

而远处的市中心，正忙着处理公司事务的霍父连打了好几个喷嚏，吓得秘书赶紧把空调温度调高，生怕把董事长给冻坏了。

下午1点，TT俱乐部的基地里，队员们陆陆续续醒了。

一队的四个人里，贺随一向是起得最早的。

等另外三个人洗漱完毕，磨磨蹭蹭地路过训练室的时候，贺随已经在电脑前面练了半个小时的枪法。

比你优秀的人比你还要努力，这就是贺随在一队队员眼中的真实写照。

在团队中担任自由人的阿雳第一个看不下去了，推开门就嚷嚷开了。

"随神，你怎么回事啊？这个赛季，你已经登顶各服第一了吧？就你这水准，还要练枪法？那我们还要不要活了啊？"

阿雳是他们几个之中年纪最大的，嗓门儿也不小，贺随戴着耳机都能清晰地听到他的声音，更何况直播间的那些水友。

这几句话无异于往平静的水面投入了一颗石子，刚才还算正常的直播间一下子沸腾开来。

"随神枪法厉害,长得也帅,我们还要不要活了啊?!"

"刚才谁带节奏说随神是在低端局炸鱼?"

"贺随,《绝地求生》唯一的神,在游戏里只手遮天。"

"随神各服第一了?那接下来的夏季赛岂不是血虐?联赛要炸鱼了?"

"其他俱乐部的人也很厉害,不要带节奏,谢谢。"

……

这一连串的弹幕过去,贺随只觉得心里没来由地一阵烦躁。

他摘下耳机,无视直播间里满屏求他别走的哀号留言,毫不留情地下了播:"你们都醒了?一起吃饭?"

正好他也饿了。

另一边,同样是突击手的跳跳虎早就急不可耐地拿着手机冲了过来。

他刚过十八岁,年纪最小,现在正是蹿个儿的时候,早就饿得不行了。

"随神你要吃什么?捞面还是香锅?我们还点昨天那家的外卖吗?"一直没说话的架枪位兼狙击手尼罗终于慢吞吞地开了口。

"还点什么外卖呀?"尼罗往一队的微信群里推送了一个名片,"就这个'春暖花开',昨天史迪和我说这是咱们新来的烧饭阿姨。"

三人皆愣了愣。

春暖花开?

尼罗说:"你们想吃什么就和她说吧。"

贺随低头看了一眼手机,微信群里果然多了一个名片,从头像到微信名都是满满的土气,对方应该是个中老年阿姨。

跳跳虎在一旁感慨:"哇,这阿姨的微信名字和我姨妈的一模一样,想来年纪应该也差不多吧,好亲切啊。"

训练室外,正要开门的史迪顿住。

一队队员们在微信上和新来的烧饭阿姨说好自己想吃什么之后,也不着急下去,而是先捧着训练室里的零食填了下肚子,然后就扑到电脑前面开始紧锣密鼓地训练。

2点开始日常的下午训练赛,TT战队会和国内其他几十支战队分组打模拟比赛，重点训练团队战术，教练也会在训练赛后进行复盘。

所有训练结束已经是傍晚6点，一群人又累又饿，蔫儿蔫儿地下楼去吃饭。

下楼的时候，跳跳虎看了眼手机："哎，新来的阿姨在群里说话了。"大家忙凑过去看。

春暖花开："好的。"附带一个微笑表情。

跳跳虎笑道："现在我看到这个表情就心里发怵，也只有中老年人爱用这个表情了，每次看到我心里都要咯噔一下。"

几个人边笑边下了楼，一路上不时地表达一下自己对这位新成员的憧憬。

俱乐部的训练一向枯燥无聊，一点儿小事就可以被无限放大，更不用说这种新鲜的人事变动了。

兴致勃勃的几个人里，只有贺随一直沉默不语。

不知道别人有没有收到，刚才他看了一眼手机，发现新来的烧饭阿姨给他发了一条微信。

春暖花开："训练很辛苦吧？累了就休息哟！别太逼自己哟！"

也没有什么逾矩的言辞，就是一句很平常的关心话，这句话却让他想起了自己的母亲。

他出来这么多年，也只有母亲才会这么和自己说话吧。

TT战队的队长、国内外赛场上让人闻风丧胆的随神、联赛第一位登顶"千杀王"的传奇，在这一刻突然很好奇：这个如妈妈般温暖的阿姨到底长什么样子呢？

而这种好奇心更是在一队队员转入餐厅，面对一桌热腾腾、香喷喷的饭菜时，到达了顶峰。

面对着满桌珍馐，跳跳虎先是瞪大了眼睛，随即感慨："天哪，这阿姨可比我妈妈厉害多了！她会做这么多菜啊……"

一旁的阿雳没忍住，先动手尝了口甲鱼汤："真鲜啊。"

"真的吗？给我尝尝！"连一向挑剔的阿雳都这么说了，跳跳虎也忍不住动手了。

都是二十岁左右血气方刚的小伙子，几个人围坐在桌旁，很快就把一桌菜一扫而光。

等史迪进餐厅的时候，面前只有满桌狼藉："你们……"

"啊，经理你还没吃啊？"跳跳虎后知后觉地说，"不好意思，太饿了，没忍住。"

史迪正打算出门，本来也没打算和一队队员争食，只是几天来难得见到一队的少爷们这样食欲大开，便忍不住问了句："饭做得怎么样？"

"Very good（很好）！"一旁的阿霁竖起了大拇指，不出意料，他的蹩脚英语又被跳跳虎嘲笑了。

跳跳虎："老史，你从哪里找来的这个烧饭阿姨啊？水平很高啊。"

那小姑娘烧饭竟然这么厉害？

史迪先是一愣，随后神秘地笑了笑："你们还叫她阿姨啊？"

"怎么，难道不是吗？"跳跳虎问，"难道是大叔？"

"也不是。"

恰在此时，一个电话打进来，史迪来不及解释，只随意挥了挥手就急匆匆地走了，留下一队队员们一脸疑惑地坐在原地。

跳跳虎掏出兜里的手机看了看，然后又把手机放了回去，好半天才给出一个靠谱儿的猜测："不是阿姨，也不是大叔，难道是……大哥大姐？"

尼罗拍了拍他的肩膀，表示认同："有可能对方是不想让我们把她叫得那么老吧。下次我们和老史确认一下，注意点儿就行了。"

跳跳虎："好的。"

三个人很快想好了一套说辞，成功说服了自己，然后勾肩搭背地回了楼上训练室。

只有贺随还坐在原地，看着手机里那个俗气的玫瑰花头像，眸色渐深。

刚才他吃的那盘松鼠鳜鱼怎么那么熟悉呢？

那酸里带甜的味道似乎……熟悉过头了。

地下室里，霍嘉鲜刚刚进入甜蜜的梦乡。

虽然她想强撑着等到"男神"来，但"网瘾少女"的作息一向是昼伏夜出。霍嘉鲜因为今天要来入职，昨天晚上又没有睡，能撑到现在已经是个奇迹了。

而且，她为这帮少爷准备晚饭也是真累。

外头盛传TT俱乐部的老板财大气粗，砸了重金来组建这支战队。

因为有贺随这个不败战神坐镇，战队成绩和流量十分惊人。同样，这群人也金贵得很，住在寸土寸金的望江别墅里，吃的穿的东西全是上好的，夜宵海底捞也从没断过。

霍嘉鲜也是这么长大的，本来还觉得没什么，但下午给一队队员们准备完晚饭，才第一次真切地体会到这群少爷有多金贵。

先不说菜式多样、品种丰富，原材料得花上不少钱，就说她做饭也得下很大的功夫。

一队队员来自天南地北，口味各不相同，每个人都得照顾到，这对做饭阿姨的厨艺是个巨大的考验。

但就霍嘉鲜这种在蜜糖罐子里被养大的小姑娘，哪里又会做饭？

幸好冯曼若有先见之明，早早帮她请来一南一北两个做饭阿姨，她们就住在自己的别墅里。

下午霍嘉鲜收到菜单后，立刻就给两个阿姨发了过去，然后假借买菜的名义特地过去帮忙，终于赶在6点前匆匆回来，及时带回了少爷们的晚饭。

这一招说累不累，说轻松也不轻松，使着作弊手段，还要防着被别人发现，霍大小姐平生第一次感到人生实在艰难与辛酸。

不过一想到自己的"男神"，霍嘉鲜又觉得浑身充满了力量。

临睡前，她特意定了一个晚上10点的闹钟，想着自己一定要在那时候起床，偷偷上三楼训练室去看一眼心心念念的"男神"。

晚上的训练赛一般7点开始，10点结束。

训练赛过后，照例是自由训练时间。贺随一般会选择单人四排练枪法，直播全程开着，但基本不怎么说话。

进了一局排位赛，在素质广场等待游戏开始的时候，贺随习惯性地进直播间看了一眼留言。

最近是休赛期，各大俱乐部的人都在紧张地训练，为半个月后的夏季联赛做准备。

身为《绝地求生》冠军联赛数一数二的流量战队，看似平静的日子里，他们的节奏却一点儿都不慢。

比如现在，他还没有开打，直播间就已经吵翻了天。

"听说随神要联赛炸鱼？反正就是不把别的选手当人看咯。"

"今年你TT战队拿过冠军？"

"随神这么强，今年拿过冠军？你TT拿战队冠军都是去年的事了，去年的冠军可以吹一辈子？"

"春季赛和杯赛，TT战队都拿了亚军，难道TT战队的目标不再是冠军了？趁早给我拉闸解散，看着心烦。"

"有一说一，TT战队确实没原来好了，没那么有统治力了。"

"哪个队伍能永远稳定前三的成绩？《绝地求生》就是个靠运气的游戏，TT战队已经很厉害了。"

"我们TT战队就是弟弟队，谢谢。专注训练，拒绝带节奏。"

…………

很快，房管就把那些带节奏的言论全封了。

贺随面无表情地关了直播间的评论，再次抬头看向屏幕，飞机都快飞到航线尽头了。

他随便标了一个小资源点就直接往下跳。

直播里，贺随的神色不起波澜，一片冷然。

《绝地求生》这个游戏出了三年，从一开始的爆红到现在稳定下来，已经积攒了一批固定的忠实粉丝。

作为一款第一人称射击竞技游戏，规则里融合了大逃杀的元素。

游戏规则也不复杂：一百名玩家同时上飞机，根据飞机航线跳到地图上不同的地方。地图上大大小小的房子就是资源点，玩家落地后，自行捡拾武器，随着安全区的缩小，渐渐向地图的某一个点聚拢。

在这个过程里，玩家只要能把除自己队伍之外的其他队伍全部淘汰，便能获得最后的胜利，赢得最后的"大吉大利，今晚吃鸡"。

熟悉贺随的粉丝都知道，随神虽然表面上看起来永远镇定自若，其实冷静的外表下是一个火热炽烈的灵魂。

他打游戏很容易上头，直播打路人局的时候就喜欢往人多的地方跳，正式比赛的时候也经常出现个人突进太快，导致一对多的局面……

旁人看着，都为他捏了一把冷汗，但贺随的预瞄能力堪称顶尖，像开了挂一样,别人一探头就会被秒。

因此,他往往是轻松制敌,毫无悬念地就能把自己面前的人头尽数收割掉,简直就是个离谱的人形外挂。

他这种激进的打法虽然失误的风险高,但同样也很容易圈粉。

人帅枪法好,还努力认真,凭借着顶尖的技术,贺随几乎吸了吃鸡职业圈大半的流量。

现在TT战队之所以能成为国内第一的流量战队,除了这一队伍本身是数一数二的银河战舰之外,贺随的功劳占了大半。

跳跳虎坐在贺随旁边的机位上,刚结束一局,看了眼直播间的留言,就凑过来搭腔。

"随神,你的粉丝都跑到我的直播间里来咯,问你今天是不是不高兴了?怎么不跳自闭城,反而跳那么远的野点?"

自闭城是萨诺地图较大的资源点之一,也是贺随的常用跳点。

喜欢拼枪法的玩家最爱跳这里,开局几乎有三分之一的人会往这里跳。

贺随紧抿着双唇,没接茬。

跳跳虎随手剥开一根棒棒糖:"哥,你的直播间里是不是又有人在带节奏了?唉,你别理他们就是了,自己游戏玩得不好,就来你这里找存在感了。"

贺随甩给他两个字:"不是。"

贺随进这行这么多年,才二十岁,就成了国内顶尖的枪手,心早就练就得坚如磐石,哪里会被这点儿言论影响?

"那是什么?"跳跳虎压低了声音,迅速看了一眼远处的阿霁,"因为阿霁哥?"

房间里回荡着激烈的键盘敲击声。

贺随抿了抿唇,关了直播镜头。沉默半响,他终于还是无声地点了点头。

跳跳虎递给他一个心照不宣的眼神,叹了口气,含着一根棒棒糖又缩回自己的座位上去了。

阿霁的手腕受伤已久,腰伤也日益严重,他根本不能久坐,而且最近严重到需要用铁板固定。

所有人心知肚明，阿雳退役是早晚的事。

可现在俱乐部青黄不接，阿雳之所以还强撑着训练、打比赛，就是为了不给大家拖后腿。

别说阿雳自己了，就他们这些队友看着也痛。

那些网友只知道说他们退步了，可是谁又真正关心过他们呢？

唉……

阿雳和随神一样，是 TT 俱乐部建立《绝地求生》分部以来就没离开过的元老级人物，两人感情深，也难怪随神现在的心情这么低落了。

霍嘉鲜醒来的时候，地下室的窗外已经漆黑一片。

她习惯这样的作息，打了个哈欠，然后起身，摸索着去喝了杯水，这才悄悄出门。

一楼餐厅静悄悄的，桌上摆满了盛着剩菜的碗盘和筷子。

霍嘉鲜认真地把碗筷给洗了，看看时间，现在"男神"还在直播，自己上楼正好能偷偷看上一眼。

她踮着脚，怀着雀跃而忐忑的心情，轻盈地上了楼。

二楼是 TT 俱乐部的青训营，男孩儿们正目光炯炯地盯着屏幕，那副认真的样子显得脸上的青春痘都可爱了几分。

霍嘉鲜没敢多停留，微微弓着身体，小心翼翼地又上了一层楼。

她本以为一队队员们也在直播训练，这样自己在门外悄悄看一眼，估计也没人会注意到她。

哪知她刚踩稳最后一级台阶，还没抬头查看周围的情况呢，训练室的门就哐的一声被推开了。

少年软软的嗓音先入了耳朵："随神，你别和我抢厕所啊，我真的憋死了，让我先上吧，求求你了！"

紧接着是她闭上眼睛都熟悉无比——梦里都会听见的熟悉声音，清亮、有力，带着冰霜一般的质感，冷静自持，极具穿透力，让人莫名感到心安，舒服又好听。

"行，你先上吧。"他说，"我去抽根烟。"

霍嘉鲜慌乱地停下脚步。

她的正前方，男人正转过身，准备向这边走来。

也就是一瞬间的事,两人的视线对上。

霍嘉鲜像是被定住了一样,脑袋里满是糨糊,没办法思考,也没办法移动半步,声音卡在喉咙口:"随……"

基地里全是男的,甫一见到少女,贺随也愣了片刻。

他指间夹着烟盒,抬眼不经意地看了看霍嘉鲜,随后挑了挑眉:"你是谁?"

霍嘉鲜还没来得及回话,同一时间,耳畔传来一声惊天巨响。

因为直播还开着,跳跳虎裤子拉链都没拉好,就急匆匆地出来,没想到迎头就撞见一个少女,被吓了一大跳。

他感觉自己好像在做梦,因为这少女长得实在漂亮。

贺随的一句话彻底把他惊醒,跳跳虎惊觉自己的双手还搭在裤裆上,吓得用力往上一提,拉链不小心夹到肉的同时,伴随着的是他那句杀猪般的"你是谁"。

霍嘉鲜转过头来,看到的正是跳跳虎弯腰捂住自己的裤裆,脸色青紫,倒抽凉气的画面。

这画面实在好笑,她没忍住,扑哧一下笑出了声。

跳跳虎痛得眼泪都快出来了:"随神,这姑娘是谁啊?吓死我了……哎哟妈呀,痛死了……"

贺随没理会跳跳虎的插科打诨,下巴冲霍嘉鲜微微一仰,又重复了一遍:"你是谁?"

因为成名得早,和同龄人相比,贺随看上去要成熟得多。

少年的青涩感早已退去,取而代之的是超乎寻常的冷静与沉稳。

贺随双眼皮很薄,眼窝又深,浓眉弧度凌厉,显得目光尤其凛冽。

但他嘴角的弧度微微上扬,漫不经心的模样中和了这种锋锐的压迫感。

霍嘉鲜的目光不由自主地躲闪了一下:"啊,我……我就是那个……那个'春暖花开'呀。"

"春暖花开?"贺随皱了皱眉,抽出一根烟,"你是……?"

"你就是那个烧饭大姐?!"一旁的跳跳虎一听,也惊诧地瞪大了眼睛,一时间忘记了疼痛,"啊,不……怪不得啊。"

怪不得史迪说不能叫她烧饭阿姨呢。

这是什么烧饭阿姨啊？他们该叫她田螺妹妹还差不多。

少女一双湿漉漉的鹿眼微微下耷，轻咬下唇，样子无辜又可怜，有些手足无措地看着贺随，显然是被他的气场给吓到了。

跳跳虎看不下去了，连忙笑嘻嘻地上前，率先表达了一下对新成员的欢迎与友好态度。

"嘿，你好呀，我叫跳跳虎，你叫我虎仔就行，欢迎你来到TT大家庭啊！"

霍嘉鲜还没来得及表现一下受宠若惊的开心情绪，训练室的门又被打开了，接话的声音十分不屑——

"虎仔你恶心谁呢？妹妹你别听他的啊，他就是个弟弟。"

阿霁和尼罗一前一后走出训练室，也和霍嘉鲜打了声招呼，算是认识了。

霍嘉鲜属于那种无害型天使面孔，不笑的时候无辜，笑的时候明艳又可爱。她很快和跳跳虎他们打成了一片。

几个人嘻嘻哈哈地表达了一下自己对霍嘉鲜的厨艺的景仰之情，热闹逐渐散去，一直沉默不语的贺随终于开口。

"回去训练吧。"他没点火，只衔了一会儿烟，然后就把那根烟扔了，"待会儿我们四人组队练一下攻房，1点下播，我请你们去吃海底捞。"

队长发话，又许诺请吃海底捞，几个人立刻作鸟兽散，转瞬就回了训练室。

只不过几秒钟，走廊里就只剩下霍嘉鲜和贺随两个人。

贺随慢条斯理地收了烟盒，往前走了几步，大概是看霍嘉鲜一动不动，又侧过脸随口问了句："还有事吗？"

霍嘉鲜心想：呜呜呜，我有事！当然有事！你这么好看，我当然要多看看啦！那双手多么完美！统治对手！驰骋战场！随随，爱你啊啊啊——

不过，任由心里多么波涛汹涌，霍嘉鲜表面上始终镇定自若。

她眨了眨眼睛，忽然冲贺随轻轻笑了一下。她样子乖巧，不谙世事，声音也带着自然的天真单纯感。

"哥哥加油哟！累了就休息一下！你们在我心里永远是最棒的！加

油哟！"

霍嘉鲜在心里踌躇了一下，纠结最后要不要加个鹿小葵式的加油手势。

不过她想想，还是算了，否则那就不是可爱，而是有病了。

这个度，霍嘉鲜一向是很会把握的。

从贺随的角度看过去，少女清丽漂亮，她的下巴有些婴儿肥，但无损她的气质，是那种独属于十八岁少女的古灵精怪的感觉。

女孩儿目光定定地看着贺随，眼睛湿润又明亮，仿佛全世界只剩下他一个人。

贺随没有意识到，自己竟然冲着霍嘉鲜不自觉地扬了扬唇。

他说："谢谢。"

等贺随推门进了训练室，过了好久，霍嘉鲜还没从短暂的眩晕状态中清醒过来。

她心想："男神"离我好近！

"男神"冲自己笑了！

"男神"还对她说谢谢！

为什么她的命这么好啊！进基地第一天她就能和"男神"这么近距离接触！她自己都要忌妒自己了！

一回地下室，霍嘉鲜就迫不及待地登录微信，给自己的好姐妹尤喜疯狂报喜。

嚯嚯嚯嚯个头："姐妹！我见到随随了！他真的好帅啊，手特别特别好看！比他直播的时候好看一千倍一万倍！好看得我当众流口水！

"现在他在我楼上直播！我在楼下看他直播！我们这么近！你能想象我有多幸福吗？！多！幸！福？！"

嘻嘻嘻嘻个头："他在你的楼上？你在他的楼下？什么奇怪的东西？"

嚯嚯嚯嚯个头："我发现你得了黄眼病！"

嘻嘻嘻嘻个头："是的，嘻嘻，我黄眼癌晚期！今天怎么样？还顺利吗？看你的样子是没被赶出来？"

嚯嚯嚯嚯个头："我会被赶出去？我给你一秒钟的时间收回这句话。

请你给我这个戛纳影后一点儿起码的尊重,谢谢。"

嘻嘻嘻嘻个头:"记得帮我带 TT 战队全体队员的签名好吗?我也谢谢您了。"

嚯嚯嚯嚯个头:"干吗?你不是不喜欢电竞吗?"

嘻嘻嘻嘻个头:"恐怕你不知道 TT 战队的签名现在在闲鱼上卖得有多贵。"

嚯嚯嚯嚯个头:"滚。我不准你亵渎我的圣队。"

嘻嘻嘻嘻个头:"喝水不忘挖井人,别忘了这个计划是谁帮你一起想的。"

嘻嘻嘻嘻个头:"还有'春暖花开'这个号,起得多么完美。"

嚯嚯嚯嚯个头:"行吧,滚。"

退出微信,又玩了会儿游戏,霍嘉鲜这才感觉到自己肚子饿了。

她忙了一下午,晚饭时间又一直在睡觉,根本没有吃饭,要不是刚才偷偷去看"男神"精神高度紧张,早就应该感觉到饿了。

肚子叫个不停,霍嘉鲜把行李箱翻了个遍,才发现自己什么零食都没带。

叫外卖她也等不及,索性就上一楼厨房,想看看冰箱里有没有什么库存食物可以先稍微填一下肚子。

她本来想着电竞选手嘛,常年待在基地里,肯定存了很多吃的东西,没想到一打开冰箱,就被满眼的钙奶给震惊到了。

除此之外,冰箱里什么都没有。

这……这是什么儿童乐园?

霍嘉鲜犹豫了一会儿,关上冰箱,打算出门觅食。

走出别墅没两步,她又折回,心想还是先拿一瓶钙奶充充饥算了。

她就这么一来一回的工夫,楼上一阵喧闹,四个人嘻嘻哈哈地下楼,正好和霍嘉鲜撞了个正着。

"哎,嘉鲜妹妹,这么晚了,你还在做饭呢?"

跳跳虎最先献殷勤,看到霍嘉鲜手里的钙奶,笑了:"哇,你和我一样,也喜欢喝钙奶?我们好有缘啊!"

霍嘉鲜恍然大悟。

原来囤这么多钙奶的就是你啊。

她下意识地往贺随那儿瞥去,声音又柔又甜:"啊,没有啦,就是看冰箱里只有这个,所以就喝一瓶。"

跳跳虎撩妹不成,被反将一军,但也不觉得尴尬。

他还想上前和霍嘉鲜搭讪,身后的贺随已然开了口。

"饿了吗?"他语气淡淡地说,"我们要去吃海底捞,如果你想来,可以一起。"

霍嘉鲜愣了足足半分钟,才意识到贺随的这句话是对自己说的。

她的身体反应得比大脑更快更诚实。

霍嘉鲜还在心里琢磨着,见第二面就去蹭"男神"的饭局是不是不太好?可她的肚子已经先行一步,咕噜噜地叫了起来。

客厅里片刻的沉寂衬得这声音更加清晰。

小姑娘站在原地涨红了脸,显然是有些不好意思了。

阿雳出来哈哈笑着打圆场:"那个老史怎么回事?都不让小姑娘吃饱,明天她还怎么给我们做饭呢?"

他看了贺随一眼,明白后者是默许的态度,连忙一锤定音:"嘉鲜,你就和我们一起去吃得了!反正你随哥有钱,一年代言费几百万元的人,天天请你吃海底捞都没问题。走走走!"

都有阿雳这个台阶下了,霍嘉鲜何乐而不为?

她连忙应了声"好",还不忘冲贺随甜甜地笑了一下:"那我就不客气啦,谢谢贺随哥哥!"

霍嘉鲜说得字正腔圆,声音甜中带糯,尤其是最后四个字,说得特别意味深长。

也不知道是不是贺随的错觉,他总觉得少女说"贺随哥哥"这四个字的时候有些怪怪的。

但他说不上哪里怪,反正就是浑身上下有些不自在。

他极随意地"嗯"了一声,将目光从霍嘉鲜的脸上移开,走出许久,才发现自己的脖子似乎有些僵硬,也不知道是不是今天训练太久的缘故。

12点过后的海底捞总算没有那么挤了。

一队队员们三天两头到海底捞团建,对彼此的口味很熟悉,几下就点好大家爱吃的东西,然后把菜单转交给霍嘉鲜。

跳跳虎怕她拘谨,边递边宽慰她:"嘉鲜妹妹,你想吃什么大胆点就是了,反正是随神买单,他钱多,随便花!"

霍嘉鲜乖巧可爱的人设还立在这儿呢!她怎么可能真的接过菜单点菜?

她连忙甜笑着摆了摆手,说:"哥哥们不用管我的,我没有什么不吃的,你们点就是啦。我都喜欢的。"

跳跳虎只当霍嘉鲜是客气,劝了她几句,少女却一直推辞。

阿雳实在饿得不行了,直接抢过菜单:"小姑娘矜持,你就帮她点几个嘛。傻子你看看你点的都是什么?鳗鱼、脑花?人家小姑娘会喜欢吃这种东西吗?"

跳跳虎还没来得及反驳,阿雳已经极其娴熟地打了好几个钩,嘴里还说:"我媳妇和嘉鲜差不多,喜欢吃的东西应该也差不多,对吧?"

于是,霍嘉鲜眼睁睁地看着阿雳把自己最爱的脑花删掉,点了好几个看上去就索然无味的菜。

霍嘉鲜就这么被安排得明明白白,偏偏为了不崩人设,自己只能一直在一边微笑不语。

跳跳虎大笑着一拍阿雳的肩膀,把头脑简单的形象演绎得淋漓尽致:"就你懂得多!有媳妇了不起是吧?"

阿雳神秘一笑,正要把服务员叫过来,突然又想到什么似的,转过头来看向霍嘉鲜。

"嘉鲜,你是本地人吗?"

面对这猝不及防的一问,霍嘉鲜根本来不及反应,随口回了一句:"啊……是的。"

"那就对了。"阿雳又对着跳跳虎神秘一笑,一脸运筹帷幄的模样:"那嘉鲜肯定不吃辣,我们要点个鸳鸯锅。"

跳跳虎:"这都想到了,厉害!"

阿雳接得自然:"傻子,你这样哪里追得到女孩子?"

为了维护可爱软妹的形象,硬生生忍着不吃辣的霍嘉鲜一脸蒙。

她也想知道阿雳是从哪里追到的女朋友好吗?!

等服务员确认完菜单走了,霍嘉鲜才后知后觉地反应过来,贺随也是本地人。

她扭头问贺随:"你吃辣吗?"

贺随坐在圆桌的最里面,一只手搭在椅背上,几乎要延伸到霍嘉鲜的座位上。

他向后靠墙,眼神隐在昏昧处,晦暗不明,全程没说过话。

看到霍嘉鲜扭过头来问自己,贺随沉默半晌,才从喉咙口溢出一个极短促的"嗯"字来。

"哎,嘉鲜妹妹,你不用管他。"跳跳虎插进话来解释,"随神不挑食,什么都吃!而且他平时吃得也不多,从来不饿的。我们休假回家,没人叫他吃饭的时候,他能在基地里打一天一夜游戏都不吃东西。"

另外两人点点头,都是一副习以为常的模样。

哪知霍嘉鲜一听这话,立刻就受不了了。

她刚才还笑意盈盈的小脸此时立刻垮了下来,语气难过地说:"啊,怎么会这样啊?"

"你不用担心,随神他没事的。"跳跳虎连忙宽慰她,"嘉鲜妹妹,你是不知道,早几年随神还在打网吧线下赛的时候,也从来不吃饭的!阿雳哥说的,当时随神靠一包压缩饼干就扛过了三天,根本不饿的!对吧,阿雳哥?"

阿雳点了点头,还没来得及开口回忆当年的峥嵘岁月,霍嘉鲜满含怨念的目光已经射了过来。

"我是说,你们怎么能这样啊?!"霍嘉鲜都快心疼哭了,"休假的时候你们回家了,就没有人管他了吗?他一个人在基地就这么饿着,万一出事怎么办?你们应该清楚他的性格,他眼里除了训练什么都没有,你们就不担心他吗?你们点份外卖送到别墅也可以呀!"

霍嘉鲜突如其来的控诉把一队的其他三个人吓了一跳。

跳跳虎面无表情。

尼罗无语。

阿雳无语。

最终,还是贺随先直起后背,对着沸腾的锅底下了筷子。

"别聊了,吃吧。"他说,"我有点儿饿了。"

刚才还说"随神他从来不饿"的跳跳虎心中疑惑不解:这不是我认

识的随神，怎么嘉鲜妹妹一来，你就饿了呢，随神？

直到回到地下室的床上，霍嘉鲜还在耿耿于怀。

以前她看过TT战队无数的采访视频、线下见面会，却从没有从任何人的口中听说过贺随的这些往事。

所有人都说，贺随人帅枪法好，技术一流，拥有极高的天赋，再加上后天的努力，是一名世界顶尖的突击手。

但她从来不知道，这"后天的努力"竟然是这样的。

他不吃饭，也不觉得饿；没有人来关心，就可以一直待在电脑前面不眠不休地练下去。

他已经二十一岁了，再这么作下去，神仙身体都会被搞垮吧？

这些念头久久盘旋在霍嘉鲜的大脑里，怎么都挥之不去。

霍嘉鲜喜欢贺随已经整整两年了。但今晚，霍嘉鲜发现，自己对他的了解也许只是皮毛而已。

她不知道贺随的来历，更不知道他的过往。从自己一开始知道贺随，他就已经从TT俱乐部刚成立的《绝地求生》分部青训营脱颖而出，逐渐成为该队的绝对主力。

成名以前的那些事，他自己不说，全凭粉丝自己在群里去摸索挖掘。

什么他获得各种小型线下赛的冠军，什么拿着微薄的奖金支撑自己的电竞梦，总之听起来就和所有的电竞选手一样，没有什么分别。

但是今晚这么一听，霍嘉鲜觉得有些受不了了。

当年贺随终于离开青训营，成为一队的正式成员时，一定觉得自己已经守得云开见月明了吧？但他哪里会想到，这才是艰难旅途的真正开端呢？

身为一名明星级电竞选手，贺随所承受的痛苦与压力绝不比得到的光环少。

换句话说，在从小在蜜罐子里泡大的霍嘉鲜看来，开心、快乐、自由可比钱重要多了。

但就她进入TT俱乐部的基地之后的感受来说，贺随并不快乐。

霍嘉鲜躺在床上，大脑里交叠闪过这些乱七八糟的东西，连自己什么时候睡着的都不知道。

等到她再次惊醒，竟然已经是上午 11 点了。

1 点钟，队员们就要下楼来吃饭，看到时间的霍嘉鲜吓得一激灵，连忙从床上坐起来，进微信群看了一眼一队每个人点的菜。

跳跳虎他们三个点的菜堪称五花八门，有些异想天开到简直称得上是在为难她霍嘉鲜，而贺随只点了一个菜——且和昨天的一模一样。

TT_suishen：“松鼠鳜鱼。”

贺随的微信名和他的游戏 ID（账号）一模一样——TT_suishen，简单又直白。

群里的消息是昨天从海底捞回来之后队友们发的，霍嘉鲜连忙群回了一个"OK"的手势，然后飞快地把菜单转发给冯曼若家的两个阿姨，接着利索地下床准备出门。

其实冯曼若家离基地不远，出门转两个弯就到。

霍嘉鲜走出去没多远，竟然接到了一个意料之外的电话。

这通电话来自她常在的直播平台——海鲜 TV。

霍嘉鲜是《绝地求生》的忠实粉丝。早在 2017 年游戏刚上线的时候，她就已经开始玩了。

虽然她看起来乖巧又可爱，但其实打起架来很疯，而且技术很不错。

有一次为了冲天梯排名，她在网吧泡了整整两天，终于打到了亚服前十名的位置，最后还是冯曼若跑到网吧里把她抓了回去。虽然因为这事家里很是腥风血雨了一阵，但丝毫无损霍嘉鲜的得意劲儿。

所以，在直播渐渐火起来的时候，她觉得好玩，于是也随大溜开始直播。直播是不露脸的那种，不过她倒是靠充满灵气的技术攒了一群粉丝。

但霍嘉鲜志不在此，也不缺这点儿钱，所以就没和平台签约，甚至是用冯曼若的名字在平台注册的账户——只是因为人气比较高，所以很受平台关注。

自己放暑假以来，就没怎么直播过了，海鲜 TV 怎么还能找到她呢？

霍嘉鲜有些疑惑，不过还是接了电话。

电话接通半天，霍嘉鲜总算是听明白了。

《绝地求生》冠军联赛夏季联赛开战在即，各大俱乐部都在紧锣密鼓地进行队伍磨合，为即将到来的一系列联赛备战。

海鲜TV计划在这周末搞一个主播娱乐赛，到时会邀请平台上的职业选手和主播们一起进行单人赛，算是为大战预热，也是为无聊的休赛期增添一点儿谈资。

本来主播人选已经定好了，结果有个主播突然出了场小的交通事故而住院了，根本打不了游戏了。海鲜TV想来想去，就想到了人气比较高的"冯曼若"。

毕竟光霍嘉鲜身上"神秘""强大"这两个特质就足够吸睛了。

霍嘉鲜想也不想就拒绝海鲜TV了："对不起，最近我很忙，没有时间。"

"我们发起过'单人赛粉丝想要看谁上场'的投票，您是得票数最高的！"对方哪里肯放她走，于是抛出诱饵，"冯小姐，这次比赛奖金丰厚，我们也会给出让您满意的邀请费……"

这事提钱就更没意思了，霍嘉鲜完全不为所动："对不起，我真的没有空参加，谢谢你。"

"还可以和职业选手同台竞技！"对方依然不死心，"冯小姐，我们知道您技术特别强，但伴随着的是水友们对您打游戏开挂的质疑声。也许这次比赛是一次很好的证明您自己的机会，您觉得呢？"

和职业选手同台竞技！

经对方这么一提醒，霍嘉鲜才霍然想起TT战队也是海鲜TV的签约战队。

同台竞技……

虽然她打游戏时也排到过TT战队的其他几个人，但好像从来没在《绝地求生》的战场上遇到过贺随。

这可是她和"男神"一起打比赛的机会啊。

机不可失，时不再来，霍嘉鲜有些动心，向对方确认道："那随神会参加吗？"

"随神？当然！"对方一听有戏，赶忙乘胜追击道，"本来是TT战队的阿雾上的，但是据说他有事，所以就换成随神参加啦。"

"确定？"

"当然咯。"

"那好！我参加。"霍嘉鲜答应得很爽快，"你把时间发给我，到时候是自定义服务器开房的对吧？准时见。"

"好。"霍嘉鲜答应得这么爽快，对方早就乐开了花，"谢谢冯小姐，我们不见不散哟。"

霍嘉鲜挂了电话，心中的欣喜过去，这才想到该怎么向冯曼若解释自己要顶着她的名字去参加电竞娱乐赛的事。

霍嘉鲜心想：我多撒撒娇，姐姐应该不会……生气……吧？

单人赛在周六晚上5点正式开始。

比赛开始前，主播们至少要提前半个小时测试网络，挂上自定义服务器，进房等待。

提前半个小时，那4点30分就得等着了，霍嘉鲜掰着指头算了半天，暗恼自己不该答应得那么快，最后落到现在这种进退两难的境地。

一队队员们下午1点才起床吃饭。周六那天有娱乐赛，4点30分之前，他们肯定还要吃上一餐。

这也就意味着，4点30分之前，她不能离开基地。

冯曼若好不容易松口答应给她提供场地了，虽然冯曼若家离基地近，但自己也没办法在一分钟之内飞到那边做好准备吧？

霍嘉鲜一整天都在思索这个令人头大的问题，想到最后几乎要绝望了，这时突然接到来自好姐妹尤喜的微信电话。

电话那头是来自尤喜的日常关怀。

"怎么样，小仙女，今天'男神'请你吃海底捞了吗？"

他们训练这么辛苦，哪有空天天出去啊？

霍嘉鲜正想着单人赛的事，有些心烦意乱，便敷衍了尤喜几句，然后准备挂断电话。这时尤喜的声音透过网络传来，霍嘉鲜一瞬间福至心灵——

"哎哎哎，嘻嘻，你别挂电话！"

尤喜："啊？"

霍嘉鲜的心狂跳不止："你周六有空吗？"

"周六？应该有吧。"尤喜嘴里塞满蛋糕，"怎么了？你要邀请我去你'男神'的基地参观吗？"

霍嘉鲜听尤喜说她周六有空，便一股脑儿地把自己刚才想到的伟大计划说了出来。

尤喜心说自己这个游戏小白连《英雄联盟》和"吃鸡"都分不清："你应该知道我从来不玩游戏的！你叫我去帮你打半个小时比赛？我觉得我可能开局就直接从悬崖上摔下去死了！"

霍嘉鲜："第一场地图是海岛艾伦格，你别跳海边就没悬崖。"

"那我也不去！"尤喜态度坚决地拒绝道。

"哎呀，嘻嘻，算我求你了好不好？"霍嘉鲜连哄带骗地说，"可能不用半个小时那么久，总之，一收拾好我就立刻赶去我姐的别墅。你帮我开个场，让大家知道我在线就行了。"

尤喜问："给我什么好处？"

霍嘉鲜很是豪迈："你'男神'不是马上要来 M 市开演唱会了吗？我送你一张 VIP 票！"

这还有什么好说的？

尤喜立刻喜笑颜开地说："那行！周六中午我就过去！周末太堵，怕迟到。"

没想到对方这么快就妥协了的霍嘉鲜一脸蒙。

只要一搬出偶像，尤喜这人吧，就比较容易展示自己乐于助人的一面。

周六很快就到了。

这天霍嘉鲜起得格外早，为了让自己下午有一点儿空闲，午饭还特地叫两个阿姨多做了些。

一队队员们陆陆续续下楼吃早饭的时候，面对的已经是满桌热气腾腾的珍馐了。

跳跳虎边吃边感慨："嘉鲜妹妹这么好的手艺，估计要好多年才能练成这样吧？她在努力生活的时候，我们却还是一群'网瘾少年'，沉迷游戏无法自拔。"

刚去了趟厕所回来的霍嘉鲜心想：哥，其实我和你一样，也是"网瘾少年"而已。

霍嘉鲜脑袋里想着这出,但脚踏进餐厅的那一刹那,立刻又挂上了一脸甜美的笑容。

"哥哥们早上好啊!今天的菜怎么样,还满意吗?"

来TT俱乐部的基地这么多天,霍嘉鲜都在变着法子让这群少爷满意。每天的菜色五花八门,唯独贺随的那道松鼠鳜鱼从头到尾没有变过。

自从从史迪那里听说了霍嘉鲜堪比小说的凄惨身世后,一队的三个队员看她的时候,目光中多了一些怜悯与爱护。

此时大家见霍嘉鲜笑意盈盈地走进来,孤苦少女还在努力生活,真是闻者伤心,见者落泪:"嘉鲜,你来了啊,坐下一起吃啊!"

"没事,我已经吃过啦。"霍嘉鲜很是乖巧,从冰箱里拿出一盅红豆薏米汤,"最近天气越来越热了,湿气也重,所以我做了这个,哥哥们可以当作甜品喝一下哟。"

现在这么贴心又老到的小姑娘真的不多了。跳跳虎他们三个觉得心里暖暖的,自然又是一通赞扬。

只有贺随全程一言不发,低头夹那道松鼠鳜鱼。

他的性格一直是这样,霍嘉鲜根本没往心里去。

吃好一餐饭,一队队员们也陆陆续续走了。

霍嘉鲜收拾碗筷,然后拿到厨房里去洗。贺随似是漫不经心地看了一眼她忙碌的背影,随后拿起桌上的手机,翻出微信里的一个对话框。

吃了这么多天,他终于能确定一件事了。

TT_suishen:"妈,原来你们请过的那个缪阿姨,前几年不做了的那个,你知道现在她在哪里吗?"

消息发出去没多久,对方就回了。

我林秋眠的儿子最棒:"哦,缪阿姨啊,是不是松鼠鳜鱼做得特别好吃的那个?"

TT_suishen:"嗯。"

这个姓很特别,所以林秋眠对此人印象很深。

她又向管家确认了一下。

我林秋眠的儿子最棒:"当时她之所以离开我们家,好像是因为有老朋友让她帮忙去照顾一下自己刚接管公司的女儿，估计一直照顾到现在吧。"

TT_suishen："她老朋友的女儿叫什么名字？"

我林秋眠的儿子最棒："怎么？你对人家感兴趣啊？"

我林秋眠的儿子最棒："我儿子终于开窍了？妈帮你？再不行，我叫你哥也一起出面？"

TT_suishen："不是。"

TT_suishen："有事。"

就算隔着屏幕，贺随仿佛都能看到他妈那张异常失望的脸。

我林秋眠的儿子最棒："好像叫冯什么若吧，反正是冯家的外孙女。早年她妈妈离婚了，她也是个女强人，蛮优秀的。"

冯家？

贺随微微皱了皱眉，又抬头看了一眼正在厨房里忙碌的霍嘉鲜。

少女正站在水池前洗碗，露了个侧影给他，侧脸轮廓精致，弧度柔和，有着薄薄一层毛茸茸的质感。

霍嘉鲜沐浴在阳光里，心情似乎很不错，此时正微微眯着眼睛，和着流淌的水声洗碗，轻哼着贺随从没听过的歌。

"这一次我不想要一个人走，回去的路，总是背对彩虹。

"没有你，我是残缺的彩虹，失去一个最重要的颜色。"

虽然没有听众，但少女依然在最后进行了一个十分浮夸的颤音炫技。

连贺随都没发现他自己淡笑了一下。

少女的表演还在继续。

"想要听你说，你都怎么过……想要听你说，快乐多过忧愁。想要听你说，却发现你在骗我……

"想要听你说——

"想要听你说——

"想要听你说——"

少女停了停，紧闭双眼，沉醉其间。

"你看见的光，是我。"

歌声戛然而止。

贺随坐在原地，手里把玩着手机，看着霍嘉鲜浸泡在水里的双手，神色平静而冷淡，心里不知道在想些什么。

半晌，他终于站起身。

霍嘉鲜被这响动吓了一跳，转过头看过来，这才发现还有贺随没上楼。

她心里一惊，不知道刚才自己的神经病表演是不是已经被"男神"尽收眼底，还没来得及圆场，就听见对方开了口。

"松鼠鳜鱼很好吃。"他说，"我上去了。"

等贺随的身影彻底消失，霍嘉鲜这才如梦初醒。

刚才这算是……"男神"主动来表扬自己……找的阿姨了吗？！

按照计划，霍嘉鲜下午最晚 4 点 45 分必须得出门。

4 点多正是基地里最忙的时候，按道理没人会来找她这个烧饭的人。霍嘉鲜正悄悄溜出门，哪知迎面撞上了史迪。

说起来，TT 俱乐部作为豪门俱乐部，经理确实挺忙的。这段时间以来，霍嘉鲜几乎天天看着史迪进进出出，停留的时间也只够打个招呼的。

史迪刚挂了电话，抬头看见霍嘉鲜，连忙叫住她。

"哎，妹妹，这段时间还习惯吧？我都没空和你好好聊一下。"

霍嘉鲜急着走，答得敷衍："是啊，哈哈哈哈哈哈，史经理那您忙，我先走了啊。"

"去哪里？"今天史迪似乎比平常闲，做出了一副要谈心的样子，"有什么急事吗？"

"啊？也不是……"霍嘉鲜没想到史迪会这么问，差点儿惊出一身冷汗，赶忙脱口而出，"就是家里有点儿事。"

史迪觉得奇怪了："家里？嘉鲜妹妹，你不是说你家里已经……"

霍嘉鲜在心里骂了自己一句，连忙圆谎："经理，你还记得我那个改嫁的妈妈吗？今天她过生日。就算平时她很自私吧，但好歹母女一场，我这个做女儿的总得过去看看，您说对吧？"

寥寥几句话，史迪立刻脑补了一出大戏。

他怜悯地看着穿着 T 恤和短裤的霍嘉鲜，想着这个可怜的小宝贝要去赴什么盛宴,却穿得简单朴素,肯定要被冷嘲热讽一整晚吧。

史迪越想越心酸。

要是霍嘉鲜提前两天和他说这事,他指不定要亲自押着霍嘉鲜去逛街,给她买一条又贵又好看的小裙子艳压全场。

但想归想,他看霍嘉鲜这么着急的样子,估计时间也来不及了。

史迪不忍心看下去,挥挥手道:"要是有人欺负你,你千万要回来和哥哥们说啊!我们基地里别的不多,就是小伙子多,到时候一起出动帮你出气!"

看着史迪这么为自己着想,霍嘉鲜有些感动,更加入戏:"好的,谢谢经理。我一定不会让别人欺负我的!"

两人就这样在别墅门前依依惜别。

这么一耽搁,等到霍嘉鲜匆匆赶到冯曼若的别墅时,单人赛已经开始了。

尤喜正坐在电脑前面大呼小叫:"嘉鲜,你怎么才回来啊?我要死了,……啊,我真的死了!"

霍嘉鲜有些无语。

她看了眼时间,第一局才刚开始,尤喜怎么就死了?

"怎么死的?"霍嘉鲜自动屏蔽了尤喜的尖叫骚扰,在电脑前面坐下,就看清了那个将尤喜淘汰的人,"随神?"

"对啊,就是你那个冷血无情的'男神'。"尤喜控诉,"你也知道我不太会操作,哪里想到正好和你的'男神'落到一起了。我都来不及反应,他上来直接就拿拳头杀死我了!你说过不过分?!"

霍嘉鲜简直要被这种屈辱的死法笑死:"不过分。要是我面前站着个呆子,而且我手里没枪的话,肯定也是用拳头打啊。"

这回该尤喜无语了。

她心想:我觉得你在骂我。

第一局就这么白给,对霍嘉鲜来说,接下来的比赛当然更加艰难。

但她之所以来参加比赛,倒也不是为了奖金,而是为了能和"男神"一起打游戏。接下来几把,霍嘉鲜几乎都往贺随常跳的那些跳点走,只为了能离贺随近一些。

P 城、天堂度假村、皮卡多、狮城……渐渐地，解说终于发现，这个 ID 叫 woshixiaoxiannv 的主播往往能和随神一起出现在最后的决赛圈里。

有好几次，似乎还是……小仙女在外围帮随神解了围？

解说 A 觉得这事有点儿意思："听说这个 woshixiaoxiannv 从来不露脸，直播时间也不固定，是个很神秘的主播，却偏偏靠技术圈了一大拨粉。现在看来，她这枪法似乎和随神有异曲同工之妙。"

解说 B 看过霍嘉鲜的直播，对她倒是了解一些："确实，我很早就看过她的直播了，她算是随神的一个死忠粉，曾经还试图把 ID 改成 ssqsjzb 之类的，导致她的直播间备受争议，无奈最后她只好改回来了。"

解说 A："刚才你说的那些字母是什么意思？"

解说 B："虽然听上去像是脸滚键盘滚出来的名字，其实意思是——随神全世界最棒。"

解说 A 哈哈大笑："那个小仙女还是个挺可爱的水友嘛。"

"技术是不用质疑的，就是这个 ID 总引起大家的争论。"解说 B 也发笑，"因为小仙女到现在都没露过脸嘛，所以有人还觉得她其实是男的，只是用了变声器而已，还有人说长得漂亮的姑娘根本不可能把游戏打得这么好，她肯定是开了挂。你呢，你怎么看？"

解说 A："我能怎么看？我肯定用我们的海鲜 TV 看啊。"

解说 B 爆发出一阵大笑声。

解说 A 的冷笑话算是把这个充满争议的话题轻描淡写地带过去了。

而转播屏幕上，最后一场比赛也到了最终的决赛圈阶段。

就在解说员刚才插科打诨那会儿，霍嘉鲜又拿到了三个人头。积分榜上，她的分数已经晋升到第五名，和第一名的贺随越来越近，只差三分。

第二、三、四名的名字已经变成了灰色，前五名里只有贺随和霍嘉鲜还活着，而且他们只相差三分。

《绝地求生》的积分规则很简单：击杀一个人头算一分，进入前七名后，额外有排名分。

"吃鸡"的排名分最高，足足有十分，第二名六分，随后依次下降，直到第八名后，彻底没有排名分。

这也就意味着单人赛的最终冠军只有可能在这两个人中诞生。

霍嘉鲜紧抿着嘴唇，听着耳机里细微的声音，几乎要屏住呼吸。

第八个安全区已经刷完,梅花桩已经形成,地图上可以存活的空间越来越小。最后时刻,她必须和贺随进行正面对决。

霍嘉鲜和贺随之间只隔了一条马路。

尤喜在旁边叽叽喳喳地说:"要我说,你索性把这个人头送给你的'男神'得了。反正你这么喜欢他,送他一个冠军又不是什么大不了的事。"

霍嘉鲜没接话,只是咬住下唇,在心里拒绝了这个提议。

不可以,绝对不可以。

女孩儿们大抵都想远远看着自己喜欢的人,看着他快乐、幸福,做一粒卑微而渺小的尘埃,看着他以自己最想要看到的样子活着。

但霍嘉鲜不同。

她喜欢贺随,所以想要接近他、了解他。

她不想贺随以别人期盼的样子活着,只想贺随活成他自己最自在、最开心的样子。

而她也会努力朝他的方向走。

最终,两人会相逢于高处。

而这"高处"绝不可能像尤喜说的这样,是她的赠予,是她的臣服。

贺随想要赢,必须正大光明地赢。

想到这里,霍嘉鲜更加用力地握紧了鼠标。

她的注意力似乎从没有这样集中过,听着身边烟幕弹的声音,霍嘉鲜试图从中找出贺随所在方位的蛛丝马迹。

突然,霍嘉鲜听到了手雷落地的声音。

她吓了一跳,以为有手雷掉落,连忙往反方向后撤了几步。

伴随着轰的一声巨响,电脑上猛然跳出来几个大字,金灿灿地占据了整个屏幕——"WINNER WINNER CHICKEN DINNER!"

大吉大利,晚上吃鸡!

两个解说员激动地蹦了起来。

"怎么回事?!随神怎么用手雷炸死了自己?!"

"这意味着小仙女拿到了最后这盘鸡,分数反超随神一分,成功登顶单人赛榜首!"

霍嘉鲜呆呆地看着电脑屏幕,也觉得有些蒙。

难道贺随扔错……

"我记得你是阿雳他们的水友对吧？听说有段时间，因为我们，直播间里都是骂声。"耳机里，贺随打开了全部语音，语调低沉而平静，"谢谢你对 TT 战队的支持，最后这局鸡是给你的礼物。你应该还小，还有无限的可能性。这次冠军的奖金，你可以拿去做自己喜欢的事。"

你应该还小，还有无限的可能性。

这次冠军的奖金，你可以拿去做自己喜欢的事。

等尤喜反应过来的时候，霍嘉鲜已经哭了起来。

"呜呜呜……我的'男神'怎么这么好，这么温柔啊？！"

贺随对霍嘉鲜说那番话时开的是全部语音。

霍嘉鲜听得到，别人自然也听得到。

TT 俱乐部的基地三楼，贺随摘下耳机。

阿雳在他旁边的座位上，双脚一蹬就滑到了他身边："随神，你这操作……撩妹呢？"

贺随退出自定义服务器，进了游戏训练场，又开始练压枪手感："没有。"

"还否认呢？"阿雳笑道，"就你那颗雷，直接把十万奖金炸没了，转手就变成了送妹子的礼物。"

贺随有些慵懒地抬了抬眉毛："我缺那十万？"

"话也不能这么说。"阿雳差点儿噎住，"十万啊，好歹能请兄弟们吃好多次海底捞了，是吧？"

说完，阿雳还冲对面的跳跳虎使了个眼色。

跳跳虎连忙也起哄道："就是啊，随神！说实话，你是不是认识这个小仙女，所以来了这么一手操作啊？"

"不认识。"贺随每个字的音收得极短，"她是支持 TT 战队的老水友，第一局的时候还被我用拳头淘汰，我猜那时候她应该是掉线了，最后那局也算是还她的吧。"

阿雳和跳跳虎"喊"了一声，无聊地散去。

但贺随心里还有一个隐秘的想法——没人知道，他也没说。

如果有可能的话，他想让这个小仙女来 TT 俱乐部打职业赛。

就在大半个月前,他无意间进过这个小仙女的直播间。

那天她在玩单人四排打排位赛,已经到了一局最后的决赛圈。

当时明明是1vs4vs4(一对四对四)的不利局面,怎么看都是这个小仙女会最先被淘汰,但她凭借十几颗烟幕弹和敏锐的听觉,判断出了其余两队人所在的位置,随后利用地形灵活地混淆视听,让其他两支满编队的人先打了一架,导致双方都掉了人。

因为时机把握得好,最后她渔翁得利,轻松"吃鸡",甚至没有浪费一颗子弹。

她足够隐忍、懂得把握时机,进攻和撤退的时间点抓到了极致,尤其是对地图的理解甚至到了闭着眼睛都能摸准每一个反斜坡和掩体的熟悉程度。

这种超强的意识,就算是在国内现役的职业选手中,也是极其罕见的。

当时贺随就和TT战队的教练强哥提过,是不是要和这个小仙女联系一下,让她过来试训。

但强哥的顾虑是,她是个女生。

别说国内了,就算是放眼全世界,也没有哪个《绝地求生》赛区引援过女选手。

当时强哥对他说的是再看吧。

贺随却觉得,等不了那么久了。

阿雳伤病缠身,亟待退役,TT战队青黄不接,正需要一个意识强大、操作灵敏的选手来打自由人的位置。

如果她能来的话……

自己和跳跳虎已经是国内顶尖的突击手,再加上尼罗的狙击、小仙女的断后和拉枪线,贺随相信,这支队伍一定能碰撞出最神奇的化学反应。

当然,对这一切,霍嘉鲜一无所知。

她拉着尤喜去好好吃了一顿,全程在感慨"男神"的话有多么戳自己,这段话有多么惹人哭。

等到尤喜终于表示自己其实早就听困了想睡觉的时候,都已经晚上

9点多了。

和闺密依依不舍地作别之后，霍嘉鲜本来想打车回基地，但看了看时间，年轻人的夜生活其实才刚刚开始。

犹豫了一会儿，霍嘉鲜还是去了网吧。

好久没直播了，霍嘉鲜进网吧要了个单间，顺便也去关怀一下直播间里嗷嗷待哺的水友们。

霍嘉鲜的直播时间其实并不多，她的直播间的热度也不算很高，二三十万的样子，在《绝地求生》版块可能算个中上水平，但在其他板块根本不够看的。

不过她也一向佛系，这天上线后照例没开镜头，话也不多，直接进游戏开打。

等她打完两局，开直播助手看了一眼，顿时被吓了一跳。

哇，今天是什么日子啊？她怎么冲上小时榜第一了？！

弹幕里大多是恭喜她得了单人赛冠军的祝福。

"过来看一眼人美枪法好的小仙女！"

"恭喜小仙女得了冠军！"

"主播露个脸呗！想看！！"

"主播怎么不说话？好高冷，好喜欢。"

霍嘉鲜没想到就一个小小的娱乐赛，竟然给自己带来了这么多流量。

"呃……"霍嘉鲜哪里敢露脸，变声器里的声音也刻意压低了，"还是算了吧，人长得丑，怕吓到大哥们。"

她如此坦诚，弹幕立刻开始爆炸式地刷屏。

"怎么可能？！"

"今天我随神可是扔雷自杀，就为了把冠军让给你！他那么高的眼光，你丑谁信？！"

"兄弟们，我觉得有隐情！随神也不是那种为了美女就能把冠军让出去的人吧？"

"难道你们忘了当年随神把那个女主播打哭了吗？当时那个女主播还想用美人计求随神让她，但是对不起，我随神眼里没有女的，只有输赢！"

"哈哈哈哈哈哈，想起来了！！"

"论坛上都这么说啊，随神为了讨小仙女欢心，自爆让出冠军，难道不是？"

"有一说一，要随神真是这样的人，我也想脱粉。为了个女的，就可以把冠军让出去，随神的心气哪里去了？TT战队真的要不行了！"

霍嘉鲜无语。

这帮男的脑补能力也太强了吧。

也不知道论坛上那些乱七八糟的猜测到底是从哪里来的。

她清了清嗓子，决定为莫名其妙背了锅的贺随正名。

"兄弟们，是这样的……"霍嘉鲜语气沉重，组织着言辞，"我呢，家里条件不怎么好，你们看我每次也都是来网吧给你们直播，赚些外快补贴家用。这次的奖金确实对我很重要，你们随神把冠军让给我，其实就是想让我和他一样，就算在最艰难的环境里，也不要忘记自己的梦想，不要忘记自己为什么站在那里。

"今天，随神在麦里和我说，希望我可以拿着这些钱做些自己喜欢的事。兄弟们，随神的自爆绝不是白白牺牲，他永远永远是我最喜欢并且想要朝着他的方向努力的人！这笔钱将是一个新的起点，我保证，在以后的日子里，我会更加努力，在我热爱的这个领域里，成为一个有用、独立的人。

"最后，我想说的是，我一直相信，TT战队能带领我们走向世界冠军。China PUBG No.1（中国《绝地求生》第一）！"

霍嘉鲜话音落下，直播间的弹幕沉寂了下来。

少女的语气严肃而认真，一字一顿，清晰缓慢，温柔甜美，却坚定不移。

一秒之后，弹幕开启刷屏模式。

"我哭了，你们呢？！"

"不说了，兄弟们，China PUBG No.1 给我刷起来！！！"

"China PUBG No.1！"

"…………"

见舆论风向终于转变，霍嘉鲜松了口气，感谢了一下送飞机和空投的老板们，然后匆匆下播了。

要不是刚才她足够机灵，信口胡诌了那么一通，再把这事的高度拔高，也许今晚贺随的名字就要在论坛屠版，被人疯狂唱衰和辱骂。

霍嘉鲜有些心疼。

自己的演技说来就来，但有件事，她确实没有撒谎。

她一直坚信，贺随的梦想是拿到世界冠军，而且TT战队一定能拿到世界冠军。

一定的。

已经凌晨1点了，TT俱乐部的基地里依然灯火通明。

一队队员们正对着各自的电脑认真练习攻房战。

海岛地图加油站边的这个房区明明背面靠坡，地势低洼，那圈围墙却将攻房难度大大提升了。

好几次训练赛里遇到这个房区，一队都会掉人。所以几人有空时，就会拉二队的人练习，一直到形成最强势的默契为止。

今天进展顺利，总算找到了突破口，阿霁在电脑前面伸了个懒腰，活动了一下早已疼痛难耐的腰部。

"强哥怎么还没回来？"

尼罗推了推眼镜："和女朋友约会还没回来吧。"

"唉！"阿霁叹了一口气，"我也有女朋友，怎么他就能出去约会，我不能？怪不得论坛里天天说我们不行了，就这教练，复盘都要我们自己来，还怎么打？"

跳跳虎左右看了看，确定训练室里没有别人，才悄声开了口。

"听经理说，转会期马上到了，他们想把强哥换了。"

阿霁冷哼了一声："管理层总算有点儿脑子了。"

一直未开口的贺随问："要换谁？"

"不知道，这两天经理不是很忙吗？据说他就是在外面跑这件事。"跳跳虎报了几个名字，"都还在谈吧。"

贺随皱眉："怎么不找冥灭？"

冥灭是原来的《反恐精英》职业选手，曾经带领中国战队拿下过世界冠军，个人职业履历极其辉煌。他退役后，转型做了解说和主播，今年才转到《绝地求生》做教练。

虽然他在绝地圈是个新人,但第一人称射击竞技游戏的意识是相通的。就在去年,冥灭带领的队伍依然拿到了很好的成绩,运营能力极强,在《绝地求生》冠军联赛春季联赛上大放异彩。

对人猛枪法厉害的 TT 战队来说,打架没什么问题,短板就在运营上。要是有冥灭这样的大神加入一队,帮他们精练运营,战队的水平绝对会再上一个层次。

跳跳虎眼睛都亮了:"冥灭吗?他很贵,估计管理层不舍得出钱吧……"

"傻子。"贺随骂得干脆利落,"目光短浅。"

一个好的教练对战队的提升作用是人们无法想象的。

为了省眼前的几个钱,削弱自己竞争世界冠军的实力,这是井底之蛙才会干的事情。

现在还在基地里,贺随不便多说,只是在心里飞快地算了一下如果把冥灭请来要花费的费用,又回想了一下自己账户里的钱,心里大概有了数。

贺随心想:嗯,还可以吧。

跳跳虎见贺随身上的气压实在低,就不敢再说这件事了,迅速翻出论坛,两下找出今晚那个 woshixiaoxiannv 的直播录播。

"随神,你还不知道吧?"跳跳虎邀功似的把手机呈上,"那个 woshixiaoxiannv 今天直播,强势对你表白了一番,论坛都炸翻天了呢!"

贺随愣了愣,把跳跳虎的手机接了过来。

只见论坛的《绝地求生》板块里,一溜刷下去的全是"小仙女"这三个字。

"小仙女强势表白随神,直播间录播回放抢先看。"

"小仙女确实说得好,你们觉得今年世界赛,谁最有可能帮中国赛区捧回冠军奖杯?"

"大胆猜测,小仙女是不是随神的神秘女友?"

"随神的态度和自律程度,整个中国赛区没人比得上他。"

"有一说一,小仙女这段话挺圈粉的,我一个路人都想转粉随神了。"

贺随随手进了一个已然屠版的录播回放帖子,点开视频。

少女的声音从手机里传来，低缓而单薄，却又不失坚定的力量。

"他永远永远是我最喜欢并且想要朝着他的方向努力的人……我一直相信，TT战队能带领我们走向世界冠军……"

一直到手机黑屏，贺随都没说话。

跳跳虎小心翼翼地把自己的手机从贺随手里抽了回来，但最终还是没忍住，八卦地问了一句："随神，你是不是真的喜欢这个小仙女啊？"

贺随："嗯？"

"有一说一，你是不是喜欢这个小仙女？"跳跳虎的八卦之魂在熊熊燃烧，"我记得原来那个美女主播来找你一起组排打游戏的时候，你就说过，只有平均击杀数值超过4，才有资格和你一起打。现在这个小仙女的平均击杀数值我看过了，都超过5了，这是可以来试训的水平了，要我我也喜欢她！"

贺随不知该说什么。

他什么时候说过这话？

第二章

冠军梦

因为前一天实在太累了,所以霍嘉鲜一直到中午才起床。

好在今天一队队员们都想吃面条,做起来也轻松。等到下午1点30分,霍嘉鲜匆匆把餐桌收拾好,正好赶上一队队员们下楼吃东西。

跳跳虎进厨房拿了碗筷,顺便赞叹了一句:"嘉鲜妹妹,你真的好勤快啊,厨房里一尘不染,好干净啊,就像根本没做过饭一样。"

确实没做过饭的霍嘉鲜有些心虚。

吃完饭后,队员们上楼训练,霍嘉鲜收拾了一下一楼的卫生,还顺便去大门外帮队员们拿了几个快递。

也不知道他们到底买了什么东西,足足十几个快递,霍嘉鲜搬了三趟才搬完。

正好一场训练赛结束,TT战队成功"吃鸡",队员们心情不错,都靠在椅子上看霍嘉鲜分发快递。

"喏,这是尼罗的,这个是阿雳哥的……跳跳虎,你买了什么东西?怎么这么多啊?你看看随神,人家就一个快递,弄得清清爽爽,明明白白。"

跳跳虎:"不是,这也能喷?"

十八岁的男孩子嘛,一般都嗜鞋如命,跳跳虎的五六个快递里有一半是鞋子，显然是败家不少。

霍嘉鲜"啧啧"感叹了两声，送完跳跳虎的快递，又送贺随的。

贺随的盒子又小又轻，也不知道是什么东西。

霍嘉鲜没忍住，终究还是好奇地问了一句："随神，你这是买了什么呀？"

贺随正在训练场里练压枪。霍嘉鲜走近贺随，他头也没回："没什么，送你的。"

"送我的？！"

霍嘉鲜吓了一跳，以为自己搞错了："随神，这是你的快递呀。"

"嗯，送你的。"贺随打完一梭子子弹，对面墙上打出的弹孔几乎只是一个小圆点，"史迪可能忘了帮你准备洗碗的手套，所以我买了一副。你看看能不能用。"

洗碗的……手套？

任由霍嘉鲜怎么想都想象不出，看起来不食人间烟火的随神，是怎么在网上挑选这么个接地气的居家用品的？

而且他还是买来送她的。

送给……她？

阿雾在一旁吹了声口哨，起哄道："随神，你总算开窍了啊，知道关心女孩子了？有进步啊！"

跳跳虎倒是别扭地道："估计是经理让随神买的吧？随神不是早就说过了，他怎么可能关心平均击杀数值没上5的女孩子？"

这明摆着就是来刺人的，阿雾冷哼："你怎么知道嘉鲜不玩游戏？"

说完，他还真的扭过头去问霍嘉鲜："对吧，嘉鲜？万一你也玩《绝地求生》呢？"

平均击杀数值早就过了5的霍嘉鲜一时语塞。

这片刻的犹豫倒有了别样的意味。贺随抬眉看了霍嘉鲜一眼，问："你也玩？"

再否认就有点假了，于是霍嘉鲜老老实实地点了下头。

"嗯，这个游戏这么火，我也玩过的。"

贺随熟练地操作着鼠标："玩得怎么样？"

"我……我很菜的，"霍嘉鲜定了定神，努力把自己切换到可爱的迷妹模式,"但是哥哥们真的好厉害!你们是我的偶像!大家加油啊!"

少女的声音脆生生的,又带着股清甜婉转的乖巧劲儿,再配上她那双湿漉漉的鹿眼,整个人看上去软萌得不行。

几个男人当场觉得自己被霍嘉鲜这可爱的笑容击晕了,不知道该说什么才好。

好歹有个尚且镇定的贺随挽回了大家的颜面:"谢谢,下一场训练赛马上就开始。"

哦,贺随这是委婉地要赶她走的意思。

霍嘉鲜自觉自己这场戏演得不错,便乖巧地点点头,正要离开,却听见贺随不紧不慢的声音传来——

"你没事的话,可以留下来看。"

霍嘉鲜:"啊?"

贺随切进训练赛的房间,神色自若地说:"正好有机会让你看看我们有多厉害。"

跳跳虎、阿雳、尼罗:老大的口气什么时候这么大了?

只有霍嘉鲜的眼睛亮晶晶的,闪着兴奋又渴盼的光芒:"好的,随神!我给你们喊加油!"

哇,现场看训练赛,她这算是什么神仙运气?

以前她顶多是蹭直播看看,甚至有时候还听不到他们的声音,现在太爽了,真的是太爽了。

霍嘉鲜连忙找了一把椅子,拖到四个人的身后正襟危坐。

这一场训练赛的地图是米拉玛沙漠地图,飞机航线偏东,从北部火电厂到南部狮城。

TT战队的常用跳点在地势并不占上风的圣马丁。四人高飘落地,没过多久,第一个圈刷出来了。

霍嘉鲜看到圈型的第一眼,心猛地一沉。

这竟然是一个极限圈,究极偏东南,有三分之一是水域。

陆地面积减少,这意味着在第四甚至第三个蓝圈刷新的时候,各个队伍在转移路上就会频繁相遇,导致大规模减员。

尤其是对离圈非常远的TT战队而言,这圈堪称天谴。

霍嘉鲜下意识地看了四个队员一眼，几个人面不改色，丝毫没有受到影响，只听贺随一人的指挥。

贺随在地图上标了一个点，声音冷静地说："无论捡到了什么，三分钟出城。投掷全给阿霈，如果有猛男枪，就给我和跳跳虎，狙击枪给尼罗。尽量找三辆车，阿霈先走，去这个点探一下。"

阿霈"嗯"了一声，却还是忍不住担忧地道："随神，这个圈恐怕不太好打啊。"

要阿霈说，他们也别想着进圈了，能拿几个人头，活到前七混到排名分就不错了。

"不是说我在《绝地求生》只手遮天，要联赛炸鱼吗？"贺随神色冷淡，"那我就让他们看看，什么叫真正的只手遮天，天谴'吃鸡'。"

霍嘉鲜坐在四个人身后，焦急地看着战况，几乎要屏住呼吸。

第二个圈，TT战队安全进圈，路遇一只独狼，成功收下人头。

第三个圈，TT战队后撤卡圈，侧面枪线拉开，远点架枪，近点突击，成功团灭了一支满编四人小队。

第四个圈，TT战队盲扎进圈中心，抢到一个野点房区。

第五个圈，东北部山头枪线密集，带走了尼罗和跳跳虎。

贺随心态很稳，根本不为所动。在对方击倒两人后强势攻楼的情况下，贺随利用地形成功一打三。

阿霈趴在围墙外，听见耳机里传来猛烈的枪声，然后对着右上角的击杀信息揉了揉手腕。

"敢和随神对枪，他们真就不想活了呗。"

已经刷新到第七个圈了，因为刚才扎进中心，所以现在他们还在圈里。

贺随边打药补血，边在地图上标了一个点："这里起码有一支2到3人的小队，但是地势很低，很容易吃雷。阿霈，你看看能不能摸上去。"

阿霈的包里装的十个手雷还没用过，和贺随多年形成的默契一下子让他明白了贺随的意思。

"制造人性轰炸区是吧？懂了！"

身为团队的自由人，阿雳一向最擅长隐藏身形，给敌人来个出其不意。

眼下他看了一眼地形，在脑中快速形成一条上坡的安全通道，然后悄悄摸了上去。

贺随在帮他架枪："那几个人在红标，这里也有一个人，但他是独狼，应该不敢动。好了，他探头了。"

砰、砰、砰三下，贺随收起手中的四倍MINI14狙击步枪，说话的声音没有丝毫波澜。

"死了。"

"漂亮！"阿雳忍不住大喊一声，看了一眼右上角的信息，"只有三支队伍了，稳了。"

贺随"嗯"了一声。

四圈到五圈本来就会大面积减员，而他们只掉了尼罗和跳跳虎，已经是非常不容易的事了。

只要阿雳能把他们头上的这支队伍清干净，贺随就有信心把背后的另一支队伍拿下，吃下这只"鸡"。

阿雳离山顶越来越近，脚步渐慢。霍嘉鲜不由自主地握紧拳头，咬住下唇：一定要加油啊。

米拉玛是她最爱玩的地图，所以她很熟悉这地方，山顶那边有个坑，优点是容易藏人，但同样，视野也会受限。

只要阿雳把握好时机和方位砸雷，她敢保证，他绝对有机会团灭对方。

阿雳握紧手雷，计算好角度，往后退了两步，将雷成功抛出。

就在此时，贺随用余光瞥见了什么："小心！"

右侧一个人影闪过，子弹嗖嗖嗖地从阿雳的身边划过。

电光石火间，阿雳往身边的石头后面一撤，同一时间，头顶的雷爆炸。

"轰"的一声巨响，电脑屏幕的右上角弹出了两个人被炸倒的信息。

被炸倒，而不是直接死亡，这说明他们还有存活的队友，而且必定就在附近。

阿雳补满了血："刚才那人是他们的最后一个队友？"

"是的。"贺随在地图上标了一个点,"在这里。"

阿霈看了一眼:"你打不到是吧?"

"那里是个反斜坡,看不到他。"贺随说,"但是你高打低,机会很大。"

"没问题。"

阿霈扔了几颗烟幕弹,正要闪身从另一侧绕过去,贺随突然叫住他:"你……可以吗?"

阿霈愣了一下,意识到贺随是指什么。

对方的游戏人物正隐匿在不远处的二楼窗后,纵然看不见贺随,阿霈也能感受到贺随的担忧。

阿霈的伤病确实在太多时候拖了队伍的后腿,但他很是轻松地笑了一下:"不用担心,我可以的。"

他利索地换上冲锋枪,孤身一人绕到了敌人的背侧。

那人显然被烟幕弹迷惑了,以为阿霈还混在烟里,正在对着烟一通扫射,连阿霈的脚步声都没听见,以至把整整一个背身身位露给了神不知鬼不觉地摸过来的阿霈。

阿霈蹲下,悄悄开镜,压枪扫射——

然而就在他开枪的同时,坐在他身后的霍嘉鲜皱起了眉头。

这么近的距离,这么好的先手,阿霈这枪压得也太不稳了吧?怎么他竟然没秒掉对方,反而让对方转过来把自己给……秒掉了?!

这也就是一瞬间的事。

电脑屏幕上,阿霈操纵的那个人物倒在了地上。

见前缀是 TT,对手毫不留情,直接把阿霈的人头给补了,根本不给贺随救援的机会。

面对黑掉的屏幕,阿霈呆愣了好一会儿,随后苦笑一下,扭头看向一旁的贺随:"对不起,马枪了。"

"没事。"

突如其来的变故没有让贺随有半分慌乱的样子。

在阿霈倒地的一瞬间,贺随已然破窗而出,找到角度瞄准了那人的头:"你已经做得很好了。"

那人舔完阿霁的包①，封了烟②，想往上走去救他的队友，贺随却没再给他机会。

大概一百米的距离处，红点 Beryl M762 自动步枪穿透烟雾，精准预瞄中那人的头，贺随无情地开枪扫射。

只用了十颗子弹，贺随就把对方杀了，没给对方一点儿还手的机会。

电脑屏幕右上角的击杀信息频繁地跳了出来。

"TT_suishen 使用 Beryl M762 击杀了 FLG_Deep。"

"TT_Leopard 使用破片手榴弹击杀了 FLG_chunChun。"

"TT_Leopard 使用破片手榴弹击杀了 FLG_yan190。"

跳跳虎到底年轻气盛，压不住那股浮躁劲儿，立刻一拍手，大喊一声："漂亮啊！"

从架枪到杀完人，贺随全程没说话。

他舔完 FLG 三人的包，匆匆忙忙地下了山。

八圈过后，梅花桩落在山下的马路上。

只可惜，贺随在山上耽误太久，等到下山，最后一支满编队早已在马路边的反斜坡埋伏好。

纵然他枪法再怎么厉害，面对四个对手，最终也只能遗憾地死去。

TT 战队获得第二名的信息一出来，霍嘉鲜立刻站了起来，眼里闪烁着崇拜的光。

"天哪！哥哥们也太厉害了吧！这种圈也能吃到'鸡屁股'！太强啦！"

跳跳虎心情很不错："嘉鲜妹妹，你看得懂？"

"当然啦，你们本来离圈那么远，没想到最后竟然被你们打到了第二，也太厉害了吧！"这回霍嘉鲜也是真情实感地夸着，"你们配合得太棒啦！真的太强太强啦！"

---

① 舔包特指玩家击败对手后，拾取其死亡时掉落装备箱的行为。

② 封烟特指玩家通过释放烟雾弹遮挡敌人视线，为自身或队友争取撤退、转移或反击的时间。

霍嘉鲜不知道的是，贺随的直播间还开着。

她的声音一响，直播间里立刻就炸了。

"啊，我怎么听到了小姐姐的声音？！"

"随神快开镜头，让我看看小姐姐啊啊啊！"

"TT基地里怎么会有小姐姐？是经理吗？"

"TT的经理明明就是史迪，哪里来的小姐姐？"

"终于知道刚才TT战队为什么那么猛了，天谴圈一路推进，原来是有小姐姐在一边加油啊！"

"小姐姐声音好甜！爱了爱了！"

不过贺随没怎么看这些信息，就匆匆下播了。

他的脸色不怎么好看，拿上烟盒想要出去。路过阿雳身边的时候，他拍了一下对方的肩膀。

"你出来一下。"贺随说，"我们聊聊。"

基地楼顶的天台，贺随一向喜欢来这里吹风。

阿雳跟着贺随走到围栏边，但没把打火机递给他："不是在戒烟？"

"就咬一咬，不抽。"贺随仰头看向依旧绚烂的余晖，"刚才……你的手又痛了吧？"

阿雳揉着手腕，苦笑了一下："人真的老了，腰不行，手也不行了。"

"我让史迪帮你预约了理疗师，今晚来。"贺随嘴里衔着烟，声音有些含混不清，"阿雳哥，我们打职业赛已经打了几年？"

贺随有些记不清了。

他每天日复一日地对着电脑练枪，睁眼闭眼全是屏幕上一闪而过的敌人的身影。在这里，时间的流动迟缓而漫长，他甚至已经记不清去年他们拿到《绝地求生》冠军联赛冠军的时候到底是什么样的心情了。

"冠军、冠军"，每个人都在说自己想要到达那个最高的位置，但是当自己真正到达的时候，好像也就那样。

因为努力太久，所以很多过往的事情变得模糊不清，他已没有什么特别的感觉了。

贺随最怀念的其实还是刚开始接触电竞的时候，开心、快乐，可以为了一笔无关紧要的奖金而兴奋很久,简单纯粹,而不是像现在这样——

没有人在乎他想要什么。

对他而言,似乎除了世界冠军,其他都是失败。

现在他身上背负的不仅是游戏的输赢这么简单,还有来自粉丝无数的期盼、希望,俱乐部所有人的命运以及这个国家的荣誉。

也只有站到那个高度,他才能证明自己,过去遭受的那些批评、愤怒、辱骂、悲怆能随着胜利的到来,全化为乌有。

只有一点——他已经很久没快乐过了。

阿霁在一旁沉默良久,终于还是开了口:"你还记得我们刚开始是怎么认识的吗?"

"我们在游戏里匹配到加了好友,但没想到你是 TT 的人。"贺随笑了,"你知道我和家里人闹翻了,想出来打职业赛,还求经理多给我一点儿工资。"

"是的啊。"阿霁也笑了,"那时候 TT 的《绝地求生》分部才刚创建,你从青训营脱颖而出留下的时候,才刚刚十八岁。"

贺随的笑容渐渐淡了:"其实……也才过了三年。阿霁,我怎么觉得已经过了很长很长时间呢?"

阿霁向贺随要了根烟过去,没说话。

贺随扭头看向阿霁:"我真的没想到,你也老了。"

今年阿霁二十七岁,对一个电竞选手来说,确实已经是叔叔辈的年纪。

阿霁的反应和手速跟不上了。更可怕的是,他还伤病缠身,也确实不能再拖下去了。

阿霁笑着点燃口中的烟:"三年前,我从《守望先锋》退役,根本没想到我还能在我热爱的这个行业苟延残喘这么久。随神,其实从来不是我帮你进了 TT,而是你给了我机会。谢谢你,能带我拿到这么多冠军。这三年来我真的特别开心。"

暮色四合,烟雾弥漫中,贺随慢慢扭过头,眼眶微微发红。

其实他比阿霁小七岁,但阿霁从一开始就坚持叫他随神,怎么改也改不掉。

"哥。"贺随再次开口,声音已经恢复平静,"如果你已经想好了的话,夏季赛结束,你就可以休息了。"

阿霁愣了一下:"已经找到合适的人了吗?"

自由人的位置需要兼备极强的控枪能力、精准的游戏理解能力,以及灵活的走位和意识。

这样的人在国内联赛职业选手里很少见,可遇不可求,来TT试训的枪男众多,却没有一个有足够的灵气可以顶上阿霁的位置。

阿霁一直拖着没能退役,也是因为找不到合适的继承人。

现在贺随这么说……

天光浅淡,黄昏的鸦青色蔓延到城市尽头,壮观又迷人。

贺随看着远景,唇紧抿,缓缓点了一下头。

"我心里……已经有一个人选了。"

吃完晚饭后,7点时大家又开始了新一轮的训练赛。

霍嘉鲜收拾好东西,没什么事,索性跑到冯曼若的别墅里去直播了几个小时,趁自家姐姐回家骂人之前,又慢悠悠地回了基地。

冯曼若是个工作狂,不到凌晨不会回家。

霍嘉鲜到基地的时候还没到12点,正好遇见别墅门口停了辆车。来基地这么多天,她还没见过有人来,于是好奇地看了那车一眼,此时正好有人下车。

车上下来的人有点儿丑,霍嘉鲜不认识。

那人看到霍嘉鲜,明显愣了一下。天色很暗,霍嘉鲜看不清他是谁,也没理他,转头就进了别墅。

回地下室里没多久,霍嘉鲜就收到了群里的消息。

你虎子哥:"@春暖花开,嘉鲜妹妹,等会儿约海底捞吗?"

霍嘉鲜看时间还早,立刻发了个"OK",就屁颠屁颠地上楼等人了。

快到月底了,一队的几个人都在凑直播时长。虽然训练赛已经结束,但队员们还不能走,除了贺随还在单人四排落地开枪,其他三个人无聊地玩起了斗地主。

这么多天,霍嘉鲜每天上来晃啊晃,简直就是个可爱的吉祥物,几个人都习惯了她的存在。

现在见霍嘉鲜上来,几人明显精神了不少。

跳跳虎:"怎么刚才没看到你啊,嘉鲜妹妹?"

霍嘉鲜:"啊,刚才我出去散步了。"

"这么久?要注意安全啊。"阿雳接上话,"你要运动的话,其实二楼也有健身房,史迪还会叫老师来给我们上普拉提课。"

霍嘉鲜笑眯眯地说:"谢谢阿雳哥,我知道啦。"

尼罗低头擦了擦刚刚摘下来的眼镜:"对了,小霍,昨天你买的那个明虾很新鲜呀,多少钱一斤?我妈还蛮喜欢吃的,麻烦改天帮我买点儿。"

霍嘉鲜心说这虾根本不是我买的,我知道就有鬼了,便连忙胡扯了一个价格:"应该是几块一斤吧,我有点儿忘了。"

"几块?!"这回连阿雳都震惊了,"哪里买的,这么便宜又新鲜?!嘉鲜,有空也帮我买点儿呗。"

也是阿雳现在没看弹幕,否则就会发现看直播的水友们都震惊了。

"啊?!哪里的虾这么便宜?!梦里吗?!"

"今天我刚去超市里看过,三十五块一斤,这真的是同一个世界同一种虾?"

"这是烧饭阿姨的声音吗?好年轻啊。"

"感觉这个阿姨在耍我阿雳哥!"

"阿雳哥,别看到个女的就被骗了啊,回去要跪搓衣板了。"

"厉害,这都能相信,TT 的人果然都是铁憨憨!!"

霍嘉鲜哪管别人怎么说,演戏演多了,一向面不改色心不跳:"好呀,阿雳哥。"

训练室里的气氛正热火朝天,门突然被推开,从外面走进来一个人。

霍嘉鲜终于认出这个人是许久未见的教练强哥。

自从霍嘉鲜住进 TT 基地,这十来天,还真的从没见过他。

"哎哟,大家都在啊。"强哥显然在直播,手里的手机镜头直接对着一队队员,"来来来,给大家看看我们刻苦训练的队员,还有我们新来的美女妹妹。"

这未免太过没礼貌了，而且他脸上的笑透着虚伪，霍嘉鲜觉得很不舒服。

趁镜头还没拍到自己的脸之前，霍嘉鲜直接伸手挡住了镜头。

"我同意让你拍我了吗？"少女的脸上露出不满的神色，"麻烦你心里有点儿数，就你的镜头，还不配拍我这种大美女。"

女孩子本来还是笑吟吟的，而面对强哥的时候，立刻变了一个样。

强哥的直播间还开着，里头至少有十几万的活跃观众，再加上这个房间的四个队员在，他觉得面上有些挂不住了。

"你什么意思？"强哥脸色阴鸷地反手就把直播关了，"就一个烧饭的人，还敢和我摆谱儿？"

强哥整整比霍嘉鲜高出一头，且块头也大，少女单薄的身体和他相比，简直不值一提。

阿雳看这架势，心道不好。

强哥向来脾气大，现在嘉鲜又这么拂他的面子，绝对把他惹火了。

听说强哥吵起架来，连女朋友都打，如果嘉鲜挨上他一巴掌，估计小姑娘半条命都要没了——

阿雳越想越着急，连忙上来劝架："哎，强哥，我们都在直播呢，别气了，别气了。"

"关了！"强哥的话是冲着阿雳说的，眼睛却恶狠狠地瞪着霍嘉鲜。

就算隔得很远，霍嘉鲜还是能闻到强哥身上的酒气。

"臭娘儿们，你还不给我道歉？"强哥威胁霍嘉鲜，"你信不信我让俱乐部分分钟把你开了？到时候，你都没处哭去。我告诉你，现在你在这房子里就是个烧饭的！别摆你那千金大小姐的谱儿，懂了没有？"

霍嘉鲜简直要听吐了。

她也懒得和这傻子废话，目光扫了房间里其他四个人一圈。

阿雳在劝架，尼尼应该也会过来劝，估计跳跳虎有点儿怕强哥，所以不敢过来，但他眼里也是充满担心之色。

还有贺随……贺随也在看霍嘉鲜。

其他三个人的电脑屏幕黑了，只有贺随的还亮着，他还在直播单人四排。

霍嘉鲜的心里瞬间有数了。

强哥步步紧逼，凶神恶煞一般，几乎下一秒，巴掌就要落到她身上，霍嘉鲜却一点儿不怕，往后退了两步，嘴一撇，湿漉漉的鹿眼很快蒙上一层水汽。

"我……我没有摆谱儿呀。"她小心翼翼地解释，"对不起呀，我以为你是官博过来拍训练日常的人。因为我就是个烧饭的人嘛，也不想出镜抢哥哥们的风头，所以就和你开了一个玩笑……"

得，她竟然真的就顺着强哥的话说下去了。

这话倒让强哥更恼火了："你以为我是谁？我是教练，你不知道？"

"我……我当然不知道呀！"霍嘉鲜拼命说着"对不起"，"我来基地十天了都没见过你，真的不知道你就是教练……对不起、对不起……"

妹子泪眼汪汪，可怜巴巴的，看上去尤其惹人怜爱。

连跳跳虎都看不下去了，于是战胜了对教练的恐惧，勇敢地站了出来。

"教练，算了吧，我做证霍嘉鲜真的不知道。"跳跳虎说，"也是我们不好，没人和她介绍过你。要是知道今晚你会过来，我们肯定会提前和她说的。"

强哥的一腔怒火被这一通解释硬生生堵住了，发也没处发。

霍嘉鲜这才冲贺随那边看了一眼，像是才发现贺随还开着直播，"啊"了一声，吃惊地捂住了嘴巴："啊，随神，你还开着直播吗？我是不是说了什么不该说的话呀？对不起、对不起！"

为了让戏演得更加到位，她还鞠了两躬，惊慌失措中带着无助和不安。

"没事。"贺随笑了一下，后面这句话却是对强哥说的："强哥，你要不要看一下现在水友们在我的直播间里说了些什么？"

行了，前戏演完，正戏终于要开始了。

霍嘉鲜功成身退，低头啜泣两声，后退两步站到一边去。

强哥有些错愕地扭过头去："你……贺随，你怎么还开着直播？！"

刚才阿雳提醒他的时候，他就以为所有人已经把直播关了啊！

贺随背对着强哥，站起身，声音缓慢而平静，却带着极具压迫性的危险气势。

"强哥，好久不见了啊。"

"哎，贺随，你快把直播关了。"强哥酒醒了大半，也顾不上再骂霍嘉鲜来挽回自己的颜面，"今天我喝多了，说话有点儿上头，大家别介意啊。"

贺随冷笑："我们在训练，你在喝酒？"

强哥没想到今天贺随的态度这么强硬，明显愣了一下："这不是我女朋友来M市玩吗？我刚送走她。"

"女朋友？"贺随终于转过身，目光直视强哥，"上个月阿雳的女朋友也来M市看他，你看他出去过几次？史迪是给他放了一天假，但他只陪女朋友吃了顿晚饭就又回来训练了。他女朋友在M市一个礼拜，都是自己一个人待着。"

"我……"强哥不知该说什么。

贺随冷声道："你身为TT的教练，平时不在基地观赛复盘、研究战术就罢了，现在一回来还要对着一个小姑娘逞威风，你拍我们倒是无所谓，但拍她，经过她的同意了吗？"

"对，就是。"跳跳虎在一边忍不住插了一嘴，"霍嘉鲜的工作内容是做后勤，又没有规定她长得漂亮，就必须得为我们出镜圈粉。强哥平时你靠我们涨涨人气就罢了，嘉鲜妹妹不乐意，所以你要发脾气，这就不太厚道了吧？"

霍嘉鲜低头琢磨着，这时候自己要不要再来上两句煽风点火的话？

强哥终于咬牙切齿地开了口："贺随，我知道了，你就是在搞我。"强哥刻意压低了声音，因为离贺随远，估计直播间里的水友听不到。

贺随倒没让他如愿，神态自若地道："我搞你？我为什么要搞你？就因为当时你把自己的工资压那么低才进的TT，结果不干正事，天天靠TT的名气搞直播赚钱？"

除了不知情的霍嘉鲜，房间里所有人的心里都咯噔了一下。

不是，随神怎么就这么光明正大地把这件事说出来了？

半年前，《绝地求生》冠军联赛转会期开放，他们之前的教练卸任去做了解说。TT本来想从国外引进教练，后来觉得太贵，于是把视线锁定在了强哥和另外一个教练身上。

他们的转会费都差不多，四十万元上下，带的俱乐部不算顶尖，成绩也是差不多的。

本来贺随他们四个觉得另一个教练更好些，因为赛场上也见过面，觉得对方的战术思维很适合 TT 的打法。

只是没想到，最后史迪还是垂头丧气地给他们带来了强哥做他们的教练的消息，就因为强哥把自己的工资压到了管理层无法想象的地步。

这半年来，一队员们也总算见识到了强哥的水平。之前强哥带的那支队伍明明集结了一众猛男，成绩却一直起不来。队员就跟着这种教练，俱乐部没有在联赛里降级已经是谢天谢地的事了。

所以，这半年来 TT 的成绩也不算突出。

论坛上带节奏的帖子一拨又一拨，网友都把火力集中在了最受人瞩目的贺随身上。他一直没说什么，也就一个人扛下了所有质疑声。

只是之前他没说什么，不代表真的就不想说。

不说《绝地求生》冠军联赛的战队了，欧美、东南亚那些赛区的哪支战队不是天天在研究与时俱进的战术？

《绝地求生》赛制一改再改，运营在比赛里的重要性大大提升。现在 TT 的成绩是靠枪法硬打出来的，但老本儿总有吃完的一天。

贺随背负的东西远远比那些"弹幕教练"看到的要多得多。

面对贺随的质疑，强哥无法反驳，只能硬着头皮说："你敢这么对我说话？"

"我为什么不敢？"贺随不怒反笑，"我是 TT 的队长，是队伍的核心和绝对主力，就算俱乐部把我挂牌，也没人买得起我！你又是什么东西？"

妈呀，太帅了。

全程低头装死默不作声的霍嘉鲜，在此刻偷偷摸摸地抬头看了贺随一眼。

男人半靠着桌沿，灯光从头顶照射而下，额前的碎发在他的眼睑下映出阴影。他的眼窝极深，眼距又窄，这张脸平时看着就没有什么温度，此时更是布满慑人的寒意。

偏偏贺随薄唇微扬，漫不经心里甚至带了些若有似无的笑意："张秉强，你说呢？"

张秉强是强哥的本名。

强哥进TT以来，贺随虽然话不多，但态度还不错，见面都会叫上一声"强哥"。

但现在贺随这么叫……

强哥意识到，不管外面怎么说，自己做电竞教练的这条路算是走到头了。

他颓然地看着贺随，在那一瞬间面如死灰。

转会期在一周后如期而至。

一周前的直播间事件让论坛舆论全转向了TT战队，也让TT顺理成章地摆脱了强哥这颗毒瘤。

不过事后联赛依然因为贺随在录播回放里的挑衅言论，对他进行了严肃的批评。俱乐部也因此发布微博公告进行道歉，扣除了贺随三个月的工资。

三个月的工资对贺随来说倒是无所谓，但其他三个人确实感觉有点儿不好意思了。

这一个礼拜，三个人轮番请他们失去工资的队长吃海底捞，弄得霍嘉鲜蹭饭都快蹭腻了。

新教练还没谈好，史迪又把TT之前的教练请了回来，让他先在过渡时期帮忙看看一队的训练。

这人叫Cody，自从辞任教练去做了解说之后，生活滋润了不少。

从前只要TT比赛出现一点儿失误，键盘侠们就能从"贺随飘了"骂到"傻子教练不负责任"。现在没有了这种巨大的精神压力，Cody都胖了好几斤。

见到贺随的第一眼，Cody就叹了口气："又瘦了？"

"可能吧。"贺随正对着电脑练枪，看都没看他一眼，"昨天的训练赛录像在尼罗那里，你过去问他拿。"

Cody拍了拍他的肩膀，语重心长地说："要注意身体啊。"

"哎呀，肉麻死了。"这回是跳跳虎接上话，语气夸张地说，"要不是当时你一走了之，这半年随神怎么可能会这么辛苦？"

"你也知道我老婆家里催得紧，我没办法专心做教练工作了。"Cody

笑嘻嘻地应道，"也对，太子你还小，不懂这些。"

跳跳虎无语。

Cody一回来就开始阴阳怪气了。

于是跳跳虎索性闭嘴，也对着屏幕开始专心练枪。

几个人是老熟人，复盘什么的根本就是轻车熟路的。

等到下午训练赛彻底结束，大家已经讨论出很多有价值的改变方向。

"断后！断后一定是最重要的。"Cody总结，"看屁股的那个人最好不要加入正面战斗，一定要永远盯着后方，保证没有人偷偷摸过来。春季赛时，很多队伍因为这点没做好而吃了亏。断后位的人也许会白给，但是他的死会给前面的队友一个提示——他能使你们保持有生力量，以防被迅速团灭。"

阿霈揉了揉太阳穴："我断后确实做得不好。"

"再练练吧。"Cody笑笑，鼓励他，"你这么老了，能做到这种程度已经很不容易了。"

阿霈不知该说什么。

霍嘉鲜上楼叫他们下去吃饭的时候，正撞见Cody的毒舌场面。

Cody还是第一次见她，一扭头眼睛都亮了："哟！这就是我们新来的漂亮妹妹？"

差不多相同的话被Cody和强哥说出来，霍嘉鲜的感觉完全是不一样的。

TT在Cody任教期间拿过两个国内冠军，霍嘉鲜对他颇有好感："是……Cody？你好，我叫霍嘉鲜，你叫我嘉鲜就行。"

少女的鹿眼笑意吟吟，像两弯水汪汪的月亮，漂亮又纯净。

Cody有些惊讶她比自己想象中的还要好看："嘉鲜妹妹会打《绝地求生》吗？"

Cody竟然问了个和贺随一样的问题。

霍嘉鲜点了点头："会啊。"

"水平怎么样？"Cody问。

"我很菜的。"按照原来写好的剧本，霍嘉鲜不好意思地笑了笑，"但是哥哥们很厉害！我给他们加油！"

"啧啧啧，那就不太好了。"Cody叹了口气，"在我们TT有个不成文的规定，那就是一个人的游戏平均击杀数值起码要到 4 以上。"

贺随、跳跳虎、阿雳、尼罗一脸茫然：我们怎么不知道这个规定？

霍嘉鲜先是愣了一下，正想表示自己的平均击杀数值是不可能打上 4 的，就看见 Cody 笑眯眯地往旁边一指，脸上满是狡黠之色。

"喏，这随神，国内《绝地求生》数一数二的猛男！嘉鲜妹妹，要是你喜欢 TT，想要留在这里长期工作的话，最好多来找随神，叫他多教你玩玩游戏，争取快点儿把游戏水平往上提一提，别给 TT 丢脸。"

贺随无语。

Cody 的表情都那么明显了，霍嘉鲜哪能不懂他的意思？

那一瞬间，她立刻把话吞了下去，兴高采烈地点了点头，目光灼灼地看向贺随："真的可以吗？我好高兴啊，谢谢随神！你放心，我一定会努力，不会给 TT 丢脸的！"

牵线成功，Cody 功成身退。

"那正好现在随神你在练枪，反正也不饿，就先帮嘉鲜妹妹熟悉一下手感吧！"Cody 说。

贺随又语塞了。

训练室里一瞬间空了，饶是主动如霍嘉鲜都有些尴尬。

贺随半靠在电竞椅上，腿显得格外长："你想学？"

霍嘉鲜："嗯嗯。"

"那过来吧。"贺随转了回去，"你用我旁边这台电脑。这是替补队员的，最近他在休假。"

霍嘉鲜乖巧地坐了过去。

"那个……请问这电脑怎么开呀？"霍嘉鲜思索片刻，决定从一个白痴开始演起，"我从没用过这个，不太会呀。"

贺随正切进训练场："屏幕右下角按一下。"

霍嘉鲜依言照做了。

贺随帮她打开游戏平台："之前你是不是玩过？登录一下。"

霍嘉鲜正想把自己的账户密码输进去，但是突然意识到一个问题。

自己那个"woshixiaoxiannv"的账号，先不说段位和天梯排名绝不属于一个菜鸡，就是这 ID 只要一跳出来，贺随绝对会认出自己！

她惊出一身冷汗。

霍嘉鲜悄悄把刚输入的内容删了，又偷偷摸摸地看了身边的贺随一眼。

幸好对方正在专心练枪，并没有注意到她的小动作。

见霍嘉鲜看过来，贺随微微侧过脸问："怎么不登录？"

"太久没玩，有点儿忘记了，"霍嘉鲜小声道，"你等等呀，我要想一下。"

看着少女皱眉苦思冥想的样子，贺随也不逼她想了，直接帮她输了一个账号登录进去："这是我的一个小号，等级比较低，你应该能用。"

她竟然用到了贺随的小号！

因为职业选手的技术极其恐怖，堪称外挂，经常会被游戏误封，所以每个人会备几个小号，以防大号被检测误封而进不了游戏。

贺随更是其中的典范。

霍嘉鲜觉得自己有些激动到大脑缺氧，这种一点点进入"男神"的生活的感觉实在太不真实了。

她恨不得立刻打电话去和尤喜分享，但最后总算是克制住了："好，谢谢随神！我一定不会让你失望的！"

"不用太紧张，也不用勉强自己。"贺随帮霍嘉鲜切进训练场，"刚才 Cody 说的话就是开玩笑，没有的事。"

霍嘉鲜心知肚明，却还是点点头道："好，谢谢贺随哥哥！我尽量试试，打得不好你不要笑我。"

最后的语气活脱脱就是个紧张兮兮的小可怜，乖巧懂事得让人心疼。

贺随没再看她。

他滑动着鼠标，语气中是一种公事公办的感觉："每把枪会有不同的后坐力，每个版本的枪感也会不太一样，平时我们练得最多的就是压枪。我是手腕流的，鼠标的扫描精度1200，你要根据自己的情况做相应的调整。"

贺随是手腕流，鼠标的扫描精度1200，灵敏度25，键盘喜欢斜放着，最爱用的枪是 M416 全自动步枪和 MINI14 狙击步枪。

一切细节，作为 TT 的粉丝，霍嘉鲜都倒背如流。

她看着贺随的侧脸，小心翼翼地明知故问："贺随哥哥，压枪是什么呀？"

"现在我拿一把 M416，你看，如果我不控制鼠标往下压，枪口就会一直往上飘。"贺随对着训练场里的空白墙壁打出一梭子子弹，"你看，这样 30 颗子弹的弹孔就往上连成了一条线，对吧？"

"嗯嗯，对的。"

"但是我们希望这 30 颗子弹全打在一个点上。"贺随的话音刚落，再次开枪，这回他娴熟地控制右手手腕往下压，"你看，这样枪口就不会往上飘了。如果这里站着一个对手，那么所有子弹都会打到他的头上。他必输无疑。"

"哇！"霍嘉鲜捧场般拍了拍手，"讲得好好，我一下子就明白啦！"

"练练？"今天贺随格外有耐心，"新手的话，可以先从突击步枪练起。这把枪后坐力小、伤害高，装上三倍镜以后，不要配件都可以很稳，比较好上手。"

突击步枪可是空投箱里的稀缺资源，那能不好吗？

霍嘉鲜用力点点头，明知突击步枪在哪个位置，却还是绕着整个训练场吭哧吭哧地跑了两圈，这才假装找到，把小白的形象演绎得淋漓尽致。

十分钟后……

"贺随哥哥，是这样吗？"

贺随看着霍嘉鲜活蹦乱跳到极致的枪口，陷入了沉思之中。

"只要往下压就可以了，不要左右晃。

"用力均匀点儿，不要紧张。

"侧身开镜会更稳一点儿，你也可以蹲在地上，基本上没有后坐力的。"

霍嘉鲜看着贺随渐渐紧皱的眉头，怀疑自己会不会演过头了。

但是开镜压枪这种基础操作已经成了她的第一反应啊！

现在她已经很努力往菜鸡的形象靠拢了，这已经是自己最逼真的表演了！

贺随看着心累，霍嘉鲜演得更心累。

但她不能喊停，因为不想在"男神"面前表现得像是那种很容易就退缩的懦夫。

于是，亚服排名前十、H国服排名前二十、靠强大控枪技术圈粉无数的霍嘉鲜小朋友奋力在电脑前面又练了半个小时。

晚上 6 点钟，贺随再次结束一把单人四排，站起了身。

霍嘉鲜以为他要下楼吃饭，正想趁他离开时好好偷个懒，就发觉"男神"站到自己身后，低声开了口。

"介意吗？"

"啊？"

男人清冽的气息完全包裹住了她，霍嘉鲜的大脑一片空白。

"我说，介意吗？"贺随很有礼貌地微微弯腰，在两人之间留下一小片空隙，"不介意的话，我把住你的鼠标，带你感受一下。"

霍嘉鲜的大脑嗡的一声响，她也不知道自己应了句什么，只瞪大眼睛，呆呆地看着那只在战场上杀人无数的右手轻轻覆到了自己的手背上。

这只手指节修长，骨节分明，白得有些不像话。

贺随和霍嘉鲜下楼的时候，其他四个人都快吃饱了。

一看见两人下来，Cody 还打了个响亮的饱嗝，喜气洋洋地道："怎么样，随神，压枪压得很不错吧？"

霍嘉鲜一时无语，总觉得这话有些怪怪的。

贺随没搭腔，Cody 倒也没觉得尴尬，反过来又问霍嘉鲜："妹妹玩得开心吗？"

"开……开心呀。就是我真的很菜！随神没生气，我就已经松了一口气啦！"

说完，她还呼地往外深吐一口气，俏皮地眨了眨眼。

Cody 乐了："唉，他就是脸上没什么笑容，其实脾气还不错的。原来我就总是和他说，玩游戏嘛，主要就是放松心情，快乐就好。他这人就是想太多了，压力大，搞得严肃得要死，活该单身到现在。"

"还好呀。"霍嘉鲜帮"男神"挽回尊严，"随神还这么年轻，肯定要专注事业啦！不像……"

讲到这里，霍嘉鲜像是突然意识到了什么，连忙噤声，不好意思地笑着缩了缩脖子。

就算 Cody 再傻，也知道霍嘉鲜想反损他已经老了。

Cody 心想：喊，贺随不就教了她半个小时吗？这么快她就维护上啦？现在的小姑娘也忒好骗了。

Cody 想起自己年少时无数次撩妹失败的经历，颇为落寞地扭过头，又喝了口鱼汤。

唉，这小姑娘又好骗又会做饭，真羡慕贺随啊。

基地训练的日子一成不变，枯燥又乏味。

很快就到了七月下旬，《绝地求生》冠军联赛夏季赛马上就要开始了。

夏季赛的赛时比较长，足足有四个星期。四十八支队伍分为三个赛区，在周一、周二、周五分别进行小组赛，积分排在前十六的队伍继续进入周末的决赛进行角逐。

四周下来，积分最高的队伍就可以夺得夏季赛的冠军。

TT 被分在了米拉玛赛区，同组有好几个劲敌，论坛上传疯了，都说这个赛区就是死亡之组，比赛有的看了。

更让霍嘉鲜担忧的是，FLG 也同在米拉玛赛区。

这意味着，小组赛的时候 TT 就会和他们最大的对手遇见。

阴人、恶心人的事，FLG 不是没有做过，但 TT 的常规跳点离他们比较远，也不怕刚落地没"发育"好的时候就撞上。

而对一队这群血气方刚的少年来说，和 FLG 分在一个小组里，本身就是一件令人热血沸腾的事情。

"如果我们不和 FLG 硬碰起来，估计这比赛的乐趣会少一半吧。"跳跳虎手里拿着瓶钙奶，为这场大战的序幕慷慨陈词，"大话我就放这里了——只要我们遇到 FLG，就见一次杀一次，夏季赛我不拿他们十个二十个人头，就改游戏 ID！"

"改成什么？"贺随终于抬起眼，"跳跳猪？"

跳跳虎年纪还小，心气浮躁，向来说话不着调。

但从大放厥词那天开始，他还真沉下心来待在训练室里，把自己每天排位赛要杀的人头数量增加了一倍。

一队队员一门心思训练的时候，霍嘉鲜也没闲着，每天晚上偷偷跑去冯曼若的家里上线直播。

她的直播时间渐渐固定,粉丝也比之前更多。

在海鲜 TV 的游戏区《绝地求生》板块,只要贺随他们不上线,她往往就能拿到第一、第二的热度。

直播的同时,霍嘉鲜在潜移默化地夹带私货,帮 TT 积攒路人好感。

"今天教大家一招切座瞬狙。"霍嘉鲜熟练地操作着鼠标和键盘,"看到没有,我右前方有一个人在打我,我把车开到公路上,现在速度很快,这时候,我从驾驶座上切到副驾驶座上,车有惯性会往前冲,是不会停的。好了,我锁定位置,快速开镜,然后凭借感觉一枪狙出去!"

砰的一声,伴随着沉闷的声响,消音狙击枪射出子弹。

霍嘉鲜自信收枪,在车速减缓的时刻,成功切回驾驶座上,将车快速驶离公路。

屏幕正下方很快弹出一条击杀信息。

"你使用 AWM 爆头击杀了 bieshawo。"

很快直播间被刷屏了。

"无情!"

"这一枪瞬狙太帅了。"

"我眼睛瞎了,连人都没看到。"

"主播用锁头挂,举报了。"

"最绝的是凭借感觉来一枪!"

"凭借感觉可还行?哈哈哈,求问主播这种感觉怎么培养?"

霍嘉鲜瞥了眼弹幕助手,很快回复了这位水友的提问。

"也不用下太多功夫。"她热心而真诚地说,"多去随神的直播间看看就行,我就是从他那里学来的。"

弹幕再次被无数的"哈哈哈哈哈"覆盖。

"随神迷妹小仙女又上线了!"

"我竟然还当真了。"

"我在随神的直播间都 12 级牌子了,怎么还没有学会?"

"小仙女什么时候和随神双排玩两把呗,想看你们 50 杀'吃鸡'!"

霍嘉鲜无语:"50 杀'吃鸡'?还不如炸飞机来得实际点儿。"

很快,这一堆欢乐无比的弹幕中出现了不和谐的声音。

"天天蹭 TT 的热度,你看看有人理你吗?"

"刚才那枪没开挂？主播敢不敢开镜头？以为我是傻子？"

"对 TT 无感，取关了。"

…………

这几个人挂着 FLG 队员直播间的牌子，也不知道是不是反串黑，霍嘉鲜都快被气笑了。

"不想看就别看，我就喜欢蹭 TT 的热度，关你什么事？现实中没人理你，天天到网上来找存在感？不过你们倒是给我增加了不少热度，谢谢咯。"霍嘉鲜高兴不已。

这个"咯"字可谓精髓，让人火冒三丈却又无可奈何。

12 点，霍嘉鲜心满意足地下了播。

冯曼若还没回家，霍嘉鲜算了算时间，再过半个小时，一队队员差不多就训练结束了。

这么一想，她索性开车出去，跑到几公里之外的地方帮队员们买了一些夜宵回来。

刚回基地，霍嘉鲜就觉得气氛不太对劲。

本来应该还在训练的一队队员们此时正围坐在一楼的餐厅里，没人说话，也没人玩手机。

Cody 坐在最外面，刚点上一根烟，也不知道是抽第几根了，空气里烟雾缭绕。

霍嘉鲜小心翼翼地进去："有人饿了吗？我带了夜宵回来。"

"哦，谢谢，放这里吧。"尼罗推了推眼镜，站起身道，"虎仔应该饿了，来吃点儿。"

"不饿，不吃！"霍嘉鲜这才发现跳跳虎眼眶微红，像是刚刚哭过的样子，"谢谢嘉鲜妹妹啊，但现在我真的没心情吃东西。"

霍嘉鲜放下手里的东西，停顿半晌，开口问："是发生什么事了吗？"

"老雳他……"尼罗慢吞吞地看了贺随的背影一眼，"今晚我们打完训练赛，老雳身体出了一些状况。"

霍嘉鲜感觉不对："什么状况？"

Cody 吐了一口烟，终于开口："他去上了一趟卫生间，却在卫生间里摔倒了。应该是他腰椎间盘突出比较严重，造成下肢麻木无力。没想到他摔倒的时候，后脑勺正好撞在大理石的洗手台上，受伤比较严重，刚刚被送去医院了。"

霍嘉鲜吓了一跳："那他没事吧？！"

"没什么大事，现在已经醒过来了。"Cody语气担忧地说，"但不知道是不是有血块压迫了大脑神经的缘故，刚才他出现了短暂的失忆现象，连我们是谁都记不起来了。"

啊。

霍嘉鲜觉得有点儿蒙，直接愣在原地。

她下意识地看了站在窗前的贺随一眼。

贺随的背影挺拔颀长，双手插在裤兜里，肩宽而平，他似乎已经在那里站了很久很久。

不知怎么的，霍嘉鲜总觉得衬着暗影憧憧的窗外夜色，贺随的身影显得越发孤独而落寞。

她抿了抿唇，不知道该说些什么。

Cody苦笑着安慰她："没事的，嘉鲜，老雳只是短暂失忆，现在已经恢复了，就是要留在医院做全面检查。目前来看，是没有什么大碍的，你不用太担心他。"

"可是……"霍嘉鲜轻咬下唇，却没了下文。

就连她都不知道自己该说些什么来安慰这群男孩子了。

对一队来说，阿雳的倒下不仅意味着夏季赛即将失利，更多的是不安，是难过，是无处发泄的痛苦挣扎情绪。

每一个电竞职业选手都将面临同样的未来：巨大的压力、伤病的折磨、衰老的降临。

而电子竞技中最不缺的也许就是告别，和并肩作战的队友告别，和志在必得的胜利告别，也必须和过去的自己告别。

才二十岁出头的年纪啊，他们却像是已经走完了漫长的一生。

Cody弹了弹手里的烟灰，语气故作轻松地说："行了，大家先回去休息吧。明天下午的训练赛我们就先不参加了，一起去医院看老雳。夏季赛的事你们也别胡思乱想，到时候我和史迪那边也商量一下，看是让一队的替补上，还是从二队拉个人上来。"

"不用。"贺随终于转过身，神色平静，像是什么都没有发生过，"明天的训练赛我们照常参加,但是别开直播,阿霈的号让替补来打。过两天就是第一场小组赛了,如果让外面的人知道我们在这个时间点换人,论坛上的节奏会先把我们击垮。"

跳跳虎有些难以置信:"那我们就不去看阿霈哥了吗?!"

"嗯。"贺随点头,"第一场小组赛结束后再去吧。"

尼罗在一旁应了声"好",生生把跳跳虎的质问顶了回去。

随神怎么可以做到这么无动于衷?!就这样假装阿霈哥什么事都没有吗?!阿霈哥为俱乐部牺牲到这种程度,到头来竟然没一个队友陪在他的病床前?!

跳跳虎紧紧攥起了拳头,怒视着贺随慢慢走上楼。

等贺随走了,霍嘉鲜连忙把夜宵往跳跳虎面前推了推:"快吃点儿吧。"

"不吃。"跳跳虎心里还是不爽,又转向Cody:"哥,明天我还是要去看阿霈哥,训练赛我不打了。"

Cody良久都没说话,最后长长地叹了口气。

"听话。"他说,"还是听你随神的,别去了。"

"凭什么?!"

跳跳虎一听Cody也倒戈,站起身一甩椅子,怒气冲冲地也上楼去了。

尼罗见势不妙,连忙上去劝架。

"唉。"Cody看着跳跳虎的背影,又叹了口气,"这孩子和随神年轻的时候一样,都是倔脾气。"

霍嘉鲜问:"阿霈哥他……真的没事吗?"

"嗯。"Cody说,"这毛病死不了,需要做个手术好好调养,以后也会慢慢好起来的。"

"那以后打比赛……?"

"打不了咯。"Cody苦笑了一下,"估计以后老霈和职业赛场无缘了。"

霍嘉鲜没再说话。

她的大脑有些呆滞,反反复复只想着一句话:既然赛场上再也看不到阿霈的身影了,那是不是迟早有一天,TT_suishen这个ID也会在《绝地求生》的赛场上消失不见？

第二天，霍嘉鲜起得很早。

昨晚发生的变故使她一晚上没怎么睡好，早上8点就醒了。

她在床上翻来覆去睡不着，后来索性起床，换了身衣服想要出门跑步，好让大脑清醒一下。

哪知她刚出基地的院子，迎面就看到一个熟悉的面孔。

贺随短袖里穿着一件深色长袖打底，将他身上冷厉的气质抹淡，平添几分少年气。

盛夏的阳光很猛烈，照射在他汗水淋漓的脸上。他额前碎发凌乱，浸润汗水，一截高挺的鼻梁露了出来。

贺随看到霍嘉鲜诧异地看着自己，脚步慢了下来："起得这么早？"

"嗯，"霍嘉鲜没想到贺随也出来跑步了，"随神吃早饭了吗？我去给你买点儿。"

"一起去吧。"贺随早就跑过她身边了，声音微扬，"正好你也要晨跑。"

霍嘉鲜紧了紧脑后高扎着的马尾辫，应了一声，连忙跟了上去。

两人一路跑到几条街之外的早餐铺，霍嘉鲜早就已经吃不消了。

"随……随神。"她上气不接下气地说，"你跑了多久了呀？能不能休息一下啊？"

"一个多小时吧。"贺随看了眼手表，"今天刚开始恢复锻炼，不算很久。"

这还不久？！

霍嘉鲜："原来你都跑好几个小时的吗？这也吃得消？"

贺随买了两份早饭，随便在角落找了个位置坐下。

"嗯，是的。"他将早饭递给霍嘉鲜，难得耐心地给她解释，"我刚打职业赛那会儿还小，一开始只能在俱乐部看饮水机当替补，没什么上场的机会，每天除了自己练枪，也没什么事干。当时还是阿霁和我说的，让我有空多锻炼身体，以后想锻炼也没时间了。"

贺随说到阿霁的名字，眼神明显黯淡了一下。

霍嘉鲜没想到自己又戳中了贺随的痛处，只好小心翼翼地低头咬了几口饭团，但最终还是开口问他："跳跳虎他……没事吧？"

"嗯，和他谈了谈，没事了。"贺随的嘴角勾起一个极小的弧度，似是宽慰她，"我们这支队伍身上的光环太多，同时也要顾虑更多东西。"

霍嘉鲜低下头："你是队长的话，压力肯定很大吧？"

"还好，其实也没什么。"贺随耸了耸肩，"有压力也是正常的，至少在做自己喜欢的事。"

很公式化也很合情理的回答，霍嘉鲜觉得他没在说实话。

但她没再逼问。

两个人很快吃完了早饭，还给尼罗他们也买了几份。

太阳渐渐变得毒辣起来，两个人没再跑步，而是选择沿着梧桐树的林荫道走回去。

两人一路沉默，快到基地门口的时候，霍嘉鲜终于忍不住了。

她停下脚步，叫了声"随神"，也不敢看贺随，就直接把自己这一路想好的台词一口气全说了。

"随神，你应该不知道其实我喜欢你很久了，也一直看你的直播。虽然我玩游戏玩得不好，但我真的觉得你是世界上最好的队长！"

她没有说"最厉害的杀人王"。

她说的是"最好的队长"。

贺随渐渐停了下来。

他站在霍嘉鲜前面几米处，树荫在他的眉眼上映出斑驳的影子，像水面上转瞬即逝的粼粼波光一样耀眼。

贺随微微侧过脸，看了霍嘉鲜几秒，先是没说话。

霍嘉鲜有些紧张地解释："不过，随神，你真的不要误会，我不会骚扰也不会影响你们的正常训练，如果你觉得困扰，我立刻走也行。我最困难的时候是 TT 收留了我，我特别感激，也特别爱这个大家庭。"

贺随挑了挑眉。

霍嘉鲜继续道："现在我只是想告诉你，支持你们的人永远比喷你们的人要多，高峰低谷，我们都会陪你们一起走过去的。"

我们不会在巅峰时慕名而来，也不会在低谷时离你们而去。

贺随侧身站着，单手插兜，换了个懒散的姿势。

霍嘉鲜心里更加七上八下的："所以……所以我就是想让你们不要太有压力，不要太难过，我们会永远支持你们的！嗯！"

"不是……"贺随皱了皱眉，让霍嘉鲜的心一沉，"我等很久了，你怎么还没说到为什么我是'最好的队长'？"

霍嘉鲜无语。就这啊？

要说贺随为什么是全世界最好的队长，她说一天一夜都说不完啊！

Cody还没进别墅的时候，在大门外听见基地里传出了少女滔滔不绝的声音。

"对呀，随神，就去年转会期的时候，TT不是走了两个老人，上了两个新人嘛。原本你直播四排就喜欢和原来的队友排，结果两个新人一来，你直播的时候就变成只和新人打了。当时论坛里大家说得好难听，说你人缘差，说你薄情寡义，反正什么故事他们都编得出来！

"其实我们知道的呀，那些人离开TT后，还经常来你的直播间溜达，送飞机，明显就是和你的关系还很好呀！有点儿脑子的人就想得明白的，你和新人玩，肯定是想用自己的人气把他们人气也带起来。新人的工资低，训练强度大，直播间人气高一点儿，这样新人还能赚得多一些，对不对？

"你明明照顾到了每一个人，却偏偏被那些有心之人利用，造谣、乱喷你，想搞坏你的心态。

"因为他们知道，只要你倒了，TT就会倒；只要你还站着，TT就永远不会输。"

说到最后，霍嘉鲜的语速慢了下来。

少女的声音甜甜的，虽然软萌娇柔，却蕴含着格外坚定的力量，那些话语像是她笃信的真理。

Cody笑了，绕进了客厅："哎哟喂，这么早就在开茶话会啊？"

客厅里，男人和小姑娘面对面坐着，一个手里拿着温热茶水，一个手边放着加冰奶茶，气氛正相当热烈。

当然，这些热闹都是霍嘉鲜一个人演绎出来的。

贺随全程就当了个听众。看他那闲适的样子，让人不觉得他像是在听自己的八卦。

见 Cody 进来，贺随拿起自己的水杯站起身，适时制止了霍嘉鲜越来越兴奋的演讲。

"来了啊。"他说，"那上去吧，训练赛就要开始了。"

Cody："好啊。"

"哦，对了。"贺随提醒他们，"今天早上跳跳虎去弄头发了，应该快回来了。"

霍嘉鲜："啊？弄成什么样子？"

"不知道。"贺随说，"跳跳虎说，他要给自己一个新的开始。"

话音刚落，别墅的大门被用力推开，少年顶着一头渣男锡纸烫，风风火火地冲了进来。

"大家都在啊，快看看我的头发弄得怎么样？"

看着那一头绿毛，贺随、霍嘉鲜、Cody 不约而同地陷入了沉思。

这算是新的开始？

《绝地求生》冠军联赛夏季联赛在两天后如期而至。

米拉玛赛区小组赛在周五进行，因为临时换上了替补，一队队员们的训练更加紧张了，甚至有时候连饭都顾不上吃。

一到晚上，霍嘉鲜也不好意思上楼去训练室影响大家训练了，于是吃完饭就跑到冯曼若家里去直播观察比赛。

两天下来，不同队伍的打法她也了解了个大概。

总体来说，这个赛季很多队伍的打法有很大的转变，对 TT 来说，夺冠之路只会更加艰难。

霍嘉鲜却不过多担心。

她信任一队，便也相信他们一定能证明自己。

第一周小组赛，TT 的替补队员上场着实让外界一阵轰动。

因为磨合时间短，替补队员也没什么大赛的经验，且由于过于紧张，每场比赛都有或多或少的失误，导致周中赛的时候，一队的成绩并不理想。

不过幸好还有贺随在。

他一个人拿的击杀分数就足够压着线把 TT 拉进周决赛。

周中赛结束那天晚上，TT 成员们的心情都不太好。

替补队员是个圆脸小男孩儿,年龄最小,叫唐葫芦。

他第一次上这种大型联赛,紧张加上前所未有的压力,技术发挥得并不出色,同时也是最自责的那个。

毕竟年纪还小,刚进基地客厅,唐葫芦就哭出来了:"对不起大家!我……我今天打得太烂了,我太菜了,不适合打职业赛……对不起大家,我拖累了你们,我和经理说,我马上就回家去读书……"

霍嘉鲜正在厨房里帮一队队员热夜宵,听到外面哭声震天,吓了一跳,连忙冲了出来。

跳跳虎、史迪和Cody他们三个正围着唐葫芦,你一句我一句地在安慰他。

史迪:"哎呀,哭什么哭,这不没事吗?反正我们也进周决赛了,决赛你再好好发挥呗!"

跳跳虎:"说老实话,你是不是回来一路上在看论坛?那论坛就是专门搞人心态的,我一开始打比赛也是差点儿被搞炸。别看了,乖,和我学学,趁早把它删了。"

Cody:"啊,原来你看了论坛啊?怪不得!就是,快删了,等哪天我们重振雄风,你再把它下载回来。"

霍嘉鲜听出了事情的大概。

唐葫芦显然没被他们安慰到,哭着说:"可就是因为我,你们才打得这么不好呀……要是没有我,你们随便打打都能进前三,哪里会压线到周决赛……就是因为我这个弟弟,你们才会被粉丝骂……"

霍嘉鲜听不下去了。

她拨开跳跳虎他们三个人,给唐葫芦递过去一张餐巾纸。

"唐葫芦,你是怎么进的俱乐部?"

唐葫芦边擦眼泪边说:"那个赛季,我花了一个月的时间打到了亚服第三、东南亚服第七。所以经理联系了我,让我过来试训,然后我就进来了。"

"嗯,你真的很厉害。"霍嘉鲜弯下腰,直视着唐葫芦的眼睛,"首先,你得打败几十万游戏玩家,才能问鼎各服排行榜。经理之所以联系你,必定是看了你的数据,觉得你有打职业赛的潜力,这才对你发出邀约,这个过程里,必定也有几十个人被淘汰。最后是试训,你不仅要和青训营的人竞争，还要和别的俱乐部过来的职业选手竞争，这个过程中，你又赢了多少顶尖高手？"

唐葫芦有点儿愣住："我……"

"成为一个职业选手是千军万马过独木桥的过程，因为有天赋又努力的人实在太多太多了。"霍嘉鲜缓缓道，"但是唐葫芦，最后留下来的那个人是你。"

客厅里一片安静，唐葫芦轻轻吸了吸鼻子。

对这个问题，其实霍嘉鲜在和她爸提出自己要打职业赛的时候，就已经想得很清楚了。

"如果我是你，如果我能和你一样拿到最后的这个位置，那我一定会无比珍惜这个机会，每一场比赛都全力以赴，并且永远相信，我一定可以。"

唐葫芦彻底没声了。

跳跳虎张了张嘴巴，总想要附和着说些什么。但话到嘴边，他又觉得自己的话和霍嘉鲜的比起来，实在太过苍白，于是最后还是闭嘴不语。

谁也没想到，最先打破沉寂的竟然是贺随。

从比赛场地回来，一路上贺随没有说过话。此时他靠在沙发的暗处，手里把玩着一个烟盒，声音低沉而有力。

"她说的也是我想说的话。"没人看得清贺随脸上的表情，大家只能看见他碎发下鼻梁挺拔的轮廓，"比赛打得好，那是我们四个人都打得好；比赛打得不好，那也是我们四个人都打得不好。以后谁也不准说退出的话，要打比赛，就认认真真地打好每一场比赛。"

随神终于发话，唐葫芦的沮丧与失落减轻了不少。

见弟弟总算不再难过了，霍嘉鲜终于直起身来，随后冲唐葫芦甜甜地笑了一下："我看了你今晚的比赛。你打的那个位置本来就不是出战神的，是专门干脏活累活的，第三把断后看屁股和第五把拉枪线你都做得很棒啦！好好复盘加油训练，我相信你们一定可以的！"

唐葫芦没想到新来的这个漂亮姐姐竟然能看得这么专业，被这么狠狠表扬了一番，现在脸都红了。

"啊，也没有……是我应该做的……"

"好了，不难过了吧？"霍嘉鲜眨了眨眼睛："大家饿了吧？夜宵马上就热好哟！"

史迪忙道："哎呀，热什么夜宵呀！今晚我请客，去吃海底捞！"

跳跳虎、唐葫芦："好！"

大家从海底捞出来，已经是凌晨2点多了。

深夜里，盛夏的暑气消散不少，虽然没有喝酒，但跳跳虎和唐葫芦已经疯开了。两个人勾肩搭背地走在前面引吭高歌，唱的还是霍嘉鲜根本听不清楚的说唱。

Cody直接开车回家了，另一边，史迪和尼罗也走在一起低声谈着事情。不知不觉，走在最后的只剩下霍嘉鲜和贺随两个人。

气氛有些尴尬，霍嘉鲜也不知道该说些什么，索性低下头无聊地踢着路边的石子。

冷不丁，她听见身边的男人开了口。

"你懂的东西还挺多的。"

"啊？"霍嘉鲜愣了一下，第一时间没反应过来贺随指的是什么，"什么？"

"关于比赛细节，你懂的东西还挺多的。"贺随看了她一眼，"连唐葫芦什么时候断后、拉枪线都看出来了。"

"啊……没有、没有，懂一点点而已。"

霍嘉鲜这时候才反应过来，刚才似乎自己说得有些多了。

普通观众看比赛，谁会去关心断后、拉枪线这种牺牲位的人？贺随这种疯狂杀人的突击手才是众人瞩目的焦点。

那些"弹幕教练"向来只会看你杀了几个人，那些干脏活累活的人，哪里会有人在意？

霍嘉鲜这枪都不会压的小姑娘能注意到这些，着实让贺随挺意外的。

面对少女拼命摇头否认，贺随淡淡地道："你有这意识挺好的。多练练压枪，游戏时长到几百个小时以后，你会有完全不一样的感受的。"

游戏时长早就过了四千小时的霍嘉鲜："谢谢随神教导！"

现在霍嘉鲜有点儿担心，等哪天贺随知道了自己的真实身份以后，会不会打死自己呢？

周决赛，TT 的最终成绩不尽如人意，位居第五，拿到了 30 分联赛积分。

别说 TT 的队员了，就连霍嘉鲜一上线开播，她的直播间里都多了好多带节奏的弹幕。

"主播不是说 TT 必夺冠？现在夏季赛都结束了，还想拿世界冠军？"

"TT 落后成这样，现在主播也吹不起来了吧？"

"听说贺随把阿霈气走了，所以夏季赛换上了一个新人，是真的吗？求解答！！！"

"随什么神呢，直接衰神算了。现在 TT 心态这么差，阿霈都走了，我看 TT 还能撑多久。"

"有一说一，我看随神第一视角，现在他的枪法确实没原来狠了。"

"枪不狠了？我只看到随神击倒的好多人头被抢了，但他依然上了战神榜，你是在这里搞笑吗？"

"有一说一，唐葫芦还是队里的短板，建议换下！"

"现在小仙女吹不动了吧，哈哈哈，坐等下周 TT 继续输！"

一开始，霍嘉鲜还让房管把这些言论都封了，自己好心如止水地玩游戏。

但打完一局，她又看了一眼直播间里的留言，气得实在有些坐不住了。

霍大小姐向来脾气不算好。别看平时笑意盈盈、一脸无害的样子，一旦谁惹到她，她立刻就会重拳出击。

眼下看着这群"弹幕教练"在拼命指点江山，她直接退到大厅页面，利索地把自己的游戏 ID 改了。

"suishen 最棒！"

果不其然，霍嘉鲜这一举动又引起了直播间大量人士的不满。

"关你什么事？"霍嘉鲜翻了个白眼，"爱看就看，不看拉倒。没证据说我开挂，小心我发律师函警告你。"

她没急着切进游戏，反而打开直播助手，翻起了那些骂 TT 的留言。

"兄弟们，我来给你们学一下狗叫。"霍嘉鲜慢条斯理地说道，"你们要不要听？"

她的死忠粉意识到她即将有意想不到的操作，直播间里便更加活跃了。

"哇，哈哈哈，我感觉名场面即将到来。"

"我感觉小仙女要重拳出击了,哈哈哈,我已经开始录屏!"

"要听要听。"

霍嘉鲜随手挑了一条留言开始读:"'贺随真的不行了,建议趁早退役!现在他就是 TT 的害虫!'"

"哎呀,这只狗叫得更响。"霍嘉鲜又挑了一条,"'队霸"实锤"!据说贺随把阿霁打进了医院,所以阿霁才没有上场。贺随怎么还没有被禁赛?'"

霍嘉鲜又挑了一条,这回已经被气笑了:"还有这只狗也挺搞笑的。'现在贺随根本不训练,那天我还看见他去喝酒找小姐!这种人能让他上场比赛?'"

霍嘉鲜的语气阴阳怪气到了极致,再加上她惟妙惟肖的模仿能力,直接把直播间炸成了一个"哈哈哈"的海洋。

"小仙女在线教学狗叫!你学会了吗?"

"小仙女这狗叫学得太像了,我差点儿就信了!"

"小仙女的口技委实不错。"

"我也会了,我也会了。"

....

霍嘉鲜轻轻一笑,以一种无限温柔且充满怜悯的声音劝导道:"兄弟们,狗年已经过去了。别做狗了,做头猪吧。"

霍嘉鲜下了播,看了一眼时间还早。

一队队员们还在基地里训练,霍嘉鲜回去也没什么事做,索性约了尤喜一起出来到附近的商场吃夜宵。

两人好久不见,尤喜依然是那副憨憨样,从头到尾都在刷自己"男神"的最新 MV,满脸洋溢着幸福的笑容。

霍嘉鲜有些看不下去了:"喂,嘻嘻,我们多久没见了,你就这么对待我?"

尤喜的眼里根本就是只有男人,没有姐妹嘛。

尤喜挥了挥手,连头都没抬:"你每天和你的'男神'们一起吃一起住,感觉很爽好不好?你根本不懂我们这种追星少女只能遥远地看着'男神'的痛好吗?!"

说到这个，霍嘉鲜才想起来上次许诺帮尤喜弄票的事："那个票你提醒我一下，我让我哥帮你送过去啊。"

"哎呀，我的妈呀，谢谢姐妹！"尤喜一下子喜笑颜开，恨不得捧着霍嘉鲜的脸亲上一百口，但她的眼睛始终没离开屏幕，"虽然我很开心，但现在我还是要看我家'男神'，对不起啊。"

霍嘉鲜无语。

只要尤喜的"男神"一有新动态，这姐妹聚会就和空气聚会没什么两样。

百无聊赖之际，霍嘉鲜拿起手机随意点进了许久没上过的微博。

她偶尔会用微博小号刷一些电竞动态，大号是海鲜TV让她申请的主播号——但她懒，基本没有发过东西。

今晚她心血来潮，上去看了一眼。

她只关注了TT战队队员和海鲜TV，所以她的主页根本没什么新鲜东西。

反观消息栏，"99+"的提示，装都装不下了。

霍嘉鲜随手点进去看了一眼。

这些消息大多数是她的粉丝给她发来的，中间掺杂着一些黑子，霍嘉鲜饶有兴致地看了一圈，然后通通将黑子拉黑，一条一条处理完，世界终于清净了。

霍嘉鲜往下翻去，最底下没处理的消息都已经是两个月前的了。

只是，一堆乱七八糟的账号之中，一个金V显得格外引人注目。

霍嘉鲜看到那个熟悉的头像，心跳猛地加快了。

她有点儿不敢相信，觉得像是在做梦，大脑一片空白，手指不由自主地点开了对话框。

"有兴趣来我们俱乐部试训吗？我的微信是hesui001，有兴趣的话，你可以联系我。"

发件人的ID是那个她无比熟悉的TT_suishen，带着金V的标志，是真的。

霍嘉鲜觉得实在太过不可思议。

两个月前，贺随就联系过自己了吗？她怎么现在才看到呢？

对面的尤喜正好把她"男神"的MV又刷了一遍，抬头看了霍嘉鲜一眼，见她的表情呆滞而困惑，用手肘碰了碰她。

"哎，喔喔。"尤喜叫了霍嘉鲜一声，"你怎么了？"

"啊？"霍嘉鲜有些茫然地抬起头来，脑袋里乱哄哄的，"你说什么？"

"我问你怎么了？"霍嘉鲜难得这么呆，尤喜觉得有些莫名其妙，"你是刷到什么惊天地泣鬼神的东西了？怎么你的脸都吓白了？"

霍嘉鲜心道：我不是被吓的，而是激动！激动好吗？！

霍嘉鲜终于回过神来，一下子站了起来，椅子在地上摩擦发出尖锐的响声。

旁边的食客纷纷侧目。

霍嘉鲜完全顾不上别人怎么看她，双手撑着桌子，一下子兴奋地扑到尤喜面前，眼里是挡也挡不住的狂喜神色。

"嘻嘻！"霍嘉鲜强迫自己压低声音，"哇哇哇！"

尤喜："怎么了？"

霍嘉鲜直接把手机递过去给她看。

尤喜看了三遍才反应过来，一下子捂住嘴巴："天哪！这是什么意思？"

"两个月前随神就关注到我了，要我去试训！"霍嘉鲜兴奋至极，"我今天才看到！"

"那现在岂不是正好？"尤喜也为自己的好姐妹高兴，"今晚回去，你直接和他说你立刻就可以试训！明天你就可以加入你最爱的战队比赛了！"

尤喜展望得如此美好，霍嘉鲜却一下子回到了现实之中。

"唉。"她叹了口气，脸上的兴奋神色尽数散去，"你又不是不知道我爸妈对我打职业赛是什么态度。"

父母送她进TT做后勤，根本不是支持她追梦，反而是试图帮她戒掉网瘾，断了她打职业赛的念头。

他们想让霍嘉鲜看到职业选手的训练有多苦，生活有多枯燥，压力有多大。

他们想让她自己打退堂鼓。

但是这半个月下来，霍嘉鲜不但没有想到过退缩，反而对打职业赛这个梦想燃起了前所未有的欲望。

她想和那些打游戏的少年一起披荆斩棘，跋山涉水，最终登上世界之巅。

这才是她真正感兴趣、真正喜欢做的事情。

但现在横亘在霍嘉鲜面前的最大的大山就是她家人的态度。

她是霍家的女儿，生活轨迹理应是和这个圈子里其他女孩儿一样的：读书、社交、订婚、嫁人，和丈夫共同养育延续家族荣光的下一代。

从出生的那一刻起，霍嘉鲜的人生便被顺理成章地定下了。

霍嘉鲜在私立学校一直读到十一年级，接受的全是国际教育。

大学出国就读适合淑女的专业，如果自己能在圈子里找到一个看对眼的男朋友，那再好不过；如果没有，就接受家里的安排。

霍嘉鲜家族里的表姐们都是这么一路走过来的，但只有她和冯曼若是例外。

冯曼若外婆家里只有她这么一个外孙女，守业最要紧，当然不会强迫她做什么。

而霍嘉鲜从小到大是家里出了名的叛逆乖戾孩子。

她上小学的时候就迷上了打游戏，导致翘课太多，差点儿被学校退学。

最后还是霍父给学校捐了一座实验楼，学校才勉强同意让霍嘉鲜继续在那里读书，但到底还是让她留了一级。

尤喜虽然家境没有霍嘉鲜那么好，但走的也是乖乖出国读书的道路，成了霍嘉鲜的学姐。

尤喜自然明白霍嘉鲜的顾虑："你……没和你爸妈谈过？"

"谈过，怎么没谈过？"霍嘉鲜有些颓然地坐了下去，"其实我哥还好，把我送到TT这主意也是他出的，毕竟他对电竞也了解一些，觉得一切决定权还是应该在我手上。但是我爸我妈……唉，你也知道的，在他们眼里，电竞就等于打游戏，和不务正业没什么两样。"

尤喜问："那你本来怎么打算的？"

"我本来啊……"霍嘉鲜停顿了一下，"我本来就只是通知一下我爸妈我要打职业赛，无论他们同不同意，我都是要打的。但是如果我要进别人的战队，他们一定会百般阻挠，没人敢收我的。我本来想等到下半年我的账户独立出来之后，用自己的钱组建一支队伍，这样他们也就没法儿阻止我了。"

自己组建一支战队？

这办法真是简单粗暴，霸道有效，非常符合霍嘉鲜的做事风格。

尤喜："所以你的意思是，就算你去 TT 试训也没用，因为你爸妈会阻挠你？"

"对啊。"霍嘉鲜撇着嘴，百无聊赖地转着手机，"TT 的老板是我哥的朋友，只要我爸妈和我哥过去说一声，就算我过了试训，TT 也肯定不会收我。"

"那……"

"再等等吧。"霍嘉鲜有些丧气地把手机甩在桌上，刚才的兴奋劲儿一扫而光，"等下半年我打出成绩来再说。我一定要让他们知道，做电竞选手这件事和他们想象的完全不一样。

"总有一天，我会让他们为我骄傲的。"

虽然决定了不去 TT 试训，但出于礼貌，霍嘉鲜还是借用尤喜的微信号加上了贺随，想要婉拒他的提议。

TT 基地里，贺随刚刚下播，桌上的手机就闪了闪。

他拿起手机一看："我是'嘻嘻嘻嘻个头'，申请加您为好友。"

备注写得言简意赅："woshixiaoxiannv。"

对方这算是终于看到自己的私信里面的邀约了？贺随还以为小仙女拒绝他了呢。

他挑了挑眉，通过好友申请。

嘻嘻嘻嘻个头："嘿，随神！不好意思，才看到你邀请我去 TT 试训。实在不好意思啊，我大概去不了了，抱歉抱歉。"

贺随回得很快。

TT_suishen："没事。方便问一下是为什么吗？"

嘻嘻嘻嘻个头："家里人不同意啦。"附带一个大哭的表情包。

嘻嘻嘻嘻个头："实在对不起。我真的好喜欢 TT，好喜欢你的！你们一定要加油啊！"

这确实是让无数职业选手折戟战场的理由，贺随也毫不意外。

TT_suishen："你也加油。你很有天赋，希望以后有机会和你并肩作战。"

嘻嘻嘻嘻个头:"谢谢随神!你一定会拿到你想要的世界冠军的!"

霍嘉鲜回完消息,麻利地点进贺随的头像,把他删除好友。

尤喜看得一愣一愣的:"你干吗?"

"刚才都说了,我就借用一下啊。"霍嘉鲜再三确认,才把尤喜的手机还给了她,"你这女人的朋友圈太疯了,天天发你'男神'的照片。我不能让随神以为他心目中的小仙女还喜欢着别的男人。"

尤喜无语。

而另一边,发了最后一条消息的贺随也收到了"嘻嘻嘻嘻个头开启了朋友验证,你还不是他(她)的朋友"的提示。

他愣了愣。

这女孩儿的家里管得这么严吗?

真是可惜了。

夏季赛总共持续四周,经过联赛的磨合,唐葫芦终于和一队的其他三个人有了一点儿默契。

最终,TT的积分位列第三,顺利进入季后赛。

季后赛只有五天的时间,每天要打六场,赛时短,强度大,对队员的体力和脑力是很大的考验。

比起泰然自若的贺随,霍嘉鲜反而显得更加紧张一些。

季后赛里,有一张通往今年世界赛的门票。

如果拿到季后赛的冠军,TT就能够直接拿到一张去澳门参加今年世界赛的门票。

这就意味着TT离他们的世界冠军之梦更近了一步。

霍嘉鲜提前和冯曼若家的阿姨们打了招呼,让她们在这几天多做一些好吃的,自己好给队员们带去。

光准备后勤工作,霍嘉鲜就忙碌了足足三天,连直播都没顾得上。史迪看不下去了,叫她别这么紧张。

就这么高悬着一颗心,TT队员们终于在盛夏尾巴的这一天,迎来了这场决定一队生死的战役。

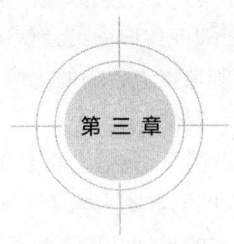

第三章

伪装"菜鸡"

《绝地求生》冠军联赛季后赛聚集了这个赛季中国赛区最强的十六支队伍。

除了诸如 TT、FLG 这样的老牌强队,还有转会期重组后异军突起的几支新星队伍,可谓劲敌无数。

其中,一支名叫 BF 的队伍对 TT 的威胁尤其大。

BF,全称 Beasts of Forest——森之猛兽,名字看着就充满了攻击性。他们的打法与 TT 的打法如出一辙,激进而凶猛,甚至连跳点都很接近。夏季常规赛期间,有好几场 TT 都是落地后没有防备,被 BF 的队员接连四抓一,逐一击破。

一开始,贺随还觉得没什么,对电子竞技来说,打不过就是菜,没什么好说的。只是时间久了,次数多了,就算是个傻子也能看出这其中有不对劲的地方。

史迪打游戏打得不怎么样,消息渠道却是一流的。起了疑心之后,他就出去打听了一圈,这才知道 BF 那个新来的数据分析师竟然是强哥的表弟。

怪不得对方会揪着 TT 不放。

强哥在 TT 做了半年的教练,虽然没有发挥多大的作用,但是对 TT

的战术了如指掌——四个队员分别习惯跳哪个房区搜物资、转移路线习惯往哪里走、谁会留最差的装备所以最容易成为突破口……这些信息，强哥全清楚得很。

所以，BF 才会这么一直针对 TT。

毕竟对 BF 而言，总是团灭 TT 所带来的关注度可不比得一次周冠军要小。

而强哥做这事完全是因为私心。

霍嘉鲜还清楚地记得，史迪把这个消息带回来的那天晚上，TT 的所有人都气炸了。

唐葫芦和跳跳虎在拍着桌子破口大骂，霍嘉鲜和 Cody 在一旁疯狂附和，就连平时不怎么说话的尼罗都推了推眼镜，慢吞吞地给出了他的评价："傻子吧。"

只有贺随沉默不语。

在史迪愤愤不平地复述着事实真相时，贺随全程在对着电脑屏幕打排位赛。

几个人在背后骂得群情激昂，贺随对着不远处石头后面的小半个人头随手砰地开了一枪，轻描淡写地取得了最后的胜利。

"怎么说啊，随神？"史迪终于看向他，"要不要我去和联盟说一下这事？"

"联盟会管这种事？"贺随冷笑了一下，微微侧过脸，说道，"不用。"

"那怎么办？"唐葫芦也急了，"难道……难道我们就吃了这个闷亏？换跳点避开他们？"

"为什么要换？"贺随笑了笑。

唐葫芦皱着眉："不换？那不就会一直被他们压着？"

"你忘了我们是谁？"贺随侧目，看向训练室最深处的架子。

那架子上整整齐齐地摆满了三排各式各样的奖杯。

那些奖杯是见证，是记录，全是 TT 一点点打拼而来的辉煌战绩。

"我们是 TT, Triumph Terminator（胜利终结者），我们是这个赛场上永远的胜利者。"贺随一字一顿地说，"过去是，现在是，将来也是。因为胜利永远属于我们。胜利在我们这里，才得永恒。"

训练室里短暂地安静下来。

"明白吗？"

刚才还聒噪愤慨的一群人直接蒙在原地，也不知道是刚才贺随说的英文太纯正好听，还是因为他说的话实在令人震撼。

这个赛场上的胜利永远属于我们。

别人要来抢夺，我们终结了他们便是，为什么要去害怕那些根本没必要放在眼里的威胁？

就算他们知道了我们的秘密又如何？

不换跳点，不换战略，就算他们在暗，我们在明，我们也没有什么好恐惧的。

因为我们不可战胜。

回答贺随的是满室的沉寂。

霍嘉鲜自诩伶牙俐齿，而在面对贺随的这番话时，也只是张了张嘴，最终选择闭嘴。

太帅了，随神这话说得太狂，也太帅了。

胜利者从来都不怕失败，因为在他们的世界里根本就没有失败的情况。

不存在的东西，他们又有什么可畏惧的呢？

霍嘉鲜看着贺随的侧脸。碎发遮挡住了他的眼，她看得并不真切。

但那股独属王者的霸气与自傲却是实实在在的，无法忽视。

在这个赛场上，他是永远的神。

霍嘉鲜在心里疯狂呐喊尖叫。

贺随慢慢转过脸来，目光在众人脸上扫了一圈，随后微微勾了勾嘴角，露出一抹自信的微笑。

"你们说呢？"

"哇，我们要大展身手了！"跳跳虎大概是热血沸腾到了极点，一鼓作气地把外套脱了，然后直接将其摔在地上，"兄弟们给我冲！我就不信了！难道我们干不过 BF 那几个弟弟？"

"就是！"唐葫芦也搭腔了，"冲冲冲！"

尼罗站起身来，慢悠悠地举起了手："教弟弟做人，加我一个。"

"还有我，还有我！"这么刺激的事，Cody 岂能错过，"我今晚就开始研究他们的队伍，这么一支弟弟队伍，战术上肯定破绽百出。如果找不到，我就倒立拉稀！"

霍嘉鲜无语，那倒也不必。

贺随短短几句话，令整个训练室的气氛立刻转了个方向，一下子变得激动昂扬。

跳跳虎和唐葫芦先后坐了下来，嘴里念叨着今晚要通宵练枪，如果在赛场上看到 BF，势必见一次杀一次，谁人头少，谁就要请大家吃海底捞。

史迪看到这群人的积极性被调动到了前所未有的程度，悬着的心总算是放下来了。

最近俱乐部状况连连，又是阿雳受伤，又是比赛失利，如果军心先不稳，那他们就是自乱阵脚。

还好他们还有贺随这个队长在。

只要有贺随在，TT 就不会输。

霍嘉鲜从回忆中回神，眼前的赛场灯光亮如白昼，十六支队伍已然准备就绪。

史迪把队员们和 Cody 安顿好后，回头来找霍嘉鲜回休息室，边走边絮絮叨叨。

"唐葫芦的比赛还是打得少了，刚才他好紧张，手心全是汗，也不知道我给他留的餐巾纸够不够。

"还有尼罗，刚才他不小心把眼镜摔到地上了！唉，嘉鲜，你说眼镜会不会摔歪了啊？要是摔歪了怎么办？那看人都会看歪啊！

"跳跳虎也是的，昨天练了一晚的枪，总共才睡了不到三个小时吧。刚才我看他表面上是亢奋得很，可万一他因为缺少睡眠而出现失误怎么办？唉，真是愁死我了。"

霍嘉鲜见史迪已经唠叨成一个小老头儿的模样，眉头皱得能夹死苍蝇，连忙笑道："哎呀，经理，你担心他们干吗？今早我看他们的状态好得很嘛，他们一定能干翻全场的。"

"其实，他们也不用有这么大的压力，"史迪叹了口气，"我们春季赛拿了前三名，本来就可以去八月底曼谷的亚洲邀请赛。亚洲邀请赛也有世界赛的直通名额，季后赛拿不到，曼谷还有机会嘛。"

霍嘉鲜笑了笑："经理，你这么不了解随神吗？你觉得他们可能放弃任何一个机会吗？"

每一次比赛都要全力以赴，不是第一，就是失败，这就是TT。

这可是TT。

史迪看着霍嘉鲜巧笑嫣然的脸——小姑娘声音甜美轻柔，倒让他愣怔了半晌。

是啊，他们可是TT。

半晌，史迪转过脸，抹了一把额头上的汗。

"是的，你说得没错。"史迪像是慢慢镇定下来了，"这可是随神和TT。他们一定可以的。"

"嗯，一定可以的。"

霍嘉鲜推开休息室的门，和史迪一前一后坐在沙发上。

转播屏幕里，赛场的光线逐渐转暗，现场的呐喊声此起彼伏。

《绝地求生》冠军联赛季后赛正式开始。

季后赛第一天，TT积分32，排名第五。

季后赛第二天，TT积分85，排名第三。

季后赛第三天，TT积分130，与别的队伍并列第三。

季后赛第四天，TT积分183，排名第二。

第五天的比赛开始之前，TT和第一名FLG积分只相差3分。

这3分到底意味着什么，不言而喻。

下午2点，比赛开始，各支队伍1点陆续到场。

虽然《绝地求生》的比赛并不进行观众席卖票，但场馆外还是早早聚集起了人山人海的粉丝与水友，横幅拉了满场，大家都在为自己喜欢的队伍加油助威。

穿过层层人群，史迪好不容易把TT的四个人护送进了比赛场馆。

回到休息室的一瞬间，他就累瘫在了沙发上，一边抹着汗，一边祈祷："阿弥陀佛，佛祖保佑，临门一脚了，一定要成功啊。"

霍嘉鲜瞥了他一眼："你还不如帮他们吸吸圈来得实际。"

《绝地求生》的比赛里，圈运也是一个很重要的因素。

史迪一听就来劲了:"我们 TT 就是弟弟队!我是弟弟!我们全是弟弟!我看 FLG 稳赢! BF 也能打过我们!"

霍嘉鲜不知该说什么。

也不知道是不是史迪的言语起了反效果,这乌鸦嘴害得今天 TT 圈运极差,接连四局都是天谴圈,贺随他们全程是绝地赶圈人,每局都硬生生地推出一条血路才到决赛圈。

也幸好他们提前知道了 BF 的动向,在前期就把对方给灭了,自己的后方压力减轻不少。

第四局结束,TT 的积分依然和 FLG 咬得很紧,保持在 5 分之内。

只是 BF 就没这么幸运了。他们本来就在磨合阶段,被 TT 一打乱节奏,积分一下子掉出了前七名的位置。

第五局开局,米拉玛沙漠地图,TT 照例跳了圣马丁。

贺随正紧抿薄唇,专心致志地搜寻物资,却听见耳机里传来两声清晰的枪响,紧随其后的是跳跳虎的一声怒吼。

"这群傻子,"跳跳虎骂道,"这才落地几秒钟,他们就摸过来了?!还没开始发育呢,他们拿着霰弹枪就过来了?!"

又是两声枪响,这是对方的回应,也是挑衅。

贺随看向电脑屏幕的右上方。

"BF_SSQQ 使用 S686 击杀了 TT_Tigger。"

"天哪!"跳跳虎一拍桌子,怒骂,"这是什么意思?!他们看自己拿不到冠军,索性撕破脸皮,要和我们玉石俱焚?!"

"冷静点儿。"电脑屏幕荧荧的光映着贺随冷酷的笑,"玉石俱焚?他们配吗?"

贺随的话倒是让向来冲动的跳跳虎很快冷静了下来。

跳跳虎迅速调整了一下狂躁的心情,看了一眼地图上贺随的位置:"他们四个人都摸过来了,一个在我这幢房子的后门处,三个上来围攻我。我死的时候,三个人还在二楼。"

"好。"贺随迅速标了一个房区的点,"尼罗你最远,马上开车过来,到我标的这个房区高点架枪,看二楼的情况。看到人你先别动,给我们报位置就行。"

尼罗很快跳出窗户,就近找到了一辆车:"好的。"

贺随也跳出窗户，边跑边发号施令："唐葫芦，你别进楼，摸到侧边等着。等我攻楼的时候，有什么投掷物，你就全扔出来。如果我死了，你和尼罗立刻开车撤离。"

唐葫芦一听就急了："随神！我和你一起攻楼！"

"不用。"贺随冷冷地说，"我一个人就可以。"

"还是让我和你进楼吧，好歹能帮一下，"唐葫芦反驳，"随神，我们总不可能眼睁睁地看着你一个人进去吧。"

贺随冷笑了一声："谁死还不知道呢。"

这可是一打四啊，这不是明摆着的事吗？！

唐葫芦迅速瞥了身边的贺随一眼，但看对方语气坚定，透露着不容拒绝的威严气势，终于还是闭嘴了。

战场上绝对要听指挥，他不能这么随便反驳队长。

贺随快速给出指令，很快就到了跳跳虎被打死的那座房子外。

他先停下脚步，辨别了一下耳机里的脚步声。

一楼有一个人，二楼有两个，还有一个人不见了。

果然，这帮人阴了跳跳虎之后，完全没有撤退的意思，摆明了还在这儿设置了陷阱，竟然玩了一手请君入瓮。

可贺随又怎么会如他们所愿？

他从背包里掏出自己仅有的一枚烟幕弹，扔到了自己右边的一棵树下。

烟雾蔓延的那一刹那，他迅速往后挪动了几步，随后闪身跳上仓库二楼的平台。

因为有烟幕弹的声音掩盖了他的脚步声，所以他几乎是神不知鬼不觉地就转移了位置。

旁边那栋楼里，BF 的几个人很快注意到了异样。

一人留在原地架枪，两人摸到近前，左右夹击，开始对着烟幕弹扫射。

而那第四人……

贺随藏身在仓库二楼平台上的木箱后面，透过低矮的窗户谨慎地往外探看。

到近前包抄的那两名突击手明明全暴露在他的视线内，他却没急着收割人头。

"随神！"唐葫芦在耳机里提醒他，"不开枪？"

"嘘。"贺随给出了简洁的示意。

与此同时，他又很快定位了第四人的位置。

就在这个仓库的右前方，那座高高的烂尾楼顶上，有一个人影一闪而过。

如果刚才他贸然开枪，无疑暴露了自己。那么等不到他把下面这两人补杀，烂尾楼上的那名狙击手就必定会先将他击倒，这简直是一出绝妙的螳螂捕蝉，黄雀在后戏码。

但是贺随偏偏没有上他们的当。

唐葫芦和尼罗的位置根本打不到那名狙击手，只有贺随才能击杀对方，而且机会只有一次。

想到这里，贺随不再犹豫，直接换了背上那把栓狙98k，将子弹上膛，瞄准对方的头部。

枪口往上微抬，对方露头的一瞬间，贺随果断开枪！

子弹出膛，他以迅雷不及掩耳之势收枪，然后换上步枪，对下方那两名突击手进行扫射。

"尼罗出来。"

听到贺随的指令，尼罗也从窗口闪身出现，狙击枪打出了三颗子弹，将那三个人头尽数收下。

"TT_suishen 使用 98k 击倒了 BF_YYGQ。"

"TT_suishen 使用 M416 击倒了 BF_SSQQ。"

"TT_suishen 使用 M416 击倒了 BF_HLHS。"

一连串的刷屏信息跳出，变故不过眨眼之间。

刚才还在插科打诨的两个解说都惊呆了。他们沉默了好几秒，再三确认了，确实是贺随一个人把 BF 的三个人给击倒了。

一对三，最后剩下的那个人还有活路吗？

解说 A 一拍桌子，脸上的兴奋之色显而易见："刚才我们还在说 TT 因掉了一个人而处于劣势，而随神一出手，TT 立刻就翻盘了！"

解说 B 也不敢相信自己的眼睛："刚才发生了什么？导播切得太快了，我都没怎么看清。"

"随神厉害！随神真的厉害！"解说 A 一拍搭档的肩膀，大喊，"谁说我随神只会用猛男枪？！用起狙来照样秀你一脸！不服不行啊！"

"这枪快得简直就是外星人！"

解说 A 和解说 B 你一言我一语，很快就吹了起来。

而导播的镜头里，唐葫芦也利用手里的手雷和燃烧瓶，很轻松地就把房子里的最后一人给解决了。

只不过四分钟的时间，BF 就被 TT 灭队。

TT 4 分入账。

TT 的休息室里，霍嘉鲜和史迪终于松了口气。

任谁都看得出，刚才 BF 是在故意为难 TT。

跳跳虎先被杀了，TT 人数处于劣势。本来其他队伍以为，TT 起码还要再折损一两个人，才能从圣马丁活着走出去，没想到贺随竟然以一己之力就把对方给团灭了。

听着两个解说大喊"真厉害"的话，史迪也忍不住挥舞拳头，在休息室里大喊了一句："哇！真厉害！"

而霍嘉鲜早就在一边偷偷登录微博，随便找了张刚才的比赛直播截图，利索地发了大半年来的第一条微博。

@我是小仙仙仙仙女："随神真厉害！TT 给我冲！"

因为小仙女实在太久没发微博了，现在突然复活上线，实在把大家伙儿吓了一跳。

很快，霍嘉鲜刚刚发的微博下面就有了几百条回复。

霍嘉鲜一直往下看，把骂 BF 的留言通通点了赞。

只是看到中间一条留言的时候，她一下子愣住了。

"今天在场馆外给选手加油，看到有个超级好看的妹妹！她和 TT 一起进去的！小仙女，你再不努力的话，你的情敌就要把随神给抢走了，啊啊啊！"

霍嘉鲜一脸蒙。

第五局比赛，TT 排名第六，击杀七人，总共拿到 9 分。

总积分榜上，TT 和第一的 FLG 只有 1 分之差。

休息室里，史迪还在拼命对天祈祷："老天保佑！老子、孔子、孟子、王母娘娘、女娲、夸父都保佑我的崽崽们顺利拿到这个冠军去参加世界赛吧！"

霍嘉鲜一时无语。

要不是她进了TT，还真不敢相信这银河战舰的经理竟然是个这么神神道道的小可爱。

第六局比赛很快开局。

这是季后赛的最后一局比赛，积分雏形初现，基本可以判断出冠军会花落谁家。

第一的FLG和第二的TT只相差1分，而TT则甩了第三名20分之多。

明眼人都知道，这最后的冠军不是FLG就是TT。

第六局的航线有些极端，是从西北部的火车站到西南部的无花果镇，整体航线偏西。

而TT的常用跳点圣马丁就在航线的旁边。

这意味着TT得比其他队伍更快落地，然后找到物资发育。

第一个圈也很快刷新了。

以老工业区为中心，地图刷了一个西南的圈。

这个圈内队伍不多，算来算去，处在东北角的TT竟然能排到第三顺位。

"妈呀！太爽了！"史迪对着导播画面兴奋地道，"今天圈运烂了一整天，最后一局总算给了个天命圈！"

一旁的霍嘉鲜却没说话。

她是TT的老粉了，在论坛混迹已久，早就知道天命圈对TT来说不一定算得上是好事。

天谴圈TT若是平地杀出一条血路，那谁都会说他们打得好、真厉害，但是天命圈就不一样了。

如果顺位高，最后TT都没拿到第一，那么论坛的那些黑子就会立刻从阴暗的角落里跳出来，说TT变菜了、TT连天命圈都守不住、TT还不如趁早解散。

对队员们来说，遇到一个顺位高的天命圈，某种意义上会面对更大的压力。

而赛场上,跳跳虎已经低声问了一句:"随神,这怎么走?"

对顺位高的队伍,最好的做法就是往圈中心走,趁早抢占有利位置,然后就可以守株待兔,灭掉后来的队伍。

但是现在,他们身边还有 BF 这支队伍虎视眈眈,双方的梁子早就结下,哪能那么容易就实现转移?

果然,跳跳虎的声音刚落,耳机里就传来了逐渐逼近的汽车引擎声。

BF 的人来了。

他们大张旗鼓地开车过来,显然比上一局更加肆无忌惮,摆明了就是要拖垮 TT,弄得个两败俱伤的下场。

贺随又怎么会如他们所愿?

他冷静地指挥道:"跳跳虎捡到枪就立刻回撤。对圣马丁我们比他们更熟,尽量别离太远,这样可以互相接应。"

唐葫芦还是第一次遇到这么不按常理出牌的队伍。要不是贺随在这里坐镇,他都快被吓坏了:"随……随神,我们都到一栋楼里吗?"

"不用。"贺随摇了摇头,"鸡蛋不要放在同一个篮子里,否则他们一个手雷上来,我们就全完了。"

"那怎么搞?"对方的车停了,跳跳虎仔细听着耳机里的响动,突然脸色一变,"糟糕!车上只下来两个人!"

另外两个人肯定偷偷摸去了别的地方,想要偷袭其他人。

狭窄的一楼楼梯口一时间脚步嘈杂。

跳跳虎来不及转移,只能屏住呼吸缩到角落,静候对方攻上楼。

"别慌。"贺随的声音仿佛天生就是一剂镇定人心的良药,"跳跳虎,你尽量拖住他们,秦王绕柱和他们绕一绕,小心手雷,近战一对二,我相信你可以的。"

听到贺随的指挥,跳跳虎也很快稳住了:"行。随神,你们那边怎么办?"

"我会尽快解决掉这两个人的。"敌在暗,我在明,贺随却没有一丝担忧,"尼罗,你帮我在高点架枪,我出去。"

唐葫芦"啊"了一声。

"随神,你要干吗?"

"做诱饵。"贺随从窗口跳出,语气带着绝对自信,"他们不就想利用我们博取关注度吗?我就不信,有我这个最大的诱饵在,他们还能忍着不现身?"

"啊!"跳跳虎一边集中注意力戏弄着 BF 的两名队员,一边忍不住骂了一句,"不好好打比赛,天天想这种歪门邪道的东西有意思吗?"

"不管有没有意思,从某种程度上说,他们的目的确实达到了。"贺随瞥了一眼地图,"唐葫芦,你也到位了吧?"

"对的,随神!"看着贺随奔跑在绝对无掩体的大马路上,唐葫芦紧张地咽了下口水,"随神,小心点儿。"

"只要找到他们的位置,就算我被击倒了,你们也不要管我,听到了没有?"贺随沉声道,"我们的目的是团灭他们,走出圣马丁。就算最后我们只剩下一个人,那也是赢。"

我死可以,但我们必须赢。

贺随这是把他的所有信任都交付到自己的队员手中了。

尼罗和贺随相处的时间很久了,自然明白贺随的意思,眼眶忍不住有些发热,哑声开口:"知道了,随神。"

耳机里一片寂静。

周围安静得不像话,诡异中透露着席卷而来的危险感。

贺随在马路上跑了足足二十秒,硬是没能引起任何响动。他心下觉得有些奇怪,不由自主地抬头往尼罗的方向看去。

也就是那一瞬间,他看到尼罗所处的那栋房子对面有一个陌生的人影闪过。

电光石火的刹那,贺随像是在脑中迅速抓住了什么。

同一时间,他感觉心猛地一沉,脱口而出道:"尼罗小心!"

然而已经晚了。

BF 的狙击手虽然卑鄙,但技术确实不错。

尼罗自认为已经隐藏得足够隐蔽,但 BF 的狙击手还是能在发现他之后,直接一枪将他带走。

随后,唐葫芦的位置也被发现。

情况紧急,贺随已来不及救人。尼罗和唐葫芦接连倒地,耳机里也传来了跳跳虎的咆哮:"他们怎么带了十几个雷?!这还怎么打?"

也就是眨眼之间,三个队友的血条变成了红色,情势急转直下。

贺随闪身躲进一旁的烂尾楼里,迅速打药,微微皱着眉头,在脑袋里飞快思考着对策。

就在刚才那一瞬间,他知道自己的队友上当了。

跳跳虎听到车上跳下两个人,其实应该还有第三个人步行前往。三个人围攻跳跳虎,就算他是如何厉害的猛男,也不可能躲得过去。

BF 这么做,无非就是让 TT 的其他队员以为跳跳虎那边情况并不紧急,从而掉以轻心,不会立刻赶去救援。

而在贺随这边,其实只过来了一个狙击手。

贺随主动暴露位置,狙击手学着他上局的操作,没有立刻出手,反而是静静等待着 TT 露出破绽。

贺随让尼罗和唐葫芦躲在一旁接应,可恰恰忽略了尼罗和唐葫芦看得见自己,那自己也看得见他们。

只要对方的狙击手稍加留意,就可以锁定尼罗和唐葫芦的大致位置。

再等贺随抬眼看过去,只一眼,就在无意之间把尼罗和唐葫芦出卖了。

BF 太阴了。

身旁,倒地的尼罗显然也后知后觉地意识到刚才到底发生了什么。

他推了推眼镜,劝贺随:"随神,快走吧,别管我们了。"

"对对对!"跳跳虎也附和,"这帮人也太阴了,还有这么多弯弯绕绕的心思!要是刚才知道他们来了三个人,我直接就拔个地雷冲上去和他们同归于尽了!"

"走什么走?"贺随将血条补满,随后先锁定对方狙击手的位置,直接探头扫射,声音冷静而危险,"你们 40 秒后才死。我只杀 4 个人,还用不了那么久。"

耳机里没人说话。

要是这话被其他队伍的人听到,大概他们只会嘲笑贺随这话说得也太狂了。

40 秒杀 4 个人?他不被杀就不错了,还不趁早快跑?

但是跳跳虎、尼罗、唐葫芦三个人没说一句话。

他们之所以没有质疑贺随,正是因为相信贺随可以做到。

因为他是随神，是当之无愧的王者，已经在职业赛场上缔造了太多太多奇迹。

别人也许不行，但现在活着的人是贺随，那么一切就皆有可能。

贺随冷笑了一声，没再多说话。

他手里的红点 M416 压得很稳，子弹几乎停留在一个点上，BF 的狙击手不过只露了一点儿头皮，就瞬间倒地。

"漂亮！"赛场外，解说 B 大喊一声，"随神这世界顶级的红点 M416 真不是吹的！稳到没边了！隔了 200 米，低打高，还能拿人头！"

解说 A 也赞叹：":精彩，太精彩了！"

见贺随秒了人之后，也不急着去补，反而开车去跳跳虎所在的方向，解说 B 有些惊呆了："随神这是有点儿想法？"

"他这哪是有点儿想法？这是明摆着想去一打三啊！"解说 A 兴奋起来，"刚才我们还在说，随神跑到马路上引诱敌人出来，这操作真出乎意料。现在他不去扶队友补人，反而主动出击，这操作是不是更令人意外？"

"这岂止是令人意外，这是战神对自己拥有绝对的自信啊！"解说 B 感慨，"我相信，是随神，也只有随神，才会做出这样的选择。"

"不过随神做出这个选择也不是没有道理的。"解说 A 似乎发现了亮点，"你注意到没有？刚才电脑屏幕右上角击杀信息出来，FLG 在进圈途中被夹击，掉了两个人，剩下的两个人似乎也很危险了。"

解说 B 用力拍手："就是了！目前 FLG 积分排名第一，如果他们早早出局，就意味着 TT 成功的机会变得更大了！"

"只要灭了这支送货上门的 BF，我敢说，这一次季后赛的冠军，TT 基本是稳了！"

解说间里一片热闹，比赛直播间里的气氛更是炙热非凡。

FLG 的粉丝坐山观虎斗，看 TT 和 BF 拼个你死我活。

直播间里已然吵得沸沸扬扬。

"TT 又要被团灭了，还吹得起来吗？"

"哈哈哈哈哈哈，不扶队友，想要去灭队？这随神怕不是真的以为自己是神吧？"

…………

见霍嘉鲜竟然还在看直播，史迪都快晕了："嘉鲜，都这么紧张刺激的关头了，你怎么还去看直播啊？那里黑子太多了，我的心脏病都要被气出来了。"

"没事，就是看看还有没有理智粉。"霍嘉鲜举着手中的平板电脑，指着其中一条留言示意史迪，"你看，还是有人看出来了，刚才那确实是随神指挥失误。"

史迪叹了口气："唉，输了就输了吧，亚洲邀请赛还有机会。"

"也不一定，今天也还有机会的。"霍嘉鲜温声宽慰史迪，有些话却没有说出口。

刚才那确实有随神指挥失误的因素，但是她也看得分明，BF狙击手最先锁定的是在墙角一动不动的唐葫芦。

唐葫芦实在不够警惕，露了大半个身位出来，对手不发现都难。

要是当时在场的是她，绝不可能那样轻而易举就成为队伍的突破口。

面对这样残酷的赛场，唐葫芦还是太嫩了啊。

导播画面里，贺随只身一人驾车，迎面楼里埋伏着BF的三个队员。

史迪和霍嘉鲜都情不自禁地握紧了拳头，肌肉紧绷，浑身僵硬，目不转睛地看着TT全队最后的希望。

贺随一个急刹，将车停下。

"随神这是想一个人攻楼吗？这显然不可能啊！"解说A疑惑地说，"如果刚才他拉起唐葫芦和尼罗，那三个人一起还是有机会的，现在虽然BF来不及把跳跳虎补死，但是随神孤身一人也不太可能把三个人一举灭了吧？"

解说B双眼紧紧盯着屏幕，语速飞快地说道："随神先绕到房子的后面，BF有人从窗口跳下来了！随神扔了一颗烟幕弹！BF判断不出随神的位置！随神进了烟里！随神开枪了！天哪！他听声辨位就判断出了跳窗那人的位置，然后直接把人放倒！BF剩下的两个人有点儿慌了。随神包里还有三个燃烧瓶、两个手榴弹，他全丢进了二楼的房间里！他在排查位置！BF的帅气被火烧到了！他也跳窗了！随神直接一顿腰射将他放倒！最后一人也下楼了！随神躲在小隔间里，把背包丢在屋外，对方判断错了位置，天哪！BF被随神灭队了！随神厉害！TT厉害！"

与此同时，屏幕上显示出了一排大字——

"TT 全部淘汰 BF。"

"啊啊啊！"史迪一口气差点儿没喘上，足足过了十秒钟才反应过来，"厉害！太厉害了！啊啊啊！我们赢了！"

史迪激动得眼眶都红了，霍嘉鲜也没好到哪里去。

她忍不住站了起来，浑身热血沸腾，恨不得立刻打开《绝地求生》，杀上一百个人头才能冷静下来。

这是贺随。

这就是贺随。

在《绝地求生》的赛场上，只要有贺随在，那就永远有奇迹。

二十分钟后，第六局比赛结束。

因为 FLG 提早出局，TT 团灭 BF，虽然 TT 没有吃到最后一只"鸡"，却已然提前锁定季后赛冠军的成绩。

经历了阿雳受伤、夏季赛开局不利，贺随带领着 TT 一路杀进了季后赛。

面对着所有质疑、讥讽、辱骂，TT 证明了自己。

他们是冠军。

冠军属于 TT！

季后赛结束后，一伙人拿着冠军奖杯去探望完阿雳后，史迪就给一队放了三天小长假。

尼罗去参加同学会，唐葫芦和跳跳虎都回家了，Cody 功成身退，也回家享受老婆孩子热炕头的幸福生活去了。霍嘉鲜一觉醒来，基地里一下子冷清了下来，空空荡荡得让她有些不适应。

正好，她爹霍总一个电话打来，让她好收收心准备回家了。

霍嘉鲜敲开史迪的房门时，史迪正戴着眼镜，举着一本护照，对着电脑屏幕念念有词。

见霍嘉鲜进来，他忙招呼："哎，嘉鲜妹妹，你来啦！能不能过来帮我对一下护照号输对没有？我眼睛都看花了，怕搞错。"

一时之间，霍嘉鲜不知道怎么开口："这是要干什么？"

"办泰国签证呢。"史迪说，"下周不是就要去参加亚洲邀请赛了吗？这次邀请赛在曼谷举行，总算挑了个容易下签的地方。"

霍嘉鲜点了点头。

没等她开始帮忙，史迪忽地抬头，死死地盯住了她。

"嘉鲜妹妹！你……有护照吗？"

"啊？有啊。"霍嘉鲜有些奇怪，"干吗这么问？"

史迪笑了："我们要去曼谷一个礼拜呢，你在基地待着也是待着，还不如和我们一起过去，也算公费旅游？"

霍嘉鲜张了张嘴，本来准备好的那些要辞职的话，也在史迪炯炯有神的注视之中，尽数吞了回去。

只不过三秒，霍大小姐就把霍总那些苦口婆心的叮咛抛到了九霄云外。

"好哇、好哇！"少女眉眼弯弯，鹿眼里蕴满笑意，"谢谢经理！我好想去呀！"

贺随醒来的时候，跳跳虎他们已经走光了。

因为季后赛夺冠，TT 拿到了世界赛门票，所以昨晚史迪难得买了两箱啤酒回来，让他们好好庆祝一下。

虽然贺随一向自控力很好，可是昨晚也有些上头了。

大概还是因为有好兄弟要走了吧。

昨天阿雳出院，过来和大家一起喝酒，顺便把自己在基地的东西给收拾带走了。

他久病出院，身体还没怎么恢复，大家也就没怎么灌他酒。

一开始气氛还好，只是后来跳跳虎边喝边哭了，抓着阿雳不放，说是自己要送他。

十八岁的少年锋芒毕露，虽然跳跳虎来 TT 不过半年的时间，但阿雳与他关系亦兄亦父，两人的感情已然很深。

喝到最后，还是贺随和阿雳把喝醉的跳跳虎扶回房间的。

其实贺随喝得也不少。昨晚发生的很多事情他已记不太清了，只记得阿雳临走之前，帮床上的跳跳虎盖好被子，又站到他的床前，拍了拍他的肩膀。

阿雳的最后一句话是："随神，早点儿睡。你醒了之后，这个基地就没有我了。"

贺随揉了揉发胀的太阳穴，随手拿了一块浴巾，去隔壁卫生间冲了个凉。

电子竞技聚散无常，虽然贺随从一开始就知道离别是必然的，但是在一次又一次面对相同的事情时，还是没有办法做到以平常心对待。

每一次说再见，贺随心中那种难过的感觉都是有增无减的。

大概是宿醉后遗症，贺随洗完澡才发现，自己只拿了一条浴巾，连衣服都忘了拿。

这……

贺随在卫生间里犹豫了几秒，最终选择将浴巾随意裹在腰间，然后拉开门想要回房间。

"啊！"

他打开门的一瞬间，走廊里传来一声少女的惊呼。

贺随皱眉，猛一抬头，映入眼帘的是少女睁大双眼、捂着自己嘴巴的样子。

霍嘉鲜脸颊绯红，瞳仁尤其黑，衬得她的手背越发白皙如雪，指如葱根，柔若无骨。

贺随愣了愣，随后镇定自若地冲霍嘉鲜抬了抬手，低声说了句"抱歉"。

然后他往前走了几步，与霍嘉鲜错身而过，转身进了房间，独留霍嘉鲜一个人呆愣愣地站在原地。

霍嘉鲜脑海里翻来覆去闪过的都是刚才无意中撞见的画面。

男人身上湿漉漉的，锁骨深凹，肩膀格外宽，且身材修长挺拔。

而平时贺随总穿着式样简单的T恤，霍嘉鲜还从来没有发现，他竟然有曲线分明的腹肌，清瘦却有力，肌肉匀称，线条流畅。

少女的脸涨得通红。

随神这也……太太太太太好看了吧！

嚯嚯嚯嚯个头："姐妹！我看到没穿衣服的随神了！"

嘻嘻嘻嘻个头："梦里？"

嚯嚯嚯嚯个头："滚。他刚洗好澡，被我撞见了。"

嘻嘻嘻嘻个头："你这是骚扰！"

嚯嚯嚯嚯个头:"我不是,我没有!我也很意外、很慌张好不好啦?!"

嘻嘻嘻嘻个头:"你表面慌张,心里却乐开了花吧?"

嚯嚯嚯嚯个头:"姐妹你确实懂我。不过我向你发誓,这真的是个意外!"

嘻嘻嘻嘻个头:"哦?说来听听。"

嚯嚯嚯嚯个头:"史迪不是给所有人都放假了吗?我以为现在基地里就剩下我和史迪了,所以趁基地没人,就上来帮他们把训练室打扫一下。可我哪里知道随神也没走嘛!"

嘻嘻嘻嘻个头:"姐妹真是好手段!那么你假装贫血晕倒在你家'男神'的腹肌上了吗?或者你有没有立刻捂住眼睛,表明自己只是个害羞的小姑娘?"

嚯嚯嚯嚯个头:"没,那我是不是崩人设了?"

嘻嘻嘻嘻个头:"你说呢?"

嚯嚯嚯嚯个头:"阿弥陀佛,菩萨保佑。希望随神以为我脸红了是害羞,而不是兴奋的!"

嘻嘻嘻嘻个头:"不过话说回来,你家'男神'好看吗?"

嚯嚯嚯嚯个头:"好看!巨好看!"

傍晚的时候,霍嘉鲜去了趟楼顶天台。

下午的时候,史迪也回家去了,现在基地里只剩下霍嘉鲜和贺随了。

霍嘉鲜不用给基地的队员烧饭,索性也给冯曼若家里的两个阿姨放了三天假,想着自己晚上要大展身手,亲自给贺随做上一顿饭。

天台上有史迪随手种的青菜,她这个厨房小白,除了香菇青菜、番茄炒蛋这种朴素至极的菜,也不会烧其他的了。今天做菜,她正好上天台收割一次。

她没想到,天台上早就有人了。

霍嘉鲜一推开门,就看到男人背对着门站着,一动也不动,漆黑的头发松散地覆在脑后,大概没怎么吹干,显得有些凌乱。

贺随脊背挺直,肩膀又宽又平,他极目远眺着城市的尽头,身影被夕阳剪裁成充满棱角的样子。

他似乎已经在这里站了很久很久。

霍嘉鲜动作一顿。随后，她又想蹑手蹑脚地退回去。

但贺随常年用来听声辨位的耳朵异常敏锐。

他很快扭过头来，见是霍嘉鲜，倒先开了口。

"你也上来吹风？这里看风景确实不错。"

"啊……算是吧。"鬼使神差地，霍嘉鲜忽略了身边长势并不喜人的青菜，走上前去，"随神，你……上来好久了？"

"是啊。"贺随指间夹着一包烟，"刚进TT的时候，阿雳就喜欢带着我上来吹风。"

听到贺随提到这个名字，霍嘉鲜一时间不知道该说些什么。

随神一定很难过——但现在他最不需要的恰恰是隔靴搔痒一般的安慰。

人人都以为自己能懂贺随，但其实没人能懂。

霍嘉鲜小心翼翼地走到贺随身边，看向那遥远的落日，与他一起并肩吹风。

夏末的晚风到底还是染上了几分冷意。

霍嘉鲜半晌才开了口："我看到阿雳哥发的微博了，"她的声音很轻，"时间过得好快呀，都三年了。"

"是啊，"贺随似乎笑了一下，又似乎没笑，最终只是回了她一句，"时间过得好快啊。"

霍嘉鲜偷偷扭头看了贺随一眼。

男人鼻梁挺拔，侧脸的线条尤其锋利。他不过刚刚二十一岁，曾经少年也锋芒外露，目空一切，嚣张倨傲，不可一世。

但是现在，责任、使命、担当、荣誉……他身上背负的东西比十八岁的人多了太多太多。

也许他最该舍弃的锐气，却是在不经意间深深烙印在所有人心目中的闪光瞬间。

他刻意隐藏的恰恰是最真实的自我。

霍嘉鲜突然笑了一下，又将头扭了回来。

"怎么了？"贺随看向她。

"没什么，就是想到阿雳哥在微博里说的一些事情。"霍嘉鲜仰头看向粉紫色的夜空,"他说,那个时候他都已经退役了,却因为你而回来了;他说,其实当时他对打不打职业赛已经没什么特别大的欲望了,但如果是为了这个小屁孩儿,那可以试着继续走一走。"

十八岁的少年,明亮闪耀,理应吸引所有人的视线。

霍嘉鲜却有些好奇:"随神,当时你是和阿霁哥说了什么,才让他下定决心继续打职业赛的?"

贺随低头看着手里的烟盒,倏地也笑了。

"其实是他和我说了一句话。"

"是什么?"

"他说,如果不打电竞,我们所有人都会是一辈子的好兄弟。"贺随缓缓道,"那时候阿霁哥已经打了好几年的职业赛,清楚这条路有多么残酷。所以他一直让我慎重考虑,想让我放弃。"

"那你回了他什么呀?"

贺随的神色晦暗不明:"我说,我不会后悔的。"

"就这样?"

"就这样。"

一个俱乐部不仅仅是一群电竞少年的聚集地这么简单——它更是一个成熟的企业,一家公司,一个需要运营的品牌,一个亟待呵护的形象。

从贺随踏入职业赛的那天开始,他们的兄弟情就被放到职业赛这件事之后了。

退役、转会、伤病、背叛……他得开始习惯离别。

他也必须习惯。

就像今天,阿霁走了之后,他需要尽快投入紧张的训练中去。

也不知道他下次再见阿霁,会是何年何月。

大概是男人的声音太过沉重,霍嘉鲜心里微酸,情不自禁地伸过手去轻轻拍了拍男人的手背。

他的手很凉。

贺随低头看着少女小心翼翼摸索过来的手,昏暗的暮色里,纤细柔荑白得近乎透明。

霍嘉鲜的语气也是小心翼翼的。

"随神，待会儿你教我压枪好不好呀？"

霍嘉鲜想，自己安慰贺随也没什么用，不如今天让他看到自己压枪大有进步，说不定他会很有成就感，还会高兴点儿。

她就是不知道随神会不会答应。

霍嘉鲜心中惴惴，半天没听到贺随的回音，以为对方生气了，连忙又想开口补救，没想到男人恰在此时开口。

"好啊。"刚才的沉郁一扫而空，取而代之的是漫不经心的笑意，"我正好没事，教你也可以混直播时长。"

霍嘉鲜一下子抬起头，露出一个明丽甜美的笑容。

"谢谢贺随哥哥！"

晚上，在从没有开过伙的基地厨房里，霍嘉鲜做了她长这么大以来的第一顿饭。

香菇青菜、番茄鸡蛋汤，再配上一份基地外队员们最爱吃的现制卤鸭，简直是一顿"饕餮盛宴"。

贺随还在直播，霍嘉鲜也不好意思让随神移驾下来，于是索性把菜端到了楼上，简直服务到家。

训练室里，贺随没开摄像头，正在单排。

他嘴里随意地衔着一支烟，但没点燃，听见霍嘉鲜进来，手一抖，往窗外一跳，让路过的敌人击杀了自己。

"失误了。"他十分敷衍地解释道，"正好饭点到了，去吃个饭。"

弹幕里大家一阵号叫。

"我没看错？随神明明在预瞄，都快击杀对方了，自己往外跳了？还失误？"

"演员！"

"感觉我的智商受到了侮辱。"

"兄弟们散了吧，随神日常操作，又把对手给耍了！"

"随神，你变了！你给我回来练枪！你可是从不需要吃饭的男人！"

…………

对这些弹幕，贺随一概不理。

他扭头看向霍嘉鲜。少女盈盈一笑，把手里的盘子放下。

"哎呀，随神，这么巧呀，你一场游戏刚结束，正好我就烧好饭上来了。"

"嗯。"贺随没摘耳机，"今晚吃什么？"

霍嘉鲜得意地展示着她的杰作："当当当当！这可是我从来没有给跳跳虎他们做过的菜哟，随神你慢用！"

"好。"贺随勾了勾嘴角，"谢谢。"

他们的对话通过麦克风，清晰地传入了直播间两百多万水友的耳中。

弹幕直接炸了。

"随神！我就知道刚才你是故意的！原来是漂亮妹妹送饭来了！"

"气死我了、气死我了、气死我了！"

"随神，你为什么还不摘耳机？！故意的、故意的、故意的！"

"取关、取关、取关！"

"漂亮妹妹的声音好甜，随神快开摄像头让我看一眼漂亮妹妹！"

"万人血书看漂亮妹妹！"

"漂亮妹妹知道你为了吃饭而故意送死吗？漂亮妹妹肯定不知道随神的心思！漂亮妹妹要上当了！"

…………

贺随没理这些留言，总算把耳机摘下，起身走到桌边。

"我用的是经理种的青菜，你尝尝好不好吃？"霍嘉鲜迫不及待地夹了一筷子菜，然后送到贺随嘴边，目光灼灼，神色期待，"还有这个番茄鸡蛋汤，我是关火了之后放的鸡蛋，鸡蛋特别嫩，你尝尝看怎么样？"

贺随垂目看着少女的手，沉默片刻，竟然真的乖乖张嘴吃了。

兴奋之下，霍嘉鲜也没觉得这有什么不对："怎么样？怎么样？好吃吗？"

贺随咀嚼的动作一顿，慢了半拍。目光落到少女激动得不行的脸上，半晌他还是点了点头。

"嗯——"他的声音有些含混，"不错的。"

"哇！真的吗？！"霍嘉鲜有些得意，这可是她对着下厨房App（应用程序）即时学到的技术，没想到首战便告捷，"那你多吃点儿啊,这里还有我买来的卤鸭,你们都很爱吃的,今晚我们就凑合一下吃了哟。"

虽然她嘴上说的是"凑合",语气里却满是"我谦虚一下是我谦虚,但你可不要吝惜夸赞我"的暗示。

贺随点了点头,艰难地将嘴里混合着酱油、盐块的青菜吞了下去,脸上的表情却没什么变化。

"不凑合。"他接过筷子,"挺好吃的。"

霍嘉鲜开开心心地下楼的样子活像只狂摇尾巴的小狐狸。

贺随吃了两口菜,等霍嘉鲜走远了,立即站起身来,找了一个垃圾袋,赶紧将菜倒了进去。

这些菜的味道也太怪了。

青菜咸得出奇,蛋汤又淡得如同白开水。卤鸭还是好吃的,但是这菜向来是跳跳虎和唐葫芦他们爱吃,他基本不怎么碰。

但看霍嘉鲜那样子,他还是不想让她失望。

毕竟这大概是她进基地以来做的第一餐饭。

她的厨艺和缪阿姨相比,确实还是有些距离。

贺随很快将桌子收拾好,又坐回桌前开始直播。

直播间里依然聚集了上百万人,大家正热闹地议论着 TT 基地新来的这个漂亮妹妹,却没想到贺随这么快就吃好了。

"随神,这么快?"

"虎仔说漂亮妹妹做饭又丰盛又好吃的啊,随神怎么这么快就吃完了?难道是基地没人,漂亮妹妹就只做了一点点?"

"哈哈哈哈哈,随神留守儿童没人爱。"

"刚才我听到漂亮妹妹说是史迪种的青菜,难道漂亮妹妹只做了一盘青菜给随神?哈哈哈哈哈哈哈!"

"刚才随神又是送死又是炫耀,真是自作多情了,哈哈哈哈哈!"

"............"

"你们懂什么?"贺随面无表情地开了一局游戏,"基地传统,下播之后还有海底捞。"

不出所料,他的解释又炸出了一片"哈哈哈哈哈哈哈哈"。

"所以随神的意思是漂亮妹妹故意做得少,好让你待会儿能约她去吃海底捞？"

"我怎么没想到呢？哈哈哈哈哈哈！"

"我觉得是随神在自欺欺人。"

"坐等打脸。"

"好了，大家不要戳穿随神了。"

…………

贺随想到他下午从卫生间出来，无意间和霍嘉鲜撞上的场面。

小姑娘脸都红到了耳根，显然是被吓得不轻。

"呵。"贺随高贵冷艳地笑了一声，"你们懂什么？"

在贺随的直播间发生的这一切，霍嘉鲜毫不知情。

按照惯例，她本应该在吃完晚饭的这段时间直播的。但今天史迪邀请她去曼谷，签证的事宜迫在眉睫，她着急回家去拿自己的护照。

霍父霍母忙于集团事务，一般不过 12 点不会回家。最近她哥和他的狐朋狗友去欧洲玩了，所以现在家里应该只有用人。

家里那几个用人和她关系都好得很，只要求他们保密，她拿到护照也不是什么问题。

到时候，她人在曼谷，他爹日理万机，总不可能亲自飞去曼谷把她抓回来吧？

霍嘉鲜自认为她的计划天衣无缝。

霍家别墅在 M 市市郊的梅园公馆，这里风景绝佳，远离喧嚣，住客非富即贵。

而霍家无疑是其中令人瞩目的焦点。

霍嘉鲜把车开到院子里停下，别墅里静悄悄一片，灯全灭了，似乎一个人也没有。

她一时间有些兴奋：难道今天恰好赶上爸妈给用人放假，家里连个人都没了吗？！那真的是天都助她！

想到这里，她迫不及待地开了门进去。

就在她将灯打开的一瞬间，她的身后倏地传来了一个熟悉的声音："是嘉鲜回来了？"

霍嘉鲜愣了愣。

她有些僵硬地停下开灯的动作，慢慢将头扭了过去，随后露出一个尴尬的笑容。

"啊，妈，今天您怎么回来得这么早呀？"

霍家现任夫人名叫谢繁，其家底虽不似霍家深不可测，却也是一方首富。

她嫁到霍家后，育有一子一女，除了霍嘉鲜，还有霍嘉鲜那个成日里和狐朋狗友胡闹的哥哥霍凛。

谢繁仰躺在沙发上，手边放着一杯水，半眯美目，神色慵懒。

"今天我有些不舒服，就早点儿回来了。"她说话的语气一向温柔，"嘉鲜，你回来了，是电竞那边的工作结束了吗？"

霍嘉鲜干笑了两声："没有啦，妈，我回来拿两件衣服。"

"哦，拿衣服呀。"谢繁似乎也没力气多问，"今天你爸和我说，要让你收收心，早点儿回来了。你打算哪天和你们经理说呢？"

"快了、快了。"霍嘉鲜敷衍着，几步就上了楼，"妈，我先不多说了，基地里事情很多，我马上还要回去的。"

奇怪的是，平时总要刨根问底、探个究竟的谢繁，今天却没再多说什么。

她躺在沙发上，随意地"嗯"了一声，就算是让霍嘉鲜过关了。

霍嘉鲜找到自己的护照，又随手拿了几件衣服作为掩护，这才总算松了口气，小心翼翼地下楼了。

她经过客厅时，谢繁紧闭着眼，似乎已经睡熟了。

霍嘉鲜正蹑手蹑脚地开门，冷不丁又听见谢繁在身后开了口。

"嘉鲜，最近妈太忙，都忘了问你，这段时间你在那个电竞队伍里感觉怎么样？"

霍嘉鲜愣了愣。

谢繁缓缓睁开眼睛，疲惫地看了过来。

"嗯，嘉鲜？你是怎么想的？"

她是怎么想的。

她能怎么想？

霍嘉鲜知道，一开始爸妈把她送到TT，绝不是支持她打职业赛。相反，他们想让她看到打职业赛多么枯燥无聊，背负着多少压力，又要付出多少努力。

他们的初衷是让她自己打退堂鼓的。

聪明如霍嘉鲜,又怎么可能不明白?爸妈最希望听到的是她说自己觉得吃不消了,想要放弃,决定不打职业赛,而是接受家里的安排。

但是霍嘉鲜实在说不出口。

在 TT 的这段日子,对她来说,是令自己更加笃定要打职业赛了。因为贺随,因为比赛,因为这群打游戏的少年,因为所有热爱游戏的人……她更加坚定了自己的梦想。

无论前路有多么艰难,她都希望自己能够一直走下去。

她也坚信,能够走到最后的人,一定是自己。

霍嘉鲜一直没说话,谢繁也没逼她,只是目光平和地看着自己的女儿,等待着她的答案。

"妈。"

半响,霍嘉鲜终于开口。她再次看向自己的母亲,眼里熊熊燃烧起的是一种比叛逆、乖戾更加成熟的东西。

"我觉得,我还是不想放弃。"霍嘉鲜迎着谢繁的目光,一字一顿地说,"我愿意承担所有失败的后果。但这……这是我的梦想,我真的不想放弃。"

少女的声音清脆且带着些许稚嫩,但掷地有声,没有一丝犹疑。

她以为谢繁会质疑、劝诫,会愤怒、叹息,但是全没有。

相反,谢繁微微仰起脸看向自己的女儿,嘴角漾出一个温柔的笑容。

"好。"她点了点头,"既然你想清楚了,那就去做。"

霍嘉鲜:"啊?"

"别担心。"谢繁笑了笑,"我会说服你爸的。"

霍嘉鲜回基地的时候,贺随已经快下播了。

梅园公馆和望山的距离着实有些远。

已经快 12 点了,之前贺随和水友说好 11 点下播,现在却迟迟没有下播的动作。

直播间里,好多人还惦记着贺随和漂亮妹妹吃海底捞的事。一看贺随过了时间还毫无动作,水友们都乐开了花。

"随神说好的去和漂亮妹妹吃海底捞呢?"

"我笑死了、我笑死了、我笑死了、我笑死了!"

"大家体谅一下二十一岁清纯处男随神,他不敢主动约饭,竟然在这里等妹妹主动来约!活该你单身,哈哈哈哈哈哈!"

"随神凉了、随神凉了、随神凉了。"

"妹妹好无情。"

"无情!"

…………

贺随紧抿薄唇,在训练场里练习压枪,服务器更新数据调整之后,手感也随之发生了变化,他们必须尽快适应这种变化。

至于直播间里那些幸灾乐祸的嘲笑,贺随全当看不见。

直播间里的水友落井下石了这么久,最大的房管土豆看不下去水友们这样伤害单身狗,出来帮贺随说了句话。

"你们懂什么?随神这是在备战亚洲邀请赛,漂亮妹妹和冠军比起来,根本不值一提!"

她这话一出,又掀起了直播间里新一轮的阴阳怪气言论。

"我信了。"

"嗯嗯,我也信了!"

"TT已经有一张世界赛门票了吧?请问兄弟们,这次亚洲邀请赛的冠军又有什么意义?"

"就是啊,土豆,我觉得还是帮随神撩妹更加实在!"

…………

"房管,帮我清理一下直播间的弹幕。"贺随的语气没有一丝波澜,"都刷屏了。"

弹幕还没来得及笑贺随表面上是强撑的高傲,实际上是无尽的心酸,训练室的门突然被推开了。

"随神!"身后传来少女雀跃的声音,"你还在忙吗?我怕你刚才一直在直播,所以等到现在才上来。"

贺随压枪的手一顿。半晌,他才嗓音沙哑地开口:"怎么?"

"我来找你练枪啦!"霍嘉鲜兴高采烈地走到贺随身边,见他没搭腔，还以为对方想反悔，忙道，"啊，如果你不想教我的话也可以，毕竟我真的太菜了，估计你看着也会很心烦……"

"没事。"贺随没回头，随手指了下身边唐葫芦的电脑，"你练吧。"

"好的、好的，谢谢随神！"霍嘉鲜笑吟吟地坐下，怕麻烦贺随，还再三确认，"现在你不忙吧？我没影响你直播吧？"

"没有。"贺随镇定地将鼠标移到直播界面，直接关掉，"我已经下播了。"

面对着突然黑掉的直播间，被无情抛弃的百万水友一脸蒙。

霍嘉鲜却压根儿没注意这些。

一听说贺随已经下播，她更加放心大胆地坐下，打开了唐葫芦的电脑。

打开游戏平台，她上的依然是贺随的小号。

这段时间，她已经和尤喜仔仔细细地商量过，怎样才能让自己伪装得更像游戏菜鸡。

所以，还没转入正式游戏界面，霍嘉鲜就已经开始铺垫了。

"随神？"

"嗯。"贺随目不转睛地对着电脑屏幕练枪。

霍嘉鲜酝酿片刻，说道："其实最近我都练了好一会儿了，就是上次你和我说过的那些技巧，我觉得收获真的很大！前两天，我和路人组四排，在他们的带领下，也没拖他们的后腿，最后竟然'吃鸡'了呢！"

贺随瞥了她一眼："前两天？"

"啊，就是你们训练的时候，反正我也没事嘛，有时候会去附近的网吧里玩一下。"差点儿说漏嘴，霍嘉鲜惊出一身冷汗，"啊，这个应该……没关系吧？"

"没事。"贺随收回目光，言简意赅地说，"以后你想玩的时候不用这么麻烦，直接上三楼来。我们有多的电脑，10点训练结束以后，跳跳虎他们也能带你打。"

"真的吗？！"霍嘉鲜眼睛一亮，"那随神，你也可以吗？"

"我？"打完手里这一梭子子弹，贺随才回了两个字，"可以。"

霍嘉鲜立刻笑道："好呀！谢谢贺随哥哥！那现在就可以吗？"

少女的眼神湿漉漉的，嘴唇像是雨后黑色虬枝上的一朵桃花，柔软又粉嫩。

贺随避开霍嘉鲜的目光，随手将她玩的小号拉进了自己的队伍里。

"嗯。"贺随觉得喉咙有些发干，"开始吧。"

于是，霍·假装菜鸡·其实王者·嘉鲜，屁颠屁颠地跟在贺随身后，上了这班飞往萨诺雨林地图的飞机。

萨诺是《绝地求生》所有地图中最小的一张。

因此，在降落人数相同的情况下，萨诺雨林地图中会更容易出现交战的情况，且战况也会更加焦灼。

玩这张地图的时候，贺随一般习惯性跳落人最多的天堂度假村或者自闭城，落地就开打，紧张又刺激，也是一种最大程度锻炼反应能力和生存能力的训练。

但是现在他带着一个能力近乎为零的霍嘉鲜，再跳这两个地方，就有些不合适了。

贺随本来计划先跳周围野点发育，等到装备齐全，再带霍嘉鲜慢慢往圈里潜行。

没想到航线刚经过自闭城上空，霍嘉鲜突然右手一抖，直接就跳了下去！

小姑娘吓得脸都白了："啊啊啊，随神，你还没跳，我就跳了，我是不是做错了呀，啊啊啊啊！"

"没事。"贺随也跟着跳了下去，"你落地之后，一定要紧紧跟着我，别乱跑。"

"好的、好的。"

霍嘉鲜连连点头，心里却在暗骂自己怎么这么不小心，一经过自闭城就习惯性地往下跳，简直就像巴甫洛夫的狗一样有条件反射。

打开降落伞，贺随紧紧跟在霍嘉鲜的身后，还不忘看一眼周围的人。

因为这次自闭城就在航线上，他粗略一看，在这里降落的人起码有三十多个，四面八方都有人，就和下饺子一样，数也数不清。

贺随皱了皱眉。

霍嘉鲜操纵的人物刚刚在前方落地,她大概有些手足无措,走得格外笨拙,甚至有两次撞上了墙壁。

贺随有些看不下去,上前帮她打开门,低声道:"跟住我。"

"嗯嗯嗯。"霍嘉鲜立刻老老实实地跟上贺随。

他们进的这栋楼房不大,但物资还算丰富。

很快贺随就拿到了一把 AK 步枪、一把 M16 步枪,霍嘉鲜手里也有了一把 UZI 冲锋枪,还有一把霰弹枪。

贺随把房里仅有的一套头甲留给了霍嘉鲜:"你拿着吧,我不用。"

高手对枪,生死就在眨眼之间,如果有一套好的头甲,相当于多了一层护身符,这道理霍嘉鲜怎么可能不懂?

她根本不敢拿,也不想拿。

要不是一个人只能拿两把枪,她恨不得把自己的 UZI 冲锋枪也让给贺随。

霍嘉鲜摇了摇头:"随神,你穿吧。"

"你穿。"贺随甚至都没回头,只蹲身对着窗外,根据此起彼伏的枪声,开镜在看对手们的位置,"你倒了,我会分心。"

"啊,这样啊。"

见贺随真的没回头来穿头甲的意思,霍嘉鲜只好点了点头,乖乖地把头甲穿上。

贺随没开直播,他们两个都以为没人会看见这场比赛。

殊不知,贺随的大号里早年加的那些资深水友早就悄悄摸了进来,开启观战模式,顺便还帮他在几个粉丝大群里转播战况。

"天哪!随神第一次带妹打游戏,首先就把保命的头甲让了出去!"房管土豆在粉丝群里惊叹,"我真的不敢相信,这还是当年冷酷无情、说着平均击杀数值不上 4 就没资格和他一起玩游戏的随神吗?"

水友 A:"这个妹子走路真的好呆哟,平地还蹲着走!随神带妹带的是这种菜鸡,我只能说随神长大了!"

水友 B:"刚才大家注意到没有?是妹子先跳自闭城,然后随神才跳的!天哪,随神这是想带着一个连跳伞都不会的小白活着走出自闭城吗?!不愧是随神!"

水友 C:"啊啊啊啊啊,有两个人包围过来了!随神跳窗了!随神直接把对方团灭了！妹子全程都躲在房子里啊！随神是不想让她看到血腥的场面吗？"

游戏里，贺随掉了半管血，正躲在障碍物后缠绷带。

"你没事吧？"他问身旁的霍嘉鲜，"外面没人了，现在你下来舔包，我帮你架枪。"

霍嘉鲜立刻乖乖地下来舔包。

这两个人的物资实在丰富，还送来了一把贺随最爱的 M416。霍嘉鲜哼哧哼哧地把这枪送到贺随身边，又哼哧哼哧地跑回去继续舔包。

看着地上那把 M416 和无数子弹，贺随愣了愣。

"这是随神你最爱的枪吧？你拿着用！"小姑娘笑眯眯地道，无意中一转头，却突然看到了什么，脸色大变，"小心！"

也就在那一瞬间，她下意识地一甩手，将手中的红点 UZI 冲锋枪开镜，瞄准镜准确无误地瞄中了贺随身后那个悄悄潜行过来的身影，靶心正中头部。

同一时间，贺随的水友群沸腾了。

"哇！这反应？这速度？她瞄得太准了吧？！"

转念只在须臾之间，在看到敌人的一瞬间，霍嘉鲜下意识地开镜瞄准，但立刻就惊出了一身冷汗——这种反应速度和控枪能力怎么可能属于一个菜鸡？！

她迅速瞥了身边的贺随一眼，见对方并没有注意到自己的异样情况，心下松了口气。

右手食指随意按了下，她一边对着敌人的方向胡乱开枪，一边惊慌失措地大喊："啊啊啊，随神救命！有人来了！"

无数子弹从那人的耳畔掠过，却没有一颗射中的。

对方愣了一下，正在心里窃喜遇到了一队菜的人，却没想到正前方背对着自己的人忽地转身跪地开镜扫射，动作一气呵成。

"TT_suishen 使用 M416 淘汰了你。"

TT 的随神？他没有看错吧？

那人圆睁着眼睛慢慢倒下，双眼盯着天空，死不瞑目。

随神怎么可能跟一个这么菜的人组队？！这不会是冒牌货吧？！

同一时间，贺随的粉丝群里大家也议论得热火朝天。

"就这枪法？刚才我没看漂亮妹妹的视角，她真的瞄得很准？兄弟们看错了吧？！"

"千真万确啊，我就差没截图了！真的一秒锁定！她要么是开了锁头挂，要么就是真的控枪能力强大到可怕！不存在第三种可能！"

"我觉得，她可能是瞎猫碰上了死耗子吧，就这种枪法，说她开挂都是辱挂了。"

"没事啊，漂亮妹妹长得漂亮就行，干吗非要要求她打游戏打得好？"

"就是啊，随神有漂亮妹妹带，你们应该高兴才是，别忌妒！"

"兄弟们，我想到一种可能性，会不会这个漂亮妹妹其实就是很厉害，但是为了可以和随神一起玩游戏，所以故意装得很菜？就她刚才那反应速度，我觉得就算是瞎猫，她也不可能这么巧就碰上死耗子啊！这事处处都透露着诡异感！"

"诡异什么呢诡异？！哈哈哈哈哈哈，还故意装得很菜？你这么会说话，怎么不去开演唱会？"

"就是，哈哈哈哈哈，你这么会说话，怎么不去说相声？"

"你怎么不去写小说？"

…………

当然，这些聊天内容，霍嘉鲜一概不知。

好歹贺随没起疑心，她松了口气，抖擞了一下精神，又专心致志地投入伪装菜鸡的工作中。

毕竟她爸那边还没松口。

在霍总同意之前，她不可能开启自己的职业道路，更不可能来TT参加试训。

在基地，她的身份永远只能是"对游戏一无所知的少女"。

霍嘉鲜专心致志地操纵着游戏中的人物，在硝烟四起的自闭城内东倒西歪地走着。

带一个人打终究比自己一个人打要来得吃力，贺随一边小心翼翼地在自闭城中潜行，一边还要分心去看身后的少女有没有跟上、有没有遇到危险。

幸好，不知是有意还是运气好，这一路上他们遇到的所有敌人都没能偷袭成功。他们要么是让霍嘉鲜随手走火的流弹击中而暴露了位置，要么是霍嘉鲜无意中拐进哪个房子，准确地定位了敌人的位置，总之，一切很顺利，根本没有想象中那么困难。

很快，贺随就带着霍嘉鲜走出了萨诺最危险的自闭城。

圈刷走了，贺随看了眼地图，很快确定好两人下一步要去的地方。

这地图很小，开车反而容易暴露位置，所以最终两人决定步行前往。

贺随标记的地方在雨林地图一号营地附近，那里地势极高，背靠悬崖，易守难攻，视野极佳。

根据贺随多年的经验判断，最后的圈有百分之八十的概率会刷在这里。如果他们提前抢占这片地势，基本就可以锁定胜局了。

霍嘉鲜虽没有明说，但也明白贺随的意思。她乖乖跟在贺随的身后上了山，按照贺随的要求，藏在他背后的一大片岩石上面。

"你别动。"贺随抬手一枪，就狙掉了不远处树后的人头，"最好趴着。"

霍嘉鲜乖乖趴下。

趴下的时候，霍嘉鲜心里还在想：今天我辛辛苦苦和你打下来这一趟，明明是要展示我进步的枪法来让你开心一下的，怎么变成全程让你孤独带领队伍胜利的局面了？

她趴在被晒得滚烫的石头上，脑袋中久久思考着这个问题。

砰。

砰！

一枪急过一枪，贺随一直沉默不语，微蹙着眉头环顾四周。

屏幕右上方的人数越来越少，贺随躲到暗处缠了几个绷带，耳朵不敢松懈一刻。

他蹲到了暗处，不太容易观察到四周的动向。霍嘉鲜悄悄站起身，想要帮他分摊一下决赛圈的压力。

她不敢有太大的动作，只躬身蹲在凹凸不平的岩石上，仔细观察四周。

很快，她的四倍镜里出现了两个人头。

这应该是一支小队，刚过了马路，准备悄悄摸上他们在的这座山头。

霍嘉鲜往前走了两步,正想提醒贺随有人过来,却听见身后的男人站起身,忽地提高了嗓音道:"小心!"

就在那一瞬间,霍嘉鲜眼前的景物瞬息万变,一切都变得模糊不清。

她下意识地按了关镜键,却发现自己正在疾速往山下下坠。

"啊!"这回霍嘉鲜是真的叫了一声,"救命!救命!"

然而已经晚了。

刚才她开着镜,却没注意脚下的情况,又被贺随叫了那么一嗓子,直接从岩石上面滚落下来摔死了。

摔。

死。

了。

本来还想好好表现一下的霍嘉鲜愣怔地看着电脑屏幕,一时接受不了自己竟然以一种这么屈辱的方式死掉的事实。

几声枪响过后,电脑屏幕右上角刷出贺随将对方灭队的信息。

男人就坐在她的旁边,目不转睛地盯着电脑屏幕,声音里却带着掩也掩不住的笑意。

"那个……"他轻咳了一声,"我就不下去救你了,你等着'吃鸡'吧。"

霍嘉鲜无言以对,心想:随神的脾气可真好,要是我遇上这么个菜鸡,肯定都要忍不住骂街了。

犹记得当时让尤喜帮自己打线上赛的时候,她还开玩笑说过自己肯定不会摔死的。没想到风水轮流转,她霍嘉鲜——亚服第七、H国服第二十、坐拥百万粉丝的女人,竟然真的就这么死掉了。

霍嘉鲜结巴地解释:"随……随神,你别生气啊,这不是我的真实水平……这个月我真的很努力、很努力地练习了!我摔下悬崖真的只是失误!失误呀!"

"嗯,失误。"贺随早已恢复了泰然神色,竟也顺着她的话说下去了,"你放松,也别紧张。"

霍嘉鲜心说:随神你别看我摔死了,但是曾经我在这个位置吃了无数"鸡",带飞过无数队友,还冲上了亚服前十好吗?!

算了,这话说出来,她自己都不信。

霍嘉鲜小朋友有些颓然地放下鼠标,手撑着下巴,扭头看着贺随的操作。

当然,要是知道贺随的几个粉丝群里大家都笑成什么样了,她一定不可能这么淡定。

"哈哈哈哈哈哈哈,这个漂亮妹妹真的有些菜啊,全程没收过一个人头,最后还自己摔死了。"

"我好想听语音,我感觉随神心里已经暴走了!想听随神骂人!"

"唉,你看今天傍晚那会儿随神的样子,他可能骂人吗?我觉得要是漂亮妹妹不小心把他雷死了,他都毫无怨言。"

"因为一个女的,他连原则都不要了!说好的平均击杀数值不上4,就没资格和他一起玩呢?!"

"哈哈哈哈哈哈哈哈,兄弟们,有漂亮妹妹的照片让我瞻仰瞻仰吗?"

很快就有人把霍嘉鲜的照片发了出来。

这是季后赛最后一天被TT的粉丝在比赛场馆外面偷拍到的照片。隔得远,像素低,而且粉丝只拍到霍嘉鲜的一个侧脸。

不过就这一张完全不加修饰的生图,却准确地捕捉到了霍嘉鲜完美的侧颜。

少女长发披肩,小巧的下巴又尖又翘,鼻尖肉肉的,却不失挺拔,脸上满是胶原蛋白,看上去清纯又漂亮。

群里的那群男人瞬间倒戈了。

"有一说一,确实是个漂亮妹妹。"

"这漂亮妹妹的皮肤好好啊,兄弟,修过了吗?这么白,感觉像是在发光一样,比海鲜上那些涂了一百层粉的女主播好看多了!"

"看着年纪不大啊,贺随也真是下得去手。"

"贺随不出手则已,一出手就是这么漂亮的小妹妹,人面兽心!"

这一片热闹里突然有个常年潜水的号蹦出来说话了。

"哎,这侧脸好熟悉,我看着怎么像我同桌呢?"

群里正沉迷于美颜暴击的所有男人一脸蒙。

训练室里，紧张的比赛还在继续。

电脑屏幕右上角显示的存活人数正在逐渐减少，最后只剩下了三个人。

贺随记忆能力很强。他粗略地一判断，知道场上剩下的三个人应该是独狼，位置基本锁定，自己胜利的机会很大。

霍嘉鲜自从死后，就没再说过话，一直乖巧地坐在贺随身边看他打游戏。她全身都散发着一股"啊啊啊啊，我怎么就这么死了"的怨念气息。

决赛圈紧要关头，鬼使神差地，贺随扭过头去看了霍嘉鲜一眼。

"快'吃鸡'了，你想来吗？"

霍嘉鲜愣了一下："什么？"

"你想来可以来。"贺随想起身让出座位，"两个人的位置我都知道了，你别紧张，来锻炼一下，机会很大的。"

他松开鼠标，还没来得及站起来，霍嘉鲜显然误解了他的意思，像只小兔子一样，一下子钻进了他的怀里。

"好啊！好啊！"少女水灵灵的眼里盈满了笑意，"谢谢贺随哥哥！我就不客气啦！"

天哪！随神这意思是要手把手地带自己"吃鸡"啊！机不可失，时不再来！

刚才的郁闷一扫而空，霍嘉鲜只恨不得蓝圈来得再慢一点儿，这样自己和"男神"近距离接触的时间就可以更长一些。

贺随僵硬地看着坐在自己腿上的少女，有些不知所措。

一直到这场游戏结束，贺随都没反应过来刚才发生了什么。

不知道是不是因为身后有贺随，霍嘉鲜似乎没有刚才那样害怕了。她开镜瞄准扫射，虽然没多稳，但起码不像第一次那样用子弹在空中画出烟花了。

霍嘉鲜杀了一个人，接着被另一个人反杀，最终结果第二，也不算差。

她故意卖了一个人头出去，只觉得这决赛圈实在太快，本来还想求贺随手把手教自己培养一下枪感，后来又觉得太过分，便恋恋不舍地爬了起来。

"谢谢贺随哥哥呀！今天玩得很开心。"霍嘉鲜扭头看向男人，一双小鹿一样湿润的眼睛里满是娇俏的狡黠神色，"明天我还可以上来吗？"

"随便。"贺随挺了挺僵硬的脊背，将目光落到电脑屏幕上，"你想玩就上来吧。"

"好的、好的！"霍嘉鲜连连点头，深知得寸不要进尺的道理，"那我先下去咯？贺随哥哥，你也早点儿睡！"

半晌，男人才从喉咙里挤出一个低沉微哑的"嗯"字。

贺随全程没再多看霍嘉鲜一眼。

小姑娘似乎也没注意到男人的异样，心满意足地收拾完碗筷就下楼了。

等霍嘉鲜彻底离开，贺随才从游戏结束的页面中渐渐清醒过来。他看向一旁空荡荡的座位，晦暗的目光微微闪了闪。

各个粉丝群里已经有 999+ 条消息了。

"是我瞎了吗？这都没'吃鸡'？！"

"随神怎么回事？！有漂亮妹妹坐在旁边，连枪都压不住了？"

"最后那枪压得也太烂了吧？随神闭着眼睛打都不可能是这种水平啊！"

"这枪压得真的辣眼睛。@TT_suishen，快出来解释一下，是不是因为有漂亮妹妹在，所以打成这样的？"

贺随勾了勾唇，很快回应了这位水友的疑问。

TT_suishen："我的问题，没压住枪。"

所有回过神来的水友无语。

第四章

你到底是谁

三天假期很快过去了。

泰国签证下得很快,霍嘉鲜也如愿以偿,可以和 TT 队员们一起去曼谷一周游。

因为谢繁松口,霍嘉鲜已然看到了自己在家人的支持下打职业赛的希望。只不过霍总日理万机,谢繁也不可能这么快和他讨论好这事,于是霍嘉鲜也就不再着急。

霍嘉鲜都计划好了——从曼谷回来以后,也到了自己和家里人说好的体验期限,到时候她一回国就回家去探她爸的口风。

如果家里人不同意自己打职业赛,她就拿自己的钱组建战队;如果同意,她再和 TT 的人摊牌她就是小仙女,看能不能通过试训。

连尤喜都夸她这个计划挺完美的,尤其表扬的是霍嘉鲜和 TT 一起去曼谷的这个部分。

因为季后赛,TT 已经拿到了冠军,亚洲邀请赛对他们来说压力并不大。尤喜认为,这次出行可以有效增进霍嘉鲜和 TT 各队员之间的感情,尤其是和随神,如果日后霍嘉鲜要成为 TT 的一员,那么这段经历将会十分重要。

霍嘉鲜当时就白了尤喜一眼:"我怎么觉得如果他们知道了我是小

仙女，我被打死的概率要大一点儿呢？"

尤喜半天憋出来一句："既然你有这样的觉悟，那也别怪我没提醒你早点儿摊牌。"

霍嘉鲜长长地叹了口气："又不是我想装，是霍总没开口啊。"

很快就到了出发那天。

家里只有冯曼若一个人知道霍嘉鲜的计划，霍嘉鲜也一直拦着她姐，不让她姐告诉霍凛。

霍凛这人就是个宠妹狂魔。要让他知道霍嘉鲜一个小姑娘竟然要跟着一大帮"网瘾少年"跑到异国去，也许会立刻坐飞机赶回M市把她给拦下。

冯曼若一向拗不过这个妹妹，千叮咛，万嘱咐，总算是把东西都给她准备齐了。

霍嘉鲜长这么大，出国次数不少，但大部分情况是跟着冯曼若、霍凛他们。小公主全程有人照顾，根本不用自己操心什么。

这回她跟着TT他们出去，随行全是除了打游戏，其他什么都不会的"网瘾少年"。也别指望着他们照顾霍嘉鲜了——他们能别让霍嘉鲜照顾他们，就谢天谢地了。

送霍嘉鲜回基地的时候，冯曼若还在唠叨："你一个人住一个房间，千万不能让其他男的单独进来。如果他们对你图谋不轨，你立刻报警！我和你哥在曼谷都有朋友的！

"吃饭千万要注意，那里天气热，容易吃坏肚子。路边小摊的东西看着好吃，但你也要小心。冰沙虽然好吃，但是你也别吃太多。

"还有，曼谷的摩托车真的很多，你过马路千万注意安全……唉，不行，嘉鲜，我觉得你自己一个人去太危险了，要不我拿上护照陪你去吧？"

霍嘉鲜连忙阻止冯曼若："不用、不用，姐你不用担心，我自己真的可以的。我保证进门只有我一个人，出门和大家一起行动。我一定会注意安全的，好吧？"

"可是……"

"我都十八岁了，真的没问题了！"霍嘉鲜笑着把冯曼若推回门里，

"你快回去处理公司的事吧！您日理万机的，千万别为了陪我而耽误您的事。"

冯曼若看着少女执拗坚决的眼神，终究还是叹了口气。

"唉，你最有主意，但是千万要注意安全，每天都要给我打电话报平安啊。"

"好的，知道啦！"霍嘉鲜笑意盈盈地说，"姐再见！"

曼谷，素万那普国际机场，全世界最忙碌的机场之一。

TT的这群"网瘾少年"平时几乎没怎么出过远门。除了打比赛，就是在基地里训练，尤其对跳跳虎和唐葫芦来说，曼谷已经是他们到过的最远的地方了。

赛事方给他们订的酒店就在比赛场馆不远处，位于曼谷的心脏地带，周围全是轻轨站，异常繁华。

跳跳虎好不容易出来放风，又听了自己的狐朋狗友的撺掇，直说要带着唐葫芦去逛逛曼谷，好好感受一下这个国家的热情。

但因为这个提议，跳跳虎被史迪狠狠地骂了一通，跳跳虎成天做稀奇古怪的事，现在还想要带坏小弟弟。

况且，这里还有个纯情妹妹在呢！

霍嘉鲜全程戴着耳机，假装没听见。

正式比赛是后天开始，明天的安排是配合主办方录垃圾话视频和熟悉场地，这群"网瘾少年"也没多少时间到处玩。

最终，贺随的一句话彻底终结了跳跳虎的幻想。

他冷笑了一声："有这时间，你还不如探索一下这儿附近有什么网吧。"

随神开口，跳跳虎彻底蔫儿了。

行吧。

也是他想多了。

晚上大家一起吃了饭，就早早回酒店休息了。

赛前垃圾话录制环节不长，主要时间都花在了给选手们化妆上。

这群"网瘾少年"正是精力最旺盛的年纪，压力大，作息时间颠倒，吃得既不规律又油腻，皮肤状况本来就堪忧。

但像跳跳虎这样臭美的人，自我感觉好得要命，一直在用英语催促化妆师一定要好好给自己化妆，力求自己一出场就要迷倒一众女粉丝。

"You make me handsome，I want handsome！I want girls like me！"（让我变帅点儿，我想吸引女孩子的喜欢！）

化妆师看着他那一头绿色锡纸烫："OK，I will try."（好的，我会尽力。）

霍嘉鲜推开化妆间的门，正好撞见这一幕。就算她"网瘾少女"成绩常年在及格线上下徘徊，也快被跳跳虎这塑料英语笑掉大牙了。

"就你这样子，还要迷倒万千少女？"

霍嘉鲜帮他翻译得好听了一些，这段时间，几个人渐渐混得熟了，说话也随意了许多："经理叫我过来看你们化得怎么样了，那边快轮到我们了。"

"快了。"尼罗戴上眼镜，"就差跳跳虎了。"

因为想要迷倒万千少女而拖累进度的跳跳虎："别催了、别催了，我也快了！"

霍嘉鲜见到跳跳虎奓毛的样子就想笑，又随意和他们开了几句玩笑，转头一看才发现贺随似乎并不在场。

"随神呢？"

"他啊，昨晚到附近网吧练枪，到现在都没起来。"唐葫芦插嘴，"随神真的是比我们厉害，还比我们努力，我真的很羞愧。"

尼罗："羞愧也没见你多努力。"

唐葫芦："我这不是要早睡长身体吗？！"

一堆人插科打诨，霍嘉鲜却有些坐不住了。

录制时间快到了，于情于理，她这个后勤人员都该去随神的房间里催一催。

她轻轻站了起来，说了声"我去叫他"，就马上离开了，速度快到跳跳虎他们几个人都来不及拦住她。

等霍嘉鲜走了半晌，跳跳虎才反应过来，幽幽地来了句："我们应该提醒她，随神从来不录垃圾话吗？"

"而且随神的起床气也好可怕的，"唐葫芦哆嗦了一下，"完蛋了，现在我们出去拦着嘉鲜妹妹还来得及吗？"

三人之中，唯独尼罗淡定地推了一下眼镜："别担心，今天随神肯定没有起床气。"

跳跳虎、唐葫芦相视无语。

霍嘉鲜没想到贺随刚洗完澡。

男人只套了件白色T恤，头发还是湿漉漉的，整个房间里充满了热腾腾的水汽。

他左肩上搭了条擦头发的毛巾，神色淡淡的："你怎么来了？"

"啊，随神，我来叫你下去录垃圾话。"房间里，沐浴露的清淡香气混合着成熟男人的气息，霍嘉鲜有点儿不敢看贺随，"你洗好了吗？"

"垃圾话？"贺随转身，随手将毛巾扔在了椅背上，"我从来不录垃圾话的，他们没和你说吗？"

霍嘉鲜一脸茫然："我不知道啊。"

"那他们没说要上来叫我吧？"

"可能我上来得太急了，他们没来得及和我说，"霍嘉鲜连忙道歉，"不好意思哟，随神，是不是打扰到你了？"

"没事。"贺随装作无意略过这个话题，"吃过早饭了吗？"

"他们都吃过啦，我和经理还没有。"

"好的。"贺随再次忽略掉多余的史迪，"没吃过就一起吃吧，你稍微等我一下。"

"好啊。"

贺随抓起床上的毛巾，"嗯"了一声，就进了卫生间。

蒙着水汽的镜子照出了他模糊的侧脸。

贺随锁好门，靠在洗手台上，从口袋里掏出手机，往搜索引擎里一字一字地输入——

"一个女孩子经常单独来找你是什么意思？"

一直到录制结束，一队的其他三人都没等到霍嘉鲜回来。

她叫一个人能叫这么久？

跳跳虎有些纳闷儿，还和唐葫芦提了一句："哎，嘉鲜妹妹是不是不知道我们在哪儿录垃圾话啊？"

唐葫芦还没来得及回话，尼罗倒先开口了。

"别管嘉鲜了。"他温声提醒，"你要是有空的话，还不如去找些泰国妹妹实际。"

跳跳虎无语。

霍嘉鲜和贺随的这餐早饭吃了整整两个小时。

两个人没聊什么，就是面对面坐着吃饭，贺随偶尔开口问问霍嘉鲜落魄之前的经历。

一提到自己的身世，霍嘉鲜就无比谨慎，一边回忆着自己之前对史迪他们说的话，一边小心翼翼地回答着贺随的问题。

霍嘉鲜提到从前自己家在梅园别墅那边，贺随淡淡地笑了一下。

"我在梅园那边也有一套房子，对那边还比较熟。你说你家原来是……？"

没等贺随把话说完，霍嘉鲜着实吓了一跳："随神你在梅园都有房子？！"

"嗯，打职业赛以后有一些存款，于是去年就在梅园买了一套房子。"贺随点头，"不过我一般待在基地，基本不过去住。"

那就好、那就好。

霍嘉鲜生怕自己某天偷偷回家的时候撞上贺随，心里松了口气，脸上却不敢泄露半分情绪。

"唉，可惜了，你在梅园也有房子呀。"她面露惆怅之色，"要是我能早点儿认识你就好了。"

贺随垂目，语气淡淡地说："也不迟。"

霍嘉鲜怔了怔，一时没反应过来贺随说的是什么意思。

"随神？"

"吃饭吧。"贺随瞥一眼霍嘉鲜面前的奶茶，没再看她，"都快凉了。"

霍嘉鲜低头看了看自己面前装满冰块的奶茶。

随神这是傻了吗？什么都快凉了？

两个人吃好早饭，都已经是下午2点多了。

贺随把霍嘉鲜送回不远处的酒店,然后在大堂停下脚步。

"明天比赛,现在我去场地试一下手感。"贺随说,"你自己上去行吗?"

"没事、没事。"霍嘉鲜连忙摆手,"我正好去录制的地方看跳跳虎他们好了没!随神你放心去练枪吧!"

"跳跳虎?"贺随迈出的脚步顿了顿,"录制的事你不用管吧,他们好了以后应该就去吃饭了,等会儿他们也要和我一起试场地。"

贺随这一句话就把霍嘉鲜去找跳跳虎他们玩的念头给打消了。

霍嘉鲜皱了皱鼻子,叹了口气:"这样呀,那我就回房间睡觉了。"

看着她乖巧的样子,贺随点了点头,然后快步离开。

霍嘉鲜进了电梯,等贺随的身影彻底在门外消失了,电梯门合上的一瞬间,便手疾眼快地按了开门键。

开玩笑,这才下午3点,她怎么可能乖乖地待在房间里睡觉?

她打开手机里的谷歌地图,找了个更远些的网吧,确保中间的路途远到贺随他们不可能偶遇上她,这才放心地叫了辆网约车过去。

时间充裕,正是她上线直播混时长的大好时光啊。

曼谷的网吧看起来没国内的正规,昏暗的房间里挤满了人,空气中都是烟味。

泰国的"网瘾少年"虽然嘴里说的全是霍嘉鲜听不懂的叽里咕噜的语言,但是那恨不得住进电脑里的架势和国内的"网瘾少年"有着异曲同工之处。

这环境让人有些发怵。霍嘉鲜庆幸今天自己穿得不太醒目,向网管出示护照,付完钱以后,就低着头一路往里走,然后径直坐到了最里面的位置。

这里虽然环境不太好,网速却不差。

霍嘉鲜用手机开了弹幕助手,熟练地登录海鲜TV,开始直播。

"哇!!失踪人口回归!!小仙女,你终于活了!"

"这是海鲜'鸽王'小仙女的直播间吗?"

"快给我开摄像头!"

"主播不想开就不开呗,反正我是来看技术主播的。"

"就是,出门右拐多的是开挂女主播,慢走不送。"

……………

眼看着弹幕又要吵起来了，霍嘉鲜连忙让房管干活。

她边操纵着游戏人物在素质广场的集装箱上飞檐走壁，边嘴里絮絮叨叨地说着："大家注意啊，主播我从来不骂人的。本直播间对吵架、骂人、问候祖宗的人直接封99年。"

毫不意外地，直播间的水友又开始"哈哈哈哈哈"地狂笑。

"仙女从不骂人，我信了。"

"我看不见了，前两天开麦骂T黑的人不是小仙女？"

"仙女，你的良心不会痛吗？"

……………

霍嘉鲜甜甜地笑了："我的良心为什么痛？骂人的是我的双胞胎姐姐小魔女，又不是我。"

弹幕齐刷刷地刷过了一排问号。

"主播代打证据确凿？"

"小仙女、小魔女，哈哈哈哈哈，主播真调皮！"

霍嘉鲜习惯一边打游戏，一边和直播间的水友吹牛。这事放别人身上会分心，而放她身上就是增益效果加持，不仅活跃了头脑，也调动了直播气氛。

很快，霍嘉鲜的直播间就冲到了平台小时榜第一的位置。

周围很吵，但因为全是陌生的语言，也没有被人认出的风险，所以霍嘉鲜打得挺放松的。

几局游戏下来，她单人四排每一把都冲到决赛圈，也吃到了一把"鸡"。水友觉得赢得实在索然无味，直嚷着要让霍嘉鲜匹配路人说说话。

今天霍嘉鲜格外宠粉，没怎么犹豫就同意了。

下一局游戏开始，她选择匹配了三个路人。

游戏人物一进素质广场，霍嘉鲜直播间的弹幕就爆了——

"我的妈，这三个队友……"

"哇，我刚从隔壁过来的！今天BF的帅气和77在带妹啊，那个妹的技术实在辣眼睛，我这才到小仙女这里来的，怎么他们还排到一起去了？！"

"谁能说一下这个三楼是谁？"

"三楼也是海鲜的女主播啊，长得挺漂亮，就是开挂才火的，搜索'一颗小草妹'就行。"

"兄弟们，我去看了，隔壁直播间已经讨论起来了。之前那个女的有好几次明里暗里说过我们小仙女。"

"我去看了，兄弟们，那人长得也没多漂亮啊，滤镜开到电竞椅都变形了。"

"小仙女快开摄像头，看这女的我吐了，快把她给我比下去！"

…………

霍嘉鲜有些好奇，暂时退出游戏页面，去搜了对方的直播间。

屏幕里赫然出现一张烂大街的网红脸，锥子下巴，浓重的眼线，假睫毛几乎快把眼皮压没了，磨皮也磨得亲妈都认不出来了。

霍嘉鲜再看她背后的椅子，果然，因为瘦脸功能造成物体扭曲，连椅背都歪了。

看她的粉丝还在闭眼吹她容貌清纯自然，霍嘉鲜忍不住笑出了声。

"虽然这位小草妹确实挺努力的，但是这样子还吹清纯自然，她的粉丝年纪轻轻，眼睛就瞎了，真是可惜。什么时候我们发起众筹，帮他们捐献眼角膜，让他们早日重见光明。"她点开弹幕助手，又随口说了一句，"唉，像我就很有自知之明，怕吓到哥哥们，所以从来不开摄像头。"

不出意料，弹幕上大家又笑开了。

"哈哈哈哈哈，知道，你是海鲜最丑女主播小仙女了，求求你了，快别看这女的了，都快看吐了。"

"仙女消消气，文明直播、文明直播。"

"这年头真是什么妖魔鬼怪都能吹自己是技术主播！坐等仙女打脸。"

"哈哈哈哈哈哈哈，真的很好奇小仙女到底长什么样子哟！"

…………

对这些弹幕，霍嘉鲜来不及回答。

因为她正专心致志地听着这位号称"海鲜TV最美'吃鸡'女主播"的小草妹阴阳怪气地说自己。

"哎，小帅、77，你们竟然连这个小仙女都没听说过？"小草妹佯装惊讶地说，"她可是海鲜最厉害的'吃鸡'女主播了，人气都比我高了呢。"

BF 的帅气率先反应过来："这是不是那个常年吹 TT 的女的？"

"对呀、对呀。"小草妹一副楚楚可怜的语气，"上次你们季后赛的时候，她还在直播间和微博上带你们 BF 的节奏呢。"

"就是那个女的啊。"77 也反应过来了，"她天天蹭 TT 和我们的热度，所以她的人气才比草妹你高的吧。"

小草妹手托下巴："不知道啊，她就算不开摄像头，热度也能很高，大概她是真的比我厉害吧。"

"不开摄像头？"帅气嗤笑了一声，"女的玩第一人称射击竞技游戏还能厉害到哪里去？她不开摄像头，那肯定是开挂了呗。"

小草妹立刻撒娇："小帅！我也是个玩第一人称射击竞技游戏的女生好不好啊！你是在说我开挂吗？"

"没有没有。"帅气连忙笑着安慰小草妹，"你肯定没开挂，我帮你做证。"

霍嘉鲜的直播间里，弹幕"给我整吐了"都刷屏了。

有人出来好心科普："小草妹刚出来直播的时候号称技术主播，后来被人扒说她开挂，论坛上那个帖子都有几千层楼高了。后来她转颜值区去，莫名其妙地就洗白了。"

"吐了，这话什么意思？她这不就是暗示小仙女开挂了，但自己清白无辜，而且有职业选手做证她没开挂？"

果然，这条弹幕刚刚蹦出来，屏幕上的小草妹就别扭地"嗯"了一声。

"没有啦，小帅，你这么说，到时候论坛上的网友又要说你带节奏啦。"小草妹娇笑一声，"小仙女技术真的很好的，你怎么能这么肯定地说别人开挂呀？"

"好了，别说了。"77 有些不耐烦地打断他们的对话，"上飞机了，草妹，你要不喜欢她，我们直接不管她就好了。"

"哎呀，怎么这么说？"小草妹咯咯笑了，"77 你真逗。"

"哪里逗了？"霍嘉鲜切进游戏，终于说了组队以来的第一句话,"识相的话,你们最好给我滚远点儿,否则我见一个杀一个,说到做到。"

直播间沉默了片刻,随后,几个直播间的弹幕助手全炸了。

BF 那两个职业选手的直播间里弹幕是这样的——

"这女的真厉害,77 给我打败她!"

一颗小草妹的直播间里也是惊叫连连——

"哼,欺负我妹?"

"这女的什么意思?这么狂?!"

....

当然,最热闹的当数霍嘉鲜的直播间。

一时间,帅气、77 和小草妹的粉丝全拥了进来。

霍嘉鲜边看着弹幕,边嚼着口香糖,笑呵呵地吐槽:"'这两个人是职业选手,你太狂了。'——呵呵搞笑,职业选手就无敌了吗?'主播长得丑,还好意思说话?'——不好意思,今天我才知道打《绝地求生》的人必须得长得漂亮才有资格。'77、小帅、草妹必打爆主播的狗头。'——哎,兄弟,话别说得太满,万一待会儿被打爆头的是他们,丢不丢人啊?"

小草妹的直播间里,她的脸色已然变得铁青。

飞机已经飞入航线。

霍嘉鲜吐槽了几条弹幕,似乎觉得有些没意思,叹了口气:"我的房管呢?这些人太烦了,麻烦帮我管一管。"

"哈哈哈哈哈,主播杀人诛心!"

"叫什么呢叫?"

"大家安静,好好看小仙女的神仙操作。"

"海鲜第一'吃鸡'女主播,我只认小仙女。"

霍嘉鲜打开地图看了一眼,安慰自己的粉丝:"别骂了、别骂了,兄弟们时刻谨记,我可是平台上最有礼貌的主播。"

"哈哈哈哈哈,好的,我信了。"

"小仙女,冲冲冲,打爆他们的头!"

霍嘉鲜轻笑了一声,语气中流淌的是掩都掩不住的轻松惬意。

"好啦,兄弟们。"霍嘉鲜按下 F 键,往 P 城方向跳去,"开始啦。"

其他三个人见霍嘉鲜跳伞,也纷纷跟着她跳了下去。

霍嘉鲜之所以跳P城,就是想要这个结果。

P城人多,地形复杂,她常年跳这里,对这里熟悉得不能再熟悉了。

她能保证自己在枪林弹雨之中活下来,但是他们呢?

有时候,人多是一种优势,可有时候,也许只会让人成为更大的目标罢了。

霍嘉鲜跳进自己熟悉的那栋房子,清晰地听见左右两边的房子都落了人。虽然队友能看见她的位置,但是他们都还没落地,对周围的状况一无所知。

霍嘉鲜活动了一下肩膀,趁其他三个人还没落地,飞快地检查了一下房子,拿到了一把S686霰弹枪、一把M16。

对落地开枪的状况来说,这两把武器并不理想。

但霍嘉鲜本来就没打算用枪干掉这三个憨队友——一对三本来就不容易,更何况他们互相知道彼此的位置,她用枪效率太低。

幸好她在这栋房子里搜到了两个烟幕弹、两颗手雷和一个燃烧瓶。

"足够了。"霍嘉鲜低声对着麦克风说了一句,盯着电脑屏幕的眼睛里满是嗜血的兴奋神色。

"哇,小仙女这就开始操作了!大家好好看,多学学!"

"这次有点儿难啊,对方两个职业选手、一个主播,而且他们都知道小仙女的位置……"

"给我冲!!!"

其他三人甫一落地,霍嘉鲜就从二楼阳台的门爬上了屋顶。

对方人多,没办法关麦,他们说的话一字一句清晰地传入了霍嘉鲜的耳中。

"草妹,你去红点标的房子。77,你和我搜完这栋房子就冲楼。"

"算了,小帅,你还是让草妹跟着我吧。P城人这么多,她走远了容易被人阴。"

"也行。"

霍嘉鲜听到这对话,轻蔑地撇了撇嘴。

在P城和队友分开搜物资都不敢,小草妹还好意思吹自己是技术女主播?

不过那两个 BF 的职业选手分开也正中霍嘉鲜的下怀。

她灵巧地在屋顶上趴了下来,一边听着其他三个队友的动静,一边爬到屋檐边,飞快地定位身边敌人的位置。

285 方向房屋二楼有人影闪过,195 方向有一队人,还有西方也有人刚刚落地。

很好,四面楚歌,霍嘉鲜就是要这种效果。

她熟练地开镜,先用红点 M16 单点射击 285 方向那个人。

他离霍嘉鲜最近,是搅浑水的最好选择。

帅气和 77 已经上楼了,显然快搜寻好物资了。霍嘉鲜明白,现在每一分每一秒都得争取,只要他们攻到近前,两个突击猛男一起上,自己根本就没有优势。

285 方向那位兄弟被霍嘉鲜的 M16 一枪打中胳膊,没了小半管血,立刻回撤疗伤。

霍嘉鲜本来就没打算和他纠缠。她及时收枪,继续上满子弹,随后将红点瞄准镜对准了 195 方向的那队人。

他们是一支四人小队,她将其当作进攻主力再合适不过。

她几枪点射出去,很快将没有头甲的一人放倒。另一人立刻出来到围墙后封烟救援,另外两名队友也很快出现,隔着窗户和霍嘉鲜对射。

霍嘉鲜本来控枪能力就极强,现在又有屋顶斜坡这个天然掩体,短暂进行一对二根本不成问题。

她只小心翼翼地露出半个头,随后左右拉枪点射,将那两位窗户后面的兄弟压得几乎探不了头。

霍嘉鲜再听脚步声,西方最后落地的那人也就在不远处了。

小帅和 77 招呼一声,两人很快翻窗而出,想要到霍嘉鲜的楼下会合。但霍嘉鲜哪里会给他们会合的机会?她拿起 S686,对着楼下街道出手,巨大的霰弹枪声很快将所有人的注意力吸引了过来——

就是现在!

霍嘉鲜猛地后撤,把两枚烟幕弹往脚下的街道上丢去,随后轻盈地疾跑跳起,很快转移到了隔壁房屋的屋顶上。

她最后丢出的那两枚烟幕弹及时让 285 方向和西方那两位兄弟赶了

过来。

BF 那两人刚推门走出，立刻发现了不对劲。

两人互相问了句"这烟幕弹是谁丢的"。待他们反应过来，立刻想要后退，但已经来不及了——左右都有陌生的脚步声靠近。

不远处似乎还有一支四人小队。

小帅说了一声："这怎么搞？"

"左右都近，先把他们拔了吧。"77 好歹比小帅冷静一些，"估计人是小仙女引来的，我们先别进攻，但也要小心她暗中偷袭。"

"呀，这个小仙女怎么这么讨厌呀？"小草妹在身后撇了撇嘴，"我们也是她的队友，明明只是聊天而已，可她上来就这么凶，现在还故意把敌人引过来……哎，77，她的这种行为，我们是不是可以举报她呀？"

"别吵！"小帅粗暴地打断她的话，"你老老实实地跟着 77 就好，听脚步声。"

都是因为这个女人，他和 77 才分开了，现在被人左右夹击成夹心饼干，要相互照应也比较难。

小草妹立刻不敢说话了，想了想，又对着镜头做了一个无辜的表情："唉，铁子们，我好紧张哟，万一我打不过小仙女怎么办呀？"

"草妹，你就算输了也是海鲜最美的'吃鸡'女主播！"

小草妹见直播间里的风向没变，心里悄悄松了口气，又看向电脑屏幕。

也就这么几秒钟的时间，战场上的风向却已然变了。

两边的敌人已经穿过烟雾，摸到近前，而 77 和小帅已经潜行到屋外的围墙下。听见脚步声渐近，他们快速起身锁定对方，然后开枪扫射！

同一时间，195 方向那支四人小队也已经摸到近前。

霍嘉鲜已经转移阵地，现在除了自己那三个憨队友，还没有第四个人知道她的位置。

她丝毫不慌，蹲身藏在屋顶的斜坡后面，见那支四人小队包抄到近前，立刻站起身，随后把手里握着的一颗手雷准确地扔到了围墙后 77 的位置。

脚步声纷乱嘈杂,又混合着烟幕弹的声音,就算 77 是个职业选手,此时此刻也顾不上身前投掷物的声音了。

他甚至问了一句:"草妹,是你扔的烟幕弹吗?"

"没……"

小草妹这一个字还没说完,77 脚下的手雷瞬间爆炸!

一人倒地!

"woshixiaoxiannv 使用破片手榴弹击倒了 BF_YYGQ。"

"天哪!"小帅怒吼了一声,"这人怎么这么阴?有种出来对枪啊!"

耳机里,少女的声音透着几分冷意。

"我没种。"霍嘉鲜嚼着口香糖,又掐着嗓子恶心他,"再说了,小帅哥哥,你们三个人打我一个弱女子也有点儿不公平吧?"

"讲道理,一对三对小仙女来说,问题也不大吧?"

霍嘉鲜来不及看弹幕,话不多说,趁着小帅和四人小队对枪的时候,接连将自己剩下的燃烧瓶和手雷丢了出去。

"woshixiaoxiannv 使用燃烧瓶击倒了 BF_SSQQ。"

"你给我等着!"小帅直接破口大骂。

这个战场上向来是成王败寇,霍嘉鲜根本不会理他。她拿起 M16,蹲在屋顶上,占尽地理优势,直接高打低,将下面的四人小队团灭。

把楼下的敌人尽数送上下一班飞机后,霍嘉鲜呼出一口气,随后语气俏皮地开了口。

"怎么样,草妹?"她笑意盈盈,语气轻松惬意,"既然刚才小帅说我阴,那我们直接出来对枪呗?你步枪,我霰弹枪,怎么样,够公平吧?"

这种情形之下,小草妹又怎么可能有借口拒绝?

小草妹硬着头皮推开了门。

霍嘉鲜轻盈一跃,跳下屋顶。身前没有任何遮挡物,她也根本不惧,直接就端起了 S686。

她一眼就能认出小草妹手里握着的是一把 SCAR 突击步枪。这步枪虽然后坐力小、压枪很稳,但是 5.56 毫米口径子弹的枪伤害还是不够高。

"我开枪咯。"

霍嘉鲜没第一时间开枪，反倒不慌不忙地吹了一声口哨，语气十足挑衅。

因为帅气和 77 两个人接连倒地，小草妹本来就有些慌神。现在再加上霍嘉鲜来势汹汹，小草妹手忙脚乱，连瞄准镜都忘了开，子弹从枪管中慌乱地射出——

砰！砰！

两声霰弹枪响起，继而骤停。

霍嘉鲜身法灵活，从容不迫地向左边跳了两步，随后按下鼠标右键，干脆利落的两枪腰射直接把小草妹放倒。

毫无悬念，霍嘉鲜的枪法堪称碾压。

霍嘉鲜似乎觉得有些索然无味，缓缓伸了个懒腰，任由围墙后的三人流血而亡，随意进房间找了个地方趴下，语气懒懒地说道："兄弟们，我突然想去上个厕所。这把'吃鸡'问题不大，大家等我回来哟——"

弹幕又纷纷刷了起来——

"手雷之王小仙女！枪法一流小仙女！红点霸主小仙女！意识超群小仙女！"

"我建议 BF 这两个人趁早退役，或者队伍直接解散，哈哈哈哈哈哈哈！季后赛已经被随神教做人了，现在又被小仙女碾压，哈哈哈哈，看以后他们还吹不吹得起来！"

…………

霍嘉鲜回来的时候，游戏已经刷到四圈，中心点正好在 P 城。

她换上了一把 98k、一把 M762，又找了辆车，准备开到 P 城附近的高点。

上车之后，她还抽空飞快地看了一眼手机。

自己出来这么长时间了，也不知道有没有人找她。

还好，TT 只有史迪给她发了消息。大概他以为霍嘉鲜在睡觉，所以也没着急。

史迪："嘉鲜，你在睡觉吧？他们试好场地，出去找网吧了，你要想出去玩可以跟他们一起。"

虽然知道不可能，但霍嘉鲜心里还是警铃大作。

春暖花开："好，谢谢经理！我刚醒。想问一下哥哥们去的是哪家网吧呀？"

史迪那边没有回消息，霍嘉鲜只好先打游戏，顺带和直播间里的水友吹吹牛。

"哇，没想到这里竟然有人阴着，我的玛莎拉蒂被乱扫，讨厌！兄弟们看好了，上次教你们的切座瞬狙还记得吗？今天我再来演示一遍。

"我加快车速，前面没有障碍物，很好，我立刻转到副驾驶座位上，然后开镜找人，锁定人头。哎呀，现在这车有点儿抖，山路不好走，没有办法，我尽力压枪……开枪！嗯嗯，总算没有给我秋名山车神的名号丢人，还是把人给击倒了，哈哈哈哈！"

她一通扫射将人放倒，随后快速切回驾驶位上。

趁车速慢下来之前，霍嘉鲜正想加速驶离，这时前方石头处突然又有人探身出来，开枪扫射车身！

"哎呀！哎呀！哎呀！救命！救命！"霍嘉鲜夸张地大叫，"人家都被你打到丝血了啦！大哥不要欺人太甚！既然这样，我只能停车反击了哟！"

她嘴里说个不停，手里灵巧地操纵汽车停下，后撤一步，迅速将手里的武器换成98k，随后探了小半个头出去，瞬间对着石头后的那人开镜，一枪射出！

甚至没人看清这一枪是如何打出的。

砰的一声，那人应声倒地。

"漂亮！"霍嘉鲜疯狂自夸，得意扬扬地上车打药，"哎呀，我这四倍98k也太准了吧，刚才我甚至没刻意瞄准，都是肌肉记忆呀！大概你们学也学不来的！"

游戏打得太尽兴，她都没意识到有人在她身边的空座位上坐下了。

霍嘉鲜一直牢牢盯紧屏幕："哎呀，兄弟们，你们看我这98k打得是不是和随神有的一拼了？也不是我吹牛呀，要是今天站在这里的是随神，我觉得他也不一定打得过我这一枪！"

"是吗？"

猝不及防地，霍嘉鲜听见身边响起了一个熟悉得不能再熟悉的声音。

她后背一凉，猛然怔住。

这……

男人的声音冷若冰霜。

"打不打得过我,试试不就知道了?"

时间退回一个小时前。

曼谷会展中心,TT 战队刚刚试完场地。

跳跳虎揉了揉精心做好的绿头发,看了眼时间:"现在才 5 点啊。兄弟们,待会儿你们去干吗?"

"我得回去睡会儿,昨晚有点儿没睡好,今天不太舒服。"下午的时候,唐葫芦的脸色不太好,看上去他确实不太舒服,"那我先回去啦?哥哥们慢慢玩。"

看唐葫芦很快收好外设就要走,尼罗问了句:"晚上需要叫你一起吃饭吗?"

"不用了。"唐葫芦笑了笑,摇头道,"你们吃吧,我还不知道睡到几点呢。"

"也好、也好。"跳跳虎又转向贺随:"随神,不出去玩一下?"

跳跳虎做好了被无情拒绝的准备,没想到贺随收拾好自己的外设,竟然破天荒地同意了。

"行啊。"

"哇!"跳跳虎一下子跳了起来,"随神去哪儿?昨天我可稍微做了一下攻略啊,这儿附近玩的地方不少,商场、酒吧随便挑。"

"挑什么挑?"贺随冷冷地瞥了跳跳虎一眼,"去网吧,练枪。"

白兴奋一场的跳跳虎瞬间泄了气。

昨天贺随刚来过这网吧,虽然环境不太好,网速却不慢。

三人很快找到了三个连机位坐下,然后上了 YY 连麦。

因为现在算是比赛期间,所以他们也不方便开直播。三个人索性去打天梯练手感,顺便试试在没有唐葫芦拉侧位枪线的情况下,他们的正面突击能力到底可以达到什么程度。

几局下来,效果还不错。

正好快到饭点了,尼罗也犯了烟瘾。贺随索性和他一起出门去卫生间，顺便透透风。

出卫生间门的时候，贺随一下子有些恍惚，觉得自己似乎看到了一个熟悉的身影。

少女还穿着上午那件式样简单的T恤，下身搭配昨天史迪从夜市淘来的东南亚灯笼裤，打扮得极其随意——不惹眼到她一入人群就会被彻底淹没。

但贺随还是一眼就认出了她。

霍嘉鲜正低头看着手机，唇畔浅浅带笑，好像正开心地在网上冲浪。

她的注意力全然放在手机上，迎面撞上了一个人都不知道。小姑娘显然被吓了一跳，隔得远远的，贺随还能听见她软糯的声音一直在道歉。

贺随就这么一路跟着她回到了网吧。

原来霍嘉鲜的座位在网吧的最深处，难怪刚才他们进门时没看见她。

她的电脑屏幕还开着，显示的是贺随无比熟悉的刺激战场页面。衣着鲜艳的小丑女正静悄悄地趴在一栋房子的二楼角落，一动也不动，张扬的装扮和霍嘉鲜平时的形象不太相符。

贺随挑了挑眉：她不是忘记自己的账号了吗？难道现在她又找回来了？

贺随觉得有趣，便鬼使神差地没上去打招呼，而是站在不远处静静观战。

从他的角度看过去，他只能看清电脑屏幕左上角显示战场上剩余二十多人，并不能看清霍嘉鲜的游戏ID是什么。

图上蓝圈开始收缩，这已经是第四个圈了。

霍嘉鲜竟然能撑到现在？

贺随有些惊讶。按照他对霍嘉鲜的了解，她落地成盒才是正常的，能活到现在，这局游戏里其他玩家的眼睛瞎了才有可能。

电脑前的少女乐呵呵地戴上了耳机，竟然滔滔不绝地聊起了天。

霍嘉鲜在和别人连麦打游戏？

霍嘉鲜背对着贺随，他听不清她具体说了什么，只能断断续续地听到什么"玛莎拉蒂",什么"秋名山车神"。

贺随微微皱了皱眉。

她有这样的朋友吗?他怎么都不知道?

贺随一时走神,都忘了看霍嘉鲜的操作。

等贺随反应过来的时候,霍嘉鲜已然在夸张地哇哇哇大叫了。

"哎呀!哎呀!哎呀!救命!救命!人家都被你打到丝血了啦!大哥不要欺人太甚!既然这样,我只能停车反击了哟!"

对方火力很猛,霍嘉鲜一瞬间就被打成了丝血。

贺随看到霍嘉鲜被人打成了丝血,眉头皱得更紧,差点儿就想上前去帮她。

没想到少女一个极限飘移,准确地在矮坡树后停下,动作利索地跳下车,丝毫没有犹豫,直接98k开镜打出一枪,瞬间将对方爆头!

霍嘉鲜这一手瞬狙漂亮到无可挑剔。

贺随打这么多年职业赛,除了自己、尼罗、FLG的Bug,还有几个国外赛区的大神之外,还从没见过这么厉害的瞬狙。

不对,还有一个人。

贺随猛然反应过来,又往前走了几步,直到清晰地看到电脑屏幕左下方唯一亮着的那个ID——woshixiaoxiannv。

正好十五个字母。

这和贺随记忆中的那个ID一模一样。

贺随愣了片刻。

霍嘉鲜和小仙女……

自然而然地,那些之前贺随没放在心上的小小细节浮出水面。

——水友群里有人说霍嘉鲜长得像自己的同桌。

——打游戏的时候,她总会跌跌撞撞地"恰好"撞上埋伏在暗处的敌人。

——每天晚上直播期间,她总是会不见踪影。

——她明明是个游戏小白,却可以将战术分析得头头是道,甚至比很多解说要了解战况。

贺随的眸色渐深,他再次垂目,看向面前正全心全意扑在游戏中的少女。

电脑屏幕的光线幽暗，映照出霍嘉鲜兴奋的侧脸。

霍嘉鲜刚刚击倒了一个人，正是兴奋得意的时候，根本没意识到身边有人靠近，嘴里还在絮絮叨叨地说着话。

"刚才我甚至没刻意瞄准，都是肌肉记忆呀！大概你们学也学不来的！"

霍嘉鲜的声音鲜活又灵动，和她平时在基地里乖乖巧巧、安安静静的样子一点儿都不一样。

贺随敛去眉宇之中探究的神色，在霍嘉鲜的身边坐下。

少女还没意识到贺随早已目睹了一切，还在对着弹幕吹牛。

"要是今天站在这里的是随神，我觉得他也不一定打得过我这一枪！"

还没坐稳的贺随一脸蒙。

"打不打得过我，试一试不就知道了？"

听见这个熟悉得不能再熟悉的声音，霍嘉鲜瞬间如坠冰窟。

她没敢扭过头去，手指也不知所措地僵在那里。

电脑屏幕上，穿着五颜六色的衣服、化装成小丑女模样的游戏人物半天没动。水友以为自己卡了，纷纷退出直播间，然后重新进入，这才发现好像是霍嘉鲜掉线了。

"主播怎么回事？掉线了？"

"刚才好像背景很吵，小仙女是不是去国外啦？可能国外网不太好，大家等等吧。"

"小仙女快醒醒！有人过来了！"

"完蛋了、完蛋了，主播完全不动了，人家包围上来了，这还操作得起来？"

"下一班飞机已经安排上了。"

"难受啊，这把看得这么爽，本来以为小仙女能'吃鸡'的……"

"兄弟们别慌，我有预感，主播快回来了，这把'吃鸡'问题依然不大！加油！"

"等等，好兄弟们！我怎么听到了男人的声音？"

霍嘉鲜没看弹幕，也一直没说话。

她反手摘下耳机,也不知道自己在盯着什么,张了张嘴,随后又闭上,但最终开口,而声音细若蚊蚋:"随神。"

贺随似乎冷笑了一声,似乎又没有冷笑。

"你到底是谁?"

"我……"霍嘉鲜下意识地开口,都不知道自己说了什么,"我叫霍嘉鲜,女,十八岁,M市本地人,家在梅园公馆,在曼斯国际学校……"

"我不是问这些。"贺随似乎被气笑了,"我是问,你到底是谁?"

"我到底是谁?"霍嘉鲜有些懵懂地扭过头去,微微下垂的鹿眼中满是不解与疑惑的神色,"随神,你是什么意思呀?"

男人侧坐着,眉眼隐在网吧昏暗的光线里。

"你明白我是什么意思。"

霍嘉鲜皱了皱眉,好半天才"啊"的一声反应过来:"随神,你说的是上个月你问我……?"

"没错。"贺随应得干脆,声音里却隐含着山雨欲来的危险感,"woshixiaoxiannv是你,对吧?"

电脑屏幕左下角唯一亮着的就是这个大名鼎鼎的ID。

就算霍嘉鲜信手拈来都是戏,但在这节骨眼儿上,却根本不知道自己该怎么蒙骗过去。

她买的号?找代打?开了挂?

别说贺随了,就连她自己都无法忍受这种谎言。

一个真正热爱游戏、热爱电竞的人是根本无法容忍这种作弊手段存在的。

事到如今,她只能拼命祈祷随神看在这段时间大家相处的情分上,别直接把自己赶回国去,然后与自己老死不相往来。

霍嘉鲜沉默半响,最终还是垂下眼帘,可怜巴巴地承认了。

"对的,我就是小仙女。"

贺随不怒反笑。

"单人赛那天是你打的?"

"是。"

"最后的奖金你也拿到了?"

"对的。"

"上个月拒绝我的人也是你?"

"嗯。"

"为什么拒绝我?"

"啊?"

霍嘉鲜万万没有想到贺随会问这个。

她有些迷茫地抬起头来:"什么?"

"我邀请你来试训,你为什么不答应?"贺随随意转动了一下手里的烟盒。

霍嘉鲜能感觉到他的目光落在自己的脸上。

"嗯?"

霍嘉鲜一时卡壳:"我……"

她要怎么说?

其实我爸妈还好好地活着呢,而且我家很有钱?我爸妈想给我戒网瘾,所以才把我送到俱乐部来了?我爸妈一直不同意让我打职业赛,所以我去不了TT,只能等着组建自己的战队?

霍嘉鲜无言以对。

这一切太过复杂,她三言两语根本解释不清。

电脑屏幕上,装扮张扬的小丑女被蹲伏在树干后面的对手探头扫射,刹那间只剩一滴血。

霍嘉鲜余光瞥见这一情形,下意识地操作人物反击。小丑女甚至没动一下,就直接开镜将对方反杀。

贺随一直看着她,没说话。

霍嘉鲜扭过头去操作人物,一边后撒到石头后打急救包,一边拿起耳机。

"随神,你等我打完这局。"她低声说着,声音也是可怜巴巴的。

耳机里只剩远处零星传来的交战声和紧张的氛围,贺随有没有回话,霍嘉鲜并不知道。

只要一上战场,她身边的所有事都会自动消失。她会将全部注意力放到眼前的战斗上,竭尽全力,决不懈怠。

如果有敌人撞到她面前,那他们就死定了。

既然贺随已经发现了自己的秘密,那她就没必要再进行没有意义的掩饰了。

再也不用装小白走路都不稳,她索性放开了打。

霍嘉鲜的左手指尖灵活,她操纵着小丑女在刺激的战场上灵巧地走动着,耳朵也在仔细地听声辨位。

刚才对面被她击倒的人附近有烟幕弹蔓延开来——是他的一个队友过来扶人了。

霍嘉鲜做出判断,果断地从包里掏出燃烧瓶和手雷扔了过去。

几声轰响之后,电脑屏幕右上角频繁地跳出信息。

一个人被淘汰,一个人倒了。

一下子,霍嘉鲜的正面压力减轻不少。她立刻绕到石头后面,又用一颗手雷将人补死,防止他给他的同伴报方位。

同一时间,有人开枪扫射,攻击的方向正是她刚才站的地方。

幸好霍嘉鲜的意识足够强大,她提早撤离了。

弹幕里早就吹起了"彩虹屁"——

"一对四问题不大。"

"终于来一支小队给小仙女打打了,总算不再索然无味了!"

"这是我见过的最准的雷!"

霍嘉鲜紧抿嘴唇,目光犀利,在对方压上来之前,又将包里最后两颗手雷抛了出去。

听见耳机里慌乱后撤的声音,霍嘉鲜一扬嘴角,吹出一个泡泡。

"今天教你们一招声东击西,兄弟们看好了啊。"

话音刚落,小丑女瞬间将身上五颜六色的衣服脱下,随后迅速趴进草丛,小心翼翼地往前爬去。

对方小队剩余的两人被炸成残血,分别打了一个急救包之后,才继续发起冲锋。殊不知,此时霍嘉鲜早就趁着他们打药的时间悄悄转移了阵地。

少女静静地蛰伏在不远处的树后,等待着出手的时机。

对方有一人先行压到近前,矮身绕到石头后,一眼就看到了草丛中颜色亮丽的衣服。

他吓了一跳,以为那里趴着一个人,连镜都没开,就下意识地往衣服所在的草丛里一通扫射。

两秒钟后,他才反应过来——

"啊!"他对同伴大喊一声,"中计了!"

同一时间,霍嘉鲜出手了。

对方正好打光一梭子子弹,换上新的子弹需要几秒时间,这之中的空当正是她进攻的大好时机。

那人全部身位都暴露给她了,枪里又没了子弹,在她眼里,这就是待宰的羔羊,根本毫无反抗的能力。

她半蹲在地上,稳稳地开镜扫射。

很快,这支小队的第三个人轰然倒地。

"OK啦。"霍嘉鲜打得上头,直接忽略了身边的贺随,又不由自主地说了起来,"剩下一个宝贝在哪里?别怕,姐姐立刻来找你啦!送你多坐一班飞机,不用谢哟!"

"哈哈哈哈哈哈哈,主播够了!"

"你的对手毫无游戏体验,实惨。"

"这脱衣服的操作真的绝。"

"好的,知道了、知道了,这就是个跳伞游戏。"

"求主播别玩弄对手了,给个痛快吧,哈哈哈哈!"

一对一对霍嘉鲜来说简直毫无难度。

她仔细听声辨位,顺便起身看了两眼周围,然后很快就锁定最后一人,轻松地将这支满编小队成功灭队。

"好了,兄弟们。"看到自己已经成功淘汰了这支四人小队,霍嘉鲜往自己脚下扔了一个燃烧瓶,长舒一口气,"今天我有点儿事,就先这样吧。兄弟们,我先下了,下次见。"

很快,小丑女就倒在火中,被自己淘汰。

"小仙女别走呀,我还没看够呢!"

"主播下次直播是什么时候?主播下次直播是什么时候?主播下次直播是什么时候?"

"你这个没良心的,不会又要十天再上来吧?!"

"有今天的录屏吗?我要拿来反复学习!"

"仙女有空观摩一下最近的亚洲邀请赛呗!TT已经去曼谷了,我想看你解说他们的神仙操作!"

霍嘉鲜没再像之前那样宠粉回答弹幕，正要关游戏，想无情下播，就看到屏幕上飘过去日常例行刷屏的弹幕——

"主播不去打职业赛扬名立万，在这里当小主播？"

霍嘉鲜正好摘下耳机，就听见贺随在旁边开口："我也挺想知道的。"

"啊？"

"万里挑一的意识、不俗的枪法、充满灵性的战术……"男人的指节在映着幽光的桌面上轻轻叩了叩，语气沉静，"我也想知道，你为什么不去打职业赛扬名立万，却甘心在这里做一个连脸都不露的主播？"

大概是男人的语气太认真，霍嘉鲜忍不住愣了一下。

"随神，我……"

贺随倏地站起了身。

男人身材高大挺拔，站在曼谷拥挤不堪的小小网吧里，裹挟而来的全是居高临下的压迫感。

大概是贺随太高，霍嘉鲜觉得自己有些头晕。

"出来吧。"贺随的头微微向外偏了偏，语气轻松起来，"我们聊聊？"

霍嘉鲜一路低着头，像个小媳妇一样跟着贺随出了网吧，全程不敢发出一点儿声音。

毕竟……自己理亏。

一排又一排的摩托车呼啸着从街上驶过，空气中满是尘埃和灰烬的气息。街角堆满油腻腻的垃圾，身边的人全在叽里咕噜地说着她听不懂的话。

霍嘉鲜觉得这天气实在热得让人有些心烦意乱。

虽然她在 TT 待的时间不长，但基地的这群人早就已经把她看作自己的亲妹妹。

明明她是来做后勤的，但她的工作量根本不大，而且一餐海底捞他们都不会把她落下。前两天，史迪还说地下室有点儿潮，要给霍嘉鲜收拾一个楼上的房间出来，加上这次来曼谷，都没有忘了她。

她却骗了他们将近两个月。

别人其实还好说，但随神……他可是真情实感地教了自己那么久的压枪,还牺牲了自己的训练时间来带她打游戏。

以为对方是个弟弟,其实是个爹,这种事放谁身上,谁都受不了。

尤其是她还用尤喜的微信号拒绝过贺随。

这一个谎接着一个谎的,简直是罪上加罪。

出门的时候,霍嘉鲜就在心里决定,无论贺随怎么批评、怎么生气,自己绝对骂不还口,打不还手。如果他还生气,她可以立刻订机票回国。

热带的风总是带着闷热潮湿的暑气。

霍嘉鲜把头发别到耳后,小心翼翼地站在贺随面前,一声也不敢吭,完全不似刚才对着弹幕的嘚瑟样。

贺随从烟盒里掏出一根烟,随手掐在指间,神色平静,看不出什么情绪。

"现在可以说说了吗?"

"嗯嗯。"

霍嘉鲜哪里还敢说不?她连忙一五一十地坦白,从自己一开始接触游戏成为"网瘾少女"开始,一直说到她爸妈不让她打职业赛而把她送来TT戒网瘾。

贺随微微垂首听着,一直没有打断她的话。

听到最后,贺随忽地笑了一下:"那现在你怎么想?"

霍嘉鲜愣了一下:"什么怎么想?"

"打职业赛,你怎么想?"

自己已经拒绝过随神一次了,霍嘉鲜没想到贺随还会问自己这事。于是她只好老老实实地把自己的计划说了。

"我爸妈给我买了一个成年基金,下半年我就有足够的钱可以自己支配了。到时候我打算凑一凑钱,自己去组建一支战队。"

也不知是不是自己的错觉,霍嘉鲜觉得贺随的动作明显停顿了一下。

他似乎有些没听清。

"我想自己组建一支战队。"霍嘉鲜重复了一遍,"我还是……还是很想很想打职业赛的。"

"你觉得组建一支可以上联赛的队伍要花多少钱?"贺随反应过

来，似乎在强忍着笑意，"首先，你得花费很多的精力物色合适的选手，然后就是人员组建，经理、领队、财务，一直到烧饭阿姨，你都要找。在 M 市租一个基地训练，加上所有队员的工资，你一个月起码得准备二十万。如果你要买其他战队的联赛名额，那就是上百万的费用；如果你要自己从次级联赛打上来，那起码要花上一年的时间……"

霍嘉鲜不太懂这些，也从没算过这些费用。

她有些发蒙："随神你……什么意思？"

贺随和她说这么多……他到底是什么意思？

"你还不明白我的意思吗？"

贺随侧过脸，微微俯身垂目，双眼皮压出极深的一道痕迹，眼里全是霍嘉鲜看不懂的情绪。

"加入 TT 吧。"

"啊？"

唐葫芦和队伍磨合得不错，一队根本不缺人，霍嘉鲜没想到贺随竟然还会向自己抛出橄榄枝。

"加入 TT 吧。"贺随重复一遍，低沉的声音充满蛊惑力，"你家里那边，我和史迪会去和他们谈的。相信我，只有在 TT，你才可以心无旁骛地打比赛。"

霍嘉鲜呆呆地看着贺随。

男人轻笑了一下："TT 可以给你你想要的一切东西，包括世界冠军。"

他说完只见少女皱了皱眉。

"包括你吗？"霍嘉鲜鬼使神差地问。

贺随不知道怎么回答。

霍嘉鲜反应过来后，差点儿没咬舌自尽。

——TT 可以给你你想要的一切东西。

——包括你吗？

刚才她是说了什么虎狼之词啊？！

好在贺随似乎没有听懂她在说什么，便没有把刚才那句话放在心上。

他将手里的烟折断，收起烟盒，站直了身体。

"进去吧。"

霍嘉鲜不敢看他，胡乱地点了点头，然后就跟着他进了网吧。

她以为贺随是想让她收拾东西和他回酒店，没想到男人径直把她带到了一排电脑前。

尼罗刚开了局单人四排游戏，跳跳虎正在手机上和新认识的漂亮妹妹开心地聊天。

感觉到贺随回来，跳跳虎举着手机，高兴地转过身来，目光充满希冀："随神，你快看，我新认识的漂亮妹妹给我发了她的自拍，这是不是说明她对我有意思啊？"

霍嘉鲜叹了口气，十分好心地提醒道："也许她给她的列表里的所有男生都发了。"

跳跳虎无语，这才发现霍嘉鲜竟然出现在这里。他明显愣了一下，以至霍嘉鲜说了句这么扎心的话，都没放在心上。

"嘉鲜妹妹，你怎么在这儿？"

这个问题有些难回答。

霍嘉鲜下意识地看向身边的贺随。

尼罗正好在自闭城落地成盒，扭头看到霍嘉鲜这个样子，推了推眼镜，开口："嘉鲜，你不用这么怕随神的。"

霍嘉鲜："我没有呀。"

她只是不知道怎么说这件事罢了。

没想到跳跳虎也来凑热闹："对呀，嘉鲜妹妹，我问的是你，又不是问随神，你别看他呀，搞得像个被爸爸的淫威震慑的女儿一样。"

霍嘉鲜一脸蒙。

贺随抽了抽嘴角，强忍住把胡说八道的跳跳虎按在椅子上暴打一顿的冲动："你闭嘴。"

跳跳虎立刻不说话了。

尼罗的脑子好歹比跳跳虎清晰许多："嘉鲜是过来上网的？"

"嗯嗯。"

"和我一起玩？正好组四排。"

"不用。"贺随踢了踢跳跳虎的椅子："你起来。"

跳跳虎："干吗呀？随神，嘉鲜妹妹要玩，你直接给她开台电脑就行了，为什么叫我起来？"

贺随打断他的话："我和她玩，你们看着。"

跳跳虎有些糊涂了。

随神带妹"吃鸡"也就罢了，还要叫他们两个看着？

这不是杀人诛心，那是什么？

"随神，你这过分了吧……"跳跳虎摸摸后脑勺，那头绿色渣男锡纸烫在昏暗的网吧里显得尤其耀眼，"以后我不向你炫耀漂亮妹妹给我发的自拍了还不行吗？"

贺随懒得回他，直接把他拽了起来："怎么这么多废话？"

队长发话，跳跳虎向来不敢过多瞎叨叨废话。他蔫蔫地站到了椅子后面，被迫把手机也收了起来。

还是尼罗先反应过来。

他似乎想到了什么，有些不可思议地上上下下看了霍嘉鲜几遍，语气中全是难以置信。

"随神，你的意思是……？"

"嗯。"贺随抬了抬下巴，示意霍嘉鲜在跳跳虎的座位上坐下："你们还记得上次我和你们说过的，我心里已经有人选了吗？"

"难道……是嘉鲜？"尼罗看向一旁看上去乖巧软萌的少女，只觉得自己都有些说不清楚话了。

一旁的跳跳虎也直接蒙了。

他怀疑自己是不是看漂亮妹妹的照片太投入了，导致有些神经错乱。

听到随神那个平平无奇的"嗯"字，跳跳虎再次觉得这个世界过于魔幻。

"随神，你是……受什么刺激了吗？"跳跳虎小心翼翼地开口，"我觉得……唐葫芦和我们在一起磨合得不也挺好的吗？……你要是觉得不好，那我们再多练练嘛，实在不行，半年后转会期的时候，我们再从别的俱乐部引进……"

说到最后，跳跳虎也不知道自己在说什么了。

他脑袋里只有四个字——随神疯了。

贺随瞥他一眼："你知道现在《绝地求生》冠军联赛有多少厉害的

自由人吗?"

跳跳虎没明白他的意思,还在为唐葫芦说话,且越说越激动:"随神,唐葫芦确实比不上阿雳哥,但总比你从路边随便找来的一个路人强吧?你这算什么啊,要让我们三带一带妹比赛?"

"虎仔。"尼罗制止了他,"你没懂随神的意思。"

"我怎么没懂随神的意思?"跳跳虎的倔脾气也上来了,"我就是不懂他到底在想什么,所以才这么生气。"

霍嘉鲜插不进话,恨不得扶额叹息:这弟弟真容易炸毛,比赛的时候,估计也只有随神才治得住他。

"脑子长在脖子上,你能不能多用一用?"

果然,贺随一开口,跳跳虎就噤若寒蝉。

"你用你的脑子想一想,我怎么可能随便拉一个路人就过来顶替唐葫芦打比赛?"

他说的不是"随便拉嘉鲜",说的是"随便拉一个路人"。

跳跳虎张了张嘴,又愣住了:"嘉鲜妹妹她……?"

"还记得之前单人赛的 woshixiaoxiannv 吗?"贺随的右手轻轻揽上霍嘉鲜的肩膀,指尖推着她往前走了一步,"那就是她。"

跳跳虎足足花了一分钟时间才消化这个信息:"你说嘉鲜妹妹是……?"

贺随缓缓点了点头:"亚服第七、H国服前二十,拥有顶尖的意识和枪法,是无可挑剔的路人王。"

"天哪!"跳跳虎反应过来,忍不住喊了一句,"那是嘉鲜妹妹?!"

"嗯。"

"嘉鲜妹妹是她?!"

"嗯。"

"单人赛上拿冠军的就是她?"

"是。"

"随神你和我说你看中的人也是她?!"

"没错。"

"天哪!"中国语言博大精深,此时此刻的跳跳虎却只能用这两个字来表达自己的心情,"嘉鲜妹妹,就是你天天在直播间里无脑狂吹我们TT，还顺带表白随神的？"

霍嘉鲜觉得倒也不必解释："算是吧。"

"为什么瞒了我们这么久啊？"跳跳虎想不明白，"嘉鲜妹妹！我们失去了多少快乐四排时光？"

霍嘉鲜："是有点原因，不过一时半会儿解释不清楚。"

跳跳虎满脑子想的是嘉鲜妹妹要加入TT，有关解释这事很快就被他忽略过去。

他眼睛亮亮地看向贺随，喜笑颜开地道："随神，你就是想让嘉鲜妹妹来打自由人位置啊？"

"是的。"

"我同意！我同意！"跳跳虎毫无原则，立刻抛弃唐葫芦，"嘉鲜妹妹和其他俱乐部没有合约的对吧？那她现在就可以加入我们队伍啊！也不用等到转会期了！"

"喀喀。"尼罗没他那么兴奋，在旁边轻咳一声，"随神，如果嘉鲜要加入，那唐葫芦……"

"前段时间史迪和我说，最近联盟要规范职业联赛，估计过不了多久就要出新的规定了。"之前怕其他队员担心，所以贺随没在他们面前提过这件事，"唐葫芦估计很快就不能打联赛了。"

"天哪，这么突然。"跳跳虎还是第一次听见这事，"经理有没有说大概什么时候会出通知啊？"

"下半年世界赛之前吧。"贺随将手放下，垂目淡淡地道，"阿雳出了意外，转会期又过了，对我们来说，目前最好的选择就是嘉鲜。"

霍嘉鲜一直听着他们交谈，听到这里时只觉得有些恍惚。

就好像……直到今天，她就不再是个置身事外的旁观者了。

跳跳虎立刻响应："没问题啊！这个计划好啊！我完全可以的啊！欢迎嘉鲜妹妹加入TT！"

跳跳虎这一副模样，谁看谁想揍。

尼罗比跳跳虎冷静许多："只要嘉鲜妹妹适合我们团队，我也没意见。"

"坐。"贺随用目光示意霍嘉鲜坐下，"来试试。"

天哪。

试什么？试对枪？

霍嘉鲜想到刚才自己被当场抓包的那一幕画面。

男人的那句"打不打得过我,试试不就知道了",简直余音绕梁,现在还在她的脑海中久久环绕。

她没想到报应来得这么快。

"随神,"霍嘉鲜有些为难地看了看跳跳虎让出来的座位,"跳跳虎的号应该会有水友观战吧,要不我还是用自己的号和你打好了?"

要是自己被打得很惨,那多给跳跳虎丢人啊。

哪知跳跳虎摇了摇头,很体贴地想帮她打消顾虑。

"嘉鲜妹妹,你别担心,我开着直播在混时长呢,和水友解释一句就行。"他上前一步拿起耳机,"待会儿我把直播语音关掉就好了。我们俱乐部转会期试训的时候也这样,直播训练赛全是静音的,那些来试训的选手也用我和尼罗的号打的。"

天哪,还直播?

霍嘉鲜更慌了。

见她还没表态,尼罗又好心地解释了一句:"我们俱乐部流量大,如果要引进新选手,基本是要保密的。之前也出过先例,引援消息提前泄露了,结果被别的俱乐部用更高的价格将新选手截走了。"

霍嘉鲜心想:好了、好了,别解释了,真是越解释我越慌。

她从来只会埋头打游戏,自从进入TT之后,才慢慢接触了真实的电竞世界。

现在她还知道了这种行业潜规则。霍嘉鲜只觉得自己慢慢摸到了一个陌生的成人世界,而这将是自己未来要奋战的战场。

"好吧。"霍嘉鲜实在无法拒绝贺随的眼神,"来试试吧。"

一听嘉鲜妹妹同意了,跳跳虎兴奋地拿起耳机,眉飞色舞地对直播间里的几十万水友宣布:"兄弟们,接下来随神要带一个新人双排试训,我就先把语音关闭了啊!如果新人试训成功的话,不久之后,你们应该就能看到我们基地加入一位新成员啦!"

因为跳跳虎和漂亮妹妹聊了半天而百无聊赖的水友,一下子沸腾了。

"带新人双排试训?我没听错吧?"

"阿雳退役以后,不是有唐葫芦弟弟顶上了吗?TT还缺人吗?"

"转会期都过了啊,哪里还有试训啊?难道是找了一个没合约的自由人?"

"天哪,会是谁?"

"有一说一,唐葫芦确实是队伍的短板,趁早换下也好。"

"唐葫芦是短板?他参加的夏季赛可拿了冠军!你行你上啊。"

"这是什么意思?唐葫芦这是被排挤了?"

"所以是队霸又开始欺负队员咯。"

"某神队霸证据确凿,公然排挤队员?随便拉个路人就想把我唐葫芦弟弟给按到冷板凳上?"

跳跳虎万万没想到,就因为自己这么两句话,直播间里的人又吵得不可开交了。

他叹了口气,将游戏语音给关了。

"嘉鲜妹妹,你别介意啊。"他解释,"喷子们闲得很,每天就是蹲守在我们几个人的直播间里来回挑拨离间。不过我这边还好,随神那里喷的人更多。"

他的言下之意是:如果你要进我们队伍,也得习惯这样的常态。

毕竟 TT 是《绝地求生》冠军联赛首屈一指的流量队,受关注度越高,人气越高,随之而来的压力也越大。

霍嘉鲜当然明白。

她点了点头,接过跳跳虎手中的耳机。

"开始吧。"

因为是在曼谷,贺随也懒得挂加速器了,所以带霍嘉鲜进的是东南亚服。

东南亚服可以说是《绝地求生》最简单的服务器,虽然最近总体水平有所上升,但与枪神和外挂齐飞的亚服还是没有丝毫可比性。

贺随的大号在东南亚服没有一个赛季跌出前三的位置。

跳跳虎也差不了太多。这个赛季,他在东南亚服刚刚爬到第七的位置。

这也就意味着贺随和霍嘉鲜双排会排到的选手基本已经是这个服务器顶尖的玩家了。

"我们两个'吃鸡'应该没问题,但是我会尽量带着你打架。"贺随操纵着游戏人物在素质广场上跑跳,"正式比赛没有双排,所以现在我也只是随便试试你,你不用太紧张。"

"好的。"霍嘉鲜点了点头,熟练地把跳跳虎的游戏设置给改了。

她鼠标的扫描精度比跳跳虎要高,而且喜欢将鼠标中间的滑轮用作开镜键。每个职业选手都有自己的习惯,霍嘉鲜觉得自己的习惯还挺奇葩的。

贺随扭头,默默地看她修改设置。

"可以了吗?"他看到霍嘉鲜退出设置页面,温声问,"可以的话,我就开了。"

"好的。"

只要一打开游戏,霍嘉鲜就和刚才唯唯诺诺、慌张乖巧的小姑娘不太一样了。

少女随手将右手手腕上的皮筋儿解下放到一旁,滑动了两下鼠标,操纵着屏幕上意气风发的忍者少年往大海的方向走去。

她说:"开始吧。"

游戏开始,贺随直接带霍嘉鲜跳了 P 城。

霍嘉鲜常年是跳 P 城机场的选手,刚才还在这里给别人上了一节课。这里就和她自己家一样,她熟悉得不能再熟悉了。

她标好自己常跳的房子,问贺随:"随神,你跳哪里?"

"可以。"贺随也标了一个点,"我西,你东,可以控制住这条街。"

"好的。"

飞机飞到 P 城上空,霍嘉鲜先行跳下,贺随紧随其后。霍嘉鲜熟练地跳到平时常用的落点,开门进去,很快就搜到一把 M16。

左右都有人落地,有这把枪在手,她虽然不能一打四,但也足够自保。

霍嘉鲜听着左右方位的动静,然后给贺随报点:"我 190 方向这房子里落了一支小队,300 方向的房子里是独狼。"

"能搞定独狼吗?"贺随在地图上标了一个点,"你帮我架着,我先把这边的两支小队拔了。"

霍嘉鲜应得很快:"好的。"

跳跳虎和尼罗在后面看着,以为霍嘉鲜会在二楼窗口帮贺随架枪,没想到她直接绕到阳台上，利索地爬上了屋顶。

"我这个位置可以卡完美视角帮你架枪的。"霍嘉鲜看见右边窗口露出的半个人头，直接三枪将他点死，"好了，独狼倒了。"

"我这边一支小队也倒了。"一阵枪响过后，贺随回应，"还有一队我听不到了，你看得见他们的位置吗？"

霍嘉鲜的动态视力极强，站在高处，她一眼就看到了两栋房屋之间一闪而过的人影。

她迅速标了一个点："在这里，估计是想去车库开车。"

"好的。"贺随问，"你能架死他们吗？"

霍嘉鲜矮身隐在角落里，尝试着不同的角度。

"好像不太行，不过我有一颗手雷。"

"非常好。"贺随的指令给得干脆利落，"那你直接用手雷压制他们一下，我压到前面和他们正面打。"

其实贺随还没给出指令的时候，霍嘉鲜就心领神会，已然把手雷攥在手里了。

一秒时间，她抛出手雷，手雷精准地落在那两人蹲守的围墙后。

砰的一声，巨大的手雷引爆声掩盖了贺随的脚步声。在对方手忙脚乱地打药补血的时候，他已经悄悄潜行到围墙的另一角。

对方的注意力全然被屋顶上的霍嘉鲜所吸引，他们根本没想到竟然有人夹击到近前。贺随小身位探头，一通拉枪扫射，很快就将对方灭队。

跳跳虎和尼罗看得目瞪口呆。

这两个人……真是第一次一起打游戏？

霍嘉鲜根本不需要贺随多说，就能明白他的意思，就算是跳跳虎和尼罗两个上，也不太可能和贺随默契配合到这种程度吧？

跳跳虎一向鲁莽，什么都不管，直接无脑地往前冲冲冲；尼罗倒是习惯架枪，不过打狙是厉害，投掷物却用得少，一直因为这一点而在比赛的时候吃亏。

这小姑娘……意识未免太到位了吧？

于是，这两人一边在心中暗暗惊叹霍嘉鲜果然厉害，一边眼睁睁看着贺随和霍嘉鲜一左一右，把 P 城整条大街控了起来，一一把 P 城的小队给灭了个精光。

"天哪!"跳跳虎低声对尼罗说了一句,"这是屠杀啊。"

"嗯。"尼罗深以为然,"他们淘汰了多少人,你数了吗?"

"没有二十也有十几了吧,"跳跳虎叹道,"东南亚服烂是烂了些,但这……这不能说是炸鱼了吧,鱼苗都给炸光了。"

两个人在后面窃窃私语,前面打游戏的人却已然进入忘我境界。

"左边听到一个人的脚步声!"

"看到了,直死。"

"等一下,随神,我封几个烟断他们的视野,然后你再攻。"

"可以。"

"倒了一个!"

"另一个也死了。"

"这圈有些难受啊。"

"没事,我们绕后。我先进,然后帮你架枪。"

"好的,随神,你小心点儿。"

…………

二十分钟之后,贺随击杀了地图上的最后一人。

比赛结束。

这一局游戏,霍嘉鲜打得堪称酣畅淋漓。

她拿下耳机,扭头看向贺随:"随神,合作愉快呀。"

"嗯。"贺随点了下头,扭头看向身后的跳跳虎和尼罗:"你们觉得怎么样?"

"呃……"跳跳虎觉得自己的文化水平可能真的不太行,除了"厉害",也说不出什么其他词,索性就把弹幕助手调了出来,让水友帮自己说话,"喏,随神,你自己看吧。"

贺随接过他的手机。

这一局游戏下来,跳跳虎的直播间的弹幕精彩纷呈。

"不是吧,我虎仔什么时候这么会用投掷物了?这两个手雷准得都要把我看呆了!"

"今天虎仔怎么不用猛男枪了?用M16都能刷出这么高的伤害?"

"伤害高,但是人头都让给了随神,实属打工仔。"

"天哪,虎仔和随神什么时候配合得这么好了?我还记得之前他们双排跳了一晚上 P 城都没吃到'鸡'！现在学乖了？"

"兄弟们，别刷了，这是试训新人，不是虎仔。"

"新人？《绝地求生》冠军联赛有这么厉害的路人王？看样子，这人是要打自由人位置的？"

"这侧枪线拉得也太有灵性了。"

"有一说一，这视野烟封，细节真的很到位。"

"感觉枪法也很厉害啊，比起阿雰都不差。"

……

十句话里大概有九点五句是在夸奖霍嘉鲜的。

贺随轻轻勾了勾嘴角。他几乎没怎么在跳跳虎面前笑过，所以跳跳虎疑心自己是不是看错了。

他怎么有种……随神是看到自家女儿被人夸奖而自豪的感觉？

跳跳虎甩甩头，将这个念头从脑海中甩走，边拿回手机边问："随神，你觉得……？"

"我觉得可以。"贺随问得很直接，对二人道："你们的意见呢？"

尼罗摸了摸鼻子："我也觉得可以。"

"那我当然更没有问题了！"跳跳虎见自己落后，忙不迭地表态道，"嘉鲜妹妹什么时候和俱乐部签合约？我们什么时候可以宣布她加入我们？哎呀，急死我了！要是基地里住进来这么一个人美枪法好的漂亮妹妹，那么整个《绝地求生》冠军联赛就数我们最有排面了！别人肯定酸死！"

霍嘉鲜全程像是局外人，听到这话才连忙弱弱地举手插嘴："那个……我这边还有点儿问题的。"

"是。"贺随点了点头，对跳跳虎和尼罗解释，"嘉鲜家里确实还有些困难，我会帮她处理好的。另外就是俱乐部那边，其实我们说了也不完全算数，最终还要听教练的意思。"

霍嘉鲜家里困难？尼罗和跳跳虎想到霍嘉鲜悲惨的身世，在心里表示理解，也很通情达理地没刨根问底。

就是教练的意见……

跳跳虎有些不解："教练？不就是 Cody 吗？还能有谁？"

"Cody 新赛季可没和我们签约。"贺随淡淡地道，"史迪没和你说吗？也对，大概史迪知道你保守不住秘密，怕你走漏风声。"

跳跳虎莫名其妙地被扣了一顶锅，有些愤愤不平："我怎么就保守不住秘密了？"

"你忘了当时尼罗要来 TT 的时候，是谁先在直播里说漏嘴的？"贺随瞥他一眼，指了指霍嘉鲜，语气凉凉地说，"我警告你，她的事，你也不能说出去半个字。"

"行。"说到尼罗，跳跳虎也服气了，但还是忍不住好奇地追问，"我们要有新教练了？"

"嗯。"

"是谁啊？"

贺随越是云淡风轻，跳跳虎心里就越痒。

最终，贺随还是没忍受得了跳跳虎的纠缠，只报了一个名字。

"冥灭。"

"天哪，冥灭大神？！"跳跳虎目瞪口呆，"不是说俱乐部没钱请他吗，怎么新赛季就……？"

贺随短短几个字就堵住了跳跳虎的嘴。

"我们可是拿了夏季赛冠军。"

哦。

这样啊。

夏季赛冠军不仅有奖金入账，还有数不清的赞助和广告商找上门来。

怪不得呢。

跳跳虎很快被说服了，恍然大悟地点了点头，兴高采烈地和尼罗去网吧收银处结账了。

那可是冥灭大神啊！中国电竞传奇人物！初代电竞之光！履历金光闪闪，亮瞎人的眼睛！

别说跳跳虎了，就是阿雾那种年纪的糟老头子，估计也是看着冥灭的比赛长大的。

只要冥灭来了 TT，那他们可是天天有和偶像训练的机会啊！

不仅跳跳虎兴奋，霍嘉鲜也不遑多让。

尼罗和跳跳虎还没走远，她就已经迫不及待地戳了戳贺随的手腕，兴奋地道："真的吗？随神！是冥灭大神来做 TT 的新教练？"

"嗯。"贺随低头应了一声。

刚才他并没有说，请冥灭来做教练的大部分钱是自己出的。

少女微微仰脸看着贺随，湿漉漉的鹿眼里闪烁着激动的光芒，像是会发光的星星一样，在昏暗的网吧里照亮一张灵动明艳的脸。

"天哪！"霍嘉鲜一时激动，忍不住握住了贺随的手腕，撒娇般摇晃了几下，"随神，求你了，我真的好想来TT，拜托你一定要帮我搞定我爸妈呀，呜呜呜呜！"

少女的手柔软到不可思议。

贺随抬头，喉结微不可见地滚动了两下，然后从喉咙口溢出一声低低的"嗯"。

"谢谢随神！"

霍嘉鲜笑靥如花，兴奋得一下子站了起来，挥舞着小拳头，边往门外走，边发誓："我一定要进TT！我一定要拿到世界冠军！"

贺随看着少女雀跃的背影良久，眸色渐深。

霍嘉鲜没有听到，等到她走远后，留在原地的男人终于开了口："会的。"

你会进TT的。

你也一定会拿到那个属于你的世界冠军的。

贺随的声音很低，在这嘈杂的网吧里，就像是一滴水落入大海，根本没有惊起任何波澜。

他像是只说给他自己听的。

等到霍嘉鲜的身影彻底消失在门外，贺随才抬步离开。

而无意间，他看见刚才霍嘉鲜玩过的那台电脑前赫然放着一根皮筋儿，是那种女生用来扎头发的最普通的皮筋儿，黑色的，没有任何装饰。

应该是刚才霍嘉鲜打游戏前摘下来的。

大概是冥灭的消息让人太兴奋了，她都忘了将皮筋儿带走。

贺随脚步一顿。

"随神！走不走哇？！"跳跳虎见贺随还不动，焦急地站在门口用力挥手催他。

贺随用左手随意比画了一个手势，右手拿起桌上那根皮筋儿，不动声色地放进了自己的口袋里。

待会儿再给她，贺随心想。

第五章

加入TT战队

虽然这网吧离酒店并不远,但"网瘾少年"懒惰成性,还是叫了一辆网约车。

等车的空当,霍嘉鲜习惯性地刷了一下论坛。

TT不愧是电竞流量队,就霍嘉鲜和贺随在跳跳虎的直播间打了一局双排赛而已,论坛的《绝地求生》版块就已经被这消息屠版了。

大多数人在讨论这个新人到底是谁。此人的走位、枪法、习惯用的枪都被扒了个遍,各大服务器上几个赛季的路人王也都被提及,但鲜少有人提到woshixiaoxiannv这个ID。

只因为她是女生。

放眼全世界各大赛区,《绝地求生》的赛场上还从来没有引援过女选手。

更何况霍嘉鲜直播时从不开摄像头,尤其是最近有关她打游戏开挂的传言甚嚣尘上,根本没人会把TT有新人加入这件事往她身上想。

见流言一点儿都没往自己身上沾,霍嘉鲜总算松了口气。

她还没签约,一切还没成定数,这时候最好是低调行事,毕竟TT目标太大,说不定有人想从中作梗。

跳跳虎也蹲在路边刷论坛。霍嘉鲜正要把手机收好,却听见他惊呼了一声。

"嘉鲜妹妹？！"跳跳虎直接蹦了起来，"刚才随神在你身边讲话的时候，你开着语音？！"

"好像是。"霍嘉鲜皱了皱眉，"但是我开了变声器啊，应该没事吧？"

跳跳虎简直无语："现在的水友真的很无聊，有人说你旁边有男人在说话，所以他们就用软件去了杂音，把随神的声音提出来挂到论坛上了。"

霍嘉鲜连忙把跳跳虎的手机抢了过来："给我看看！"

本来贺随和尼罗在不远处低声交谈着什么，听到这边跳跳虎和霍嘉鲜的动静，便看了过来。

霍嘉鲜一字一顿地把标题读了出来："'大家听听小仙女直播间里出现的这个声音像不像随神？'"

天，这都听得出来，水友真是厉害！

发帖时间在一个小时前，正是贺随发现霍嘉鲜在疯狂说自己那会儿。

没过多久，贺随又出现在跳跳虎的直播间里和新人试训，这时间点太过微妙，热衷做福尔摩斯、名侦探柯南的网友纷纷出动，很快把这栋楼盖到了一百多层高。

虽然这帖子热度不是很高，但万一发酵起来，也足够致命了。

"有一说一，确实有点儿像。"

"小仙女直播的时候说自己在国外吧？最近TT是不是也去曼谷比赛了？刚才贺随还在跳跳虎的直播间里和路人王双排？"

"天哪，楼上的兄弟说得……我有点儿信了。"

"所以，试训的人是小仙女？试训的人是小仙女？试训的人是小仙女？"

"不太可能吧，找个女的来打第一人称射击竞技游戏？TT这是想赚流量，还是想自杀啊？"

"但是这主播确实厉害啊，也不是没有这种可能性。"

"这……还是算了吧。女的打比赛可能容易崩。"

"打都没打，就说崩，崩什么崩呢？"

"这些人就是每天看热闹不嫌事大,唯恐天下不乱。"

"嘿,兄弟们,别吵了!别吵了!这事简单,虎仔是突破口,直接找他去套话不就行了?"

顶着一头绿毛凑过来看帖子的跳跳虎一脸蒙。

他怎么到处被扣锅啊?!

贺随走到近前,问霍嘉鲜和跳跳虎:"怎么了?"

"就是论坛上有人听出来小仙女直播间里那个人的声音是随神你的,然后他们就吵起来了。"跳跳虎委屈巴巴地摸了摸鼻子,"随神,这可不是我说的,是他们自己扒出来的。"

贺随接过跳跳虎的手机随意翻了两下,脸上看不出是什么情绪。

尼罗的思路总是能比跳跳虎清晰一些:"要不这事让老史和论坛那边联系一下?尽快删帖,先把事情平息了,等到事情真正确定下来官宣再说。"

"删帖不好。"贺随将手机还给跳跳虎,"欲盖弥彰,以后真的官宣了,舆论影响也不好。"

"那怎么办?"跳跳虎苦着一张脸说道,"难道就直接官宣算了?按这楼的走向,来几个技术大神,屠版是早晚的事吧?"

"没事,这事交给史迪吧。"贺随淡淡地道,擦屁股专业户史迪再次在此刻获得了十足的存在感,"没关系,万一真的走漏了风声,也不是什么大不了的事。"

"嗯,确实。"尼罗也安慰霍嘉鲜,"大不了就是FLG、BF他们会疯狂在私下里联络你、围堵你,骚扰你的家人,在网上带节奏,搅和你的直播合约,想要用更高的价格把你挖过去……"

霍嘉鲜心想:这……叫不是什么大不了的事?

"我有办法。"霍嘉鲜拿出自己的手机,熟练地登上了自己的论坛小号,"别交给经理了,他够忙的了,我自己解决。"

"啊?"跳跳虎有些好奇,又把自己那颗绿脑袋凑了过来,"嘉鲜妹妹,你想到什么办法了?"

"水军呗。"霍嘉鲜手指翻飞,熟练地在屏幕上打字,随后点击"发送","你们别光看着啊,自己有小号的都用起来,多多益善,多在楼里带带节奏。"

看到霍嘉鲜发出去的那条消息，跳跳虎忍不住笑出了声。

"什么啊？"尼罗也难得好奇了，"发的什么？"

只见那楼里最新一条评论是——

@有没有好哥哥带我躺鸡鸭："怎么可能？！我老公怎么可能和这样的主播做朋友？！你们想多啦！"

莫名其妙被结婚的贺随不知道该说什么。

霍嘉鲜一个人就有十几个小号，再加上跳跳虎、尼罗的十几个，网约车还没开到酒店，几个人就已经凭借自己的力量，把这楼的走向掰歪了。

霍嘉鲜甚至用自己的小号相互之间吵了起来。

等到史迪看到这栋楼的时候，这楼的讨论已经从"跳跳虎直播间里出现的声音到底是不是随神的"成功地转向了"你们凭什么看不起电竞女孩儿，要是你喷她，我也喷你"。

史迪还没从"嘉鲜妹妹就是woshixiaoxiannv"这个消息中缓过神来，就又被霍嘉鲜带节奏的功力给深深震撼到了。

"厉害啊，嘉鲜。"史迪惊叹，"你这一出戏导得简直就是论坛新一代'节奏大师'！"

霍嘉鲜连忙谦虚地说："经理过奖了。"

见跳跳虎还在那里顶帖顶得不亦乐乎，尼罗好心提醒："虎仔，你别再顶帖了，等水友们吵一会儿，这帖子慢慢沉下去就行了。"

"没错。"史迪白了傻弟弟一眼，有些恨铁不成钢地道，"等热度过去，我再联系论坛把这帖子偷偷删了。最近你们一定要注意严防死守这个秘密，不准说漏嘴！"说完，史迪又看向一旁的霍嘉鲜，神色颇为怜爱："嘉鲜妹妹，我向你保证，在你加入我们TT之前，一定没有人会来骚扰你的！"

霍嘉鲜立刻甜甜地笑了："谢谢经理！"

一帮人其乐融融，一起上了电梯。史迪照例给霍嘉鲜来了一套"单人赛也是你？""无脑吹TT的也是你？""和随神表白的也是你？"的三连击问题套餐，最后总算接受了TT即将加入一位漂亮妹妹的事实。

史迪感叹："哎，我就说法喜寺很灵吧？幸好今年过年的时候我专门跑去那里拜了拜！我的心愿总算达成了。"

跳跳虎没明白："这和嘉鲜有什么关系？"

"你这个臭弟弟懂什么？！"史迪瞪了他一眼，"我许的愿望是贺随那个臭小子别天天练枪做个老处男，把基地氛围搞得太紧张了！你懂吗？！"

因为史迪刻意把声音压得很低，电梯里又有另一队 H 国妹妹在叽叽喳喳地说话，所以同行的几个人之中，除了跳跳虎，谁也没听清他的话。

就这个唯一听清的人也傻乎乎地没听懂史迪的意思。

跳跳虎还一脸蒙："啊？"

史迪无语。

他们俱乐部里有这么一个傻弟弟，还想拿世界冠军？真是白日做梦！

出了电梯，几个人各自走到自己的房门前，正要和其他人告别，史迪低头看了一眼手机，忽然脸色一变。

"等一下！"

他把大家叫住，又看了看手机上的消息，脸色变得更差了。

"你们都进来一下。"史迪没有打开自己房间的门，反而去敲了唐葫芦的房门，"明天比赛，我们可能出了点儿意外。"

唐葫芦过来打开门，整张小脸都是煞白的。

跳跳虎"啊"了一声："兄弟，你这是怎么回事啊？"

唐葫芦扶着墙，捂着肚子，声音虚弱地说："我也不知道吃坏了什么东西，反正就是肚子痛，今天上午就有点儿不舒服了。"

话音刚落，唐葫芦就迫不及待地推开跳跳虎，一下子冲到了卫生间里。

很快，卫生间里便传出了他痛苦的呻吟声。

史迪看着贺随："明天比赛怎么办？"

就唐葫芦这个状态，就算今天晚上勉强止住腹泻，也不可能快速把状态缓过来，更不可能明天就上赛场和那些国际顶尖选手角逐。

唐葫芦之所以一直忍到贺随、史迪他们回来，也就是想拖着而已。

如果刚才他自己贸然去医院，被媒体拍到，估计媒体又要大肆宣扬一番，无端引发各种猜测与阴谋论，TT还没出战，就会先军心涣散。

贺随神色很冷："马上去医院。"

"可是酒店外面蹲守着很多国内媒体啊，你们几个太显眼了，深更半夜还要拖着个唐葫芦出去，"史迪还是犹豫，"要不我叫个医生来酒店吧？"

"不行，医生不行，他得立刻去医院。"贺随果断地打断史迪，"再这样下去，他会脱水的。"

"那如果有人带节奏……"史迪话还没说完。

"管什么节奏？"贺随忍不住吼了一句。等唐葫芦扶着墙出来，贺随立刻拽过他的胳膊，背起他就走："反正我们夏季赛已经拿到冠军了，还需要在意明天的亚洲邀请赛？我只知道现在唐葫芦很危险，他必须立刻去医院。"

史迪到底是战队经理，凡事还是会考虑得更全面一些："那……明天比赛怎么办？"

"我、跳跳虎、尼罗，就我们三个上。"贺随打开门，面无表情地道，"我们会尽力打比赛的，其他的节奏随便论坛怎么说吧。"

唐葫芦一听，连忙挣扎着要从贺随背上爬下来："不行，随神，我还是不去医院了。让经理叫个医生过来，我休息一晚就行。明天我也上。"

贺随没理他，还在背着他往外走。

也不知道唐葫芦是从哪里来的力气——他直接抓住门框，死死不放手："随神，你放我下来！我不去！"

"放手！"贺随大喊。

"我不能这么不负责任！留下你们三个人以少打多！"唐葫芦梗着脖子坚持道，"反正明天我肯定要上！现在我是不会去医院的！"

"那个……经理、随神，"霍嘉鲜觉得自己有必要在这时候站出来，"我也可以上的。"

唐葫芦："嘉鲜妹妹，你开玩笑呢？随神，你放我下来，明天比赛我必须上。"

"这个赛季亚服你打到多少名了？"

大家根本没想到霍嘉鲜会问这个，明显愣了一下。

连霍嘉鲜也不知道自己为什么会突然问唐葫芦这个。

她似乎很自然地就把自己看作这个团队的一员了，也很自然地想要在团队遇到困难的时候第一个站出来。

她真的很爱电竞，也很想去打比赛。

房间里有片刻的沉寂，唐葫芦半天才反应过来："啊，我啊，三十几吧，有点儿忘了。"

"我刚冲到亚服前十的位置，名次应该比你稍微高点儿。"霍嘉鲜努力让自己的语气听起来云淡风轻，尽量不伤人，"所以我觉得我上也可以的。"

唐葫芦怀疑自己是不是病糊涂了。

见弟弟一脸茫然无措的样子，霍嘉鲜觉得一直瞒着他们的自己实在太过残忍："那个……我一直在玩的游戏账号叫 woshixiaoxiannv。"

唐葫芦难以置信地瞪大了眼睛，疲惫的病容在这一刻熠熠生辉："我的耳朵……"

"你没听错。"贺随淡定地开口，"现在你能别抓着门框了吗？"

"哦，好，行。"唐葫芦缩回手，显然还在消化"woshixiaoxiannv 等于嘉鲜妹妹"这条信息，魂不守舍地回了一句，"那我去医院吧。"

本来还指望着唐葫芦坚持自我的史迪无语。

贺随背着唐葫芦走出酒店房间，跳跳虎和尼罗紧随其后，史迪留在最后，拉住霍嘉鲜确认："嘉鲜啊……明天你真要上去打比赛？！"

"我能上去吗？"

"我为了可以向主办方报销你的费用，把你放在看饮水机的名单上。从理论上来说，你确实可以作为替补上的。"然而史迪还是挠了挠头，"但是你还没和我们签合约啊……所以你是小仙女这件事，现在我们还真不能让别人知道。嘉鲜你是不知道，国内'吃鸡'俱乐部太多了，他们抢起人来非常恐怖，况且你还没注册成为职业选手，我们得等到最好的时机再公布你的身份。"

霍嘉鲜也清楚，今晚他们才初步决定的事，绝对不可能明天就广而告之。

这是不现实的事。

她抿了抿唇，点头道："我明白的，经理，到时候看随神怎么说好了。"

　　唐葫芦去曼谷最好的医院做了一圈检查，最后没查出什么问题。
　　最终，医生只能以炎症定论，让唐葫芦留院输液观察。
　　史迪安慰大家不用多想，热带天气太潮热，一个人吃坏肚子也是常有的事。
　　于是，TT 的成员们全被他赶回酒店休息去了，就他一个人留在医院陪床。
　　现在已经半夜了，比赛是明天早上 9 点开始，队员起码 7 点就得起床。
　　纵然 TT 几个人担心唐葫芦，但以大局为重，还是先打车回酒店了。
　　虽然霍嘉鲜在唐葫芦面前说比赛时她可以上，但等唐葫芦稳定下来之后，最终贺随还是决定："不用你上，我们三个就行。"
　　这晚，霍嘉鲜睡得有些不踏实，也不知道是因为紧张还是兴奋。
　　第二天一早起来，她就看见镜子里的自己顶着两个巨大的黑眼圈，白皙的皮肤显得那两块阴影格外醒目。
　　霍嘉鲜有些欲哭无泪。
　　这可是她第一次参加国际性质的电竞比赛啊，虽然没能如愿坐在选手席位上，但是观众席第一排难免会被摄影机扫到，要是自己状态不好，在镜头里一定会很丑很丑的……
　　虽然霍嘉鲜在战场上大杀四方，但回归到现实，其实也就是个爱美、虚荣的"网瘾少女"而已。
　　幸好她姐给她准备了小半行李箱的面膜，霍嘉鲜随手拿了一片，然后又拿出一些瓶瓶罐罐护理了大半个小时。
　　好歹霍嘉鲜是个十八岁的少女，护理完了，再稍微化点儿淡妆，皮肤就嫩得近乎透明，像是清晨树叶上的一滴露水。
　　霍嘉鲜对着全身镜欣赏了一遍自己青春靓丽的造型，然后满意地下楼去了。
　　酒店餐厅里，TT 的几个人早就围坐一桌在吃早饭。
　　因为昨晚唐葫芦的事，几人之间的气压有些低。霍嘉鲜烤完面包，在史迪身边坐下，只有跳跳虎蔫蔫地和她打了个招呼："嘉鲜妹妹早啊。"

"早。"霍嘉鲜喝了口热牛奶,奇怪地问大家:"你们怎么不吃了?"

"吃不下。"跳跳虎有些丧气地把手边的米线推开,"今天唐葫芦还躺在医院里呢。"

史迪也是一副忧心忡忡的样子:"论坛上已经屠版了,鱼吧超话里也都是带节奏的言论。昨晚唐葫芦一住进医院,这一消息就传开了,现在大家都知道今天 TT 只有三个人上场。"

霍嘉鲜一时没明白他们在担心什么:"我们不是已经拿到世界赛名额了吗?三个人上场也是迫不得已的情况,万一 TT 成绩不好,网友们也会理解的吧?"

"嘉鲜妹妹,你根本不知道外面的世界有多残酷!"跳跳虎惊恐地瞪大了眼睛,拼命摇头,"那些成绩粉和黑粉根本不在意你是不是腰痛、手受伤,只要你上场了,那就必须拿第一!像我们这样的队伍,只要成绩一有下滑趋势,什么妖魔鬼怪都会跳出来,怪你、怪兄弟、怪俱乐部,最后还可能会怪到你妈头上!"

TT 显然是被骂怕了。

霍嘉鲜皱了皱眉,喝了口粥:"你怕被人喷?"

"当然!"跳跳虎见到霍嘉鲜那一脸"你心理素质这么差,还怎么打职业赛"的样子,立刻又改口了,"其实吧,也不是很怕。"

"那你这么紧张干吗?"

"这些事还是会影响一下我的心态嘛!"跳跳虎最终还是委屈地承认,"在打比赛的时候,我偶尔也会莫名其妙地想到他们肯定在瞎叨叨。要是我倒了,肯定要被说菜;要是我们被穿了,肯定有更多人跳出来嘲讽我们,让我们退役!我心里还是很紧张的嘛。"

霍嘉鲜晃了晃牛奶杯,慢悠悠地道:"你怎么知道他们在瞎叨叨?"

"论坛上到处是帖子啊!"跳跳虎急着想翻出来给她看,"你看现在我们还没打呢,论坛上面的人就已经吵翻天了,竟然还有人说我们不敢和 H 国队伍打,厌了,所以才不让唐葫芦上场。"

霍嘉鲜接过跳跳虎的手机,长按 App 图标,利索地帮他把论坛删除了。

跳跳虎一脸蒙。

"如果论坛上面的消息会影响你的心态，那就别看了，乖。"霍嘉鲜拍了拍跳跳虎绿油油的脑袋，"过度在意，只会让你打得缩手缩脚，这样还怎么打得出成绩？我直播这么久，别人在我的直播间里怎么喷我都无所谓，随便他们怎么说。反正他们怎么喷，他们都还是菜鸡，而我永远都是亚服前十。"

少女的声音冷静而清脆，明明还是那张甜美软萌的脸，现在却无端染上了几分飒爽气。

而贺随全程没说话。

有些话，也许由霍嘉鲜来说更有效。

跳跳虎呆呆地看着霍嘉鲜，无意识地"啊"了一声，动作机械地接过手机。

史迪见霍嘉鲜这一番话说得霸气十足，忍不住戳了戳尼罗的手，低声说："现在我终于相信了，嘉鲜肯定就是小仙女。"

尼罗推了推眼镜："怎么说？"

史迪看了一眼优哉游哉地喝着牛奶的霍嘉鲜，又看了眼垂目搅着咖啡的贺随。

"就刚才她安抚跳跳虎的那个样子，真的有点儿像一个人。"

尼罗心下了然，也抬头看了自家队长一眼。

大概菜的人各有各的菜，但真正的王者都有一些共通之处吧。

上午9点，《绝地求生》亚洲邀请赛正式开始。

主持人介绍每支队伍一一入场。史迪坐在霍嘉鲜的身边，一边听台上主持人的介绍，一边和霍嘉鲜低声说着八卦。

"这个H国的3AE战队上次在世界赛得了季军。上半年转会期的时候，他们恶意以高价从别的队伍里截和了两个新人，两人都是那种纯输出型猛男，打法也很阴的，你一定要小心。

"这个也是H国的啊，HP战队，连续好几年的亚军。这个队和我们的跳点比较近，一定要注意。而且之前TT拿冠军的那次世界赛，他们还和我们有过矛盾。反正这个队的人挺傻的，你防着就对了。

"这个泰国本土的队伍QG啊，也是猛男队。不过他们也就在东南亚赛区厉害点儿，自身没什么战术的。我听说他们的两个突击手下一个赛季想来《绝地求生》冠军联赛了，因为中国赛区比较好赚钱。

"哎哟，这个台北的 Star King 战队啊，我们省队！这个是真的猛，你敢信他们四个是初中生吗？不过今年，那个政策要出来了，你大概也知道的。就算他们拿了冠军，也去不了世界赛，只能等到十八岁吧。"

…………

说到最后，史迪自己都口渴了："反正他们队伍的特点、运营、战术，到时候教练来基地了会说的。打世界赛之前，我们主攻这个方面，今天就是让你提前感受一下。欧美战队的运营挺傻的，现在最强的还是 H 国，你留意他们就行。"

"好的。"霍嘉鲜若有所思地点了点头。

史迪把矿泉水瓶拧开后，正打算喝口水，忽然之间就听见场馆内外响起了惊天动地的欢呼声。

霍嘉鲜从没到过现场看电竞比赛，也从来不知道，原来一支顶级流量强队的出场会带来如此大的震动。

他们有千里迢迢地从国内飞到曼谷的狂热粉丝，有当地的海外华人，还有许许多多的人说着陌生的语言，却和他们一起激动而狂热地呐喊着那个熟悉的名字——

"TT！"

到这时候，霍嘉鲜才隐隐约约感受到跳跳虎的不安情绪到底来自哪里。

少年仅仅十八岁，却承担着这么多人的期许与希冀。

他怕让所有人失望，害怕自己辜负大家。

扪心自问，虽然早上时自己说得那么云淡风轻，但要是今天站在舞台上的是自己，她也不会好到哪里去。

由贺随带领着，TT 的男模队很快在舞台上亮相。

饶是之前网上舆论纷纷，但 TT 真的只有三个人出场的时候，场馆里依然一片哗然。

贺随没用翻译，自己回答了主持人的疑问。

"我们的同伴唐葫芦由于身体问题，无法参加比赛了。我相信我的队友们。虽然我们只有三个人，但我相信我们依然能打出很好的成绩。"

他一如既往地稳妥与中规中矩,和自身在《绝地求生》的战场上肆意驰骋的狂妄模样完全不一样。

贺随没多说什么,TT的三个人很快在粉丝的狂喊声中,走去自己的座位上坐好。

也不知道怎么了,霍嘉鲜忽然觉得有些激动,心脏狂跳,甚至兴奋到了手脚冰凉的地步。

她觉得场馆里有些闷,于是和史迪说了声"我去一下卫生间",就弓着腰快步溜了出去。

还有六七支队伍没介绍,她去一趟卫生间应该来得及。

会展中心二楼,女厕和男厕的洗手台设置在同一个地方。洗手台边,霍嘉鲜用凉水抹了一把脸,抬眸看着镜子里的自己,忽然笑了一下。

这一切就好像做梦一样。

在不久的将来,坐在那个舞台上,为了使命、责任、荣誉奋斗的人将会是自己。

她觉得有些不真实。

霍嘉鲜随手扯了一张纸擦干脸上的水渍,正想转身回去,却突然看见迎面进来两个人。

两个都是亚洲人,但在压低声音用英文交流。

霍嘉鲜的英文烂得要命,她本来没在意,但和两人擦身而过的瞬间,竟敏锐地捕捉到了一个名字——唐葫芦。

虽然他们把这个名字说得很蹩脚,但她还是一秒就听出来了。

他们在说什么?

她挑了挑眉,见两人完全没有在意自己,连忙往后缩了两步,小心翼翼地打开手机录了一段视频。

从小她哥霍凛就教她,女孩子小心点儿总是没错的。

霍嘉鲜的英文水平虽然低,但尤喜是个学霸。等那两个人走后,她把视频发给了尤喜。

尤喜大概刚起床,消息很快回了过来。

嘻嘻嘻嘻个头:"这两个人是谁啊?!他们在说你'男神'和TT!!"

嚯嚯嚯嚯个头:"我知道啊,但是我听不懂他们具体在说什么。好姐妹快来帮我翻译一下。"

嘻嘻嘻嘻个头:"你们队那个唐葫芦住院了?!"

嚯嚯嚯嚯个头:"对啊。你也关注电竞新闻了?"

嘻嘻嘻嘻个头:"不是啊!是他们说的!"

尤喜的信息唰唰唰地发了过来。

嘻嘻嘻嘻个头:"是他们给唐葫芦下药了啊!他们本来想给你的'男神'下药的!结果唐葫芦不小心中招了!怎么样,他要不要紧啊?!你没事吧?!我听这两个人英文说得很烂啊,他们是谁啊? H 国的? R 国的? 姐妹你一定要注意安全啊!这帮人也太阴了,他们还说待会儿如果中国的队伍要赢,就断电。"

霍嘉鲜的脑袋里嗡的一声响。

她再次把视频放大,仔仔细细地看了看那两人的脸。

其中一个人有些眼熟,似乎是 H 国的某个领队,但她想不起此人是哪支队伍的了。

另外一个人好像是这次泰国主办方的人。

她第一天入住酒店的时候,远远地瞥到了一眼。

下药? 断电?

使这种下三烂手段,这些人真是一帮完全没有竞技精神的禽兽。

霍嘉鲜紧咬下唇,给尤喜回了一句——

"知道了,谢了。"

比赛还有十分钟开始。

史迪低头刷着论坛上的帖子,感觉到身边有人坐下。霍嘉鲜离开的时间不短,刚才还兴奋活泼的少女,此时却一言不发。

史迪不由自主地抬头看了她一眼。

"哎,嘉鲜啊,你怎么啦?谁惹你不开心啦?"

她怎么杀气这么重?

霍嘉鲜握了握膝上的拳头,转过脸看向史迪,明明心里愤怒到极点,但面上竟然还能保持镇定。

"经理。"她一字一顿地说,"我今天就要上去打比赛,可以吗?"

史迪一开始还不明就里，等看完霍嘉鲜偷拍的那个视频，也怒了。

"天哪！"他一向是通情达理的好爸爸人设，鲜少在队员面前爆粗口，但是现在忍无可忍了，"这群小崽子太嚣张了！都是些什么玩意儿？！"

大概是史迪骂得太激动，四周听得懂中文的人纷纷侧目。

要不是FLG战队的经理离得太远，估计已经按捺不住直接上来问到底是谁把史迪气到这样原形毕露的。

霍嘉鲜已经冷静下来了："经理，让我上。今天的比赛我必须参加。"

"参加什么参加？"史迪一下子把她的手机抢了过来，又反反复复确认了好几遍，"这事你不用管。这是HP的经理，你拍到了最好的证据，我会让俱乐部向联盟提交申请处理的。"

"处理，然后呢？"霍嘉鲜一手覆到了手机屏幕上，目光里有一股不易察觉的狠劲儿，"他们《绝地求生》H国赛区和我们《绝地求生》冠军联赛根本不是同赛区的，联盟会为了我们而放弃他们世界赛大热门？"

史迪被问住了。

霍嘉鲜："而且我这个证据只拍到了领队，他大可以狡辩这件事和他们的选手没有半点儿关系。我们有下药的监控视频吗？医院那里可以检查出来吗？现在我们可是在曼谷，不是在M市，没有任何人给我们做后盾。

"最后的处理结果无非是通告处分，相关人士被扣一点儿工资罢了，也许连我们都要被牵扯进去。这比赛调整一下，照样继续办，依然有一个名额直通世界赛。"

"如果最后拿到冠军的人是他们，你甘心吗？"

少女的声音实在太冷，冷到让史迪愣了一下："那嘉鲜，你想怎么样？"

"他们之所以使出这种卑鄙恶劣的手段，无非是因为我们有足够的实力。他们怕我们赢，怕我们正大光明地战胜他们。"霍嘉鲜看向灯光绚烂的舞台，唇边带了点儿讥嘲的笑，语气越发冰冷，"如果他们是这么想的,那么我想告诉他们,无论如何,我们都是不可战胜的——我们是这个战场上永远的胜利者。

"经理,TT必须,也一定要拿到这个冠军。"

史迪怔了怔。

对这个语气他何其熟悉,但又何其陌生?

其实霍嘉鲜从未上过这个战场,却有着无可比拟的自信与霸气。

这才是绝对的王者,拥有足够的实力,才能有嚣张狂妄的资本。

不知为什么,史迪觉得比起刚进基地时那个乖巧恬淡的小姑娘,现在的霍嘉鲜看起来更加光彩夺目、耀眼逼人,也更有魅力。

半响后,他用力地点了一下头。

"好,我去帮你争取。"

虽然霍嘉鲜的话说得无比坚决,但《绝地求生》还是有自己的赛场规则,史迪也没办法直接就把她推上舞台。

每天的参赛选手名单需要提前和主办方确认。霍嘉鲜作为战队的看饮水机位选手,在特殊情况下,确实可以参加比赛。

史迪决定,今天比赛的三张海岛地图结束,中场休息的时候,立刻就帮霍嘉鲜去申请明天的名额。

"对了,经理。"霍嘉鲜提醒他,"这件事你可以告诉随神和尼罗,但是最好比赛结束了再告诉跳跳虎。"

"嗯。"史迪点了点头,很认可霍嘉鲜的提醒。

确实,跳跳虎和唐葫芦的年龄相仿,而且他们一起经历了夏季赛,小男孩儿之间的友谊本来就建立得容易。要是现在让跳跳虎知道自己的好兄弟在这重要的比赛前被人阴了一把,保不齐会直接在舞台上和H国战队的人干架——那样反倒要把他自己折进去。

史迪拍了拍霍嘉鲜的肩膀,安慰她:"放心吧。"

他会处理好的。

霍嘉鲜微微抿了抿唇,似乎笑了一下。

"谢谢经理。"她扭头看向舞台上方的大屏幕,"看比赛吧。"

虽然贺随的个人能力堪称顶尖,但这里到底是国际赛场,三个人打起比赛来到底有些吃力。

第一局，TT 排名第八，击杀两人，积分 3 分。

第二局，TT 排名第十，击杀七人，积分 7 分。

第三局，TT 排名第五，击杀五人，积分 8 分。

上半场比赛结束，TT 总积分 18，在全部的十六支队伍中排名第七。

HP 总积分排名第一，前八名队伍的积分其实相差不多。

但是史迪在观众席上快被气晕了。

"都是些什么玩意儿？"他清晰地听见前排有观众在大声给台上的选手报敌人的方位，而且用的全是 H 国语，"这些人有没有点儿竞技精神啊？搞得这么正大光明的，这到底是国际比赛还是他们过家家啊？怎么裁判也不出来管管？"

刚才中国战队的几个经理就去和主办方申诉过这个情况，但是根本无人理会，也无人处理。

"呵。"霍嘉鲜冷哼一声，清纯甜美的脸上布满冷笑，"知道方位又怎么样？上一局他们还不是被 TT 团灭了，白送了 4 分过来？"

"但这样也不是办法啊，"史迪皱紧了眉头，"你拍到的视频里，他们不是说会断电吗？今天几支中国队伍没吃到的'鸡'，全被 H 国队拿去了。现在我不看论坛都知道国内的粉丝骂成什么样了。"

"不用管他们，再说，也不是所有人都看不见。"霍嘉鲜看了他一眼，"要是经理心里不爽，可以先拿我的小号骂一下。"

史迪："我觉得行。"

正好在中场休息期间，史迪用霍嘉鲜的小号把前排 H 国人给选手报方位的视频传上了论坛，然后又用其他的小号疯狂顶帖。

@你配和我打游戏："这也太恶心了吧。"

@很菜的别骂了："裁判也不管管？"

@小仙女是海鲜第一美："什么垃圾比赛啊？崽崽们快回家，咱不受这个气！"

随意瞥到这些内容的霍嘉鲜瞪大了眼睛。

"经理。"她有些震惊，"原来你这么会骂人啊，以前没看出来啊。"

史迪翻了一个白眼，气得要命："我帮俱乐部撕资源的时候，这帮崽子还不知道在哪里呢。这次垃圾主办方这种操作，等比赛结束，我非撕烂他们不可。"

霍嘉鲜："好的，经理。"

看着史迪那副火力全开的样子，一时间她都不知道是该同情明天被自己打到稀巴烂的 HP，还是该同情日后将被史迪撕到体无完肤的主办方了。

下半场比赛很快结束。

曼谷亚洲邀请赛总共要比三天。第一天比赛全部结束，TT 总共拿到了 30 分，排名第八。

因为台下有人帮台上的 H 国选手报点，所以前三名被 H 国的战队包揽了。

"你发现没有，只要他们 H 国队正面碰上，明明可以打起来的局面，竟然还会选择避战？"史迪咬牙切齿地说，"恶意组队，观众报点，竟然还给我们下药，这帮人还能想出什么卑鄙的手段吗？啊？"

"呵呵。"霍嘉鲜站起身，耸了耸肩，道，"经理别生气了，看明天吧。"

"我明天上去，让他们知道到底谁才是爸爸。"

这天晚上，霍嘉鲜早早就睡了。

这一天，贺随、跳跳虎和尼罗打得不爽。面对 H 国战队的恶意组队和作弊行为，主办方却毫无作为，简直是不要脸。

史迪和他们一起狠狠地骂了主办方一顿。

但是说到霍嘉鲜拍的那个视频，他却只敢私下里给贺随和尼罗看。

尼罗的反应还算正常。他忍不住跟着史迪骂了几句，还说马上去医院看一看唐葫芦。

只是贺随的反应比史迪想象中的冷静多了。

早年他们不是没遇到过这样的事。那时候的贺随也和今天的跳跳虎一样，是他们严防死守的对象——

当年贺随刚入行的时候，还曾经因为和别的选手打架而被禁赛三个月。当时要不是史迪和阿雳力保，说不定贺随的职业之路也就到此为止了。

但今天的贺随让史迪有了另一番感慨。

贺随看完视频，沉吟片刻，将手机还给史迪："谁拍的？"

"是嘉鲜，"史迪说，"她上厕所的时候无意间遇到的。"

"她怎么说？"

"嘉鲜想……想明天上去比赛。"史迪生怕贺随不同意，连忙帮霍嘉鲜说话，"我觉得她说得有道理。就算报警，我们的证据也太少了。一来，难定案；二来，现在我们在曼谷，主办方明显又是偏袒那边的，如果将此事汇报给联盟的话，那边的人也不会受特别重的处罚。"

史迪以为自己起码要费一番口舌才能说服贺随同意，没想贺随直接点了点头，想法和霍嘉鲜出奇一致。

"没错。"贺随挑了挑眉，"这个比赛照常办，冠军依然被 PKL 的队伍拿走，你甘心？"

史迪忙附和："是这个道理，那你是同意让嘉鲜上啦？"

"所有的事，我们和主办方秋后算账。"贺随冷声道，"但是这个冠军，既然她想拿，那就让她拿吧。"

"冠军？"史迪万万没有想到，贺随一开口竟然比霍嘉鲜还要自信，"你这么有信心？"

"当然。"贺随点了点头，眸子里似乎隐隐有几分笑意，"既然她要上，就算其他队伍都在作弊，但我想，我们拿到这个冠军应该没有什么悬念了吧。"

史迪心想：您真的很狂。

曼谷亚洲邀请赛第二日。

霍嘉鲜早早就起床了，然后好好给自己伪装了一番。

很奇怪，昨天看比赛她都兴奋至极，而今天要上场了，却没有什么特别的感觉。

明明可以上那个梦寐以求的舞台，但她反而变得异常平静。

霍嘉鲜没再和昨天一样搞那些花里胡哨的东西，而是直接戴了一个口罩，大半张脸都被遮住了。

只不过她找了十分钟都没找到自己扎头发的皮筋儿。于是她索性就让头发披着，还自己草草地剪了一个狗啃式的刘海儿，把整张脸遮得严严实实的。

相信现在就算是谢女士飞来曼谷，也认不出自己的女儿到底是哪个。

霍嘉鲜下楼去餐厅的时候，一开始史迪都没认出她。

"你是我们的粉丝吗？"见霍嘉鲜要坐下，史迪连忙讪笑着要将她拉开，"不好意思呀，我不知道你是怎么进来的，但是我们马上要去比赛了，如果你真的喜欢 TT 的话，希望你可以……"

霍嘉鲜莫名其妙地把口罩扯下："我这么成功？"

史迪惊了："虽然你的体形很像，但是我根本没往那方面想啊，你这刘海儿怎么回事？"

跳跳虎也惊了："嘉鲜妹妹，你什么时候去剪了一个刘海儿？虽然剪得很烂，但是你这气质真的完全不一样了啊！还蛮好看的！"

霍嘉鲜无语。

男人果然是按照发型来认女孩子的。

她偷偷看了旁边的贺随一眼。对方似乎只看了她一眼，就又低头去搅咖啡里的糖了。

"别看了、别看了。"霍嘉鲜拍了拍跳跳虎的那颗绿脑袋，懒懒地坐下，"快吃，待会儿姐姐我还要去试外设。"

跳跳虎：女人怎么变得这么快？

他真的很怀念从前那个可爱又软萌的嘉鲜妹妹啊！

比赛场地里，昨晚史迪就帮霍嘉鲜准备好了她要的外设。

霍嘉鲜去训练场练了十几分钟，顺便把设置改成了自己顺手的。

等到她把一切准备就绪，再次抬头，其他队的选手已经陆陆续续地进场了。

比赛第二天，照例也是需要介绍每支队伍的。霍嘉鲜只想低调补位，不想上场，于是让史迪和主办方说明自己是补位选手，无名之辈，没必要介绍。

但霍嘉鲜的出现还是引起了一阵轰动。

放眼全世界的《绝地求生》赛场，还从没有出现过女选手的身影。

娱乐赛里倒是有，但是大多数是以花瓶形象出现。就算是女队的顶尖选手，到了正赛赛场上也是不堪一击的。

更何况霍嘉鲜还戴了口罩，一张小脸全被狗啃式的刘海儿遮住了，这形象可和"花瓶漂亮妹妹"一点儿都不沾边。

不仅观众席，连台上的选手都开始议论纷纷。

"这是哪个？"

"不知道啊，昨天TT被打得很惨，今天竟然叫了一个妹子上场？他们疯了吧？"

"看起来这个女孩子年纪不大的样子。应该是TT觉得自己没有胜算，所以就带妹子上来玩玩吧？反正他们也要去参加世界赛，不在乎这个邀请赛的冠军。"

"真是儿戏。"

那支队伍里的几个人不约而同地窃笑了起来。

霍嘉鲜听不懂他们的话，贺随却听得懂。

他淡淡瞥了一眼，见对方是H国的一支队伍，叫SLG，落点也在P城。他记下了。

就这么挨到了比赛开始前，六支H国战队的机位正好全部排在TT前排。霍嘉鲜冷着脸坐好，和队友们一起静静等候比赛的开始。

虽然他们从未在一起磨合过，但是她相信，自己关注了TT这么久，又在TT待了这么久，自己已经足够了解他们了。

她对他们有信心。

第一局是海底艾伦格地图，TT依然跳了P城。

有两支H国队伍同样跳了P城。明明离得很近，两支队却偏偏没有打起来，反而对TT形成包夹之势。

那两支队伍的人在自己家里撒野，霍嘉鲜哪里能容忍？她直接翻身上了房顶，喊了尼罗架枪，掩护贺随和跳跳虎两个突击手进攻，一一突破。

尤其是一支叫SLG的队伍，霍嘉鲜甚至没开枪，贺随已经进去攻楼，轻松一打四团灭对方，率先帮TT拿下4分。

6分34秒，TT以闪电的速度赢下P城之战，连灭PKL的两支队伍。

"漂亮！"

和着台下铺天盖地的欢呼声，史迪忍不住挥臂站了起来，挑衅地冲不远处帮 H 国队伍报点的观众骂了一句:"你有病啊!"

对方一脸茫然,根本听不懂史迪在说什么。

FLG 的经理也乐了。憋屈了一天,他也站起来,同样骂道:"你们全都有病!"

第一局比赛很快结束。

TT 排名第四,击杀十人,一口气进账 14 分,在积分榜上跃至第五。

霍嘉鲜松了口气,和身边的贺随击了一下拳头。

"非常好啊,兄弟们!"跳跳虎笑着拿下耳机,看到戴着口罩的霍嘉鲜,连忙朝着霍嘉鲜补救:"也非常好啊,嘉鲜妹妹!刚才我们团灭那几支 H 国队伍都没掉人,估计他们要被打出心理阴影来了,真爽!"

霍嘉鲜看了一眼实时积分榜。

昨天,H 国的 HP 队伍吃了三"鸡",积分一骑绝尘,TT 已经差了他们 40 分之多。

上一把比赛,虽然 HP 排第三,但是拿到的积分没有 TT 多。决赛圈相见,TT 把 HP 团灭,不过 HP 也还是拿到了尼罗和跳跳虎的 2 分人头分。

只剩十一把比赛了,这样下去,只要 HP 再吃两把以上的"鸡",TT 赶超他们的可能性就极其渺茫。

"稳住,先别爽。"贺随看向实时积分榜,显然和霍嘉鲜想到一块儿去了,"我们和第一名之间的差距只拉近了一点点。刚才他们不知道我们的新队员的水平,看她是个女生,所以心里会有所松懈。接下来,他们应该会多针对我们了。"

"啊,"跳跳虎愣了一下,"他们是……?"

"所有 PKL 的队伍。"贺随无所谓地笑了笑,扭头看向跳跳虎,"你没看昨天的复盘吗?他们之间有暗号的,遇到自己人是不会打起来的。"

"我也发现了。"尼罗坐在最旁边,也开了口,"下一把的时候,我们需不需要跳备用跳点?P 城是一级物资点,对方守着也很正常。"

贺随抿紧薄唇,半晌没接话。他身边的少女已经先行开口,口罩下的声音闷闷的,却又不失冷意:"去。为什么不去?"

霍嘉鲜冲其他人眨了眨眼睛。

贺随恍惚了一下,似乎能看到她在口罩下扬起的那个灿烂又自信的笑。

少女的声音再次响起："我们守得住，为什么要放掉 P 城？"

"嗯。"贺随听见自己说，"我们去 P 城。"

"那我们还去刚才的物资点吗？"跳跳虎坐直了身体，"他们已经知道了我们的位置，待会儿如果对方和夏季赛时 BF 那帮傻子一样，不等我们发育就包抄过来，该怎么办？"

霍嘉鲜早就想好了对策："我和随神跳原点，跳跳虎，你和尼罗跳街对面发育。随神近战能力强，没人挡得住他，我可以拖延时间，你们搜好东西打靶，就……"

"我一个人跳原点就行。"贺随皱了皱眉，打断霍嘉鲜的话，"你和跳跳虎、尼罗他们一起，我一个人可以。"

"四个人呀，正面火力很猛的，随神，你顶得住？"霍嘉鲜想也不想就拒绝贺随，"不行，我必须和你一起。"

"我一个人就可以。"贺随坚持。

"可能我的枪法没你好，但是我觉得对混淆视听这种战术的使用，整个《绝地求生》冠军联赛应该没人比我厉害了吧？"霍嘉鲜也来了脾气，"反正我不管，我肯定要跟你跳一起。你是我们队伍主要的输出点，我死了都要保你的。"

听到那句"我死了都要保你的"，贺随不由得脱口而出："你不准。"

霍嘉鲜以为贺随犯了什么病——宁可自己死，也要保住她这个团队里唯一的女孩子。

但他怎么可以这样？

只要一说到自己熟悉的游戏，霍嘉鲜的认真劲儿就立刻上来了。她将尤喜千叮咛万嘱咐的那些"要当软妹啊""要温柔啊"的话全抛到了脑后。

"随神你什么意思呀？我怎么就不准死了？你别告诉我，你不知道自由人是用来干什么的？这种脏活累活难道不是自由人来干的？在队友死光的情况下尽力活下去，在遇上敌人的时候尽量保住队友，我早就做好了牺牲的准备，你却让我不准死？你以为我真是上来玩儿戏的吗？"

霍嘉鲜的声音里有淡淡的失望之意。

她之所以进入 TT，是希望大家不再用"女生"来定义自己，而是可以单纯地把自己看作一个"自由人"。

现在贺随这么说，明显还是觉得她是个女生，下意识地就想保护她，让她躲在他们身后，而罔顾游戏的规则。

但霍嘉鲜无法接受这一点。

她的眼里泛着认真而倔强的光，贺随静静地看了她几秒，随后就把目光移到了自己面前的屏幕上。

"嘉鲜啊，随神不是这个意思。"尼罗连忙出来劝说，"你也知道，团队里战神位获得的关注最多。自由人干脏活累活，明明贡献也很大，但天天被粉丝们骂。随神也是怕你……怕你刚进团队，如果你死得太早，粉丝们肯定会先入为主地认为是你菜，等到官宣以后，你的压力也会更大一些。"

啊，原来……竟然是这样吗？

贺随是怕她有太大的压力，所以宁可把这些压力揽到自己身上吗？

——你不准死。

——那些压力交给我来背负。

霍嘉鲜错愕地停顿了片刻，转头看向一旁紧抿着唇不说话的贺随，然后又看向苦着脸、希望她快点儿息怒的跳跳虎和尼罗，忽然觉得眼眶有些发热。

"随神……"霍嘉鲜张了张口，刚才锐利的锋芒一下子消失殆尽，全变成了可怜巴巴的歉意，"对不起，刚才我的态度不太好，你别放在心上。"

"没事。"

贺随似乎一点儿没被她影响，声音平静到连一丝波澜都没有。

他活动了一下指节，以为少女明白了自己的意思之后就会就此罢休。没想到霍嘉鲜坐在贺随旁边看了他良久，半天还是来了一句——

"我跟你一起。"

"说了不准。"贺随皱了皱眉，声音里终于染上一丝不耐烦之意，"还没入队，队长的话你就不听了是不是？"

贺随难得心情不佳。尼罗和跳跳虎从来不敢去惹他，只有霍嘉鲜这个天不怕地不怕的小姑娘敢往枪口上撞。

"不管你是不是队长，我只知道我要保你。我死了就死了，别人怎么骂我，我无所谓。"她耸了耸肩，语气倔强，"但是你不一样。"

贺随看着她，没有说话。

"你忘了吗？我们的目标是什么？"口罩下，少女扬了扬唇，说得掷地有声，"我们的目标是冠军。

"他们说现在是《绝地求生》众神时代，但在我的心目中，你才是唯一的神。

"谁死了都不要紧，只要有你在，奇迹就永远会在这个赛场上不断发生。

"只要有你在，TT就不会输。"

只要有你在，TT就不会输。

少女声音坚定，一字一顿咬得无比清晰。

她说到最后，跳跳虎这个贺随的迷弟忍不住一拍桌子，立刻倒戈。

"随神！我觉得嘉鲜妹妹说得对！"跳跳虎激动地压低了声音，"还是让她跟着你一起吧！真的！我们死了无所谓的！网上喷子的那些话，我们不怕！"

尼罗也附和："随神，你还是别把责任往自己身上揽了。我们是你的队友，会永远站在你身后的。"

贺随垂目，看着霍嘉鲜的眼睛，忽然觉得在悄然无声之间，自己心里有什么东西已经破土而出。

最终，男人点了点头："好。"

贺随的话是对三个人说的，但是那双好看的眼睛自始至终只看着霍嘉鲜一人。

第二场比赛很快开始。

和约定的一样，霍嘉鲜和贺随跳了P城原点，跳跳虎换点，尼罗高飘落地。

他们运气不错，一落地就搜到一把M762、一把SCAR。

两侧的房子里脚步声嘈杂，霍嘉鲜却丝毫没有慌乱。她把猛男枪留给贺随，然后自己端着一把SCAR跳窗去了隔壁。

"270方向有三人的脚步声，你小心。"贺随边搜东西，边听声辨位，"应该是SLG的。"

"好。"

SLG 的突击手枪法一般，霍嘉鲜有足够的信心应对他们。

霍嘉鲜径直上了二楼，转身就在楼梯口铺了两颗烟幕弹。"噗"的声响传来，烟雾很快在楼道间蔓延开来。

"他们没视野了，我可以和他们绕一下。"霍嘉鲜边从阳台门翻身上了屋顶，边问贺随，"随神你还要多久？"

"给我两分钟。"贺随刚上二楼，"你把他们引到我这里，等一下我在一楼厕所等着。"

"可以。"

霍嘉鲜应得利索，在屋顶上来回奔跑跳跃，脚步声踩得震天响："他们以为我在二楼，一时半会儿不敢攻楼。估计他们会用手雷。"

果然，她话音刚落，脚下就接二连三地响起了地雷的爆炸声，一声高过一声，热闹非凡。

"只过了两分钟，他们不可能捡到足够的物资的。"贺随说，"他们应该会把目前捡到的所有雷扔进去。"

"反正不可能炸到我。"

霍嘉鲜倒是无所谓，正想探头帮贺随看一楼围墙边的情况，却瞬间被 M16 爆了一枪头！

幸好 M16 的伤害低，加上霍嘉鲜戴了一个一级头，只掉了一半血。

"啊，"职业选手的意识确实要比路人强，霍嘉鲜咬着下唇，立刻缩身回屋顶斜坡后，"随神，SLG 第四个人在架我，好像是西方向过来的子弹，但是我看不见那人在哪里。"

"我看到了！"插话的是跳跳虎。他也捡到了一把 M16，正好上到二楼的窗边："他在我隔壁二楼，马路对面架你！"

"你可以打他吗？"霍嘉鲜一边缠绷带，一边问，"他们已经知道我的位置了，我得尽快下去。"

"可以。"回话的是尼罗。他虽然刚落地，但是和跳跳虎一左一右，正好把SLG 的第四人包在中间："我有 98k 了。"

对一名狙击手来说，机瞄 98k 确实是落地近战神器。

真是天助他们。

霍嘉鲜激动地说了声"好"，正想让尼罗快出手解决 SLG 的第四人，好缓解她和贺随的压力，贺随却阻止了尼罗："你先别动。"

"为什么？"跳跳虎比霍嘉鲜还急，"随神，你直接让尼罗98k一枪把人崩了就完事了啊！"

"先别急。"贺随的声音一贯沉着冷静，"你们两个尽量别暴露具体位置，钉住他就行。"

这是要来一出螳螂捕蝉，黄雀在后啊，霍嘉鲜一下子就明白了贺随的用意，连忙也说："对，你们先别动。跳跳虎，你报一下他们自由人的位置，他肯定压后在外围丢雷。"

"是的，没错！"跳跳虎站起来迅速闪了一眼，"对方的自由人就在离随神不远的那边围墙阴着呢。他们知道随神的位置，所以不敢前压。"

"好，我知道了。"霍嘉鲜点了点头，往贺随的方向后撤两步，随后往跳跳虎报的方向丢出仅有的一个燃烧瓶，轻笑一声，"天气有些阴，给他烤火取取暖。"

"非常好啊！"跳跳虎眼睁睁看着那个燃烧瓶在空中划出一道优美的弧线，随后准确地落到了围墙后那人的身旁，将他活生生烤死了，"倒了一个！"

"TT_SexyBaby使用燃烧瓶击倒了SLG_JOKerkr。"

贺随"嘘"了一声："他们要攻楼了。"

团队里倒了一个人，自然而然地，对方肯定会着急。

而霍嘉鲜就是想要他们急，因为他们一急，就会自乱阵脚。

果然，他们知道了霍嘉鲜在屋顶的位置，上楼后便急匆匆地往阳台冲来。贺随在旁边的屋子架着，霍嘉鲜也没动，依然留在屋顶。

远处有汽车呼啸着开来的声音，另一支H国小队已经到近前了。

跳跳虎和尼罗在这时候发挥作用。贺随抿了抿唇，指挥道："你们两个，一个架住大街，一个架住背后，他们很可能是从两个方向过来的。稍微顶两分钟，我们很快就能解决问题。"

贺随说"很快就能解决问题"，那必然是有绝对的信心。跳跳虎应了一声，和尼罗一前一后架住另一支小队。

耳机里除了由远及近越发清晰的汽车引擎声，还有嘈杂的脚步声、远处零星的枪声。

脚下的响动越来越近，霍嘉鲜收紧微微濡湿的手心，刚才嬉皮笑脸的样子全消失了。

贺随站在隔壁房子的阳台门口，侧身预瞄住霍嘉鲜的身下，低声问："紧张吗？"

"有一点儿。"霍嘉鲜老实说道。

她心里清楚，只要把下面这两个突击手击倒了，SLG 的四个人头基本就可以被他们收入囊中，那么他们也就有把握战胜接下来来进攻的那支小队。

如果没有击倒下面这两个突击手，那 TT 将是第一支被淘汰出局的队伍，和 HP 的分差将进一步拉大。

贺随轻轻笑了一下，霍嘉鲜还是第一次发现贺随的声音在耳机里听起来那么诱人。

"不用紧张，就和你平时打一样。"贺随语气平缓，足够镇定人心，"就算你没对过枪也没事，我在你身后。"

我在你身后——简简单单的五个字。

霍嘉鲜做惯了独行侠，很少体会这种有队友在身后帮她一起顶住压力的感觉。

原来她觉得有队友是拖累，还不如自己单人四排来得轻松自由。但在这一刻，她突然觉得有这种队友的感觉真的很奇妙。

不仅是安心，不仅是无惧，她还有一种特别不真实，从前只有在梦里才会有的幸福感。

阳台的门倏地被打开。

霍嘉鲜回过神来，立刻绷紧右指，只要对方一探头，就立刻会被她秒杀。

SLG 的这两人显然也十分警惕，数次开关门，却没有往前走一步。

双方就这么僵持起来。

霍嘉鲜很清楚地听到另一支 H 国小队已经在不远处停车下来了。

这帮人又想玩恶意组队那一套？

跳跳虎边架枪，边说了句："他们在拖延时间！"

刚才他们面对的还是四打三的有利局面，现在却即将陷入四打七的劣势。霍嘉鲜紧咬下唇，后撤两步，等到阳台门开的那一秒，果断地把自己背包里仅有的一颗地雷扔了出去。

她的时机把握得实在太好。

SLG 的突击手正在试探性地开关门,想要找时机往屋顶上扔雷。

没想到就在他们短暂开门之际,一颗手雷迅速弹了进来。在他们习惯性关门的瞬间,手雷在封闭的屋内引爆。

"轰"的一声巨响后,电脑屏幕上方迅速跳出了两条击杀信息。

"TT_SexyBaby 使用破片手榴弹击倒了 SLG_cooooooolw。"

"TT_SexyBaby 使用破片手榴弹击倒了 SLG_NingaaOvO。"

"非常好啊!"

跳跳虎激动得大吼了一声,引得身后裁判过来提醒他轻一点儿。

"漂亮。"贺随也说。

霍嘉鲜得意地收好枪,身法灵活地往贺随那栋房子的屋顶转移,问贺随:"随神,现在怎么说?"

贺随也收好枪,在霍嘉鲜的掩护下跑过了马路,与跳跳虎他们会合。

"你别管我了,现在去拉一下枪线。"贺随说,"尼罗,你把 SLG 最后一个人拔了,然后报一下另一队人的位置。"

随着 98k 的一声枪响,比赛第五分钟,SLG 被 TT 团灭。

尼罗四平八稳的声音很快在耳机里响起:"红点是主要输出的突击手,架枪位在城外的山头,我架得住他,但是他应该架不到你们。自由人在 145 方向的树后。跳跳虎小心,他可能要往你那个房间扔雷。"

话音刚落,就见 145 方向的树后,一个手雷被高抛丢出,正往跳跳虎所在的房间飞去。

幸好尼罗提醒,跳跳虎早有准备。

跳跳虎迅速后撤远离窗口,饶是如此,依然被破窗而入的手雷炸掉半管血。

"天哪,"跳跳虎边说边打了一个急救包,"大意了。"

"没事。"贺随打开地图看了眼,"你从后面绕出来,我们先攻他们的突击手。我们一起,嘉鲜你绕后,可以吗?"

跳跳虎很快回应了一声。

倒是霍嘉鲜,恍惚了一下。

自从进入 TT 基地以来,贺随好像都没叫过她这个名字吧?

嘉鲜。

也是奇怪，明明大家都这么叫，但是她总觉得贺随叫这个名字和别人是不一样的。

远处传来一声狙击枪响，回音震天。

霍嘉鲜反应过来，连忙甩了甩头，将乱七八糟的想法从自己的脑袋里清除。

在比赛呢，她想什么呢想？

霍嘉鲜看了一眼贺随的标点，也应了一声，声音毫无异样："我可以。"

"行。"最后贺随叮嘱尼罗："你一定要钉住自由人和狙击手，他们一有动作，你立刻告诉我。"

"好的队长。"尼罗将六倍镜调低，左右移动着察看最可能蹲人的地方，"目前视野高点是我们的，应该没什么问题。"

此时，跳跳虎刚刚打好药包，绕后和贺随会合。

听见霍嘉鲜也准备就绪，贺随手里端上那把 M762 猛男枪，领着跳跳虎，沿着巷子的墙根矮身潜行过去。

对落点在 P 城的这两支 H 国队伍，在出国之前，TT 就已经研究过了。

一支是 SLG，就是刚刚被他们团灭的那支队伍，水平最次。虽然这支队伍是近战猛男，但是没什么运营战略，只要找到他们的突破口，堪称一碰就碎。

另一支是 3AE。这支队伍实力挺强的，近战能力虽然不算顶尖，但也不差，而且运营思路一流，常常能活到决赛圈。

跟 3AE 对线，贺随不得不打起十二分的精神。

但比起擅长运营的 3AE，TT 的优势也很明显，贺随可以很自信地说，他和跳跳虎在一起，枪法绝对能压制 3AE 的那两名突击手。

现在贺随他们知道了 3AE 的位置，就可以先发制人，突击进攻。

霍嘉鲜小心翼翼地出了 P 城，从城后的矮沟绕到了对方的背后。她一路敏锐地听着周围的声音，不放过一点儿可疑的动静。

贺随和跳跳虎很快压到了那两名突击手所在的位置。霍嘉鲜正想同时闪身而出，包抄进攻，忽然之间听见远处有激烈的交战枪声响起。

一开始霍嘉鲜还没在意,只当是别的队打起来了,但还是下意识地用余光瞥了一眼,想要去记一下击杀信息——

"FLG_csyGranpa 使用 M416 击倒了 3AE_kimmyowo。"

就一眼,她浑身如坠冰窟。

P 城剩下的这队不是 3AE 的人!

他们上当了!

形势紧急,根本容不得她过多思考。霍嘉鲜一边往城外的矮沟方向撤退,一边大声对耳机里的贺随和跳跳虎大喊:"别去!那不是 3AE!别去!"

贺随也发现不对劲了。

长期的肌肉反应比大脑运作更为迅速,在霍嘉鲜的提醒响起之前,贺随看见击杀信息,已经下意识地往后撤回墙角。

但跳跳虎慢了一步。

几乎是霍嘉鲜喊着后撤的同一时间,铺天盖地的子弹从那两名突击手所在的屋外矮墙后射了过来。

那是尼罗的视野盲区,也是这座城里一直没有被发现的最后一人所在地。

跳跳虎只穿了二级甲。

在火力极猛的 M762 的扫射之下,纵然他只露出了半个身位,也很快中弹倒地。

"HP_Jae 使用 M762 击倒了 TT_Tigger。"

虽然跳跳虎尽力想爬到障碍物后,但对方来势汹汹,竟然不依不饶地压到近前,将他补死。

"HP_Jae 使用 M762 淘汰了 TT_Tigger。"

眨眼之间,跳跳虎的电脑屏幕就变暗了,他嘴里暴躁地喊个不停:"尼罗,你看到远处架枪的那个人不是 HP 的吧?他们是不是在恶意组队?否则怎么会突然多出来一个人,变成五个人了?!"

"是。"尼罗的回复停顿了半秒,"我的锅。"

"不是你的。"情势急转直下,贺随的语气变得强势起来,"HP 临时换跳点,是我们大意了。而且现在他们恶意组队,你也不会想到他们的架枪位竟然也跟着压到前面来了。"

对 HP 的这个 Jae，贺随不算陌生。他是上届世界赛的杀人王，今年才十九岁，控枪能力堪称顶尖，也是一名当之无愧的猛男。

如果眼前的队伍是 3AE，那么贺随一对三吃掉他们还是有把握的。

但是现在变成了 HP 的这几个猛男，不说别的，就说和 Jae 对枪，贺随获胜的把握只有八成。

现在已经折损了一个跳跳虎，贺随不可以再倒下。

"撤退。"贺随对着耳机冷静地说道。

房子里脚步声嘈杂，本来作为两个诱饵的"突击手"已然翻窗出屋，想要跟随 Jae 再淘汰贺随。

可贺随又岂能如他们的愿？

他迅速后撤，随即翻窗入屋，和对方玩了一招秦王绕柱。

霍嘉鲜一下子对贺随的意思心领神会，连忙把刚才路上随手捡的两枚烟幕弹丢了出去。

烟雾迅速在墙角弥漫开来。

投掷物虽然好用，但同样存在暴露位置的风险。霍嘉鲜将烟幕弹扔出后，就立刻沿着矮沟转移，径直跑到不远处的围墙后，骑上了 HP 扔在那里的一辆摩托车。

按道理来说，车是战场上的珍贵资源，选手们一般会把车开到院子里，给自己撤退的时候留有余地。

但刚才 HP 急着来阴 TT，根本来不及停车进院，于是直接就把车丢到了围墙外。

这给了霍嘉鲜可乘之机。

在《绝地求生》的战场上，摩托车和小汽车还是很不一样的。

小汽车虽然有车门遮掩子弹，但是速度慢，车皮脆，容易被打爆炸，直接导致队伍团灭。

反观摩托车，虽然没有遮掩，但是速度快，操作灵敏。

要是敌人第一枪没有射中目标，那么后面几十枪扫射基本别想将人扫下，在玩家陷入重围中时，摩托车作为逃跑工具再好不过。

霍嘉鲜毫不犹豫地启动摩托车，灵活地穿过巷子中的枪林弹雨，开到贺随身边。

尼罗的声音很稳："帮你们架住了。"

"辛苦了。"贺随翻身上车,一瞬间,摩托车就风驰电掣一般飞了出去,"我们先走。"

我们先走,其实意思就是我们只能放弃你了。

为了保住核心输出而牺牲队友,这也是战场上经常会发生的事。

变故常常发生在须臾之间,稍微犹疑都是致命的,贺随强忍住扭头回去救尼罗的冲动,低声道:"你别有压力。"

"明白。"尼罗反倒笑了,"0 杀不亏,1 杀血赚。队长你快走吧。"

HP 有一个人追上马路,尼罗手疾眼快,立刻一枪将他狙倒,且一枪补死。

但尼罗的位置同样被暴露了,HP 其他三人冲上二楼,很快将他围攻射死。

"TT_NilE 使用 98k 淘汰了 HP_Knight13。"

"HP_Jae 使用 M762 淘汰了 TT_NilE。"

看着电脑屏幕右上角频繁跳出来的击杀信息,贺随抿紧薄唇,一直没有说话。

幽幽的屏幕光线勾出他半边脸的轮廓。

男人棱角冷硬,目光冰冷,就像是即将从修罗场出世的神祇。

霍嘉鲜甚至不用看,就能感受到身边男人身上散发出来的浓浓杀气。

一连掉了两个人,霍嘉鲜的心情也没好到哪里去。第三个圈刚刚刷新,看了眼背包里剩余的物资,霍嘉鲜还是开口了:"随神,现在我们去哪儿?"

她本以为贺随会让她绕圈边,然后找弱侧推进圈,因为这是今年主流的运营方式,H 国战队尤其擅长这样的运营战术。

霍嘉鲜做好了开着摩托车带贺随绕圈的准备,没想到男人打开地图,直接在新刷安全区的正中心标了一个点。

"我们车速快,马上去抢中心高点。"贺随的声音哑而冷,"这圈我打过好多次,有四分之三的概率,圈最终就刷在这里。"

按照霍嘉鲜的经验,这个圈确实十有八九就是刷在这里。

"好。"少女应得很快,"随神你坐好了,我们去抢点。"

"这帮傻子……"跳跳虎在观察贺随的视角,还是忍不住骂了一句,

"随神,安全区要收缩了,你们不反堵他们吗?先把他们灭了啊!"

"不急。"贺随的语气一直淡淡的,"他们习惯两两分站,现在少了一台车,他们肯定也很难受。既然我们有了先手,就不急在这一刻。"

"随神说得对。"霍嘉鲜认真开车避开子弹,也插了一句,"现在我们物资不足,人数也有劣势,对战不是最好的时机。如果能抢到圈中心,那么我们又可以多活几个圈,外面多死一支队伍,我们就前进一名,排名分也是很重要的。"

在运营战术这一点上,霍嘉鲜一向比跳跳虎要拎得清得多。

"好吧。"跳跳虎想了想,但还是觉得很气,"加油,你们一定要给我干死这群傻子!"

霍嘉鲜应得很快:"必须的!"

她终于穿过枪林弹雨,径直将摩托车开到了贺随标记的大仓之中。

摩托车一个急刹车,两人迅速跳下车,开始捡拾物资。

沉默半晌,贺随突然开口了。

"放心。"男人的声音里有一股嗜血的危险之意,"只要他们能活到决赛圈,那么这4分我拿定了。"

同一时间,台下的史迪皱紧了眉头。

跳跳虎和尼罗相继被击倒,台下已然是一片哗然。

TT的粉丝们在惊呼,有些不明白战场上到底发生了什么,TT怎么一下子掉了两个人。

而那些H国队的粉丝竟然在欢呼,炫耀似的举起了"HP冠军"的应援牌。

史迪快被这一幕气死了。

FLG的战队经理虽然是个女生,但这个女生比史迪更懂游戏一些。早在跳跳虎被击倒的时候,她就悄悄挤到了史迪身边,小声说:"肯定是H国队搞的鬼。"

"你怎么知道?"史迪皱眉,嘴里絮絮叨叨地说着,"跳跳虎怎么这么不小心,竟然直接被补死了?还有贺随也是,也不试着救一下尼罗,直接把尼罗丢下,自己就走了……现在我不用看论坛,都知道那些水军会怎么骂TT!他们肯定又要说TT拉闸浪费名额把优势浪没了,顺便再把我们竟然让女选手上去打游戏的决定也鞭尸一万遍……"

FLG 的经理叫阿克苏。据说是因为每天起码要吃三个阿克苏冰糖心苹果,所以她才给自己起了这么个江湖化名。

"你没看到之前 TT 很谨慎吗?把 SLG 团灭那轮多漂亮!"阿克苏撇了撇嘴,"随神和虎仔往前压,那个性感宝贝妹妹绕到后面去了,她肯定是锁定了敌人的位置,尼罗帮他们架枪,让他们冲锋呀!"

史迪没听明白:"那不是冲锋失败,就是菜了吗?!"

"不是这个意思呀。"阿克苏在手心里画着刚才的形势图,"喏,尼罗架着这边,随神他们从这边绕,这说明什么?说明他们确定这边是没人的!他们应该看到了四个人,但没想到围墙边的草里还藏着第五个人!"

史迪想了半分钟才想明白:"天哪!你是说 H 国队又恶意组队了?这次还来五个人?"

"我觉得是这样的。"阿克苏揉了揉自己脑后的红头发,叹了口气,"P 城根本不是 HP 的跳点啊,他们这局却去了 P 城,什么意思呀?肯定就是要搞你们呗!"

"真好意思,"史迪骂道,"他们干吗总针对我们?有病?"

"树大招风啊。"阿克苏不无遗憾地感慨,"想当初我们 FLG 还没被你们 TT 压一头的时候,也是头一个被针对的对象。"

史迪:"你能不能有点儿同情心?"

"同情什么同情呀?"话虽说得这么刻薄,但阿克苏好歹拍了拍史迪的肩膀,开玩笑道,"你们队里什么时候又找了个这么猛的性感宝贝?我忌妒都来不及,还同情?"

史迪过了两秒才反应过来阿克苏在说谁。

"啊,你是说这个新队员啊?"

"对啊,她的 ID 不是 TT_SexyBaby 吗?"阿克苏看向台上身形娇小的少女,"可以啊,史迪,你们队的随神、跳跳虎本来就够让人眼馋了,现在新来的这个女孩儿也够猛!就刚才那里,要不是她去偷车,你们 TT 可能已经被淘汰出局了。"

"啊,还好还好。"史迪的心里莫名其妙有种女儿被人夸的错觉,刚才的暴躁情绪消散了不少,"你们 FLG 也挺猛的。"

"难说。"阿克苏看向大屏幕，声音颇为怅然，"看着吧。这把我们被三支队伍卡在圈外，最多只能挨到第五个圈。现在你们已经占据圈内高点了，打靶局，只要性感宝贝妹妹的枪够猛，守住高地，你们进前三名没问题。"

史迪愣了下，看向圈中心那两个挺立的身影。

这胜算竟然这么大吗？

赛场上，霍嘉鲜刚刚爬上大仓后的山坡，趴在高处喝了一瓶饮料，随后开了高倍镜给背后的贺随报点。

"295方向一支满编小队，245方向三个人，看电脑屏幕右上角信息应该是FLG的，他们身边还围着起码两支队伍，还有195方向应该有一个独狼。随神，这边我架死了。"

"可以。"贺随的声音里没什么情绪，他迅速开镜，枪口微微往上抬了几毫米，随后一枪狙出，"我这边倒了一个，3AE的人。"

"好。"霍嘉鲜应了一声。等195方向的独狼靠近到400米的范围内，她带着消音的大炮随即点射了出去。

"独狼死了。"

两个人藏身高地之上，随着圈慢慢收拢，毫不留情地收割着人头，击杀数很快达到了9。

这地方易守难攻，如果他们能撑到决赛圈，霍嘉鲜有八成的把握能吃到这只"鸡"。

然而，第七个圈收缩时，贺随点开地图，皱了皱眉头。

"不行，我们得转移了。"贺随收枪起身，"走，回大仓去。"

"可是，"霍嘉鲜犹豫了一下，"如果这个圈刷在我们这里……"

大仓的地形并不好，障碍物也不多，对他们两个人来说，那里并不是个好的选择。

贺随明白她的意思，边下山边向霍嘉鲜解释："决赛圈这座山头有30%的可能被刷出去，但是无论怎么刷，大仓必然会有一部分在圈内。我们不能冒险。"

"哦，好的。"

霍嘉鲜后知后觉地反应过来，也跟着贺随下山。

她有些好奇："随神，你怎么知道这座山头有30%的可能被刷出去啊？"

30%，这个数字也太精准了吧！

"八圈的大小不会变，我算的。"贺随再次查看了一眼地图，"你高中里应该学过吧？圆心半径切角，这个差不多看一眼就知道。"

霍嘉鲜无言以对："我数学很烂的，估计看一百眼都不会知道。"

原来玩游戏还可以这么科学？她可是凭感觉和经验来玩游戏的。

贺随和霍嘉鲜进了大仓没多久，立刻就有一支满编小队冲到了近前，想要攻下房区。

贺随的枪法实在过硬，一个人击倒三个，只让霍嘉鲜收割了最后一个人头。TT本局击杀人数上升至13，霍嘉鲜不用看比赛直播弹幕都知道，绝对是满屏的——"TT杀疯啦！TT杀疯啦！"

决赛圈梅花桩很快确定，就在大仓旁的空地上。

身边的交战声凶残激烈，霍嘉鲜小心翼翼地爬到了树干旁的草丛后面蹲伏下来。

电脑屏幕右上角的信息频繁地跳了出来。

她看了一眼，心下沉了沉，但更多的竟然是兴奋情绪。

"随神！"霍嘉鲜提醒道，"我们右边这一队……HP攻过来了。"

"嗯。"贺随将枪上满子弹，"我去，你别动。"

"不用，我帮你架枪。"

"不用。"男人的声音冷到极致，"你别动，这4个人头全留给我。"

《绝地求生》冠军联赛解说席的大屏幕上，导播正好切到了贺随矮身潜行到HP旁的低坡的视野画面上。

解说A正慷慨激昂地说着："梅花桩刷在不远处，从目前场上的局势来看，如果TT能撑住，那么还是很有可能挤进前三名的！目前场上有他们最有力的竞争者HP，而且HP是满编状态。哎，随神怎么一个人绕到侧边去了？！难道他有点儿想法？！"

解说B一开始还微笑着点头，此时看见这个场面，也惊呆了："难道随神想……一打四？！"

"好像……好像是真的啊。"

解说 A 觉得自己的舌头有些捋不直了,但是职业本能还是让他迅速调整好状态,开始口若悬河地解说。

"哇,随神让性感宝贝留在身后,自己一个人摸到 HP 的侧边了啊!HP 没有人看到他!但是 HP 可是四个满编猛男啊!随神想一个人团灭 HP 似乎很不现实啊,啊啊啊,随神动了!随神开枪了!"

贺随行动起来,解说 A 已经激动得快疯了:"倒一个!倒两个!Jae 发现了随神的位置!Jae 开枪了!Jae 差点儿把随神反杀!随神后撤打药,HP 剩下的两个人直接压过来了!

"啊啊啊,性感宝贝扔了一个燃烧瓶!这个投掷物用得太好了!Jae 被烧掉半管血!Jae 压得太靠前了!随神已经打好药,起身直接锁定 Jae 的头!三级头直接被打烂!最猛的 Jae 也倒了!最后一个人⋯⋯随神这次极限一百八十度拉枪真牛!最后一人也倒了!TT 全部淘汰 HP!随神做到了!"

"随神厉害!TT 厉害!随神厉害!TT 厉害!"

就算隔着耳机,静静趴在草丛里的霍嘉鲜依旧听到了一阵又一阵海浪一样的欢呼声。

全场的中国人站了起来,一遍又一遍地呼喊着那个代表着奇迹的名字。

看着电脑屏幕右上角接二连三跳出来的击杀信息,霍嘉鲜轻轻松了一口气。

贺随说得没错。

这 4 个人头,一个不多,一个不少,他言而有信,全收入囊中。

第 29 分钟,第二局比赛结束。

TT 以 18 个击杀数,成功吃到这一把"鸡",单局积分共计 28 分,这是迄今为止《绝地求生》赛场上最高的单局积分纪录。

TT 的总排名也因此一跃升到了第三。

这一局打得实在太有气势,尤其是贺随决赛圈一穿四干掉 HP 的满编小队,给所有因为 H 国队的作弊行为而气势低迷的中国队伍打了一剂强心针。

第二天赛程结束,不仅 TT 的位置稳定在前三,其他几支中国队伍的名次也相继上升。

下了赛场,史迪喜气洋洋地迎面上来,首先就揽上 TT 的四个人,要和他们来张自拍发微博。

毫无疑问,贺随是绝对的 C 位。

霍嘉鲜想了想,还是拒绝和史迪合影:"我就算了吧……我还是编外人员。"

最重要的是,她还是怕别人认出自己来。

她的同学、朋友都好说,她爸妈也从来不玩微博,不可能看到史迪的这张照片,就是她哥霍凛——那也是从小玩游戏玩到大的人,虽然玩得菜,但对电竞圈的动向还是了如指掌的。

要让霍凛发现她来打比赛了,霍嘉鲜怀疑她哥会直接飞来曼谷把她抓回去。

别的还好说,主要 TT 就是个和尚庙。在霍凛心目中,他妹妹是世界上最可爱、最漂亮的小公主,小公主怎么可以混在男人堆里,还上场打比赛?

史迪只当霍嘉鲜低调害羞,就只拉着其他三个人合了一张影。明天还有最后一场比赛,霍嘉鲜先行回房间休息,顺便看了一眼一天没怎么打开过的手机。

她一打开微信,99+ 的消息全来自尤喜。

嘻嘻嘻嘻个头:"姐妹,今天 TT 上微博热搜了!"

嘻嘻嘻嘻个头:"你们曼谷的比赛被 H 国人搞了?"

嘻嘻嘻嘻个头:"你'男神'带飞全场?"

嘻嘻嘻嘻个头:"啊啊啊啊啊,我看了那个视频!微博上到处都是!天哪,也太帅太帅太帅太帅了吧!虽然我看不懂游戏!"

嘻嘻嘻嘻个头:"等一下!这个性感宝贝难道是你吗?你什么时候剪刘海儿了,姐妹?"

嘻嘻嘻嘻个头:"哇,留到最后的是你和你'男神'?这也太厉害、太甜了吧!"

嘻嘻嘻嘻个头:"妈呀,姐妹,我都没发现原来你这么厉害。"

嘻嘻嘻嘻个头:"不过你'男神'更加厉害!天哪,我这个从来不玩游戏的女孩儿都要沦陷了!太帅、太热血了吧!你有没有看国外解说说的话?！他们喊疯了"

嘻嘻嘻嘻个头:"我要转粉你'男神'一天！太帅了！"
…………

霍嘉鲜懒得再看消息了,直接发了一条语音过去。

"对,性感宝贝是我。我的操作难道不秀吗?你眼里是不是只有帅哥,没有我这个姐妹了?"

见霍嘉鲜回复信息了,尤喜很快发了一连串消息过来。

TT给我冲冲冲:"姐妹你秀！你当然也秀！你看我的微信名都改了！姐妹,明天一定要给我冲起来！气死我了！"

TT给我冲冲冲:"不过,你'男神'真的好帅啊！你有空一定要帮我拿一个他的签名好吗?！拜托了！求你了！"

TT给我冲冲冲:"你不知道微博的热搜已经挂了多久了！大家说你们杀疯了！太给中国长脸了！"

TT给我冲冲冲:"不过你这个性感宝贝是怎么回事?你爸妈知道吗?"

霍嘉鲜回得很快。

嚯嚯嚯嚯个头:"我决定加入TT了,我爸妈还不知道。"

TT给我冲冲冲:"哇,姐妹,你真的决定啦?话说起来,其实我还不知道你为什么这么执着地想打职业赛呢！"

霍嘉鲜没看到尤喜最后的那句问话,就睡着了。

加入TT最初的兴奋劲儿已经过去,第二天还有一场硬仗,她需要有充足的精力去对付那群又阴又毒的H国队员。

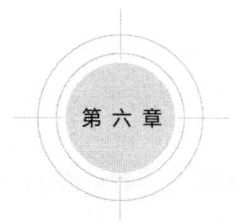

第 六 章

男生的世界太复杂

这一夜,霍嘉鲜做了一个梦。

梦里,她回到了刚刚开始接触第一人称射击竞技游戏的那个夏天。

霍凛和霍嘉鲜从小性子就野。虽然两人从小被养得金贵,但一直热衷做的事还是上网吧。

霍凛比霍嘉鲜大三岁。上初中那会儿,他就爱带着霍嘉鲜上网吧,那年头最流行的游戏还是《远古遗迹守卫》,爱电竞的少年们最崇拜的人是风头最劲的徐志雷。

当时霍嘉鲜还小,根本看不懂这种多人竞技游戏,英雄池都认不全,只觉得屏幕花花绿绿的很好玩,天天跟着霍凛在网吧的 VIP 区混。

再后来,她遇上了自己的一生挚爱——第一人称射击竞技游戏,也就更加沉迷了。

一开始还是玩《反恐精英》,霍嘉鲜上手快、操作秀,霍凛最喜欢把他那些狐朋狗友叫来一起围观霍嘉鲜如何吊打对手。

大多数时候,霍嘉鲜能轻松获胜,给她哥争足了面子。

但只有一次,她遇到了一个对手。

也就是那个人让她第一次知道什么叫山外有山,人外有人,也让她第一次有了想要打职业赛的梦想。

那天，霍嘉鲜又和霍凛去打《反恐精英》。没想到那天霍嘉鲜状态特别差，连续三局败北，对手队伍里还一直匹配到一个相同的 ID——sss001xxx。

这位自恋无比的"帅帅帅"当着霍凛和他朋友的面，连续三局把霍嘉鲜疯狂吊打。

那时候霍嘉鲜的自尊心强得很，她根本不服气，第三局结束，直接加了那人好友，想要再和他匹配单挑。

zuimeixiaogongzhu："有本事你别走，我们再开一局单挑。"

zuimeixiaogongzhu："我是前三局你对面的小公主，你快回我一下。"

对方分别回了一个问号、一个句号过来。

zuimeixiaogongzhu："你不会打字吗？我要和你再比一次，你快同意一下。"

sss001xxx："我不和小学生打。"

刚刚升上初中一年级的霍嘉鲜一脸蒙。

zuimeixiaogongzhu："谁是小学生？"

sss001xxx："你难道不是？"

zuimeixiaogongzhu："我不是！我反弹！你才是小学生！"

sss001xxx："……"

在霍嘉鲜的软磨硬泡之下，这个名叫"帅帅帅"的网友终于同意和她比一次。

可这话说起来简单，做起来难，两个人排来排去，根本排不到一块儿，索性组队开了一局，比一局里谁杀的人头数最多。

最后的结果是，"帅帅帅"五局四胜，战胜霍嘉鲜。

那天霍凛还对着霍嘉鲜嘲笑了好一会儿："哈哈哈哈哈哈，恶人自有天收！平时鲜鲜你嚣张惯了，现在终于出现一个一生之敌来治你了！"

霍凛的嘲笑让霍嘉鲜更加不服气。她又执着地黏着那个"帅帅帅"三天，终于加上了对方的 QQ（腾讯 QQ 的简称，是腾讯公司推出的一款基于互联网的即时通信软件）。

"帅帅帅"的 QQ 名和他的游戏 ID 一样，很简单。

他似乎不怎么上QQ。霍嘉鲜给他发了一条消息，问他打得这么厉害，是不是有什么技巧，他过了两天才回。

见他又回那个熟悉的问号，霍嘉鲜的小公主脾气快被磨没了，她只能耐心地给他解释。

是你的公主吖："就是你打的时候要注意什么呀？我观战过你打游戏，觉得你没什么特别呀，就是你好像总能知道敌人藏在哪里。"

是你的公主吖："喵喵喵？能告诉我一下吗？谢谢哥哥！"

sss001xxx："好好说话。"

是你的公主吖："哦，那你快告诉我一下。"

sss001xxx："真想知道？"

是你的公主吖："废话。你别吊我的胃口了，快说。"

只要能提升游戏水平，霍嘉鲜一向求知若渴。要是"帅帅帅"让她转一千块钱过去给他，霍嘉鲜想，自己也会毫不犹豫地从霍凛那边求来一千块钱立刻给对方转账。

哪知她等了半天，对方却只给她发来两个字——

sss001xxx："核桃。"

是你的公主吖："这是什么意思啊？"

sss001xxx："核桃补脑。你多吃点儿补脑的东西，长点儿脑子。像你这样只知道无脑往前冲，是不可能打得好的。"

是你的公主吖："你是在说我傻吗？"

sss001xxx："可以这么理解。"

长这么大，霍嘉鲜还是第一次被陌生人这么羞辱，立刻火冒三丈。

是你的公主吖："你骂我！"

sss001xxx："我认真的。你枪法不错，就是没脑子，意识跟不上。可能因为你还是小学生吧，这个可以理解。"

霍嘉鲜忍无可忍。

是你的公主吖："我不是小学生！我初一了！"

sss001xxx："有差别？"

霍嘉鲜明明在真诚地提问，却得了这么一番羞辱。小姑娘自尊心又强，气得要命，直接点进对方的资料页，想要把人拉黑。

霍嘉鲜点击"确定"的前一秒，对方又发来一条消息——

sss001xxx："你考虑过打职业赛吗？"

打职业赛？

那还是 2013 年的夏天，国内的电竞行业起步没多久，电竞爱好者们只能为爱发电。

无数厉害的《远古遗迹守卫》选手还在辗转打着奖金少得可怜的网吧赛，出国高额的飞机票成了他们进发国际赛最大的阻碍。

那些本可能在电竞史中留名的选手，最终只能落入尘埃。

霍嘉鲜跟着霍凛看过几次比赛，只觉得热血沸腾到不真实的地步，但从没想过打职业赛，因为这一切离她实在很远。

打职业赛？

霍嘉鲜的圈子里，大家都是养尊处优的，自出生起，每个人的人生已经被决定，现在"帅帅帅"却要她考虑打职业赛？

打游戏对她而言，从来只是一种叛逆、消遣的手段而已。

她从来没有想过这么远。

大概是她太久没回复，"帅帅帅"以为她不以为意，便接着发了条消息过来——

sss001xxx："算了，当我没说。本来我只是觉得你挺适合的。"

霍嘉鲜觉得有些惊讶。

是你的公主吖："我适合吗？"

sss001xxx："对啊。你有天赋的。"

是你的公主吖："你……是职业选手吗？"

sss001xxx："算是吧。"

是你的公主吖："我怎么没听说过你？"

sss001xxx："无名之辈罢了。算了，当我刚才没说吧。打职业赛其实没什么好的，除非你是真的热爱电竞，否则还是算了。"

自两人认识以来，这还是"帅帅帅"发过的最长一段话。

霍嘉鲜抿了抿唇，半天才发过去一条信息。

是你的公主吖："那我是女生呢？也能打吗？"

"帅帅帅"没想到自己随口提了一句，对方竟然这么感兴趣，更惊讶于……对方竟然是女生？

sss001xxx："你是女生？我以为你起这个名字是用来忽悠人的。真的是女生?"

是你的公主吖:"嗯嗯!"

sss001xxx:"那你真的挺厉害的。女生当然可以。电子竞技,菜是原罪,又不分男女。"

电子竞技不分男女。

这还是霍嘉鲜第一次从陌生人那里得到这样的回应。

从小到大,谢繁总是教育她,女孩子就要有女孩子的样子:要像个淑女、学跳舞、会弹琴、写一手漂亮的字,这样以后才能做个真正的贤妻良母。

家里人宠着她,把她当成小公主一样养着,但霍嘉鲜一直知道,父亲更中意的一直是哥哥霍凛。

就连之前父亲和他前妻离婚,也是因为他前妻生不出男孩儿,家族压力实在太大,最终两人和平分开。

家族里的女孩子都是这么长大的,霍嘉鲜从小到大就被灌输着这样的观念。

然而,大概是她的身体里天生有叛逆的血液在流淌,父母越这样教育她,她就越和父母对着干。

尤其是游戏,这个由男生统治着的世界。

霍嘉鲜可以很负责地说,她和哥哥霍凛一样爱游戏。更何况,她打游戏可比霍凛打得好多了,但是好像从没有人给过她这样的认可。

霍凛那些朋友过来围观她吊打对手,惊叹之余,也只会说一句:"阿凛,你这妹妹好野啊,以后你妹夫不好驾驭她啊。"

霍嘉鲜也总是很不服气。

驾驭?她凭什么要被驾驭?

看到"帅帅帅"发过来的那条信息,霍嘉鲜怔了半晌,然后才回了他。

是你的公主吖:"我也想打职业赛。"

sss001xxx:"你太小了,过几年吧。"

是你的公主吖:"好。那等我长大了,能去找你吗?"

霍嘉鲜有些好奇,这个"帅帅帅"到底长什么样?

他虽然说话很招人烦,但是霍嘉鲜莫名其妙地觉得,他一定有一颗很温柔的心。

对方似乎有些忙,半天才回了两个字过来。

sss001xxx:"可以。"

也不知道为什么,看着这简简单单的两个字,霍嘉鲜忽然傻傻地笑了起来。

丁零丁零丁零——闹钟的声音把霍嘉鲜从睡梦里惊醒了。

她皱着眉,拉开眼罩,花了两秒钟时间才反应过来自己现在在哪儿,然后一个鲤鱼打挺下了床,迅速到卫生间洗漱打扮。

十几分钟后,霍嘉鲜戴上口罩,利索搞定。

离比赛开始还有将近两个小时,趁人还不多,霍嘉鲜提前下楼吃了早饭,顺便坐在桌边等 TT 的其他人下来。

她戴着口罩坐在角落里,低头玩着手机,穿着也不醒目。要不是谁刻意关注,她根本不惹眼。

可偏偏有人要过来凑热闹。

"美女。"那人说着一口蹩脚的中文,笑眯眯地坐到霍嘉鲜旁边,"你好。"

霍嘉鲜抬头瞥了对方一眼,没有说话,又把头低下了。

H 国人,居心叵测。

那人丝毫没觉得生气,还展露着无害迷人的笑容:"美女?认识一下呗,我叫 Jae,你呢?"

"su mi ma sen。"(R 国语发音,抱歉的意思)霍嘉鲜冷冷地道,"I don't speak Chinese。"(我不会说中文。)

她的闭门羹给得这么明显了,对方却还是不识相。

"OK, I'm Jae, and you?"(好吧,我叫 Jae,你呢?)

"Jae,你不认识她吗?"

没等霍嘉鲜开口,一道冷冷的男声强势地插了进来,低哑的声音里带着浓浓的不屑之意。

来人是贺随。

霍嘉鲜有些惊喜地扭过头去,就看见男人冷着一张脸,脸上是大写加粗的"起床气"三个字。他面无表情地一字一顿道:"Jae,你不认识她吗？"

对方愣住。

"她是你爸爸。"

Jae 的中文显然不太行。

他有些奇怪地看着贺随，竟然还重复了一遍："是我爸爸？什么意思？"

"字面意思。"贺随也懒得和他再多说一句，面色不悦地上前轻轻碰了碰霍嘉鲜的肩膀："走。"

霍嘉鲜心领神会，朝 Jae 翻了个白眼，然后就跟着贺随换了张桌子。

这帮 H 国人简直就是笑面虎，现在可以毫无异样地过来笑眯眯地搭讪，但霍嘉鲜可没有忘记，昨天在赛场上他们把 TT 阴得有多惨。

两人换了一张桌子坐下，贺随起身想去拿早餐，但想了想又扭头坐下。

"你不要理那个 Jae。"

"知道的。"霍嘉鲜乖巧地点点头，有些好奇地问，"随神，你认识这个人啊？"

"不算认识，就是我们每次比赛都会遇到他。"贺随说，"他打得不错，就是心术不正。"

"那……你这么和他说话，他怎么不生气？"

贺随这态度也太嚣张了。

"他被我打过一次。那次之后，他就不敢在我面前大言不惭了。"贺随冷笑一声，"就是比赛的时候喜欢阴我罢了。"

打过一次？！

霍嘉鲜看向不远处的 Jae，心里更好奇了。

史迪刚好走过来，听见贺随这话，心有余悸地拍了拍胸口，连忙将霍嘉鲜的视线拉了回来。

"哎呀，嘉鲜妹妹，这件事很复杂的，一时半会儿说不清楚。反正就是，当时这臭小子的职业生涯差点儿到此为止，要不是我力挽狂澜，现在江湖上也就没有随神的传说了。"

就算霍嘉鲜关注 TT 这么久，也从来没听说过这件事。

她一脸蒙地看向贺随，后者只是面无表情地推开史迪，催促史迪去帮霍嘉鲜倒牛奶："大早上就废话这么多？"

"哎呀！嘉鲜要进我们队伍，迟早要知道这些嘛！"

…………

两个人很快走开了。

霍嘉鲜心里的探究欲越来越强。她一直告诉自己不要打开论坛，但最终还是忍不住上去搜索了一下"随神打人"，没有结果。

她又搜"随神与Jae"，还是没有；"随神被罚"，也没有。

霍嘉鲜试了几十个关键词，但什么都没搜到，心里越来越痒，却没人能问。

再次抬头，见史迪和贺随已经一前一后回来了，她只能收起手机，强压下心中的好奇心，准备待会儿的那场硬仗。

今天是亚洲邀请赛决赛日，到场的观众比前两天多得多。

再次坐到那个相同的位置上，霍嘉鲜却觉得很多事情已经和昨天不同了。

比赛现场，几支中国战队的气势明显高涨许多。

如果说昨天是破釜沉舟或背水一战，那今天就是力拔山兮气盖世，对这次亚洲邀请赛的冠军，TT志在必得。

几个人调好外设，9点钟，比赛正式开始。

在素质广场等待的时候，霍嘉鲜往台下扫了一眼。

灯光很暗，一张张面孔模糊不清，但他们手里举着的一张张"TT加油"的牌子醒目而耀眼，耀眼到让这冰冷的赛场有了温度。

霍嘉鲜扭过头来，拿纸巾擦了擦手心。

航线刷出，比赛开始了。

第一局，TT积分9，排名第三。
第二局，TT积分5，并列第三。
第三局，TT积分14，排名第二。
第四局，TT积分6，排名第二。
第五局，TT积分8，排名第二。

前五局结束，TT 和暂列第一的 HP 之间只相差 7 分了。

TT 有机会！

论坛快沸腾了。

"什么叫绝地求生？这才叫绝地求生！"

"前两天那些喷 TT 的人呢？"

"HP 给我爬，TT 给我冲冲冲！加油！"

"TT 这次真的太秀了，新上的妹子也很给力呀！"

"这妹子打自由人位置？好灵啊！不知道她长得怎么样？"

"我酸了，TT 竟然有漂亮妹妹一起打比赛！而且漂亮妹妹好厉害！"

"要是这次 TT 也拿冠军，那国内第一的位置没疑问了吧？神了！神了！"

国内的解说席也是一片喜气洋洋。

解说 A 昨天喊得嗓子有些哑了："TT 照例落地圣马丁！一圈刷新了，他们正好在中心！第一顺位！这把 TT 的机会真的很大啊！"

解说 B 也很激动："昨天某些队伍频繁搞事情，但今天似乎没有这样的状况了！可能是主办方对这些行为做出了警告。总之，电子竞技嘛，确实需要一个比较公平的环境才有说服力。"

解说 A 点了点头："没错，看来今天 TT 周围并没有什么队来恶意抢跳点，TT 可以很好地捡拾物资，进行发育。"

十六分钟后，四圈刷新，比赛渐渐进入白热化阶段。

如今 TT 是国内战队中唯一有可能夺冠的队伍，自然受到了最多关注。

解说席的气氛已经完全活跃起来了。

解说 A："天哪！TT 杀疯了！杀疯了！目前 TT 这局的人头数已经达到了 3 个！而排名第一的 HP 一个人没有杀！两支队伍的分差再一次缩小！TT 离本届曼谷邀请赛的冠军又近了一步！"

解说 B："3AE 过来攻房，TT 没有被动守房，性感宝贝再次主动到侧边拉开枪线！她的枪很稳啊，先用两个手雷开路，3AE 的两个人被炸到半血！随神出击了，倒了一个！两个！虎仔倒了！啊，性感宝贝也开枪了，虎仔没被补死！性感宝贝直接收入两个人头！"

"TT 的击杀分达到了 7 分！TT 厉害！"

TT 这一路推进，士气一路高涨，几乎到了所向披靡的地步。

反观 HP，第一轮和 FLG 的团战就掉了一个最厉害的 Jae。一直到决赛圈，他们的击杀分都是 0。

这意味着只要 TT 能吃到这只"鸡"，那么最终的冠军队伍必定是 TT。

万众瞩目之下，饶是霍嘉鲜的内心再怎么强大，说到底，她也还是个十八岁的少女。

决赛圈到来，贺随察觉到霍嘉鲜有些紧张，低声问了句："还行吧？"

"嗯，"霍嘉鲜老实地说，"就是有点儿紧张。"

贺随死死地盯着屏幕上的每一个角落，声音却意外地有些温和："你不用紧张，盯防好我们后面就可以了。如果你觉得打不中人，我来帮你。"

一直被当作空气的跳跳虎、尼罗面面相觑。

这么关键的时候，只要他们出现一个失误，那这个失误必定会被无限放大。

随神这是心疼嘉鲜妹妹，要自己顶上去？

这也……两个人互相看了一眼，没有说话。

还是嘉鲜妹妹懂事，自己开口拒绝了："不用，随神，我自己就行。"

话音刚落，只听见她抬手一狙，山下一闪而过的敌人应声倒地。

"好，倒了一个。"她说。

贺随呆住。

可以，看起来是没自己什么事了。

因为保持了满编的状态，TT 在决赛圈大开杀戒，虽然人头被抢了很多，但 TT 依然保持着单局积分第一的名次。

最后的梅花桩刷在山脚。

场上还有三支队伍，分别是 TT、FLG 和 HP。

TT 四人存活，HP 三人存活，而 FLG 只有一个独狼。

霍嘉鲜的视力极好，很快她就发现不远处一簇草丛的颜色不对劲，下意识地抬镜开枪，直接一枪狙出。

"TT_SexyBaby 使用 M24 狙击步枪淘汰了 FLG_doudou。"

"漂亮！"跳跳虎叫了声好，随即问："随神，我们要走吗？"

"位置暴露了，转移。"贺随在地图上标了个点，"对方应该就在这儿附近。嘉鲜拉侧枪线，尼罗你先在这儿帮我们架住枪。"

"好。"

"好的。"

霍嘉鲜和尼罗一前一后立刻就位。

而贺随和跳跳虎互相掩护，开始了最后的冲锋。

跳跳虎先撞见一人，迅速将人放倒，激动地大喊："倒了一个！"

"倒了两个。"贺随收枪上弹。

霍嘉鲜在侧边潜行，迅速锁定了最后一人，直接歪头开镜——

只要她杀了这个人，TT 就能获得这届亚洲邀请赛的冠军，给 TT 本就光芒万丈的冠军之路再插上一朵鲜花。

霍嘉鲜觉得自己的指尖有些颤抖，不是紧张，更多的是兴奋！兴奋于她即将参与这一切，兴奋于她即将射出这一枪！

对方必死无疑。

霍嘉鲜果断地压枪扫射！

台下观看着霍嘉鲜的第一视角的观众早就已经迫不及待地站了起来，提前为 TT 欢呼。

所有人都喊着那个让他们热血沸腾的名字。

"TT！TT！TT！……"

霍嘉鲜紧咬下唇，手腕紧绷，食指压下鼠标的那一瞬间——

唰的一声巨响，所有参赛选手面前的电脑屏幕全部黑了。

大屏幕熄灭的第一秒，史迪就激动地站了起来。

"怎么回事？！"他随便拽起身边一个工作人员的衣领，大声质问，"怎么回事？！电脑屏幕怎么黑了？！"

"可……可能是没电了，"那人说着蹩脚的中文，"我去问一下组长……"

"没电了？！"史迪快被气笑了，"这么大的比赛，说没电就没电？！你们骗小孩儿呢，还没电？！"

这局 TT 和 FLG 打得不错，阿克苏也在一边冷笑："恐怕是你们看冠军没被 H 国人拿去，反而要落入我们中国人手里，所以直接断电，要重开比赛吧？！"

那人支支吾吾半天也说不出个所以然来，史迪懒得和他废话，直接拉上阿克苏，两个人杀到了裁判席那边。

主办方面前已经站了一大群人。

史迪冷眼观察了一下，哪个地区的人都有，就是没有 H 国战队的领队和经理。

哼，八九不离十，他们又被阴了。

快"吃鸡"了主办方还给人来个断电，这操作实在过于讨厌。刚才大屏幕上可清清楚楚地投影出来了，霍嘉鲜那一枪几乎没有悬念，一定会为 TT 赢来这一次的冠军。

全亚洲几百万观众全看见了。

史迪和阿克苏自以为证据确凿，理由充分，恨不得立刻挤进人群和主办方撕个天昏地暗。

没想到史迪还没和对方说上一句话，整个场馆倏地一亮——电又来了。

"OK，OK。"有保安上来赶人，"Go back。Back。"（回去。）

"Back？！"阿克苏一头红发惹眼，性格也是一点就炸，"How about this round？"（这局怎么算？）

史迪在一旁连连点头。

这主办方实在太不负责任了吧，电来了，就让他们回去，也不给大家一个解释？

难道对方还想直接不算这局，重开一局？

那不就明摆着想把冠军从中国人的手里夺走，送给 H 国人吗？！

阿克苏比史迪还要愤怒，直接冲上去抓住那个秃顶组长头上仅有的几根毛，嘴里骂骂咧咧，摆明了是坚决不走。

现场瞬间乱作一团。

台上的霍嘉鲜一直到现在才反应过来："刚才是……断电了？"

这简直像做梦一样。

就算她常年在网吧浪,也从来没有遇到过这么戏剧性的事情。

贺随的眸色很冷,声音更冷:"是的。"

他起身去和一旁的裁判交涉,但对方态度明确,没有道歉,也没有解释。

跳跳虎的肺快气炸了:"什么无耻行为?!这些人当我们是傻子吗?!"

主办方这明摆着就是在帮 H 国队作弊啊!而且是用这么卑鄙低劣的手段!这些人真以为他们能一手遮天?!

这边有工作人员过来提醒,让大家准备一下,要重开一局。

跳跳虎被尼罗死死拽着,这才没起来揍人,只能坐在座位上无能狂怒。

"有病?!啊?!还重开一局?!"

跳跳虎骂完了也不解气,坚决不重开一局,直接拿出手机发微博去了。

@你的男友虎仔上线了V:"泰国主办方太不负责任,看我们中国队要'吃鸡'拿冠军,就直接断电了!真是好笑!"

跳跳虎气得热血上涌,想也不想,直接就将微博发出去了。

尼罗在一边看得明明白白,想阻止已经来不及:"你这样不传播正能量,是要被处罚的。"

"处罚就处罚!老子有的是钱!"跳跳虎气不过,差点儿把手机砸在地上,"老子就是气不过!凭什么他们说重开就重开?!我们为什么要受这群无耻之人的摆布?"

"嗯,我们不受他们摆布了。"贺随看向台下混乱一片的场景,冷冷地笑了,"我们退赛。"

尼罗愣了一下:"随神,我们不比了?"

"我们已经证明了自己的实力,我们是可以拿到冠军的。"贺随点了点头,声音是前所未有的冷静,"既然现在他们这样不尊重游戏规则,那我们也没必要奉陪到底。"

"好!不比好!"跳跳虎一拍桌子也站了起来,大喊一声,"我们不比了!"

"我也不比了。"霍嘉鲜也站了起来。

少女的神色已经从最初的迷茫转向了坚定。

她看着前排的那几支 H 国队伍,原本湿润的鹿眼里满是讥讽的笑:"他们不配做我的对手。"

"好。"在这样令人愤怒的时刻,贺随竟然还能一直控制住情绪,"我去和史迪说,我们要退赛。"

退赛,这意味着他们要放弃之前两天为比赛付出的努力,放弃很多个为这次邀请赛而练到天明的凌晨,以及面对回国之后随之而来的骂战和流产的广告代言。

但这群电竞少年最不怕的也许就是这些事。

他们更在意的是游戏本身的公平,是没有一丝虚伪的真诚。

在这一刻,霍嘉鲜才真正感受到自己已经成了这个团队的一部分,且是不可分割的一部分。

贺随的话音刚落,身边 FLG 的队长也站了起来。

他叫鹿鸣,戴着一副眼镜,身体格外瘦削,声音却异常有力。

"我们也退赛。"鹿鸣举起了手,"我们 FLG 和 TT 一起退赛。"

"我们 Star King 也退赛。"

"加我们一个。"

"还有我们。"

眨眼之间,台上的几支中国战队接二连三地跟随 TT 的脚步退了赛。

这还是全球直播现场,主持人有些不知所措:"这是……?"

"退赛,不打了。"贺随面无表情地将自己的外设收了起来,"所有的后果我们自己承担。"

那些赞助商的质问、网友的愤怒情绪就让他一个人来承担吧。

但是这种憋屈的比赛,他们也真的没必要再打下去了。

跳跳虎也收起外设,雄赳赳、气昂昂地仰着头,跟随贺随走下台。

史迪还在主办方那里给阿克苏拉架,这时一看贺随他们下来了,简直一脸蒙。

"怎么了?"

"退赛了。"贺随言简意赅地说,"我们所有中国队伍退赛。"

"所有中国队伍?!"史迪瞪大了眼睛,"你们怎么不和我们商量一下?!"

阿克苏听见贺随的话,动作也僵住了:"退赛?"

"嗯。"贺随点了点头,又重复了一遍,"退赛。"

虽然在情感上,史迪无比赞成贺随的做法,但理智还是将他拉回了现实。

"你知不知道TT现在退赛,会有什么麻烦?"史迪拉住贺随,絮絮叨叨地低声道,"赞助商和直播平台那边会有很多麻烦,到时平时的TT黑粉肯定会蹿出来说你竟然不愿意为了国家的荣誉而战斗到最后一刻。还有主办方和开发制作公司蓝洞那边……"

"不用担心。"贺随脚步不停,"我会处理的。"

史迪着急地拉住他:"你处理你也……"

就贺随这态度,万一联盟直接对他禁赛怎么办?!他们还要不要打世界赛?!

正在史迪和贺随僵持不下的时候,霍嘉鲜适时地走到近前,然后开了口:"经理。"

"啊?"史迪满脑子是接下来一连串的麻烦,更何况贺随还带着其他队伍也退赛了,"你等一下,嘉鲜,我待会儿和你说。"

"不是,你忘了吗?"看着关心则乱的史迪,霍嘉鲜有些无语,"你忘了之前我拍的那个视频了吗?"

"视频?"史迪后知后觉地反应过来,"啊,对对对!你拍的那个视频!那个视频!"

少女的眼里还蕴含着愤怒,但偏偏她的声音很是平静:"经理,我们已经证明了自己。如果现在我们再把那个视频公之于众,那么我相信,联盟会有公正的判断的。"

跳跳虎刚刚下台,现在还气得有些恍惚。

路过史迪身边,听见史迪激动地说"视频"两个字,他一脸蒙。

"视频?什么视频?"

史迪把霍嘉鲜的视频传到了贺随的微博大号上,一时间,网上掀起了轩然大波。

不光是TT粉丝,就是其他队伍的粉丝,只要玩《绝地求生》、关注这个比赛的人,没有一个不像他们一样愤怒,大家都在论坛和贴吧上开帖骂 H 国人没有竞技精神。

出人意料的是,退赛风波没有给 TT 带来任何负面影响。

因为这事上升到了竞技公平的层面,而且最后 TT 本可以拿到冠军的事实是大家有目共睹的,赞助商和直播平台没有进行过分干涉,反而把 TT 为国争光的行为和三观好好宣传了一番。

在所有中国战队的努力下,最终联盟取消了这次亚洲邀请赛向世界赛输送一个名额的资格。

这也就意味着这个不公平的比赛被取消了。

那些处心积虑的队伍什么都没有得到。

TT 离开曼谷会展中心的时候,贺随只和大家说了一句话:"我们还会回来拿走那个本应该属于我们的冠军的。"

他的意思是什么,大家心知肚明。

TT 已经拿到了下半年世界赛的名额。在那个赛场上,照样会有 HP,有 3AE,有很多在这两天和 TT 结下梁子的队伍,但是 TT 不怕。

因为对那个冠军,他们志在必得。

TT 离开曼谷的最后一晚,史迪请大家出去放松。

跳跳虎还以为自己终于能圆梦夜店,没想到史迪东绕西绕,把大家带到了一家按摩店门前。

跳跳虎目瞪口呆。

"老史,"他连连摆手,"我还是个弟弟,不进去。"

史迪满头问号:"臭小子,你心里到底在想什么呢?我关心你们,想让人给你们好好按摩放松一下。"

"按摩店啊。"跳跳虎振振有词地说。

话虽这么说,他脸上却是一副"啊啊啊啊,我好想进去见一下世面,你们快把我推进去"的兴奋表情。

霍嘉鲜实在看不下去了:"跳跳虎,我看你真的就是个臭弟弟,你姐姐我先进去好了。"

这几天和大家混熟了,不自觉间,霍嘉鲜渐渐卸下了自己的伪装,展露了真实的自我,比如说现在。

看着霍嘉鲜冷酷无情的背影,跳跳虎满脸都是难以置信的神色:

"嘉鲜妹妹，你怎么这么凶我？！从前你不是这样的嘉鲜妹妹啊！"

"那你确实还不太了解她。"贺随想到自己第一次看到霍嘉鲜直播时的样子，拍了拍跳跳虎的肩膀，紧随其后进了门，"以后时间长了，你应该就了解了。"

跳跳虎呆立在原地。

做水疗的时间太长，安静又无聊，跳跳虎是爱热闹的性格，于是他索性就拉着大家一起玩起了游戏。

讨论了十分钟之后，大家竟然还是定下了玩真心话大冒险。

霍嘉鲜觉得这个游戏土得不可思议："就这？"

"怎么啦？这游戏很刺激的好不啦？"跳跳虎疯狂为自己挽尊，"好了好了，现在我们开始报数，1到5，谁和别人撞数字或者最后一个报数，谁就要受到惩罚。"

这真的很土啊。

看到跳跳虎那兴致勃勃的样子，霍嘉鲜没忍心给他泼凉水，勉为其难地陪他玩。

相信尼罗、史迪、贺随都是这么想的。

第一轮游戏，老年人尼罗输了，选的是真心话。

跳跳虎上来就问了个很土的问题："你有几任女朋友啊？"

"一个。"尼罗的答案很标准，"就现在这个。"

"喊，没意思。"跳跳虎说，"再来！再来！"

一连来了几轮，都是史迪和尼罗中招，跳跳虎的问题也一个比一个无聊。

霍嘉鲜实在看不下去了，决定教教跳跳虎弟弟这个游戏到底怎么玩才能更刺激点儿。

"别选真心话了，来大冒险吧。"她提议，"下一个输的人要给自己手机通讯录里的第一个人打电话，无论是谁。"

"哇，这个刺激啊！"跳跳虎一拍大腿说道，"来来来。"

史迪连忙摇头："不来。我的第一个是前女友，谁敢给她打电话啊？"

"就是要这个效果啊！"跳跳虎兴奋地开了头，"1！"

"2。"

"3！"

"4。"

霍嘉鲜后知后觉地反应过来，好像只有自己没报数。

她似乎……把自己给坑了。

霍嘉鲜手机通讯录里的第一个人是霍凛，还是他哥给备注的。他非要加个"a"在前面，说是如果出现什么紧急情况，她都不用刻意找，就可以立刻打电话联系上他。

跳跳虎抢过霍嘉鲜的手机，老人机用得还有些不习惯："嘉鲜妹妹，这个 alin 是谁？"

"呃，一个朋友。"

霍嘉鲜没敢说是她哥，她的身世故事里可没这一号人物。

她把手机拿回来，清了清嗓子，宣布："我打了啊。"

"快打、快打。"跳跳虎看出她有些紧张，觉得更加刺激，揶揄道，"是个不一般的朋友哟？"

贺随微微闭上的眼眸缓缓睁开了。

霍嘉鲜的电话很快打通。

那边很吵，霍凛似乎又在夜店里玩。看见这个电话罕见地来自霍嘉鲜，他一个激灵，酒都醒了一半。

"嘉鲜？！"霍凛接电话接得很快，"你怎么啦？！"

"没怎么，"霍嘉鲜也没敢喊哥，"就是很久没和你说话了呗。"

跳跳虎在一边挤眉弄眼，满脸写着"是男的、是男的"的兴奋样子。

贺随紧抿薄唇，看向霍嘉鲜的手机。

霍嘉鲜开了扩音，没敢多说话，敷衍两句就想挂断电话，却突然被霍凛叫住。

"哎，今天 TT 在曼谷比赛，我也看了！"霍凛喝多了，依然很愤愤不平，"他们退赛退得好！我都要被气死了！我们凭什么要受这个气？！过两年我也能把蓝洞给收购了！"

蓝洞是开发《绝地求生》的公司。

他这话说得也太狂了。

跳跳虎快震惊了，在一旁和贺随窃窃私语："天哪，嘉鲜妹妹怎么会有这么有钱的朋友啊？这可太厉害了吧！"

贺随没回话，只是目光有些晦暗不明。

电话里，霍嘉鲜连忙劝她哥冷静："你多吃颗花生米吧，别太上头。"

"上头？我上什么头？我说的是实话！"霍凛莫名其妙地说，"你又不是不知道，过两年，我……"

"那个……没事我就挂了啊。"霍嘉鲜连忙打断他的话，"拜拜。"

"哎，别拜啊，等一下！"霍凛叫住她，"霍嘉鲜，这两天你不会在曼谷吧？"

霍嘉鲜不知如何作答。

"我跟你说，要是你去曼谷，我立刻去曼谷把你抓回来，知不知道？！你们队里的人都是男的，看你小姑娘又漂亮又好骗，太不安全了！别的不说，就那个贺随，台上可能是电竞'男神'，说不定台下专门骗你这种小女孩儿……"

霍凛越说越激动，恨不得立刻飞到自家妹妹面前，花上一天一夜的时间和霍嘉鲜描绘外面的世界有多黑暗、多危险。

唉！当初要不是霍嘉鲜太坚决地要打职业赛，且又太叛逆，他们也不会把她往 TT 那个狼窝里推啊！

也不知道现在她打消了这个念头没有！

霍凛正说到兴头上，突然听见自家妹妹那边有男人咳嗽了一声。

他立刻高度警觉："霍嘉鲜！你身边是谁？"

"啊……那个……"霍嘉鲜看了贺随一眼，"就是个路……"

男人清朗的声音截住了她的后半句话。

"你好，我是贺随。"男人慵懒地眯了眯眼睛，"你又是哪位？"

水疗店里流淌着十分轻柔而优美的音乐。

趁她哥发飙之前，霍嘉鲜手疾眼快，挂断了电话。

跳跳虎还是第一次见贺随说话这么带刺。他听得意犹未尽，本来还期待更激烈的剧情，没想到霍嘉鲜这么干脆，生生掐断了这场戏。

跳跳虎有些不解："哎，嘉鲜妹妹，干吗挂断电话呀？"

"就是。"唐葫芦也来凑热闹，"这到底是谁呀？"

霍嘉鲜满脑子是"完蛋了、完蛋了，说不定我哥今晚就要来曼谷抓人了"的想法。她随意地挥了挥手，答得敷衍至极："就一个朋友。无关紧要的朋友。"

"无关紧要的朋友还管这么多啊？"史迪插了一句，"他未免管得太宽了。"

"就是啊。"跳跳虎愤愤不平地说，"不知道的人听到他这么管你，还以为他是你男朋友呢！再说，他还说要把蓝洞买下来？他多大脸呢？我跟你说，嘉鲜妹妹，这种吹牛的男孩儿我见多了！你可别被他骗了呀！"

霍嘉鲜低头不语。

别人说这种话可能是在吹牛，但是霍凛……她对自家哥哥的身家还是略知一二的。

但她怕露馅儿，只能尴尬地点点头。

没想到这样的点头行为仿佛默认了其他人所说的话，唐葫芦立刻睁大了眼睛，"哇"了一声。

"嘉鲜妹妹！这真的是你的男朋友呀？"

霍嘉鲜有点儿想骂人："我都说了呀，普通朋友，你们怎么对他这么感兴趣呀？别说啦，快开始下一轮游戏吧。"

"不是我感兴趣呀……"唐葫芦有些委屈，朝她身边一直没说话的贺随努努嘴，"我看随神这脸黑得都能杀人了，关心队长，就帮他问问咯。"

霍嘉鲜瞪大眼睛，不知该说什么，扭头看了贺随一眼。

贺随的脸上带了淡淡的不屑之色，一只手撑着下巴，显得慵懒而冷淡。

见霍嘉鲜投来目光，他往后一靠，微合双眼，一句话没说。

他这是……生气啦？

霍嘉鲜有些蒙。

她又扭过头看向跳跳虎他们，目光里满是大大的问号。

所有人一脸同情地看着她，满脸写着"爱莫能助"的无奈。

总算是史迪这个"爸爸"有点儿良心，用口型提醒了霍嘉鲜。

霍嘉鲜仔细辨认了十几遍，才辨认出个所以然来。

原来随神是生气了？

霍嘉鲜恍然大悟。

小姑娘连忙扭头，手可怜巴巴地搭上了贺随的手腕，小声开口："哎呀，随神，我这朋友脑子不清楚的，你别和他计较啦。他就是手里有几个臭钱，以为自己什么都知道的，就喜欢给我说教。"

见贺随没有表态，霍嘉鲜胆子大了一些，继续往下说："我跟你讲，从小他就一直不让我打职业赛，但是喜欢带我去向他的朋友们炫耀，说我打游戏打得好，给他争面子。你说这人的行为是不是很幼稚？所以你就不要和他计较啦。"

某两个字似乎戳中了贺随。

他缓缓睁开眼："从小？"

"啊，对，我们从小一起长大的，算是认识时间比较久的朋友吧。"霍嘉鲜点了点头，"他身边的朋友多，所以他才会这么想别人。其实我们知道的对不对？随神你每天在基地里训练，过得比和尚还清心寡欲，他就是以小人之心度君子之腹嘛！"

她越说越觉得自己圆得好，既贬低了霍凛，又捧高了贺随，甚至往跳跳虎他们那边得意地抛了一个眼神。

没想到TT其他几个人像看傻子一样看着她，看起来，他们的脸色比贺随还糟糕三分。

霍嘉鲜有点儿不明白，使劲儿眨了眨眼，再次发射问号。

史迪还在拼命比口型。

说到最后，他确定霍嘉鲜没明白自己的意思，沮丧地在脖子上给自己比画了一刀，然后颓然地垂下了头。

霍嘉鲜还是一脸蒙。他们都是怎么了啊？

唉，男生的世界真是太复杂了，她不懂。

一直到大家出水疗店的时候，贺随浑身上下还是弥漫着一股"老子心情不好，不要挨老子"的气息。

霍嘉鲜有些不明白，悄悄在一边问史迪："经理，随神这是怎么了呀？刚才我和他解释半天了，他怎么还这么低气压啊？"

霍嘉鲜甚至怀疑是不是今天没拿到冠军，随神虽然表面上云淡风轻,但是夜里回想这事,心绪久久无法平静?

哪知史迪像看白痴一样看了霍嘉鲜一眼:"不是,嘉鲜,刚才我一直给你比口型,你没理解?"

"我理解了呀!"霍嘉鲜很是委屈,"我朋友那么说随神,随神肯定不高兴,我不是一直在解释这件事嘛!"

史迪无语,真是服了。

这个妹妹在其他事情上非常聪明,怎么就在这事上这么笨?

他有些无奈,戳了戳霍嘉鲜的额头。

"嘉鲜,我说的是男朋友!"

霍嘉鲜更是一头雾水。男朋友?啊?

她有些愣神。

只是因为当时她满脑子都是霍凛的声音,根本没往其他方面想。

但是男朋友……

她看着贺随顾长的背影。男人身高大概有一米八六,肩宽腿长,矜贵冷淡。平时霍嘉鲜看贺随,只觉得他是遥不可及的"男神",长得好看,打职业赛又厉害,没什么事能左右他的情绪,没什么事能影响他,就算决赛圈一打四,他照样镇定自若,从容面对。

那么男朋友?他为什么会因为这句话而生气啊?

霍嘉鲜心里有个答案呼之欲出,但是又没敢继续往下想,只知道傻乎乎地重复:"男朋友?经理,为什么是男朋友啊?"

史迪的目光里已经带着看傻子一般的怜爱了。

"嘉鲜啊,你们年轻人的事,我不方便多说。"他拍了拍霍嘉鲜的肩膀,语重心长地道,"你也是个成年人了,就……自己琢磨琢磨吧。"

霍嘉鲜向来是和好姐妹一起琢磨事情的。

嚯嚯嚯嚯个头:"姐妹!呼叫姐妹!宝贝!在吗?在吗?!"

曼谷主办方你妈死了:"怎么啦,姐妹?上次你叫我宝贝,还是让我帮你伪装进TT的时候!"

嚯嚯嚯嚯个头:"没错,我又来求教了。今晚有一个重大的新闻!非常重大!和'男神'有关!"

尤喜发来一连串问号。

霍嘉鲜懒得打字，直接几十条语音发了过去。

尤喜大概花了半个小时才听完语音，很久之后才回——又是一个问号。

嚯嚯嚯嚯个头："哎呀，你别只给我发一个问号啊！你给我一个正儿八经的回复好吗？姐妹！"

嚯嚯嚯嚯个头："我急了、我急了、我急了，我真的急了！"

曼谷主办方你妈死了："我真的无语了。我这么多年教你的东西都白教了？那么多甜甜的网文和偶像剧你白看了？那么多恋爱秘籍你白读了？要不是你我这么多年的姐妹，我真以为你是来我面前炫耀的呢！"

嚯嚯嚯嚯个头："我就是不敢确定嘛……所以你也觉得……嗯？"

曼谷主办方你妈死了："我就一句话。苟富贵，勿相忘！你要是真的搞定你'男神'了，请别忘记我这个可怜的姐妹！这个从来没有过夜生活的姐妹！"

嚯嚯嚯嚯个头："好的。不过夜生活是什么？"

曼谷主办方你妈死了："……"

第二天，所有的中国战队一起包了一辆飞机回国。

一路上，霍凛给霍嘉鲜打了无数电话，但她没敢接，也没敢看他微信发给自己的消息，然后将霍凛的联系方式全拉黑了。

等哥哥消消气，过几天冷静了，她再和他好好谈谈。

霍嘉鲜如是想。

大家上飞机之前，跳跳虎一群人在一边窃窃私语，似乎在密谋什么事情。霍嘉鲜好奇，也凑过去插了一嘴。

"你们在讨论什么呀？"

"哎哟，我的妈呀，嘉鲜妹妹，你吓死我了。"跳跳虎抚了抚胸口，"幸好不是随神。"

"是随神怎么了？"霍嘉鲜不明白，"你们背着他干了什么坏事？"

也是很奇怪，从前贺随是个可望而不可即的"男神"时，霍嘉鲜会很自然地想要接近他，但是昨晚发生了那件事之后，她突然有些不知道该怎么去面对贺随了。

似乎怎么样她都不是自然的。

她觉得自己大概需要一段缓冲时间。

虽然霍嘉鲜的目光总是不自觉地落到贺随棱角分明的侧脸上，但她还是没太敢去和贺随单独交谈，更不敢私下问贺随昨夜她在心里想了千百遍的问题——你是不是喜欢我？

见霍嘉鲜一脸好奇的样子，跳跳虎连忙拉住她，低声道："嘉鲜妹妹，你不知道吗？过两天就是随神的生日了！"

过两天？

霍嘉鲜愣了一下，第一反应就是："他是狮子座呀？"

"什么狮不狮子座，你们女孩子的东西我不懂。"跳跳虎挥了挥手，"我们还是想点儿实在的事，比如给他准备个什么惊喜！"

"是啊。"史迪也说，"本来我们打算这次亚洲邀请赛拿个好名次，那个对随神来说肯定是最好的生日礼物，只是这次主办方搞得一塌糊涂，谁心里都不好过，还是少提这件事比较好啦。"

"嗯。"霍嘉鲜赞同地点了点头，"现在你们有什么方案吗？"

"KTV、电玩城、真人《反恐精英》、密室逃脱、剧本杀……"跳跳虎的声音越来越小，"哎呀，其实这些我们平时都会去玩啦！要是随神过生日再搞这些，就太没意思了！"

"是啊、是啊。"唐葫芦也在一旁附和，"嘉鲜妹妹，你有没有什么好的提议呢？"

"我？当然有啊！"提到玩，霍嘉鲜的眼睛一下子亮了，"游乐场呀！"

跳跳虎、史迪、唐葫芦相视无言。

"游乐场？"这回开口的却是尼罗，"游乐场没什么意思吧。"

"是啊、是啊。"史迪也搭腔，"嘉鲜，你这个提议对我们这种老年人不是很友好啊。"

霍嘉鲜还没想到这出："也是呀，你们这个年纪再往上点儿，估计也要有高血压什么的烦恼了吧，游乐场还是不适合你们。"

跳跳虎本来也在点头，但听到霍嘉鲜的这句话，突然想起了什么似的："哎！老史！你说到这个，我想起来原来阿雩哥还在的时候，随神和他聊天开玩笑说到过这件事。"

"什么？"

"就是游乐场呀。阿雰哥说他虽然年纪大了,但还是蛮想去迪士尼看看的,因为他小时候超级喜欢彼得·潘,然后当时随神就在旁边附和!说他也有这个想法!"跳跳虎越想越激动,"对对对!当时随神也说,他小时候最爱的童话故事也是《彼得·潘》!"

剩下的一圈人一脸问号。

童话?《彼得·潘》?随神?

这几个词怎么看也不可能被放在一起啊。

史迪再三确认:"跳跳虎,你这弟弟不会又在给我们编故事吧?"

"没有啊!"跳跳虎恨不得跳楼以证清白,"是真的!"

"那行啊。"史迪很快一锤定音,"我们就去迪士尼给随神过生日,好吧?到时候可以录些视频,正好可以用作公布嘉鲜加入我们队伍的宣传片。"

战队经理果然想得很周全。

几个人纷纷点头,然后扭头各自上网去帮贺随挑选生日礼物了。

下午3点,飞机落地M市。

刚打开手机,霍嘉鲜就收到了无数未接来电的提示,且全来自她哥。她犹豫了好一会儿……毕竟她还没决定现在就去面对她哥的雷霆怒火。

恰在此时,又一个电话打了进来,竟然是冯曼若打来的。

她姐大多数时候和她在微信上联系,从来不打她的这个电话号码。如果要打,那对方便是有紧急得不能再紧急的事要通知她。

难道是霍凛去找的冯曼若?

霍嘉鲜想了想,还是没敢接电话,按了静音,任由它自行挂断。

这事还是等霍凛冷静下来,再让贺随跟着自己一起去和他谈吧。

出了机场,TT一群人还在热烈讨论到底要去吃哥老官还是八合里。贺随看了一眼微信,他妈妈两个小时前给他发了一条消息。

我林秋眠的儿子最棒:"儿子,你今天回来了吧?回来就来医院一趟吧!你奶奶她老人家刚做完手术,半个月没见你,想死你了。"

贺随的奶奶半个月前入院,做了一个小小的囊肿手术,不是什么大问题,估计现在也快出院了。

冗长的夏季赛事刚刚结束,身边的人还在兴奋地讨论今晚要好好庆祝一下。

贺随微微侧过头,见人群中言笑晏晏的女孩儿正在热烈回应:"我要去!我要去!"

跳跳虎见贺随扭过头,问了句:"随神,我们都去,你去不去?"

贺随也没听到是去哪里,随意"嗯"了一声,随后低下头给他妈回了一句:"嗯。今天有点儿累,我明天再去。"

我林秋眠的儿子最棒:"啊,这样啊。那好吧。"

霍嘉鲜正在积极地参与讨论,口袋里的手机又嗡嗡振动了起来。

还是她姐的电话,但随之而来的还有一条一分钟前发的信息,她没看见。

"下飞机就接我的电话,很重要的事,关于你妈妈。"

她妈妈?霍嘉鲜愣了一下,但最终还是走到一旁接起电话。

"喂,姐,我妈怎么啦?"

"霍嘉鲜!你真是不懂事!怎么现在才接电话?!微信也不看,另一部电话还关机了?!"

"啊,"霍嘉鲜压低声音,小心翼翼地道,"哥,对不起啦,我刚下飞机,那部手机还没开机。"

"你要是到M市了,就立刻给我滚到医院来!"电话那头是霍凛生气的怒吼,"一直在外面野!电话都不接!妈生病了你知不知道啊?!"

霍嘉鲜本来还有些委屈,但一听到霍凛的那句"妈生病了",脑子里"轰"的一声响。

"妈妈生病了?!生什么病?!上次我看到她的时候,她还……"

"上次上次,你满脑子都是游戏,怎么可能关注其他东西?"

霍凛的脾气一向暴躁,尤其是今天霍嘉鲜挂了他一天电话,他早就被这个叛逆的妹妹气得不行:"反正你立刻给我滚过来!这家私人医院的位置你应该知道的!我们都在了!"

"好的、好的。"霍嘉鲜连连点头,但还是忍不住问了句,"哥,妈妈没什么大事吧?"

"妈……唉!"霍凛说到一半,狠狠地叹了口气,声音里不自觉地染上了几分无可奈何之意,"反正你快来吧。"

听霍凛的意思,妈妈的状况似乎不太理想,霍嘉鲜忍不住皱紧眉头，转身就和大家请了假："大家不好意思呀，我妈妈那边有点儿急事，我要马上过去一趟。"

"你妈？"跳跳虎忍不住说了一句，"嘉鲜妹妹，你妈妈不是抛弃你嫁入豪门了吗？你还去管她？"

"对啊、对啊。"史迪也忍不住道，"今晚很难得的，明天去也没事吧？"

然而任凭他们如何挽留，霍嘉鲜还是坚持要走，叫了辆出租车离开了。

看着霍嘉鲜惊慌失措的背影，跳跳虎嘀咕了一句："嘉鲜妹妹也太善良了吧，要是我妈这样抛弃我，就算她死了我都不会去看她一眼的。"

"你别说什么死不死的！"史迪白了他一眼，"这是嘉鲜自己的事，你别多嘴。"

跳跳虎撇了撇嘴，总算没再说什么了。

走了一个嘉鲜妹妹确实怪扫兴的，但更扫兴的是，大家叫的网约车快到了，贺随却突然放了大家鸽子。

"我家里也有点儿事。"他晃了晃手机，"要去一趟医院。"

"啊？随神你也要走？"跳跳虎和唐葫芦开始哀号了，"那今晚就我们四个了，我们干吗啊？打麻将？这也太无聊了吧！"

"随便。"

贺随也随手拦了一辆出租车，满脸写着"你们无不无聊不关我的事"的置身事外样子。

一群人就这么眼睁睁地看着出租车绝尘而去，尾气里透露出冷酷意味。

跳跳虎："天哪，这也太无情了。"

唐葫芦："无情！"

史迪："我怎么觉得他是因为嘉鲜走了，所以也走了？"

尼罗："我也觉得。"

出租车上，贺随再次打开微信。

TT_suishen："我来了。"

我林秋眠的儿子最棒发来一串问号。

随便他妈再怎么满头问号，贺随也没再回她。

他将手机收起来，看向窗外的街景。

不知为什么，刚才霍嘉鲜小脸惨白、惊慌失措的样子让他觉得有些不妙。

霍嘉鲜急匆匆地赶到了医院。

其实他们家有家庭医生，没有特别的事，家里人是不会上医院的。

现在妈妈竟然严重到需要住院，霍凛还在电话里吞吞吐吐不说实情，这不得不让霍嘉鲜往最糟糕的情况去想。

谢繁住在VIP病房里，单独一人的房间。霍嘉鲜开门进去，除了霍父、霍凛在场，连她的外公和外婆也从南方赶来了。

"对不起，我来晚了，"霍嘉鲜叫了一圈人，小心翼翼地关上门，又看向病床上面容略显憔悴的女人："妈妈，您……发生什么事啦？"

"嘉鲜，你来了啊。"

长辈们竟然没有生气地骂她。或许在现在这个场合下，大家也没有什么批评教育的心情。还是床上的谢繁看到霍嘉鲜进门，苍白美丽的脸上露出淡笑。

"妈妈，"也不知道为什么，霍嘉鲜的眼泪一下子就流下来了，平时天不怕地不怕的少女，此时却怕得不行，"妈妈，您没事吧？"

"不是什么大事。"谢繁温柔地笑了，"嘉鲜，你别哭得像妈妈明天就要走了一样呀。"

"妈妈……"

"嘉鲜。"霍凛开口，微哑的声音里是浓浓的倦意，"你和我出来一下。"

刚才还在电话里恨铁不成钢地骂她的哥哥，此时却完全没有了活力。

霍凛揽住霍嘉鲜的肩膀，正要带她出去，谢繁却突然拉住了霍嘉鲜的手。

"阿凛，不用你来。"谢繁的唇边依然是一抹温柔的笑，"我自己和嘉鲜说吧。"

就这么一句话，身边坐在椅子上的外婆一下子没忍住，也捂住嘴呜咽着哭出声来。

霍嘉鲜有些惊慌失措地扭头看向自己的外婆，随后又把无助的目光投到了自己的父亲身上。

霍父默默上前两步，也揽住了她的肩膀："听你妈说吧。"

霍凛没再说话。

宽敞的病房里，灯光亮如白昼。窗户只开了一条小缝，楼厦间的清风拂进，带来一点儿城市的车马喧嚣气息。

病床上，妈妈的嘴巴一张一合，声音清晰而温柔，霍嘉鲜却觉得那一切离自己好远好远。

"嘉鲜，前段时间妈妈胃不舒服，所以来医院做了一个检查，今天检查结果出来了，情况可能不太好。手术定在下个星期，最近妈妈要在医院里住啦，如果你回家的话，只能拜托家里的阿姨还有你哥哥照顾你……"

霍嘉鲜微微低着头，一直没说话，眼泪噼里啪啦地往下掉。

"哎呀，别哭了，我女儿这么漂亮，哭了多不好看？"谢繁使劲儿直起身体，想要用手帮女儿擦眼泪，"最近在那个电竞队伍里怎么样呀？妈妈都听你哥哥和姐姐说了，这两天你去了曼谷，还比赛了，是吗？"

妈妈的手还带有记忆中的温度，霍嘉鲜任由自己的眼泪流了母亲满手，一边吸了吸鼻子，一边拼命点头。

因为哭得太厉害，霍嘉鲜说话的时候也是断断续续的："是的……对不起妈妈……以后我不会这么任性地不和你们说就跑出去了……我一定听话……不打职业赛也可以的……我一定听话……"

"哎呀，谁说你不能打职业赛了？"谢繁大概有些吃力，又躺了下去，"上次你回家的时候，妈妈不是就和你说了吗？如果你真的决定了，打职业赛真的是你的梦想，那么妈妈一定会支持你的。"

"妈妈……"霍嘉鲜呆呆地抬起头，有些失语。

她有些无措地看向一旁的父亲。

没想到一向严厉的霍父虽然紧皱着眉头，却缓缓点了点头。

他这也是同意的意思。

一时间，霍嘉鲜觉得自己脑袋里的思绪有些混乱。

先是妈妈得了很不好的病，要住院做手术，然后家里人又忽然同意让她打职业赛……

就算霍嘉鲜平时是个非常有主见、见过很多大场面的女孩儿，但终究是个十八岁的小姑娘。这一切太突然、太令人猝不及防了。

她不由自主地去拉谢繁的手，小心翼翼地道："妈妈，您是不是生气啦？我向您保证，以后我绝对不会这样了，相信我！妈妈，我真的不会再做这么不负责任的事情，让大家担心了。"

如果妈妈是因为她要打职业赛而被气成这样的,那她宁可不打职业赛。

因为她不能失去妈妈。

哪知谢繁一听这话,就笑了起来:"你怎么会不想打职业赛?妈妈都看了,我女儿打得那么好,你就是该去打职业赛的。"

霍嘉鲜有些呆了:"妈妈……"

"嘉鲜,乖囡囡。"外婆也在身后开了口,声音犹带哭腔,是软糯的南方口音,"你妈妈说得对,我们都同意的。"

霍嘉鲜难以置信地扭过头去:"外婆?"

父母同意她去打职业赛已经够让她震惊的了,外婆、外公是七十几岁的人了,知道什么是打职业赛吗?在他们眼里,玩游戏不该是玩物丧志、不务正业的事吗?

而且他们是在妈妈生病这个节骨眼儿上同意……

霍嘉鲜越想心里越慌,连连摇头,眼泪流得更凶了:"真的,我不打了!妈妈,我不打了!只要您能快快好起来,我可以不打职业赛的!真的!"

"嘉鲜。"

最终是哥哥开口,才让霍嘉鲜慢慢冷静下来。

"嘉鲜,妈妈想吃小米粥,让家里的阿姨送来了。"霍凛的声音很平静,"你和我一起下去拿一下吧。"

霍嘉鲜直觉霍凛有话和她说,用手背擦了擦眼泪,用力点了点头。

"好的,哥。"

走廊尽头是布置温馨的休息室。

这个时间,休息室里放着轻柔的音乐,里面没有多少人,电视大屏幕上播放的纪录片展示着非洲草原的壮阔瑰丽。

霍凛从自动饮水机里给霍嘉鲜倒了杯水,然后拉着她在窗边坐下。

"其实前段时间妈就觉得身体不太舒服了,但是没和我们说,自己来医院做了检查,连爸也不知道。"霍凛停顿了一下,才又说,"昨天检查结果出来了,胃癌晚期。"

就算已经有心理准备了,但甫一听到"胃癌"这个词,霍嘉鲜还是"啊"了一声,捂住嘴巴,眼泪一下子涌了出来。

"别哭了，从小我不是就教过你吗？哭解决不了问题。"话虽这么说，但霍凛的语气到底还是软了下来，"爸要请国内最好的专家过来做手术，虽然妈妈的病发现得晚了一些，但也不是没可能治愈……不过这是场持久战。"

"医生呢……医生怎么说？妈妈很严重吗？"

"医生说了很多，反正你也听不懂。"霍凛有些无奈地拍了拍霍嘉鲜的头，"总之妈妈的病不是很乐观……不过你要相信我们的妈妈，她很厉害的，一定能挺过来的。"

"嗯嗯嗯。"霍嘉鲜拼命点头，接过霍凛递过来的餐巾纸擦着眼泪，"那，哥，为什么爸妈突然同意让我去打职业赛？"

"是妈说服了我们。"霍凛叹了口气，"她说她生病以后想了很多。她年轻的时候很喜欢画画，但因为嫁给了爸之后只能把很多很多时间耗在公司的事情上，很多她自己想做的事没时间去做。

"本来她觉得自己把一切该干的事干完之后，好像还会有很多很多时间可以去干自己想做的事，结果现在得了这个病，忽然觉得其实人生好像也没有多少时间吧。她希望我们不要再像她一样，宁可为做过的事后悔，也不要为没做过的事感到遗憾。

"昨天她和我说这些话的时候，我给她看了你在曼谷比赛的视频。其实她不太看得懂你们在干什么，但是看到镜头扫过你的眼睛和观众席上的观众欢呼的时候，说她能感觉到你很快乐。她希望你一直这么快乐下去。

"虽然每个人都有自己的责任要背负，但是比起别人的看法、家人的期许，妈妈更希望你能快乐。"

霍凛的声音很低、很缓。自从有记忆以来，霍嘉鲜很少见到她哥有这么温柔的时刻。

生命里发生的那些不好的事情没有打败他们。恰恰相反，在某一个瞬间，霍嘉鲜知道自己已经长大了，没有大张旗鼓，不是轰轰烈烈。

最有力量的恰恰是最温暖、最柔软的爱意。

霍嘉鲜看着霍凛的眼睛，轻轻点了点头："知道了，哥。"

"嗯？"

"我会打职业赛，并且一定会好好地打下去，也一定要拿到世界冠军。"

霍嘉鲜将眼泪擦干，目光变得坚定。

"我要让妈妈看到,她没有看错。打职业赛就是我所热爱的事,我会将这件事做到最好,而且不留遗憾。"

霍凛看着自己的妹妹。

从小到大,她就是个叛逆乖戾的少女,咋咋呼呼,不知天高地厚。只有她想不到的事,没有她不敢做的事。

但是在这一刻,他知道,霍嘉鲜长大了。

霍凛忽地长长叹了口气,身体往后一靠,手臂搭在霍嘉鲜的背后。

"是TT发现你打游戏很厉害的吗?"

"嗯。"

"他们邀请你加入他们的战队?"

"对的。"

"算他们有眼光。"霍凛笑了一声,"什么时候签合约?到时候你把合约给我,我让律师看一下。"

"好。"

"爸妈这边的事,你最好别让他们知道。"霍凛提醒她,"毕竟现在你的情况挺复杂的,加入了TT,你就是公众人物了,要是让人知道你家里……反正多一事不如少一事。"

"知道的。"霍嘉鲜第一次在她哥面前乖巧地点了点头,"哥,你就放心吧。"

贺随刚进医院走廊尽头的休息室的时候,看到的就是这一幅画面——

少女坐在靠窗的座位上,微微低着头,手里紧紧攥着一张餐巾纸,眼睛红得像小兔子,显然是刚刚哭得很凶。在少女身旁坐着的男人,极短的寸头带着三分痞气,一只手搭在她身后的椅背上,整个人把她完全包裹住了。

贺随皱了皱眉,放下手里的水杯,直接走了过去。

"霍嘉鲜。"

"啊?"小姑娘泪眼蒙眬,抬起头,花了半分钟才认出他,"随神?!"

霍嘉鲜有些慌张地站了起来,一时间不知道该怎么解释:"随神,你怎么在这里?"

"这句话应该我问你吧?"贺随瞥了一眼一旁的霍凛,冷声道,"你不是说你妈妈有事吗?他是谁?"

霍嘉鲜怔了怔:"他……"

实在不怪贺随这么问。

医院、男人、哭泣的少女,这场景怎么看怎么会让人往渣男害人的方向去想。

霍嘉鲜支支吾吾半天不知道怎么解释,于是贺随索性看向霍凛,脸色比寒冬冰川还要冷上三分。

他连话都没说,直接冲霍凛仰了仰下巴,目光像刀子一般锋利。

霍凛差点儿被他的态度气笑:"你问我是谁?我还没问你是谁呢。你不就是贺随吗?你有什么资格管我妹?"

霍嘉鲜无语。

很好,她给 TT 讲的故事里可从没出现过什么哥哥。

霍嘉鲜的身世故事还是霍凛和她一起编的,现在倒是他先把这底透出来了。

果然,贺随一听到"我妹"两个字,眉头一下子皱了起来,下意识地看了一旁的霍嘉鲜一眼。

霍嘉鲜没敢看贺随:"随神,我来介绍一下,这是我哥,霍凛。"

也是奇怪,平常傲慢得要死、一点就着毛的霍凛,被贺随这么说,也不生气,还笑眯眯地站起身来伸出自己的右手。

"你好,我是嘉鲜的哥哥,霍凛。"

"你好,"贺随怔了半晌,似乎总算从两兄妹的脸上看出一点儿相似之处来,"我是贺随。"

"随神啊,《绝地求生》冠军联赛谁不知道你啊?我还有朋友和你四排过,他们都说你人好。"霍凛倒是不怕被贺随知道身份,"小棕、Rex、莞尔,他们是我的朋友。"

贺随一时有些迟疑。

霍凛报的这几个名字是 TT 的老板找来叫 TT 带着一起玩的朋友,全是一帮无所事事的富二代。

贺随再看向霍嘉鲜,眼里的疑惑神色很明显。

"你不用看嘉鲜,她去 TT 这事本来就是我安排的。"霍凛无所谓地笑了下,"今天你出现在这里,是家里有人住院了? M市贺家……林阿姨是你的母亲?"

贺随十几岁离家打职业赛,家里几乎没人同意他的这个决定。父亲震怒,还勒令他改了名,让他这辈子不要再回家。

他一度和家里断绝关系,这两年关系才缓和了一些。

也正因为如此,他一直离M市的富二代圈子很远,根本不认识眼前的霍凛。

但TT的老板是霍凛的朋友,霍凛自然对贺随的来历有所耳闻。

霍嘉鲜听得有些蒙:"林阿姨?哪个林阿姨呀,哥?"

"爸妈的一个合作伙伴。"霍凛翻了个白眼,"你天天打游戏,当然不知道。"

贺随看向霍嘉鲜,眼里的疑惑神色总算淡了许多。

"之前你说的你的身世是假的?"

"嗯,对不起,随神,这是我哥,我妈住院了。"她坦诚地道,"不过这件事,我拜托你还是先不要和经理他们说。我妈是我家公司里的大股东,她生病这件事……"

贺随很快点头:"我明白。"

"行,那我先走了。"霍凛笑了笑,又用力地拍了拍贺随的肩膀,"有一说一,随神你打游戏是真的强,有空带我上上分?"

贺随:"可以。"

见贺随答应得这么痛快,霍凛又笑眯眯地看向霍嘉鲜。

"那没事的话,嘉鲜你就和随神先回去呗?既然爸妈同意你打比赛了,你和TT的合约该签的就签,最近家里也忙,你直接搬去俱乐部住好了。"

"啊,好。"霍嘉鲜还处于非常蒙的状态。

"爸妈这边有我。"

"好。"

"你好好打比赛,争取早点儿拿个冠军回来。"

"知道了,哥。"

第七章

我的生日，快乐给你

霍嘉鲜和贺随回俱乐部的路上，霍嘉鲜一直没说话。

她不主动开口，贺随也不问她。一直到基地门口，她和贺随下了车，一前一后地往里走去。

两人照样是走到三区那两棵金桂树下，然后就要右转上坡。

这个夏天，霍嘉鲜走了无数次这条路。也不知为何，今天再次走在这条路上，她突然想到自己第一天来 TT 时拖着两个大行李箱的情景。

那还是夏天的开始，她的妈妈还好好的，依然美丽温柔，千叮咛万嘱咐地把她送出家门。

可是现在……

也许是金桂香里自带着乡愁的味道，霍嘉鲜一时没忍住，就这么突兀地站在路上开始号啕大哭。

贺随本来跟在她的身后，这时被她的哭声吓了一跳，两步就跨上前。

"你怎么了？"贺随从未见过少女这模样，颇为手足无措，"别哭啊。"

霍嘉鲜想也不想，直接用力搂住他的脖子，哭得梨花带雨，好不凄惨。

"怎么办呀？……我好怕啊，贺随哥哥……我真的好怕啊……我不能没有妈妈……我不想没有妈妈呀……"

贺随就这么僵硬地任由霍嘉鲜抱着，后颈很快湿了一片。

从霍嘉鲜和霍凛的只言片语中，贺随大概能猜到发生了什么事。可是此刻，似乎什么语言都是苍白无力的，他唯有抬起手轻轻抚了抚她的后背，低声安慰道："不会的。别哭了啊，乖，别哭了。"

男人向来没什么情绪的声音里，此刻却满是温柔和心疼之情。

"我真的好怕啊……贺随哥哥，你说这是不是我的错啊？"霍嘉鲜哭得上气不接下气，整个人快挂到贺随身上去了，"之前我骗你们，那样说自己的爸爸、妈妈，所以上天才惩罚我的，对不对？我错了，我真的知道错了……"

"不是你的错。"贺随轻轻拍了拍霍嘉鲜的头，"你已经做得很好了。"

两个人就这么站在路边，一个哭得声嘶力竭，一个低声小心安慰着人。偶尔有车经过，好心的车主还会摇下车窗问他们怎么了。

贺随冲他们轻轻"嘘"了一下，任由小姑娘在自己怀里哭了个尽兴。

月光透过金桂树叶的缝隙，温柔地笼罩在他们身上。草木淡淡的香气中，霍嘉鲜的哭声也终于渐渐微弱下去。

大概哭得太过用力，此刻她没了什么力气，只知道抵着贺随的肩膀，反反复复说着一句话："我不想没有妈妈，不想做没有妈妈的小孩儿。"

"不会的。"贺随温柔地安慰着她，月色浸润的半边脸上尽染柔色，"你妈妈一定会好好的。"

霍嘉鲜终于缓缓抬起头，一双被泪水濡湿的眼睛此时格外亮。

"真的吗？"她认真地问。

"嗯，真的。"贺随也认真地回答。

每一年过生日许愿，他总觉得是可有可无的仪式。事在人为，他实在没什么许愿的必要。

但今年，他想，也许自己真的有想求上苍的事情了。

霍嘉鲜一直调整到精神和神色全无异样，才敢回基地别墅。

见他们两个一前一后地进来，正瘫在客厅里百无聊赖地看电视的一帮人震惊了。

史迪："你们不是去办事了吗？怎么一起回来了？"

唐葫芦："对啊，随神，你抛弃我们离开，不会就是去追嘉鲜妹妹的吧？"

跳跳虎："随神你好体贴啊！"

"闭嘴。"贺随冷冷地道，"好好看你们的电视。"

恰在此时，贺随的手机响起一声消息提示。尼罗坐在沙发角落里，晃了晃手里的手机。

"随神，在群里给你发了个生日快乐红包，你查收一下。"

跳跳虎愣了下："你怎么现在就发？随神的生日不是后天吗？！"

"明天就出去给随神庆生了，到时候你们全喝大了，后天谁还想得起这事？"尼罗倒是想得很明白，"反正我先发了，你的你随意。"

"嗯，说得有道理啊，那我也现在发！"跳跳虎不甘落后，立刻也往群里发了一个红包。

唐葫芦："那我也发了，随神你明天记得要请客哟。"

史迪边发边说："必须请！一定要让他狠狠地请！今天又有赞助商来找我，要让随神做推广活动，随神又有一大笔钱入账了！"

贺随利索地收完红包，只回了大家两个字："可以。"

霍嘉鲜安安静静地站在一旁，也给贺随发了生日红包。

微信红包最大限额两百，她也就发了一个红包，装着两百块钱，名称是普普通通的"生日快乐"，中规中矩，应该没有什么问题。

然而贺随领了红包没多久，又重新给她发了一个红包回来。

霍嘉鲜拆开一看，这个红包里装着一百块钱。

随神这是觉得钱太多了？

霍嘉鲜抬头，疑惑地看了贺随一眼。身边的人在嬉笑打闹，但贺随一直低头看着手机，似乎在打字。

"嗡"的一声响，霍嘉鲜的手机再次收到了一条新消息。

这条消息来自从未和她私聊过的贺随。

TT_suishen："我的生日，快乐给你。"

那晚，霍嘉鲜意外地睡得很好。

第二天她一起床，史迪就拿着俱乐部合约来找她。虽然还没加入TT战队，但新教练全程关注了亚洲邀请赛，觉得霍嘉鲜特别适合TT这个团队。

高层那边更是没有什么意见。因为有老板打过招呼，又看霍嘉鲜是个技术强悍的漂亮妹妹，所以高层几乎是催着史迪快把人签下。

霍凛让人帮着看了合约，觉得没有什么问题，就让霍嘉鲜自己签了。

霍嘉鲜签下名字的那一刻，TT的成员们就围坐在她身边。她觉得有些美好得不真实：我曾经梦寐以求的时刻，怎么就这么轻而易举地……来临了？

她写下"鲜"字最后一笔，跳跳虎欢呼了一声，一把把兜里的假花瓣撒了出来。

"当当当当！恭喜嘉鲜妹妹正式加入我们的大家庭！希望你保持初心，不要被我们这些老傻子男人影响，成为电竞界真正的仙女！"

史迪废话不多说，直接从冰箱里端出一个慕斯蛋糕。

"我和尼罗合资的啊，花了他半天的直播礼物钱，大家省着点儿吃！这个蛋糕既是给嘉鲜的，也是给随神的，双喜临门！双喜临门！"

"还有亚洲邀请赛！"唐葫芦委屈地撇了撇嘴，随即又笑得开心，"虽然我没参加，但是你们的太厉害了！论坛上传疯了！TT可是他们心目中的无冕之王！我觉得这也算一喜！"

"有一说一啊，唐葫芦这话说得对。"跳跳虎边撒塑料花瓣边插嘴，"最近我们队的喜事怎么这么多啊？都庆祝不过来咯。"

"庆庆庆……庆什么呢庆？！"史迪拍了他的后脑勺一下，将手里的蛋糕举得老高，生怕跳跳虎的塑料花瓣把它给弄脏了，"别撒你这破玩意儿了，你这样子真的很像个傻子啊！"

跳跳虎不甘示弱地说："哪里像傻子？！这可是昨天水友给我出的主意！我花了好多钱叫人跑腿送来的呢！老史你年纪大了，根本不懂我们年轻人的情趣！"

"我这个年轻人可没有你这种情趣。"唐葫芦立刻表态。

尼罗举手："加我一个。"

看到跳跳虎受伤的神色,贺随也忍不住笑了:"还有我。"

"难道这花瓣不浪漫、不好看吗?!"跳跳虎陷入了深深的自我怀疑中,"那个漂亮妹妹还和我说,嘉鲜妹妹一定会感动哭的!"

霍嘉鲜不知如何作答。

史迪快笑吐了:"你这漂亮妹妹是有点儿恨你吧?她在搞你这个渣男?这20世纪80年代玩这个都觉得土好吗?还是塑料花瓣!这真的很没品呀!"

"漂亮妹妹?"贺随睇了跳跳虎一眼,"刚才你不是说水友提议的吗?"

跳跳虎一时无语。

贺随慢条斯理地提醒:"如果是上次那个女解说,我记得上次我就和你说过,别和她有太多来往。她和我们不在一个公会,万一出什么事,会很麻烦的。"

跳跳虎蔫蔫地垂下脑袋:"我错了,哥。"

"哈哈哈哈哈哈!"唐葫芦在一边幸灾乐祸地说,"不知道为什么,我最喜欢看队长骂虎仔的场景。"

"算我一个。"史迪把蛋糕放到桌上,笑眯眯地对贺随道:"好啦,随神许一下愿望,我们就可以吃蛋糕啦!吃完蛋糕,我们就出去浪!"

贺随闭眼不过须臾,很快就许好心愿。一群人打打闹闹,将史迪手中的蛋糕瓜分殆尽。

也不知道是不是霍嘉鲜的错觉,她总觉得贺随睁开眼睛的第一秒,是看向自己的。

难道他的心愿……是和自己有关吗?

霍嘉鲜有些懵懵懂懂地接过史迪拼命帮她留住的一块蛋糕。

这家蛋糕店的蔓越莓慕斯蛋糕一直是她的最爱。

但不知道为什么,霍嘉鲜总觉得,今年的蛋糕比起往年的有些甜得过分了。

这天去完迪士尼,又去吃了海底捞,TT一帮人一直闹到凌晨三四点才回基地。

史迪醉得不行了,却还是挣扎着爬过来叮嘱霍嘉鲜:"嘉鲜……这两天你有空的话,直播还是照常上一下……别让外面的人猜到什么……等宣传那边把今天的视频制作完,我们会正式官宣的……"

"知道了,谢谢经理。"霍嘉鲜是他们之中唯一一没喝酒的人,下车后还得帮着司机把一帮醉汉扶下车,"经理你慢点儿,别撞到头。"

二队的弟弟们住在隔壁别墅,这么晚了,霍嘉鲜也不太好意思去找他们帮忙。一进大门,一堆人就东倒西歪地瘫到沙发上,说什么也不肯上楼去了。

最近天气不算冷,倒也不用担心他们会着凉,霍嘉鲜实在移不动这群喝得不省人事的人,叹了口气,只好自己先去洗漱。

再次路过客厅的时候,霍嘉鲜已洗漱完毕,正准备去地下室休息,沙发上的跳跳虎用力翻了个身,嘴里嘟囔着什么,把她吓了一跳。

很快,霍嘉鲜就发现有些不对劲了。

少年趴在沙发上,竟然小声哭了起来。

霍嘉鲜站得远,辨认了半天才听清楚跳跳虎到底在说什么。

"要是阿霁哥还在就好了……我好想他啊……"

尼罗似乎清醒了些,躺在一旁一言不发,一只手背搭在眼睛上,一副安安静静的模样。

空荡荡的客厅里一直回响着跳跳虎轻微的啜泣声。

霍嘉鲜叹了口气。

阿霁在医院住了好长一段时间,前段时间刚被家里人接回老家休养。短时间内,他应该不会来 M 市,也不会回到他所热爱的这个电竞行业了。

她不知道自己是该去安慰跳跳虎,还是该假装没听到,直接走开。毕竟她和阿霁没有走过那么长的路,自己与他的感情也没有那么深。

从某种程度上说,她是最没有资格去安慰跳跳虎和尼罗的人。

"不用管他。"

身后厨房的暗处突然响起一道熟悉的声音。

霍嘉鲜扭头一看,贺随正靠在冰箱旁的大理石台面上,手里拿着一瓶冰水。

刚才她都没有看见他。

贺随看向她,窗外暖色调的灯光像一团雾气一样笼罩在他身上,逆光剪影看得并不真切。

他似乎笑了笑。

"让他哭一下吧,哭完他就好了。"

"随神。"霍嘉鲜想了想,到底还是走近贺随两步,"跳跳虎没事吧?"

"没事。"听见跳跳虎用力吸了一下鼻子,贺随偏头看了他一眼,"很正常的,我们每个人都经历过这种心情。"

"每个人?"霍嘉鲜愣了一下,"包括你吗,随神?"

贺随沉默了半晌,似乎是在思考霍嘉鲜的问题,最终却没有回答她。

他只晃了晃手里的冰水,对霍嘉鲜道:"天快亮了,回去休息吧。"

"好。"

霍嘉鲜听话地点了点头,走了两步忽地又停下。

她扭过头,迟疑了许久,最终还是开口问了:"随神,你会离开TT吗?"

"我?"贺随似乎低声笑了一下,光线昏暗,这样的声音显得格外性感,"你为什么这么问?"

"我也不知道。"

她就是突然觉得有些心慌,想问就问了。

大概……是眼前的一切不太真实吧。

无论是妈妈生病,还是自己加入TT,都像是梦里才会发生的事。

贺随半天没说话,只缓缓站直了身体。

逼仄的小厨房里,男人的身形显得格外高挑。有微弱的光芒在他的眼里跳跃,像是燃起了两簇小小的火苗,又或是宇宙里两颗遥远的星星,散发出亘古不变的光。

他开口,一字一顿清晰入耳。

"我永远永远不会离开TT。"

"永远?"

"永远。"

看着男人的身影,霍嘉鲜愣了好一会儿。

半晌,她终于露出这两天来的第一个笑容。

"谢谢你,贺随哥哥。"她用大拇指一指地下室的方向,"那我去睡啦?"

TT一帮人休整了一个周末,从周一开始,又要开始苦闷地上班了。

霍嘉鲜刚签合约入职,目前还是最兴奋的阶段。

早上还不到10点,她就早早地起床,先出去晨跑了一圈,买完了早饭,又第一个坐到训练室里开始一天紧张的直播。

今天她难得地上午直播,一开始,看直播的水友不算多。本来霍嘉鲜还觉得今天的直播环境不错,翻了好多弹幕的牌和水友亲切互动,没想到没过半小时,就开始出现很多不和谐的声音。

"这就是海鲜第一丑的直播间?"

"草妹那里来的,这主播就是前两天把草妹弄哭的傻子?她终于敢开播了?"

"你惹了你惹不起的人,草家军冲冲冲!给草妹道歉!"

霍嘉鲜懒得废话,直接给房管打了个招呼,让房管把这些一级小号全封了。

末了,少女对着麦冷笑一声。

"首先,我不是海鲜第一丑,起码比你们那个草妹好看。

"其次,我不知道她为什么哭。如果她是因为被我杀了哭,那是因为她自己菜,我没有理由道歉。

"最后,请傻子立刻退出我的直播间。我不喜欢这么多人在我的地盘上叫,有点儿吵,谢谢合作。"

…………

一队其他几个人进训练室的时候,看到的就是霍嘉鲜勤奋的背影。

跳跳虎"哇"了一声,低声道:"本来有一个随神就够恐怖了,现在又来一个!我们还要不要混了啊?"

"混混混,你就是《绝地求生》冠军联赛最大的混子!"史迪拍了一下他的脑袋,"你再这么懒散下去,看明天新教练上岗,是不是要把你骂死!"

"啊?明天新教练就来了啊?"唐葫芦虽然重新回到替补的位置上,但因为没了巨大的压力,心情倒是好了不少,"就是传说中的冥灭大神吗？！"

　　史迪："没错。他很严格的，你们的态度端正点儿。"

　　这里一群人吵吵闹闹，霍嘉鲜听见动静，一秒下播。

　　她的直播间里这群水友太变态了，一点儿蛛丝马迹都能猜出端倪，她还是小心为妙。

　　训练赛下午 2 点开始，一直到晚上 6 点结束。TT 只有跳跳虎开了第一视角直播，但也没开声音，论坛上一版一版的新帖子刷过，都在猜这个 ID 名为"TT_SexyBaby"的新人到底是谁。

　　至少，在《绝地求生》各大服务器的排行榜上没有这样一位性感宝贝存在。

　　晚上没有训练赛，时间留给队员们自己打排位赛或者对战来练枪法。跳跳虎问了一圈，和霍嘉鲜还有贺随一起组了个三人四排，专门跳自闭城练习落地对枪。

　　霍嘉鲜还从来没有和职业选手一起打过路人局，这一晚上打得非常舒服。

　　三个人在自闭城所向披靡，堪称屠杀，跳跳虎直播间的粉丝快看哭了，在弹幕上狂刷"无情"！

　　11 点多，快到下播的时间了。跳跳虎看了一眼微信，又看向霍嘉鲜和贺随，面露难色。

　　"随神，"他小心翼翼地问道，"我这边有个认识的漂亮妹妹的闺密想和我们一起玩，不知道行不行？"

　　贺随拒绝得很干脆："不行。"

　　"哎，随神，求你了……"跳跳虎似乎觉得有些难以启齿，最终还是说了，"这个女的是你的粉丝，我认识的那个漂亮妹妹说了好多次。有一次我吹牛吹大了，就答应了那个漂亮妹妹，要让你带她闺密玩。"

　　贺随压根儿没理跳跳虎，到主游戏界面就要退出队伍。

　　跳跳虎连忙求饶："我错了、我错了，随神，我真的错了！以后我绝对不会用你来吹牛了，我真的错了！就一局好不好？就一局！求求了！"

　　贺随利索地退出了队伍。

　　霍嘉鲜见跳跳虎那一副苦巴巴的样子，觉得好笑，问了一句："是上次那个女解说的闺密?"

"对,"跳跳虎说,"其实这两天我都不怎么和她说话了,是她突然过来问我的。你也知道,大家一个圈子里混的,我就这么言而无信,不太好。"

"她的闺密也是解说?"

"不是,是一个主播,也是海鲜 TV 的。"跳跳虎看了一眼手机,"叫什么……小草妹。"

小草妹?

霍嘉鲜有些讶异。

这圈子真小,绕了一圈都是那么几个人。

她凑过去看了一眼跳跳虎的手机,对面的人刚好又发过来三条消息。

蜜橘小甜甜:"你可以去海鲜看一下她哟,她的人气很高的,技术也很厉害,经常和职业选手一起打排位!"

蜜橘小甜甜:"今天是她直播间的观众想看她和你们一起组队打游戏,而且她是随神的粉丝,拜托拜托啦,就一次嘛,好不好啦?"

蜜橘小甜甜:"你知道她们这种做主播的也很辛苦,平时要很辛苦地想直播效果,要是你们和她组队,她的直播间能涨好多人气呢!我知道你一直很好的,就当帮帮忙嘛,好吗?"

最后对方还发了一个可可爱爱、粉粉嫩嫩的猫咪表情包过来。

看这话说得简直太有艺术了,层层递进,渐入主题,最后逼得人无路可退,让人觉得如果自己拒绝,就是没有人性,尤其是跳跳虎这种初入社会的头脑简单型男人。

要是自己不知情的话,只怕也会觉得不好意思拒绝这么通情达理又温柔可爱的妹妹。

贺随知道跳跳虎的德行,也懒得理他,直接自己切进了训练场练枪。跳跳虎愁眉苦脸地正想发消息拒绝对方,霍嘉鲜的手却先他一步覆上手机屏幕。

"别。"她笑眯眯地眨了眨眼睛,"你贺随哥哥不陪她玩,嘉鲜姐姐可以陪她玩呀。"

"啊?"

"你快答应她,我们两个陪她玩。"霍嘉鲜坐到电脑前,利索地把自己"TT_SexyBaby"的 ID 改成了"TT__suishen",下横线比贺随的 ID 多了一横。

乍一看去,这 ID 倒和贺随的没什么差别。

跳跳虎有些蒙:"嘉鲜妹妹,你……?"

"快拉她上啊。"霍嘉鲜兴奋地搓了搓手,催促跳跳虎,"今天我被她的直播间的人骂了一天了。我已经迫不及待地想把她按在地上反复摩擦。"

看着霍嘉鲜那副跃跃欲试到变态的样子,跳跳虎有些心惊胆战地把小草妹拉进了队伍。

"等一下。"他们身后的贺随也退出了训练场。

男人清朗的声音平静无波,听不出什么情绪:"拉我进去,我也来。"

小草妹得偿所愿,进了队伍后一看竟然有两个随神,一时间有些蒙。

不止她,她的直播间里的观众也蒙了。

"什么情况?随神一个人同时玩两个号?这也太秀了吧?"

"ID 多一条下横线那个人是谁呀?随神的小号吗?"

"听说草妹要和随神双排,怎么还多了一个跳跳虎和小号?"

"有哪个认识的人说一下这是谁啊?"

霍嘉鲜也没开语音,一边用唐葫芦的电脑看小草妹直播间的弹幕,一边远远地冲跳跳虎说了句:"你说啊。"

"啊,说什么?"跳跳虎愣了一下,才反应过来,向对面道:"哦,这个是我们的新队员,上过亚洲邀请赛那个。"

"哟,她啊。"小草妹冲着摄像头笑了笑,"虎仔,她怎么不开直播呀?我都不认识她。"

跳跳虎回瞥了霍嘉鲜和贺随一眼:"她还没官宣,凑合着打吧。"

"这样呀,那声音也不开?怕什么呀?"

不知道是不是贺随也在队伍里,霍嘉鲜总觉得这个草妹说话"婊里婊气"的,明里暗里在挤对自己。

霍嘉鲜能理解她的这种心情。

这人好不容易可以和贺随一起排位"吃鸡"，还以为自己是唯一的女生可以受尽关注，没想到队伍里竟然还有另外一个女生，且这个女生技术好又神秘，最关键的是 ID 名还叫性感宝贝，肯定怎么想怎么觉得心里不爽。

但只要草妹心里不爽，霍嘉鲜心里就很爽。

更何况，当跳跳虎说出"我们的新成员"时，草妹的直播间里的弹幕都炸了。

"这就是亚洲邀请赛最后一枪差点儿锁定冠军的那个妹妹？！"

"天哪，这个妹妹好厉害的！技术超级强悍啊！吊打 H 国队员！"

"草妹，你快问一下跳跳虎他们这个新来的妹妹什么时候官宣开直播啊？飞机火箭的钱我已经准备好了！到时候就去给她捧场！"

"亚洲邀请赛她戴着口罩啊，都没看清妹妹长什么样。不过光看她的眼睛，感觉她应该挺好看的！"

"有一说一，这个妹妹打得确实好，压枪比我稳。草妹的技术确实比不上她。"

…………

大家你一句我一句地说着，屏幕前的草妹的脸都快绿了。

也是，她天天被水友吹捧成天上的仙女，房管也是玻璃心，直播间里只有奉承的人，没有喷子。草妹猝不及防地看到粉丝在自己的直播间里夸别的女孩儿，心情能好到哪里去？

而霍嘉鲜心里更爽了。

她一句话都没说，笑眯眯地点了"开始游戏"。

第一局是米拉玛沙漠地图。

航线刷出，霍嘉鲜甚至没和贺随他们商量，三个人颇有默契地选了人最多的皮卡多拳击场为跳点。

草妹有些着急了，撒娇道："随神，你们怎么跳拳击场呀？这里人太多啦，我不敢跳呀。"

平常草妹和 BF 那群人一起打排位赛的时候，他们会照顾她，开局跳人烟稀少的野点发育。更别说撒娇了，只要她语气一软，什么三级头、三级甲、空投枪，BF 的人都给她。

草妹听她的小姐妹蜜橘说过,这个跳跳虎就是个头脑简单的男人,随神也挺绅士的,只要自己撒个娇,他们肯定是围着自己转,命都会给自己。

可她哪里知道,话还没说完,飞机到达皮卡多上空,那三个人根本没理她,纷纷跳了下去。

"不敢跳就别跳。"贺随的声音听起来有些冷,"没人逼你。"

草妹没想到贺随说起话来竟然这么冲。直播间里一片"哈哈哈哈"的弹幕过去,这些弹幕在此时的草妹眼里有些刺眼。

她咬了咬下唇,按了"F"键跳机。

贺随见她跟着跳下,又悠悠地来了一句:"跟着我们可以,不准拖后腿,否则我立刻让跳跳虎把你踢了。"

屏幕前的草妹,脸色看起来有些难看了。

霍嘉鲜心情不错,落地就捡到一把 M416,直接把落到拳击场三楼上的三个人给击倒,又配合贺随把对面红楼里的一支小队团灭。

"非常好啊!"跳跳虎击倒一人,也迅速和他们会合,"一楼还有一支小队。"

"可以。"

三个人一前一后跳着下楼,刚刚落地的草妹完全就是个局外人,没有任何存在感。

她跳的位置不太好,不小心从拳击馆旁边的消防楼梯坠落,摔掉了半管血。她下意识地惊叫了一声,害怕地捂住了嘴巴。

"啊——"

草妹的声音娇滴滴的,霍嘉鲜一时分辨不出她到底是真的害怕,还是在做节目效果,以引起人们的关注。

果然,直播间的弹幕上齐刷刷地刷过去几百条"心疼"。

还有人开始谴责 TT 的人怎么这样子,一点儿也不怜香惜玉,带妹带得这么凶,都没人关心草妹。

霍嘉鲜心想:是她自己没注意摔下去的,又不是摔死了,这有什么好关心的?再说了,这群人是不是眼睛瞎了?没看到他们三个人把附近的敌人清理干净了吗?这草妹明显什么事没干啊,这还不算照顾吗?

想到最后,霍嘉鲜甚至有些羡慕起草妹来。

自己直播间的观众怎么没像关心草妹一样关心自己？就因为自己没开过摄像头吗？

这真就是个看脸的世界。

霍嘉鲜叹了口气，继续捡拾装备，准备和贺随他们一起把一楼的那队人干了。

听见霍嘉鲜叹气，贺随扭头看了她一眼。他紧抿薄唇，没说话。

很快，耳机里传来草妹惊喜的声音："随神！这里有一个三级头呢！你要吗？"

草妹的声音又细又甜。

霍嘉鲜觉得，草妹可能把变声器开得有些过头了。

也不知道为什么，这草妹一对贺随献殷勤，霍嘉鲜心里就很不爽。

她更没想到的是，贺随竟然搭腔了："哪里？"

"就在我这里，"草妹站在原地不动，又对着镜头笑道："兄弟们，今天是随神带草妹'吃鸡'，草妹肯定要把最好的物资留给最厉害的男人啦！随神可一直是我心目中《绝地求生》唯一的神！第一次和'男神'排，今天草妹心里好激动……"

她的长篇大论还没抒发完，窗外就传来砰的一声响——

有人从对面高楼狙出一枪。

草妹应声倒地。

屏幕上，她的甜笑一瞬间凝固住了。

一直沉默不语的跳跳虎忍不住笑出声："哈哈。"

"兄弟们，这就是自己不好好练技术只会无脑抱大腿的后果。"虽然没在直播，但霍嘉鲜还是忍不住说了起来，"自己都什么分段了，还一动不动地站在原地等人？不会在地图上标点？简直就是自己主动当活靶子让别人狙。"

"哈哈哈哈哈……"这草妹上场后，满眼是随神，跳跳虎心里自然也不爽，开玩笑似的嘀咕了一句，"这大概是只吹了随神而没吹我的后果吧。"

而草妹的直播间已经炸翻了天。

"我没看错？这都能狙倒？对方是不是开挂了？"

"没有开挂吧，草妹大意了，站着没动，要我我也能把人狙倒。"

"随神，快上楼救我草妹啊！"

"啊啊啊啊啊，草妹，坚持住，千万不要落地成盒啊！"

"为什么TT的人还不来救草妹？为什么TT的人还不来救草妹？为什么TT的人还不来救草妹？"

在《绝地求生》里，只要玩家还有队友存活，就算被人击倒，也能在一定的时间内被队友救活。

草妹冲着镜头做了一个"呜呜呜哭"的表情："哎呀，是我太菜了，给随神他们拖后腿啦！"

"知道就好。"耳机里，男人的声音显得格外冷酷无情，又似乎对身边的人说了一句："你上去拿。"

霍嘉鲜愣了一下："我？"

"嗯。"贺随出了拳击馆，又往红楼的方向跑去，"那个三级头你拿吧。"

三级头可是稀缺珍贵的资源，保命的装备。

霍嘉鲜愣了一下："随神你不用？"

"不用。"

"她给你的呢。"

"你去拿吧。"

"可是……"

"哎，妹妹，你就拿着吧！"这两个人在这里试探来试探去，跳跳虎快看不下去了，"随神难得对小姑娘这么好，你就别拒绝了。"

"就是。"一直在自闭单排的尼罗也插了一句，"别拒绝了。"

不知道为什么，霍嘉鲜总觉得他们话里有话。

她觉得脸上有些发烫，小声"嗯"了一下，匆匆跑到贺随标点的地方。草妹刚刚流血殆尽而亡，救不回来了。

霍嘉鲜本来就没想救她，直接捡了她的装备就走，一句多余的话没说。

草妹快气疯了："这个三级头……这个三级头是我给随神的！不是给你的！"

"我让她拿的，你有意见？"贺随淡淡地道。

"可是……可是她故意不救我！"要不是在直播，草妹真的恨不得直接冲到 TT 的基地去把这个明摆着在和自己对着干的打一顿,"就因为她是 TT 的新队员,就能这么欺负人?!"

"当然可以。"贺随护短护得明明白白,"你受不了的话,可以走,没必要死皮赖脸地被我们欺负。"

草妹连句话都没说,气得一秒下播。

霍嘉鲜在一旁围观完全程大戏,心里比刚刚吃了一百盘"鸡"还要爽。

"哇,这真的太爽了。"她忍不住冲贺随竖起了大拇指,语气也很欠揍,"我就喜欢看她灰头土脸地滚下播的样子。"

贺随勾了勾嘴角,没说话。

而跳跳虎只能在心里哀号——

他到底是造了什么孽,要做这场大戏的背景板,360 度无死角全方位沉浸式体验随神暗暗地拉上嘉鲜妹妹虐狗啊?!

第二天一早,霍嘉鲜照例是基地里起得最早的人,勤奋得让史迪心疼。

八月快结束了,她只能靠早上这点儿时间来拼命混直播时长。

大概是母亲生病的缘故,向来无忧无虑、随心所欲的小公主,第一次觉得有些责任是自己必须承担起来的,比如说直播合约。

既然签了,那她就要好好播完。

小仙女这个账号还没转到 TT 的公会里,所以现在她只算一个闲散人员,直播的时候不用太过注意自己的言辞引起不好的影响。

这天早上她开直播后,直播间里依然涌入了很多草妹那边的狗在狂吠。

昨天草妹和 TT 的人四排,被气得直接下播,今天她这群粉丝的戾气明显重了不少,说起话来也脏得不行,弄得霍嘉鲜都没眼看。

房管封号封得很累,霍嘉鲜嘴上也没闲着,利索地喷了回去。

"怎么,昨天在随神那边受了气,今天又来我这边找骂了?"她笑容明艳,声音里带着几分娇俏感,"可惜呀,你们在随神那里不敢叫,只好到我这里来找存在感咯!这算欺软怕硬吗?"

一想到昨天草妹那么吃瘪,霍嘉鲜心里越发开心:"不过你们过来骂我、针对我，我也能理解的。毕竟比起你们的主子，我技术比她好，长得也比她漂亮。人太优秀就是容易遭恨，不忌妒都不行。"

直播间的水友大概从没见过这么不要脸的人。

霍嘉鲜的粉丝早就笑成一片，而草妹的粉丝快气炸了。

"长得比草妹漂亮？"

"笑死我了！你这个不露脸的胆小鬼还要和我们草妹比？"

"有种露脸？"

"TT 都引进女选手了，你呢？还天天开着你的外挂在这里蹭草妹的热度吧？！"

"草妹是海鲜绝地颜值区第一大主播，热度比你高吧？她会忌妒你？你是不是妈死了，没人教过你怎么照镜子？"

霍嘉鲜本来看弹幕看得挺开心，可一看到那句"妈死了"，脸瞬间沉了下来。

"叫'路过788'的这个，"她报出那人的ID，声音很冷，"立刻、马上，给我道歉。"

霍嘉鲜都把这人的ID点出来了，房管也不敢封，等着对方迷途知返，早点儿道歉。

哪知那人似乎还很得意的样子。

路过788："呵呵，道歉？戳中你的什么痛处咯？要给你道歉？哦！是不是说草妹热度比你高？这是事实啊！你有种向草妹道歉啊？！"

…………

霍嘉鲜气得眼眶都有些红了。

她死死盯着屏幕，一字一顿地说："你给我道歉。"

路过788："就不道歉！除非你能找到随神，让他给我们草妹道歉！否则我死都不道歉！"

这人的态度实在恶心，霍嘉鲜的直播间瞬间乱作一团，有为小仙女打抱不平的人冲去草妹的直播间，也有草妹的粉丝在霍嘉鲜的直播间为这位傻子疯狂点赞。

霍嘉鲜很久没开口说话。

她认真地在思考这件事。

随神……随神可能为了自己的妈妈而道歉吗？

有那么一瞬间，她几乎要低头向大家坦白昨天的事情其实是自己做的，由自己向草妹道歉，再好不过。

毕竟她实在不想听到任何人在自己面前诅咒自己的妈妈。

但是话到嘴边，她又有些迟疑了。

她为什么道歉？她凭什么道歉？贺随说的是事实，她做得也不过分，为什么要道歉？

有一股气在她心中郁结、膨胀，蓄积着能量——她几乎快要爆发。

为什么，他为什么要这样说她的妈妈？！

霍嘉鲜的内心向来强大无比，被多少人喷开挂，她都不在乎。

但在这一刻，她心里是有在乎的东西的。

霍嘉鲜觉得自责、愤怒、疲惫，但更多的是委屈。

她什么都没做，说的也是事实，那些人为什么要这么说自己？

贺随推开门进训练室的时候，看到的就是这样一幅画面——

少女坐在电脑屏幕前一言不发，侧脸线条倔强。她微微皱着眉，眼眶已经红了。阳光斜斜地洒进来，空气中的浮尘围着她胡乱飞舞，像是她无法安定的心绪。

贺随皱起了眉头："发生什么事了？"

听见贺随进来的动静，霍嘉鲜将耳机摘下，手忙脚乱地把语音关了。

小姑娘开口叫了声"随神"，嗓音哑哑的，鼻音也浓，似乎坐在这里哭了一会儿了。

她这是受到什么委屈了？

趁她还没下播，贺随几步走到她面前，按住她搭在鼠标上的右手。

他一目十行，浏览着她的直播间里的弹幕，看到那个频繁刷屏的"路过788"说的话，眉头皱得更紧了。

"随神，让我下播吧。"霍嘉鲜挣扎着想把鼠标从贺随手里抢过来，"有点儿累了。"

贺随没理她，径自拿起她的耳机，就要接通语音。

霍嘉鲜愣了愣："随神你……"

"你不许累。"贺随低声截住她的话，"下午还有训练赛，你要保持好状态。"

霍嘉鲜有些蒙,呆呆地看着贺随的动作,有些不知道接下来他要干什么。

贺随熟练地开了语音。

"这个'路过788',你还在直播间,对吧?"男人清朗的声音平静沉稳,"我是贺随,如果你先道歉,我马上向草女士道歉,可以吧?"

短暂沉默之后,霍嘉鲜的直播间一下子炸了。

早晨看直播的人本来不多,霍嘉鲜的直播间的热度只有三四十万。贺随说话之后,粉丝们奔走相告,霍嘉鲜的直播间人气飙升,一下子就突破了百万,完全碾压草妹的直播间的热度。

不仅霍嘉鲜,那些水友更是惊呆了。

"哇!这是随神?这是随神!天哪,这真的是随神! TT 的随神!"

"我在做梦?"

"不是,有生之年,我竟然在小仙女的直播间蹲到了随神?!我'女神'和她'男神'认识?!这是什么神仙剧情?"

"兄弟们,我有个大胆的猜测……"

"我也有个大胆的猜测……"

"好,兄弟们,我宣布TT新赛季引进的新人就是woshixiaoxiannv!!!"

"让我缓缓!让我缓缓!!!所以woshixiaoxiannv=性感宝贝=亚洲邀请赛戴口罩的漂亮妹妹=昨天跟随神、跳跳虎还有那根草一起四排的妹妹?!"

"是。"

"对。"

"兄弟没毛病。"

"就是这个道理。"

"兄弟们!小仙女要打职业赛了!她终于要扬名立万了!"

"天哪!给我五分钟时间让我缓一下!妈妈终于蹲到了仙宝打职业赛的这一天吗?!"

"……"

相比霍嘉鲜的粉丝的兴奋激动,草妹的粉丝可以说是噤若寒蝉。

尤其是那位"路过788",瞬间人间蒸发了一样,也不知道是不是正在暗中窥屏。

贺随顿了顿，声音很冷，语气很坚决。

"请你言而有信，出来道歉。互联网不是法外之地，我们TT一向不能容忍队员在网上无端受这样的谩骂。海鲜是实名注册平台，如果你还不出来，我们会通过正当程序向海鲜递交申请，对你提起诉讼……"

贺随的话条理清晰，步步紧逼。那人大概也被吓到了，很是不情愿地出来发了句——

路过788："对不起。"

贺随："没有诚意。"

路过788："对不起，我不应该说那么难听的话诅咒你。"

贺随看了一眼身旁的霍嘉鲜。

她看着贺随，表情有些古怪。明明眼睛还是像小兔子一样红红的、湿漉漉的，堆满委屈，霍嘉鲜却死死抿着嘴唇，似乎在憋笑，也不知道是不是被贺随刚才那句"草女士"给戳中了笑点。

她弯了弯眼角，不好意思地看了贺随一眼，极快地点了点头。

贺随也笑了。

再次开口，他的语气轻松了不少。

"好，我也向海鲜TV的一颗小草妹道歉。

"虽然你真的很菜、很烦、很拖后腿，但是我也要因为不知道做错了什么而向你道歉。

"希望以后你永远不要再和我组队打游戏，落地之后，也可以死得再快一些。

"这样行吗？"

霍嘉鲜无语。

水友们快笑疯了。

"这简直是本年度我听到过的最有诚意的道歉了！"

"随神道歉法，大家学会了吗？"

"好！我也要这么向我女朋友道歉！今天就实践一下！"

"前面的兄弟还是算了吧。"

贺随看向一边的小姑娘。

霍嘉鲜扑哧一声，终于破涕为笑。

草妹万万没有想到，有一天自己竟然给别人做了垫脚石。

草妹的粉丝和小仙女的水友那场骂战，因为贺随在小仙女的直播间的一番话，被轻而易举地化解了。

显然，因为这事，小仙女的热度几乎是如坐火箭一般飙升——

不仅因为她即将成为《绝地求生》冠军联赛乃至《绝地求生》世界范围内第一位引援的女选手，更重要的是，她和TT的渊源实在太深太深。

从刚开始直播起，她就是TT的头号粉丝。那时候全网说她是蹭热度、不要脸，但谁又知道，最终她竟然能走到这个位置？

她加入了TT，和他们并肩作战，真正成为这支银河战舰的一员。

更何况，随神对这个新成员的关注……实在有些过头。

先不说从前向来只单排的他，最近频繁地和小仙女双排训练，就是那天早上在小仙女的直播间里那一出戏，就足够让人浮想联翩了。

只要不是个眼睛有问题的人，就能看出随神护短不要护得太明显。

草妹已经是绝地圈颜值数一数二的女主播了，随神还那么夸张地打她的脸，这说明什么？

这说明这个小仙女说不定真的就和她自己说的那样——颜值碾压草妹，是个超级漂亮的大美女！所以随神才会无视草妹的美貌，做小仙女的保护神！

一时间，论坛堪称被屠版，什么版本的猜测都有。

最离谱的是说小仙女和随神已经快领证了。亚服两大杀神，生出来的小孩儿恐怕要横扫各大第一人称射击竞技游戏比赛。

对此，霍嘉鲜表示无语，只能说网友的脑补能力确实挺强的。

无论怎么说，这个消息确实被贺随自己给透露出去了。史迪知道这件事以后，非常生气，但又不敢打贺随，只能把怒意发泄在跳跳虎身上，狠狠捶了跳跳虎一顿。

"我是经理！不是给你们擦屁股的保姆！你们天天做事情不想后果吗？！本来我想得好好的，官宣视频都做好了！现在你们给我搞这么一出！现在热度已经被你们消磨光了，接下来怎么办？！"

看他那副样子，要不是还有个跳跳虎让他发泄，只怕他会"哐哐哐"地撞大墙。

霍嘉鲜有些不明白:"经理,反正现在我也签合约了,不怕被别人抢走了,就算现在被别人知道我的身份,也没什么关系吧?"

"哎呀,嘉鲜!嘉鲜!"史迪无奈道,"算了,你也只会打游戏,对这方面的事肯定也不了解。"

不过史迪看着霍嘉鲜那一脸迷茫的样子,到底还是没忍住,给她解释了一番。

"你——woshixiaoxiannv,这么漂亮的一个妹妹要加入TT,这件事带来的轰动效果可能有100分。"

"但是现在你们先把这一消息透露出去了,网友震惊了一下,效果就降到了60分,甚至一半。等到你再在公众面前亮相,人家已经知道你是小仙女了,就算对你是个这么漂亮的妹妹再震惊,又有什么用?最多效果也就只有50分,然后就没了。"

"我这么说,你总该懂了吧?100分带来的广告效益和50分带来的广告效益是完全不同的啊!相差一个量级了啊!贺随这个臭小子又一次坏了我的好事,啊啊啊啊啊啊!"

霍嘉鲜点点头,但还是忍不住为贺随辩解了一句:"经理,其实这事也不完全怪随神啦,我也有错。"

要不是她和人在直播间里吵起来,贺随也不会帮她出头。

"唉,无所谓了。"史迪疲惫地瘫在沙发上,"现在随神闹这么一出,我都找不到合适的时间点推你出去了,而且现在你的粉丝和海鲜那个草妹的粉丝闹得很凶吧?你还没开始打比赛,喷子就这么多,你也真是TT史上头一号……"

史迪用力揉着眉心,思索着对策。

倒是一旁刷手机的尼罗抬起头来,推了推眼镜,提议道:"老史,之前你定好的叫我和唐葫芦参加的那个什么……中国、R国、H国主播对抗赛?你把我的名额给嘉鲜呗。"

"啊?"

"就是那个线下赛,让嘉鲜去参加呗。"尼罗慢悠悠地说,"真人参加现场活动总比视频看起来效果更加震撼吧?亚洲邀请赛和H国队伍的关系闹得那么僵,如果嘉鲜能在这个活动上吊打他们一顿,估计……"

"好！好好好！我觉得你这个建议好！就这么做！"史迪双掌用力一拍大腿，"尼罗啊，你果然是我的好兄弟，比跳跳虎那个臭小子让人省心多了。"

在一旁的跳跳虎一脸蒙。

这是随神整出来的事，和他有什么关系哦？

霍嘉鲜要参加中国、R国、H国主播对抗赛的事就这么定了下来。

对这个决定，不仅俱乐部高层同意了，海鲜TV那边也很赞同，毕竟霍嘉鲜是他们绝地区的大主播，是从没露过面的神秘技术大咖。如果她第一次出场就有了这么大一个悬念，那么会给自家平台和这次独家转播的对抗赛提升很多关注度。

对抗赛在下个月月初举行，为了能够第一次完美惊艳亮相，霍嘉鲜每天都在基地里好好训练。

她偶尔上上直播，和贺随、跳跳虎一起打排位赛，斗斗嘴，开开玩笑，直播间热度比往常翻了好几倍。她还拿收到的礼物钱给妈妈买了一条不算太贵的长裙。

八月底的时候，谢繁由霍凛陪着，飞去美国准备做手术了。

她离开的那天，霍嘉鲜请假去了一趟机场。

母亲苍白的面庞依然美丽，嗓音一如既往地温柔，她让霍嘉鲜要照顾好自己。

霍嘉鲜忍住没掉眼泪，用力地抱了抱母亲瘦弱的身体。

"妈妈，过两个月我会去美国找你和哥哥的。到时候你一定要好起来，和哥哥一起到现场来看我是怎么拿到那个世界冠军的。"

谢繁揉了揉霍嘉鲜的头发，淡笑着点了点头。霍凛在一旁开口，语气虽不屑，神色却偏偏有一种"吾家有妹初长成"的骄傲感。

"行啊，嘉鲜。"霍凛说，"如果你拿到世界冠军，哥再送你一辆车，怎么样？"

霍嘉鲜想到过去那么多年霍凛送给自己的生日礼物全摆在车库里，上面落满了灰尘，有些无语："哥，你能不能给我换个礼物啊？"

"换个礼物？能有车好？"霍凛一脸"小屁孩儿你懂什么"的鄙夷

表情,"你最好现在提前谢谢我这个全世界最好的哥哥,否则等你以后意识到要来感谢我的时候,已经晚了。"

霍嘉鲜是真不知道那些五颜六色、花里胡哨的超跑有什么好的。

霍嘉鲜送母亲和哥哥去往美国的那个晚上,TT基地终于迎来了他们新赛季的教练——冥灭。

这位远古大神神秘得很,基本不直播露面。除了早年他参加比赛的那些青涩影像留档,网络上根本没什么其他照片或者视频流传。

最近他是因为要和新婚妻子度蜜月,去欧洲玩了一圈,所以新赛季才来晚了。

在冥灭到来之前,霍嘉鲜想象过无数次冥灭大神到底长什么样子。

史迪天天把"冥灭很严格的""他来做教练,你们迟早要被骂死"挂在嘴边,就和一个无力管教学生的班主任一样,不断妖魔化一个即将到来的新老师。这让跳跳虎害怕得很,最近连训练都卖力了很多。

这导致霍嘉鲜总是觉得冥灭应该是个严肃古板的大叔,顶多是没少年时那么青涩而已。

因此,那晚冥灭进入基地的时候,所有人都震惊了。

"哇哇哇哇哇!"跳跳虎推门进来,嘴里还含着一根棒棒糖,眼睛瞪得非常大,"报告!一楼!冥灭大神来了!"

"哇!"唐葫芦立刻放下鼠标,"大神长什么样?真的很凶?"

跳跳虎似乎思索了片刻:"没眼睛,没脖子,笑眯眯的,像一个弥勒佛。你自己想。"

唐葫芦一脸问号。

霍嘉鲜也在一边想象了一下,真的蛮像弥勒佛的。

"那……他应该不是很凶吧?"唐葫芦松了口气,"这两天我都快被经理吓死了。"

尼罗刚吃了一把"鸡",边退回游戏主界面,边悠悠地来了一句:"人不可貌相,这是老年人给你们的忠告。"

唐葫芦打了个冷战,下意识地看了霍嘉鲜一眼,赞同地点了点头:"确实哟!"

霍嘉鲜心想:跟我有什么关系?

尼罗简直是一语成谶。

几天之后,霍嘉鲜就已经摸清了新教练的套路——虽然冥灭看起来又和蔼又可爱,但实际上就是个毒舌冷酷的变态中老年人,该骂该训的,一个不会落下,而且记仇得很。

整个 TT 在他的指导下苦不堪言,每个人的平均训练时长被硬生生拉长一两个小时,还得被强制着参加冥灭给他们安排的普拉提课。

在一周之内,TT 就变成了整个《绝地求生》冠军联赛最勤奋的队伍。

跳跳虎、唐葫芦叫苦不迭,史迪倒是满意得很。

就冥灭来的这个月,破天荒地,TT 几个人的直播时长在中旬就快播满了。

这在从前可是史迪想都不敢想的事。

现在好了,冥灭来了之后,这帮臭小子屁都不敢放一个,该训练的训练,该直播的直播,这才是一支正常的电竞战队该有的样子嘛。

只不过像贺随和霍嘉鲜这样自律的人,不需要冥灭来管。

所以这段时间,史迪过得很是轻松惬意。

这天晚上,结束了训练赛,霍嘉鲜照例和贺随双人四排一起练习。

不知道为什么,只要和贺随一起双排,霍嘉鲜就不太好意思开直播。

贺随倒没说什么,自己开了直播,还破天荒地开了摄像头。

只不过他的镜头对准的是他的双手。

就算这样,直播间里的女粉照样开始了新一轮的号叫。

"老公的手也太好看了吧!"

"别叫老公了,小心小仙女提刀来杀人。"

看到最后一条弹幕,贺随轻笑了一下。

低沉勾人的笑声透过耳机电流传来,有一种酥酥麻麻的感觉,格外撩人,就算霍嘉鲜听了这么久,也有些吃不消。她没敢扭头看贺随,只嘀咕了一句:"你笑什么?"

"没什么。"贺随镇定自若地关了弹幕助手,"开吧。"

霍嘉鲜点了"开始游戏"。今晚,他们练的地图是海岛艾伦格。

在素质广场准备的一分钟里,身后训练室的门被人推开,冥灭抱着一大堆快递盒走了进来。

他用脚关上门,代替了霍嘉鲜曾经的工作,开始分发快递。

跳跳虎的快递最多,自然也被冥灭损得最凶。

"我真是搞不懂你们这些年轻人,买这么多鞋子干吗?自己又没女朋友,穿着也没人看啊。"

跳跳虎不甘示弱地说:"教练,我看你脚上那双鞋也是去年出的限量版吧?你能买,为什么我不能买?"

冥灭笑了,语气无限慈爱:"你真的没懂我的意思。我之所以穿,是有我老婆看我、夸我、欣赏我啊,你呢?你的右手也长眼睛了?能欣赏出鞋子的美?"

跳跳虎无语。

霍嘉鲜每次一听他们两个说话就特别想笑。她随意扭头看了一眼,正好看到冥灭拿起一个快递盒。

"嘉鲜啊,这是你的快递。你买了什么东西啊?怎么这么轻?"

冥灭对待漂亮妹妹的态度可比对跳跳虎好多了。

霍嘉鲜愣了一下,才想起来:"哦,是皮筋儿。我们从曼谷回来以后,我扎头发的皮筋儿就不知道去哪儿了,气死我了,于是我索性买了几百个。"

"几百个?"冥灭倒抽一口冷气,"女人果然狠。"

霍嘉鲜耸了耸肩,又转了回去。

"哪里狠了?主要是想扎头发的时候又找不到皮筋儿真的很烦呀。"霍嘉鲜嘴里嚼着口香糖,在地图上标了一个点,距离一到,立刻往下跳伞,"现在我买了几百根,就算每天丢一根,到明年也有的用了。"

冥灭一脸问号。

而贺随的直播间里,他在镜头之外的右手微微动了动。

也不知道有没有眼尖的粉丝看到那截瘦削的手腕上露出了半根黑色的皮筋儿。

很快就到了中国、R 国、H 国主播对抗赛这天,一大早跳跳虎就被史迪拉了起来，下楼去让化妆师好好给他打理一下。

等到跳跳虎磨磨蹭蹭地下楼时，霍嘉鲜已经在客厅里被造型师摆弄半天了。

造型师正在给霍嘉鲜画眼线，霍嘉鲜听到跳跳虎下楼，半睁着眼睛和他打了个招呼。

"早上好呀，虎仔。"

"早。"跳跳虎睡眼惺忪地打了一个哈欠，灵魂还停留在床上："要搞什么啊，老史？"

史迪拉着另一个化妆师絮絮叨叨着："喏，这个臭小子臭美得很，麻烦你帮他好好弄一下，争取让他迷倒万千少女。他的这些痘痘啊什么的遮一下，发型也好好弄一弄，黑眼圈别太重了。"

跳跳虎乐了："哎，还是你懂我。"

"就算我不懂，你也得这么弄。"史迪瞪了跳跳虎一眼，"要是你邋里邋遢地出去，丢的还不是我们TT的脸？"

跳跳虎往椅子上一靠，边闭目养神，边吹起牛来："嘿，老史，你还真别担心！我那些女友粉，就算我三天不洗脸、不洗头地站在她们面前，她们还是会爱我如初！"

"那你可真的是在做梦了。"霍嘉鲜毫不犹豫地往跳跳虎的心上插了一刀，"我们女生就是视觉动物，对长得帅的人才想要好吗？"

此时，霍嘉鲜和跳跳虎正闭着眼聊得起劲，冥灭穿着一双拖鞋正好下楼，他身后还跟着贺随。

贺随穿着一身简单的白T恤和牛仔长裤，长腿窄腰，身材修长而挺拔，脸上没什么表情，随意地靠在墙边，透出一股慵懒散漫的淡漠感。

霍嘉鲜和跳跳虎没听见冥灭和贺随下楼，还坐在那里聊得起劲。

跳跳虎："长得帅的才想要？不可能！说好的女人是感性的动物，比起外表，更注重内涵呢？！"

"呵。"霍嘉鲜轻蔑地嗤笑一声，"注重内涵？那你真的想多了！那不过是一些女孩儿没见到足够帅的男人，所以编造出来安慰自己的谎言罢了！"

跳跳虎不服气："我不信！你肯定在骗我！虽然我确实帅，但是我这张帅气的脸对我深沉的内涵来说，只是锦上添花而已！"

"我为什么要骗你?"辩论到兴头儿上,霍嘉鲜的语气越发激动,"要是还看内涵,那就是说明男的不够帅!你不信?那现在你出门随便去问路人女孩儿,如果是随神那么帅的人站在她们面前,她们想不想要?嗯?"

跳跳虎正好睁开眼睛,赫然看见一旁站着的贺随,立刻噤声。

"我跟你打赌,一百个女孩子里面,有九十九个女孩儿会想要随神!"霍嘉鲜没注意到跳跳虎的异样,还在滔滔不绝地说,"难道你要一个自己喜欢的人的时候,还要和他从诗词歌赋聊到人生哲学?只要帅就行了啊!随神那种百年难遇的帅哥,看什么内涵啊?!"

跳跳虎眼睁睁地看着霍嘉鲜越说越兴奋,越说越激动,最后更是直接推开化妆师的手,一下子坐直了身体,睁开眼想要继续——

然后,她像是被按住了暂停键,嘴巴微微张开,呆呆地看着贺随,喉咙口的所有声音被她强行吞了回去。

贺随低声笑了一下。面对这样的虎狼之词,他竟然还能镇定自若。

"哦?是吗?"他慢条斯理地抬眼看向她,"那你呢?"

霍嘉鲜不知该说什么。

空气仿佛要凝固了。

面前的化妆师背对着贺随,一副想笑又不敢笑的样子,拼命抿紧嘴唇,憋笑憋得整张脸扭曲而狰狞,看起来怪辛苦的。

霍嘉鲜的脸快红到耳根了。她微微缩了缩脖子,藏到化妆师的身后,试图躲避贺随的目光。

她再看看一旁,跳跳虎、史迪他们也没好到哪里去。

围观群众忍不住放声大笑,但又不敢肆意起哄,也是憋得非常难受,只能拼命冲霍嘉鲜挤眉弄眼,恨不得霍嘉鲜再说上一百句调戏贺随的话。

贺随一直没再说话,霍嘉鲜却不敢不回答。她拖了一个长长的"啊——"音,鹿眼微微下垂,脑袋里拼命想着对策。

"我……我当然和她们不一样啦……"霍嘉鲜小心翼翼地说,"随神你真的很帅很帅很帅,而你的内心更加丰富多彩、绚烂缤纷!我当然和那些路人不一样啦,我比她们了解你,肯定不会因为你长得帅,就想……你的……是吧?"

最关键的那个字被她轻描淡写地蒙混过去了。

跳跳虎强行憋着笑，神色里还浮夸地带着几分疑惑，说："咦？不对呀，嘉鲜妹妹？你的意思是，你了解随神，知道他不仅有绝美的外表，更有深厚的内涵，对吧？那按这个道理来说……"

"对呀。"史迪点点头，也来火上浇油，"按照这个道理来说，嘉鲜妹妹，你应该比那些不了解随神的人更想那个才对呀？你们说是不是呀？"

好嘛，史迪还专门把"那个"着重强调了一下，语气听上去要多暧昧有多暧昧。

有化妆师挡着，霍嘉鲜狠狠瞪了他一眼，以示警告。

偏偏大家没人怕她，还在你一言我一语地起哄。

跳跳虎："没错，我就是这个意思。"

冥灭："确实是这么个理儿。"

史迪："所以我觉得嘉鲜是在暗示什么？"

跳跳虎："我不懂，我只是个纯洁的弟弟，别来问我。"

冥灭："我懂，但是不说。"

史迪："你们懂不懂不重要，重要的是随神懂就行了，嘿嘿嘿。"

霍嘉鲜无语。这让她怎么回？她索性装作听不见，视死如归一般闭上眼睛，任由化妆师给她上妆。

可她万万没有想到，这化妆师也不是一个让人省心的人。

她边给霍嘉鲜上妆，边小声感慨了一句："哟，妹妹，你的皮肤好好呀，这小脸红得都不用打腮红啦。"

霍嘉鲜心想：求你了别说了，闭嘴行不行？

等到大家快出发的时候，史迪才问起贺随和冥灭今天怎么这么早起来。

冥灭边啃着面包，边指了指贺随："他拉我起来的，说要去对抗赛。"

"随神？"

贺随："我去参加对抗赛啊，海鲜TV也发邀请给我了，你不知道？"

史迪一脸蒙。

选手被邀请参加活动，他这个经理怎么不知道？

他严重怀疑是贺随自己向海鲜的人提出今天要去现场的。

毕竟，这可是嘉鲜妹妹的首秀。

史迪心领神会地对贺随笑道："哦——这样子。"

冥灭在一旁点了点头："至于我呢，主要是去凑热闹，不是去干正事的哟。"

史迪："可以啊，那你来往的车费和餐费全部自己出。"

冥灭心想：好狠一男的。

一帮人打打闹闹，很快准备就绪，一起出了门。

霍嘉鲜全程安安静静地低头看地板，不敢发出一点儿声音。

她希望随神能尽快忘了刚才那一番虎狼之词。

保姆车很快驶到对抗赛的比赛现场。

因为《绝地求生》这个游戏的国服还没有上线，所以联赛不是对外开放售票的，粉丝和水友们也只能通过网络直播来观看比赛。

可对抗赛就不一样了。

虽说这是娱乐赛，但因为赛制是 50vs50 的大混战，有来自三个不同国家的主播、退役选手甚至现役选手参与，阵容相当豪华，所以打起架来也十分精彩。

况且这还是一年之中为数不多观众可以到现场观看的《绝地求生》比赛。

保姆车离比赛场馆还有一段距离，嘈杂的人声已经从车窗外隐隐约约飘了进来。

"哇，这么多人啊。"跳跳虎拉下眼罩，靠近玻璃看着外面，"老史，今天对抗赛卖出去多少张票啊？"

"那天阿克苏和我说过，好像有几千张吧。"史迪说，"他们 FLG 想多要几张内部票都不行，全卖光了。"

霍嘉鲜也坐了起来，看向车窗外，不知道在想什么。

身边的男人扭过头来，看到她的侧脸，挑了挑眉。

"紧张？"

"有……有一点点。"

霍嘉鲜老实地点了点头，忽然想到什么，手忙脚乱地从包里翻出手机，打开前置摄像头，仔仔细细地对着自己的脸检查了一圈。

史迪还是第一次带漂亮妹妹出来比赛，看到霍嘉鲜的反应，觉得新鲜："嘉鲜妹妹这是在干吗？"

"检查妆容啊。"霍嘉鲜从包里抽出一管刚才化妆师留给她的口红，又对着手机屏幕仔仔细细地补了一圈，"颜色千万不能淡，我要在气势上镇住别人。"

贺随看着小姑娘对着手机屏幕认认真真补妆的样子。

大概是因为今天要隆重登场，所以她盛装打扮，全然不像这个夏天在TT基地里素面朝天、穿着简单的T恤和牛仔短裤的那个小姑娘了。

今天，霍嘉鲜穿了一条宽边吊带连衣裙，高高的腰线掐得细腰不盈一握，烟红色的裙子衬得她的皮肤白皙细腻，嫩得像是可以掐出水来。

不知道是不是化了淡妆的缘故，贺随总觉得少女看起来比往常多了几丝风情。

霍嘉鲜刚补完口红的嘴唇娇艳欲滴，那双湿润鹿眼里的水光漾得动人心扉。偏偏小姑娘仿佛忘了刚才的事，扭过头来冲自己用力抿了抿唇，笑意盈盈地问："这样行吧？好看吧？"

贺随微微动了动喉结，没说话。

他的目光像是拂过春水的一丝风，极快地掠过霍嘉鲜的红唇，随后落在了不知什么地方："嗯。"

"啊……那看起来还是不够惊艳。"

见贺随的反应平平，霍嘉鲜的小脸上写满了"失落"二字，她又从包里翻出睫毛膏和腮红，对着手机在脸上抹抹画画。

没有人注意到，贺随低垂的目光自始至终落在霍嘉鲜那截纤细瘦削的脚踝上。

他紧抿着薄唇，一直没再说话。

保姆车停在会场后台的入口处。

史迪先行一步下车，在外面的粉丝们还没反应过来之前，TT的一队队员动作飞快地下车，步履匆匆地闪进了会场。

一直进到休息室里，霍嘉鲜都还没反应过来："我的妈呀，原来你们参加活动的时候这么刺激吗？感觉我们后面有无数丧尸在追，搞得和《釜山行》一样。"

"没错。"跳跳虎沉重地点了点头，"所以我们不爱参加这种活动。粉丝太多也让人挺烦恼的啊。"

史迪一巴掌拍在跳跳虎的头上："别给自己加戏！这些多半是随神的粉丝，和你这小屁孩儿有半毛钱关系？"

跳跳虎振振有词："蚊子腿再小，那也是肉！虽然我的粉丝数量比不上随神，但我在整个《绝地求生》冠军联赛里面也可以排上前几了吧？！"

史迪："行，也对。"

跳跳虎："那是，毕竟我够帅。"

冥灭在一旁凉凉地来了一句："说够了吗？你再说，我真的要吐了。"

这几个人聚在一起最爱拌嘴，霍嘉鲜也听得开心，一路跟着哥哥们往里走。

主办方给 TT 准备的休息室在最里面，确保不会有狂热粉丝强行冲到后台打扰队员们。

霍嘉鲜低调行事，特意戴了一个口罩，以防有人提前拍到自己的照片。而且她一直低头跟在哥哥们后面，努力降低存在感。

然而饶是如此，TT 的队员们还是在快走到休息室的路上碰到了一群不速之客。

3AE 和 HP 有退役队员要参加这次对抗赛，TT 的队员们事先是知道的。但 TT 的队员万万没有想到主办方竟然这么搞事情，直接就把这两支队伍的休息室设置在了 TT 休息室的隔壁。

TT 一堆人浩浩荡荡地往里走，自然吸引了 3AE 和 HP 队员的注意。

"嘿。"有人从门里走出，叫住了他们，"随，好久不见啊。"

对方说的是蹩脚的中文，样子也是笑眯眯的，似乎脾气很好的样子。

但不知道为什么，霍嘉鲜听出了一点儿挑衅的意思。

她下意识地扭过头去，那人已经直直地走了过来。霍嘉鲜本来就站在最后，不过眨眼之间，几乎要被那人撞上。

两人距离很近，不知道的人远远看着，大概还会觉得两个人在拥抱。

今天本来霍嘉鲜就穿了一条吊带连衣裙，现在生人一接近，自然就敏感地往后退了两步。

但那人不依不饶，还在往前凑近，一只手就要搭到她裸露的肩上："想必你就是 Sexy……"

"Stan。"在那人即将触碰到霍嘉鲜的前一秒，贺随冷静地开口，及时把霍嘉鲜拉到了自己身后，"你初次和这位女士见面，就这样对待她，未免不太礼貌吧？"

那个被称作 Stan 的男人呵呵地笑了："随，我就是想认识一下小美女，不太过分吧？"

"你用'小美女'来称呼她，真的很不好。"贺随冷冷地回，"她是我们队里的选手，不是什么小美女。"

Stan 似乎有些困惑。

他的中文还没有好到足够听懂这句话的意思的程度。

贺随也懒得理他，将霍嘉鲜彻底挡在自己身后，语气倨傲而不屑地说："好了，你也打过招呼了，没什么事的话，赛场上见吧！"

"她……也上场？"Stan 饶有兴致地指了指贺随身后的少女。

贺随："对。"

"有意思。"Stan 笑眯眯地摸了摸下巴，"我们联赛还没有女人来打过比赛。不知道她会被我杀死几次？"

Stan 这话太狂妄，又太不尊重人了。贺随皱了皱眉，正想不耐烦地直接让他滚，此时，他身后的霍嘉鲜却开了口。

"你好。"少女戴着口罩，声音有些闷闷的，但听上去似乎并没有生气的样子，"刚才你是想知道我叫什么名字，对吗？"

Stan 没想到少女会主动开口，得意地瞥了贺随一眼，笑道："是的。"

"那你听好了啊。"小姑娘笑眼弯弯，也回敬他一个笑容，"我叫'待会儿见你一次杀你一次的爸爸'。"

Stan 没听懂。

霍嘉鲜又重复了一遍，笑眯眯地问他："听明白了吗？"

进休息室的时候，一群人还在嘻嘻哈哈笑个不停。

"嘉鲜妹妹，你真的绝了！说话真的有水平。"跳跳虎往沙发上一坐，忍不住竖起大拇指称赞，"幸好我和你是一伙的。要是我和你杠上，估计我得被你气死。"

"过奖过奖。"霍嘉鲜十分有礼貌地牵起裙角，施了个宫廷礼："不过他是谁啊？贺随哥哥，你认识他吗？"

大概连她自己都没意识到——她开始更加习惯地叫贺随这个称呼了。

贺随点了点头："前两年他还没退役的时候，我和他打过几次比赛。他打的也是自由人位置，挺厉害的，好几次独狼拖着队伍进了前三。"

"哦。"霍嘉鲜若有所思地点了点头，"挺阴啊。"

"可以这么说。"

"看你们的样子，似乎你们和他有过什么矛盾？"

"没什么。"贺随否认得很快，"就是队伍不同、立场不同罢了，没什么特别的矛盾。"

"这样啊。"霍嘉鲜看向一旁的其他人。

刚刚还叽叽喳喳的一群人，现在全低头安静地玩着手机。

也不知怎么的，霍嘉鲜从这安静的画面里品出了一些不同寻常的味道。

离比赛开始还有二十分钟，霍嘉鲜去了一趟卫生间。

这场馆能容纳近万人，后场特别大，TT 的休息室又在最里面。这些房间就像小迷宫一样，弯弯绕绕的，她走了很远，好不容易才找到卫生间。

没想到，她回来的时候就迷路了。

也怪她连休息室的房间号都没记，而且连手机也没带。

霍嘉鲜先凭感觉走了一段路。估计是主办方管理得好，她没见到什么可以问路的人。走廊上，每个房间的房门紧紧关着，安静得不像话，选手们似乎在休息，她也不好意思敲门进去问路。

绕来绕去，她总算看到一个门微微开着的房间。

透过门缝，霍嘉鲜感觉里面的聊天声很热烈，似乎是两个女人在聊天。

很好，离比赛开始还有十五分钟，她终于遇到活人了。

霍嘉鲜上前敲了敲门，将门推开一些，小心翼翼地开口："你们好，请……"

"问"字还没说出口，里面滔滔不绝的聊天声停顿了片刻，其中一个女人扭过头来，瞥了她一眼，随后挥了挥手："你就是代替泉泉的主持人是吧？坐吧，待会儿和我们一起进去。"

霍嘉鲜一句话来不及说完，那个女人又急匆匆地扭回头去，继续和自己面前的朋友聊天。

霍嘉鲜愣了愣。

什么泉泉？什么主持人？这个女人认错人了吧？

霍嘉鲜这才后知后觉地反应过来，自己戴着口罩，对方看不到自己的脸。

大概对方只是看自己穿得好看，所以先入为主地以为自己是那个主持人。

霍嘉鲜连忙摘下一边口罩，解释："不好意思，我不……"

后面的话还没说完，她突然在那个女人的口中听到了自己的名字。

哦不，确切地说，应该是自己的 ID 名。

她顿了顿，随后缓缓地将口罩戴了回去。

"你是不知道哟，就我那个好姐妹，草妹，最近快被气死了。"房间里的女人撩了撩头发，翻了一个白眼，"就是那个 TT 的新队员，不是说是个女的吗？之前她上过亚洲邀请赛，搞得神神秘秘的，也没人知道她是谁。"

"我知道啊，最近不是说了吗？"她的朋友搭腔，"还是随神透露出来的，说他们的新队员就是那个海鲜的 woshixiaoxiannv。"

女人点了点头："对，就是她，不过不是随神透露出来的，而是他在那个什么小仙女的直播间骂草妹，大家才知道这一消息的。"

"骂草妹？！"

"对啊。"女人语气激动，义愤填膺，"你说过不过分？就因为前一天晚上草妹和他们排位一起玩，可能草妹和那个小仙女有什么矛盾吧，第二天随神还在揪着草妹骂!而且他直接在小仙女的直播间打草妹的脸啊,说草妹菜、烦、拖后腿。草妹快气死了,那天拉着我哭了一天,唉。"

她的朋友也有些惊讶:"随神竟然做得这么过分?以前我采访过他几次,觉得他还挺好啊。"

"谁知道他是不是被那个小仙女骗了啊。"背对着霍嘉鲜的女人叹了口气,"你也知道,现在这种女的蛮多的。她们就是会装可怜,博取男人的同情罢了。谁知道她是怎么进的 TT?他们队的跳跳虎不是一直在追我吗?那天他竟然也不帮草妹说一句话,气死我了,我马上就把跳跳虎拉黑了。"

"啧啧啧。"另一人感慨,"虎仔弟弟长得帅、打得好,这种好备胎你也放过?"

那女人抛了一个媚眼:"无所谓了,反正又不止他一个。"

"哈哈哈哈哈哈,真羡慕你哟。"另外一人笑道,"不过论坛不是在传那个小仙女技术很厉害吗?我没看过她的直播,就因为要解说这比赛,特意补了一下亚洲邀请赛,感觉她打得还行呀。"

"技术厉害?"女人嗤笑一声,大概是顾忌还有第三人在场,刻意压低了声音,但说话内容还是准确无误地传入了霍嘉鲜的耳中。

"谁知道她是压枪技术厉害,还是勾引男人的技术厉害?"

两个人心照不宣地对视一眼,随后咯咯咯地疯狂笑了起来。

大概是聊得尽兴,那女人好心地扭头看了霍嘉鲜一眼,却发现她还站在门外。

"你怎么不进来?"女人笑着招呼,"快进来坐呀,今天你第一次主持吧?正好赛前和我们熟悉一下今天要参赛的这些主播的情况呀。"

因为隔着口罩,对方没有发现站在门外的少女脸色阴沉得可怕。

霍嘉鲜冷冷地笑了一下。

她的声音虽然不大,但在这狭小的化妆间里,轻蔑之意却清晰无比。

那女人的笑容在脸上凝滞了一下,似乎到此时她才发觉门外的少女有些不对劲:"你是谁?"

霍嘉鲜没有回答她的问题,冷冷地反问道:"蜜橘小甜甜是吧?"

女人似乎没想到这个陌生人会知道自己的微信名称,十分诧异,下意识地点了点头。

"请问你想让我在赛前熟悉一下哪位主播?"霍嘉鲜语带讥诮地说着,冷冷地摘下口罩,"是我吗?"

女人瞪大了眼睛,无比震惊:"你……你是小仙女?!"

霍嘉鲜的肩膀瘦削而单薄,脊背挺得很直,烟红色裙摆微扬,像是翩飞的蝴蝶。她往前走了一步,脸上的笑容倨傲而不屑。

"你不是对我很了解吗?"霍嘉鲜甩了甩手中的口罩,微仰下巴,轻佻地吹了一声口哨,"怎么,你连我长这么漂亮都不知道吗?嗯?"

蜜橘显然陷入了短暂的失语中。

在这个自称小仙女的女生出现在这个房间之前,没有人知道她到底长什么样。TT把她保护得太好,除了亚洲邀请赛那次短暂露面之后,她几乎可以说是被保护得密不透风。

要不是贺随在小仙女的直播间出现了那么一下子,引起了那么大的轰动,几乎还没有人把"woshixiaoxiannv"和"TT_SexyBaby"联系在一起。

这当然也是蜜橘第一次看到小仙女的样子。

穿着吊带红裙的少女站在门口,明眸善睐。明艳的嘴唇还带着稚气,但她偏偏像是一朵长满了刺的小玫瑰,眼里全是乖戾不羁的厌恶之色。

蜜橘皱了皱眉:"小仙女?"

"嗯?"

"你怎么在这里?"

蜜橘心想:这时候选手不是应该在休息室里准备上场吗,如果眼前的人真是小仙女,怎么会绕到解说的化妆室这里来?!

霍嘉鲜的脸色稍微缓和了一些,但语气依然张扬。

"我在不在这里,关你什么事?"她冷哼了一声,"要不是我在这里,怎么会听到你在背后诽谤我?你还有脸质问我?搞笑。"

蜜橘不由自主地撩了一下头发。她好歹是在圈子里混了好多年的解说,反应能力也比草妹快,还不至于被一个小姑娘说得哑口无言。

"如果你就是小仙女的话,对不起咯,我向你道歉。"蜜橘眨了眨眼睛，语气里满是歉意，"我是听了别人的谣言，所以才说了刚才那些不好的话。你千万不要生气哟，希望没有伤害到你，我保证以后绝对不会再说那样的话了。"

霍嘉鲜准备好了要大战一场，没想到蜜橘这么爽快就低头认错了。这搞得她很不好意思继续咄咄逼人地说下去，否则就像自己在无理取闹一样。

蜜橘身边的朋友也在一旁劝架："小仙女，你别生气啦，蜜橘也是真的不认识你，所以才会说那些道听途说的话，以后她肯定不会啦。"

两个人你一言我一语，弄得霍嘉鲜哑口无言。

她本来就不是得理不饶人的女孩儿，现在看到蜜橘认错态度这么好，便也觉得没刚才那么生气了。

她默默地戴上了口罩，"哦"了一声："行吧，没事。"

"嗯嗯，待会儿加油哟。"蜜橘笑道，"你这么漂亮，又这么厉害，一定会受到很多人的关注的！你千万不用紧张哟，平常心打就可以！"

霍嘉鲜没理她，直接转身走了。

也不知道为什么，她总觉得蜜橘这态度有些怪怪的。

哪有人当场被打脸，还一直不生气，一个劲儿地道歉的？这也太卑微了吧？

霍嘉鲜短短十八年的人生经验告诉她：这个女人真的不简单。

五分钟后，霍嘉鲜终于绕回了休息室。

跳跳虎早就等她等得心急火燎，手里还拿着她的手机，恨不得帮她接电话："哎，嘉鲜妹妹，你去哪里了？怎么才回来啊？！"

"啊，就是迷路了。"霍嘉鲜没说刚才蜜橘的事，"要上场了吗？"

"还没有，但也快了。"跳跳虎说，"先上 R 国、H 国的那些主播，解说还要先介绍的。因为你是今天的重头戏，所以你在最后上场。"

"哦，这样啊。"

不知怎么的，霍嘉鲜的脑袋里突然想到了刚才蜜橘说的那句"你一定会受到很多人的关注的"。

很多人的关注，是指台下的近万人和线上无数等着看直播的水友吗？

她连亚洲邀请赛都参加过了，难道还怕这个？

霍嘉鲜在心里冷笑了一下，突然想起问了一句："你们知道今天的解说是谁吗？"

"解说？"史迪没想到霍嘉鲜会问这个，"中国和 R 国、R 国和 H 国、中国和 H 国，一共三场比赛，三男三女，六个解说吧。"

"别的我不知道，但 Cody 是来了的。"跳跳虎从包里掏出一瓶钙奶，喝奶是他比赛前的习惯，"还有，我认识的那个女主播蜜橘也在。"

霍嘉鲜又"哦"了一声。

自从从卫生间回来以后，她的情绪似乎有些不对劲。贺随手里拿了个烟盒，想要开门出去，忽地又扭头看过来。

"要不要出来一下？"

霍嘉鲜："啊？"

"出来一下。"贺随冲门外偏了偏头，语气带着不经意的散漫，"就你和我。"

史迪在心里已经哀号起来了，但敢怒不敢言，只能怒瞪贺随，用意念开骂。

平时他撩妹那是他的自由，自己管不着！但是现在比赛快开始了，他还在这里散发他该死的无处安放的魅力又是怎么回事？！

霍嘉鲜"啊"了一声。

贺随没看史迪，一直看着霍嘉鲜一人："嗯？"

"可是比赛快开……"

"你第一次上场，我和你稍微说两句。"贺随轻轻打断她的话，"不是以什么别的身份，而是以队长的身份说。"

队长的身份，这似乎是他第一次这样称呼自己。和那个说着"快乐给你"，抑或是在金桂树下任由她在他怀里肆意大哭的贺随都不一样。

他不是随神，不是贺随哥哥，不是那个她似乎在不经意间再也离不开的人，也不是那个她不知道该如何向他迈进一步的男人。

他是 TT 的队长。

比起她，他一直背负着更多的东西。

霍嘉鲜点点头，也站起身来："好的，队长。"

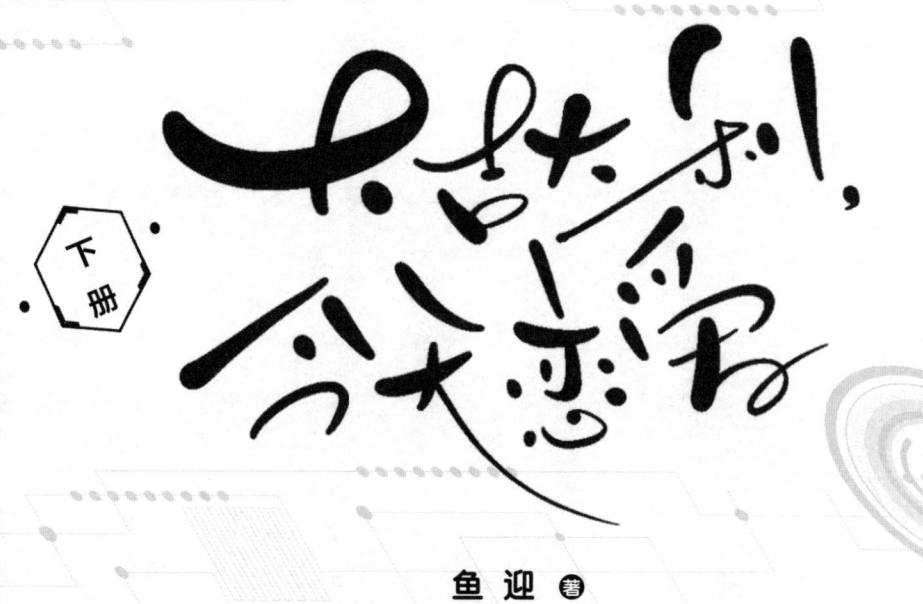

下册

甜点，我爱你

鱼迎 著

青岛出版集团 | 青岛出版社

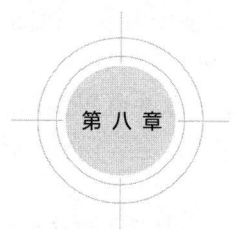

第八章

以后，有我

走廊里的空调开的温度比较低。

霍嘉鲜觉得有些冷，穿着吊带的肩膀微微瑟缩了一下，这一动作恰好被贺随注意到了。他没多说，领着霍嘉鲜避开空调风口，自己背过身帮她挡住了凉风。

霍嘉鲜浑然不觉，心里暗喜站的地方还不算太冷，脸上的神色也鲜活了几分。

"随神，你找我……是想说什么呀？"

"没什么，就是看你刚才的状态有些不对劲。"贺随拿出一支烟，又放了回去，"紧张吗？"

霍嘉鲜摇了摇头："还好啦。"

说不紧张是不可能的，但她觉得这点儿紧张情绪在自己可以控制的范围之内，没必要和贺随说。

"撒谎。"贺随淡淡地道，"我第一次跟随队伍在公众面前亮相的时候，和你一样大，十八岁。那天打的是一场休赛期的线下赛，冠军奖金五十万元。"

霍嘉鲜没想到贺随会和自己说这些。

她愣了愣，因为知道那场比赛。

"那天我打得很不好，状态特别差，开枪的时候手都在抖。"贺随垂目看向自己手中的烟盒，"那天我们只得了第五名，没能拿到五十万元奖金。我还没下赛场的时候，就知道自己完蛋了。这可是 TT 战队，银河战舰，换了我一个新人上去，连季军都没保住，大家会怎么想？粉丝们会有多失望？"

"是啊。"霍嘉鲜喃喃道，"那次大家确实挺失望的。"

当年 TT 的《绝地求生》分部刚成立，万众瞩目，战绩也不俗。

只可惜老将全是即将退役的年纪，新人青黄不接，唱衰的声音不断。在这关键时刻，俱乐部高层推出的选手是贺随。

第一场比赛结束，TT 的战绩惨不忍睹。那时候，论坛上骂贺随的言语什么样的都有。

"但是最难的时候，我都没想过要离开 TT。"贺随将烟盒收了起来，笑了笑，"为了打职业赛，我付出了一切，最后终于得到这个机会。我只会沮丧，但这是我真正热爱的东西，所以我从来没有想过'放弃'这两个字。"

霍嘉鲜抿了抿唇："我也不会放弃的，队长。"

贺随点了点头："那么多人看着你，这是坏事，也是好事。你只需要知道，TT 永远会以你为首发阵容，你永远可以有上场的机会，这就足够了。

"只要能上场，你就永远有翻盘的机会，就永远有可能向所有人证明自己。"

霍嘉鲜沉默了一会儿，小心翼翼地抬眼看了看贺随，眼里是显而易见的心疼之色："就像……就像随神你这样吗？"

贺随的封神之战同样也是霍嘉鲜喜欢上 TT 的那场比赛。

《绝地求生》冠军联赛春季联赛，最后一天最后一局，TT 要与 FLG 争夺冠军。

然而，TT 开局就掉了三个人，只剩贺随一个。

当时所有人都以为留下这个最菜的队员，TT 恐怕与春季赛冠军无缘了。

但谁也没有想到，就是他们以为的这个最菜的人，在队友全被淘汰的情况下，一路杀进了决赛圈，团灭了 FLG 战队队员。

最终，贺随带领 TT，以碾压第二的分数夺冠。

当初霍嘉鲜看比赛的时候，只觉得这个人打架真凶、真猛，一往无前。

但谁又知道，贺随那时候是多么孤勇与决然？

不成功，便成仁，这是电子竞技的残酷之处，也是电子竞技最美的地方。

贺随看着霍嘉鲜的眼睛，半秒后勾了勾嘴角。

"嗯，就像我一样。"他情不自禁地揉了揉小姑娘毛茸茸的脑袋，"你可以做到吗？"

永远前进，永不退缩。

因为你不再是一个人。

霍嘉鲜看着贺随漆黑深沉的眼眸，他的目光锋利，挟着隐隐而来的压迫感。

不知道为什么，她突然发现，虽然贺随总是一副没有什么表情的平静慵懒样，但是他的眼睛深处依然藏着一团火。

在那里，熊熊燃烧着的是他十八岁那年第一次登上舞台时的野心。

那一年，少年初出茅庐，锋芒毕露，眼里只有一个目标，不去顾及任何事情。

这么多年来，他应该越来越孤独了吧？

霍嘉鲜抿了抿唇，突然有点儿想抱抱贺随。

然后，她也确实这么做了。

少女踮起脚，猝不及防地轻轻搂住了男人的脖子。

男人僵硬着背部没动，只闻到脖颈间的气息，鼻尖萦绕的全是少女发丝间传来的淡淡馨香，很好闻。

"随神，以后 TT 有我。"霍嘉鲜在他的耳边轻轻道，"我们一定会永远赢下去的。"

贺随的耳朵被她吹得酥酥痒痒的，有些发麻。

她离得这么近，声音比平时还要好听。

贺随不知道自己该说什么，愣了两秒之后，抬手轻轻拍了拍霍嘉鲜的背。

男人的声音低沉而勾人："好。"

霍嘉鲜的脸颊有些发热，她大概是觉得刚才自己太冲动了，很快就不好意思地将贺随放开了。

气氛有些暧昧，但似乎也刚刚好。

"我们……"

"我们……"

两个人同时开口，却又同时笑了。

"回去吧。"最终还是贺随说话，"比赛快开始了。"

"好。"

"其他的事，比赛后再谈。"

"好。"霍嘉鲜低着头应了一声，向前走了两步，到底还是没忍住，戳了戳前面贺随的肩膀，又指了指他的手腕，"其他的事……包括这根皮筋儿吗？"

贺随有点儿发蒙。

"这根皮筋儿呀。"霍嘉鲜歪了歪脑袋，露出一个狡黠的笑，"随神，老实交代哟，这根皮筋儿应该就是我在曼谷不见的那根吧？"

贺随低头，看了一眼自己手腕上的黑色皮筋儿。

那根皮筋儿细细的，普普通通。

他似乎微微抬了抬眼睑，目光飞快地掠过霍嘉鲜蓬松的额间碎发，又很快垂下了眼睛。

"哦？是你的吗？"他想从手腕上摘下那根皮筋儿，脸上也丝毫没有秘密被揭穿的尴尬表情，"那就还给你好了。"

霍嘉鲜心想：原来这男人这么镇定自若？

亏她还暗暗憋了好久没说，怕他不好意思呢。

第一场比赛算是预热，虽然 R 国、H 国主播对抗赛的受关注度没有那么高，但也足够精彩。

R 国的《绝地求生》本来就玩得一般，最终，R 国队以 1∶3 的成绩败给 H 国队。

第二场比赛即是最受瞩目的中国、H 国主播对抗赛。

霍嘉鲜也在此时上场。

海鲜 TV 早就宣传得铺天盖地，什么"单人赛冠军"啦，"神秘路人王"啦,"《绝地求生》冠军联赛第一位女选手"啦……这些称号确实足够吸睛。

霍嘉鲜上场前的十分钟内,海鲜 TV 的直播实时观看率直接飙升了一倍。

五十位参赛的主播,霍嘉鲜是最后一位上场的。本来她不怎么紧张,但拖了这么久,一直看着场上的主持人一一介绍那些主播,不知怎么就觉得心不由自主地开始狂跳,也不知道是紧张的还是兴奋的。

这场的主持人叫锦兮,穿着汉服,是一个长相温柔、声音甜美的长发小姐姐。跳跳虎眼睛一亮,倒数第二个上台,还和锦兮进行了疯狂互动。

锦兮:"我们知道,其实虎仔加入 TT 没多久,但现在他已经成了队伍的主力,也拥有了很高的人气。那么虎仔,你想对一直以来支持你的粉丝说些什么吗?"

跳跳虎:"谢谢你们的支持。你是我的粉丝吗?"

锦兮:"啊?啊,我一直在关注你。虽然你开始打职业赛没多久,但确实很猛哟。"

跳跳虎:"既然小姐姐关注过我,那你有空来我的直播间,我给你上个房管呗?正好最近我的直播间缺房管。"

锦兮:"啊?哈哈,那还是希望大家都多多上海鲜 TV,看更多精彩直播和比赛哟。"

跳跳虎:"嗯,我的直播间号是 5320935,你有空一定来。"

锦兮无语。

霍嘉鲜在后台快站累了,前面跳跳虎还在拉着漂亮小姐姐聊天,偏偏这对话还尴尬得要死,听得她白眼都快翻上天了。

跳跳虎这娃哪里都好,就是脑子不太好使。

直到后台的工作人员疯狂在耳麦里催锦兮加快进度的时候,跳跳虎才恋恋不舍地坐到了自己的位置上,只是还在隔空做通话的手势,要让锦兮记得事后联系自己。

锦兮选择无视。

她看了一眼手里的提词卡,终于报出了那个大家等候多时的名字——

"最后这位选手,大家一定期待了很久。有请海鲜 TV 主播,新赛季 TT 新成员，我是小仙女！"

台下响起一片欢呼声。

舞台的镁光灯打得很亮，炽热灼人，在虹膜上留下耀眼的光芒。

霍嘉鲜微笑着，一步一步走到了舞台上。

她往下看去，什么也看不清楚，只能隐隐约约听见观众的欢呼声。一切仿佛很遥远，他们具体在说什么，她一点儿也听不清楚。

也是从这一刻，霍嘉鲜有了真实的感受。

她已经变成了一名职业选手。

她不再是在网吧里偷偷摸摸地直播的小主播了，而是要一直站在舞台上，站在所有人的注视之下的职业选手了。

她将为 TT 的荣誉而战。

台上的少女身着耀眼的红裙，极亮的舞台灯光越发衬得她肤若凝脂；妆容明艳夺目，一双湿润的鹿眼微微下垂，亮晶晶的，仿佛闪耀着星辰；她的面容像是春日里枝头上的朵朵玉兰，清丽动人得无与伦比。

不仅台下观众，看直播的水友们都已经沸腾了。

各大群里在疯狂截图小仙女的盛世美颜，主直播间里的弹幕早就已经炸了。

"我晕了！仙女妹妹怎么这么肤白貌美？这是真的仙女啊，兄弟们！"

"这真的就是那个小仙女？对不起，我错了，我将骂过她的话全部收回！从今往后，我只做小仙女的粉丝！保护我方小仙女！"

"我是不是进错直播间了，兄弟们？这是不是某个颜值区的活动啊？不是《绝地求生》中国、R 国、H 国主播对抗赛的直播间吧？"

"我也以为我进错直播间了，还特地出去看了一眼……"

"有点儿好看啊，有点儿动心。"

"有一说一，这个小仙女比颜值区好多女主播好看啊，比如说某草。"

"我终于知道为什么她的名字起得那么膨胀了。她叫小仙女，我同意的。"

"这个小姑娘未免太好看了吧……这真是打职业赛的选手？她的技术怎么样啊？"

"回前面的兄弟，曾经三天上过榜单第一的女主播了解一下，本赛季亚服稳定前十,东南亚服稳定前五。很强好吗?"

"我一直以为这个小仙女是代打啊,毕竟她从来不露脸的,没想到她这么让人惊艳。"

"自封海鲜第一美的女主播竟然真的是第一美!太美了!怎么会有这么人美枪法好的仙女啊?!"

"所以兄弟们,这么多年,我都在黑这个这么美的仙女?好的,从今天起,我就是 TT 的十年老粉了,谁也别拦着我。"

…………

霍嘉鲜才出场短短五分钟,主直播间里就已经出现了无数个 TT "十年老粉"前来报到。

解说席上的两个解说也震惊了。

解说 A 是个御姐,夸张地捂住嘴巴,惊叹一声:"TT 这是从哪里找来的神仙妹妹?我看过她的直播,她枪法好,打得特别有灵气,没想到人还这么漂亮啊!"

解说 B 和史迪认识,倒是早就有心理准备,但依然被霍嘉鲜这纯天然的美颜震撼到了。

"有一说一,这位选手长得确实有点儿仙。"他显得比解说 A 冷静一些,"这还是我们《绝地求生》冠军联赛,哦不是,全世界范围内的《绝地求生》战场第一次引援女选手啊,她还长得这么漂亮,枪法又好,这世界上哪里去找这么完美的选手啊?"

解说 A 疯狂点头:"下个赛季,估计 TT 就要变成整个《绝地求生》冠军联赛转会最热门的俱乐部了。"

台上的少女笑靥如花,看向一旁的主持人,眼里闪烁着灵动的光。

锦兮问了她几个常规的问题,诸如"为什么一直不露脸直播""是什么样的契机让她决定打职业赛""为什么加入 TT"……这些内容都是史迪提前和霍嘉鲜说过的,她有心理准备,答得特别有分寸。

一直到最后一个问题,锦兮看了一眼提词卡,笑眯眯地开口:"这里有个来自水友们的问题,因为得票特别高,所以就拿到舞台上请小仙女你回答一下。"

"是什么呀?"

"水友们想知道,你和 TT 的这几个选手相处下来,最喜欢的人是谁呀?"

霍嘉鲜心想:这种问题到底是谁问的?

贺随和她的帖子在论坛屠版几天了,答案不是明摆着的吗?!

这简直就是逼着人当众表白的节奏啊,而且是当着这么多人的面表白。

霍嘉鲜彻底晕了。

"我都挺喜欢的呀。"犹豫片刻后,霍嘉鲜选择了最安全的说法,"我算是新人,大家对我很照顾呀。随神是队长,人帅枪法好,训练呀,生活呀,方方面面会帮我们考虑到;尼罗像个大哥哥一样,很让人安心;跳跳虎和唐葫芦也很可爱。总的来说就是,我在 TT 的每一天都很开心。"

"呃,这个答案恐怕大家不会满意吧?"锦兮笑着看了一眼场下的观众,反问大家:"你们觉得呢?"

回应她的是观众震耳欲聋的呼喊声。

"不——能——"

霍嘉鲜差点儿觉得自己的耳朵要聋了。

锦兮是个很会搞气氛的主持人,重新把问题抛回给霍嘉鲜,让她不得不回答,一下子把全场气氛推到了高潮。

这哪里是选择题,这是送命题啊。

霍嘉鲜抓着话筒,犹豫了一下:"一定……要选一个啊?"

观众完全没打算放过她:"当然!"

毕竟 TT 不仅是银河战舰,还是全联盟平均颜值最高的男模队。无论漂亮妹妹说哪个名字,都足够让人浮想联翩,脑补一出堪比偶像剧的大戏了。

史迪很满意观众的反应,捂着嘴巴,低声对贺随说:"你觉得呢?"

贺随瞥他一眼:"嗯?"

"嘉鲜妹妹会说谁的名字呀?"史迪笑得狡诈,"我赌一顿海底捞,她选你。"

他话音刚落,两个人的手机齐齐振动了两下。

TT 的一队群里,唐葫芦和跳跳虎同时发了一条信息。

葫芦娃救爷爷:"一个礼拜的海底捞!!我赌随神冲冲冲!!"

你虎爷爷:"我赌一个月的海底捞,嘉鲜妹妹说随神。"

贺随没回话,收起手机,又看向台上的少女。

很好，大家赌得特别好。

她紧紧握着话筒，眉头微皱，脸上挂着不失礼貌的笑，似乎在迟疑什么。

他知道，霍嘉鲜一定不知道该怎么回答这个问题。史迪没有提前和她打过招呼，她怕随便说个答案会对俱乐部有影响，于是不敢乱说。

锦兮在一旁问："嗯？小仙女是不知道该不该说那个名字吗？"

"不是，"霍嘉鲜的声音顿了顿，"答案嘛，当然是呼之欲出的，就是现在我不用看都知道，我的队友们一定已经开始在群里打赌我会说谁了，而且多半是想坑随神请海底捞来着。"

跳跳虎、史迪、唐葫芦被霍嘉鲜说中了，一副惊讶的表情。

霍嘉鲜看不清台下的状况，只侧过头看了一眼不远处的跳跳虎："要不，你们直接问他算啦？"

被小仙女叫到，镜头很快转了过去，偷偷摸摸玩手机被逮了个正着的跳跳虎心想：这招真牛。

一番纠缠之后，霍嘉鲜总算结束了赛前采访，坐到跳跳虎身边。

跳跳虎微低着头，侧过脸小声道："嘉鲜妹妹，算你狠。"

"谁让你们天天想着坑随神的火锅？"霍嘉鲜笑眯眯地面对着远处的镜头，声音里满是狡黠，"你们赌了多久？一天？一周？一个月？我就想帮随神省省钱，让他免受你们的荼毒嘛。"

跳跳虎嗤笑了一声，小声嘀咕："还没成为一家人，就已经开始站到他那边去了，没出息的嘉鲜妹妹。"

霍嘉鲜："你说什么，我没听清？"

跳跳虎："没什么、没什么，我在放屁。"

霍嘉鲜："怪不得这么臭。你懂什么叫没出息？"

跳跳虎无语。

霍嘉鲜："没出息就是像你这样，看见一个漂亮妹妹，就像个傻子一样开始无脑撩，懂？怪不得你现在还是单身，呵呵。"

跳跳虎不服气："我哪有无脑撩？你就是个妹妹，懂什么？"

霍嘉鲜："叫声姐姐，我会考虑一下帮你一把。"

跳跳虎："姐，教教我吧。"

"乖哟。"霍嘉鲜笑意盈盈地扭过头,镜头拍过来,就像是小仙女正在和自己的队友愉快地交谈,"臭弟弟。"

跳跳虎无语。

女人真狠。

中国、R 国主播对抗赛第一局是海岛艾伦格地图,50vs50 的大混战,敌我双方各占地图一半,了解游戏的观众知道,胜负其实全凭运气——

圈刷到哪边,哪边基本就能获胜。

毕竟这 50 个人不是退役选手,就是技术主播,只要人人卡圈边把对手卡死,哪里还有什么翻盘的机会?其实大家也就是图个乐子罢了。

跳跳虎参加过这种对抗赛。此次比赛开始前,他就提醒霍嘉鲜别太紧张。

"反正也就是娱乐赛,你打得不好也没事。"

虽然他话是这么说,但霍嘉鲜知道自己不能松懈。

现在她是刚加入 TT 的新成员,受到多少注视的目光自然不用多说。网上的人对她的相貌越关注,对她的技术要求便会越苛刻。

这其实也是她一开始直播选择不开镜头的原因之一。

她给自己做了这么多心理建设,却未曾想到今天中国队的圈运好得出乎意料。

三局结束,中国队赢得过于轻松,堪称碾压。

霍嘉鲜甚至没找到什么开枪的机会,眨眼就胜利了。

女解说在直播间快惊呆了:"天哪,我解说了这么多次对抗赛,还从来没有哪一次看到中国队的圈运这么好的,难道是某一种神秘力量左右了比赛?!"

男解说点了点头:"大家仔细想一下,今天上场的 49 位主播是曾经上过场的,但还从没遇到过圈运这么好的时候。这说明吸圈的是从没上过场的第五十个人啊!"

"看来,小仙女可以趁早改一下自己的 ID 名,叫'吸圈怪'算了。"女解说笑道,"妹妹长得这么漂亮,圈运都格外眷顾她一些哟。"

"别说了、别说了。"男解说也笑,"看比赛吧,毕竟接下来中国队还有一场和 H 国队的比赛。"

中场休息二十分钟后，中国队和 H 国队的比赛很快继续。

因为是对抗赛，赛场比赛位的布置也是座位两边相对。

霍嘉鲜随便一抬头，就看到正对面遥遥相望的竟然是刚才在走廊上被她甩了脸子的 Stan。

跳跳虎也看到了这一情况，惊讶地"哇"了一声。

"这主办方什么操作，这不是在给人添堵吗？"

"添堵？"霍嘉鲜好奇，"Stan 和 TT 有什么过节吗？我都不知道。"

就看刚才走廊上那一幕，现在霍嘉鲜回想起来，确实有些怪怪的。

"啊，三言两语说不清，以后再说吧。"跳跳虎挥了挥手，含糊其词，"快开始比赛了，你别看 Stan 那张衰脸就行。"

霍嘉鲜擦了擦手心里的汗，最后一次抬头看了一眼对面的 Stan。

他似乎就在等霍嘉鲜的这最后一眼。

看见霍嘉鲜投过来的目光，Stan 微微笑着，右手比画成枪的样子，往自己的太阳穴轻轻一指。

砰。

霍嘉鲜分辨出他的口型，但没理他，而是低头检查外设。

大概是这舞台上的光线有些昏暗，她总觉得 Stan 的这个笑容有些阴森森的，让人很不舒服。

第一局圈运不错，以中国队的险胜告终。

《绝地求生》到底是 H 国的游戏，霍嘉鲜可以感觉到 H 国队的总体实力比 R 国队高出一大截。

即使 H 国队陷入绝境，他们依然可以依靠手中的投掷物和弹药资源，置之死地而后生，不生起码也能换走几个人。

这不算一个很好的消息，希望在场的教练冥灭和数据分析师能好好研究一下 H 国队的打法，为 TT 回去以后进一步提高技术做准备。

第二局，最终圈还是刷在了 H 国队那边，中国队丢了一局。

第三局，中国队又追回一局。

第四局，H 国队继续将比分扳平。

很快，比赛就来到了最后的决胜局。

最后一局是米拉玛沙漠地图。这是霍嘉鲜最爱的地图，也是她平时打得最多、最熟悉的。

这张地图比较大，地势崎岖，相对来说更需要运营能力。

但霍嘉鲜最擅长的其实也就是利用地形来取得优势。

航线开局，中国队占据了地图的西北部分，H国队则跳了东南方向。

东南大半是狮城，地势平坦，物资丰富。

西北则是散落的资源点和野区。从某种意义上说，这里人员更加分散，转移更方便，但防守能力相对更弱。

霍嘉鲜和跳跳虎跳了别墅区。

别墅区曾经是个很肥的物资点，但最近游戏版本更新，这一地区的优势一次次被削弱。虽然这里没有从前那么富了，但对霍嘉鲜来说，这里还是一个绝佳的发育点。

毕竟这里属于高地势，周边野区地势平坦，一览无余，所有过路的人都要留下踪迹。作为自由人，只要她占据了视野，那在赛场上就是占据了先机。

落地发育完，霍嘉鲜很快爬到高点蹲守起来。

50个人的队伍，语音难免会乱成一锅粥。好在霍嘉鲜是唯一的女生，声音很有辨识度。但她也不多说废话，报点报得干脆利落。

"狮城那边有人往圣马丁去了。"六倍镜虽然看得不是很真切，但霍嘉鲜还是敏锐地捕捉到了对方的动静，"两辆车，看不清几个人，你们小心。"

落地圣马丁的有将近10个人，全是退役选手，虽然年纪比较大，但意识还在，技术也不差。

听见霍嘉鲜的提醒，他们应了一声："好。"

得到队友的回应，霍嘉鲜便换了一个方向继续蹲守。

没想到两分钟后，耳机里突然传来了此起彼伏的咒骂声，几阵激烈的枪声之后，电脑屏幕右上角频繁地跳出击杀信息。

"天哪，他们不止来了两车的人！"耳机里的指挥大喊，"北边！从北边安全区里绕来了三车的人！他们几乎都来圣马丁杀我们了！"

一阵混乱过后，圣马丁的枪声终于结束了，在那边的中国队员全军覆没。

霍嘉鲜还趴在别墅区的高点上,只觉得有些蒙。北部安全区范围那么广,H国方竟然舍近求远,从北边绕到了圣马丁?还偏偏往安全区里走?

对方明摆着就是要逐一击破,搞死他们啊!

跳跳虎从窗户里纵身一跃,很快在山下的公路边找到一辆蹦蹦,招呼霍嘉鲜:"我们走,干死他们。"

"别去。"霍嘉鲜比跳跳虎冷静一些,"现在我们掉了10个人,他们肯定很快要往别墅区包过来。我们就2个人,怎么可能干得过他们?"

"那要怎么办?"跳跳虎有些烦躁,"最后一局了,总不可能就这么被他们阴死团灭吧?!"

死了10个人,剩下的主播和选手明显躁动起来。没有人指挥,这40个人就像一盘散沙,分布在米拉玛的各个发育点。

少女微微皱眉,对着地图思索了片刻,随后开口。

"大家能听到我说话吗?"她的声音在一片男声中很是明显,"伊波城、火车站、水厂,还有橙花镇的兄弟们,麻烦你们尽量就近找车,尽快到别墅区和我们会合。"

她边说边在地图上标了一个点:"谁中远距离打靶比较厉害,麻烦去圣马丁西北部这个高点伏一下。三四个人就够了,其他人来别墅区。"

短暂沉默之后,耳机里有个男主播阴阳怪气地开了口。

"仙女妹妹,你还是别做指挥了,在背后混一混得了。"他冷笑了一声,"三四个人去高点打靶?亏你想得出来。他们先灭圣马丁的人,接下来就是你们别墅区要被灭了,你现在还让我们过去送死?"

霍嘉鲜冷静地回复:"我在高点盯着,他们肯定还在分捡到的物资,没这么快来别墅区冲房。别墅区周围的地势相对比较平坦,我和跳跳虎架枪,远程消耗是肯定没问题的。"

"那你凭什么要让我们听你的?我们为什么要去别墅区送死?"另外一个小男生也开口了,"反正已经掉了10个人,这把希望不大了,我们各打各的就好,妹妹,你还以为能翻盘呢?"

"电子竞技没有放弃。"霍嘉鲜冷声道,"如果你真的是这么想的,那可以和我说,我可以直接送你一颗雷,让你死得更痛快些。"

"你……"

本来那两个人对一个长得这么漂亮的女生，态度全是调侃和不屑，全然没有想到霍嘉鲜说话竟然这么不留情面，明里暗里的讽刺意味也一点儿没少。

跳跳虎出来打圆场："兄弟们，嘉鲜妹妹真的很厉害的。你们不相信她的话，那相信我总行吧？我就搁一句话在这儿——我死，你们也不会死。"

"也行。"

都是混电竞圈的人，这两年跳跳虎也认识了不少兄弟。

既然跳跳虎开口为霍嘉鲜说话了，大部分人还是卖了TT一个面子，纷纷驱车赶往别墅区。

也就一开始不服气的那几个人还在那里嘀咕。

"我们为什么要过去啊？"

"这女的真的在乱打。"

"反正我不过去了，兄弟们，你们慢慢送。"

"有女的必输，一群傻子。"

这些话霍嘉鲜全是左耳进右耳出。她一边灵活地在屋顶上左右跳跃，一边观察着远处圣马丁的动向。

援兵们很快就——赶到，圣马丁那边的人也出动了。

耳机里，那几个男的还在阴阳怪气地说着什么。

"再在这里废话，待会儿我一枪一个，全送你们上飞机。"霍嘉鲜冷笑，"这赛季亚服第几？没上个位数的人，没资格在我面前说话。"

所有没上前十的选手心想：行，真牛。

小仙女发了飙，耳机里总算清净不少。霍嘉鲜的心态丝毫没有因为那些傻子而受到影响，她依旧非常沉着地在屋顶上报方位。

"南方向两辆车，西方向一辆。"

"高地狙击手架好了吗？先别动，等会儿听我的信号。"

"大家在一楼埋好了吗？我和跳跳虎开枪的时候，你们就可以往前冲了。"

她一一交代，事无巨细。见视野里的第一辆车开到自己预想的位置，她立刻通知跳跳虎："开枪。"

H国队刚从圣马丁出来，地势低洼，本来就没有视野可言。看到别墅区只有两个人在发起进攻，当下就兴奋地冲了过来。

只可惜，霍嘉鲜和跳跳虎的枪很猛，而且别墅区周围的野区实在太过广阔，越野车很快就开始冒烟。

车上的人再不下车，车就有爆炸的危险。H国队的两辆车连忙停了下来，在空旷的荒野上直接和屋顶上的霍嘉鲜及跳跳虎开始对枪。

霍嘉鲜等的就是这一刻。

她对着耳麦说了一声"冲"，别墅区一楼花园里埋伏的二十几个人立刻探头，突击的突击，架枪的架枪，对着旷野里两辆车上的八个人一阵扫射。

第三辆车及时掉头，但也被屋顶上的霍嘉鲜手疾眼快地留下。她和跳跳虎的控枪能力是顶尖的，那辆车因为听见了枪声而有些慌乱，走位本来就漏洞百出，现在很快被霍嘉鲜他们打爆。

眨眼之间，对方全军覆没。

霍嘉鲜故意露了一个小破绽，瞬间把劣势扳平。

"嘉鲜妹妹真的牛。"跳跳虎立刻兴奋起来，"好了好了，兄弟们，别急了，这把稳了。"

"也不一定。"霍嘉鲜看了一眼刚刷的安全区，"我们要跑向新安全区了。"

这位置确实很优越，但是安全区刷新了，不得不跑。

更何况，安全区还是刷在圣马丁那边。

"我们走。"霍嘉鲜从屋顶上跳了下来，"大家有烟幕弹吧？有的和我一辆车，我们先开车进城，直接铺烟，探好情况，后面的兄弟再往前顶。"

跳跳虎问："那山上那几个兄弟呢？"

"不用下来。"霍嘉鲜说，"我们人多打人少，估计会掉很多人。但只要你们别下山，我们就永远有优势。"

圣马丁城里地形复杂，霍嘉鲜开车直接往城里最深处开去，车上的队友一路铺烟，完全不管高楼上疯狂射来的子弹。

在车子即将爆炸的那一刻，霍嘉鲜猛地刹车，然后直接跳车，摔成丝血。

"有人的房子我依次标点过去。"她一边绑绷带，一边点开地图，"我们四个先攻一个楼，其他人也进城吧。"

因为有霍嘉鲜打头阵抢占视野，圣马丁很快就被中国队顺利清空，不过他们确实也掉了许多人。

战后，霍嘉鲜清点人数，中国队还剩 20 个人，H 国队也差不多。

霍嘉鲜皱了皱眉："还有 20 个人。"

他们竟然不在圣马丁？

那他们在哪儿？

恰在此时，远处又隐隐传来了激烈的交战枪声，随即耳机里全是刚才质疑霍嘉鲜，决定死都不过来的那些队友的声音。

"H 国人太阴了吧！"

"我们全被摸屁股阴死了！"

"在新山城！他们全来新山城了！"

H 国队在 20 个人里抓几个落单的，根本不费吹灰之力。

"唉，让你们刚才不来跟我们，本来我们稳赢了。"中国队又掉了这么多个人，跳跳虎有些暴躁，"都是什么情况啊？还天天喷队伍里有女的会输，我看你们才是废物。"

"别吵了。"霍嘉鲜比他冷静得多，"跳跳虎，你和我去新山城，其他人留几个在圣马丁，剩下的人去电站。山上的兄弟架好枪，到时候我们会沿着公路走，把人从新山城里面引出来。"

打巷战，中国队并不强势，但是打靶，谁都行。霍嘉鲜也足够自信，相信自己能够很顺利地把人引出来。

她留了两个后手，希望能顺利把 H 国队团灭。

霍嘉鲜和跳跳虎上了车，直往新山城开去。她开着车到新山城十字路口，然后在路边犹豫了一下。

这犹豫是漏洞，也是她卖的破绽。

果然，埋伏在新山城内的 H 国人忍不住了。

蓝圈再次刷新，竟然再度往圣马丁方向刷去。霍嘉鲜掉转车头，似乎是想要往回开，同一时间，她的耳边传来了铺天盖地的子弹声。

霍嘉鲜脚踩油门，沿着马路方向直接往前冲去。

她本以为自己这辆车完好无损，对方想要跑进安全区，需要载具转移，那么一定只想把她和跳跳虎打死，但是对车不会打得特别狠。

她万万没想到，H 国队不按常理出牌，直接把他们的车射爆了。

游戏人物惨叫一声，从车上摔落，和跳跳虎一前一后地趴在地上。

霍嘉鲜低声说:"兄弟们,你们往圈边压,一定要把这帮人卡死在安全区外!"

既然他们不能守株待兔,那只能先发制人了。

霍嘉鲜让跳跳虎爬到石头后面,自己沿着马路往前爬,想要再把人引得稍远一点儿。只要他们跑向新安全区,那必定要往这边走。

但对方一直没有补死她,霍嘉鲜也很奇怪这是为什么?

身后有车呼啸着开来,她下意识地往路边躲闪。没想到打头一辆车加速踩了油门,方向盘一打,直接从她身上碾轧了过去。

大屏幕上,ID叫woshixiaoxiannv的小丑女生生被车撞死了。

在职业赛场上,用拳打死、用车撞死,这是很侮辱人的死法。贺随皱了皱眉,看向H国选手席位,Stan正抬起头冲着对面笑了一下,他正对着的正好是霍嘉鲜的位置。

那是种让人很不舒服的笑。

霍嘉鲜也看到了这一幕。

她抿了抿唇,压根儿没打算理轧死她的Stan,很快调整好状态,观察队里别人的视角。

好在刚才她指挥得及时,其他兄弟压到了圈边的位置。H国队少了一辆载具,太多人集中在有限的车辆上,很快就被高点打靶团灭了。

最后一局,中国队和H国队的拉锯战打得特别漂亮。

这一场的解说正是Cody和蜜橘。

见中国队取得了最后的胜利,蜜橘张大了嘴巴,惊叹:"这一场打得真的是很精彩呀!不知道指挥是谁?这指挥真的特别厉害。"

"确实。"Cody点了点头,也低头看数据,"有一说一,这一场最重要的就是小仙女和跳跳虎在别墅区屋顶卖破绽伏人那一步。他们两个人配合得堪称完美,也就是从那里才把中国队的局势慢慢扳了回来。"

"嗯。"蜜橘点了点头,忽然扭头看向Cody,"不过小仙女和虎仔去新山城送的那一段,我有点儿没看懂呢。如果当时安全区没有刷到圣马丁这边,那他们两个完全就是去白给的呀。最后,小仙女还被Stan用车轧死了,她的这个操作确实有点儿谜。"

蜜橘明明没有用什么过分的语气,脸上也是挂着甜甜的笑,可是她的这话就是怎么听怎么让人觉得不舒服。

"送""白给""谜",她就差没直白地说小仙女是个拖后腿的菜鸡了。

Cody 愣了一下,哈哈笑着打圆场:"他们打职业赛的和我们不一样,他们打了成千上万场比赛,这样的圈一定见得不少。我相信小仙女在行动前会有自己的判断的。"

"也对。"蜜橘笑眯眯地点了点头,"虽然今天小仙女的表现不算特别完美,但对《绝地求生》冠军联赛第一位职业女选手来说,她已经做得非常不错了。希望未来她能更加努力,打得更好,给我们带来更多惊喜。"

这叫不算特别完美?Cody 在心里嘀咕了两句,最终还是没多说什么。

而台下的贺随看着解说席的大屏幕,微微皱了皱眉。

他问史迪:"这是谁?"

"嗯?哪个?"史迪还在低头看着论坛上铺天盖地的小仙女美图大赏,压根儿没反应过来贺随在说什么,"你在说谁啊?"

"就这个一直在阴阳怪气地说嘉鲜打得差的人。"贺随冲大屏幕上的蜜橘微微仰了仰下巴,目光中满是冷意,"这人什么都看不懂就乱说,还好意思在这里做解说?"

史迪一听就生气了:"这局中国队不就是靠嘉鲜和跳跳虎那个臭小子的操作才翻盘的?!她还好意思说嘉鲜的表现不够完美?!"

"真可怜,年纪轻轻眼睛就瞎了。"贺随冷笑了一声,"有空我给她发起水滴筹,帮她众筹换个眼角膜得了。"

史迪张了张嘴,没有说什么。

回基地的路上,史迪一直愤愤不平。

"什么鬼哟,现在解说的门槛这么低了吗?"他翻了一个白眼,"刚才那个解说长得还行,可心眼儿是真坏。她是看我们嘉鲜妹妹抢了她的风头还是怎么样?她的公会和我们公会也没什么过节儿,她没必要这么做呀。"

"呃……"霍嘉鲜也是刚知道这事,犹豫了一下,还是说,"大概是因为我在赛前和她有过小小的不愉快?"

"不愉快?!"史迪惊讶,"怎么回事?嘉鲜妹妹,比赛前你就认识她了吗?怎么我们不知道?"

贺随的目光从手机屏幕上缓缓抬了起来。

比赛前？

难道就是她从卫生间回来，情绪不太对劲那会儿？

霍嘉鲜摇了摇头："我不认识她，是听到她在背后像个小学生一样乱说我的坏话罢了。"

那个蜜橘具体说了什么，其实她也不太敢复述，只说那个蜜橘在和另一个女解说颠倒黑白、胡说八道，正好被她撞见，自己气不过，就和对方吵了两句。

"哼，"这回不用史迪开口，跳跳虎已经先骂开了，"这是那个蜜橘说的？"

"嗯。"

霍嘉鲜点了点头，看到跳跳虎那义愤填膺的样子，心说：更过分的那句话我还没说出口呢。

"老子也真是眼睛瞎了，竟然会觉得这么个玩意儿是个温柔可爱的漂亮妹妹！"跳跳虎疯狂地骂自己，"她根本比不上嘉鲜妹妹的万分之一，我就是个傻子，竟然这么久没看清她的真面目。"

贺随倒没有其他人那么生气。

他抬起眼皮看了跳跳虎一眼，懒懒地道："你知道就好。"

"就是啊，虎仔，你到底什么时候能长点儿脑子？"

蜜橘远在天边，史迪先把怒气发泄到了跳跳虎身上，把他狠狠批评教育了一顿。

"原来我看你总是忍不住去撩那些漂亮妹妹，之所以没怎么说你，是看在你还小的分儿上。年轻的时候嘛，谁都走过歪路，傻些也能理解。"史迪痛心疾首地说，"我知道你还年轻，但是年轻不是你总犯错的理由。这也不是你第一次眼瞎了，求你了，快点儿长大吧。这次还是嘉鲜妹妹帮你挡了一手，你要是再这么下去，以后有你吃亏的时候。"

跳跳虎被史迪教育得一点儿脾气没有，连连点头说"是"。

霍嘉鲜在一边闲闲地插了一句："年轻的时候，谁都走过歪路呀？"

史迪没意识到她语气里的试探，傻傻地往下跳："对啊，打职业赛的选手都年轻嘛，一下子有钱有名之后，多少漂亮妹妹投怀送抱？这样的选手我见多了，所以跳跳虎一开始那样，我也能理解。"

"是的、是的。"跳跳虎的脸上是大彻大悟、痛彻心扉的表情,"其实前段时间我已经发现这女的有些'绿'我了,除了我,她还在和好多人聊天。本来我想,女孩子嘛,我给她点儿面子,不说她了。没想到,今天她竟然欺负到嘉鲜妹妹头上了……"

"不是,我不是说这个。"霍嘉鲜微笑着打断他的话,目光瞥向身边正低头看手机的贺随,"随神也走过歪路呀?"

史迪、跳跳虎一脸蒙:和女人说话好恐怖,处处是陷阱。

半响,史迪才讪笑着开口:"哪有呀,嘉鲜妹妹,你千万别多想,随神可是我见过的全《绝地求生》冠军联赛最乖的小男孩儿,眼里除了训练还是训练!他根本不会看别的漂亮妹妹一眼,和跳跳虎这臭小子根本没有可比性!"

"哎呀,我也只是好奇。"霍嘉鲜笑吟吟地道,"我就是随便八卦一下,经理你别这么紧张嘛。"

这回轮到史迪无语了。

你笑得这么诡异,还好意思说只是随便八卦一下?

幸好史迪反应快,也幸好贺随确实没干过类似的事,否则撒谎这种事史迪可做不来。

手里的手机振动了一下,史迪低头看了一眼微信消息,只见万年不会给他发消息的贺随破天荒地给他发了一个红包过来——

史迪回了个问号过去。

TT_suishen:"说得不错。"

史迪:"《绝地求生》冠军联赛最乖的小男孩儿?"

TT_suishen:"撤回,否则红包还我。"

史迪乖乖将刚才那条消息撤回,然后美滋滋地收下了红包。

很好,他似乎又发现了一条日进斗金的赚钱途径呢。

第二天,霍嘉鲜难得睡到很晚才爬起来。

从今天开始,基地连放三天假,除了史迪、贺随,其他人昨晚就回家去了。

昨晚他们回来得晚,霍嘉鲜只刷了一会儿论坛。网上关于惊叹她长得漂亮的帖子实在太多了,这种话霍嘉鲜从小听到大,也早就听麻木了。她刷了一会儿，觉得没多大意思，都没和尤喜聊天就直接睡了。

下周尤喜就要到美国去了，所以今天这两个小姐妹好好约了一下，想要了解一下对方的近况。

初秋，天气渐渐转凉。霍嘉鲜随便套了件白T恤，外面套了条背带裤，齐肩长发随手扎了一个小冲天辫，然后就出门了。

基地里静悄悄的，估计其他人还没起床。

今天恰好是周末，外面停车麻烦，霍嘉鲜便没开自己的车，而是叫了辆出租车。

上车之后，她就刷起了微博，今天的帖子依然千篇一律，基本是夸她长得好看的，根本没有什么新意。

霍嘉鲜叹了口气。

为什么大家都在讨论她的长相呢？为什么没有人注意到她打架也很强呢？她明明是个职业选手，最重要的应该是技术才对。就因为她是个女生，就活该只被人们关注到相貌？她有点儿沮丧。

快下车的时候，霍嘉鲜倒是在主播对抗赛的超话里注意到一个有意思的帖子。

"@小仙女是我老婆：昨天这个蜜橘真的恶心死我了，一直在疯狂阴阳怪气地说我老婆打得烂！今天听说她因为解说不够专业而被公会处分了，估计世界赛解说暂时不会考虑她了，真的大快人心！"

跟帖的是一片贺喜言语。

"要不是后来跳跳虎发微博说这一场是小仙女指挥的，我差点儿要信了她的邪！明明中国队就是因为小仙女和跳跳虎那操作才翻盘的，这个蜜橘还阴阳怪气什么呢？"

"哇，真的大快人心！要不是当时我Cody叔帮小仙女说了话，不知道多少人要被蜜橘带节奏啊！"

"所以，以这种素质和水平，这个蜜橘是怎么做上解说的？这年头真是什么妖魔鬼怪都能在电竞行业横插一脚，电竞行业能不能提高一点儿门槛啊？"

…………

霍嘉鲜有些惊讶。

她以为昨天蜜橘的事也就那样了，没想到今天《绝地求生》冠军联赛反手就给她来了个禁止上场解说。

电竞行业更新换代那么快,不仅选手,解说也是如此。优质的解说太少,十个里面最多留下一两个。

世界赛本来就是最好的露脸机会,如果世界赛上不了场,那估计今年蜜橘也就这样了。

霍嘉鲜截了张图,发到 TT 的大群里问了一句。

春暖花开:"这是怎么回事呀?"

很快,一帮刚刚睡醒的少年活跃起来。

你虎爷爷:"世界赛蜜橘上不了场了?好事啊。"

葫芦娃救爷爷:"对呀,要是她再阴阳怪气地那样解说,估计网上节奏要被带得飞起,受不了、受不了。"

史迪:"哇,为什么联盟没和我说这件事啊?嘉鲜妹妹有排面啊,初出茅庐就弄出这么大的新闻。"

尼罗:"挺好的。"

一群人兴奋地讨论了好一会儿,都在猜测到底是谁做出一个这么解气的决定。

史迪在联盟里的好朋友也不少。他猜来猜去,也没觉得有一个人会为霍嘉鲜出头。

毕竟小仙女还没打出什么成绩来呀,那个蜜橘也就阴阳怪气地说了霍嘉鲜两句,没必要对她这么狠吧?

没想到五分钟后,一个很少在群里说话的人开了金口。就一个简简单单的句号,贺随没说别的东西了。

群里的人先是沉默了半分钟,随后一下子炸了。

你虎爷爷:"我有点儿没明白随神这句号是什么意思。"

葫芦娃救爷爷:"这个句号难道是我想的那个意思?咩咩咩?"

史迪:"服了,绝了。"

尼罗:"不错。"

一直没说过话的冥灭也发了一条专属于中老年人的消息。

我是冥灭:"牛。"

霍嘉鲜一脸蒙。

怎么大家一副好像很懂的样子?

她小心翼翼地发了一条消息。

春暖花开:"有人能帮我解释一下吗?怎么你们都懂了?"

史迪无语。

你虎爷爷:"嘉鲜妹妹你不懂,唉。"

我是冥灭:"随神那是白叫的吗?他可是《绝地求生》冠军联赛最有排面的人。"

尼罗:"确实,没毛病。"

史迪:"不说了,嘉鲜妹妹你自己品吧,你细品。"

霍嘉鲜更是无语。

随神?排面?

难道随神为了给自己出气,专门出面给蜜橘弄了这么一出?

她犹疑了一会儿,不知道该不该私聊贺随。

恰在此时,车子到了目的地。司机师傅从后视镜里看了她一眼,忽然开了口:"哎,你好,"他犹豫了一下,小心翼翼地道,"你是不是……你是不是小仙女啊?打'吃鸡'的那个?"

霍嘉鲜:"你认识我?"

"啊,是啊,我就是玩'吃鸡'玩得比较多而已。"那司机见少女看向自己,不好意思地笑了笑,"你刚在海鲜直播没多久,我就关注你了,我还有你的直播间的牌子呢。"

霍嘉鲜没想到自己才开始露脸,就在路上遇到了自己的粉丝,觉得有些新奇:"那刚才你怎么没和我说呀?"

她都已经上车半个多小时了,这人才认出自己?

昨天她也露过脸了呀,这个人没道理认不出自己吧?

那人看出霍嘉鲜的疑惑,连连摆手:"没有、没有,就是你现在和昨天那个活动上的气质有些不一样,所以我一直没认出来。"

"气质?"

"昨天就是特别好看,很遥远的那种仙女一样的感觉。"那人笑着描述自己昨天的感觉,旋即又看向现在的霍嘉鲜,"现在嘛……"

"现在怎么了?"霍嘉鲜直觉对方要语出惊人。

那人看着霍嘉鲜的小冲天辫,目光诚恳地说:"说真的,有点儿搞笑。"

霍嘉鲜一脸问号。

这个冲天辫可是她特地设计和背带裤配套的,难道不可爱吗?!

"但是特别亲民!特别亲民!"那人笑着挠了挠头,样子看起来特别憨厚,"特别没有距离感,昨天你好看是好看,就是嘴唇涂得太红了,妆化得太浓,让人觉得很有距离感。"

什么亲民?什么嘴唇涂得太红了?

霍嘉鲜也回他诚恳的目光,真心实意地建议道:"兄弟,你还没有女朋友吧?少看点儿直播,多出门交交朋友,真的。"

这种还活在自己的世界里的男人就应该多出去相相亲,好好接受一下社会的毒打,没准儿还能上个相亲迷惑行为大赏什么的。

不过看在他是自己的粉丝的分儿上,霍嘉鲜还是没把话说得更重。

下车没多久,见到尤喜,霍嘉鲜把车上的事和尤喜一说,逗得尤喜直乐。

"哟,现在我们小仙女也是小明星了?坐个出租车都能被人认出来!了不起、了不起。"

"我怎么觉得你阴阳怪气的?"霍嘉鲜白了她一眼,又感慨道,"不过今天我也是第一次感觉到我现在的生活和之前确实不一样了。"

"那是。你好好打比赛,以后会有越来越多的人喜欢你的。"

因为上次的亚洲邀请赛,最近尤喜迷上了电竞,也更加支持霍嘉鲜追梦。

尤喜翻了翻论坛的信息,突然想到了什么:"哎,对了,上次我问你的那个问题,你还没回我呢。"

"什么?"

"就是我问你为什么一直这么想打职业赛?"尤喜很是好奇,"最近我被我爸妈狂催着要定什么专业的时候,才慢慢回过神来,我好像从来不知道你为什么一直这么执着地要打电竞。"

"我吗?"

"是呀。"尤喜感叹了一声,"你这样真好啊。我真的好羡慕你这样有很明确的目标的人,像我就不行,好像做这个可以,做那个也行,到头来就是没一样自己特别喜欢的事情,也没一样让我特别有热情去完全奉献自己的东西。"

"今天你怎么这么有哲学家的感觉？"霍嘉鲜拍了一下尤喜的脑袋，笑道，"每个人都会有这么一样东西的啊，只是你还没发现而已。"

"就算发现了，我也不一定做得好啊。"尤喜无奈地撇了撇嘴，"哪里像你，一个女生呀，竟然打游戏打得那么好，而且能有这个机会去打职业赛！老天真的帮你把所有的窗户打开了啊。"

"也没有啦。"霍嘉鲜想到静静躺在 QQ 列表里的那个"帅帅帅"，低下头笑了笑，"要不是别人鼓励了我，让我知道女生也可以打职业赛，我也没想到自己能走到今天的。"

尤喜一听就来劲了："谁啊？！随神吗？"

"不是，就一个网友，打游戏认识的，你不认识。"霍嘉鲜笑着止住了尤喜的八卦心思，"其实我和他也不怎么熟，我都不知道现在他在哪儿。"

三年前，"帅帅帅"就没再回过她的消息了。

她看遍了第一人称射击竞技游戏比赛的职业选手，也没有一个人拥有这样的 ID。

也许他早就已经放弃电竞了吧，霍嘉鲜想，也只有自己还一直在坚持。

尤喜"哦"了一声，对这个神秘人的兴趣并不大，又把注意力放到了随神身上。

"那最近你和那个随神怎么样？有进展吗？"

"有啊。"面对着尤喜闪闪发光的眼睛，霍嘉鲜掰着指头如数家珍，"他抱过我，我抱过他。他生日那天，我祝他生日快乐，他还对我说'快乐给你'。对了，他还帮我在直播间里讽刺了一个黑我的女主播。就在刚刚，他又帮我出气，让一个阴阳怪气地说我的解说受处分了！"

"怎么样，进展是不是非常非常快？"

霍嘉鲜以为尤喜会疯狂表扬她的努力，没想到自家小姐妹小脸一垮，无聊地"喊"了一声。

"这是什么跟什么啊？"尤喜翻了一个大大的白眼，"手都没牵上，嘴都没亲上，你好意思和我说有进展？"

霍嘉鲜愤愤不平地说："这难道还不算有进展吗？！你不要站着说话不腰疼好不好？！事情要一步一步慢慢来的嘛！"

"拜托，你们在一个基地呀，孤男寡女的，相当于快住到一起了吧?"尤喜简直想恨铁不成钢地戳霍嘉鲜的小冲天辫,"现在你和我说你们连吻都没接过,随神也没明确地和你说过他喜欢你吧?过去多久了?你近水楼台也不知道先得月?电竞圈有多少不要脸的混圈女?照这进度下去,你们迟早成兄弟!"

"你不懂……"她无力地反驳了一句,"他还偷偷戴了我的皮筋儿……"

尤喜彻底服了:"你们真的是小学生!小学生才玩这一套!而且就你这普普通通的黑色小皮筋儿!你怎么确定他手上那根就是你的呢!嗯?!"

霍嘉鲜心想:对哟,现在回想起来,虽然那天我问了贺随皮筋儿的事,但他没明确回我。

尤喜这个恋爱大师还在疯狂给她上课。

"霍嘉鲜同学,你知不知道人生第一错觉就是他喜欢我?"她苦口婆心地谆谆教诲道,"现在你和我说这些,那都没有用!男的这种生物我看透了!如果他们喜欢谁,就会出手!他们一出手,就一定要得手!不存在他喜欢你,还在暗暗和你暧昧,但就是不和你说的情况!一定要他们亲口说喜欢你才算数啊,姐妹!"

尤喜越说越激动,直接抢过霍嘉鲜的手机翻开微信。

"不行,你这小姑娘太单纯了,我怕你被人骗。"她飞快地找到贺随的微信对话框,直接拨通了微信电话,"你不敢问,我帮你问。"

一切发生得太快,以至根本反应不过来的霍嘉鲜呆愣在原地。

TT 基地里,贺随刚刚吃完早饭,打开了直播间。

他一上播,直播间的热度立刻就攀升到了两百万,成了绝地版块的第一流量直播间。

大多数水友在兴奋地刷屏。

"今天我老婆怎么没和随神你一起连麦'吃鸡'啊?"

"对不起,随神,今天我只想看我老婆露脸,不想看你秀。"

贺随无语。

直播还开着,他点进后台管理中心,直接把"老婆"这两个字屏蔽了。

直播间的水友们无语。

行。

你牛。

"今天不双排,爱看就看,不爱看拉倒。"贺随面无表情地道,"没事在外面乱叫老婆,你老婆知道吗?"

话虽然这么说,但他依然难得开了镜头,镜头还是直对着他的左手腕,露出那根普通的黑皮筋儿。

而直播间里,水友们早就已经哀号一片。

"哇,不是吧,随神这么霸道,我的小仙女不会已经被捷足先登了吧?"

"所以老公你什么时候和小仙女官宣啊?!两个人一起打比赛,一起拿冠军!这是什么神仙爱情?!"

贺随无语。

就因为昨天霍嘉鲜那么惊艳地露脸,他的直播间已经从"随神厉害,亚服第一枪男"迅速转变到辱骂"傻子随神你要是诱拐我老婆,我就和你没完"上了。

其中一个挂着他的直播间三十八级的牌子,还给他刷过无数礼物的资深水友还发了一条又大又醒目的弹幕——

"大家注意,屏蔽这个词是因为傻子随神急了!他急了!他急了!他急了!他急了!他急了!他急了!"

直播间里欢声笑语一片。

贺随也勾了勾嘴角,但没说话,反手就给这位三十八级的水友送上了一个禁言999年的套餐。

急什么?你懂什么。

这位曾经在贺随的直播间砸过没有上百万也有几十万的水友被贺随治住了。

随神还是硬气的,敢将金主老板禁言,真厉害。

贺随点进游戏大厅,正想开始游戏,旁边的手机突然振动起来。

他随意看了一眼。

霍嘉鲜?她怎么突然给他打微信电话了?

贺随微微皱了皱眉,接起电话,直播语音也没关。

"喂,随神是吗?"

电话那边传来的是陌生的女声。

贺随的眉头皱得更紧,见弹幕上刷过去的是"傻子随神在给哪个野女人打电话"的控诉,他话也没回,直接就想把电话挂了。

"喂?随神?随神?"尤喜见对面没人说话,还以为信号不好,又叫了好几遍贺随的名字,而后问霍嘉鲜:"怎么回事呀,嘉鲜?你的手机是不是坏掉了?也没显示网络信号不佳呀。"

听到"嘉鲜"这个名字,贺随才开了金口:"你是哪位?"

"哦,原来你听得到呀。"这可是最近这段时间自己的"男神",尤喜喜气洋洋地接了话,"随神,你好哇,我是嘉鲜从小到大的好姐妹,叫……"

"说重点。"贺随尽量让自己的语气显得没有那么不耐烦。

"啊,好,"尤喜愣了一下,继续说道,"今天我打电话过来呢,就是想问……"

"哎哎哎,手机还我!"

尤喜对面一直坐着的霍嘉鲜终于回过神来,一把把手机抢了回去。

贺随只听见那边一阵混乱,最后传来了霍嘉鲜熟悉的声音。

"不好意思哟,随神,昨晚搞那么晚,现在你应该还没起床吧?"她连声道歉,"对不起、对不起,我朋友不懂事,你别介意,继续睡吧,拜拜哟。"

话音刚落,没等贺随回话,她就利索地把微信电话给挂了。

贺随一脸问号。

他又看了一眼弹幕助手,直播间里的风向已然变了。

"小仙女怎么会知道随神你搞得很晚,到现在还没起床?"

"天哪,最后那个'继续睡吧,拜拜哟',我怎么莫名听出了一种很熟悉的宠溺感?"

贺随无语。

他十分冷静地点了开局,随后缓缓说道:"你们别在我的直播间里'开车'了,刷屏也没用,幸福是要靠自己争取的,加油咯。"

水友们一脸蒙。

霍嘉鲜惊险地夺回手机,吓得脸都白了,长长地舒了一口气。

尤喜白了她一眼,恨铁不成钢地道:"我就帮你问一下嘛,对你们两个都好,你怎么就吓成这个样子?你这样还怎么撩汉哟?"

"喂,等会儿回基地要去面对他的人又不是你,你当然站着说话不腰疼咯。"霍嘉鲜反唇相讥道,"现在你在我这里道理一套一套的,轮到你自己时,不也是雷声大,雨点小,怂得很?"

尤喜的气势立刻去了大半截:"我哪有?"

"这么多年,你错过了多少好哥哥、好弟弟,还需要我提醒?"霍嘉鲜得意地揪了揪自己的小辫子,"反正我们就是一对怂包姐妹,谁浪谁是狗。"

尤喜思索了两秒,最终放弃抵抗。

"行。"尤喜舔了舔唇,"你说得有道理。等我自己追到帅哥了,才有资格说你,对吧?"

"当然。"

"不过其他的意见我总有资格提一下吧?"

尤喜说得卑微,但眼睛看向霍嘉鲜的头上,目光带着显而易见的嫌弃之意。

霍嘉鲜愣了一下,下意识地摸了摸自己的额头:"我怎么啦?"

"你也是个公众人物了,出来时总要注意一下形象吧?"尤喜指着她的冲天辫说,"就你这小学生打扮,你还怎么'仙'得起来?"

霍嘉鲜瞪大眼睛。

为什么他们都不懂?这是可爱,可爱好吗?

三天假期很快结束,TT的队员们从各自家中回到基地,开始进行世界赛前的冲刺训练了。

虽然霍嘉鲜是新入队的成员,但这段时间她和TT这些人相处下来,生活上对彼此已经比较熟悉了,磨合起来没花多少时间,很快TT的训练就步入正轨了。

虽然平时冥灭和他们嘻嘻哈哈地闹,但是一到队员训练的时候,就变得毒舌又严厉,跳跳虎简直叫苦不迭。

在冥灭的鞭策下,最近TT的队员们要10点起床,先练两个小时的排位赛,再和二队队员练攻房。

他们也不参加《绝地求生》冠军联赛的训练赛了,天天对着 H 国赛区、欧美赛区的春季赛和夏季赛研究。每个队伍的运营打法、选手的优缺点全被 TT 的数据分析师摸透了,TT 的队员也尝试着用枪法配合运营,学习 H 国战队的战术。

虽然 H 国战队的竞技精神很有问题,但平心而论,他们的运营能力确实强,值得 TT 研究和学习。

在如此大的训练强度下,霍嘉鲜过得昏天黑地,每天能抽出时间出去跑跑步已经很不容易了,根本没有时间再去刷论坛、看微博。

尤喜去美国那天,霍嘉鲜都没空去机场送她。早上 10 点的消息,她凌晨 2 点结束训练时才看到,那时候尤喜已经到纽约了。

喔喔喔喔个头:"天哪,你去美国了?!"

中国战队冲冲冲:"对啊,上周我就和你说了呀,你还回了我呢。"

喔喔喔喔个头:"对不起,最近我训练得昏头了,失忆了,什么都不记得了。"

中国战队冲冲冲:"那天我上你的直播间看了一眼,最近你是不是瘦啦?准备比赛是需要冲冲冲,但你也别太累呀。"

喔喔喔喔个头:"呜呜呜,姐妹,你怎么这么好?好感动。"

中国战队冲冲冲:"瘦了是好事,但熬夜熬多了,脸色不好看,到时候你还怎么追随神?明天我买点儿面膜给你寄过去,你记得多用。"

中国战队冲冲冲:"不用感动哟,姐妹也是想为你早日有夜生活做出一份贡献。"

喔喔喔喔个头:"滚。"

很快就到了 11 月的 PGC(《绝地求生》全球总决赛,是以《绝地求生》为项目进行的世界性电子竞技赛事)。

今年的世界赛安排在美国西雅图举行,赛程总共三周,每周比三天,通过小组赛、半决赛,一直到决赛,最终决出冠军。

TT 的签证 10 月底就下来了,史迪帮他们买好了机票。基地里的气氛越发紧张,就连平时最吊儿郎当的跳跳虎,此时也变得无比认真,不到凌晨 2 点绝不离开《绝地求生》的战场。

在离开 M 市的前两天晚上,史迪让这一个多月来认真备战的队员们好好放松了一下。

史迪专门请米其林餐厅的大厨来基地准备了一顿大餐,还准许大家在基地的娱乐室里唱了一晚上的歌。

最重要的是,史迪请回了一个离别很久的老朋友——阿霁。

自从因住院而不得已退役之后,这还是阿霁第一次回到TT。一队的几个人见到阿霁的那一瞬间全失语了,尤其是跳跳虎——

史迪和阿霁一起走进训练室的时候,跳跳虎还开着直播。看见阿霁的瞬间,他直接在镜头前泪奔了。

"天哪,"跳跳虎用力抹了一下充满眼泪的眼睛,扭过头去,不敢看阿霁,只对着镜头絮絮叨叨地说着,"兄弟们,你说我们经理烦不烦人,我们正在好好地训练,他竟然把阿霁傻子叫回来了,这不是让我不能好好打比赛吗?"

"怎么?我就不可以回来咯?"阿霁的腰上还缠着束腰的东西,动作有些僵硬,他走过去用力拍了一下跳跳虎的头,"这可是我的战队,我怎么就不能回来了?"

跳跳虎的眼圈红得要命,他直接用手盖住镜头:"谁说这是你的战队了?啊?你都退役了!你已经不是我们队伍的人了!你偏偏在这时候跑回来,你说你是不是存心让我们不好好比赛?"

"那我走咯?"阿霁假装要走,"我还以为你这臭小子会第一个拼命欢迎我呢,没想到你这么冷漠。"

史迪在一旁插嘴道:"你这臭小子再说一句话,阿霁就真的不回来了。"

"不回来就不回来,本来我就没想在这时候看……"跳跳虎说到这里,突然意识到什么,抬头看向史迪,惊讶地问道,"回来?!"

"对啊,我都说了,我回我的战队。"阿霁笑道,"你这臭小子不欢迎?"

跳跳虎有些没明白,呆呆地扭头看向一旁的贺随。

贺随靠在电竞椅上,姿态慵懒闲适,大爷似的斜斜看了跳跳虎一眼。

"PGC结束以后,阿霁就要被回聘做二队的教练了。"贺随说,"不过以后他不会待在三楼了,毕竟二队的人在二楼。"

"啊啊啊啊啊啊!"跳跳虎一下子蹦了起来,镜头前是一张红着眼睛却又兴奋至极的脸,"阿霁哥,你真的要回来了?!"

阿霁点了点头:"没错。"

"你没骗我?!"

"干吗骗你?"阿霁站久了就有些吃不消,顺势靠在桌子上,"你这臭小子就没什么话要说?"

跳跳虎一如既往地只知道说那一个字。

"啊啊啊啊啊!"他激动得一下子站了起来,用力拍了一下阿霁的肩膀,直拍得老人家脸色都变了,"那兄弟,以后我们又可以约起吃海底捞了?!"

"嗯。"

"密室剧本杀也可以约起?!"

"应该吧。"

"还有比赛,比赛你也能到场咯?"

"没错。"

"哇!真的太好了!"跳跳虎笑眯眯地用力搂住阿霁,"阿霁哥,欢迎回来!西雅图也一起去吗?"

这可是他们曾经说好要一起出征的地方。

阿霁顿了顿,随后面露一丝为难之色。

"虽然怕刺激到你,不过我还是不得不说。"他看着跳跳虎,眼中带着怜悯的神色,"西雅图我去不了了,我得去结婚。"

跳跳虎吓了一跳。

说好一起单身,你却偷偷牵了别人的手?

跳跳虎看着阿霁,半晌无语,随后从牙缝里挤出一句话:"你行啊你。"

这晚的 TT 基地迎来了过去两个月以来最欢乐的夜晚。

一群人在娱乐休闲室里狂吼了一个晚上,不过大部分时候是跳跳虎跟唐葫芦霸占话筒在说唱,尼罗唱唱林俊杰、周杰伦的歌,偶尔阿霁、史迪这组老年人开嗓对唱一首《知心爱人》什么的,老、中、青三代完美融合,展现出一派和谐景象。

唯一没上场的两个人就是贺随和霍嘉鲜。

贺随好说——这少爷从来不喜欢唱歌,别人唱给他听还差不多,也没人叫得动他。

霍嘉鲜就不一样了。

从一开始，大家的注意力就全集中在她的身上，左一句"嘉鲜妹妹"，右一句"小仙女，贫僧就想听队里唯一的女生开嗓唱一首歌"。

但是霍嘉鲜一直笑着摆手拒绝。

别的不说，她对自己的唱歌能力是很有数的。

原来尤喜就评价过她，让她出门直接靠脸就行。如果和喜欢的男孩子一起，她千万千万别开口唱歌，否则对方不被吓死才怪。

霍嘉鲜深表认同。

平时她也就一个人的时候会唱唱歌，但是面对外人的时候，是坚决不会开口的。

所以今晚，无论一队的几个人怎么起哄，霍嘉鲜都不为所动，决不上场。

她一直重复着一句话："我唱得真的很烂，不想吓到大家。"

这么长时间以来，大家对霍嘉鲜的性格也有了一些了解，知道她一旦下定决心，别人基本是怎么样都改变不了她的决定的。

所以一来一去，大家也就放弃了，嘉鲜妹妹不唱就不唱吧，没必要强迫她。

哪知快结束的时候，贺随却在一边闲闲地开了口，语气很是懒散。

"你不是唱得挺不错的吗？"他一只手搭在沙发上，食指轻轻点了两下，语气讳莫如深，"这么谦虚？"

搞了半天，霍嘉鲜才反应过来贺随是在说自己。

"啊？"她有些蒙，"随神，你听过我唱歌？不可能。是梦里听的吧？"

"就原来你还在做饭的时候，经常唱的那首歌。"贺随微微仰了仰下巴，"很好听。"

霍嘉鲜大惊失色："天哪，随神，那时候我像神经病一样，你全看到啦？"

"神经病吗？"贺随似乎轻笑了一下，昏暗的光线里，低沉的声音有一种勾人的魅力，"我不觉得，倒觉得你挺可爱的。"

一队的围观群众一脸问号。

那一瞬间，霍嘉鲜没敢看贺随的脸。

昏暗的房间里，男人的声音实在有些撩人。她的脸不由自主地红得发烫，耳朵也红红的。

幸好房间里光线很暗，没人发觉她的异样。

"挺可爱的？！"跳跳虎在一旁起哄，"嘉鲜妹妹，别只让随神听，也唱给我们听听嘛！随神可不会轻易夸哪个女孩子可爱的，你是第一个哟！"

"是呀、是呀，嘉鲜姐。"最近唐葫芦已经乖巧地改口叫霍嘉鲜姐姐了，"唱给我们听听嘛，好兄弟们怎么可能嘲笑你？！"

"嘉鲜露一手吧。"

"随神都发话了，你可别让我们失望哟。"

"来吧，嘉鲜。"

大家你一句，我一句，霍嘉鲜彻底没辙，也不好当众拂贺随的面子，于是点了点头，轻声道："好吧。"

史迪把话筒递给她。

这段时间训练得实在太过昏天黑地，霍嘉鲜拿着话筒愣了半天，才想起自己唯一拿得出手的那首歌的歌名。

"那，我就给大家带来一首《残缺的彩虹》吧。"

"这是什么歌啊？"资深说唱爱好者跳跳虎表示压根儿没听过这首歌，"听名字倒是挺小清新的。"

"对啊，和嘉鲜姐的气质倒是不太搭呢。"唐葫芦也在一旁附和，"我还以为你会来一首《双截棍》什么的呢。"

霍嘉鲜翻了一个白眼，懒得理这两个唯恐天下不乱的臭小子，清了清嗓子，静静等待伴奏开始。

"这一次我不想要一个人走，回去的路，总是背对彩虹。"

"没有你，我是残缺的彩虹，失去一个最重要的颜色。"

少女的声音有几分空灵的味道，虽然总有几个音不在调上，但是让人听着很舒服，像是地中海夏日的青柠檬，香甜的气息中带着微涩的感觉，意外还不错。

刚才还吵吵闹闹的娱乐室此时安静了下来，大家都静静听着霍嘉鲜唱这首歌。

她坐在一旁的沙发上，微微闭上眼睛，声音温柔至极，和平时在战场上打打杀杀、勇敢往前冲冲冲的暴力形象对比鲜明。

"想要听你说,你都怎么过。你现在好吗?你微笑点头。想要听你说,快乐多过忧愁。想要听你说,却发现你在骗我……"

屏幕上幽暗的光笼罩着少女的半边脸。

"想要听你说——

"想要听你说——

"想要听你说——"

少女缓缓睁开眼睛,看向了暗处的一排人。

那双略带着稚气的眼睛像星星一样闪耀而明亮。

"你看见的光,是我。"

也不知道霍嘉鲜最后这句话到底是唱给谁听的。

一帮人唱到凌晨还不停歇,二队的弟弟们早就回去睡了。

中途霍嘉鲜出来上了一下厕所,路过三楼露台,发现那里的门竟然开着一半。

平时这里不太会有人上来,除了她在这里遇到过贺随一次,就算史迪在这里种菜,平常也不怎么会来瞅瞅。

怎么门会开着?

霍嘉鲜想顺手把门关上,却意外发现天台的栏杆边竟然站着一个黑影。

那人似乎正在抽烟,仰头面对黑暗的夜空,缓缓吐出一口烟雾。

听见霍嘉鲜这边的动静,他扭头看了过来。

"嘉鲜?"

"阿霁哥。"霍嘉鲜点了点头,轻声解释,"我以为上面没人,想着过来关一下门。"

"我马上就下去了。"阿霁笑了一下,将手里的烟头掐灭,"一起走?"

"好。"

霍嘉鲜和阿霁的交往不算深,毕竟她刚进 TT 没多久,阿霁就退役了。

在她的印象里,阿霁就是个满口骚话的叔叔而已,他和贺随关系很好，也是 TT 的一个元老。

她看过无数有阿雳参加的 TT 的比赛，但是对赛场下的他，了解得很少。

一时间两个人也没什么话好说。初秋的空气里弥漫着一股雨后初晴的爽朗劲儿，桂树的香味淡然清甜，总是莫名地把霍嘉鲜拉回她刚刚得知母亲的病情，趴在男人怀中痛哭的那晚。

距离那天已经过去两个月了，整整两个月了。

贺随从来没有明说过什么，她也不知道该怎么办才好。一开始她以为只是自己不够努力，但是每次想要离贺随再近一点儿，总觉得无从开口。

她该怎么说呢？

万一……万一只是自己自作多情呢？

霍嘉鲜看了阿雳一眼，鬼使神差地开了口。

"阿雳哥，"她皱了皱眉，"我能问你一件事吗？"

"什么？"

"这个基地里，你和随神认识的时间最长，对吧？"霍嘉鲜犹豫了一下，问道，"那你……你应该最了解他是个什么样的人吧？"

阿雳愣了愣，靠在栏杆上没动，随后露出一个意味深长的笑容。

"嘉鲜，你是想问这个？"

"嗯。"

"你觉得他是个什么样的人？"

"很多时候，我觉得我已经挺了解他了。"霍嘉鲜说，"他是个很负责任的队长，很多事情不会告诉我们，而是自己默默承担下来。他会为别人考虑很多事，唯独不会考虑自己。"

"确实。"阿雳笑道，"这臭小子就是这样的人。"

"但是很多时候，我又觉得自己根本不了解他。"霍嘉鲜皱了皱眉，迟疑了一下，才下定决心说出口，"阿雳哥，你知道吗？我一直觉得随神是喜欢我的，但是他一直没有给过我明确的表示。"

霍嘉鲜一直觉得贺随不像是会带给别人这种困扰的人。

但是现在，这件事确实一直困扰着她。

面对阿雳，霍嘉鲜将话说得很直白，甚至直白到阿雳一开始没反应过来她说了什么。

"啊,你说这个啊。"等到终于消化完这几句话,阿雳笑了,"嘉鲜呀,你就一直在想这个?"

"对啊。"霍嘉鲜点了点头,"但是……但是我一直没办法自己开口问他。"

是了。无论多么骄傲的女孩子,在自己喜欢的人面前,总是会自卑一些的吧。

她怕自己开口吓到他,怕只是自己一厢情愿,怕如果自己突兀地开了这个口,就斩断了自己所有的后路,连一丝挽回的余地都没有了。

她咬了咬下唇,想要继续说什么,最终却欲言又止。

阿雳看着她这副心事重重的模样,笑着长叹了口气:"有件事,他们应该没有和你说过吧?"

"什么?"

"也是。"阿雳又自己回答了自己,"我和他认识的时间最长,也只有我最了解他。"

霍嘉鲜疑惑地看着阿雳:"阿雳哥……"

"随神刚打职业赛那会儿,因为和人打架,差点儿被永久禁赛的事,你知道吧?"阿雳淡淡地笑了一下,又点燃一根烟,"你能想象吗?现在做事这么稳重的随神,当时竟然会冲动地和人打架到差点儿被禁赛的地步。"

被禁赛?

霍嘉鲜摇了摇头,但是心里已经隐隐有了些猜测。

"过来。"阿雳拍了拍身边的栏杆,招呼她,"嘉鲜啊,也许你还没有你想象的那么了解这臭小子呢。"

阿雳第一次见到贺随,是在M市的某个小型线下赛上。

彼时阿雳已经被轮换了整整一个赛季,差不多决定要从《守望先锋》退役了,因为还有一些粉丝,再加上被这个线下赛的游戏项目邀请去做解说,所以准备去赚些外快。

这个小型线下赛的游戏项目正是当时刚刚火起来的《绝地求生》。

那时候来的十几支队伍,基本是一些小主播自己组建起来的。那些小主播小有名气，在几大服务器上排得上名，之所以来参加这个线下赛，一是为了不算低的奖金，二是为了积攒人气。

但那天，所有的风头被一个叫贺随的少年占得一干二净。

那时贺随正是蹿个儿的年纪，瘦瘦高高的，浑身是青春期散发出来的张狂劲儿。

直播镜头转到贺随面前的时候，少年正慵懒散漫地靠在椅子上，脸上满是不屑之色。

听见主持人问他有什么话想对队手说的时候，他冷冷地笑了一下，声音里带着不加掩饰的傲慢与桀骜，有着独属于十六岁少年的狂妄气息。

"对手？"他似乎听到了什么好笑的笑话，"没有什么好说的，因为在座的人里没有我的对手。"

不只主持人和在场的主播，就连在线上解说的阿雳也愣住了。

怎么会有这么狂的人？

这人真以为这么容易就能取得成功？他怕不是在说大话，想博取大家的关注吧？

《绝地求生》的精髓就在于你永远不知道赛场上会发生什么。当时阿雳乐呵呵地回应了几句，和弹幕里的观众一样，都在等着看打脸好戏。

没想到，最后被打脸的是阿雳自己。

那场线下赛，如果要让他用一个词来形容，那必定是"惨不忍睹"。

不是贺随，而是其他人。

阿雳万万没有想到，这个看起来像个二百五的狂傲少年，竟然真的吊打了全场参赛者。

他枪法奇准，意识顶尖，人们闯进他的视野的那一刻，就已经死了。

比赛堪称碾压。

毫无疑问，最终的十万奖金和冠军奖杯也全被他拿走了。

惊叹之余，阿雳偶然间和TT的经理说起了这件事。哪知TT经理立刻提起，说TT也想赶着《绝地求生》的热度创建一个分部。

于是阿雳开始到处打听，想要寻找这个叫贺随的少年。

贺随没有签任何直播平台，也没有任何朋友。阿霁费了九牛二虎之力，才找到贺随常去的网吧，然后在那里蹲守了好几天。

在他快要放弃的时候，贺随终于出现了。

那时候阿霁才知道，贺随已经快一个礼拜没有吃一餐正经饭了。

上次的奖金全被他分给了队友，自己一分钱没留。前段时间，因为打游戏的事，他又和家里闹翻，家里彻底断了他的生活费。现在他身上仅剩几百块钱，房租也交不起了，只能拿着最后的钱来睡网吧。

也就是这时候，贺随刚好撞到阿霁来找他。

阿霁说到这里，似乎是觉得好笑，将拳头抵在唇边，从喉咙里发出低低的笑声。

霍嘉鲜有些不明白："他打《绝地求生》打得那么厉害，随便直播都能赚点儿钱吧？陪玩、代打也行啊，怎么会落到这种窘迫的境地？"

"是啊，怎么会呢？"阿霁笑意不止，"放别人身上也许就不是这样了，但他是未来的随神啊。"

十六岁的骄傲少年，锋芒毕露，不可一世。

他不会向任何人低头，又怎么会向生活低头？

阿霁弹了弹指间的香烟："我也是那时候才知道，随神一直在等。他不签任何平台，不投任何简历，就是在等别人开口，等别人慧眼识珠，邀请他过来打比赛。

"嘉鲜，你能明白吗？"

霍嘉鲜有些错愕茫然地看着阿霁。

阿霁咳嗽一声，彻底将手里的烟掐灭了。

"虽然现在随神成长了很多，但很多时候，我仍觉得他还是当年那个少年，一点儿没有变过。"阿霁笑着拍了拍霍嘉鲜的肩膀，语气有些感叹，"老了，站不动了，我们回去吧。"

"好。"

霍嘉鲜听懂了阿霁的意思。

贺随那样的人，给他一百年，他也不会主动开口的。

回去的一路上，霍嘉鲜做足了思想准备。她想着自己一进门就立刻抢过话筒,当着所有人的面问贺随对自己到底是什么意思。

然而这好不容易鼓足的勇气,却在她推门的那一刹那消失殆尽。

霍嘉鲜看着贺随空荡荡的位置,诧异问道:"随神去哪儿了?"

"去练枪咯。"跳跳虎喝着钙奶,耸了耸肩,"我们出发之后,就不知道什么时候才能摸到电脑了,他说要保持一下手感。"

跳跳虎的身边,唐葫芦正抱着话筒动情地鬼哭狼嚎。

"小朋友,你是否有很多问号?"

霍嘉鲜无语。

她确实有很多问号。

这股勇气来得快,消散得也快。

霍嘉鲜在心里暗暗给自己定了一个期限——

过了 PGC,等他们拿到冠军,她一定要抓住贺随问个明白,否则"死不瞑目"。

很快就到了 TT 出发去西雅图的这天。

一大帮粉丝去机场送机,霍嘉鲜虽然被一队那几个人保护在中间,但还是被挤得头发都乱了。

一行人好不容易穿过重重人海,到达 VIP 候机室,史迪已经累得满头大汗,就差没直接躺在地上装死了。

"天哪,怎么这么多人啊?官博娘也不和我说一声。"他拼命擦汗,"我知道随神人气高,但也没高到这种地步吧?"

霍嘉鲜十分抱歉:"对不起,经理,因为大概有一半人是特地过来看我的美貌的。"

跳跳虎:"嘉鲜妹妹,你抢我的台词。"

史迪无奈地看着两人。

长途飞行之后,TT 一行人顺利到达西雅图塔科马国际机场。

这边的华人粉丝虽然没有国内那么多,但他们自发组织了接机队伍,将刚刚到达美国的 TT 团团包围住。

在基地被关了这么久,这一路上,霍嘉鲜终于深刻体会到作为《绝地求生》冠军联赛顶尖流量战队的一员到底是一种什么感受了——走到哪里都能被人认出来。此刻,那些在直播间发过弹幕、办过卡、送过礼物、鼓励过自己的冰冷 ID 化作了一个个具象的人、一张张鲜活的面孔。

TT 一行人好不容易住进酒店时已经是半夜了。

时差折磨人,幸好史迪早就给他们准备好了褪黑素,让他们好好休息调整一下,准备后天去试场地。

很快就到了比赛的这天。

小组赛时,TT 运气不错,组内战队平均实力偏低,没有那么难打。

前十七局比赛打完,TT 总积分 201,排名小组第二。

TT 已经基本锁定晋级半决赛的席位。

最后一局米拉玛沙漠地图,TT 依然落地圣马丁,进行前期的平稳发育。

霍嘉鲜高飘看其他队的落点,落地之后,离 TT 的其他人有一段距离。不过这还是刚开始比赛,圣马丁就是 TT 的地盘,她并不担心自己会落单被抓,于是便埋头捡拾装备发育。

哪知第一个圈刚刚收缩,楼下忽然传来呼啸而过的汽车引擎声。

霍嘉鲜愣了一下。

圈也不是刷在这边啊,为什么现在就有人来圣马丁了?

还没等她反应过来,楼下窗口忽然接二连三地扔进来几颗手雷。霍嘉鲜躲闪不及,直接被炸倒。

看到对方的 ID,霍嘉鲜咬了咬牙。

"哼,"她嘟囔了一句,"是 3AE 的人。"

3AE 是在曼谷和 TT 对阵过的 H 国队伍。这次他们的战绩并不好,小组赛排名不高,估计进不了半决赛了。

所以他们开局就直接撞进圣马丁,想要搞 TT 的心态。

"他们在哪儿?"

耳机里,她听见了贺随发动汽车的声音。

"别管我了,随神,救不了了。"霍嘉鲜摇了摇头,帮贺随在地图上标了位置,"你们小心,他们应该在这几个房区蹲人。你们搜好东西尽快出城,不用管我。"

"没事。"贺随说,"我有枪。"

他是指挥,比赛场上大家只能听从命令,霍嘉鲜也不太好多说话,怕影响他的判断。

她爬到角落里，静静地等待着。

汽车引擎声呼啸着传来，一声急刹后，震耳欲聋的激烈枪战声响起。

霍嘉鲜屏住呼吸，仔细分辨着战况，看着电脑屏幕左下角显示的贺随的血条越掉越少，直到停留在"1"的位置。

一打四，他竟然纯靠枪法打赢了！

霍嘉鲜倒抽一口冷气，惊叹："天哪，随神，你拿的还是AK，这也太厉害了吧？"

对方可拿着M416，那枪的子弹射速可比贺随的AK快，且它的后坐力还小，用起来比AK简单多了。

子弹飞得比别人慢，他还能打赢？！这瞄头能力该有多强？！

跳跳虎也在旁边感叹了一句："随神真厉害！AK射速那么慢都对得过？！"

"你懂什么？"贺随上楼救霍嘉鲜，淡淡地道，"他射得比较快，我射得比较慢，拼的是持久性。"

霍嘉鲜、跳跳虎、尼罗又学到一招。

一时间，整个队内语音频道没人说话。

贺随似乎没觉得自己说的话有任何不对劲的地方，拉完霍嘉鲜，直接让她下楼，镇定自若地继续指挥。

"太厉害了。"跳跳虎小声嘀咕了一句。

贺随在他身边危险地冷笑了一下。

也不知怎么的，跳跳虎听出了一种"你再废话，我直接在世界赛上崩了你"的威胁感。

跳跳虎立刻静默不语。

第九章

你已经很勇敢了

小组赛最后一局,TT 战队击杀数遥遥领先。

虽然 TT 战队没有成功"吃鸡",但还是凭借极高的基础分,以小组第一、总积分第三的好成绩晋级半决赛。

半决赛的时间设置在一周后的周末。

首战告捷,TT 在国内外的风头越发强盛,史迪作为经理,更是喜上眉梢,只让这帮小崽子好好养精蓄锐,准备下周的比赛,其他的不用操心。

虽然小组赛取得了好的名次,但此刻的跳跳虎却蔫蔫地瘫在酒店大床上,一句话不想说。

一开始到达美国的兴奋劲儿早就过去了,不过才一周时间,跳跳虎的思乡之情便来势汹汹。

"唉,这日子什么时候才是个头儿啊?"跳跳虎生无可恋地仰望着天花板,"火锅、螺蛳粉、辣子鸡、串串、烤肉、炒米粉……啊!祖国母亲!我好想你!"

史迪:"我看前两天你刚到的时候不还挺兴奋,吃个汉堡王都要拍照留念发粉丝群。"

"你知道什么?"跳跳虎白他一眼,"那是我年少无知罢了,懂?那时候我不过是没见识、没出过国！现在那股新鲜劲儿已经过去了！今天的我不是昨天的我了！今天的我已经意识到我亲爱的祖国牢牢拴住了我的胃！"

史迪："那还不好说？我们去找中餐厅呗，你想要吃什么都可以满足你。"

"我想吃豆腐，这里有吗？我想吃韭菜，这里有吗？我想吃脑花，这里有吗？！就算有，也不是熟悉的味道！"跳跳虎有气无力地挥了挥手，"算了，让我睡一会儿，梦里想想就行。"

"熟悉的味道？"唐葫芦刚打完一把《王者荣耀》，扭头随口道，"我们不是有嘉鲜姐吗？"

"嘉鲜妹妹？"

"对啊，你们忘了吗？嘉鲜姐刚进基地的时候那手好厨艺！"唐葫芦将手机丢到一边，越说越双眼发光，"反正我们的房间里有厨具！我去买菜、切菜，我来洗碗！让她……"

"不行！"

"不行。"

贺随和史迪同时开口。

史迪瞥了贺随一眼，难得两个人想法这么同步。他有些惊讶："对啊，你看随神都这么觉得。嘉鲜的那双手金贵得很，怎么能让她做饭呢？一定要好好保护！好好保护！"

贺随沉吟不语。

跳跳虎被唐葫芦这么一提醒，霍然想到当时霍嘉鲜"做过的"炒面和炒粉，立刻也兴奋起来了。

"啊啊啊啊啊，随神！我真的好想好想吃炒面啊！能不能？能不能？"

"能。"贺随从钱包里抽出一沓美元，按到跳跳虎面前，"出去吃，够了吧？"

跳跳虎看着那一大沓钞票，一脸问号。

"哎呀，我不是这个意思啦！"跳跳虎一下子拍开贺随的手，又可怜巴巴地看向了刚进门的霍嘉鲜："嘉鲜妹妹，行不行？行不行？嗯嗯嗯？"

唐葫芦也在一旁拼命添油加醋:"我真的好想吃啊!嘉鲜姐的厨艺真的太绝了!就简单的炒面!那个肉!那个豆腐干!那个鸡腿菇!那香味!天哪!"

被跳跳虎和唐葫芦这么一撺掇,就连刚才坚定不移、誓死要保护霍嘉鲜的双手的史迪也动摇了。

有一说一,他也馋了。

"这个……嘉鲜你看……"

"真的吗?说得这么好吃,我都有点儿想试试了。"冥灭坐在床上一边吃薯片,一边说道。

"说实话,我也想吃。"连一向不怎么说话的尼罗都默默地举了举手,"不过还是看嘉鲜。"

霍嘉鲜愣了愣。

现在有十只眼睛无比期待地看着自己,只有贺随的目光冷淡,明晃晃地写着三个大字——不想理。

她犹豫了一下,想到自己手机里的下厨房 App 和微信里的缪阿姨,最终还是点头同意了。

"行,要是你们真的想吃我做的炒面的话,我可以试试。"

"好!"跳跳虎和唐葫芦同时欢呼了一声。

两个人匆匆忙忙地就出门了,带着谷歌翻译,直奔最近的超市去购买食材。

也没人注意到,霍嘉鲜的言辞是——"我可以试试"。

贺随看着充盈着喜气的房间,疲惫地揉了揉眉心。

行吧,那她就试试吧。

趁跳跳虎他们购买食材还没回来,霍嘉鲜躲回自己的房间,给缪阿姨打了一个电话,又上下厨房 App 集思广益了一番,最终总结出来一份如何做出顶尖炒面的攻略,随后认真背诵了一遍。

炒菜的时候,她还念念有词。

"先把油烧热,下蒜、生姜,放一点点黄酒,把肉末爆炒一下……

"把肉末盛出来,再放蒜,然后炒菜……

"放面后不能焖,得不停地搅动……

"哎？然后怎么办？啊，我有点儿忘了！快点儿！快点儿！我的手机呢？手机呢？"

跳跳虎和唐葫芦在一旁看呆了："哇，嘉鲜妹妹（姐姐），原来你烧饭……这么特别吗？"

她这态度认真严谨得和背课文一样，太强了。

霍嘉鲜讪笑一声，没承认，也没否认。

贺随靠在一旁的吧台上，看见跳跳虎和唐葫芦像监工一样站在霍嘉鲜身边，搞得小姑娘紧张得要命。

他长臂一伸，把两个人的头转了过来。

"别看了。"贺随说，"过来陪我玩游戏。"

"好哇、好哇。"一听"游戏"两个字，跳跳虎连忙响应，"玩什么呢随神？"

贺随回道："成语接龙。"

跳跳虎："玩这游戏？随神你真行。"

"行云流水。"贺随接得很顺。

跳跳虎无语。

热腾腾的炒面出炉的时候，跳跳虎已经输给贺随整整二十把成语接龙了。霍嘉鲜的这碗面总算是把跳跳虎从这无止境的成语海洋中解救了出来。

"哇，这面看着很不错嘛！"

在异国他乡见到梦寐以求的美食，跳跳虎没舍得直接吃，不仅从各个角度拍了好多照片拼了九宫格发微博，还专门开直播和多日未见的水友们进行亲密互动。

"兄弟们！兄弟们！好久不见咯！"

直播一打开，跳跳虎就和水友们打了一个热情的招呼。他炫耀似的举起手中的碗，360度地给大家展示了一下新鲜出炉的炒面。

唐葫芦和史迪也过来凑热闹地露了个脸。

"这可是我们小仙女为了安抚我们思乡的情绪，特意给我们做的爱心炒面哟。今天，我们就做个吃播，兄弟们，你们大概不知道小仙女做的饭有多……"

对着镜头，跳跳虎边说边美滋滋地夹了一筷子面条往嘴里塞——

刚咬了第一口，三个人的脸色就不太不对劲了。

"呃……这个……"

跳跳虎艰难地把嘴里的面条咽了下去，随后扭头看向站在身后翘首以待的霍嘉鲜，神色有些复杂。

"嘉鲜妹妹，要是你想让我减肥，可以直接说。"

霍嘉鲜："不好吃吗？"

虽说有心理准备，但听到跳跳虎这样说，霍嘉鲜还是有点儿沮丧的。

贺随就站在她身边，手里也端着一碗面。见跳跳虎这么说，他挑了挑眉，也往嘴里夹了一筷子面。

"我发现你是不是在用屁股吃饭？"贺随慢慢品味完面，当着广大水友的面，慢条斯理地开喷，"明明这么好吃，你还在那里冷嘲热讽？"

弹幕刷了一片"哈哈哈哈哈哈"过去。

"被队长教育了！被队长教育了！"

"敢对我老婆阴阳怪气！看我不喷死你！"

"有一说一，这面卖相确实不错。"

"小仙女还会做饭？我的妈呀，我老婆真的什么都会！真牛！"

"虎仔，你是不是膨胀了？我老婆给你做饭，你还挑三拣四？嗯？"

"………"

当着直播镜头，跳跳虎泪流满面地把整碗面吞了下去，简直食不知味。

在贺随强有力的目光监督下，他嘴里还必须赞不绝口。

"好吃，真好吃。"

霍嘉鲜在一边看着，觉得跳跳虎怪可怜的。

很快就到了半决赛阶段。

一共有二十四支队伍进入半决赛，分为三组，每组八支队伍，分别组队进行循环赛，最终取积分最高的前十六支队伍进行总决赛。

在半决赛中，TT 的表现依然不俗。

最终 TT 以总分第一的惊艳排名分，和自己的好兄弟 FLG 一起进入最终的总决赛。

那天比赛结束，霍嘉鲜在得知战队成绩的第一时间就激动地跑到场馆外的走廊上给哥哥打了一个电话。

霍凛正陪着谢繁在美国做化疗。

最近也是他一直在微信上和霍嘉鲜沟通母亲的病情。

很幸运的是，按照美国医生的说法，母亲因为身体底子不错，治愈的概率很大，五年内不复发的概率有80%。

所以，在这两个月的训练里，霍嘉鲜心里的压力着实小了很多。知道妈妈在一天天地好起来，她也可以安心将所有注意力放到训练上，去冲击那自己想了很久的荣誉。

霍凛应该也刚刚看完半决赛，接到霍嘉鲜的电话后，好好把她夸了一番。

"嘉鲜，你打得确实很不错呀。"哥哥的周围很安静，他应该正在医院里陪护，"那次把 HP 团灭的操作，多亏了你拉枪线击倒两个人，你是真的厉害啊。"

"还好啦。"霍嘉鲜谦虚地回应着她哥的吹捧。

但不知怎么的，她总觉得今天哥哥的声音听起来似乎有着浓浓的疲惫感。

电话讲到最后，霍嘉鲜还是没忍住，开口问了一句："哥，妈还好吧？"

"还好呀。"霍凛应得很快，"手术很顺利，靶向药也用上了。最近妈好起来了，本来如果你的比赛再迟几个礼拜，也许妈能去现场给你加油。"

霍嘉鲜"嗯"了一声，静默了几秒才说："哥，能让我和妈说句话吗？我好久没和她说话啦。"

"啊，和妈说话啊？妈刚睡了。"霍凛犹豫了一下，解释道，"最近她用了一种新药，要多休息。医生刚给她定了新的治疗方案，所以……"

"哦哦，这样啊。"霍嘉鲜点了点头，听见那边的霍凛想要挂电话，飞快地说了一句，"哥，我会拿到冠军的。"

"嗯？"霍凛想挂电话的动作停了停。

"我会拿到冠军的。"像是已经确定的事实,霍嘉鲜又坚定地重复了一遍,"妈的病也会好起来的,对吗?"

霍凛:"嗯,妈会好的。"

"嗯嗯。"霍嘉鲜对着面前的白墙轻轻点了点头,"那哥,我先挂啦?"

"好。"

"拜拜。"

霍嘉鲜挂了电话,又发了一会儿呆。

等到她转身的时候,发现刚才还空空荡荡的走廊上,此时却站着一个不速之客。

"小仙女?"那人冲着她眨了眨眼睛,笑容里无端带着几分阴森的感觉,"好久不见呀。"

霍嘉鲜皱了皱眉:"Stan?"

"哇,好荣幸,没想到你还记得我的名字。"Stan将手伸了出来,做出一副要郑重介绍自己的模样,"HP的Stan,曾经的突击手,现任教练,很高兴认识你。"

霍嘉鲜看着他伸出的那只手,迟迟没动。

"怎么了?"Stan笑道,"今天你们TT把我们HP团灭那一轮很厉害啊。你可是打开这一战的突破口。作为我们最值得尊敬的对手,我不能好好认识一下你吗?我可是很有诚意的。"

霍嘉鲜的眉头皱得更紧:"诚意?"

"是啊。"Stan的笑容丝毫未减,"你妈妈生病了吗?我真心希望她能好转。"

霍嘉鲜:"你偷听我打电话?"

"与其说是偷听,倒不如说是你说话有些大声,不小心让我听到了。"

"呵呵。"

这人一副死猪不怕开水烫的样子,说到自己妈妈的时候,他还阴阳怪气的,霍嘉鲜差点儿没破口大骂。

但碍于这是在世界赛的场地,她不好当街骂人,最终只冷笑了一声:"怪不得刚才我闻到这里有什么东西好臭呢。"

317

"臭？"Stan 有些疑惑，"什么臭？"

霍嘉鲜神色高贵冷艳得像个女王："我说你的嘴巴真臭。"

一直到回到酒店，霍嘉鲜的脸色都不怎么好看。

跳跳虎他们没注意到霍嘉鲜的不对劲，还在一旁兴奋地说着刚才比赛的惊险时刻。

TT 连下两城，半决赛拿了第一的好成绩，对这个冠军，他们更加志在必得。

下车之后，霍嘉鲜走在队伍最后面。

她感觉脑袋里乱糟糟的，也不知道在想些什么。霍凛疲惫的声音和 Stan 略显诡异的笑重叠在一起，给她一种说不上来的感觉。

贺随也慢了几步，扭头问她："怎么了？"

"啊？"

"你怎么了？"贺随侧过脸，"你出去打了个电话，回来以后就有些不对劲了。"

"我也不知道，"霍嘉鲜抽了抽鼻子，"可能……可能我就是第一次参加这么大的比赛，有些紧张吧。"

贺随笑了笑："也不怎么紧张。"

"我吗？"

"嗯。"

"还好吧。"霍嘉鲜胡乱地抓了抓自己的刘海儿，"可能因为我妈的事，我有点儿担心而已。"

贺随问："担心什么？"

"随神，"霍嘉鲜犹豫了一下，但还是选择把这件事一股脑儿地说出来，"你不知道，我已经好久没和我妈妈说过话了。我上次和我妈说话，还是在我来美国之前。那时候她给我打视频电话，气色就不太好。"

"不太好？"贺随是知晓内情的，皱了皱眉，有些疑惑，"刚才你不是给你哥哥打电话了吗？阿姨没和他在一起吗？"

霍嘉鲜摇了摇头："他说我妈换了新药，最近要多休息，就不打扰她了。"

贺随走在霍嘉鲜的身边，没说话。

"虽然我哥这么说，但是我总觉得哪里不大对劲。"霍嘉鲜低头看着地板，慢吞吞地往前走着，"我参加比赛这么大一件事，连我爸都打电话问过我了，怎么我妈一句话都不说？从小到大她最宠我了。就算现在她换了新的治疗方法，也肯定有清醒的时候吧？她为什么不主动给我打个电话呢？这没道理呀。"

"也许她是怕你担心。"

"不会的。"霍嘉鲜果断地说道，"我妈妈不是这样的人。"

有时候，什么都不说才更让人担心。

家里人从小到大就教育她，对家人永远要坦诚，永远不要隐瞒什么事。

因为打着"我怕知道真相的你担心、受到伤害"旗号的谎言才是最严重的欺骗。

正因为如此，霍嘉鲜才敏锐地感觉到霍凛似乎是在骗她。

贺随紧抿着薄唇，一直默不作声地陪霍嘉鲜走到了电梯门前。

他什么都没说，但把一切倾吐出来的霍嘉鲜莫名觉得心里好受多了。

"算啦，随神，我不想这么多了，先好好比赛吧。"霍嘉鲜扯起嘴角笑了一下，"应该是我多心……"

"如果你真的很担心，我可以和史迪说一声，陪你去看一下你妈妈。"贺随倏地开口，"阿姨是在德州的癌症中心治疗，对吧？"

"啊？"霍嘉鲜愣住。

她完全没有想到贺随会给出这个提议。

"反正飞去哪里都一样。"贺随看着她，继续道，"如果你真的担心你妈妈的话，我觉得在总决赛开始之前，你还是应该去看看她。"

"可是……"停顿了数秒，霍嘉鲜终于开口，"谢谢你，随神，但还是算了吧。"

"我是说真的。"

"算了吧。"最终霍嘉鲜还是摇了摇头，"四天后就是总决赛了，我要把我的状态调整到最好，不能给队伍拖后腿。"

史迪站在前面，什么都没听清，就听清了最后那句"不能给队伍拖后腿"，于是忙面带慈爱地转了过来，笑眯眯地道："嘉鲜呀，今天你表现得非常好，决赛也不用太紧张啦，正常发挥就行。"

然后他又反手给跳跳虎的后脑勺来了个狠狠的巴掌。

"看看嘉鲜！再看看你！"史迪简直就像个恨铁不成钢的老父亲，恨不得直接揪着跳跳虎的耳朵开喷，"你什么时候才能让我省点儿心啊？！你还说要去玩，玩什么玩！这几天你们给我好好在酒店休息，哪里都不准去！"

树大招风，万一他们再像上次唐葫芦在曼谷的时候那样着了别人的道，可就不好了。

跳跳虎一缩头，摸了摸自己的后脑勺，委屈地嘀咕道："行嘛，不出去就不出去，你干吗还动手呀？"

被他们两个这么一打岔，贺随刚才想说的话也没能说出口。

霍嘉鲜微微仰起小脸，飞快地冲贺随弯了弯眼睛，一抹灿烂的笑容在她的唇边转瞬即逝。

"叮咚"一声，电梯到了。

一群人有说有笑，热热闹闹地拥了进去。

贺随落在最后，看着少女瘦削单薄的背影，眸色渐沉。

半晌，他才抬脚跟了进去。

很快就到了决赛日这天。

在西雅图待了快一个月，别说跳跳虎了，就连史迪都有些受不了了。TT的队员每天除了睡，就是吃，偶尔去附近遛遛弯，一到晚上，周围看不见几个人影。

偏偏俱乐部宣传那边每天要日常视频素材剪辑给粉丝看，史迪还得变着法子想些新鲜花样。

前几天他们能拍的内容都拍完了，决赛日这天倒是一个高潮。那天早上天才蒙蒙亮，史迪就一个一个房间敲门骚扰队员，一是怕他们赖床起不来，二是正好可以直播增加点儿TT的热度。

尼罗这人最没意思。史迪敲门的时候，他已经起床洗漱完毕了。

镜头下的他和平时没什么两样，穿戴整齐，脸上也没什么表情。他就和自己在游戏里所做的狙击手一样，存在感低得要命。

史迪和他聊了两句，就聊不下去了，弹幕里也在刷"哈哈哈哈哈，原来史迪对着我们尼罗也是无话可说""哈哈哈哈哈哈哈，经理词穷了""换人吧、换人吧，别为难我家尼罗了"。

史迪对着镜头，拼命点了点头，又去敲第二个人的门。

"哈哈哈哈哈哈，史迪你为什么不先去敲随神的门？你为什么要先骚扰我们虎仔？你是怕了随神吗？"

"史迪，你怎么这么厌？你可是经理呀！"

"队内地位一目了然。"

"姐妹们，我已经能想象到虎仔可怜巴巴地来开门求放过的表情了。"

"史迪不敢惹队霸，哈哈哈哈哈哈，只能骚扰我们的小可怜虎仔，哈哈哈哈哈！"

"卑微史迪。"

史迪对着弹幕怒吼："你们懂什么？！懂什么？！随神可是主力，我让他多睡一会儿有错吗？！"

"对对对对对，没错、没错。"

"是是是是，就你想得周到。"

"TT跳跳虎不是主力证据确凿！"

"兄弟们，快录视频，下次去告诉虎仔，他们自家经理嘲讽他不是主力了，哈哈哈哈！！"

跳跳虎的房门足足过了十分钟才被打开。

果然不出史迪所料，跳跳虎还没起床，他的房间里黑漆漆的。

跳跳虎的头发乱得像个鸡窝，他眯着眼睛在疯狂对焦，目光空洞而迷茫。

"谁啊？"

"天哪，你真的还没起床！"史迪上去就是一掌，"几点了？！快起床准备一下了！"

跳跳虎没注意到史迪手里的镜头，嘀嘀咕咕地想把门关上。

"才几点你就让我起床？再眯一会儿，再眯一会儿。"

"眯什么眯？"史迪直接把镜头对准他的脸，"幸好我开了直播来找你！让你的粉丝看看！平时他们的虎仔小宝贝是多么懒惰又不乖巧！他快要气死我了！"

跳跳虎静默了三秒，蓦然反应过来史迪在说什么。

"你怎么这么没有底线？！"跳跳虎震惊地一把夺过史迪手里的手机，"你在直播？！"

"对啊，昨天我和你说过的，你早就忘了吧？"史迪斜着眼睛看他，"好了，现在你的万千女粉已经见证到了你刚睡醒时邋里邋遢的样子，你没有任何挽救的余地了。"

跳跳虎瞪大了他的小眼睛："你太阴险了！"

弹幕已经快笑疯了。

史迪顺利地将跳跳虎拖起了床，又心满意足地去敲下一扇门。不过等他走到那两扇相邻的门前时，还是犹豫了一会儿。

弹幕在疯狂站队。

"让妹妹多睡一会儿嘛！！心疼！！先敲随神的门算了！！！"

"想看看随神早上时是不是也是平时的模样。"

史迪点了点头，面对镜头道："行，那就随神吧。"

毕竟嘉鲜是队里唯一的女孩子嘛，还是让她多睡一会儿比较好。

史迪笑眯眯地敲了敲贺随的门。

房间里半天没动静。

史迪皱了皱眉，又加重了手上的力度。

没道理啊，按理说这臭小子应该和尼罗一样，早早就起床了啊。

"贺随，你在里面吗？"得不到回应，史迪有些担心了，大声叫着贺随的名字，"贺——随？！贺——随？！"

房门终于被打开了。

史迪悬着的一颗心好歹放下来了。他乐滋滋地对着开门的男人举起了手机的镜头："随神，你怎么了？怎么这么久才来开门？你起床了吧？来，跟镜头那边的水友和粉丝们打个招呼！"

不承想男人丝毫没给他面子，右手直接按上了镜头。

"别拍了。"他的声音很冷，微哑且带着浓浓的不屑之意，"马上关了。"

"啊，你什么意思啊？"史迪狠狠瞪了贺随一眼。

这直播可是有上百万粉丝在线观看呀，随神这么不给他面子吗？

贺随没说话，手里还紧紧撑着史迪的手机的摄像头，身体微微往旁边一侧。

史迪往里头瞥了一眼,一下就愣住了。

这回他看清楚了。

厚厚的地毯上,身材娇小的少女正趴伏在地,脸部深深地埋在掌心之中,肩膀耸动着,似是在不停地啜泣。

史迪停顿了半天才反应过来,反手就关了直播,扭头问贺随:"怎么回事?!"

决赛马上就要开始了,为什么霍嘉鲜在贺随的房间里哭成了这个样子?

这到底发生了什么?!

史迪不得不产生了某些不太好的联想。

他皱紧眉头,厉声指责:"你到底对嘉鲜做了什么?"

贺随眼中涌动着极浓的戾气。

"不是我。"他往身后一指,冷冷地道,"是他。"

史迪这才注意到,这个房间里竟然还坐着第三个人。

Stan 的脸上犹带着新鲜的瘀青,嘴边沁着血渍,一只眼睛也肿得深红一片,看着很是触目惊心。

见史迪看了过来,Stan 抬起头,皮笑肉不笑地冲他打了一个招呼:"好久不见啊,我的老朋友。"

半个小时前。

霍嘉鲜的闹钟准时地把她叫醒了。

今天是全球总决赛的第一天,毕竟她是第一次参加这么重大的全球性比赛,紧张得就像马上要上高考考场的学生一样,一晚上睡得都不怎么安稳。

起来看着镜子里两个大大的黑眼圈,霍嘉鲜叹了口气,又紧急敷了张面膜,顺便和通宵玩《勇者斗斗龙》的尤喜聊了一会儿天。

老娘是冠军:"还没睡呢,嘻嘻嘻?"

中国战队冲冲冲:"论文写不完了,我上课也要迟到了,我彻底完蛋了!"

老娘是冠军:"摸鱼有什么乐趣?你要是因为找男人而赶不上 ddl,

我倒还能理解。"

中国战队冲冲冲："……"

老娘是冠军："不聊了，你没什么其他事吧？"

中国战队冲冲冲："我能有什么其他事？我在疯狂赶论文。"

中国战队冲冲冲："哦。"

中国战队冲冲冲："比赛加油冲冲冲！待会儿上完这门课，我就立刻飞去西雅图看你接下来的比赛哟！"

老娘是冠军："如果我不暗示，你是不是都要忘了你已经订了来西雅图的机票？"

中国战队冲冲冲："怎么可能？我不仅是去看比赛，还是去追帅哥的！怎么可能忘记？！"

老娘是冠军："OK！"

霍嘉鲜放下手机，正要把面膜撕了，然后继续护理皮肤，再化个妆，就听见房间门被敲响了。

敲门的声音很轻，也很缓慢，"咚咚"两下就没了，像是幻觉，也像是某种不祥的征兆。

霍嘉鲜愣了一下，以为是史迪，但又觉得不像。

史迪哪里会敲得这么斯文？

她疑惑地往猫眼里看了一眼。

猫眼外的男人脸上依然挂着那种一成不变的笑，像是一个戴着面具的假人，虚伪而做作。

Stan？

霍嘉鲜皱了皱眉，本能反应是先不开门，而是隔着门大声问了一句："你有什么事？"

"是……嘉鲜小姐吧？"出乎意料的是，Stan竟然叫了她的本名，"这里有件事，我觉得你有必要知道一下。你介意邀请我进去吗？"

霍嘉鲜的眉头皱得更紧："什么事？"

"有关你的母亲的事。"Stan脸上那抹诡异的笑容更深了，"嘉鲜小姐，难道你不想知道吗？"

母亲？

她妈妈怎么了？

霍嘉鲜沉默了两秒，最终还是将门打开，但是神色依然戒备而警觉。

"有什么事，你就直接在这里说吧。"她整个人靠在门框上，把通道死死堵住了，"你也别进来了，我们不熟。"

"也行。"

Stan 理了一下西装的下摆，脸上一直未变的微笑让霍嘉鲜觉得很不舒服。

他的目光直直射来，毫无避讳，总让霍嘉鲜想到热带丛林里蛰伏已久的毒蛇，色彩斑斓，专注而危险。

"嘉鲜小姐，你母亲病了吧？"Stan 语气笃定地说，"而且病得很严重。"

霍嘉鲜双手抱在胸前，冷冷地微微抬高了下巴。

"我妈生没生病、病得严不严重，关你什么事？"她从鼻子里冷哼了一声，"你就是要告诉我这件事？那么不好意思，我早知道了，现在我妈很好，劳您费心了。你没事的话，快回去吧。"

说完，她就想把门关上。Stan 手疾眼快，一脚将门卡得死死的。

"哦，当然不是这个。"Stan 笑道，"嘉鲜小姐，难道你不想知道，现在你母亲的病情进展得如何了？"

病情进展？

霍嘉鲜火了，对其怒目而视，直接一脚踹了过去："瞎说！现在我妈好好的！有什么进不进展的？！她在好转！好转！"

虽然 Stan 躲得足够快，但他的西装裤还是被霍嘉鲜的鞋子蹭到，落下一层薄灰。

Stan 也没生气，动作优雅地将灰掸去，才缓缓地道："嘉鲜小姐，你多久没和你母亲通过话了？"

霍嘉鲜明显顿了一下，一时失语："我……"

Stan 的脸上露出一个得逞的笑容："你是不是已经很久没听见她的声音了？一天？两天？三天？还是半个月？"

霍嘉鲜咬了咬下唇，没说话。

她之所以没回答 Stan 这个问题，是因为确实已经半个月没接到来自妈妈的电话了。

每次她打电话给霍凛，他都说妈妈很好，在化疗，在做靶向治疗，在做小手术……总之，妈妈的病一定在往好的方向发展，但人很虚弱，所以不方便和她说话。

他们还约定，等霍嘉鲜把总决赛打完了，她就飞去德州看妈妈。妈妈很快就能出院，他们还能一起去旧金山，乘坐"加州微风"号列车横穿北美大陆。

一切已经被安排得很好了。

但是眼前的 Stan 自信而残忍，似乎即将打破这一切美好的安排。

霍嘉鲜一言不发地垂下眼睛，直接想要强行将门关上。

Stan 哪里能遂她的愿？

他一只脚依然将门卡得死死的。他微弯下腰，凑近霍嘉鲜的耳朵，笑容诡谲而虚伪。

"嘉鲜小姐。"他一字一顿，声音缓慢，如同凌迟酷刑，残忍至极，"你妈妈早就已经不在了。

"不在的意思，你明白吧？

"半个月前，她就已经死了。"

霍嘉鲜下意识地往后退了一步，拼命摇头。

"不。"她不断地重复，"不。我不信。"

她妈妈还好好地在癌症中心接受治疗。她哥哥霍凛还陪着妈妈，一切在慢慢变好。

她不信。

"信？不信？嘉鲜小姐，你心里应该早就有判断了吧？" Stan 看到她的反应，语气更加笃定，"要不然你也可以打电话问一下你的家里人。他们可瞒了你这么久呢。"

霍嘉鲜对他的话充耳不闻，垂眼看着地上，嘴里一直无意识地重复着一个"不"字。

不可能，她不相信。

Stan 似从地狱来的恶魔，轻柔的声音里带着无限残忍的血腥气。

"嘉鲜小姐，你还不明白吗？

"从今以后，你就没有妈妈了。"

很多年后，当霍嘉鲜再次回忆起这天早上的情形时，却发现自己已经记不清楚大部分细节了。

又或者说，很多细节已经被她刻意忘记。

那天自己是穿着什么样的衣服，西雅图的温度让人觉得舒不舒服，贺随是什么时候听见门外的响动而出来察看的，他又是怎样把 Stan 狠狠揍了一顿的……她的记忆已经全然模糊了。

她唯独忘不掉的就是 Stan 的那句"从今以后，你就没有妈妈了"。

那一刻，好像山洪海啸扑面而来，一瞬间将她淹没。

冰雪般的温度冷彻骨髓，将她全身的细胞搅碎，直到她失去所有知觉。

好像过了很久很久，霍嘉鲜还是呆愣愣地站在原地。她微微张了张嘴，却发现自己已然变成了一条失水的鱼，濒死窒息，无法发出任何声音。

像是坐在疾速下坠的跳楼机上，寒风凛冽，她心底在打寒战，但喉咙口所有的尖叫声被疾风堵住了。

她似乎流了很多很多的眼泪吧。

似乎吧。

眼前的世界已然失真、扭曲、幻灭。等到贺随的拳头狠狠砸到 Stan 的脸上的时候，霍嘉鲜已然失去了所有知觉。

贺随刚起床没多久，听见门外有动静，然后出门，没想到迎面就看见 Stan 在霍嘉鲜的耳边蛊惑似的说着让人崩溃的话。

他想也不想，揪住 Stan 的领口，也不管这里还是在酒店的走廊上，拳头如同冰雹般愤怒地往 Stan 身上砸去。

偏偏 Stan 也不躲，根本不管贺随将自己打得有多惨，只是眼睛直勾勾地盯着霍嘉鲜，末了，从胸腔里发出几声阴森森的冷笑。

贺随一下就将他按到了地上，避开监控，直接把 Stan 拖到了自己的房间里，冷声威胁："你不准走。"

Stan 抹了抹嘴边流出的鲜血，笑得阴森。

"随，你又打了我，凭什么不让我走？"

他说得很慢，还特地加重了那个"又"字。

贺随迅速瞥了 Stan 一眼，薄唇紧抿，眼里没什么情绪。

"就凭你干了这些脏事，你死一万遍都不足惜。"贺随语气淡淡地说，"你就想这么走掉？"

Stan 笑了，像是在反问："脏事？"

贺随没理他，开门就想出去。

"什么叫脏事？"Stan 笑着继续道，"那年你打了我，差点儿被禁赛。那这次呢？你还逃得过吗？我说的可是实话。"

贺随停顿了片刻，随后扭头看了 Stan 一眼。

"逃不逃得掉？"贺随冷笑了一声，"我们中国有句话，叫'人在做，天在看'。这样的事怎么能叫逃呢？"

Stan 脸上的笑容凝滞了一下，随后渐渐消失不见。

霍嘉鲜也不知道自己哭了多久。

有人温柔地环抱住自己，她的眼泪把他的衣服都浸湿了。

贺随身上的味道很淡，总是能让人想到北方冬日的原野，空旷而干净。

霍嘉鲜什么声音都发不出来。她只知道死死抓着贺随的衣服，发出小兽一般的呜咽声。

她想起了妈妈和自己说过的话，妈妈送过自己的礼物，妈妈带自己去过的地方，妈妈最后一次和自己说话的样子……

她最后一次见妈妈是什么时候？

哦，是在 M 市的机场。

那天妈妈一身长裙，温柔地淡笑着点头，答应说，如果她好了，就要来看自己打比赛。

她最后一次和妈妈说话，又说了什么内容？

那是半个多月前的晚上，她还在 TT 基地训练。妈妈的声音听上去很虚弱，但是她说自己快要好起来了，很快她们就能在美国见面了。

最后一句话，她和妈妈说了什么？

"妈妈，拜拜。"

"再见，宝贝。"

对话普普通通，没有任何特别的地方。

然后，就一直到了今天。

最后一次，她竟然忘了和自己妈妈说：妈妈我爱你。

弄清楚事情的始末后，史迪也不知道自己该说什么。

霍嘉鲜还趴在地上哭得非常伤心，另一支队伍的退役队员在自家队员的房间里被打得鼻青脸肿。

作为朋友，他知道这时候自己肯定要先去安慰霍嘉鲜才对；但作为战队的经理，史迪知道，自己更要担心的是今天的比赛和随之而来的一系列麻烦事。

贺随冲门外偏了偏头，示意史迪自己有话对他说。

史迪跟着贺随出去了。

"怎么办？"事到如今，史迪也有些没了主意，"嘉鲜遇到这种事，心里肯定难过。她这个状态，要是我们再逼她上场，那我们也太残忍了。"

"让唐葫芦上吧。"贺随点了点头，"嘉鲜她……让她好好休息几天。"

史迪赞同地"嗯"了一声，末了又开始心疼妹妹："这个Stan也太坏了，是故意挑这种时候来破坏嘉鲜的心态吧？嘉鲜这个孩子本来就命苦，现在又遇到这种事，从今往后也只有我们才是她最后的亲人了吧？"

贺随瞥他一眼："我把Stan打得那么重，你不担心？"

他赛前打架，而且是单方面殴打，造成的影响可想而知。无论贺随是个多么出色的明星选手，只要Stan那边把舆论搞起来，联盟就不得不罚贺随。

这样贺随轻则退赛，重则被终身禁赛。对这样的后果，他在刚才出拳的时候就已经想清楚了。

但他一点儿也不后悔。

说到这事史迪就头痛，Stan那人明显就不是省油的灯。贺随刚开始打比赛那年，就在他手上吃过亏，难不成现在贺随又要落到这个人手上？！

史迪叹了口气，反问贺随："你怎么想？"

贺随这个队长向来有主见得要死，无论队里其他人如何苦口婆心地劝他,都不可能撼动他的想法分毫。

现在这事,就算史迪再放一百个马后炮,批评他、教育他,估计这臭小子都不会觉得自己做错了。

不过要是从史迪自己的角度来说,不考虑那些乱七八糟的因素,他确实也觉得这样做挺解气的。

无耻之人,有妈生没妈养,才会长成他这副模样!随神打得好!是要有人教育教育他!

史迪越想越气,又心疼房间里的霍嘉鲜,恨不得冲进房间里再给那个 Stan 来上几脚,但最终还是忍住了。

"行了,这事我会想办法处理的。"史迪挥了挥手,"我们的粉丝本来就比 HP 的战斗力强,上次亚洲邀请赛,也是他们搞出的幺蛾子,我们把真相一说就完事。任他再怎么有本事,也没办法颠倒黑白吧?到时候粉丝们只会觉得你打得好,打得妙,打得呱呱叫。"

"等等。"贺随出声,"你不能这么做。"

史迪不清楚霍嘉鲜家里的情况,贺随却明白得很。

这么多天了,谢繁的死讯一直没有传出来,一是为了瞒住即将参加世界比赛的霍嘉鲜,二也是为公司利益考虑。

这么多年,谢繁可是贤内助,同时也是集团的中心人物。

她的死讯一经传出,必定会引起股市地震,进而引发一系列麻烦。

在庞大的金钱利益面前,也许最先可以被放置一旁的就是情谊。

在霍嘉鲜这里,她失去的是一个温柔并且爱她的母亲,但对无数股东来说,这是一次洗牌、一场风暴,令人猝不及防且来势汹汹。

现在霍家人必定在处理各项事宜,将选择最好的时机公布这件事。

但这个"最好的时机"绝不是现在,更不是通过他们 TT 的嘴来广而告之。

史迪没明白贺随的意思,停下脚步,皱了皱眉:"随神你是什么意思?"

"让她安安静静地走吧。"贺随的声音很低,里面浮动着隐约的叹息,"我想,嘉鲜她……一定也不希望她母亲去世的消息这么大张旗鼓地被别人知道。别让她活在那种一睁眼就是所有人在议论她母亲的死讯的日子里,好吗?"

史迪愣住了。

他认识贺随这么久，很难得地见到贺随一口气说这么多话，而且是用这样的态度说。

贺随不再倨傲，不再自负。TT 战无不胜、无所不能的队长，第一次在命运面前低了头。

一切事情可以由他来承担。

而他的愿望只是那个叫霍嘉鲜的小姑娘不再受任何无谓的伤害。

这么多年，史迪一直觉得，虽然贺随已经成了 TT 最可靠稳重的队长，但他骨子里还是当年那个狂放桀骜的少年，骄傲到不肯对任何人说一句"好吗"。

但是现在，少年对着他说了这两个字。

史迪觉得自己的喉咙口有些哽住了。他看着贺随认真的双眸，停顿了好久，不知道该说些什么。

"嗯。"半晌后，他终于开口，"行，听你的。"

史迪心想：失去了唯一的亲人，嘉鲜一定是最痛苦、最难过的吧。

他也做不了什么别的事，只求嘉鲜能受到最少的伤害，在 TT 平平安安、快快乐乐地做自己喜欢的事情。

亚洲邀请赛那次，是霍嘉鲜站出来挡在了 TT 前面。

那么这次，就换他们这些哥哥帮她遮风挡雨吧。

也不知史迪和 Stan 达成了什么共识。总之，最后 Stan 竟然真的答应不再追究贺随打他的事，但 TT 也不能和公众说这件事的真相，事情就此翻过，大家赛场上见。

跳跳虎他们知道这件事之后，肺快气炸了。

"无耻！"跳跳虎骂得最凶，"这么没有素质的人，我为什么要怕他？！我还要帮他保守秘密？他知道自己的队伍无法光明正大地赢我们，于是就用这种垃圾手段来阴人！"

唐葫芦也义愤填膺地说："经理！今天我上！我必须上！我要把他们打得亲妈都不认识他们！"

冥灭也是暴脾气，直接扔下手里的零食袋，就要冲出门再暴打 Stan 一顿，不过最后还是被尼罗拉住了。

"教练。"尼罗虽然是在座唯一能稳住的人，但脸上的愠怒之色还是暴露了他的内心情绪，"别动手，小心伤到你的手。"

说到这个，史迪就有些担心贺随，扭过头去看了贺随一眼。

"你的手还好吧？"

贺随把 Stan 打得那么凶，连他这个自家人看了都觉得有些发怵。

好在对方是个变态，只想达到自己的目的，完全不在乎自己肉体上受了多大的伤害。

贺随正在检查自己的外设，闻言耸了耸肩，语气敷衍而随意："还能打。"

史迪无语。

也不知道他口中的"打"是指打比赛还是打人。

霍嘉鲜一个人待在房间里，哭累了，刚刚昏睡过去。史迪担心她一个人容易出事，便拉了随队的官博小姐姐过来看着她。

"记住，要寸步不离，一定要寸步不离！"去赛场之前，史迪还在一个劲儿地叮嘱小姐姐，"她睡觉，你就在旁边看着；她去上厕所，你也要跟着！尤其是窗户、阳台这些地方，你千万别让她靠近就对了！"

史迪这紧张的态度把官博小姐姐吓坏了，她只觉得自己是在照顾一个分分钟就想寻短见的妹妹。

贺随觉得这样不太行，还抽空出去用霍嘉鲜的手机给霍凛打了一个电话。

电话接通，他简短地将这件事说了一遍，问也没问对方，直接说："现在嘉鲜状态很不好，我觉得你有必要过来西雅图一趟。"

整整隐瞒了霍嘉鲜半个月，霍凛没想到所有努力会在决赛这天功亏一篑。

他在电话里狠狠地咒骂了那个 Stan 一通，随后叹了口气："现在我过不去。"

"什么意思？"

"其实上周我就带着我妈的遗体回国了，我一直在这边处理事情。"霍凛的声音里是浓浓的倦意，"手头的事情实在太多了，我最快也只能后天出发。我后天出发去西雅图，到时你们已经结束比赛，准备回国了吧？"

确实。

总决赛总共才两天，按照时差算，霍凛到美国的时候，他们也已经差不多回到 M 市了。

贺随皱了皱眉："你们家里就没有别人能过来陪她了吗？"

"要是家里人多，我也不至于忙成现在这样了。"霍凛无奈地道，"本来我们想等她回到 M 市，再当面和她说这件事的，但现在只能拜托你们先照顾她了。"

贺随沉默下来。

通过上次的短暂见面，贺随看得出来霍凛非常宠爱自己的这个妹妹。

但是现在，连霍凛都有心无力了。

贺随"嗯"了一声，没再打算为难霍凛。

他正想挂电话，突然听见对方叫了一声。

"哎，对！"霍凛叫住他，"嘉鲜有个好朋友就在美国，她应该这两天就要去西雅图看比赛了吧？你让她跟着嘉鲜，劝劝嘉鲜。"

"女生？"贺随低声问。

"是的，叫尤喜。"霍凛说，"两个人从小就认识，嘉鲜和她关系很好。她应该能宽慰宽慰嘉鲜吧。"

"好。"

贺随应了一声，再次想挂电话，但又一次被霍凛叫住。

"那个……谢谢你啊。"霍大少爷很少对人言谢，所以这话说得有些别扭，"非常时期，嘉鲜的状态应该不太好吧？给你们添麻烦了。"

"麻烦吗？"贺随抿了抿薄唇，忽地笑了一下，"对我来说，她从来不是麻烦。"

霍凛愣了愣，一时间不知道回什么才好。

"放心吧。"贺随安慰他最后一句，"她有我，一切会好起来的。"

一切会好起来的。

说完，贺随挂了电话。

霍凛听着耳边传来大洋另一侧的人挂断电话后传来的嘟嘟声，忽然觉得眼眶发热。

他也不知道为什么，也许是失去母亲的痛楚后知后觉地袭来，也许是对同胞妹妹痛彻心扉的感应,也许……也许是贺随的语气实在太过温柔认真。

而他这个做哥哥的为霍嘉鲜感到幸运。

总决赛第一日,TT战队临时换唐葫芦上场,委实把大伙儿震惊到了。

亚洲邀请赛,霍嘉鲜临时代替唐葫芦上场的时候,就出了那么大的事,这次霍嘉鲜的缺席不得不让人往更不好的方向联想。

虽然TT战队的状态没有霍嘉鲜在的时候那么神勇,但他们表现得倒也可圈可点。

第一天比赛下来,TT所有人拼尽全力,总算是保持在了前五的位置。

下了赛场,唐葫芦就有些沮丧,蔫蔫地跟在哥哥们身后,声音也是有气无力的:"唉,都怪我,我就是队伍的短板。"他自责道,"我不用看都知道论坛上怎么说我了,这次有我,又要害得大家拿不到冠军了。我真的太弱了。"

"你这臭小子妄自菲薄什么?"史迪恶狠狠地瞪了他一眼,骂道,"要怪就怪那个Stan!要是我们拿不到冠军,和你,和你们,一点儿关系都没有!"

唐葫芦哭丧着脸说:"可是经理你知道的,对电子竞技来说,菜是原罪,谁管你遭遇了什么或有什么困难?菜就是菜,没拿冠军就是没拿冠军,没什么好说的。"

连平时最乐观、最有活力的跳跳虎,在此刻都有些丧:"去年我们已经错失冠军了,如果今年又拿不到的话,那我们的粉丝要流失大半了吧?本来我们就是《绝地求生》冠军联赛最有机会冲击冠军奖杯的队伍了,这样一来,不仅我们队伍,整个赛区都要被人笑。"

史迪没想到这群小崽子平时看着嘻嘻哈哈,可到了关键时候,他们的小脑袋瓜竟然还会想这么多。

他连忙宽慰大家:"人家笑就笑,你们还能少块肉不成?反正他们怎么样都改变不了我们是流量强队的事实,大不了明年我们再接再厉,继续冲冠嘛。"

跳跳虎几个人一听，点了点头，总算恢复了一点儿精气神。

只有贺随没说话。

史迪虽然嘴上这样说，但是比任何人都清楚俱乐部高层是怎么想的。

蓝洞公司太抠门，分发到各赛区的战队运营费实在有限，平时供着TT一队的这群少爷吃穿住行，史迪已经顶了来自上面的不少压力。

虽然一队给俱乐部带来了不少收入，但资本家到底是资本家。如果这次TT拿不到冠军，不仅他们的奖金收入会锐减，黑子数量也必定会激增。

这意味着一队带给俱乐部的利益已经没有从前那么丰厚了。

资本市场瞬息万变，谁又知道TT会不会是下一支被放弃的队伍呢？

跳跳虎他们还年轻，阅历也浅，自然不知道这些。

但是从小耳濡目染的贺随，身为TT的队长，是能感觉到一些动向的。

如果这次TT拿不到冠军……

如果TT拿不到冠军，那这支队伍也许真的危险了吧。

霍嘉鲜在酒店房间里躺了一天。

她哭累了睡，睡醒了哭。直到窗外夜幕渐沉，她才渐渐清醒过来。

原来……已经过去一天了吗？

都已经过去整整一天了吗？

那怎么妈妈没有来梦里看她一眼？

霍嘉鲜几次想给霍凛拨通电话，可想一想，又掐断了。好像她不打电话，不从霍凛的口中确认这个消息，就可以继续欺骗自己，欺骗自己这一切是Stan的谎言，欺骗自己其实妈妈还好好地活在这个世上，欺骗自己……欺骗自己还是有妈妈的小孩儿。

TT官博小姐姐坐在一旁吃泡面，一边吃，一边偷偷摸摸地瞄霍嘉鲜一眼。霍嘉鲜知道现在自己的状态看起来应该很糟糕，糟糕到没有力气去管自己，也没有力气去和官博小姐姐说一声"没事的，我会好好活着的"。

她没有力气。

闭上眼睛,她唯一的奢望就是妈妈能来看自己一眼。

手里的手机振动了几次,都是尤喜给自己打来的电话,霍凛也打了一个电话进来,但霍嘉鲜没接。

今天自己没上场比赛,全世界都会知道她霍嘉鲜临阵做了逃兵。

而此时的霍嘉鲜只想拼命逃到一个小角落里,谁也看不到,谁也找不到,默默地蜷缩成一团,脑子里反反复复只想着过去和妈妈相处的点点滴滴。

自己会好起来吗?

她不知道。

房间门被人敲响,这敲门的声音到现在还让她心有余悸。官博小姐姐过去开门,进来的人脚步声很轻。

是贺随。

他坐到霍嘉鲜的床边,似乎在和她说今天比赛的事,但是霍嘉鲜什么都听不明白。

她听着他的话语,一直在机械地点头,直到手腕猛然被人拉起,才茫然地抬起头,看向早已站起身的贺随。

"怎么了,随神?"

霍嘉鲜的声音轻得像一只小猫。

"你这样不行,跟我出去一趟。"贺随平静地道,"我带你出去走走。"

霍嘉鲜摇了摇头,下意识地想挣脱:"不用,我想一个人静静。"

"你已经一个人静了一天了。"贺随坚持,"你必须出去走走。"

"我不……"

男人微微弯下腰,冷静的声音里透露出几许残酷意味:"你这是在逃避,明白吗?"

霍嘉鲜后半句话被卡在喉咙口,她仰着头,怔怔地看着贺随。

"但是我认识的霍嘉鲜不是会逃避的女孩子。"贺随的声音放轻了些,像是怕吓到她,神色变得温柔,"不要逃避,不要低头,好不好?"

好不好?

霍嘉鲜愣了足足有一分钟。

这一分钟里,贺随就这么弯着腰,静静地等着她的答案。

半响后,小姑娘终于点了点头。

"好。"霍嘉鲜的声音依然是轻轻的,"一起出去走走吧。"

霍嘉鲜以为贺随只会带自己在酒店附近走走。

没想到他们一下楼,贺随就让前台叫了辆的士,出租车径直把他们送到了海边。

西雅图是座沿海城市。长长的海滨栈道沿线有无数的小酒吧和嬉闹的人群,灯光璀璨,全是俗世烟火,全是一个又一个鲜活的生命。

霍嘉鲜看到开阔的海面,刚才一直很低落的情绪现在已经好了些许。

她一直默默地跟在贺随身后,不吵也不闹,就这么一言不发地跟着他的脚步,一直往前走。

海风卷着咸湿的气息拂过他们身旁。

两人走到一处僻静的地方,贺随停下脚步,靠在海边的栏杆上,扭头看向她。

"心情好点儿了吗?"

"嗯。"

霍嘉鲜也停下了脚步,看着远处海面上影影绰绰的灯塔光。

星光与渔火交织在一起,在海面上点缀成浮动的剪影。似乎只有在这里,时间才是流动的,人才是活着的。

霍嘉鲜仰起小脸,盯着天上的半轮明月,忽然又有点儿想哭。

"随神,我可不可以问你一个问题?"

"嗯?"

"我是不是……把队伍害得很惨?"霍嘉鲜从头到尾没看贺随,只死死地盯着头顶的月亮,拼命不让眼泪掉下来,"本来TT都快拿到冠军了,就差一步了,就差最后一步了,结果因为我,弄得战队的情况不是很好。我是不是很没用?为什么是我?为什么偏偏是我?"

说到最后,她的声音大了许多。

路过的行人以为两人在吵架,诧异地扭过头来,好心地看了他们两眼。

贺随善意地对他们回以点头,开口回霍嘉鲜:"你已经做得很好了。"

"真的吗?"霍嘉鲜的声音里带着苦笑,也有自嘲,"明明一直是我,一直是我在说的,什么走到现在不容易,怎样都不能轻言放弃,但是到头来,放弃的人竟然是我自己。这是不是很可笑?命运是不是很可笑?他们看我,该有多可笑?!"

"没有。"贺随的声音很平,也很稳,"你不可笑。"

他顿了顿,又把后半句话补充完整:"你已经很勇敢了。"

在异国他乡遭遇失母之痛,她已经很勇敢了。

霍嘉鲜摇了摇头,终于忍不住痛哭出声,将脸深深地埋在掌心里。

"我想坚持的……可是……我做不到啊……"

贺随轻轻地抚了抚她的背,安静地听她发泄完。

夜风送来远处优美的音乐声。在西雅图的夜色中,贺随沉吟片刻,终于还是开口。

"我刚开始打职业赛的时候,就因为打 Stan,差点儿被禁赛,你知道的吧?"

霍嘉鲜胡乱地点了点头。

"但你大概不知道,当年我打他是为了什么。"贺随也微微仰起头,看向那半轮残缺的月亮,"那年也是参加一个比赛,本来阿雳快和他未婚妻结婚了,结果 Stan 横插一脚,在赛前把阿雳'绿'了,而且正好让阿雳在比赛前知道了这一切。

"当时阿雳的心态彻底崩了,虽然所有人都在劝他不要上场了,但他还是坚持上了场。那场比赛,我们打得很惨,惨到新成立的《绝地求生》分部差点儿解散。当年我年轻气盛,就去找 Stan 打了一架。"

小姑娘听得一愣一愣的,听到最后,突然开口问了句:"痛吗?"

贺随花了半分钟才反应过来她是在问自己的手。

他活动了一下手腕,低笑一声:"和今天一样,打赢了。"

霍嘉鲜看着他骨节分明的手,轻轻点了点头,"哦"了一声。

贺随忍不住摸了摸她的头顶,继续道:"我想说的是,知道什么时候退,比知道什么时候进更重要。这一切不好的事已经发生了,但是我们的生活还在继续。如果今天你上场,那么结果应该比唐葫芦上场还要糟糕吧?你能做出放弃的决定,其实已经很勇敢了。"

"是吗？"霍嘉鲜像是在问贺随，又像是在自言自语。

不远处，路灯样式古朴，灯光笼罩着一排天竺葵和玻利维亚秋海棠。紫色的绣球花团锦簇，点缀着夜色里最温柔的西雅图。

海风不停地迎面拂来，温柔而令人舒畅。

贺随低头看着手中的烟盒，像是过了很久很久，才再度开口。

"你看过《西雅图夜未眠》吗？"

霍嘉鲜没料到他会突然问起这个，愣神半晌后摇了摇头。

"这个故事的男主人公失去了自己的妻子，一直沉浸在痛苦中无法自拔，但是最终在这里——西雅图，他终于可以继续往前走了。"贺随的声音在夜风中显得格外温柔，"嘉鲜，你明白这意味着什么吗？"

霍嘉鲜依然摇了摇头。

"这不是命运在和你开玩笑，而是命运的安排。"夜色中，贺随低沉的声音听起来让人很心安，"你明白吗？"

霍嘉鲜看向贺随。

"在西雅图，你永远可以重新开始。"贺随也扭过头去，迎上霍嘉鲜的目光，笑道，"一直勇敢地往前走吧，你只需要知道，你的背后永远有我，永远有我们，就足够了。"

一直勇敢地往前走吧，你的背后永远有我。

霍嘉鲜眼眶发热，有点儿想哭。

但最终她没有哭。

远处酒吧的音乐正到高潮处，海面开阔，一眼就可以看到最远处的海平线。

月色正好，夜色温柔。

在这个失去母亲的夜晚，她最爱的男孩子一直陪着她。

霍嘉鲜颤抖着嘴唇，半晌才抬起眼坚定不移地看向贺随。

"好。"她的声音也是坚定的，"随神，我有一个请求。"

贺随："什么？"

霍嘉鲜尽量让自己平静下来，不让自己再在贺随面前哭了。

夜风拂面，少女清脆的声音响起："明天我要上场比赛，可以吗？"

最后一天决赛日。

西雅图甲骨文体育馆外人山人海,聚满了从全美甚至世界各地赶来看比赛的人。

在今天,这个场馆里即将诞生这一年最强的《绝地求生》战队。

尤喜从机场打了一辆车,疾速赶到体育馆时,离比赛开始只有短短半小时的时间了。

下了车,她在场馆前偌大的广场上踌躇了一会儿,一时间找不到东南西北。

好在TT那群人还算靠谱儿,知道她可能会找不到进体育馆的门,特地给她发了定位图以及详细指示。

HP给爷死:"往西北走200米,然后往东过两道门,再往北,第一排找一个又丑又老的男的。"

尤喜:"哦哦哦哦,好的,谢谢小哥哥。"

尤喜从手机里找出指南针App,像在玩《绝地求生》游戏一样,跟着方向胡乱往前走。

东摸西摸,花了十五分钟时间,她竟然真的找到了入口。

第一排站着一个男人,有些发福,看上去慈爱得像个爸爸,应该就是那个……又老又丑的男的?

尤喜:"我看到你了,小哥哥!"

尤喜:"不过你为什么要这么说自己?!虽然你没帅得惊天动地,但也挺慈祥的嘛!不要妄自菲薄嘛!"

尤喜:"我下来了哟!"

HP给爷死:"我怎么可能长那么丑?"

HP给爷死:"我是跳跳虎!帅得惊天地、泣鬼神、迷倒万千少女的跳跳虎!不是那个老男人!那是我们经理!老史!"

HP给爷死:"我感觉受到了很严重的侮辱。"

尤喜:"……"

尤喜:"对不起哟,小哥哥。虽然你挺帅的,但是也没有像随神那么帅得惊天地、泣鬼神。"

HP给爷死:"……"

尤喜成功地和史迪接上了头。

这还是第一次和最近这段时间自己的偶像战队的经理亲密接触,她自然是有些激动的。

但是无论如何激动,她的心里依然蒙着一层薄薄的阴影。

不因为别的,只因为今天霍嘉鲜坚持上场了。

其实霍凛早就找过她,让她帮忙向霍嘉鲜隐瞒他们的妈妈已经去世这件事,不要让比赛前的霍嘉鲜知道。所以这段时间,她在假装自己很忙,避免和霍嘉鲜多说话,怕自己露馅儿。

更重要的是,就算她也有些接受不了这件事。

谢阿姨算是从小看着她长大的长辈,她和霍嘉鲜又是这么亲密的姐妹关系,昨天她在论坛上看到霍嘉鲜没上场比赛,就猜到发生了什么,然后疯狂地给霍嘉鲜打电话,但全被挂断了。

以尤喜这么多年对自己好姐妹的了解,她可以肯定现在霍嘉鲜的状态一定很糟糕。

但是霍嘉鲜竟然坚持要自己比完这最后一天的决赛。

尤喜不知道霍嘉鲜为什么会做出这个决定,但确实和TT所有人一样担心着霍嘉鲜。

事到如今,霍嘉鲜的身边也只有他们这群朋友了。

尤喜坐在场馆最前面的位置,认真专注地开始为自己的姐妹加油助威。

比赛很快开始。

第一局航线刷出,是很中规中矩的中部航线,G港飞电站,最后出了一个东北圈。

史迪和冥灭在台下纷纷喊了一句"加油"。尤喜不太懂为什么刚刚第一个圈,大家就这么高兴,于是低声问了句:"这是什么意思呀?"

"看到右上角那座山没有?最后这圈多半会刷那里,叫圣山圈。"冥灭眯着一双小眼睛,指了指大屏幕上的地图。这两天来,他脸上难得有了一些笑意:"这个圈我们很熟的,平时练得多。四圈再把水一排,我们就能疯狂收Y城来的人头路费。"

"哦。"尤喜若有所思地点了点头。

她也才开始看《绝地求生》的比赛,对这些什么航线啊,什么圈啊,什么排水啊,不太了解。

只是听到教练都说这圈好打,她也为 TT 高兴起来。

毕竟现在 TT 的排名只有第五,离他们所想的世界冠军还有一定距离。

如果今天嘉鲜能拿到这个冠军,也许可以得到一些慰藉吧。

第一局比赛很快结束。

这是 TT 熟悉的圈形,转移路线、运营方式他们已经练到了登峰造极的地步。

所以,不出意外地,TT 拿下这局,以 9 个人头数成功"吃鸡",拿到了足足 19 个积分,排位一下子上升一名,紧逼第三名。

目前场上排名第一的是 HP,第二的是一支叫 Solid 的欧洲战队,第三是 H 国队 3AE。

还有最后五局比赛,排在前几的队伍之间分差拉得并不大。

只要大家稳定发挥,找准机会,便都有拿冠军的机会。

第一局比赛的胜利显然给中国战队以很大的鼓舞。在接下来的两局海岛地图比赛中,他们接连"吃鸡",气势汹汹。

不仅 TT,就连后面的 FLG 都已经追到了第六的位置。

萨诺雨林地图到来之前,比赛有半小时的中场休息时间。

史迪和冥灭作为战队的经理和教练,早早就绕到后台休息室,等着台上的一队队员下场。

跳跳虎在中场的时候必须吃零食填肚子,于是史迪提着一大袋早上从便利店买来的零食走了进来,还专门给所有人各准备了一瓶水。

毕竟上次唐葫芦给他们的教训实在太严重了。

一队队员们还没到休息室,冥灭拉着史迪走到一旁,低声说:"今天虎仔状态不对。"

"啊?"史迪一开始还没反应过来,"他的成绩不是还可以吗?"

"没有。"比起史迪这个门外汉,冥灭这个教练当然看得更加清楚,"今天他基本没拿到人头,第一局堵 Star King 那里,还有和 3AE 团战的时候,他都有很严重的失误。如果不是贺随状态还不错,今天这几局,TT 根本拿不到这么高的分。"

"这样吗?!"史迪有些紧张,"那怎么办?"

TT 拿不拿得到冠军倒是次要的,万一是跳跳虎的心态受到了影响,那就有些麻烦了。

冥灭安抚性地拍了拍史迪的肩膀："没事，待会儿我和他谈谈吧。"

明明今天打得还不错，但一队四个人前后进来，脸上都没什么表情。

尼罗和贺随还好些，跳跳虎有些受不了了，直接拉着冥灭出门去吃零食。

"唉，哥，我实在有些打不下去了。"跳跳虎叹了口气，轻轻拿额头撞了撞墙，"我一坐在那里，一看到队伍里嘉鲜妹妹的ID，一听到她没什么精气神的声音，就会想到昨天的事，然后就连枪都压不住了。"

"哦？为什么？"冥灭倒也没骂他心态不好，只是一边往嘴里塞薯片，一边语气平静地问他。

跳跳虎长长地叹了口气，然后摇了摇头："我也不知道，就是……就是感觉嘉鲜妹妹遇上了那么大的事，我们却还让她上场比赛，她真的太惨了。"

惨到他都不忍心打下去了。

惨到他恨不得立刻就下场打那个Stan废物一顿，以解自己心头之恨。

跳跳虎是因为心不静了，所以枪才压不稳吧。

冥灭瞥他一眼，冷哼了一声："你知道现在嘉鲜妹妹压力最大，那还好意思不好好打比赛？"

"不是我不好好打比赛，我是真的打不好啊哥。"跳跳虎有些痛苦地抓了抓额头前的刘海儿，"你是不知道，今天随神有多狠，我感觉他像变了一个人一样。但是他越这样，我就越想到我们队伍有多大压力，现在嘉鲜又经历了这种事，我怎么还打得好比赛？你懂吧，就是他们做得越好，我反而越难过了。"

耳边只有冥灭一直在咬薯片的声音，半响之后，跳跳虎才听见他吐出一个简短的字——

"懂。"

"那……那我该怎么办啊？"跳跳虎紧紧地皱着眉头，扭头看向冥灭，"我该怎么打啊哥？你教教我。"

"怎么打？平时你怎么打，现在就怎么打。"冥灭往他嘴里塞了一片薯片，"想吃就吃，想杀就杀，别想这么多了。"

"可是我打不好。"

"打不好，那就输掉比赛。拿不到冠军又怎样？"冥灭蓦地提高了嗓门儿，打断跳跳虎低低的自责声，"所有人都在说，电子竞技只有第一，所以所有选手都在努力冲击那个唯一的位置，但是谁会想到这世界上会有这么多意外？你们努力过了，奋斗过了，无论成功与否，我觉得就已经足够了。"

跳跳虎似乎有些意外冥灭会说出这样一番话。

他以额头抵着墙，有些诧异地扭过头来，看向这个自己从接触游戏开始就一直崇拜的传奇大神。

"可是，哥，我看过你之前的采访报道，你一直在说，电子竞技只有冠军，没有人会记住第二名是谁，所以你总是会拼尽全力，只要你不拿到第一，就是失败。"

"电子竞技只有冠军？也许是吧。"冥灭嘴里咀嚼的动作停顿了片刻。随后他露出一个自嘲的苦笑，"但是虎仔，你不觉得，很多时候，这就是一句别人都想让你说，所以你就这么说的话吗？"

"我……"跳跳虎愣住了。

冥灭的脸上浮现出一种跳跳虎从未看到过的、惆怅而苦涩的表情，就像一种坚定的信仰转瞬之间便被推翻。

就像……就像他从前知道的冥灭根本不是真正的冥灭。

冥灭将手里的薯片袋攥紧，胖胖的背往后一倒，也倚靠在墙上。

"从前我打职业赛那会儿，所有人都在和我说，你要拿冠军，你应该拿冠军，你必须拿冠军。所以，久而久之我就觉得拿冠军是一件自然而然、绝对要做到的事。好像拿不到冠军就是输，好像拿不到冠军，我就会被所有人忘记。

"但是虎仔，你应该懂吧？站在这样一个高度，你看到的是最广阔的天空，同时也承受着平常人无法承受的压力。一次比赛的失利会带来什么？众叛亲离、落入深渊，这些都是可能发生的。"

跳跳虎看着冥灭的眼睛，低低"嗯"了一声。

在粉丝的眼里，他们这些打职业赛的不是人，而是神。

神怎么可能输呢？神怎么可能被别的东西所左右呢？神怎么可能做不到粉丝想要他们做到的那些事呢？

很长一段时间以来，似乎所有人，就连他们自己也忘了，他们不过是一群平均年龄不到二十岁的少年。

他们会痛哭，会害怕，会跌倒，会失败，但是很少有人会对他们说"既然跌倒了，就重新站起来吧，你可以做到的"。

没有人这么说。

现在就算跳跳虎不上论坛，也知道《绝地求生》冠军联赛的水友们已经骂成什么样了。

临阵换人、排名没进前三、眼看就要将冠军拱手让给 H 国队……每一条都是可以将 TT 钉在耻辱架上的罪证。

一旁的冥灭苦笑了一下，忽然和跳跳虎提起一件往事。

"我记得我打职业赛那会儿，有一次就是一周的常规联赛没打好，结果被水友放到论坛上鞭尸辱骂。"他耸了耸肩，似乎早已把这一切看淡了，"我不过没打好一周的比赛，他们就质疑我的技术，质疑我的能力，质疑我的人品，最后还质疑我的兄弟！我气不过，当时还没有直播嘛，于是就直接在论坛上和喷子对线，结果被联盟警告处罚，禁赛半年。"

跳跳虎愣了愣："哥……"

"但是后来我就想通了，成长了，变得更强了。"冥灭看着跳跳虎那颗绿头，忽然抬手用力揉了揉，笑道，"你才十八岁，冠军年年都有，但心态最终还是需要你自己调整。有些东西也是栽多了跟头之后，才会慢慢知道的，有什么好急的？"

跳跳虎第一次没有因为发型被弄乱而炸毛。

他看着难得不那么严厉的冥灭，忽然有些想哭。

冥灭察觉到他的异样，用力拍了一下他的脑袋，笑骂道："别用这么一副小狗一样的表情看着我！想揉搓！"

跳跳虎拍了拍冥灭的肩膀，抢过薯片袋，想要回到休息室里。

开门的一瞬间，冥灭蓦地开口叫住他。

"虎仔。"

"啊？"

"他们说电子竞技没有人会记得第二是谁,但我觉得他们错了。"

"为什么?"

"就算最后你们没拿到冠军,我也会记得这一次的 PGC。"冥灭胖胖的脸上舒展着笑容,"阿雳、史迪、唐葫芦、Cody……所有的家人、朋友、爱你们的人,全会记得。"

跳跳虎看着冥灭。

这个 TT 史上最严格的教练也正笑眯眯地看着他。

跳跳虎的眼眶终究还是有些红了。

冠军有那么多,但是他们共同奋斗过、为之努力过的这些日子永远在岁月暗涌的河流中,闪烁着熠熠的光芒。

只要他们这群臭小子在一起,那一切就有意义。

这才是电子竞技的意义。

萨诺比赛开局,跳跳虎的状态明显比上半场好了许多。

第四局比赛,虽然 TT 被其他几支队伍合力卡到圈外,最终只能被活活耗死,但跳跳虎表现神勇,仅凭一人之力就拿下了 6 个人头,直接将 TT 的排名分拉到了第三的位置。

第五局,TT 击杀 8 个人头,排名第三,总积分升至第二。

决胜局很快开始。

第六局照例是米拉玛沙漠地图。

航线一开启,《绝地求生》冠军联赛解说席上的两位解说先震惊了一下。

解说 A:"今天最后这场决战确实有些刺激,竟然是这么极限的航线!从南部的滨海小镇到普罗港,这对落点偏北的队伍十分不利呀!尤其对和第一的 HP 只有 9 分之差的 TT 来说,这个航线有点儿难受。"

解说 B 点头:"对,由于 TT 的落点是在圣马丁,他们离航线远,落地慢,发育的时间也会更短一点儿。现在就看一圈刷新之后,会不会对 TT 友好一些。"

"一圈刷新了!"解说 A 激动地说道,"竟然刷了一个极限南切阴阳圈!圈中心刷到了无花果镇?!天哪,这刺激了!"

"对落点在皮卡多的 HP 来说,这真的是个好消息了!TT 这把的进圈之路会很艰难啊！"

"小仙女这边拿到了一辆车，他们没在圣马丁停留，直接往别墅区绕了？！他们这是想要绕弱侧圈边，往里面运营吗？！"

"有一说一啊，别墅区的地形不算特别好。这里比较空旷，TT 的载具也不够，这样就冲，他们也是胆子大啊。"

"也没办法了。"解说 A 看了一眼地图，"西边的队伍特别多，公认的强侧，TT 也没办法往西边走了，只能往东边去吧。搏一搏，说不定能单车变摩托呢。"

解说席上虽然欢声笑语，但是两个解说看遍比赛，经验丰富，心里清楚，今天这把 TT 多半悬了。

别说拿冠军了，就算 TT 能保持这个第二的排名，拿到一个亚军，已经是老天开眼，挑战能力极限的事。

第十章

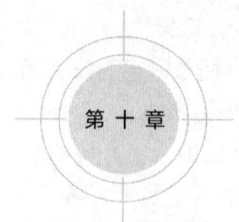

那你喜欢我吗

赛场上弥漫着看不见的硝烟。

霍嘉鲜驾着车,载着队伍先往别墅区转移,其他三人在车窗口架枪,防止有狙击手在远处攻击他们。

越野车很顺利地到了别墅区矮坡下。

霍嘉鲜先行下车,绕到后侧拉开枪线。跳跳虎和贺随很快进屋,放倒两人。

"倒了一个!倒了两个!冲!"

耳机里传来跳跳虎兴奋的大喊声。

霍嘉鲜"嗯"了一声,也端着枪往里冲去:"好,我马上进去。"

四个人的配合堪称完美。

很快,他们就将别墅区的这支小队团灭。

"非常好啊!"

刚才圈差的阴影被一扫而光,TT这场仗打得十分漂亮,也很提士气。

跳跳虎兴致勃勃地捡拾着物资,贺随和霍嘉鲜一起上楼看视野。

对这场比赛的航线来说,别墅区已经算是比较极限的发育点了。他们重点观察的是圣马丁方向有没有队伍转移过来,东部队伍相对较弱,不用太过担心。

贺随边架枪,边看了身边的霍嘉鲜一眼。

"还好吧?"他低声道,"别紧张。"

霍嘉鲜"嗯"了一声,回答:"没事。"

虽然两个人没再多说什么,但是话语之间自然而然流淌出来的默契与熟悉感觉却让楼下的跳跳虎惨叫了一声。

"哎!"他有些愤愤不平地说,"兄弟们!这可是PGC!国际赛场!最后一场决战!你们能不能稍微收敛一点儿?别这么光明正大地秀啊!"

贺随倒也答应得爽快:"行。"

跳跳虎:"行。"

一群人在别墅区发育完,继续驱车往东绕。

公路上遇到一辆跑车,霍嘉鲜停下手中的越野,跳下车去开那辆跑车。

"我们两两分开吧,这样保险一点儿。"她问,"我先往前探路,你们谁和我一起?"

跳跳虎和尼罗哪里会搭腔?

毕竟他们的队长可是已经很自然地跳下越野,直接就上了霍嘉鲜的跑车。

"走。"

《绝地求生》冠军联赛解说席上,两个解说眼睁睁看着贺随上了霍嘉鲜的车,暗暗开始八卦了。

解说A:"随神上车的姿势真的很熟练啊!看到没有,虎仔和罗哥坐在车里一动不敢动,这个暗示很明显哟。"

解说B也笑:"我们从这里可以看出,随神和小仙女的默契真的不是一般人可以比的。我相信,现在虎仔已经在心里咒骂开了。他单身这么久,现在队友这样秀恩爱,也确实让人挺难受的啊。"

"哎哎哎,话不能乱说。"解说A连忙阻止道,"谁说随神和小仙女有点儿什么了?无中生有的事情!到目前为止,我可没有听到什么风声啊。"

"这还用听风声吗?我用脚指甲盖都敢说随神和小仙女之间有点儿

什么事！"解说 B 很是自信，"我这么说，虽然随神的女粉肯定要把我捶爆，但是我话就放在这儿——PGC 回来之后，我们 TT 一定会有喜讯传来！"

弹幕快炸了。

"小仙女，你擦亮眼睛，千万别被这个傻子贺随骗回家啊。"

"有一说一，昨天就因为这女的莫名其妙不参赛，害 TT 现在排名落后，现在她还在和随神疯狂炒作？随神能不能有点儿脑子？这女的一来，TT 必输。"

"我也觉得这女的把 TT 的人均智商拉低了，各种奇怪的操作不断，TT 即将沦为三流队伍了，有女的必输。"

…………

贺随和霍嘉鲜没说一句话，就在主直播间掀起了一阵腥风血雨。

不过霍嘉鲜对此一无所知，正在战场上认真开车，驰骋在空旷的沙漠平原上。

二圈再次刷新，是个北切角的圆。对 TT 来说，这算是个不错的消息。

贺随将地图打开，很快标了一个点。

"从这边，皮卡多东北切进去，绕到狮城的圈边。"他沉声道，"皮卡多是 HP 的落点，大家要当心。最好再找两辆载具，这样机动性强一些。"

"好的。"尼罗回了一句，也在地图上标了一个点，"东方向这里有人，应该是从黑斑羚镇出来的，大家要小心。"

贺随点了点头："他们应该会从普罗港南部绕进圈内，和我们不冲突。他们看到我们，肯定也不会过来了，我们钉住就行。"

"行。"尼罗应了一声，在车窗口架好枪。

一路上，除了偶尔飞过耳边的子弹和远处隐隐传来的交战声，TT 几乎没遇到什么危险，很顺利地就到了狮城边缘。

圈再次刷新，这次幸运女神没再眷顾他们，第三圈往西切，几乎将狮城全部刷了出去。

跳跳虎低骂了一句："这不是绝地赶圈人吗？"

其他人没有说话。

他们心里清楚，进圈之路越到后面越艰难。

现在圈还刷得这么不友好，前面卡边的队伍会越来越多，简直就是不给人活路。

眼看着蓝圈越缩越小，贺随在地图上标了一个点，果断地道："走，去撞这里。"

霍嘉鲜看了一眼，发现贺随标的点在无花果镇过桥的一个野点。

四圈即将排水，无花果镇所在的那座小岛是绝对不可能继续被留在圈内的。

只要TT控住了岸边的交通枢纽，进可攻，退可守，倒也不失为一个很好的选择。

四个人很快上车，向无花果镇大桥桥头、小矿山山下的一片野点房区飞驰而去。

贺随和跳跳虎打头阵，霍嘉鲜留在后面断后，一直到最后才出发。

听到耳机里左后方传来隐隐约约的汽车引擎声，她皱了皱眉，提醒："好像有人跟着我们过来了。你们到那个房区的时候，一定要当心看屁股，我绕到侧边看一下。"

"可以。"贺随回她，"你也注意安全。"

"嗯。"

话刚说完，霍嘉鲜就猛地踩了一脚刹车，随后猛打方向盘，驾驶着车往右边的小矿山上开去，驶离了公路。

跟在身后的汽车引擎声终于没了，明明是该松一口气的时候，霍嘉鲜却莫名其妙地觉得有点儿不对劲。

没有任何依据，这就是她的本能。

明明耳机里安安静静的，他们成功绕到了弱侧边，该高兴才是，霍嘉鲜却嗅到了一丝危险的气息。

"你们当……"

最后一个"心"字还没出口，霍嘉鲜就听见耳机里传来一阵激烈的步枪扫射声。

随着汽车的一声炸响，跳跳虎大叫了一声，电脑屏幕右上角直接跳出了他被击倒的信息。

"这里有人！"跳跳虎拼命喊，"你们别往前了！撤！撤！快走啊！"

"不要撤!"

"不能撤。"

霍嘉鲜和贺随同时开口。

关键时候,他们还是比莽夫跳跳虎要清醒一些。

"后面有人跟来,应该是把我们包围起来了。"

霍嘉鲜话音刚落,贺随便毫不犹豫地直接踩下油门,以最快的速度狠狠往眼前的房区撞了过去。

"尼罗跟上,我们先把这个人拔了。"贺随一边翻窗进房,一边在隔壁的房子上做了一个标记,"嘉鲜,你从山上给我们架枪报点,如果我们打不过,你立刻离开。"

虽然霍嘉鲜很想下山去帮他们打架,也知道凭借他们两个人的力量很可能灭不掉一支小队,但现在不是矫情做作的时候。

如果她也下去,万一他们直接被团灭,那 TT 的 PGC 之旅也将止步于此。

但如果她待在山上,见势不妙时直接撤退,那么自己作为独狼,还可以生存一段时间,尽可能地把 TT 的排名往前拉,也让 TT 离他们想要的那个冠军更近一点儿。

她点了点头,应了一声"好"。

山下很快传来了激烈的交战声。

霍嘉鲜在山上稳稳地帮 TT 架好枪,电脑屏幕右上角的击倒淘汰信息不断刷新。

"TT_suishen 使用 Beryl M762 击倒了 3AE_kimmyowo。"

"TT_suishen 使用 Beryl M762 击倒了 3AE_BadBoYxxx。"

"TT_NilE 使用 M416 击倒了 3AE_Quiiii。"

"是 3AE 的人。"贺随收起枪,打了一个医疗箱,"跟在你后面的这个估计也……"

"不是的,等等!"霍嘉鲜看着八倍镜下一览无余的公路,猛地皱眉,"这辆车上有四个人!也是一支满编小队!他们是追着我们过来的!"

跳跳虎已经血尽而亡,转为观察模式,低咒了一声:"所以又是 H 国队在搞鬼?他们又在恶意组队?!"

"不管是不是，他们已经攻上来了。"贺随迅速找地方伏好，又叮嘱霍嘉鲜："不到万不得已的时候，你别开枪，如果我们全倒了，你立刻开车走。"

"我可以帮你们狙……"

"不用你狙，你只要别暴露位置就行。"贺随打断她的话，语速很快地说，"记住，如果我们倒了，你立刻开车走，直接走就行。"

霍嘉鲜："嗯，好的。"

贺随没有着急，先扔了两个燃烧瓶出去，把刚才击倒的人补死，顺便用烟幕弹把楼梯口的视野全部封死。

"尼罗你出去，到门口伏着。"贺随的耳朵一直听着公路上越来越近的动静，"也许他们来了不止一队，你帮我注意一下屁股。"

尼罗愣了一下："随神你一个人……"

"嗯。"贺随应得很果断，也很自信，"我一个人足够了。"

第十五分钟，在灭了3AE三人之后，TT的贺随又凭借一己之力，继续灭了一支H国战队。

《绝地求生》冠军联赛解说席上的两个解说快疯了。

"随神杀疯了！单局一个人10个人头！打破了这次PGC的全部纪录！随神真厉害！TT真厉害！"

"可惜了！随神虽然连灭两队，但依然双拳难敌众手！3AE的最后一人终于出手，直接把随神和尼罗放倒在地，结束了随神罪恶的一生！"

"TT的实时积分已经稳定地位于第二名，和目前第一的HP仅一分之差。那么剩下来的小仙女会怎么做呢？她应该要开车先走吧？躲一躲，说不定TT还能往前进几名，得到一点儿排名分呢？"

解说B微笑着摇头："不对、不对，我觉得小仙女还是有点儿想法的。"

"怎么说？"

"按照我对她的了解，她应该不会想要躲着争名次。"解说B看了自己的搭档一眼，"之前的时候，这个圈太极限了，四圈排完水，陆地面积太小。如果现在小仙女想进圈，那可能分分钟暴毙。"

"那么她是想……"

"从她的角度应该能看到从皮卡多出来的 HP 已经绕到了这里。"解说 B 缓缓道,"HP 之所以来这边,一是想绕圈,二是也想过来堵 TT 吧?如果小仙女能把 HP 留下的话……"

解说 A 不明白:"但是她不一定知道过来的这支队伍是 HP 呀。"

"看比赛吧,说不定她就想赌一把呢?"解说 B 笑道,"万一她赌赢了,可就是单车变摩托,别墅靠大海啦!"

"你不能留下。"同一时间,赛场上的贺随紧紧盯着电脑屏幕,皱紧了眉头,对霍嘉鲜说,"现在你必须立刻走,不准留下堵人。"

"他们不知道我在这里的,没事。"霍嘉鲜一边驱车往山下赶,一边密切关注着山下房区的动向,"相信我,随神,我必须把他们留下。"

如果 HP 没往这边走,那她肯定不会下山去堵人,绝对直接掉头就走。但是霍嘉鲜万万没想到,那群人竟然嚣张到这种地步,直接往自己的枪口上撞。

这就别怪她不客气了。

就因为对方是 HP,是恶心透顶的 HP,是分数离他们最近的 HP,霍嘉鲜必须把他们留下。

她在桥头公路旁找到一处地方埋伏好,等着对方的车队经过。对方在贺随和尼罗阵亡的房区停留了一会儿,显然是补充了一点儿物资,顺便搜寻 TT 的最后一人——也就是霍嘉鲜的踪迹。

他们一定想不到,螳螂捕蝉,黄雀在后。

而他们本以为已成为瓮中之鳖的最后一人,竟然摇身一变,成了那只黄雀。

霍嘉鲜将子弹上膛,静静蹲在路边小反斜坡的巨石后面等待着对方到来。

两辆车呼啸着从公路上驶来,越来越近了。

TT 的公麦里没有人说话。

从霍嘉鲜义无反顾地驾车下山的那一刻起,所有人都知道,没有人能阻止她了。

她这一去,不仅是为了一队,为了 TT,为了冠军,也是为了她自己,为了她的妈妈。

为了昨天那口恶气,她一定得去。

眼看着HP的车队越来越近,霍嘉鲜忽然对着麦轻轻笑了一下,问大家:"你们知道现在我们和HP的分差是多少吗?"

"啊?我不知道……"跳跳虎愣了一下。他这人在赛场上只知道杀杀杀,从来不会去算分数:"多少啊?"

"一分。"霍嘉鲜说,"现在我们和HP相差的分数只有一分。"

"那也赶不上啊。"跳跳虎想劝霍嘉鲜别去送人头了,"嘉鲜妹妹,你就一把枪,怎么敌得过他们四把枪?!"

"我当然敌不过。"霍嘉鲜冷笑了一声,"但是你知道现在排名第三的Solid和HP相差几分吗?"

一旁的贺随显然已经明白了霍嘉鲜的意思,冷静地打断跳跳虎,回答了霍嘉鲜的反问:"Solid是西部队伍,这把'吃鸡'的可能性很大。现在他们和HP的分差是七分。"

霍嘉鲜点了点头:"没错,是七分。"

"如果现在我放HP这支满编小队进圈,那么决赛圈混战,他们的优势比我一个人大太多。我们和HP的分差一定会继续拉大,Solid也不一定能成功反超HP。"

"但是如果现在我就把他们留在这里……"

"兄弟们,相信我,我们还有翻盘的机会。"

同一时间,台下观众席上,所有人都屏住了呼吸,死死盯着屏幕上导播跟着的那个孤身一人围堵车队的少女。

空气仿佛凝滞了一样,气氛紧张又刺激。

史迪已经不敢看屏幕了,垂下头,紧闭着眼睛,疯狂地祈祷着:"阿弥陀佛,菩萨保佑,阿弥陀佛,菩萨保佑……"

尤喜卖力地举着应援牌,白了他一眼,吐槽道:"叔叔,你胆子怎么这么小?"

史迪:"你管我。"

其实唐葫芦也在一旁紧张得要命,但还是强迫自己死死盯着屏幕,同时跟着尤喜讥讽史迪:"就是,这种大场面,你应该多经历经历,否则还比不上我这个弟弟！"

史迪："你确实就是个弟弟。"

一旁的冥灭一直没有说话。

他知道，他们在用斗嘴来缓解自己紧张的情绪。

而他这个教练比任何人都清楚，霍嘉鲜到底在想什么。

"她想把 HP 留在圈外。"冥灭淡淡地道，"你们不用紧张，她可以做到的。"

"你也觉得她可以做到，对不对？！"史迪猛地抬起头，兴奋地道，"我们的大神都说嘉鲜可以做到，那她就一定可以做到了！说不定这把嘉鲜还能带 TT 独狼'吃鸡'呢！"

"'吃鸡'？那你可能是在做梦了。"冥灭瞥了史迪一眼，当头泼了他一盆冷水，"你以为这是什么小比赛？'吃鸡'能有这么容易？"

史迪有些蒙："那嘉鲜把 HP 留在圈外有什么意义吗？就算她拦下了 HP，自己也不一定走得掉啊！"

"当然有意义。"冥灭仰头看着屏幕，缓缓道，"她想和 HP 同归于尽，要给排名第三的 Solid 一个机会。"

坐在旁边的三个人听得一愣一愣的。

冥灭自豪地笑了："她果然是我教出来的，够有血性。既然 HP 玩阴招，那她也来个玉石俱焚。他们 H 国队不是最想拿冠军吗？而她偏偏不让他们得偿所愿。"

"你是说……"

同一时间，赛场上传来了一阵激烈的枪战声。

大屏幕上，少女孤身一人从巨石后现身，站在高高的斜坡之上，拿着步枪对公路上的车队进行疯狂扫射。

HP 战队猝不及防，一辆车直接被射爆，车上的两人当场被击倒。后面一辆车上的人连忙刹车下来，对着霍嘉鲜进行疯狂反击。

霍嘉鲜后撤两步，再次端起背后的 98k，开镜瞄准一气呵成，把第三人击倒在地。

同时，她身中两枪，血条也骤减了一半。

安全区界线疾速收缩，已然到了近前。

少女冷笑一声，完全不管自己见底的血量，再次迎着枪林弹雨开镜瞄准。

安全区界线穿过了她的身体。

砰的一声,HP 的最后一人应声倒地!

她竟然做到了!她竟然成功地把 HP 的人给团灭了!

场下一时无比寂静。

在这一刻,全世界的人都是蒙的,因为这个看似最不可能做到这一切的柔弱少女,竟然创造了奇迹。

霍嘉鲜收起枪,没有选择上车。

第五圈的安全区已然很痛,不到一秒的时间,她根本来不及打药。

她就要死在这里了。

她的 PGC 之旅就要到此为止了。

耳机里传来场下震耳欲聋的欢呼声,因为隔得太远,像是另一个世界发生的事情。

大屏幕上,少女静静地站在安全区里,迎接自己的死亡。

她平静而义无反顾。从山上驱车而下的那一刻起,她就知道自己已经不能回头。

她是为自己的母亲,也是为并肩作战的队友们,毅然踏上这条注定死亡的刺杀之路。

而在霍嘉鲜轰然倒在安全区里的那一刻,所有人都知道——

无论今天 TT 是否能拿到这个冠军,毫无疑问,这个少女就是今天《绝地求生》战场上最耀眼的那颗星星。

这一年的 PGC 比赛,强者如林,精彩纷呈。

而《绝地求生》冠军联赛最大的夺冠热门 TT 战队,虽然在决赛失利,但他们在最后一局实现了多次一打四的惊天大逆转。

凭借小仙女最后成功堵截 HP 的操作,TT 反超 HP 三分,虽然最后的冠军被最后一局成功"吃鸡"的 Solid 拿走,但最终 TT 守住了自己第二的位置,赢得亚军。

而决赛一开始就稳居第一的 HP,因为最后一局全军覆没,最终和冠军无缘,只能拿到第三的成绩。

对他们来说,这是极大的失败。

而在重重危机之下，绝地翻盘拿到第二，对 TT 而言已经是个奇迹了。

颁奖仪式结束以后，史迪一群人喜气洋洋地在休息室里等着一队的几个人下来。

霍嘉鲜走在最后。尽管在决胜局她来了那么一套神操作，成功把 HP 团灭，但依然兴致不高，脸上也没了平时鲜活的精气神。

尤喜看着无精打采的霍嘉鲜最心疼，上去抱着她开始低声安慰。

贺随看着手机，跳跳虎和唐葫芦站到窗边小声吹牛，尼罗坐在一旁默默拆开一包薯片。

经历了这一切之后，仿佛所有人已经有些不一样了。

看着这帮昔日的臭小子似乎终于长大了一些，冥灭和史迪尤其感慨。

史迪手里拿着一瓶水站在一旁，欣慰地看着这帮小崽子。

"那么……明年再战咯？"

"嗯。"冥灭点了点头，小眯眼似笑非笑，"明年再战咯。"

回国的飞机上，霍嘉鲜睡着了。

她做了一个长长的梦。

梦里，她竟然见到了这么多天都没见面的妈妈。

妈妈还穿着那天在 M 市机场穿的长裙，还是温温柔柔的样子，站在自己面前，对自己轻轻地笑。

只一眼，霍嘉鲜的眼泪就掉下来了。

"妈……"她没敢哭太大声，拼命压抑着啜泣声，因为怕自己把妈妈吓走，"妈妈，我好想您。"

"我知道呀。"妈妈的语气依然是那样慈爱与怜惜，"我知道呀，宝贝，所以我过来看你了。"

霍嘉鲜往前走，越走越快……但她和妈妈之间似乎永远有一堵墙，她进一步，妈妈就会退一步，以至她永远触碰不到妈妈。

"宝贝，别难过了。"谢繁似乎想帮她擦眼泪，但最终把手缩了回去，"好好生活，追逐梦想，妈妈一直会看着你的。"

"但是，妈妈……"

谢繁似乎已经知道霍嘉鲜想说什么了。

她摇了摇头，柔声打断自己的女儿："这次你已经做得很好了，不是吗？"

"可是我不够勇敢。"

我没有办法在失去您的情况下，心无旁骛地去比赛。

如果第一天她就上场，那么TT是不是已经拿到这次的冠军了？

如果她没有被Stan影响，是不是可以不用拖累这么多人陪着她屈居第二？

如果……这一切都是因为她。

谢繁脸上的笑意更浓。

"是吗，宝贝？"她轻轻道，"西雅图是个可以重新开始的地方。我觉得你已经开始了一段新的旅程。你觉得呢？"

你觉得呢？

霍嘉鲜愣住。

她似乎觉得妈妈这句话有些似曾相识，但是一时间想不起到底在哪里听过。

看着她犹带泪痕的迷茫脸庞，谢繁笑了："宝贝，勇敢地往前走吧，你身边还有这么爱你的家人和朋友，妈妈很放心。"

"妈妈，"霍嘉鲜像是意识到了什么，拼命地往谢繁的方向跑去，一边痛哭流涕，一边疯狂大喊，"妈妈！妈妈！妈妈——"

"嘉鲜？嘉鲜，你怎么了？嘉鲜？！"

梦境戛然而止。

霍嘉鲜缓缓睁开眼睛，一时间有些分不清自己到底在哪里，这一切是现实还是虚幻。

"嘉鲜？嘉鲜？"尤喜担心地叫着她的名字，见她醒来，总算松了口气，递了一张餐巾纸过来，"做噩梦啦？你怎么睡这么沉？我叫了你半天，你都没醒。"

"啊？哦……"霍嘉鲜后知后觉地接过餐巾纸，一抹脸上，才发现湿漉漉一片，"我哭了吗？"

"是啊。"尤喜有些担忧地看着她，"你是……你是梦见谢阿姨了吗？"

"嗯。"

"她……她说什么了呀？"

霍嘉鲜像是终于记起了什么，没有刚才那么难过了，脸上倏地闪过转瞬即逝的笑。

"她要走了。"

尤喜皱了皱眉："走了？"

"是呀，走了。"

说出这四个字的时候，霍嘉鲜心里说不上是一种怎样的感觉，像是释怀，又像是一种慰藉。

她扭头看向尤喜，忽然轻轻开口："她一定知道我很爱很爱她的，对吗？"

那句"妈妈我爱你"终究还是没来得及说出口。

"嗯。"尤喜毫不犹豫，用力地点了点头，"一定的。"

周围的人全蒙了眼罩在睡觉。霍嘉鲜转头看向一旁无垠的夜空，几万米的高空之上，星光熠熠，银河万里。

回到 M 市之后，史迪给 TT 的队员们放了一个长长的假期。

对这次 PGC 的比赛结果，论坛、微博、贴吧上的评论褒贬不一。

有人疯狂夸 TT 真牛、随神厉害、小仙女厉害，也有人一直在喷 TT 把本该拿到的冠军拱手让人。

但霍嘉鲜懒得管那么多，直接回家蒙头睡了三天。

这么多天，她真的再也没有梦见过妈妈一次了。

霍嘉鲜心里明白，妈妈是真的走了。

霍凛的状况似乎比她还要糟糕一些。他不能悲伤，得先提起精神和父亲一起处理一些琐碎的事。

有几次霍嘉鲜一不小心在客厅沙发上睡着，都是天快亮的时候才被刚回家的霍凛吵醒。

明明哥哥都那么累了，还特地跑去自己的房间帮她拿了一床被子过来，怕她着凉。

兄妹俩心照不宣，都没怎么提妈妈的事。

谢繁的葬礼在霍嘉鲜回国后不久低调举行，一切从简。

虽然霍嘉鲜一直告诉自己要勇敢、坚强，但在葬礼上还是没忍住，好几次差点儿哭晕过去。

最后还是霍凛把她带回了家，兄妹俩抱头痛哭了一场。他们约定好，一定要听妈妈的话，好好生活下去。

抚平伤痛最好的方法大抵是时间，也只有时间了吧。

假期结束，霍嘉鲜回到基地，终于能够再次投入训练之中。

说起来，其实 PGC 之后基本没什么重要的比赛了。

几大直播平台做的杯赛，奖金不多，影响力也不算大，基本就是各大俱乐部用来练兵的。

TT 几个人轮流把位置让给唐葫芦上场打比赛找感觉，史迪也一直在各大服务器排行榜上找路人王，想在下个赛季开始之前好好招兵买马，扩充 TT 的实力。

PGC 比赛过了一个月，赶在新年之前，因为史迪疯狂催促，霍嘉鲜终于回归海鲜 TV 直播。

"我还以为这直播间倒闭了呢，现在我进来看到直播间开了，还有点儿不敢相信，退出去重进了好几次。"

"是不是 PGC 打得自闭啦？竟然这么久没上来和兄弟们吹牛了！"

"我还以为再也见不到你了，小仙女，你怎么这么狠心，就这样抛下好兄弟们？！今天是和随神双排吗？"

"说到随神，我蹲一个官宣在一起。"

"这一个月，随神直播都在自闭单排，失去了往日的精气神，我看着都心疼。"

"所以，那个贺随什么时候一起来啊？"

"…………"

霍嘉鲜看着弹幕，在镜头前淡淡地笑了笑："抱歉了大家，最近我不是很想说话，应该就自己单排随便直播一下。"

"为什么不是很想说话？"

"妹妹不会因为 PGC 而自闭了吧，所以才一个月没上播？"

"是不是贺随欺负你了啊？！"

"有一说一，最近论坛上的一些帖子挺过分的，估计妹妹心情不好吧……"
　　…………
　　霍嘉鲜愣了一下，问："论坛上说我什么？"
　　最近事情太多，她根本没上论坛去看过。
　　俱乐部里的人和尤喜也跟她说过，论坛上的那些人在如何黑她。
　　她皱了皱眉，没进游戏，直接从网页上进了论坛，当着直播间所有水友的面开始刷帖。
　　只见论坛的版面上密密麻麻的全是"小仙女"三个字，搞得霍嘉鲜快要不记得自己的ID怎么写了。
　　"听说小仙女之所以PGC没上比赛，是和HP的人起冲突了？"
　　"理性讨论——PGC就是因为小仙女，所以TT才没拿到冠军的，大家没有异议吧？"
　　"讲道理，我也没觉得小仙女漂亮到哪里去啊，怎么所有人都在吹她？"
　　"深度分析，小仙女到底是怎么加入TT的？路人进。"
　　霍嘉鲜挑了挑眉，点进了最后一个帖子。
　　"我是怎么加入TT的？"她笑了笑，"我也挺想知道的。"
　　发帖人的ID叫"BF帅帅气气弟弟"，发帖时间是昨晚7点多，那时正是流量高峰时段，这帖子已经盖到了几百层楼之高。
　　"众所周知，小仙女最先是使用woshixiaoxiannv这个ID在海鲜TV直播，内容主要是《绝地求生》之类的第一人称射击竞技游戏。她的直播时间并不固定，基本是周末或者放假才会播，时间也不算长，寒暑假会播得比较多，所以我基本可以确定，小仙女在打职业赛之前应该就是个学生。
　　"那么她为什么会加入TT呢？我花了大半个月的时间把时间线捋顺，大概可以把整件事比较完整地还原出来。
　　"首先，这个小仙女在没进TT之前，就一直在讨好TT，尤其是对随神。那么他们的交集是从什么时候开始的呢？经过我周密观察与计算，我发现就是在海鲜TV某次主播单人赛的时候！
　　"大概大家不知道，这个单人赛的参赛名单上呢，本来是没有小仙女的，她的名字是后来才加上去的。那么主办方为什么会把她加上呢？

这不得不让人觉得，因为随神要参加这次比赛，所以这是她刻意想要和随神有交集。

"这次单人赛，如小仙女所愿，她顺利地和随神搭上了话。在比赛最后，随神竟然还自雷，就为了把冠军让给自己的这个粉丝。小仙女的努力终于有了回报，那天晚上，她还借机在直播间里对随神进行了深情告白，听得粉丝们眼泪汪汪。这也就为日后她加入TT奠定了基础。"

"但是！我要说但是了！小仙女到底是个怎样的人呢？"

"粉丝肯定要说了，小仙女又漂亮又厉害，技术这方面真的没的黑。不过我这个帖子欢迎的是路人来讨论，粉丝别进哟。我们要探讨的呢，主要还是人品方面的问题。

"我的感觉是，小仙女的人品可能真的有些问题。我为什么这么说呢？第一，她应该文化水平不怎么高，一般家庭也……不是我搞歧视，事实就是这样，你没读过书，个人素质就很有问题，这点从她直播的时候便能看出来。

"第二，这点也是小仙女自己在直播里承认过的——单人赛那天晚上她亲口说过自己所处的环境不怎么好，所以很高兴可以拿单人赛的奖金去做自己喜欢做的事。那么她做了什么呢？我们无从得知。只是没过多久，有了钱的小仙女就如愿以偿地进了TT，这不得不让我们产生某些不好的联想。

"第三，也是最重要的一点，小仙女在圈内的人缘似乎很一般，甚至她还和草妹开撕。除了随神，好像没有多少人和她关系好的。她没出现之前，随神都是认真训练打比赛的，结果她一出现，TT就像着了魔一样，又是退赛，又是临阵换人，反正就是很谜。兄弟们，虽然我这么想可能有些武断，但是我真心觉得，这女的就是在抓着随神炒作罢了。"

这位网友洋洋洒洒地写了足足一千字，还配上了各种直播和活动的截图，试图佐证自己的观点。

霍嘉鲜的脸色一直很平静，看到最后她都没生气，甚至笑了笑："我们来看看大家的跟帖怎么说的吧。"

"对啊，我一直觉得小仙女和那种没什么人管的小太妹一样，眼皮子很浅，除了那张脸，也没什么内涵，真的一点儿不像她表面上看起来那么小女生呀。"

"有一说一,小仙女长得确实漂亮,特别戳我。但是看楼主的分析,我觉得有点儿恐怖,这种女的也太有心机了吧。如果她找到更好的下家,岂不是分分钟就会抛弃随神?"

…………

总之,那些平时和霍嘉鲜脾气一样的粉丝简直一点即炸。他们都已经开始摩拳擦掌,准备等霍嘉鲜一声令下,就去屠版了。

霍嘉鲜没说话。

她将鼠标移回到那个发帖人的 ID 上,光标在"BF"那两个字母上久久停留。

半晌,她冷笑着开口:"有心机?只想捞钱的倒贴货?"霍嘉鲜的声音很冷,她直接将帖子关掉,脸上还挂着淡淡的笑,"很好,我很喜欢他们给我塑造的这个狐狸精形象。"

大家还以为她会多么生气呢,没想到她竟然如此另辟蹊径,立刻"哈哈哈哈哈"笑个不停。

"当代妲己。"

"来和小仙女玩耍吧!"

"我们仙女本来就不应该下凡,遭人忌妒!"

"所以小仙女,你到底有没有成功搞定随神?"

霍嘉鲜看了一眼弹幕,没有回答大家的问题,直接退出论坛,开始了今天的屠杀之旅。

接下来几天,霍嘉鲜没上播。

尤喜回国陪了她这么久,又要到美国去了。霍嘉鲜特地和俱乐部请了假,要去陪她玩两天。

两个人的聚会照样是在商场里吃饭看电影。不过今天尤喜格外心不在焉,吃饭的时候一直戴着耳机在看手机,也不知道在看什么。

霍嘉鲜一边吃菜,一边随口问了一句:"你的偶像又出新歌了啊?"

"啊?啊……"尤喜将手机扣到桌上,敷衍地应了一句,"是吧……是。"

她不这么说还好,一这么反常,霍嘉鲜就有些好奇了。

霍嘉鲜狐疑地看着尤喜:"你很奇怪呀。"

"没有、没有,"尤喜连忙摆手,"我就是在看视频……看一个视频而已。"

霍嘉鲜没跟她废话,直接把桌上的手机抢了过来。

她翻开一看,竟然是海鲜 TV 的游戏直播。

"哎,看个直播而已嘛,你紧张什么?"霍嘉鲜笑道,"最近你不就是因为我而慢慢入坑了吗?难道我会嘲笑……"

等霍嘉鲜看清楚这是谁的直播间时,整个人愣住了。

"跳跳虎?"她有些震惊,"你不看随神的直播,跑去看跳跳虎那个弟弟做什么?!"

尤喜把自己的手机夺了回来,话都快说不清楚了:"就是随便看看。随便看看你懂吧?"

"他那头绿毛有什么好看的?"霍嘉鲜撇撇嘴,突然意识到了什么,猛地瞪大眼睛,"不是吧?!"

尤喜无言以对。

"喂,嘻嘻,不会真是我想的那样吧?!"霍嘉鲜一副震惊的表情,"你就去 PGC 那么两天,就看上这弟弟了?!"

"没有啊。"尤喜的否认苍白无力,"我说了,就是随便看看。"

霍嘉鲜哪里听得进她无力的辩驳,连连点头:"可以,这臭小子虽然傻了点儿,但真的可以。"

尤喜低头不语。

"我恩准了。"霍嘉鲜拍了拍尤喜的肩膀,笑道,"要不这样,你索性推迟几天回美国算了,反正圣诞节过了,新学期开学也没什么事。2月我过生日,邀请你到 TT 一起过,怎么样?"

"我说了不是,就是随便看看,"尤喜正低头这么嘀咕,听见霍嘉鲜这么说,一下子改了口,"也行,反正我开学没什么事,那就留下来帮姐妹过生日好了。"

霍嘉鲜:"啧。"

这一餐饭吃得还算不错。

霍嘉鲜本来还觉得没什么,但听尤喜说跳跳虎好久没上播了,她得好好看着,便忽然觉察到了一点儿蹲直播水友的心酸。

自己也好几天没上播了，还有那么多人对她不离不弃，自己真的渣。

霍嘉鲜坐在尤喜对面，安安静静地吃饭喝汤，顺便观赏自己的姐妹对着跳跳虎的直播时而笑，时而皱眉，实在是太精彩了。

吃到中途，尤喜忽然摘了一只耳机下来，拼命地指着耳机。

"在说你！在说你！他们在说你啊！"

"说我？"霍嘉鲜接过耳机，"说什么啊？"

尤喜噌噌噌跑到霍嘉鲜这边，和自己的姐妹一起看直播。

跳跳虎正在和贺随双排，两个人刚把自闭城清空，准备转移阵地，跳跳虎正好说到她的名字。

"哎，随神，昨天我听粉丝说嘉鲜妹妹直播的时候上论坛看了？真的假的？"

"嗯。"贺随回得很简短，"过来拿子弹。"

跳跳虎屁颠屁颠地跑了过去："唉，我也看了论坛，那些人也太恶心了吧？要是我，根本忍不住。字里行间在诋害嘉鲜妹妹，意思是我们TT是眼瞎的咯，就他们路人最懂？"

贺随没说话。

大概跳跳虎今天的心情也不算太好，他越说越上头："我们早就说过，打得好是四个人打得好，打得不好是四个人打得不好，PGC没有拿到冠军而已，怎么就怪到了嘉鲜妹妹一个人头上？最后还开始阴谋论什么暗中交易，这些人平时是不是闲得没事干？恶都恶心死了。恶臭！"

尤喜听得爽，直接在屏幕上点了两下，送了五架超级飞机出去。

霍嘉鲜瞥了尤喜一眼。

这女人大概已经疯了。

跳跳虎正骂在兴头上，乍一见到这么多礼物，有些不敢相信自己的眼睛，声音都停顿了两秒。

少年方才的戾气瞬间消散，只剩一个略带腼腆的笑容，露出半边的小虎牙。

"太可爱了，真是太可爱了！"尤喜恨不得把手机捧在心窝里狠狠疼爱，"嘉鲜啊，你怎么不早和我说，你们俱乐部里还有个这么可爱的小男孩儿呢？！"

霍嘉鲜无语。

他？可爱？尤喜不会是中蛊了吧？

跳跳虎那家伙傻憨傻憨的，和"可爱"两个字有半毛钱关系吗？

她选择闭嘴。

跳跳虎谢完大家送的礼物，也没刚才那么生气了，正想继续好好玩游戏，却听见一直没说话的贺随开了口。

"你论坛的账号还在吧？"

"啊？在啊。"跳跳虎没反应过来，"干吗啊，随神？"

"给我。"贺随镇定自若地放下手中的枪，站在原地，拿起手机，"现在我要用一下。"

跳跳虎不明所以：喂喂喂，随神，我们还在双排啊！不带这么随意撂挑子不干的吧！

偏偏贺随还在一直催促他："快点儿。"

"哦……"跳跳虎找到地方躲好，磨磨蹭蹭地用微信给贺随发了论坛的账号和密码过去，"随神，你别太冲动，忍一时风平浪静……"

"忍？我忍不了了。"贺随冷笑一声，利索地登录论坛。

跳跳虎吓呆在那里，只能在心里悄悄为自己的账号祈福，千万别被封号。

而屏幕外，尤喜喊了一声"霸气"，猛地一拍大腿，戳了戳霍嘉鲜的额头："太刺激了，嘉鲜！你男人要帮你出头了！"

霍嘉鲜的手机上没有论坛 App，她也懒得通过网页登上去看。

幸好有尤喜在，从吃完饭到去甜品店坐着，她全程都在给霍嘉鲜直播。

"天哪！随神的战斗力太强了！"尤喜惊叹，"他已经把之前骂过你的版主全骂回去了！太壮观了！"

"给我看看。"

霍嘉鲜到底还是没忍住，把尤喜的手机拿了过来。

只见尤喜刚刚调出来的页面上，正好是跳跳虎那个憨憨弟弟的头像，后面还跟着一个官方认证的职业选手金 V 标。

网友："我早就看出来了，小仙女就是那种穷酸女。随神真的眼瞎了啊。"

TT_Tigger:"你管得着?"

霍嘉鲜一时不知道该说什么。

"随神真的是简单粗暴,我喜欢。"尤喜在一旁给这条回复点了个赞,"现在你和他什么情况啊?他这么帮你说话?你看他这回复,就差没说'我喜欢谁关你什么事'了。"

霍嘉鲜把手机还给尤喜,摇了摇头。

"这些人就是闲着没事干,忌妒我而已。"她自动略过尤喜有关贺随喜欢自己的言论,淡淡地道,"还说我穷?搞笑。"

尤喜看着霍嘉鲜眼角眉梢带着的那三分倨傲之意,心中了然。

转眼就到了1月底,霍嘉鲜的生日马上要到了。

霍嘉鲜刚刚经历了那么难的一段时间,TT的队员们很心疼她。虽说之前她嘴巴上说过自己和妈妈的关系不是很好吧,但是现在大家看她的样子,她明明就非常伤心。

通过这段时间的相处,大家也对霍嘉鲜的性格有所了解了。

他们知道霍嘉鲜是个刀子嘴豆腐心的女孩儿,她嘴上说得那么狠,但心里是渴望母爱的。

史迪在队员们面前提了好多次,说霍嘉鲜就是个缺爱的女孩儿,让大家最近一定要多多关爱她。尤其是这次的生日宴,他们一定要办得盛大隆重,让嘉鲜感觉到自己就是一个小公主。

为此,队员们不约而同地停了一天的直播,偷偷摸摸地溜出基地去给霍嘉鲜买礼物。

因为霍嘉鲜的穷苦少女形象实在太过深入人心,哥哥们争着想给她买个贵的礼物,想让她疯狂感动,恨不得当场落泪。

尼罗买了一套口红礼盒,史迪买了三条春装新款小裙子,跳跳虎买了一个博柏利的包包。

贺随逛了一圈商场,但没发现什么满意的东西,思索了片刻,说:"到时候,我自己去买礼物吧。"

史迪有些警觉:"干吗?现在你已经知道我们送什么了,那是不是就要送比我们都独特都好的礼物来讨嘉鲜的欢心呢?"

贺随无语:"不会的,放心吧。"

贺随这人一般有一说一，不会随便乱说话。

史迪"哦"了一声，很快就相信了他。

很快到了霍嘉鲜生日这天。

为了给霍嘉鲜过一个难忘的生日，大家一致决定不要出去吃海底捞，而是在基地一起做火锅。

一大早史迪就拖着唐葫芦一起去了超市，买了足足六大袋食材，走了半天才回来，累得要命。

快回基地的时候，史迪看见基地别墅门前的路边停着一辆超级绚丽的跑车，那颜色，那质感，绝了。

史迪感慨了一句："这地方是哪个老板新买了车？还是新住进来什么有钱的邻居？够高调的啊。"

唐葫芦也忍不住多看了那车两眼，频频点头："确实够高调，和随神有一拼。"

身后有人远程遥控着打开车门，边走近边问了句："你们在说什么？"

史迪、唐葫芦一脸蒙。

这声音真熟悉。

"哇，你什么时候买新车了啊？"史迪转过头去问贺随，"你不是有那么多车了吗？而且平时基本不出门，还买？"

"不是给我自己买的啊。"贺随耸了耸肩，"今天要送嘉鲜的生日礼物，怎么样？"

"我真的服了。"最终，史迪恨恨地总结，"随神你是真的高调。"

不出意料，贺随的这辆跑车礼物在晚上的生日宴会上掀起了一阵腥风血雨。

其中当数跳跳虎最眼馋，惨叫声尤其大："随神！我也想坐坐这车！求你了！羡慕哭了！"

贺随瞥了他一眼。

"你别问我。"他完全不为所动，"现在这车是嘉鲜的了，你直接问她。"

尤喜在一旁笑得花枝乱颤。

史迪一边涮牛肉，一边用筷子敲了一下跳跳虎的头，止住他的惨叫声。

"你能不能不要总是眼红别人？自己好好努力啊。"史迪白了他一眼，"最近你那个官方认证老婆粉不是天天给你砸礼物吗？"

说到这事，跳跳虎就嘿嘿笑了两声，然后摸了摸后脑勺，有些不好意思："吃饭、吃饭，别说这些有的没的了。"

霍嘉鲜看了一眼身旁的尤喜，见对方一下子收住了笑声，正在眼观鼻鼻观心地对着碗挑蒜瓣吃。

"哎。"霍嘉鲜小心地碰了碰尤喜的胳膊，低声问，"你干吗不说？"

"嘘嘘嘘。"尤喜连忙止住她的话，"低调、低调。"

"干吗？"

"唉，反正就别说……"尤喜犹豫了一下，说道，"再说，让他们知道你有我这么一个富有的朋友，他们也会起疑心吧？"

霍嘉鲜："难得啊，你的智商这么在线。"

尤喜："过奖、过奖，我觉得你还是先管好自己的事吧。"

霍嘉鲜一脸疑惑。

"随神送你这么贵的礼物呀，跑车呀！"尤喜背着大家，拼命对着霍嘉鲜挤眉弄眼，"你没有任何表示吗？啊？"

"我要有什么表示？"霍嘉鲜夹了一块土豆，耸了耸肩道，"最近我没有什么心情。"

"我真的服了。"尤喜无言以对，"面对这样一个大帅哥你都没有心情，你活该母胎单身这么多年。"

霍嘉鲜敲了敲尤喜的肩膀，示意她别说了，快吃饭。

两个人在一边嘀嘀咕咕那么久，场上气氛没刚才那么热闹了。史迪想要活跃一下气氛，笑着问她们："妹妹们在聊什么呢？说出来让大家一起品品呗。"

霍嘉鲜无语。

品什么品？

她脑筋转得很快，顺势就站起身来，对史迪说："啊，尤喜说她还想吃这个蒜瓣，好好吃。我再去厨房帮她拿一点儿。"

尤喜一脸尴尬。

这一听就味道好大的样子！

她下意识地看了对面的跳跳虎一眼，连忙解释："哎，不是、不是，嘉鲜开玩笑呢……"

霍嘉鲜一副"我懂你"的样子，拍了拍尤喜的肩膀，顺手就把她的调料碟抽走，径自走到厨房里去了。

尤喜无语。

史迪看出这边有些奇怪，连忙笑眯眯地拉着跳跳虎和唐葫芦转移了话题。在所有人聊得火热的时候，贺随静悄悄地站了起来，也走进了厨房。

霍嘉鲜正低头帮尤喜调酱料，听见有人进来，还以为是尤喜，顺口问了句："你要不要麻油？"

"不用。"

听见熟悉的男声，霍嘉鲜愣了愣，后知后觉地抬起头："随神？"

"嗯。"

贺随帮她从柜子里把麻油拿出来，然后靠在灶台上，长腿懒懒散散地伸直，侧过脸看向她："喜欢吗？"

"啊？"霍嘉鲜有些不敢抬头看贺随，接过麻油，依然低头对着油碟捣鼓，明知故问，"喜欢什么呀？"

"我送你的礼物。"贺随似乎轻笑了一下，"喜欢吗？"

暖黄色的厨房灯光下，少女后颈上的细碎绒毛显得格外温柔。

她的耳尖似乎有些红了。

少女半天没说话，贺随也不着急，又嗓音低沉地开口，缓缓重复了一遍："你，喜欢吗？"

他耐心地等着霍嘉鲜的回复。

半晌，霍嘉鲜手里的动作停了一下。

最终她轻轻点了点头："嗯。"

"喜欢？"

"喜欢。"

"那你喜欢我吗？"

"啊？"

这猝不及防的一问，让霍嘉鲜的呼吸都快停滞了。

就在两分钟前，她还在和尤喜说，有什么好问的，现在自己没有这样的心情。但是等她真的听到贺随这么问的时候，只觉得脑袋里面一片空白,有点儿像在做梦。

她什么话都说不出来了,觉得幸福得有些不真实。

"我等了好久。本来想等 PGC 结束,现在又一直在等你慢慢走出来。"贺随的语调很低缓,和着餐厅里热热闹闹的聊天声,低沉的声音格外勾人,"但是今天,我真的……不想再等了。"

霍嘉鲜有些迷茫地抬起头看着眼前的男人,一双微微下垂的鹿眼中满是懵懂与天真的神色,像是清晨森林中沾满露水的野花瓣。

她没有说话,就这么轻轻歪了歪脑袋,困惑地看着贺随。

两个人的距离很近,近到她都能闻到贺随身上的味道,就和那天他抱着自己安慰自己的时候一模一样。

那味道像是冬日北方的原野吹来的风,干燥而清冽。

"我……"霍嘉鲜才说了一个字,就听见男人忽地开口笑了笑,上扬的尾音微哑,藏着几分惑人的意味。

"你能不能不要再这样看着我了?"贺随认真地看着霍嘉鲜,表情似乎有些无奈,"你再这样看着我,我就要亲你了。"

她耳边交错响着朋友们热闹的说话声、酒杯碰撞声、引吭高歌声、马路上的汽车引擎声,全世界似乎只有这个厨房是安静的,没有任何纷扰。

霍嘉鲜有些呆愣地看着贺随。

细碎的刘海儿有些凌乱地覆在他的额上,他的目光纯粹干净,就这么认真地注视着她,小小的瞳孔里映着她有些不知所措的身影,仿佛全世界只剩下了她,也只有她看着他。

半响过后,霍嘉鲜有些慌乱地低下头,心跳得很快,话都有些说不清楚了。

"我……"她咬了咬下唇,下意识地拿起油碟就想出去,"我……"

"嗯?"贺随低笑着开口,"难道我猜错了?是我自作多情?"

她没吭声。

"难道……你不喜欢我?"

贺随微微弓下身,和霍嘉鲜之间的距离拉得更近。

男人熟悉的气息扑面而来,霍嘉鲜觉得自己的大脑有些缺氧,心跳得飞快,整个人几近要窒息了。

"我……"她狠狠闭了闭眼睛，像是做贼一样，话脱口而出，"我喜欢的！"

"哦，喜欢什么？"

"我喜欢你的，随神！"

霍嘉鲜垂着眼，死死盯着地上的白色瓷砖，只觉得自己的心里像有火在烧一样，炽热滚烫。

被逼到这份儿上了，如果她还矫情，那就不叫霍嘉鲜了。

"我喜欢你。"她语气肯定地说，"我也不知道我从什么时候开始这么喜欢你的，但是等我发现的时候，已经好喜欢好喜欢你了。

"我承认，一开始我对你就是那种粉丝对偶像的喜欢，随神你知道吧？但是后来，我和你越接触就越觉得，我真的特别喜欢你，不是那种远远看着你就可以满足的喜欢。我想陪你一起走，想见证你所有悲伤和快乐的时刻，我想……我喜欢你，因为你就是你，不是随神，不是队长。

"我喜欢的好像是全部的你。"

话说得有些语无伦次，这也是她平生第一次感到自己的语言实在太过匮乏。

我有多喜欢你？我又为什么会喜欢你？

她真的不知道怎么表达了。

霍嘉鲜只知道等她渐渐回过神来的时候，贺随好像就已经成了她生命的一部分，是那种很自然、很理所应当的存在，和氧气、阳光一样理所应当的存在。

这种感觉到底是从什么时候开始的呢？

霍嘉鲜无数次问过自己这个问题，但好像一直没有得到确切的答案。

似乎是从他送自己那双洗碗手套开始的？

又似乎是从他那么耐心地教自己压枪开始的？

又或者是那天阿雱退役之后，她看见他在天台上落寞的背影开始的？

在日复一日的相伴中，在每时每刻枯燥的训练里，她好像渐渐离最真实、最完整的贺随又近了一步。

霍嘉鲜一口气说了这么一长串话，都没敢看贺随，生怕被他笑话。然后她拿起油碟，低着头就要走出厨房。

"喂。"身后的男人倏地出声，一把拉住她，慵懒的声音里带了三分痞气。

骨节分明的手指搭在她的腕间，凉凉的，又有点儿火锅蒸腾的热气。

霍嘉鲜后知后觉地扭过头去，贺随那双双眼皮皱褶极深的眼睛里泛起了点点笑意。

"傻瓜，我也和你一样啊。"

"什么？"

"我说，我也和你一样。"贺随语速极缓，眼睛自始至终看着霍嘉鲜，表情专注而认真，"我也喜欢，全部的你。"

霍嘉鲜拿着油碟回来之后，尤喜总觉得她有些不对劲。

虽然这屋里确实热，但是她的脸也不可能这么红吧？

而且尤喜了解自家姐妹，霍嘉鲜看上去情绪有些不对劲，根本不像前段时间那样干什么都没意思，反而和从前那会儿的样子有点儿像了，好像那些随着谢阿姨离世而失去的活力和精气神慢慢回来了。

尤喜接过油碟，狐疑地看着霍嘉鲜："你怎么了？"

"啊？"霍嘉鲜有些心神不宁，看着尤喜盯着自己的嘴唇看，还下意识地挡住了，"怎么了，有什么不对吗？"

"你去厨房偷偷补口红了？"尤喜拨开霍嘉鲜的手，好奇地摸了摸她的唇，"颜色看起来好自然啊，什么色号啊姐妹？推荐一下呗。"

霍嘉鲜无语。

"没补口红。"她镇定自若地坐下，"吃火锅热的。"

"热的？那也不是你这颜色啊。"尤喜穷追不舍，孜孜不倦地探索着，"热的、辣的应该像我这样，肿得和香肠一样才对呀！哪像你这么粉粉嫩嫩的，颜色这么自然！"

霍嘉鲜一开始还没说话，愣了半天，突然莫名其妙地问了一句："粉粉嫩嫩的？"

"嗯嗯。"尤喜又捏了捏霍嘉鲜胶原蛋白满满的脸蛋，"脸上也粉粉嫩嫩的，你今天的妆真的好好看哟。"

霍嘉鲜静默两秒，随后凑到尤喜的耳边，低声道："不是妆。"

尤喜一开始还没明白："什么不是妆？"

"我今天没化妆。"霍嘉鲜的声音似乎有些异样，"这是……是我和贺随在一起了。"

尤喜："啊？"

她震惊地扭头看向霍嘉鲜，一脸"你在逗我"的表情，半天没反应过来。

霍嘉鲜用指尖在唇上摩挲了几下，随后缓缓拿开。

"嗯。"她点了点头，给了尤喜一个肯定的眼神，"就是你想的那样。"

天哪！啊啊啊啊啊！

尤喜做了一个无声尖叫的口型。但碍于还有这么多人在，她只能拼命将尖叫声压抑在喉咙口，根本不敢大肆张扬。

对面的跳跳虎还在勾着唐葫芦的脖子吹牛，史迪和冥灭窝在一边讲悄悄话，尼罗不知道在和谁打电话，所有人都没有注意到桌子这一角的动静。

贺随不知道去了哪儿，尤喜的胆子大了一些，她问霍嘉鲜："刚才发生什么了？你和姐妹我说说呗。"

霍嘉鲜也没隐瞒，就把刚才在厨房发生的事情老老实实地对尤喜说了一遍。

"最后就是我答应他了，然后他亲了我一下。"霍嘉鲜喝了一口橙汁，"就这么简单。"

尤喜恨不得时间倒流回刚才，亲自去厨房看个明白："最重要的部分你给我讲得这么简略？霍嘉鲜，你还是人吗？"

"哪里简略了？已经很详细了好不好？"

"详细个头哟。"尤喜愤愤地说，"你们怎么亲的？你什么感觉？随神又说了什么？现在他去干吗了？你又是为什么没多亲两下呢？"

霍嘉鲜无语。

"这些细节才是最重要的。"尤喜的声音不自觉地越来越大，"谁想听你表白、他表白的啊！重要的是他亲了你！他亲了你！你懂吗？！"

她说到激动处，根本没有发现，不知何时房间里的交谈声已经消失了。

所有人都愣愣地看着尤喜，似乎被她刚才说的话震惊到了，半天没反应过来。

霍嘉鲜低头吃着涮羊肉，一声没吭。

房间里安安静静的，只有火锅汤沸腾的响声回荡。

五秒之后，跳跳虎先皱了皱眉，迫不及待地开了口："什么表白？"

"还有，什么谁亲了谁呀？"唐葫芦也是一脸八卦的表情，"难不成……是嘉鲜姐？"

尤喜下意识地看了霍嘉鲜一眼，不确定自己要怎么说这件事。

对方递给她一个"你自己惹出的事自己解决吧"的眼神。

"啊，是这样的……"尤喜不自觉地搅动了一下油碟里的酱料，正在拼命想言辞，却蓦然听见所有人的背后，贺随熟悉的声音响起——

"大家，我要宣布一件事情。"

史迪边扭过头去，边好奇地问道："随神，你有什么事情要搞得这么隆……"

"重"字还没说出口，史迪又是一愣。

贺随这臭小子怎么戳着个手机对着自己呢？

"你干吗？"史迪顺口问了句，"拍嘉鲜的生日会视频呢？"

"不是。"贺随回得干脆利落，"我在直播。"

全场所有人脸上的表情都是疑惑的。

就连冥灭都一下子没转过弯来，更别说跳跳虎他们了。

"贺随，你直播？你怎么突然这么有兴致啊？"

"没有突然。"贺随直接越过他们，走到霍嘉鲜身边，转成前置摄像头，"就是有件事想要对喜欢我的水友们宣布一下。"

尤喜哪里还忍得住？毕竟这种事她一直是冲在最前面的。

她立刻翻出手机，也进了贺随的直播间看。

果不其然，贺随话音刚落，直播间里的水友们已经炸开了锅。

"继昨天贺随在论坛用跳跳虎的账号喷人之后，今天又来官宣了？"

"啊啊啊啊啊，我的小仙女妹妹！可以！这门亲事我准了！快在一起，在一起啊！"

"我傻了。"

"贺随不出手则已,一出手惊人,直接拿下《绝地求生》冠军联赛第一美少女!"

"所以明年世界赛是什么情况?今年兄弟场,明年夫妻上阵?"

……

尤喜越看越激动,根本坐不住。

她反手就用一张改名卡把自己的名字改成了"全网唯一官方认证组合粉头",随后直接进贺随的直播间,偷偷摸摸砸了十架超级火箭。

然后她顶着超级贵宾的牌子,又刷了一条大大的弹幕——

"随神、小仙女给我冲冲冲!"

贺随的房管和铁粉们被这土豪的大手笔给震惊到了。

……

贺随没看弹幕,自然也没注意到有人送礼物。他没说话,尤喜很自觉地就把自己的座位让了出来,让贺随坐下。

贺随冲尤喜微微点了点头,随后很自然地把手搭在霍嘉鲜的肩膀上,对着镜头道:"大家应该猜到了我要说什么。但是今天,我还是想正式在直播间宣布一下。"

"我,贺随,《绝地求生》冠军联赛在役选手,游戏 ID 名 TT_suishen,从今天开始,就是这个女孩子的男朋友了。"

餐厅里先是静默了几秒,随后爆发出一阵惊天动地的欢呼声。

跳跳虎:"天哪!随神厉害!妹妹厉害!TT 冲冲冲!"

唐葫芦:"天哪,啊啊啊啊啊!"

尼罗:"不错。"

冥灭:"你小子真的挺会啊。"

史迪擦了擦眼角,忧伤得像个马上要嫁女儿的父亲:"可以,这门亲事我准了!"

在所有人的祝福与欢笑声中,贺随面对镜头,微微俯身,在霍嘉鲜的额上落下深深一吻。

尤喜手疾眼快,见状立刻拿出手机,记录下了这一瞬间。

霍嘉鲜没料到贺随竟然来这一手,害羞得差点儿没把整张脸埋到贺随的怀中。

火锅上空热气蒸腾,水汽氤氲,把房间里每个人的脸映照得有些模糊不清。

在这震耳欲聋的起哄与吵闹声中，不知是谁说了一句——

"快看，外面下雪了呀！"

"真的下雪啦！"尤喜将手机的镜头对准窗外，由衷地感慨了一声，"哇，好美啊。"

霍嘉鲜半靠在贺随的怀里，也抬头向窗外看去。

昏黄的灯光在纯白色的雪花上笼罩出一层朦胧的光晕。

雪片纷纷扬扬，像是冬日原野上才有的芦苇絮，飘飘洒洒，肆意纷飞，在冷风中划出美丽的弧线。

不知道为什么，霍嘉鲜突然有点儿想哭。

也许……也许是因为这一刻实在太过温暖了吧，以至很多很多年以后，霍嘉鲜仍然能清晰地记得这一刻的感动。

这是她打职业赛的第一年，妈妈刚刚离开她的第一个冬天。

她十九岁的生日，所有朋友陪伴在自己身边。

这也是贺随——这个从今往后她最爱的人——和她在一起的第一天。

贺随在直播间官宣这件事着实在各大平台和论坛上引起了一阵轩然大波。

毕竟这段时间，小仙女所受的非议实在太多，TT 又处在被人质疑的低谷期，怎么看他们都不应该在这时候搞出这种新闻来。

职业女选手太少太少，小仙女横空出世，长得漂亮，技术又好，本来就承受了很大的舆论压力。

PGC 的失利更是把她推上了风口浪尖。

在这节骨眼儿上，霍嘉鲜忽然又和同队的明星选手谈起了恋爱。

外头议论纷纷，人们说，从今往后估计 TT 就要开始走下坡路，随神已经完蛋了。

不过类似的话，也没人敢拿到贺随面前说。

毕竟贺随从刚打职业赛开始，脾气就一向不大好。

但凡有人在他面前说霍嘉鲜不好，他是来一个骂一个，来两个骂一双，不动手已经是他最大的恩赐。

然而作为明星选手,贺随的人气实在是太高了。

别的不说,就说他自己在直播间官宣和霍嘉鲜在一起的那晚,没过多久,"随神、小仙女官宣"的话题就冲上了热搜,他直播间里的热度也直接突破千万,创下了海鲜TV的流量纪录。

就连霍凛也听说了这事,还专门打电话来问霍嘉鲜这到底是怎么回事。

彼时,霍嘉鲜正在直播,一边啃着苹果,一边接起自家哥哥来势汹汹的电话。

"喂,干吗啊,哥?"

"怎么回事?"霍凛十分严肃,"我都不用看热搜,好几个朋友就跑过来通知我了,你什么时候和贺随在一起了?我竟然是最后一个知道的?!"

"呃……好像是的。"霍嘉鲜诚实地说道,"对不起啊,哥,你太久没给我打电话了,我都忘了你了。"

霍嘉鲜直播间的水友快被她这一副吊儿郎当的态度笑疯了。

"有男朋友就忘了哥,仙哥实惨!"

"哎,好奇呀,原来小仙女有个哥哥?"

"听小仙女哥哥的语气,似乎他对贺随观感不怎么好啊?"

"要我我也观感不好啊,霍嘉鲜才加入TT几个月,贺随就把自家妹妹骗到手了,还让自家妹妹忘了有他这个哥。"

"我好想知道贺随会怎么搞定这个大舅子,哈哈哈哈。"

霍嘉鲜瞥了一眼弹幕,提醒:"哥,我在直播,你说话稍微注意一点儿,别被人嘲笑了。"

"嘲笑?"霍凛咬牙切齿地说,"我妹妹被人骗走了,而且我是最后一个知道的,我快被我的朋友嘲笑死了!我还怕你直播间的那些人?!"

弹幕又刷了一片"哈哈哈哈哈,心疼"过去。

"好了,别气了。"霍嘉鲜语气敷衍地安慰道,"我的直播间里的漂亮妹妹们在安慰你,你好歹注意点儿形象。"

她提到漂亮妹妹们,霍凛总算收敛了些。

他轻咳了一声,摆出一副家长的样子,问霍嘉鲜:"你什么时候带他回家来见我？"

他话音刚落，训练室的门被打开，贺随刚好从外面进来，路过霍嘉鲜的电脑桌前。

看见霍嘉鲜正对着自己傻兮兮地笑个不停，贺随也笑了，问了句："笑什么？"

"我哥问你什么时候去见他。"霍嘉鲜指了指手机，冲他做了一个"你别理这个傻子"的表情，但是她的语气是认真严肃的，"嗯？随神？你说呢？"

贺随看了眼弹幕助手，基本上能猜到刚才发生了什么。

霍凛那边有些吵。他没听清楚这边在说什么，更不可能听到贺随已经走到了霍嘉鲜身边的声音。

他还在大声地问："哎？你在和谁说话呢，嘉鲜？我可是在问你呢，你到底什么时候带他回家来见我？"

霍嘉鲜的手机似乎被另一个人接了过去，随后，听筒里响起一个低沉的男声。

"哥。"

霍凛愣了一下："你是谁？"

贺随的语气很平静："我是贺随。"

镜头前，霍嘉鲜的脸因为憋笑憋得太用力，已经十分扭曲了。

偏偏霍凛还在那边摆家长姿态呢："哦，那你什么时候来见我？我没同意你们在一起之前，你最好先离嘉鲜远一点儿！"

"这件事，恐怕哥你没办法帮嘉鲜做主吧。"贺随意有所指地说，"上次我听嘉鲜说，你还挺喜欢玩《王者荣耀》的？"

霍凛一脸蒙。

他虽然喜欢玩，但是他的游戏水平很垃圾啊。王者段位都需要别人拖着他，他才能勉强上，更别提到能去打巅峰赛的程度了。

他听这小子的语气，看来对方是知道自己是什么水平了？

他妹妹真是把他的什么底都透出去了。

"怎样？"霍凛警觉地问，"你想怎样？"

"哥，你别这么紧张啊。"贺随笑了笑，"我好歹打了这么多年职业赛，除了《绝地求生》，其他游戏的选手也认识几个嘛。有空我介绍你和他们玩一下，随随便便搞个国服什么的？"

霍凛无语。

"哈哈哈哈，随随便便搞个国服。"

"我已经能感觉到小仙女的哥哥内心在疯狂动摇了！"

"笑死我了，心理学大师贺随。"

"随神已经成功拿捏到了哥哥的软肋。"

"哥哥内心独白：他好懂我！"

霍凛那边没说话，贺随又紧逼了一步："怎样，哥？"他的语气透露着几分闲适与懒散，"你给句话呗？"

霍凛半天憋出两个字："可以。"

"那就这么说定咯？等会儿你加一下我的微信，我把他们的联系方式传给你。"

霍凛已经彻底泄气，声音和善了许多："好的，谢谢。"

"没事。"贺随的眼里带了几丝狡诈之色，"那哥，我们下次见。"

"行。"

两个人挂了电话。

霍嘉鲜看了一眼弹幕助手，全是在哈哈哈哈笑的，简直一片和睦。

"哥哥：这个贺随竟然要给我弄个国服？那我暂且忍一忍他。"

"我要笑吐了！小仙女，下次你带随神见家长的时候，记得开个直播什么的，让我们饱饱眼福吧！"

"小仙女的哥哥的段位完全比不过随神和小仙女啊！他完全被随神和小仙女玩弄于股掌之间，哈哈哈哈。"

"好了。"贺随将手机还给霍嘉鲜，亲昵自然地揉了揉她毛茸茸的脑袋，"你哥应该不会再对我有意见了，我还可以成功加上他的微信。"

霍嘉鲜由衷地竖起大拇指，点头称赞："高！实在是高！"

新年很快就到了。

明明霍宅离基地很近，但一直挨到除夕前一天，霍嘉鲜才磨磨蹭蹭地回了家。

TT 一队的队员里，除了霍嘉鲜和贺随，其他是外地人，所以他们早就回家去了。

过年的这十天算是他们一年中仅有的可以放松的假期，跳跳虎他们早就说好，这段时间不打《绝地求生》，不直播，就准备在家瘫完整个假期。

霍嘉鲜也是这么想的。

霍父过年的时候还要处理公司的事情，一般是哥哥和霍嘉鲜一起过年。今年因为母亲过世，哥哥要出国处理海外公司的事情，也没办法回家。所以，严格地说，今年的春节，就是她一个人过了。

尤喜刚到美国，知道自己孤苦伶仃的小可怜要自己过年，心疼得很，直说霍嘉鲜怎么不跑去和贺随一起过年。

霍嘉鲜撇了撇嘴，表面上很是不介意："怎么了？又不是一个人过不了，我无所谓的。"

但到底有没有所谓呢？也只有她自己心里清楚。

然而，贺随一直没说要让她一起过来过年，霍嘉鲜觉得大概是他家里不太方便，所以就没多问。

除夕那天晚上，霍嘉鲜给家里的阿姨早早放了假，自己随便做了些吃的。

上回在西雅图做炒面的惨状还历历在目，这次她再接再厉，继续做了一锅难吃的面条出来。

"啊……"只吃了一口，霍嘉鲜就差点儿破口大骂自己，"这么难吃，上次他们还吃完了？！他们就这么怕贺随啊？"

说到最后，她自己又笑了起来。

也不知道为什么，似乎她和贺随在一起之后，脾气好了许多。

吃完晚饭，霍嘉鲜躺着刷了一会儿手机，看着电视里热热闹闹的晚会，明明之前自己和尤喜说好不会觉得难过的，但是真的到了这样的时刻，还是会觉得有点儿孤单寂寞。

外面那么热闹，但这些热闹与她无关。

她打开微信，给贺随发了好几条消息。

我男朋友天下第一帅："男朋友在干吗呢？"

我男朋友天下第一帅："我有点儿想你了。"

我男朋友天下第一帅："你们家里是不是很热闹呀？"

我男朋友天下第一帅："今晚我自己炒了面条吃，还是好难吃哟，我都想出去吃肯德基了。"

我男朋友天下第一帅："你在陪家人玩吧？不用回我啦，玩得开心！我自己去开个直播好啦！"

消息发出，霍嘉鲜却没有立刻起身开直播。

她依然躺在沙发上等了一会儿，已经过去十几分钟了，贺随还是没给她回音，看来他是真的很忙。

霍嘉鲜叹了口气，反观自己家冷冷清清的别墅，有一种无与伦比的孤独感。

她慢吞吞地上了楼，慢吞吞地开了电脑，慢吞吞地上了播，慢吞吞地和水友们打了一个招呼。

"嘿，大家新年好呀。"

霍嘉鲜的语气里没什么精气神，水友们一看就知道她心情不佳。

大概是除夕的缘故，大家都在打牌、玩游戏、看春晚，直播间里的人比平时少了一些。

霍嘉鲜也没看弹幕，直接就挂上加速器，上了《绝地求生》，开始一晚上的自闭单排之旅。

她跳了军事基地，直接就开始收割人头。

一局十二个人头，她成功"吃鸡"。

"杀气好重啊，小仙女，是贺随惹你生气啦？"

"我怎么觉得有一种'老娘一夫当关，你们全得死'的气势？"

"仙女加油！！"

"新年快乐呀，仙女妹妹。"

"谢谢兄弟们的礼物。"霍嘉鲜看了一眼弹幕，也懒得一一感谢礼物了，"今晚我忽然觉得有点儿没意思，要不你们发弹幕问我问题，我来挑一些问题回答吧。"

"问一下小仙女和随神是谁先开口要在一起的呀？我觉得随神好像不是那种会先开口的人。"

霍嘉鲜对着弹幕笑了一下："谁先开口说在一起的？当然是他咯。"

"贺随竟然会先开口？我完全想象不到！"

"对啊，我也想象不到！！我感觉贺随是那种会暗暗等着你先开口，但他就是死不开口的人！"

"那你到底喜欢贺随哪点啊？我感觉他除了长得帅、枪射得稳之外，也没什么优点了啊！"

霍嘉鲜冷静地在直播间公屏上加了一排大红色的字"文明直播间"，随后才慢悠悠地回了这位热心水友的疑问。

"他还有什么优点啊？我确实不太想得出。"霍嘉鲜卖了一个关子，又狡黠地笑了一下，"不过我生日那天，他送了一辆跑车给我，我感觉还挺心动的。"

"直播间里是不是混进什么奇怪的东西了？开始不文明了，我觉得小仙女很真实、很可爱啊，而且小仙女明显就是在开玩笑。"

"可以，我对这个回答很满意。"

"别的我不知道，但贺随是真的有钱！"

"哈哈哈哈哈哈，我好想看跑车！小仙女什么时候发张照片呗？"

霍嘉鲜随和地笑了笑："当然可以，就在基地院子里停着，过年以后，我回去发微博呗。"

有时候和水友们聊天就和朋友们聊一样，霍嘉鲜觉得心情都好了起来。

时间过得很快，马上就到了 11 点，快到跨年的时间了。

这时候霍嘉鲜才想起来自己好久没看手机了。她翻了翻微信，赫然发现贺随早就给自己发了一条消息。

TT_suishen："下来给我开一下门。"

发消息的时间是两小时前。

霍嘉鲜无语。

她连直播间都忘了关，直接抓起手机就往楼下跑去，边跑还边给贺随打了一个电话。

过了足足半分钟，那边的人才接起电话："喂？"

男人的鼻音有些浓，声音也哑哑的，低沉又勾人。

霍嘉鲜三步并作两步跨下楼梯："你来过我家啦？现在你还在吗？"

贺随轻轻笑了一下："你觉得呢？"

她两个小时没看到消息，现在贺随应该走了吧？

想到这里，霍嘉鲜就有些委屈，叹了口气，埋怨道："你怎么不给我打电话呀？我现在才看到微信消息。要是你当时就给我打电话，我肯定立刻下来给你开门了呀！"

贺随："我看灯没开，怕你睡着了。"

"哪有呀？我肯定没睡啊！我给你发了那么多条消息，肯定是很想见到你的呀，你过来了，就应该第一时间给我打电话的！"

霍嘉鲜的声音越来越大，少女娇滴滴的抱怨声没有任何杀伤力。她打开大门，院子外面果然空荡荡的，什么人也没有。

"你还不如不给我发消息呢。"停顿两秒，霍嘉鲜的声音里忽然涌上哭腔，"你不给我发消息，我就不知道你来过又走了。我不知道你来过又走了，也就一点儿都不会难过了。"

"谁说我走了？"电话那头的男人似乎愣了一下，随即笑意更浓，磁性的声音透过电波信号，一点点地传了过来，"我没走呀，一直在你家门口等你。"

霍嘉鲜刚刚还盈满眼眶的泪水瞬间消失不见。

她探头再三确认，但还是没看到院子外有人。

思虑十秒，她想到了一种可能性。

"贺随……"她终于冷静下来，"我家的门牌号是18b。你是不是……找错了？"

贺随抬头，看着自己眼前那个大大的"16b"。

怪不得整栋别墅的灯黑着，他还以为霍嘉鲜睡着了，都不敢给她打电话。

"18b是吧？"贺随笑了笑，"我过来了，女朋友，等我。"

第十一章

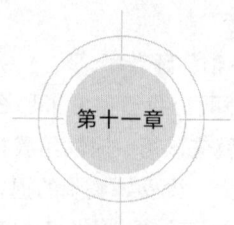

新年愿望

看见贺随的那一瞬间,霍嘉鲜还觉得有些不真实。

"你怎么过来啦?"她的耳朵有些红,"想我啦?"

"嗯。"贺随捧着她的脸轻轻亲了一下,重复了一遍,"想你了。"

霍嘉鲜感受到他手心冰凉的温度,有些担心:"你在外面等了这么久,肯定很冷吧?"

"还好。"贺随手一动,忽然钻到了霍嘉鲜的后颈下,"焐一焐就不冷了。"

"啊……"霍嘉鲜被突如其来的冰凉触感激得一哆嗦,大笑着往后躲,"喂喂喂,你轻点儿!手往哪里放呢你?"

两个人打闹了一阵,不知不觉就坐到了沙发上。

贺随的手越来越不老实,左手伸进霍嘉鲜的羊绒衫下,掐了一把她的腰,然后他将头埋在她的后颈处,声音闷闷地说:"女朋友,我真的好想你。"

"想什么想?"霍嘉鲜也把头搭在他的肩上,"我昨天才离开基地呢,我们才分开多久?"

"我不管。"

不知怎么的,贺随的声音让霍嘉鲜想到了那种乖巧的小狗趴在自己脚边撒娇的感觉,有着毛茸茸的质感。

"反正就觉得很久很久没见你了。"

霍嘉鲜半天没说话,忽然往后一仰,很轻地啄了一下贺随的嘴角。

贺随愣了一下,立刻不依不饶地回亲了一下。

霍嘉鲜又在他的另一边嘴角印了一个吻。

这回贺随也没客气,直接轻轻捏住霍嘉鲜的下巴,深深地吻了上去。

两人意乱情迷之间,气氛渐渐变得有些暧昧。

霍嘉鲜被困在沙发一角,被吻得微微喘息,一只手死死抓着贺随的衣服,像一条浮出水面的鱼,渴望着可以让她重新自由呼吸的湖水。

远远地,隐隐约约有烟花在半空炸裂的声音传来。

霍嘉鲜微微抬高了脖颈,任由男人在自己的身体上烙下只属于他的印记。

屋里的温度渐渐攀升。

没有人说话,在这种时刻,语言根本就是多余的。

不知什么时候,贺随的外套已经滑到了地上,霍嘉鲜一只脚踩在上面,只觉得身体虚浮在空中,根本没有支点,只有眼前这个男人,才是自己唯一可以抓住的浮木。

咔嗒一声,忽然之间,霍嘉鲜常年在游戏里听音辨位的耳朵敏锐地听到了大门那边传来的一点儿动静。

贺随当然不可能没听到。

他愣了一下,哑声问:"这是什么声音?"

霍嘉鲜忽然反应过来什么,低咒一声,连忙把贺随从自己身上推了起来。

她在沙发上坐正,随手把凌乱的头发拨弄整齐,眼睛死死盯着玄关。

"他们和我说,今晚不回家的,现在怎么突然回来了?"

"谁?"

霍嘉鲜:"我哥或者我爸,我不确定是谁。"

玄关的灯亮了又灭,那人很快走到了客厅,脸上挂着喜气洋洋的笑容。

"Surprise（惊喜）！"霍凛兴奋地道，"嘉鲜，是不是很惊喜呀？我特意提前办好事情，赶在今晚回来陪你守夜，是不是很惊……"

霍凛"喜"字还没说出口，声音戛然而止。

他看清楚沙发上坐着的男人后，脸上喜气洋洋的神色直接一百八十度大转弯。

"贺随？！"

"嗯。"贺随坐得笔直，"新年快乐，哥。"

霍凛看了看霍嘉鲜，又看了看贺随，警惕地问道："你在我家干什么？"

贺随指了指电视机，镇定自若地说："看春晚。"

虽然霍凛怨气值满满，但还是没再说什么，扔了行李箱就坐到另一侧的沙发上。

他屁颠屁颠地从大洋彼岸飞回家，本来想给自家妹妹一个惊喜，但是没想到家里竟然还有一个不速之客，而且是自己观感并不怎么好的那个人，所以他的脸色自然没好到哪里去。

霍嘉鲜看出她哥有点儿想杀人的样子，就又是倒水，又是洗水果，总算让霍凛的态度好转了一些。

当着她哥的面，现在霍嘉鲜还不太敢和贺随有什么出格的举动。

两个人规规矩矩地并排坐在沙发上，一起陪着霍凛看春晚。

大概是最近真的有些累了，霍嘉鲜都没有意识到自己竟然不知不觉地靠在贺随身上睡着了。

好像也没过多久，她迷迷糊糊地被贺随叫醒了。

"嘉鲜？"

霍嘉鲜"啊"了一声，迷迷糊糊地睁开眼睛。

"嘉鲜。"见她终于醒来，贺随在她耳边轻轻说，"快到12点了。"

12点，马上就要跨年了。

"我哥呢？"

霍嘉鲜吃力地想从贺随身上撑起来，却被贺随反手半搂在怀里。

"嘘。"他轻声道，"你哥睡着了。"

他的手指了指沙发的另一角，霍嘉鲜顺着他指的方向看了过去。

果然，大概是因为东西半球轮着飞太累，霍凛早就静静地歪在沙发上昏睡过去了。

她哥平时看起来咋咋呼呼没个正经样子，现在真的睡着了，反而是一派矜贵公子哥的模样，倒让人觉得他长得还挺好看的。

霍嘉鲜悄悄给他盖了床被子。

她看了一眼时间，离跨年只有不到十分钟了，于是转过脸，用眼神示意贺随要不要叫她哥起来，贺随摇了摇手指。

"让你哥睡会儿吧。"他轻声在霍嘉鲜耳边呵气，惹得她整个人一阵酥麻，"我们出去？"

霍嘉鲜点了点头："好。"

两个人蹑手蹑脚地出了门，又轻轻将大门给关上。

呼吸到外面的新鲜空气的那一刻，霍嘉鲜才总算是松了口气。从小到大，她本来就比较怕她哥，现在又加上一个贺随，家里简直堪比修罗场，吓得她大气不敢喘一下。

现在两个人偷偷摸摸地跑出来跨年，感觉刺激又欢愉。

虽然已是深夜，周遭寂静一片，但梅园公馆内的一栋栋别墅里依然灯火通明。

霍嘉鲜家的地势稍高，站在院子里俯瞰下去，只觉得红尘万丈烟火，使人心里充盈着俗气的幸福感。

她和贺随并排站在围栏边，静静地看着这个世界。

夜风有些冷飕飕的，她整个人裹在羽绒服里，笨拙得像只熊，连头发丝都被冻得在颤抖。

贺随看到了她瑟缩的模样，笑了笑，往后退了一步，帮她挡住风口吹来的凉风。

今晚的夜色和那次比赛去的西雅图相比，实在逊色许多。

大年三十的月亮，淡得只在夜空里留下一点儿虚无的影子。紫罗兰色的夜幕微垂，星光稀疏而暗淡。

明明是这样一个普通的晚上，霍嘉鲜却觉得特别特别开心。

在西雅图的时候，她心里是绝望、痛苦、愤怒的情绪；但是回到梅园公馆，俯瞰这座熟悉的城市，她心里只感到无比宁静。

她何其有幸，此时此刻，身边站着的竟然是她一直以来最喜欢的人。

霍嘉鲜边趴在围栏上看夜景，边把冻得冰凉的手放在唇边拼命哈气，想要把手掌焐热。

贺随看到这一幕，低笑了一声，直接拽过她的手放到了自己的口袋里。

"怎么这么冰？"

"还好啦。"

贺随的动作来得突然，霍嘉鲜先是愣了一下，随后忽然想到了什么，圆圆的鹿眼一弯，一个人在一边傻乐。

贺随瞥她一眼，也不觉笑意更深："你笑什么？"

"没什么。"霍嘉鲜憋住笑，拼命摇头，"就是突然觉得想笑。"

"笑我？"贺随挑了挑眉。

"没没没，怎么敢？怎么敢？"霍嘉鲜连连摆手，"笑我自己，笑我自己。"

她用另外那只手掏出手机，趁贺随看向远方的时候，偷偷摸摸地拍了一张他握着自己的手，帮自己取暖的照片，然后给尤喜发了过去。

我男朋友天下第一帅："天哪，我稍微表现出来我有点儿冷，他就把我的手拉过去放到他的口袋里去了。有男朋友真好。"

尤喜的消息回得很快。

秀恩爱的给爷爬："霍嘉鲜，你是不是想死？"

秀恩爱的给爷爬："你这不叫杀人诛心叫什么？嗯？"

我男朋友天下第一帅："就是和你分享一下有男朋友的感觉嘛！"

我男朋友天下第一帅："在新的一年来临之际，霍嘉鲜携贺随给您拜个早年！祝您新的一年桃花朵朵开，成功找到男人，最好是那个叫跳跳虎的憨憨！"

秀恩爱的给爷爬："霍嘉鲜，你变了！你再也不是从前那个和我一起在柠檬树下相依为命的姐妹了！"

秀恩爱的给爷爬："难道你忘了吗？曾几何时，你在微博上看到这种男生给女朋友暖手的事，还会对着我说恶心好恶心！你现在怎么了？嗯？"

我男朋友天下第一帅："对的呀。我就是突然想到这事，才觉得很好笑。"

秀恩爱的给爷爬："有什么好笑的？"

我男朋友天下第一帅："笑我当年太年轻、太天真，不懂这事有多么美好、多么幸福。"

秀恩爱的给爷爬："……"

秀恩爱的给爷爬："滚。"

霍嘉鲜一个人捧着手机笑得开心，这一举动终于把贺随的注意力拉了回来。

他斜睨着她，问："怎么回事，笑这么傻？"

霍嘉鲜把手机递过去给他看。

贺随对着手机屏幕看了半天，一直没说话。

霍嘉鲜一开始还在笑，后来笑容有些凝固，小心翼翼地问了一句："那个……你是不是不希望我这么高调呀？"

"没有。"贺随把手机还给她，揉了揉她的脑袋，"我只是没想到你这么喜欢我，所以多看了几遍。"

霍嘉鲜接过手机，一脸问号。

"什么叫没想到我这么喜欢你？"她嘴里小声嘀咕，"我一直很喜欢你呀，你不知道吗？"

"但是你在直播的时候很少提到我。"停顿数秒，男人的声音自她的头顶落下，微哑的嗓音里似乎还有几分罕见的委屈，"而且最近连和我双排的时间都少了。"

霍嘉鲜自己都没注意到这些。

这男的竟然还一直记在心上？

见到她错愕的神色，男人亲昵地捏了捏她的下巴，笑道："我看到你这么和尤喜说，很开心。"

"啊……"

霍嘉鲜有些呆愣愣地看着眼前这个男人，似乎根本没有想到这些话会从他的嘴巴里说出来。

不远处，广袤无垠的夜空之上忽然一亮，一朵接一朵地绽放出绚丽而璀璨的烟花。

钟声袅袅，灯光灿灿。

"新年到了。"贺随扭过头，看向城市繁华的夜景，"宝贝，新年快乐。"

"新年快乐。"

"我的新年愿望是,希望以后你在直播的时候,能像刚才那样,告诉全世界你喜欢我。"

贺随微微侧过脸看向霍嘉鲜,勾了勾嘴角:"你呢?"

他的瞳孔里映着漫天绚烂的烟火。

霍嘉鲜愣了愣。

"啊,我的新年愿望……"半晌,她轻轻道,"我的新年愿望是大家能平平安安的,而我喜欢的你也能在每一天比前一天更喜欢我一点点。"

少女的声音很轻,温柔得不像话,好像很快就消弭在风中,也好像被疾风吹得飘飘扬扬,渐渐带到了很远很远的地方。

凌晨1点多,霍嘉鲜好不容易送走了贺随,慢吞吞地进了别墅,霍凛还躺在沙发上睡觉。

她把电视关了,又把地暖的温度调高了些,随后上楼,回到自己的房间里。

一进房间,霍嘉鲜才发现刚才下去给贺随开门的时候,自己竟然忘了关直播!

可怜的几十万水友对着她空空荡荡的房间,从去年到今年,整整看了一年。

霍嘉鲜三步并作两步,一下子蹿到镜头前面,给大家道歉。

"对不起!对不起大家。"她边对着镜头,边理了理被风吹乱的头发,"刚才我有事走开一下,忘记和你们说了。"

"看到小仙女一眼就行了,我去睡觉了,大家新年快乐。"

"新年快乐,小仙女!刚才你去干什么了呀?我都等你一年了!"

"就是啊,下次有事和我们说一声啊,别让我们干等着。"

"又一种混直播时长的方法,大家学会了吗?"

"哈哈哈哈哈哈哈哈哈,我也觉得她就是在混时长,而且混了一年的时长!"

"所以刚才小仙女是去和谁跨年了吗?她突然丢下我们就跑!太没良心了!"

"体谅一下，大家体谅一下。"霍嘉鲜轻咳一声，"刚才是随神来找我练了一会儿枪，时间有点儿久，大家体谅一下。"

众水友看着霍嘉鲜直播间公屏上那排大大的"文明直播间"几个字，一下子炸开了锅。

"超管呢？超管在哪里？快过来把这个直播间封了！"

…………

面对着满屏的控诉，霍嘉鲜笑眯眯地把那排红色的"文明直播间"几个字给删除，随后无情地下播。

"有点儿累了，大家晚安哟。"

众水友沉默了。

这是妈妈走后的第一个新年，霍嘉鲜却过得格外幸福。

要回基地的前一天，贺随难得没跑来找她。

他说自己有个惊喜要送给霍嘉鲜，专门要去准备一天。霍嘉鲜缠了他很久，但贺随一直守口如瓶，不告诉她到底是什么惊喜。

那一天，霍嘉鲜觉得时间过得特别慢。

第二天，她6点就起床，直接开车去了望山，照例要把车停到冯曼若的别墅里。

冯曼若再一次被自己这个宝贝妹妹在清晨吵醒，但又不舍得发脾气，只是怨气极深地出来帮她开了车库门。

"你们基地就没地方能停车？"冯曼若打着哈欠抱怨，"你这车总偷偷摸摸地在凌晨停到我家来，到时候我邻居还以为我养了一个什么野男人呢。"

霍嘉鲜："哎呀，姐，这不是我哥还没恩准我告诉我那些TT的朋友我是谁吗？要是他们看到我开这辆车，那我的人设不全崩啦？"

"崩崩崩，左一个人设，右一个人设的，也不知道你在怕什么？"冯曼若随口说道，"你妈也走了有一阵了，这事让他们知道也没关系吧？公司的事也差不多尘埃落定了。"

话刚说完，冯曼若就觉得自己有些说错话了，连忙收回："哎，嘉鲜，刚才我脑子有些不清楚，你别放在心上啊。"

"没事。"见到她姐那副紧张的样子，霍嘉鲜反而笑了笑，"没事的姐，我已经没那么难过了。"

冯曼若仔仔细细地看了她半天，确定霍嘉鲜应该不是强颜欢笑，心下松了口气，感慨："你在 TT 确实挺好的。我感觉他们让你变了不少。"

霍嘉鲜好奇："我变了吗？哪里变了？"

"就是……就是和以前不太一样了。"冯曼若笑着摸了摸她的头，"你不知道，你妈妈的事出了以后，我们所有人最担心的就是你了。我们真的没想到，你还能坚持打完比赛，而且打出了那么好的成绩。"

霍嘉鲜没想到冯曼若会这么说。

"我坚持打完比赛，让你们觉得很惊讶吗？"

"对呀。"冯曼若递给她一个理所应当的眼神，"你不知道，原来的你呀，就是一个叛逆少女，小刺儿头精。当时你哥还和我说，要是被你发现他在骗你，估计你会立刻弃赛回国，甚至可能不打职业赛了。"

霍嘉鲜轻轻地"啊"了一声。

"但是这次比赛呀，我们所有人看到你已经长大了。"冯曼若笑得和她妈妈有几分相似，"嘉鲜呀，你是不知道你最后那几枪有多帅。我旁边好多朋友不知道你是我妹妹，天天给我发那个视频看，说你内心好强大，未来可期。"

"真的吗？"霍嘉鲜微微垂下脸，低声问了一句。

"当然啦。"冯曼若笑着帮她理了理刘海儿，"好啦，你准备准备，快去基地开始新的一年吧。"

霍嘉鲜到 TT 基地的时候，差 2 分钟 8 点。

太早了，根本没有人来，她是第一个到的。

训练室还和去年他们离开的时候一样，地上散落着零食包装袋，外设乱七八糟地堆在桌上。

霍嘉鲜拉开窗帘，捏着鼻子犹豫了一会儿，还是下楼去拿了拖把，里里外外地把基地打扫了一遍。

否则她实在是没办法待下去。

9 点多，直播间的水友还不是很多，也很少有主播选择在这个时候直播。

霍嘉鲜反正也是想着混时长，用的也是小号，上播之后没怎么说话，直接开练。

不过因为她满脑子在想冯曼若的那番话，开游戏之后，都忘了点不自动匹配队友，以至她进入游戏，站在素质广场上半分钟了，还没发现自己竟然还有三个队友。

对方是一女两男。

霍嘉鲜皱了皱眉，把自己的麦关了，没说话。

她玩游戏一向喜欢单人四排，和贺随、跳跳虎他们一起排位还好，和陌生人排位的话，就控制不住地想骂人。

人多话多，她听着也烦。所以从开始做主播至今，她连水友赛都没有办过。

更何况上次在曼谷，就因为她一时心软宠粉，匹配三个路人，结果就遇到了草妹那三个人，理都不想理他们。

从那儿以后，她根本就没有和路人匹配过。

所以今天她一跳出来，竟然有队友，直播间的水友也有些震惊了。

"我没看错？今天小仙女竟然和路人四排？"

"还有妹子！小仙女，你为什么要闭麦？和他们说说话呗！"

"兄弟们，我感觉小仙女是点错了，你们看现在她的脸好黑哟，她八成是有点儿烦了。"

"我也觉得这女孩儿的声音有点儿烦，听着就想打她。"

"小仙女别生气，带路人'吃鸡'！"

"等一下，兄弟们！！我怎么觉得这ID怪眼熟的？认识的吧？"

"熟人？"

"等一下，这女人的声音好熟悉啊，好久没听到了，我有点儿想不起来了。"

"我怎么觉得二号位是蜜橘？"

"蜜橘？哪个蜜橘？"

"啊啊啊啊啊，我想起来了！这人就是蜜橘！她上次主播对抗赛时阴阳怪气地说过我们小仙女！后来她因为这件事被联盟处罚了！"

"我特地去她的直播间看了一下，对，就是她。"

"三号位、四号位的男的是谁？有谁能科普一下吗？"

"好像蜜橘不能解说之后，就去笔芯开展陪玩业务了吧？这应该是她的客户?"

"陪玩,美女解说也要吃饭啊。"

"坐等老婆带他们'吃鸡'!加油!"

……………

自从大家发现二号位匹配到的路人是蜜橘之后,霍嘉鲜的直播间明显热闹了许多,弹幕多了不少。

毕竟一个是目前《绝地求生》冠军联赛公认的顶级自由人,一个是在别人的首秀上因阴阳怪气地说过别人而被禁赛的落魄女解说。

就小仙女在游戏里那一点就炸的脾气,估计这次直播会很有看点。

霍嘉鲜面无表情地开口:"你们要看我带他们'吃鸡'?"

"对啊!对啊!"

"证明你的实力的时候到了!"

"哇,最近我是真的不怎么努力,虽然我用的是小号,但怎么会和她在一个分段,还匹配上了?"霍嘉鲜有些烦躁地挠挠头,最终还是宠粉妥协了,"可以啊,那我开麦和他们聊聊天。"

耳机里,蜜橘正在和三、四号位的老板聊天。

"嗯嗯,我的技术真的不算太好呢,争取这把不拖大家的后腿,我们吃把'鸡'哟。"

她不好意思地笑了,声音又柔又甜,让人不忍心责备她。

估计那两个男的也不指望"吃鸡",说了句"没事",又开始认真教导她:"小姐姐啊,当时你就不应该冲那么快。你应该先在地图上标点,然后再和我们一起冲的,对不对?我们明明那么好的圈运,如果你不死,我们肯定'吃鸡'了。"

霍嘉鲜撇了撇嘴。

估计这俩男的就是那种天天上笔芯找陪玩小姐姐,然后疯狂教导别人,以此来满足自己的成就感的猥琐男。

就听他们的?这人说得这么专业、这么厉害,怎么还是没有"吃鸡"呢?最后还要怪到队友先死头上?

有一说一,真厉害的人,就算一直只有一个人,如果他想"吃鸡",也还是能轻松吃的。

比如说她。

偏偏蜜橘还对这两个男的言听计从，疯狂地说："对，你们说得对，下次我一定会注意的。"

霍嘉鲜越发火大。

她调整了一下面部表情，打开公麦，轻轻"哇"了一声，声音轻轻的、嗲嗲的，娇柔里带着几分可爱，和平时疯狂吹牛的样子大相径庭。

直播间里的水友们惊呆了。

公麦里安静了一会儿。

大概是霍嘉鲜的声音实在太软、太好听，对方明显愣了好久。

其中一个人先开了口："也是妹子啊？"

"是呀，小哥哥。"霍嘉鲜的声音软绵绵的，显得俏皮可爱，"你们听上去好厉害的样子呢，能不能带我'吃鸡'呀？"

这么萌的一个妹子，一听声音就可爱得要命。

另一个人也忍不住开口："当然啦，妹妹。你就跟着我们，哥哥们带你'吃鸡'。"

"好的呀，好的呀。"霍嘉鲜的声音里满是羞赧的欣喜之意，"那我先谢谢哥哥们啦，期待！期待！"

屏幕后，她对着镜头翻了一个白眼。

直播间里一片欢声笑语，霍嘉鲜的四排公麦里也是此起彼伏的欢笑声。

那两位大哥没想到今天竟然有两位妹子作陪"吃鸡"，高兴得不行，纷纷在飞机上摩拳擦掌，表示自己一定会护两位妹妹周全。

蜜橘没说话，霍嘉鲜先咯咯咯地笑了："那我先谢谢哥哥们咯，我想跳皮卡多呢，哥哥们可以带我跳那里吗？"

现在他们玩的是米拉玛沙漠地图，皮卡多是米拉玛的中心位置，也是堪比自闭城的一级跳点，人非常多，落地就得刚枪。

如果技术稍微次一点儿的人跳皮卡多，十个里面有九个不可能活着走出那里。

那两个男的一听，明显也愣了愣。

"啊，小妹妹啊，你是不是没怎么玩过这个游戏？"A男开口道，"皮卡多人太多了，还是算了吧。"

"就是啊，美女。"B男附和，"前期我们还是要谨慎一点儿，别这么硬上嘛,找个偏远的野点发育,活到决赛圈,'吃鸡'的概率就很高啦。"

A男"嗯"了一声,扭头又去问蜜橘:"好不好呀,小姐姐?"

蜜橘当然不可能反对。

霍嘉鲜失望地"哦"了一声,叹了口气道:"我还以为小哥哥们很厉害,不论我们跳哪里,你们都能带我'吃鸡'呢。那好吧,算啦。"

霍嘉鲜的尾音拉得很长,拖着长长的叹息声。

这两个男的假装没听出她话语背后的阴阳怪气,静默了两秒,又开始七嘴八舌地和她套近乎。

"美女,你多大啦?"

"小妹妹,听你的口音,你是南方人啊?"

"你玩游戏多久啦?等会儿加个微信呗,以后你上线就让哥哥们带你飞。"

镜头前的霍嘉鲜已然一副"地铁老人看手机"的表情。

她撇了撇嘴,开始信口胡扯。

"我今年刚上初中,才玩这个游戏不久呢。哥哥们真的可以带我吗?真的不会嫌弃我打得烂吗?"

"当然不会!"A男义正词严地说,"我玩多了游戏,现在对输啊赢啊什么的,已经不在乎了,玩得开心就好!"

"就是呀,小妹妹。"B男笑得更加猥琐,"你放心吧,哥哥们肯定不会骂你的。"

喊,明明刚才他们还在怪蜜橘打得不好,骗谁呢?

霍嘉鲜"嗯"了一声,乖巧地点了点头,懒得再说话了。

落地野区发育,霍嘉鲜一路上没作什么妖,就老老实实地跟在队友身后默默捡装备。

那俩男的也很想表现自己,看到人就埋伏着,打别人个措手不及——在这个段位,这倒也不失为一个好办法。

很快,四个人就到了决赛圈。

霍嘉鲜这一整局没开过枪,更别说拿到什么人头了。

大部分时间,她看到人总是惊慌失措地叫一句"啊啊啊啊,有人,救命",然后就安心地躲在队友身后。

反正他们没死更好，死了的话，也不影响她"吃鸡"。

中途她还闭了一会儿麦，悄声对直播间的水友说："哎，有一说一，我觉得这种感觉真的蛮不错的。"

"装软妹装上瘾了？"

"一时间，我竟分不清你这是在阴阳怪气，还是在说心里话。"

"当然是说真的咯。"霍嘉鲜理所当然地点了点头，"你看，敌人有人打，物资也不用分给别人。我总算体会到被带的快乐了，只可惜平时没人带我啊。"

"小仙女你在说什么屁话？"

"你当我随神死了吗？还没人带你？"

"我觉得小仙女在暗地里炫耀是怎么回事？"

"贺随不带你？他敢不带你？每次你们双排，不知道是谁冲得更快！"

"有一说一，是小仙女你自己没给贺随表现的机会啊。"

"好的。"霍嘉鲜认真地采纳了水友们的意见，"那下次我和他双排的时候，就勉强给他一个表现的机会好了。"

眼前这局游戏已然到了决赛圈。

A男正在认真讲解："妹妹，到决赛圈了，现在我们人多优势大，你不要怕，看到人就告诉我们，自己藏好就行。你保护好自己，我们绝对能'吃鸡'！"

"好的、好的。"霍嘉鲜虚心点头，看到屏幕上面掠过的一个人影，立刻听话地大喊，"啊啊啊啊啊，哥哥，那里有人！"

"哪里？！啊，看到了！"

那两个人急匆匆地道，想也不想就开始开枪扫射。

按照霍嘉鲜的经验，在决赛圈，玩家肯定是不能这么打的。她一般会占据高点，明确剩下所有敌人的位置，才会进一步行动。

现在这俩男的冲得也太猛了吧？！

她想也不想，下意识地就往后撤了两步，找到一个小反斜坡，隐藏好自己的身形。

果然，她刚蹲下灌了一瓶饮料，就听见耳边传来一阵激烈的枪战声。

随后,耳机里传来那两个男人此起彼伏的骂人声。

A男:"没人性!"

B男也倒得很憋屈:"远点枪线也太多了,我要没了。"

而蜜橘全程是个跟着他们跑的工具人,自然也很快倒在枪下。

很快,这支刚才还气势高昂的小队就剩下霍嘉鲜一个人了。

霍嘉鲜也不着急,蹲在小反斜坡后面,快速探头查看外面的情况。

所有人的视角切到了她这里。那两个路人男早就急了,你一言我一语,不约而同地开始指责霍嘉鲜。

"刚才你干吗说那里有人,然后让我们冲?真是的!要不是你,我们肯定'吃鸡'了,唉,我没话说了。"

"我也不想玩了。"B男应和,"都怪这个女的,害死我们了。她不会玩,也不敢冲,本来刚才跟着我们,我们肯定能赢呀。"

"就是啊。"A男也很恼火,"我们就是被你害死的。现在你蹲在这里有什么用?"

呵。

果然不出霍嘉鲜所料。

这人头是他们自己送出去的。他们自己技术烂就罢了,怎么反过来怪到她的头上了?

霍嘉鲜算是看得很明白,知道这群游戏玩得不怎么样的男的,平生最爱把锅甩给别人。

反正他们是厉害的,输了怪队友就是。

更何况,这队友还是他们心目中"玩游戏肯定玩不好的女生"。

上一局是蜜橘被骂,这一局变成了霍嘉鲜被骂。

这俩男的还说自己不会生气?

霍嘉鲜的直播间里,那些水友早就被气炸了。

"讲道理,小仙女没给你们来一套'我杀我队友'的操作,已经是仁至义尽了。"

霍嘉鲜早就熟知这些人的德行,相比这些义愤填膺的水友,其实自己根本没什么感觉。

她淡淡地"哦"了一声,打开地图看了一眼新刷的圈。

虽然圈没有刷在脚下,但离得也不远,她应该能绕进去。

那两个男的还在耳机里吵,一开始霍嘉鲜还不想回他们,到后面听得快烦死了,直接粗暴地开口。

"闭嘴行不行?"少女的声音恢复如初,清亮里带着几分不耐烦,"刚才你们自己说的,我保持好自己,这局就能'吃鸡'。我看在这句话的分儿上,带你们吃一局'鸡',现在你们还在这里瞎吵什么?吵得我烦死了,都听不见脚步声了。"

两个男人愣住了。

他们完全不明白,刚才还娇滴滴地叫着"哥哥救命"的女孩子,现在怎么突然像变了一个人似的,这么凶?

说话间,她已经利索地开镜,直接一枪把对面山头上的人狙倒了。

对面的人只露了半个脑袋,就这么没了。

那俩男的愣了半天,才"哇"了一声:"你是不是开挂了?"

"自己打不出来,就怀疑别人开挂?"霍嘉鲜冷笑,"没事,你出去举报我就行,你看蓝洞给不给我封号。"

霍嘉鲜的语文成绩不怎么样,但是在说话这门艺术上,她堪称大师级别的人物。

没过多久,她就已经把这两个男的给说晕了,他们也不知道该怎么回击。

"乖哟。"霍嘉鲜顺手又狙倒一个人,"多学学姐姐的操作,看看以后你们还有没有脸在小女孩儿面前吹牛装大爷。"

A男和B男无语。

电子竞技,强者才有资本。

而这位少女,显然是个高手。

这栓狙,这压枪,这意识,也太厉害了吧?!

他们渐渐安静下来,也不骂人了,就专心看着霍嘉鲜一路操作,顺利吃到了这只"鸡"。

A男心服口服:"你真是女的?没开变声器?这也太厉害了吧。"

"我也觉得啊。"B男怀疑地道,"我还从来没遇到过女的打游戏这么厉害。小姐姐,你有笔芯ID吗?下次我们找你打游戏呗!"

两个人一唱一和,竟然已经完全把整局没怎么说话的蜜橘给忘了,直接在她面前说自己要找别人陪玩打游戏。

"我不陪玩的,谢谢。"对方不骂人了,霍嘉鲜自然而然也就变得随和起来,"你们就是得知道,这个世界上玩游戏玩得好的女生还是很多的。别没事就把锅甩到女的头上,好吗?"

A男和B男唯唯诺诺地应了。

这一局为人师表打得十分顺利,霍嘉鲜结算完,看了一眼弹幕。

"小仙女重拳出击,反响不错!"

霍嘉鲜叹了口气,忽然觉得有些没意思,便说了句"我有点儿事",就匆匆下播了,准备下楼去找点儿东西吃。

只是没想到,她刚走到一楼客厅,大门就被人打开了。

进来的人是贺随。

看见贺随,霍嘉鲜刚才还有些烦闷的情绪一下子消失不见。

一日不见,如隔三秋,她兴奋地扑了上去,用力搂住贺随的脖子,激动地道:"惊喜呢?惊喜呢?你是要送我什么礼物呀?"

贺随被她这么一撞,猝不及防,倒退两步,一下子被霍嘉鲜按在了身后的墙上。

看见小姑娘兴致勃勃的样子,贺随不由得笑了,也没卖关子,直接掀起袖子亮出手腕:"这里是惊喜。"

霍嘉鲜看过去,只见那截瘦削有力的手腕内侧,脉搏跳动的地方,竟然被文上了一串黑色的花体字母,花里胡哨的,很漂亮,就是有些让人眼花缭乱,看不清楚文的是什么。

霍嘉鲜愣了好一会儿,半天才辨认出贺随的手腕上文着什么。

"woshixiaoxiannv。"

是她的游戏ID名,简简单单的,没有多余的修饰。

她根本不用多想,就知道这意味着什么。

贺随把她的ID文在自己的手腕上,就是想告诉她,以后他要永远带着她,让她的名字烙印在自己的脉搏上,随着心脏的跳动一下一下地刻在他的生命里。

只要他没有停止呼吸,她就永远是他身体里的一部分。

因为是刚刚文上去的,手腕内侧的皮肤又特别薄,这行字的圈边全变红了,有些肿,看着就很痛。

霍嘉鲜捧着贺随的手腕看了半天,觉得有些想哭,但又不知道该说些什么。

"哼……"她半天才憋出一个字，可怜巴巴地抬眼看向贺随，声音也软软的，"随神你干吗呀？"

"哦？"贺随玩味似的挑了挑眉，似乎很满意她的反应，"难道你不喜欢吗？"

"喜欢呀，就是……就是你快把我弄哭了。"

刚才还在直播间里冷笑着教别人怎么做人的霸气少女已然消失不见。

听到"弄哭"这个字眼，贺随忽然笑了笑。

"弄哭不好吗？"他搂紧她的腰，"你最好再叫上两声哥哥来听听。"

霍嘉鲜："啊？"

"今天早上，你怎么在直播间叫别人哥哥的？"贺随声音放低，像是在引诱，"叫来听听，嗯？"

史迪进门的时候，正看到霍嘉鲜和贺随靠在墙边，不知道在干什么。

本着绝对不偷窥队员隐私的原则，他迅速别开视线，轻咳一声："哎哟，我这是来得太早了吗？偌大的基地竟然连个人影也没有。"

站在他正前方的霍嘉鲜回过头，一脸蒙。

她脸上带着几分红晕，迅速往后退了一步，笑容尴尬："经……经理。"

"老史。"贺随脸不红，心不跳，还是懒懒散散地靠在墙上，语气冷淡，"今天你难得这么早。"

史迪假装没听出贺少爷语气里的不爽，镇定自若地将手里拎着的一大袋零食放到桌上，一瞬间恢复视力："呀，原来你们两个已经在这里了。"史迪没理贺随，招呼霍嘉鲜："来，嘉鲜，新年第一天，我买了好多吃的来，趁虎仔和冥灭那两个家伙还没来，你先来挑挑看呗。"

霍嘉鲜本来就不是个喜欢吃零食的人，自然不会去和跳跳虎他们抢东西吃。

她笑着摇了摇头，婉拒史迪的好意，说要上楼去练枪。

"这么努力？"史迪满脸怜惜女儿的心疼表情，劝道，"其实你也不用这么紧张,新赛季半个月后才开始呢。如果你是担心直播合同的问题,待会儿我正好要去俱乐部那边开个小会,我和他们说一声,让他们和海鲜沟通一下,把你们的直播合同款项弄得松一点儿。"

霍嘉鲜没想到史迪会联想这么多,连忙摆手:"哎,不是的经理,我……"

"确实。"贺随忽地开口打断她的话,"我也觉得现在合约要求的每月直播时长太多了,我们还是应该把更多的心思放在和队友一起训练上。"

也不知道是不是霍嘉鲜的错觉,她总觉得男人说这话的时候,目光往自己这里飘了不止一下。

行,她选择缄默不语。

史迪愣了一下,总觉得这两个人之间的磁场不太对劲,但具体又说不上来哪里不对劲。不过眼下他急着要赶去俱乐部和高层领导开会,也没时间纠结这个了。

朴实的史经理点了点头,匆匆叮嘱了贺随和霍嘉鲜两句,然后直接离开基地。

而霍嘉鲜乖巧安静得和只小鸡崽一样,小心翼翼地跟在贺随身后,上楼去直播双排。

下午 3 点之前,TT 的其他人也陆陆续续赶回了基地。

过了一个年,十几天没见,大家似乎没有什么变化,但在不经意间,似乎又有了一点儿不同。

跳跳虎套着一件宽大卫衣,还是那副不羁的嘻哈少年样子,不过他的头发已经从绿色染成了奶奶灰,更加走在时尚前沿。

唐葫芦好像胖了一些,憨憨地跟在哥哥们后面,提了一大麻袋东西回来,说全是他们老家的特产,让人觉得他有点儿土,也有点儿可爱。

冥灭的啤酒肚更大了,眼睛看上去更小了。他依然是那副笑眯眯的模样,一进门就开始检查今天到底谁在偷懒,顺便从跳跳虎手里抢了一袋薯片吃。

尼罗看上去是最没什么变化的人,但今天话似乎多了不少,一副兴致勃勃的样子。

霍嘉鲜想了半天才意识到，今天阿霁也会回来，所以大家好像比之前开心了不少。

然而一直等到暮色四合，别说阿霁了，连史迪都没有回来。

几个人在百无聊赖地直播打排位赛，跳跳虎连午饭都没吃，就是要等阿霁来，然后一起去吃海底捞的。

结果过了7点，基地都没什么动静，他实在饿得不行，下播叫了一份炒粉外卖，蹲到一旁边吃边刷了一会儿微博。

霍嘉鲜正和贺随、尼罗一起排位，正好吃了一把"鸡"。

进入结算页面后，她伸了一个懒腰，正要问跳跳虎吃完要不要一起来，就听见身后的男生非常夸张地"哇"了一声。

"怎么了，虎仔？"霍嘉鲜扭头看去，揶揄了一句，"有人对你表白了？"

"不是啊。"跳跳虎抬头看了看霍嘉鲜，犹豫了一下，问道，"嘉鲜妹妹，今天上午你直播过？"

"对啊。"

"你排到了那个蜜橘？还有两个男的？"跳跳虎皱着眉问道，"你还……你还先装作不会玩游戏的软妹，在那两个男的面前疯狂演戏？"

"没错啊。那两个男的太装了，说话还难听，我看不下去就给他们上了上课。"跳跳虎竟然对这一切一清二楚，霍嘉鲜有些奇怪，"不过你是怎么知道的？"

跳跳虎犹豫了一下，最终还是把手里的手机给霍嘉鲜递了过去。

"喏，嘉鲜妹妹，你自己看好了。"这时，跳跳虎还不忘善意地提醒一句，"不过你最好先把直播间关了，否则我怕你一生气，影响不好。"

霍嘉鲜没理他。

她直接抢过手机，只见屏幕上赫然出现的微博页面正上方的微博ID是——有礼貌的蜜橘酱。

就在几个小时前，这位有礼貌的蜜橘小姐点赞了一条微博。

"@BF男友团的掌心小宝贝：今天早上，无意间看到TT那个小仙女的直播。明明平时她就是个说话难听的主播，结果排到蜜橘和两位大哥之后，故意装软妹。也不知道她是要故意恶心蜜橘还是怎么的——那两位大哥明明是和蜜橘一起玩的，但最后的风头被小仙女抢光了。也是蜜橘脾气好，要我我就直接开撕了。心疼蜜橘酱！"

镜头前，霍嘉鲜面无表情地点开这条微博下的几百条留言，随意翻看了一下。

"有一说一，这个什么小仙女的学历、家世、长相根本就比不上蜜橘吧。我认识的这种这么小就出来打职业赛的人，一般家境不怎么好，家里没钱，也没人管他们，所以他们才出来打职业赛赚钱。更何况她还是女生，从小到大对这种事见得多，心机肯定也很深。"

"现在我有些担心 TT 那帮人了，我虎仔、唐葫芦弟弟是憨憨的，肯定很容易被这种女的骗，毕竟连随神也被骗了。"

"看了直播回放，这女的对付男人确实有一套。"

…………

霍嘉鲜越往下翻，看到的话语越恶臭。

毕竟霍嘉鲜只是个十九岁的小姑娘。虽然骨子里离经叛道，但她好歹算是霍家从小到大保护着的小公主。

现在面对这种羞辱，说她不愤怒那肯定是骗人的。

她直接将手机甩回给跳跳虎，一句话也没说，一直低着头，脸色很不好看。

贺随出去喝了口水，回来就看见霍嘉鲜的情绪肉眼可见地变差了。

他瞥了身边大气不敢出一口的跳跳虎一眼，问："怎么了？"

"就是那个蜜橘……"跳跳虎也不知道该怎么说这件事，所以直接把还没退出的微博页面放到贺随眼前，"唉，随神，你看看就知道了。"

贺随只看了两眼，眉头就深深地锁住："这是谁？"

"啊？"跳跳虎愣了半天才反应过来，"随神，你忘了蜜橘是谁啊？"

"不认识。"贺随点开蜜橘的头像看了一眼，"就是她？"

跳跳虎从贺随的语气里听出了一种"长这么普通，我怎么可能记得"的意思。

他不由得哽了一下："对的。之前还是你出面，让她不能上世界赛解说的。"

"哦，她啊。"贺随冷笑，"怪不得。估计她在家待久了，闲出病来了，现在这是要搞事情啊。"

跳跳虎叹了口气，心里庆幸自己早早把蜜橘从好友里删除了："她应该也是一直心里有气吧。不过这么说嘉鲜妹妹确实太难听了，她就一直在……"

"她这是忌妒。"贺随冷哼一声，把手机扔回给跳跳虎，"她专门点赞了这条，评论里都在说她处处比嘉鲜好，其实呢？"

"嗯嗯嗯嗯。"跳跳虎慌忙接住手机，连忙表示认同，"我也觉得，论颜值、技术，嘉鲜妹妹可比她强多了，就是家世……"

别的人是不知道，但他们 TT 这群人是"知道"的，嘉鲜妹妹刚来俱乐部就是因为穷，没地方待了，住的还是白沙区。

但这也不是她的错呀。

跳跳虎有些生气，但更多的是无力。

别人这么说嘉鲜妹妹，他们又有什么办法呢？

职业选手就是因为读书不好，家里又穷，所以才来打游戏的；会说脏话的女孩儿就是粗鲁没教养……有些时候，世人眼中这些刻板印象确实不是说改变就能改变的。

一时间，训练室里的气氛有些压抑。

霍嘉鲜坐在自己的电脑前面，也没关直播，直接一言不发地又开了一局游戏。

她把贺随和尼罗踢出队伍，开始自闭单排。

一局游戏结束，她拿到 28 杀，成功"吃鸡"。

直播间的水友们不知道刚才小仙女那边发生了什么，只看到小仙女刷了一会儿手机之后，明显不对劲了，浑身上下充满了杀气。

霍嘉鲜紧紧抿着嘴唇，又要再开一局游戏。

忽然间，有人推了一张小字条到她手边。

是贺随。

也不知道他从哪里找来的纸和笔，她还从来没见过他写字。

这双常年打游戏的手，写出的字也是遒劲有力、龙飞凤舞的。

"很生气？"

霍嘉鲜沉默了半天，轻轻点了下头。

贺随将小字条拿回去，又写了一句话。

"帮你出气？"

霍嘉鲜看着他，脸色稍缓，但还是不说话。

贺随继续写。

"让她给你道歉？"

看到"道歉"两个字，霍嘉鲜忽然就想起了那天中国、R国、H国主播对抗赛的后台，自己当面拆穿蜜橘的谎言的情形。

那时候，这个蜜橘道歉道得有多快？

可是最后她才发现，对方这种终极阴阳怪还不是表面文章做得漂亮罢了。

她心里忽然有些烦闷，把贺随的字条推开，闷闷地道："算了。"

"嗯？"

"算了吧。"霍嘉鲜跳下飞机，泄气地道，"随便他们怎么说，我打好自己的比赛就行。"

就算她知道水军说的都是假的，但有什么用？她又不能做什么。

自己已经给家里带来够多麻烦了，现在她不可以因为自己受到一点点非议，就去和哥哥说要让大家知道自己到底是谁，让大家知道她霍嘉鲜不是水军口中那种人。

哥哥已经够忙够累的了，她不应该再去烦他。

至于其他的事，时间会证明一切吧。

跳跳虎和唐葫芦还在身后愤愤不平，霍嘉鲜再次戴上了耳机，准备落地自闭城。

就是因为她打得不够好，所以那些人的目光才总是聚焦在她的背景、性别上吧。

应该是这样吧。

霍嘉鲜一直自闭排位到9点，所有人一直没有等到阿雳和史迪。

他们发微信这两个人不回，打电话也不接。跳跳虎有些火了，嚷嚷着别管那两个老头子，一伙人直接去海底捞得了。

贺随刚从训练室外面回来，在外面待了很久，也不知道去干什么了。

他一进门，听见跳跳虎正在咋咋呼呼，愣了一下："不等他们了？"

"不等了！不等了！"跳跳虎挥了挥手，"我一天没吃饭，真的快饿晕了！我们直接去海底捞店等他们好了，反正他们也知道位置的！"

"哦。"贺随看向还在电脑前奋战的霍嘉鲜，上前轻轻拍了拍她的肩膀："嘉鲜，走吗？"

"不了。"霍嘉鲜没回头，"我再练一下。"

一下午，她的心情都不怎么好，大家知道她想自己静静，倒也没人逼她。一群人对她叮嘱了几句，就陆陆续续地离开了。

霍嘉鲜本来以为贺随会留下来，但是他没有。

他就这么跟着大家一起走了。

她觉得也许自己有些矫情了，但还是控制不住地难过。和贺随在一起之后，她似乎变得比以前更脆弱了，总是本能地觉得，在这样的时刻贺随应该陪着自己度过。

但是他就这么走了。

这让她的心情更加低落。

霍嘉鲜知道，从前的自己不会这样的。从前的她骄傲、不服输，无论面对怎样的质疑，都不会因此而难过，反而会更加干劲十足，觉得全世界不认可自己，恰恰是自己特别的象征。

但是现在，她似乎变了。

大家不是说，爱会让人变得勇敢坚强吗？

可是她怎么觉得，自己反而变得软弱敏感了呢？

霍嘉鲜越想越烦躁，直接下播摔了耳机，面对空荡荡的训练室，忽然有些想哭。

情绪累积到一定程度，倏地爆发出来，这似乎是件很容易的事。

但是最终，霍嘉鲜没有哭。

不仅因为她拼命忍住了，更因为她的手机响了。

打电话的人是霍凛。

第一个电话，霍嘉鲜没有接。但是对方仍不罢休地继续打电话过来，她用力摸了摸鼻子，慢吞吞地接起了电话。

"哥。"

"霍嘉鲜！你怎么才接电话？！"霍凛的声音很着急，"吓死你哥了，你知不知道？！"

霍嘉鲜被吼得一愣一愣的，半天才开口："哥，什么事啊？"

"还能有什么事？今天你在网上被黑成什么样了，你竟然还不告诉我？！"霍凛恨铁不成钢,语气严厉,却不乏心疼,"平时你在家里横得和什么似的,怎么一出去被别人欺负了,还不硬气起来？！你还是我霍凛的妹妹吗？！"

"哥,"霍嘉鲜撇了撇嘴,刚才憋回去的眼泪差点儿没忍住,"你怎么知道的啊？"

"还能怎么知道的？当然是你那个臭小子告诉我的咯。"霍凛说,"人家那么说你,你还能忍？你可是我们霍家的小公主,怎么能让那些人那么说？真是气死我了！妈要是知道了这件事,肯定也会很难过的！"

说到妈妈,霍嘉鲜的眼泪终于没忍住,噼里啪啦地往下掉:"哥,没事的,我好好打比赛就行了,不用管他们的。"

听见妹妹的啜泣声,霍凛的怒气值噌噌噌地往上升。

"不用管？为什么不用管？！"他大声骂道,"就那个蜜橘,还有那些傻子网友,他们必须知道你是霍家的小公主！"

霍嘉鲜愣了一下:"哥。"

他们不是说好了不能向外界透露这件事的吗？

霍凛怒气冲冲地说:"你需要看中狗男人的钱？你还缺钱花？！"

霍嘉鲜一脸蒙。

两兄妹打完这通电话,已经过去大半个小时了。

霍嘉鲜到这时候才知道,刚才贺随没有留下陪自己,就是因为他知道霍凛会给自己打这个电话,所以要留足够的空间给他们两兄妹。

就连霍凛知道这件事,都是贺随告诉他的。

他不舍得她再受委屈。

挂了电话,自然而然地,霍嘉鲜的心情没有刚才那么抑郁了。

她收拾了一下电脑桌,随手背了个帆布包,去海底捞店和贺随他们会合。

其实基地离海底捞店不远,走两条街就到了,霍嘉鲜走得也不快,慢悠悠地逛了过去。她到店里的时候,已经快10点了。

一进店门,她远远地就看见了TT那桌人,青春期的男孩子们出众而醒目,聚在一起就是一道风景线。

出乎意料地,大家等了一天没见踪迹的阿雳和史迪竟然也赫然在列。

霍嘉鲜脚步轻盈地走了过去，笑吟吟地打了一个招呼。

"嘿。"她在贺随身边坐下，"你们怎么还没开始吃呢？"

他们明明比她早过来将近一个小时，但是现在这桌上除了热气滚滚的火锅汤底在沸腾，竟然没人先下菜。

连平时最活跃的跳跳虎和唐葫芦，此时都沉默着，一句话也不说。

霍嘉鲜敏锐地感觉到气氛有些不对劲。

她扭头看向一边的史迪，平时一脸"万事有爸爸在，你们不用操心"的TT战队经理——永远的擦屁股之王，这时候却也沉默着，眼神空洞而迷茫地盯着桌上虚无的一点，无意识地一下又一下晃着手里的酒杯。

他可是从来不喝酒的。

霍嘉鲜犹豫了一下，扭头用目光询问贺随这是发生了什么。

贺随紧抿薄唇，正想回她，桌子对面的冥灭却抢先开口。

"那个，嘉鲜啊，"冥灭轻咳一声，打破了这一桌的沉寂，"是俱乐部……我们队伍，可能遇到了一点儿困难。"

"一点儿困难"这种词可不像是冥灭会说的。

霍嘉鲜微怔，停顿了半响，才问："什么困难呀？"

一桌人再次沉寂了许久。

大概是桌子中央的汤底"噗"的一声响，乍一下把所有人惊醒了。

跳跳虎低垂着头，烦躁地转着一双筷子，声音带着前所未有的消沉。

"嘉鲜妹妹，"他顿了半天，才接上后半句话，"我们……我们可能参加不了春季赛了。"

"什么意思？"

霍嘉鲜怔了半天，才开口确认："你没和我开玩笑？"

跳跳虎无力地摇了摇头，他的眼睛始终看着他自己面前的碗。

"到底是什么意思啊？"霍嘉鲜又扭头看向贺随："什么意思啊，随神？什么叫参加不了春季赛了啊？春季赛不是下个月就开始了吗？为什么我们参加不了了啊？"

霍嘉鲜的语气又急又冲，她将一连串的问题直愣愣地抛向了身边的贺随。

春季赛的上场名单马上就要递交给《绝地求生》冠军联赛了,什么叫他们参加不了春季赛?为什么参加不了春季赛?

这可是他们今年能去参加世界赛的第一个机会啊!

贺随一只手搭在她的椅背上,另一只手随意地把玩着手里的烟盒,被刘海儿挡住大半目光的眼睛晦暗不明。

"《绝地求生》冠军联赛转会期马上就要到了。"他的语气很淡,"俱乐部把我们全部挂牌了,要暂时解散《绝地求生》分部,进行重组。"

挂牌。

解散。

重组。

这六个字在《绝地求生》的圈子里发生了太多太多次,毕竟每一次转会期都是一场巨大的地震。

可是霍嘉鲜从来没有想过这件事会发生在 TT 头上。

TT 是这么大的俱乐部,财力雄厚,获得过的荣誉多到足以让其他所有的俱乐部难以望其项背。这可是 TT 啊,怎么可能会到了要解散《绝地求生》分部,重组战队的地步呢?!

霍嘉鲜觉得自己可能听错了。

但是看贺随的神色,她应该没有听错。

"嘉鲜啊,是这样的。"一旁的史迪也开口了。

他大概是今天和总部的人谈了一整天,嗓子都说哑了,只能拼命吊着声音和霍嘉鲜说话。

"今天我去总部基地开会,刚刚才知道这个消息。"史迪缓缓道,"最近大老板手头上的资金有些问题……他决定不继续投资电竞俱乐部了,现在 TT 还在找下家接手。

"在新老板收购 TT 之前,公司也养不起你们这么多人。春季赛呢,也只能暂时解散我们分部,把你们这些队员挂牌或者租借出去,好用这笔资金继续维持一段时间。

"至于我们的《绝地求生》冠军联赛名额,如果没有新老板的话,这一名额应该会先卖给别人。"

霍嘉鲜觉得自己大概是疯了,所以才会出现这样的幻听:"TT 的联赛名额也要卖了?"

"是。"史迪的这个"是"应得很艰难。他劝道:"你先不要激动,其实我们《绝地求生》分部不是唯一被放弃的。今天我在总部和他们吵了一天,《守望先锋》《反恐精英》《飞车》的分部也全要被解散,最赚钱的《英雄联盟》分部能不能保住也很悬。"

"可是我们拿到了去年 PGC 的亚军啊!我们还有随神!我们给总部赚了那么多钱啊!"霍嘉鲜瞪大了眼睛,觉得事情太不可思议了,"我们马上就要拿到春季赛的冠军、世界赛的冠军!我们很快就要让中国站上《绝地求生》的冠军奖台了!为什么总部会想把我们解散?!到底是为什么啊?!"

"就是啊。为什么啊?凭什么啊?"跳跳虎似乎被霍嘉鲜说的话感染了,也抬起头大声质问起史迪来,"老史,你有没有问他们凭什么啊?"

他们凭什么要把我们分开?

他们凭什么可以把我们挂牌?

他们凭什么就能这样随意地决定我们的去留?

明明他们离世界赛只有一步之遥了,总部为什么要这么残忍地剥夺他们去追逐冠军的权利?

凭什么?凭什么啊?!

跳跳虎的眼眶红红的,声音犹带哭腔。

在座的人里,他的年纪算是小的,经历的离别也太少,根本受不了这样的变故。

尼罗和冥灭虽然没有说话,但心里很清楚,自己离开了现在的 TT,恐怕是很难很难再组建起这样一支银河战舰了。

对很多很多的职业选手来说,能成为 TT 的一员,在他们短暂的职业生涯中,也许只有一次。

《绝地求生》是个太吃团队合作和默契程度的游戏。即将四散的这几位队员恐怕很难再像在 TT 一样,在《绝地求生》冠军联赛打得这样有统治力。

而对跳跳虎和唐葫芦这样年纪的人来说,离开 TT 不仅意味着失去配合默契的队友,更重要的是,自己即将与朝夕相处的朋友分开了。

这是离别,是割裂。下一次再见时,今天的朋友可能变成战场上在远处给你致命一击的对手。对脆弱敏感、重情重义的青春期小男孩儿来说,这实在无法接受。

咆哮间,跳跳虎的眼泪已经拼命往下流。

不过短短半年,他以为自己可以继续和阿雳哥成为并肩作战的战友,现在却蓦然发现,所有人都要离开了,而且是那种彻底看不见前路在哪里的离别。

阿雳叹了口气,在一旁拍拍跳跳虎的肩膀,安慰他:"说不定我们两个又能在同一个俱乐部里呢。"

"怎么可能?"跳跳虎用力抹了一把眼泪,哭道,"再说了,就算你这个老头儿和我一起,那又怎么样?随神、尼罗、嘉鲜妹妹、唐葫芦、史迪……我们都要分开了!我们所有人都要分开了!"

也不知道跳跳虎的哪个字眼戳中了一边的唐葫芦,本来还一直低着头默不作声的少年,此刻也垂着头开始抹眼泪,窄瘦而青涩的肩膀还没长开,随着他的啜泣声一耸一耸的。

"我也……我也不舍得离开大家……"唐葫芦的声音很低,但桌上的所有人都听清了,"我妈还说……想看明年我代表 TT 参加比赛……拿个冠军……"

"唉,"一旁的冥灭低声叹了一口气,用两只手掌将眼睛捂得严严实实的,"别说了,你们再说的话,我要忍不住哭了。"

"唉,别说了。你们谁能有我难过?"阿雳长长地叹了口气,笑容里透露出几分苦涩之意,"我明明马上就能回 TT 了,结果差了这么一步。本来我媳妇还说下次她要跟着我们一起出国看比赛,现在也没机会了。"

尼罗默默地从口袋里拿出一包餐巾纸,给跳跳虎递了过去。

"虎仔乖。"他摸了摸跳跳虎的后背,"别哭了。"

"是啊,别哭了。"史迪勉强地笑了笑,想要安抚跳跳虎的情绪,"有一个好消息是,俱乐部给你挂牌的价格还挺高的,都上百万了呢。"

"关我什么事?"跳跳虎恶狠狠地拆开餐巾纸,用力扯了一张出来,拼命擦了擦下巴上的眼泪。

有路过的人感受到这桌奇怪的氛围,好奇地看了过来。

到底是什么原因,让这一群血气方刚的少年哭成这样?

贺随靠在椅背上,姿态慵懒,从头到尾一言未发。

见跳跳虎擦完眼泪,语气坚决地发誓只要自己离开 TT,就永远不会打比赛的时候,贺随皱了皱眉,适时制止了冲动的少年。

"跳跳虎。"他淡淡地道,"你冷静点儿。"

也许……也许事情还没到山穷水尽的地步。

从知道这个消息之后,贺随一直在心里盘算自己手头上有多少流动资金,是否够自己买下 TT。

也许还有几百万的缺口,也许他可以去问一下母亲,也许这么多年过去了,父亲那边也会松口……

这些年来,他确实赚了不少钱。但前段时间刚送了一辆车给霍嘉鲜,一时间要他拿出这么多流动资金来收购俱乐部,确实不够宽裕。

不过只要给他两天时间,应该就够了。

贺随有这样的自信。

只是跳跳虎不明白他心里在想什么,热血冲上脑门儿之后,什么理智都消失不见了。

他只梗着脖子,带着哭腔大声质问:"冷静?TT 都要没有了,兄弟们都要分开了,随神,你让我怎么冷静?!"

"那个……虎仔,"霍嘉鲜似乎刚刚从长久的发呆中清醒过来,也皱着眉开口,"你冷静点儿,我好像真的有办法。"

一桌子人不约而同地朝她看了过来。

霍嘉鲜小心翼翼地拿出手机,示意了一下史迪:"那个……经理,如果想收购 TT 的话,大概要多少钱呀?"

史迪一时间没转过弯来:"嘉鲜,你什么意思?"

"我想知道,我手头的东西折现之后,够不够收购 TT。"霍嘉鲜的声音轻轻的,"如果可以收购 TT 的话,也许我们大家就不用分开了。"

火锅上的热气似乎有一瞬间静止了。

跳跳虎的哭声也戛然而止。

半晌之后,冥灭拿开捂着眼睛的掌心,语气凝重地确认道:"嘉鲜,你确定刚才你在来的路上,没有不小心摔一跤,把脑子摔坏吗?"

霍嘉鲜无语。

"是啊,嘉鲜。"史迪也在一旁担忧地道,"今天早上我见到你的时候,就发现你脸很红呀。你是不是发烧了啊?要不要去医院里看看?"

霍嘉鲜一脸蒙。

早上的时候她之所以脸红,是因为随神在挑逗她!在挑逗她好吗?!

平时她没看出来,这俩老年人的想象力竟然这么丰富?

跳跳虎愣了半天,随后想到一种可能性:"嘉鲜妹妹,你要折现?你是说随神送你的生日礼物吗?虽然这么说不太好,但是就算你真的卖了那辆车,要收购TT也远远不够吧?"

"是啊、是啊,"唐葫芦拼命点头,"而且这是随神送给你的礼物,你千万别拿出来。"

几个人你一言我一语,把霍嘉鲜安排得明明白白。

霍嘉鲜有些无言以对。

她身边的贺随把拳头抵在唇边,似乎轻轻笑了一下,但一句话都没有说。

火锅的沸腾声和餐厅里的嘈杂声交错在一起,将他这声低笑给掩盖了过去。霍嘉鲜别过头看他一眼,贺随以眼神回应她的无奈:我就静静地看着你装。

霍嘉鲜无语。

她也是刚刚得到了哥哥的首肯,可以说她的身世这件事的好吗?!

史迪的忧虑已经从"嘉鲜是不是发烧,把脑子烧坏了"发展到"最近嘉鲜是不是受到的打击太多,所以精神有些不太正常"。

他站起身,果断决定:"我知道这个消息很突然,大家回去好好休息一下吧,一觉醒来,说不定这事有转机。"

霍嘉鲜:"不是,经理,我是说真的!"

在众人的一脸蒙中,霍嘉鲜火速拨通了她那个总裁爹的电话。

从前妈妈还在世的时候,一直是妈妈或者哥哥主动给她打电话询问她的情况,她爸从来不怎么主动管她,而她一年到头也不会给她爸打一个电话。

但是最近霍凛一直很忙,况且他也不在M市,她的那些车全停在家里的车库,估计她哥也记不得自己送过自家妹妹多少辆车了。

她还不如直接去问她爸来得快。

霍父接起电话，听见霍嘉鲜的声音的第一秒，愣了好一会儿："嘉鲜？"

"唉，爸。"霍嘉鲜特地开了免提，让所有人能清晰地听见她爸的声音，"之前哥送我的那几辆超跑还在车库里吧？"

霍父难得接到女儿的电话，就算正在开跨洋电话会议，也强行把会议中止了。

"诸位稍等。"男人的声音温文尔雅，"我的小女儿给我打电话问一件事情，麻烦诸位等我几分钟。"

不知道为什么，TT的这群人从电话那边的声音里听出了一种"哈哈哈哈哈，我女儿终于主动给我打电话了，我要向全世界炫耀"的错觉。

霍父把电话调成免提，才慢悠悠地继续道："嘉鲜，刚才你说什么？爸没听清，你再说一遍吧。"

霍嘉鲜心想，才几天没见，她爸的耳朵怎么都有些聋了。

"我问您，之前哥送我的那几辆超跑还在车库里吧？"

"给你的生日礼物吗？"霍父笑道，"当然，都放着。"

"现在把它们卖出去，大概能卖多少钱？"

"钱？"霍父微微皱了皱眉，声音里终于染上了几分威严，"嘉鲜，你的钱不够花了吗？不够爸给你。爸这边，你不好意思开口的话，也可以直接找阿凛还有若若要，让他们到我这里来报销。"

霍嘉鲜一脸无奈。

霸道总裁果然名不虚传。

"不是啊，爸，现在我确实需要钱，但不是一笔小钱那么简单的。"

霍嘉鲜抬头看了周围一圈，见TT的所有人目瞪口呆地看着自己，也不知道大家是震惊她这个从未拥有过姓名的爸爸突然从石头缝里蹦了出来，还是迷惑她爸与生俱来的霸总气质。

她尽量没把事情往困难的方向说："爸，就是现在我们俱乐部出现了一些问题，可能要解散重组。我很喜欢这个队伍，而且今年我们很可能在世界赛上拿冠军，所以……"

"所以你想把你哥送你的那些车折现，看能不能收购俱乐部？"

霍父不愧是她亲爹，一下子就猜到了她的心思。

霍嘉鲜点了点头："对。"

那边的霍父沉默了片刻，然后霍凛的声音响了起来："嘉鲜？你想把我送你的礼物卖了，然后收购TT？！"

"啊，"霍嘉鲜本来还想偷偷摸摸地背着她哥做这件事，甫一听见霍凛的声音，整个人蒙了一下，"哥，我发誓我不是因为不喜欢你送我的礼物，所以才想把它们卖了，只是觉得现在我手头上最值钱的资产也就是那些车了。"

"哎呀，你想卖就卖，只要是做你自己觉得值得做的事，那就有意义。"霍凛豪气冲天地道，"那些车卖出去，应该会降点儿价格，不过很多是限量款，加上你又没开过，估计能拿个八位数吧。"

八位数？！

TT围坐的这群人蒙了。

年纪大的几人还忍得住气，但是跳跳虎和唐葫芦已经凑在一起，用手指点八位数到底是多少钱了。

"个、十、百、千、万、十万、百万、千万……"唐葫芦瞪大了眼睛，满脸是难以置信，"天哪，嘉鲜妹妹有八位数的车子？！"

在他们这个行业里，就拿随神这样顶尖的职业选手来说，一年收入八位数的人已经是凤毛麟角。

更何况，他们听嘉鲜妹妹这位神秘哥哥的意思，还不是小八位数？是五往上走？

跳跳虎也晕了半天，拼命抓着一边的史迪问："经理，八位数啊，八位数够不够收购TT？！"

史迪强自镇定地开口，声音飘忽得有些不知道自己在说什么了，神色迷惑地点了点头，回答是肯定的："几千万流动资金肯定够了。"

听见史迪这么说，霍嘉鲜总算松了口气。

"哦，这么多啊，应该够了。"她对电话那头的父兄甜甜地亲了一声，"谢谢爸，谢谢哥哥！那明天我就回家处理一下这件事，现在先挂电话了哟。"

"等一下。"正当霍嘉鲜要挂断电话的时候，霍父忽地开口。

"嘉鲜，"父亲的声音一如既往地认真严肃，"你真的很想收购这个俱乐部吗？"

霍嘉鲜愣了一下，以为父亲是想像从前一样阻止自己，连忙道："爸爸，是这样的，我之所以想收购这个俱乐部呢，不仅是因为队里的人对我很好，我们打起游戏来很有默契，更是因为我们很有潜力，如果我们好好训练的话，将有很大很大的机会夺得世界冠军。"

"爸爸觉得……"

"爸爸，不要您觉得您觉得了。"霍嘉鲜有些急了，竹筒倒豆子一样劝道，"您也是商人，知道要是我们投资，一定要投资有前景的东西对不对？电竞产业本来就是一个新兴行业，而且现在我们是一支这么强的队伍，有流量，有成绩，无论怎么样我都要收购TT，让它可以走得更远。"

"爸不是这个意思。"霍父听出了霍嘉鲜的着急，无奈地笑了一下，"我想问的是，你快乐吗？"

"啊？"

"你快乐吗？"父亲再次认真地问了她一遍，"金钱、前景、流量，这不是你考虑的问题。我只希望你在做出这个决定的时候，是因为你觉得快乐，而不是因为什么别的东西。"

霍嘉鲜完完全全怔住了。

在打通这个电话之前，她想象过无数种爸爸会有的反应，唯独不是这种。

他问自己，你快乐吗？

如果觉得快乐，你再去做。

现在的爸爸和妈妈还没生病时的他实在太不一样了。

"是啊，嘉鲜。"霍凛也在那边搭腔，"你要是觉得开心的话，哥帮你去说一声。我不是认识原来TT的老板吗？我直接和他说，我和爸来收购俱乐部，你不用出一分钱。我送你的那些车，你还是留着吧。"

"当然，股东依然会写你的名字。"霍父缓缓地补充，"这就当作我和你哥送你的二十岁生日礼物吧。"

海底捞店里一桌挨着一桌，沸腾的火锅里冒出腾腾热气。

不知道是不是眼睛被热气熏到了，霍嘉鲜只觉得莫名想哭："爸、哥……"

她顿了半天也不知道该说些什么，只憋出一句简简单单的"谢谢你们"。

　　谢谢你们包容我、支持我，让我能在追逐梦想的道路上勇敢地越走越远。

　　"别谢了，矫情。"霍凛笑道，"我比爸实际点儿，今年你一定要拿个世界冠军回家，那我这些钱就算没白花。"

　　"好的、好的，哥，我们一定努力！"

　　跳跳虎和唐葫芦已经迫不及待地冲到霍嘉鲜身边，开始疯狂地和手机那头的金主互动："那什么，哥，你有空也可以来我们基地玩一下，我们这边别的没什么，就是能带你上分，特别快的那种。"

　　"啊，这倒不用了，毕竟《绝地求生》我玩得少。"霍凛被这超乎寻常的热情吓了一跳，"那个……贺随已经给我介绍了职业选手带我《王者荣耀》上国服，我就不麻烦你们了。"

　　跳跳虎和唐葫芦齐刷刷地扭过头去看向贺随，目光里写着显而易见的大字——"天哪，随神，你讨好金主的时候，还瞒着兄弟？"

　　贺随懒懒地靠在椅背上，随意地耸了耸肩，那脸上的意思也很明显：我讨好我未来的大舅子，关你们什么事？

　　跳跳虎、唐葫芦无语。

　　行，知道你要"嫁"入豪门了，但咱们能别炫耀了吗？

　　霍嘉鲜一通简短的电话，竟然就这么轻松地把TT的危机给解决了。

　　直到从海底捞店回基地的路上，史迪还是觉得如坠梦里，一直追着霍嘉鲜问："嘉鲜啊，那真是你的亲爸、亲哥？"

　　"对。"

　　"你家没破产？"

　　"没。"

　　"你哥还和我们原来的老板是好朋友？"

　　"差不多。"

　　"那以后你就是我们的老板，要给我们发工资了？"

　　"应该是吧。"

　　"天哪。"史迪停下脚步仰望天空，感慨，"要是半年前，有人告诉我我们新来的烧饭阿姨最后会变成我们俱乐部的老板，我只会觉得他是从精神病院跑出来的傻子。"

"人生的际遇就是这样。"冥灭也停了下来,惆怅地拍了拍史迪的肩膀,"就像以前你以为贺随是大腿,但实际上他只是抱上大腿的那个人罢了。"

被视作空气的霍嘉鲜无奈地直翻白眼。

因为有霍凛牵线搭桥,收购俱乐部的事情进展得很顺利。

很快,TT所有分部的选手和员工都知道他们换了一个新老板,老板还是个女的。

但老板具体是谁,没有人知道。

不过听《绝地求生》分部那边的风声,新来的女老板似乎是因为他们才收购整个俱乐部的。

对这些传言,霍嘉鲜懒得理会,也不想太过高调。

毕竟在这个阶段,她更想做到极致的身份是一名电竞职业选手,而不是专注经营什么"美女电竞老板""体验生活的富二代"的人设。

至于蜜橘手滑点赞的那件事,因为没掀起什么风浪,霍嘉鲜又忙于接管俱乐部的事,所以也懒得多去关注了。

跳梁小丑而已,她多给一个眼神都是恩赐。

等这件事情过去几天以后,霍嘉鲜甚至觉得,那晚敏感脆弱的自己有些可笑。

而这种对自己感到可笑的感觉,在大半个月后,俱乐部的事情渐渐稳定下来的时候,达到了顶峰。

就在那天,尤喜给霍嘉鲜转了一个论坛上的帖子。

"小道消息:TT的新老板娘是为了随神才收购俱乐部的,据说这个新老板娘又漂亮又有钱,好像随神因为她要和小仙女分手了!"

他真的好可爱啊:"嘉鲜,我刚才在论坛看到这个帖子,你说好笑不好笑?"

贺随我家的:"这是什么谣言?"

他真的好可爱啊:"你们俱乐部还没官宣新老板是谁吧?怎么这种谣言都出来了?"

他真的好可爱啊:"最近随神天天待在基地训练,也没出来过吧?

真不知道这些人从哪里看到的消息。"

贺随我家的:"笑死我了……笑死我了。"

贺随我家的:"有一点他们倒是没说错,又有钱又漂亮,这不就是我吗?"

他真的好可爱啊:"嘉鲜,你真的变了。你竟然没有生气啊!亏我还纠结了一会儿要不要把这个帖子转给你看。"

贺随我家的:"以后你看到就给我转啊,迷惑行为共赏。"

贺随我家的:"也没必要因为傻子生气。"

他真的好可爱啊:"姐妹你成长了!我欣赏你这成熟的态度!"

他真的好可爱啊:"不过你打算怎么办啊?看这帖子的热度,那些人也不见得不喜欢嗑八卦啊。他们八卦得可起劲了。"

他真的好可爱啊:"你要不要在直播的时候解释一下?"

贺随我家的:"最近我在忙着训练,哪有时间直播啊?"

贺随我家的:"这事我要和史迪商量一下,看怎么处理最好。"

他真的好可爱啊:"现在你真的和以前不一样了!你再也不是那个'废什么话,直接给我干就得了'的霍嘉鲜了!"

贺随我家的:"唉,你不懂。"

贺随我家的:"现在我是老板了,万一处理不好,影响了俱乐部,损失的是我自己的利益。"

贺随我家的:"我收购俱乐部的钱是向我爸还有我哥借的,到时候我赚回来后,还要还给他们呢。"

他真的好可爱啊:"厉害。"

霍嘉鲜放下手机,身边的跳跳虎正招呼她快进自定义服务器的房间,下一把训练赛很快就要开始了。

她思索了两秒,还是把那个论坛的帖子发到了 TT 的群里,给大家一起观赏一下。

贺随我家的:"这个帖子,大家点评一下。"

训练室里,所有人的手机同步振动了一下。

很快,群里的人就有了回应。

你虎爷爷:"这是什么玩意儿?这群傻子还没完没了了是不?"

葫芦娃救爷爷:"所以这种谣言是怎么传出来的呢?嘉鲜姐,我可以做证，最近随神没出过基地，根本没有'绿'你的时间！"

你虎爷爷："我们大家在一起训练，这不是废话吗@葫芦娃救爷爷？"

阿霁："哈哈哈哈哈哈，这帖子笑死我了。"

冥灭："有一说一，这个谣言还是有一半真话的，比如说我们的新老板又漂亮又有钱。"

贺随我家的："@冥灭，可以的大神，就冲你这句话，这个月加工资，记得和财务说一声哟。"

冥灭："谢谢老板。"

史迪："……"

你虎爷爷："为什么这人只要拍个马屁就能加工资？我抗议！这会使我们的企业文化变得虚伪而不务实！"

TT_suishen："虚伪？不务实？这六个字有哪个字是错的，你说说看？"

你虎爷爷："……"

贺随我家的："觉得新老板又漂亮又有钱的刷屏。"

冥灭："算我一个。"

葫芦娃救爷爷："我也是。"

史迪："哎，好歹讨论一下这帖子的事啊，你们怎么把话题发散得这么快？"

尼罗："算上我。"

阿霁："啊，我怎么慢了？"

你虎爷爷："老板，你这太霸道了啊，就没有其他选项吗？"

TT_suishen："你不同意？"

你虎爷爷："我错了，随神。我只是觉得嘉鲜妹妹应该用'长得比仙女还漂亮，高贵得像个公主'这种辞藻来形容而已。"

你虎爷爷："又漂亮又有钱，太肤浅太庸俗了！"

贺随我家的发了一个微信红包。

你虎爷爷："谢谢仙女！！"

冥灭："现在的年轻人比我还会拍马屁，服了。"

虽然群里大家热热闹闹地聊了一晚上，话题从"这届网友是不是大多是傻子"转移到了"如何更好地吹老板的'彩虹屁'"上，训练结束后，史迪还是专门过来找了霍嘉鲜一趟。

"嘉鲜啊。"尽管现在霍嘉鲜是老板，但史迪对她的态度一如既往，把她看作需要照顾的后辈，"这件事情你想怎么处理？"

虽说谣言止于智者，但是这种有关选手出轨、劈腿的传言，他们还是要谨慎处理。

毕竟电竞圈的流量选手的受关注度不比明星低。

尤其是贺随和霍嘉鲜这种热度的选手。

不过霍嘉鲜到底年轻，觉得没什么："下次我直播的时候说一声不就行了？需要这么紧张吗？"

"也不是紧张，"史迪叹了口气，"之前我们也商量过了，希望你现阶段还是专注于职业选手这个身份，毕竟如果你收购俱乐部的新闻曝光，这事会给你带来更多的关注。你打比赛的时候，也许会因此而分心。"

"没事呀，经理。"霍嘉鲜笑眼弯弯地说，"我可以的，没问题。"

她再也不是那个被 Stan 肆意摆布情绪的小姑娘了。

少女的样子依然可爱甜美，没有什么攻击性，但那双含笑的眼睛里早就盛满了坚定与自信。

史迪一向知道，霍嘉鲜是个很有主意的人。

他沉吟半晌，最终还是点了点头："行。既然你已经决定了，那管理层也会尊重你的选择。"

"你们尊不尊重也没多大关系。"霍嘉鲜善意地提醒道，"好像你们也没办法阻止我吧？"

史迪无语。

这嘉鲜自从做了老板之后，真的越来越狂了啊，竟然和贺随那个臭小子有几分相似了。

史迪开始有些怀念那个刚到 TT 基地时，听话又乖巧的小姑娘了。

第十二章

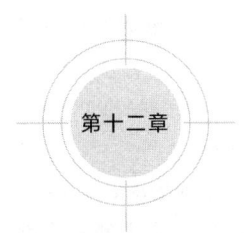

神仙搭档强势官宣

既然霍嘉鲜自己做了决定，管理层商量之后，决定在春季赛打完以后召开发布会，郑重地宣布 TT 新的老板是霍嘉鲜这个消息，也算是给俱乐部博一个好彩头。

霍嘉鲜没什么意见。毕竟春季赛也没几天了，她每天要疯狂训练，没时间刷手机，也不会上播，无论外面的谣言传得多凶，也伤不到她半分。

她知道，现阶段最需要自己专注的事情就是训练。

只有他们打出成绩，只有拿到冠军，那些非议、质疑、轻蔑、讥讽声才会随之消失。

这世界就是这么现实，而电竞圈更是如此。

很快就到了大家翘首以盼的春季赛。

春季赛的赛程总共四周，每周一到周五打小组积分赛，排名前十六的队伍可以进入周末的每周总决赛。

进入每周总决赛的十六支队伍可以拿到 10～100 不等的积分。每周的积分可以叠加，四周下来，积分最多的队伍就可以拿到春季赛冠军。

经过世界赛的洗礼，又在冥灭的魔鬼手腕下负重训练了一个月，春季赛一开始，TT 战队的状态极佳。他们势如破竹，接连三周稳定进入前五，在积分榜上遥遥领先。

就连昔日可以与 TT 比肩的强队 FLG，在这个赛季的 TT 面前，也毫无还手之力。

最后一周比赛，在赛场后台相见的时候，FLG 的阿克苏还对史迪表达了自己想要挖墙脚的愿望。

"我觉得去年你做的最正确的决定就是引进小仙女。"阿克苏冲史迪眨了眨眼睛，笑道，"怎么样，夏季赛转会期，能不能把她让给我们？我们老板说了，无论出多么高的价格，都要把她买到手。"

史迪心说：你们买得起吗？

"对不起，她是我们的非卖品。"

"非卖品？得了吧。"阿克苏一撩红发，妩媚地说，"我还不知道你们的主意？你们就是看中了她的商业价值，但是如果我们出的价格足够高，你们的那个新老板肯定也会心动的，毕竟她可是小仙女的情敌，她肯定会想尽一切办法把小仙女踢走的，对不对呀？"

史迪看着阿克苏一脸运筹帷幄的模样，耸了耸肩，劝她："别想了，这件事不是你想的那么简单的。"

"怎么？你这么自信？"

"当然。"史迪颇为遗憾地拍了拍阿克苏的肩膀，"反正你就别想了，这辈子……哦不，就是下辈子，小仙女也是我们 TT 的人了，她走都走不掉。"

阿克苏站在原地，一脸茫然地看着史迪那一脸神秘的笑，一时间分不清他这是在诓自己，还是在隐瞒什么秘密。

这老家伙和她较了这么多年的劲，估计就是在骗她吧？

阿克苏如是想着。

另一边，TT 休息室，四个人检查好包里的外设，正在等待上场。

因为《绝地求生》的选手众多，一场比赛足足有六十四个，每支队伍需要排队在后台等待上台。

TT 被放在压轴的位置，难免要站得久一些。霍嘉鲜觉得有些累，直接蹲靠在墙边，想要短暂地休息一下。

"累了？"贺随收起手机，冲她挑了挑眉，"别蹲着，蹲着腿会麻，那样更累。"

"那要怎么样啊？"

虽然嘴上不怎么愿意，但霍嘉鲜还是乖乖地站了起来。

贺随直接顺手把她捞到怀里，示意她踩到自己的鞋子上："听说这样会好很多。"

霍嘉鲜有些晕了。

她看了一眼贺随白晃晃的限量版鞋子，表示自己并不愿意这么做。

"你是从哪里学来的这一套呀？"霍嘉鲜嘴里嘀嘀咕咕，但还是顺势搂住了贺随的脖子，像只小考拉一样整个人挂在他的身上，"这样会不会不太好？毕竟身边大半人是单身狗，小半人是异地狗。"

"就是。"跳跳虎在旁边酸酸地接了一句，"随神，你在赛场上杀人，赛场外还要杀狗吗？"

贺随瞥了跳跳虎一眼，目光没什么波澜。

后者立刻闭嘴。

贺随淡淡地道："谁让你们没有一个打职业赛的女朋友？"

跳跳虎无语。

杀人诛心。

几个人正在这里嘻嘻哈哈，正好前面有个女工作人员走了过来，是来准备催场的。

一开始，霍嘉鲜还没注意到她，等到那人走到近前才微微一愣。

蜜橘看到她，显然不怎么意外。

跳跳虎转过身去，也一下子愣住了。

"哎。"直到接过蜜橘手里递过来的入场牌，他才反应过来，"是你啊。"

比起去年站在台前解说的光鲜靓丽，现在蜜橘的状态显然不怎么好，厚厚的粉底也遮不住她的黑眼圈以及眼里的疲态。

从一个解说艺人变成后台打杂的工作人员，这个落差确实有些大。

"嘿。"她倒是没有异样表情，还和TT的所有人打了招呼，"好久不见。"

"是好久不见。"到底是曾经有过感觉的妹妹，跳跳虎还是忍不住多嘴问了一句，"你怎么……不解说啦？"

"嗯。"蜜橘点了点头，笑道，"公司安排，我也没有办法。"

蜜橘说这话的时候，从始至终没有看贺随一眼。

但在场的所有人都知道，让她落到这样境地的人是贺随。

蜜橘一直微笑着分发入场牌，似乎根本没有看到霍嘉鲜和贺随的亲密举动,只是在做自己的日常工作而已。

霍嘉鲜的入场牌是最后发到她手里的。

蜜橘熟练的动作终于停了片刻。

她抬眼看了看霍嘉鲜,又看了看一旁的贺随,脸上的笑似乎凝滞了片刻,然后又恢复如初,完美而没有破绽。

"祝你们,圆满长久。"

也不知道是不是霍嘉鲜的错觉,她总觉得蜜橘把"长久"这两个字咬得特别清晰,尾音也拖得很长,听起来很怪异。

说完,蜜橘笑着点了点头,转身就想离开。

"喂。"她身后,男人忽然发声,仰了仰下巴,叫住了她,"喂,你就是蜜橘?"

蜜橘停下脚步,疑惑地看了回来。

"对不起,除了嘉鲜,我一向对别的异性脸盲。"

贺随"无奈"地耸了耸肩,语气里透露出一种显而易见的炫耀与傲慢,实在非常欠扁,但那声音里同样也透露出三分冷意。

"不过我还是要承你的好意。"贺随笑道,"圆满长久?嗯……我们一定会的。"

蜜橘在原地站了几秒,一直没说话。

也许是贺随的语气太过挑衅,蜜橘完美的笑容破碎了一半,忽然转变成看好戏似的冷笑。

"长久?"女人的声音尖酸刻薄,"你都劈腿了,还好意思和我说长久?演给谁看呢?"

大概是蜜橘说话的分贝太高,且她说的话又极其刺耳,一时间,整条走廊上的人纷纷转过头来,好奇地想要看这边到底发生了什么。

背后有那么多探究的目光,蜜橘似乎浑然不觉,仍然在对霍嘉鲜冷笑:"装出这副样子给谁看呢?大家坦诚点儿,是吧?"

霍嘉鲜先是愣了愣,随即微微扬了扬唇,对蜜橘礼貌地笑了一下。

"你在说什么?我真的听不懂。"她带着一副不谙世事的模样,笑得天真无邪,"不过呢,我一直也觉得,人和人之间交往确实应该坦诚点儿。所以,如果我要说人坏话,一般直接当面说,从来不会当面一套,背后一套,否则可真的太过虚伪无耻了,你觉得呢?"

说到最后,她眉尾稍挑,下巴微仰,语气傲慢,却也说得明明白白、理直气壮。

蜜橘听到她的最后一句话,心下一沉,正想收敛冲动的神色,收回刚才说的话,但霍嘉鲜已然先她一步,语速飞快地开了口:"我来告诉你,人与人之间到底应该如何坦诚吧。"

少女眉目明艳,神色骄傲,声音里却是挡也挡不住的厌恶之意。

"比如说,我从来不会因为一些子虚乌有的传言,就在背后对一个素不相识的小姑娘进行荡妇羞辱。

"退一万步说,就算我这么做了,那也不会在被她撞破以后恼羞成怒,一边虚情假意地道歉,一边却在解说比赛的时候阴阳怪气地说她。

"再退一万步说,就算哪天我真的脑子不灵光,做了这种事,也不会在受到处罚以后变本加厉,在微博上点赞关于她的谣言,引起轩然大波。"

小姑娘说得掷地有声,一字一顿,光明正大,没有一点儿隐瞒。

一时间,走廊里寂静无声。

还没上场的那群职业选手有些目瞪口呆地看着蜜橘。

蜜橘一向以知心温柔大姐姐的形象示人,也有很多选手和她打过交道,都觉得她是个不错的人。但此情此景,谁也不是傻子,都知道小仙女口中那个虚伪、阴暗、扭曲、偏执的女人就是蜜橘。

她竟然是这样一个人?

蜜橘的脸色从激动转为灰败,不过数秒之间。

她站在走廊中央,身边一圈空无一人。而对面的小仙女背后站着随神、跳跳虎、尼罗——站着所有爱她、支持她的人。

蜜橘的心里真的忌妒得发疯。

凭什么?到底是凭什么?

凭什么这个小姑娘一入行,就可以加入TT、做首发队员、参加世界比赛、在这个舞台上大放异彩?!

当年,蜜橘也是因为怀揣着一个电竞梦,所以才踏入了这个行业,成了一名职业女队的队员。

但这个行业一向对女生不友好,大多数女性只是男性的陪衬,不过短短一年,她就辗转于三支女队,且大多数时候只是在正赛中间穿插着作为锦上添花的作料,从来没有做过这个舞台真正的主角。

随着年纪渐渐大了,她打游戏的水平也日益下降。在23岁那年,蜜橘终于决定离开这个自己奋斗了七年都没有得到任何回报的舞台,转型做了解说。

别人看她是光鲜靓丽、成功转型,那根刺却一直深深埋在她的心里,隐藏在她内心深处最阴暗的角落。

这么多年来,只有一个霍嘉鲜能让她忌妒到发疯,甚至失去理智。

蜜橘看到霍嘉鲜就像看到了曾经的自己,两个人明明是一样的条件、一样的底牌,却拿着完全不同的剧本,比起过去的自己,霍嘉鲜实在幸运太多。

"幸运"——这简简单单的两个字本身就已经足够让人眼红了。

霍嘉鲜看着蜜橘因为压抑而逐渐扭曲的脸,其实心里明白了几分,也不知道该同情蜜橘,还是该唾弃。

"其实你也没必要这么忌妒我。"霍嘉鲜轻轻道,"我哥哥很喜欢漫威宇宙,从小就一直在我耳边说一句话:'With great power comes great responsibility.'(能力越强,责任越大。)虽然我英语不怎么好,但是这句话我一直记得。

"其实,我和你一样,也是一个虚荣的人,一个想要活在鲜花和赞美里的人。但我和你不同的是,一直以来,我想在这里做一些改变。"

蜜橘顿了顿,迟疑地反问:"改变?"

"女生就注定打不好游戏吗?这个战场就应该是男生驰骋的世界吗?我不相信。"

那一瞬间,霍嘉鲜的眼睛仿佛缀满了星光。

"我站在这里,拼命训练,也只是想做一些改变而已。改变不用太多,哪怕只有一点点,也已经足够了。"

直到上台坐定,跳跳虎还沉浸在霍嘉鲜的那句"一点点改变"当中。

他戴上耳机,调好外设,还是忍不住扭过头对霍嘉鲜说了一句:"嘉鲜妹妹,你好酷啊。"

"啊?"霍嘉鲜完全没想到跳跳虎会突然冒出这么句话,"你脑子有坑?"

跳跳虎真想立刻收回自己刚才的那句赞美,冲霍嘉鲜皱起鼻子,做了个鬼脸:"我夸你呢,要不要这么冷漠?"

"我只是觉得有些恶心,鸡皮疙瘩也起来了。"霍嘉鲜耸耸肩膀,也调好外设,"如果你是想让我给你加工资的话,那倒大可不必。"

跳跳虎一脸蒙。

平时他马屁拍多了,后果就是现在真情实感的话反而没人相信了。

他选择闭嘴。

贺随听到他们的对话,在霍嘉鲜身边低笑了一声:"我也觉得你挺酷的。"

"真的吗?"

"嗯,真的。"贺随笑意更深,抬手揉了揉霍嘉鲜的头发,"你是来拯救我们的吧,小女侠?"

还什么小女侠哟?

霍嘉鲜理了理被贺随揉乱的刘海儿,嘀咕道:"我实话实说嘛,谁知道最后我能不能做到?"

毕竟,还是有那么多人一知道她是女生、听到她的声音、看到她的样子,就会下意识地把她归类到"不会玩游戏,只会混的软妹"的队伍里面。

贺随的声音里蕴含着笑意:"你已经做了一些改变了。"

"我?"霍嘉鲜觉得贺随在逗自己,"才没呢,这种根深蒂固的偏见得通过多少人多少年的努力才能转变呢!"

"不会的。"贺随摇了摇头,"因为是你。"

"因为……是我?"

"嗯,因为是你。"贺随的声音很认真,"我相信你。"

我相信你。

最简单、最直接的四个字,却也最能给予人力量。

霍嘉鲜愣了半天,微微侧过脸,对贺随轻轻笑了一下,语气比他还要认真:"谢谢你。"

"谢什么?"贺随靠在电竞椅上,淡淡瞥了她一眼,眼尾含笑,"好好打比赛吧,拿了冠军才是真谢。"

而全程在一边听两人对话的跳跳虎,此时只想捂住耳朵。

凭什么只有他和尼罗听得到?!凭什么他说嘉鲜妹妹好酷,只会被怀疑脑子有坑?!

这差别对待!这恋爱的酸臭味!

气死他了!

《绝地求生》冠军联赛春季赛,没有什么悬念,TT再次登顶冠军之位。

最后一把还没开始打,作为积分榜上遥遥领先的第一名,TT夺冠就已经没有什么悬念了。

颁奖典礼还没开始,史迪早就去准备发布会事宜了。TT和《绝地求生》冠军联赛的官方微博早就预告过今天赛后有专场采访,并且要公布一件重大的事情。

论坛和粉丝群里大家议论疯了,都在猜测这件重大的事情是什么。

TT虽然流量高,但向来是支低调的队伍,一般不会在发布会之前来一出这么吸睛的预告操作。

大家从"下个赛季,新老板要把小仙女转到其他俱乐部"一直猜到"是不是随神和小仙女要官宣分手",热度越来越高,最后甚至把"电竞圈没有爱情"这个词条推上了热搜。

TT的队员们在舞台上领好奖杯之后,立刻就到后台参加发布会。

贺随和霍嘉鲜坐中间,两边是跳跳虎、尼罗和史迪,这更让人觉得,今天这场发布会的主角就是随神和小仙女。

霍嘉鲜刚刚拿到自己人生中的第一个大赛冠军,虽然心情没有想象中那么激动,但她的心境也是和去年完全不同的。

这是她即将第一次完完整整地跟着自己的队友,从赛季初一直走到赛季末。

最终,他们也一定会拿到那个属于他们的世界冠军。

霍嘉鲜的头发里还落着几片刚才在舞台上从半空撒下的金片,她自己没在意,还是贺随随手帮她拂了去。

台下记者的闪光灯亮得人眼睛要花了,大家都在拍贺随和霍嘉鲜的互动照片,企图从中找出一些蛛丝马迹。

前几个问题还算正常,毕竟是主办方安排的人,大部分时间在询问霍嘉鲜成为《绝地求生》冠军联赛第一名女性职业选手的感受,以及今年她第一次亮相春季赛就和战队以碾压之姿夺冠的心情。

这些问题的答案,史迪帮霍嘉鲜准备过,她答得中规中矩,也没出什么问题。

没想到到后面的随机提问环节，这些记者和自媒体的问题简直犀利得让人无法招架。

有人问道："听说上次世界赛，小仙女是因为和 HP 的 Stan 发生了矛盾，所以才没能参加第一天的比赛，TT 最终才错失冠军，遗憾夺亚。这件事是真的吗？"

霍嘉鲜看了身边的史迪一眼，犹豫了一下，最终还是点了点头。

这一犹豫很快被那位记者抓住。他连忙乘胜追击，语速飞快地说："能知道小仙女和 Stan 之间到底发生了什么矛盾，所以让《绝地求生》冠军联赛错失了这个冠军吗？"

他字字犀利，直接把问题的矛头指向了霍嘉鲜。

霍嘉鲜皱了皱眉："这个问题比较私人，现在我不方便回答。"

"私人不能回答？但是这事关乎整个赛区，我们也做过调查，大多数网友也只是想知道真相罢了。"那记者推了推眼镜，谈吐间找不出任何问题，"我想，小仙女也应该给支持你、支持 TT 的粉丝们一个令人满意的交代吧？"

霍嘉鲜抿了抿唇，最终还是语气坚定地开了口："对不起，这件事情真的很私人，具体发生了什么，我不能告诉你。如果我让粉丝们失望了，那我代表 TT 向你们道歉。这一切是我自己的责任，和我们的队长以及其他人没有关系。今年 PGS（《绝地求生》全球系列赛），我们也会尽自己最大的努力去拿到那个属于我们的世界冠军，弥补去年世界赛留下的遗憾。"

平心而论，霍嘉鲜的这番话实在滴水不漏，将尺度把握得很好。

史迪一听到这个问题就愣住了。他本来还在一边担心霍嘉鲜会因为涉及妈妈的事情而情绪失控，但是现在看来这小姑娘真的长大了。

TT 选择瞒着这件事，不仅是霍嘉鲜的意思，更是为了贺随。

因为那天贺随把 Stan 那样暴揍……往严重了说，他是要被禁赛的。虽然贺随觉得无所谓，但是他们这些旁观者怎么忍心？所以史迪才和 HP 签了双方保密协议，TT 不主动提及 Stan 的所作所为，HP 也要对此事守口如瓶。

所以，史迪明白现在霍嘉鲜所说的"私人原因"不仅是她的母亲，也是贺随。

那记者大概没想到霍嘉鲜一个十九岁小姑娘的思维竟然这么缜密，愣了愣，正想继续往下追问，却见台上的贺随微微仰了仰下巴，声音里带着显而易见的不耐烦之意。

"你是不是有什么问题？"他冷然道，"人家都说不想说了，非要揭人伤疤？你是不是非要挖出什么独家八卦才肯罢休？"

贺随一般很少在发布会上说话。就算有人问他问题，他也是几个字就敷衍了事。

那记者大概没想到随神竟然一股脑儿地说了这么多话，诧异的同时，态度也不自觉地没有刚才那么冲了。

"哈哈，随神，我也不是这个意思。"他笑道，"就是现在……"

"现在有传言说，随神和小仙女分手，劈腿俱乐部新老板，不仅是因为钱，更是因为小仙女在 PGC 的时候就已经和 HP 的 Stan 暗中生情。"一道女声强势插了进来。

TT 的几个人皆愣了愣，纷纷往声源方向看了过去。

蜜橘正坐在人群之中，脸上露出一抹得逞的笑容："我想，这位记者朋友只想知道这件事是不是真的吧？毕竟你们的新老板似乎对小仙女很有意见，世界赛首发阵容都不一定有她呢。"

霍嘉鲜本以为自己在走廊上的那番话已经足够让蜜橘闭嘴，没想到她还在这里做跳梁小丑，简直是唯恐天下不乱，疯狂地煽动气氛。

这话一出，现场瞬间议论纷纷，直播平台上的弹幕热度也翻了好几倍。

"我瞬间脑补一百万字随神因爱生恨，表面移情别恋，其实爱得深沉而不自知的故事……"

…………

台上，霍嘉鲜有点儿受不了了。

她看了一眼身边的史迪，飞快地问了一句："我能说了吗？"

史迪愣了一下，才反应过来霍嘉鲜在说什么，随即犹疑地点了下头。

虽然他没想这么早说这事，不过看嘉鲜这样子，就她那暴脾气，能忍到现在估计也是极限了。

得到经理的首肯，霍嘉鲜扭过脸来，撩了一下刘海儿，冷笑着开口："我知道大家一直对我和随神的感情生活很感兴趣，那今天正好有机会，我有两件非常重要的事情要在这里宣布一下。

"第一，随神确实已经和我们俱乐部的新老板在一起了，这是事实，没法否认。"

全场记者惊讶。

她承认得这么快？

台下的蜜橘靠在椅背上，皮笑肉不笑地看着霍嘉鲜。

霍嘉鲜神色未变，伸出两根指头，笑眯眯地继续道："第二件事情就是，我们俱乐部的新老板也坐在台上。"

全场记者一脸蒙。

这台上只坐着 TT 一队的四个人和经理史迪啊！

传言 TT 的新老板不是个又漂亮又有钱的女老板吗？

霍嘉鲜靠近话筒，淡淡地补充："我们的新老板是女的、活的。"

记者们看着台上唯一的女生霍嘉鲜，一脸问号。

偌大的会场一瞬间有些寂静。

除了相机偶尔的咔嚓声之外，谁也没有发出声音。

这场发布会同时在海鲜 TV 等直播平台进行同步直播。

直播间热度本来就高，霍嘉鲜这句话一出，弹幕直接炸了，满屏的问号飘过，把画面上 TT 的几个人盖得严严实实。

"兄弟们，我没听错？女的、活的？这台上不就只有一个这样的人吗？"

"啊？对不起，我晕了，有人能告诉我，跳跳虎、史迪、尼罗之中有谁是女扮男装的吗？还女扮男装这么多年，把我们骗得好惨！"

"所以 TT 的新老板到底是谁？有谁出来科普一下吗？"

"终于破案了！小仙女才是新老板！小仙女是随神的老板！家庭地位一目了然！"

"…………"

发布会现场，过了半晌，那位拿着话筒的记者才结结巴巴地开口："所以……是你。"

"没错，是我。"霍嘉鲜点了点头，从容不迫地说，"那你还有什么其他问题想问我吗？"

那个记者茫然地看着台上的霍嘉鲜，无意识地摇了摇头。

问题？他还有什么问题？什么 Stan 啊，劈腿啊，世界赛啊，都在这个爆炸新闻面前没了任何价值和意义！

他刚回过神来，身边就密密麻麻地举起了手。

自媒体们争先恐后地想采访这位年纪轻轻就有能力收购TT的小姑娘。这个新闻实在是太诱人了。

史迪已经预见明天的电竞头版头条将会是什么，笑得眼睛眯成了一条缝，忙站起来指挥秩序。

"慢点儿，大家慢点儿。"他笑道，"发布会距离结束还有20分钟左右的时间，TT回答的问题不会太多，大家慎重提问。"

媒体人接二连三地站了起来，提问对象从始至终是霍嘉鲜。

曾经电竞聚光灯下唯一的宠儿贺随，此刻无人问津。

"请问小仙女，你收购俱乐部的这笔钱是从哪里来的？是这些年自己直播赚的吗？"

"怎么可能？"霍嘉鲜笑了笑，"是我家人支持的，不过未来我赚了足够多的钱之后，便会还给他们，让这个俱乐部真真正正成为我自己的产业。"

"那请问你作为战队的主力，同时也是战队的老板，有什么特别的地方吗？"

"《绝地求生》的圈子里，老板做主力队员的例子也不少吧？"霍嘉鲜列举了几个人名，奇怪地道，"他们打了这么多年，采访应该也不少吧？你们为什么不问他们，就抓着我问？我也没什么特别的啊。"

还不是因为你是女生？

不过最终这话还是被那个媒体人咽回去了。

他勉强笑了一下，悻悻地坐下，没再追问。

"那作为老板的小仙女，对俱乐部的未来有什么规划和期许吗？"

"啊，期许当然是各分部好好发展，各处开花，大家能把冠军奖杯捧回家。不过说到规划，这些我真的不太懂。我会的也只有打好比赛而已。"霍嘉鲜指了指身边的史迪，"说到这里，我就再宣布一件事情。我们的经理史迪将会在夏季赛之前，从《绝地求生》分部调到总部，作为高层管理者来总体把握我们俱乐部的发展方向。"

别说下面的媒体人了，就连史迪也是第一次听说这件事。

他扭头看向一旁的霍嘉鲜，眼里的震惊显而易见：这是……升职的意思？

霍嘉鲜也看向他，眼里因为头顶的聚光灯而缀满亮晶晶的光，她笑吟吟地说:"我和史迪认识快一年了,知道他是个很靠谱儿的人。他经验丰富,也值得信任。他就像我们的……我们的叔叔一样让人觉得很安心。我相信他一定能把TT带领到一个更好的阶段。"

跳跳虎在一旁偷偷往史迪的肚子上捶了一拳:"恭喜啊,还不快谢谢老板?"

史迪始终没说话。

他怕只要开口,自己就会忍不住在这么多媒体人面前流泪。

这么多年,他在电竞圈里耗了这么多年,还从来没想过自己会有这么一天。

这个产业看起来光鲜亮丽,似乎有赚不完的金钱、讨不完的名利,但其实全然不是这样的。

行业规则制定还不够成熟,太多的资本无序涌入,管理和游戏水平也参差不齐,这一切注定在这个行业里,只有顶尖的那批选手与老板才能赚到钱。

大家只看到几百万人关注的舞台上金雨洒落,却从没看到每个赛季有那么多小俱乐部解散倒闭,有那么多选手辗转无依,有那么多人常年漂泊在外,再也未和家人一起过过中秋节。

这个行业大多数人是为爱发电罢了。

平心而论,史迪也算是其中一员。否则以他的简历,他完全没必要只待在这个小基地里管着这么几个臭小子,拿着比他从前低的工资。

现在霍嘉鲜这么说,是对他的一种认可,也是一种支持。

霍嘉鲜告诉他,他这么多年的坚持是值得的。

有人值得他付出,而他的这些努力也总有人看得见。

史迪在台上沉默了半晌,随后扭头轻轻拍了拍霍嘉鲜的肩膀:"谢谢你,嘉鲜。"

"谢什么?"霍嘉鲜冲他眨了眨眼睛,"难道你不觉得你即将离开我们,还挺舍不得的?"

"就是啊,老史。"一边的贺随也搭腔了,"苟富贵,勿相忘啊。"

史迪看着贺随那一脸意味深长的笑,立刻就没刚才那么伤感了。

去他的"苟富贵,勿相忘"。

你一个要"嫁"入豪门的人了,在这里讥讽谁呢?

发布会结束,为了躲避如潮水般的媒体人,TT一行人从后门匆匆离开了。

一路疾跑上车,坐到座位上后,霍嘉鲜长长松了口气。

"唉,"她心有余悸地拍了拍胸口,"之前我没发现,这些媒体怎么这么恐怖呢?"

"那是必须的。"史迪瞥了她一眼,"之前你参加过的比赛在曼谷、西雅图这种地方,那里华人少,M市才是我们的大本营。"

跳跳虎也在一旁点头:"就是啊,嘉鲜妹妹,春季赛还好,什么电竞嘉年华或者全明星的时候人才多呢。而且有好多粉丝也不知道你是谁,反正看到你像个'网瘾少年'的样子,就非要冲上来一起拍照。"

霍嘉鲜:"那大概我看起来不太像一个'网瘾少年'。"

大家有说有笑,保姆车径直开往基地附近的海底捞。大家准备好好庆祝一番。

春季赛的完美落幕意味着从今天开始,战队可以心无旁骛地备战世界赛。

也许是长达四周的赛程把人弄得有些疲惫,车开到半路,车上的人就东倒西歪地睡着了。

也不知道为什么,霍嘉鲜似乎没什么困意。

她随意登录微博看了一眼,就刚才发布会结束到现在,短短20分钟时间,自己微博的粉丝已经狂飙到九十万,直逼百万。

大多数网友在评论里狂蹭这个小富婆的运气,祈求自己今天彩票能中奖。

她开微博以来,发的微博很少,大部分是在吐槽蓝洞怎么又改了某支枪的设置和手感,又或者在感慨这游戏里的外挂实在太多,蓝洞公司实在是个小作坊不作为,天天乱封号,也不知道好好提升一下游戏体验感。

唯独有一条微博,也是在那条微博下,她收到的"来围观小富婆"的评论最多。

"@woshixiaoxiannv本人:今天终于能宣布啦,我,小仙女,海鲜第一美,正式加入TT战队,成为一名终结者!"

这条微博后面还加了三个罕见的可爱表情。

霍嘉鲜再次回忆起自己当时的心境，竟然发觉好像过去了好久好久，自己已经记得不太清楚了。

她是兴奋？是激动？还是无与伦比地渴望？或者说是那种梦想降临现实的不真实感觉？

霍嘉鲜已经不太想得起自己当时具体的心境了。

但她能确定一点：从开始打职业赛到现在，她每一天会比前一天更加珍惜与热爱自己所拥有的这一切。

手里的手机微微振动了一下，是微博后台收到一条新私信。

来信人竟然是蜜橘。

没有挑衅，也不再羞辱，蜜橘发过来的这条私信只有一个普普通通的问题——

"你一个女生，家里还这么有钱，那为什么要来打职业赛？"

女生、有钱＝不能打职业赛？

这是什么逻辑？

霍嘉鲜想着，似乎就在自己刚刚决定进TT打职业赛的时候，尤喜也问过她同样的问题。

只是那天她太累了，还没来得及回尤喜，就直接睡着了。

自己为什么会这么执着地拥有这个梦想？

霍嘉鲜抿了抿唇，没有回复蜜橘，直接把她的对话框左滑删除，然后登录八百年没上过的QQ看了一眼。

那位躺在列表里多年的"sss001xxx"的头像依然是灰色的。

对话框里还是这么多年她给对方留的言，密密麻麻一大串，但是都没有得到回应。

这人应该是很久很久没上QQ了吧。

霍嘉鲜已经记不清他到底消失了多久，久到让她忘了该好好感谢他一声才对。

是你的仙女吖："嘿，帅帅帅，还记得我吗？不知道你有没有继续打职业赛。我只想过来告诉你一声，现在我开始打职业赛啦，打的是《绝地求生》，进的俱乐部还挺好的，也许有一天，我们能在赛场上相见哟。"

打好长长的一串话，霍嘉鲜仔仔细细看了一遍，觉得自己说得毫无纰漏，可爱又活泼，完全不会让对方联想到自己就是那个口无遮拦的知名主播小仙女。

然后，霍嘉鲜点击"发送"。

页面上随即跳出一行字——

"你还不是对方好友，不能给对方发消息"。

霍嘉鲜一脸问号。

竟然有这么一天，她被人单方面删好友了？

那之前她给这个傻子"帅帅帅"发了这么多条消息，他不回是什么意思？他当她在放屁？

霍嘉鲜怒了。

接下来的两天，就算再大大咧咧如跳跳虎这样的人，都本能地发现了霍嘉鲜有些奇怪。

说是霍嘉鲜的情绪不对吧，也不太可能，毕竟她每天照例训练、吃海底捞，和大家打打闹闹，似乎和从前没什么不同。但是熟悉她的人能更加敏感地察觉到她的枪法和打游戏的风格似乎比从前更狠了几分。

她好像不知道被谁惹到了一样。

几个人私下里还去问过贺随，最近霍嘉鲜是不是又遇上什么烦心事了。如果是，就让她说出来，大家好一起给她出出主意。

但他们最终得到的答案是，没什么，大家不用担心。

跳跳虎："嘉鲜妹妹不会是快来那个了吧？听说女生来那个的时候和之前之后一个星期会很暴躁。"

唐葫芦表示费解："之前一个星期，那个一个星期，之后一个星期，那一个月的四分之三就过去了啊？你有没有搞错？我认识的姐姐妹妹们可没有一个月三个星期时间在暴躁。"

"哎，反正我就是猜测一种可能性，可能性好吧。"跳跳虎拍了拍贺随的肩膀："反正随神你可以旁敲侧击地问一下她啦。女生来那个的时候很难受，平时我们和嘉鲜妹妹处久了，都快忘了她是女生了。"

贺随："滚。"

话虽是这么说，但是贺随私下里确实多问了一句。

霍嘉鲜愣了半天才反应过来："啊，你们问这个啊？"

本来嘛,"帅帅帅"就是个远古事件,其实也没什么让她放在心上的必要。

但是霍嘉鲜这人平时看着洒脱恣意,其实内心还是有一点儿脆弱。"帅帅帅"删她好友,不仅意味着一个不怎么熟悉的网友单方面和她解除好友关系,更重要的是,这件事让她意识到自己无忧无虑玩游戏的那段日子已经渐渐走远了。

是,她是在做自己喜欢的事;是,她也觉得自己很快乐。但是随着"《绝地求生》冠军联赛第一位女选手"和"明星俱乐部老板"这两个身份接踵而至,她要开始考虑的东西也比从前多了。

从前,她只是个万事不管、自由自在的小主播,直播的时候爱说什么就说什么,但现在不一样了。

她得考虑自己说的每句话会不会影响俱乐部的形象,会不会让赞助商觉得自己这个老板不靠谱儿,会不会给别的队友招黑,会不会触犯一些莫名其妙的规则导致被联盟处罚……

总之,霍嘉鲜开始慢慢理解贺随了,理解他为了成为这支明星战队的队长,付出了多大的牺牲,做出了多少改变。

而这一切和从前的她,抑或是从前的他,都是大相径庭的。

成为一名职业选手,不仅意味着他们要为国家荣誉而拼尽全力,而且要注意身为公众人物之后,自己行为的方方面面。

从某种意义上来说,她已经成了一名偶像——一个需要引领价值观的符号,而不是简单纯粹的那个"网瘾少女"霍嘉鲜。

所以,在很多时候霍嘉鲜会怀念从前的自己,怀念那个站在最初的起点上去下定决心以后一定要打职业赛的小姑娘。

而那个素未谋面的"帅帅帅"就是那段单纯旅程中最重要的一部分。

现在,他的消失也意味着那段旅程已经画上了句号。

本来霍嘉鲜不想和贺随说这些事的,但是她哥教育她说,既然要好好恋爱,那两个人之间最好还是坦诚点儿,别天天搞什么你瞒我、我瞒你,弄出很多小秘密,结果两人猜来猜去,徒增误会。

所以她转念一想,还是把这事和贺随说了。

"就是……你知道吧,原来我是因为打《反恐精英》认识了一个网友,才知道女生也可以打职业赛,才开始有做职业选手这个梦想的。"

霍嘉鲜抿了抿唇，声音里有浓浓的失落感，"不过前几天，我想起来和他说一声谢谢，告诉他现在我开始打职业赛了，但是没想到他竟然早就把我删好友了。所以我心里有些难过，这你能理解的，对吧？"

贺随："是个男生？"

少女刻意避过这个问题，可怜巴巴地抬眼看向贺随，目光十分沮丧："当时虽然大家知道我游戏打得好，但是从来没有人真正认可过我，包括我哥。但就是这个'帅帅帅'，知道我是女生之后，竟然没说什么打击我的话，反而说我很有潜力，以后可以考虑打职业赛。那时候我从来不知道女生也可以打职业赛呀，他真的是第一个这么鼓励我的人。"

也不知道她的话出现了哪个敏感词，竟然让贺随微微皱了皱眉头。

男人沉吟片刻，随后重复了一遍那个无比熟悉的名字："帅帅帅？"

"对啊，叫什么sss001xxx的，反正很敷衍。"虽然知道可能性不大，但霍嘉鲜还是忍不住问了一句，"不过他五年前就开始打职业赛了呢，应该和随神你差不多时间入行的，你认识他吗？"

贺随有点儿惊讶。

看着少女晶亮的眼睛，他抬起右手指尖，下意识地摩挲了一下自己右边口袋里的手机。

那个早就被他放在角落的App里，他登录的QQ名就是……

"哎，随神？男朋友？"霍嘉鲜拼命用手在他眼前晃了晃，"你怎么不说话啦？你不会是生气了吧？"

"没有。"贺随不由自主地揉了揉霍嘉鲜的头发，迟疑了一下才开口，"你怎么知道……你怎么知道他把你删好友了？"

"因为我给他发消息之后，系统提示我了呗！"霍嘉鲜皱了皱鼻子，语气有些恨恨的，"其实被删好友还是小事，主要是之前我给他发了好多好多信息，他都没有回啊。现在他就这么把我删除，未免有点儿没礼貌吧？"

"也许……万一他是怕自己的女朋友生气，所以才把自己列表里的陌生女孩儿删光了呢？"

"搞笑吧！"霍嘉鲜瞪大了眼睛，讶异地道，"怎么会有这种人？那他女朋友也过于小气了吧？！他只要和我说一声，我肯定就不会打扰他了呀。喊，他以为我是那种不要脸的人，看到人家有女朋友了，还往他身上蹭啊？！"

贺随："是的，你说得很对。我觉得你说得很有道理。"

"反正我就觉得挺难受的。"霍嘉鲜撇了撇嘴，"自己莫名其妙地就被删除好友，一句道别都没有。唉，我是不是太敏感、太感性了？其实这种事情也没必要生气这么多天，对吧？"

"确实，你也没必要生这么久的气。"贺随望向天空，又迟疑了一会儿，才说，"说不定他今天也被他女朋友教训了一顿，然后又会把你加回来，向你道别呢？"

"谁知道呢？"霍嘉鲜叹了口气。

"嘉鲜妹妹、随神，来一起打排位赛吗？"

远处，跳跳虎在疯狂招呼他们。

"不了。"贺随拒绝了他，镇定自若地道，"今天我女朋友心情不好，我陪她双排。你们别来凑热闹。"

跳跳虎心想：随神才消停了几天，又开始了？

吃完晚饭回来，跳跳虎看到自己那俩队友还在电脑前面双排虐狗，刚好又顺利吃了一"鸡"。

他有些受不了了，想要为民除害，灭灭随神嚣张的气焰。

恰在此时，唐葫芦从训练室外走了进来。跳跳虎拦住他，低声问："兄弟，待会儿看时机和随神他们排一起？我们一起去杀了这对情侣如何？"

"你疯了？"唐葫芦想也不想就拒绝，"我才不会试图去破坏我老板甜蜜的爱情，要上你自己上，拉上我，你就不是兄弟。"

跳跳虎蠢蠢欲动想要搞事情的心被狠狠打击到了："我们可以放嘉鲜妹妹一条生路，但是必须搞随神！我们不搞他，他得更嚣张，天天在我们面前炫耀他有女朋友，快要把我气死了。"

"I'm fine, thank you。（我很好，谢谢。）"唐葫芦绕过了跳跳虎，径直走回自己的座位，"我一点儿没觉得生气，反而觉得每天沐浴在这么多爱的粉红色泡泡之中，整个人都格外生机勃发。好了，你不要吵我了，现在我要一边沐浴爱，一边练枪，以便早日把你从首发阵容上拉下来。"

"你这个臭小子。"跳跳虎低声骂骂咧咧地回到自己的座位上，"你不陪我，我粉丝群里多的是人可以和我一起双排杀狗。你等着啊。"

"啊，好的。"唐葫芦一听自己不用亲自动手，屁颠屁颠地把椅子推到了跳跳虎身边坐下，"那我看戏。"

"你不是说你要疯狂练枪，拉我下首发？"

"你要下手了，我还需要练枪？"唐葫芦笑嘻嘻地道，"估计今天过后，一队就见不到你了，拜拜咯。"

跳跳虎："你必须给我一起来。"

最终，唐葫芦还是被跳跳虎拉上了贼船。

贺随和霍嘉鲜没开直播，所以就算粉丝们在跳跳虎的直播间知道了他的阴谋，也无可奈何。

跳跳虎就坐在他们身后，几眼就可以知道他们什么时候点击"开始游戏"的按键，把他们在战场上的位置看得一清二楚。

毕竟到了他们这个段位，号并没有那么多，只要在差不多的时间点击"开始游戏"，他们基本就会被排进同一局游戏。

果然，跳跳虎和唐葫芦试了一次就成功了。

"哇，难得啊，随神竟然不跳自闭城，而是往派南去了。"跳跳虎边扭头往后疯狂看贺随他们的位置，边在地图上标了一个点，"来来来，我们到桥这边。"

派南是一个被河流一分为二的村庄，河流出了村庄之后逐渐变宽，流经一座大桥。

跳跳虎和唐葫芦就在这座桥上守株待兔，等着霍嘉鲜和贺随。

跳跳虎在遮挡物后面隐藏好身形，还叮嘱唐葫芦："你好好蹲着，圈这么刷，他们肯定要往这里走的，千万别露馅儿！"

唐葫芦嘀咕："反正我就是有种预感，我们肯定会被反杀……"

"哎，你怎么这么没自信？"跳跳虎拍他的脑袋，"你能不能拿出点儿气势来？"

他的直播间里，粉丝已经笑疯了。

"搞事情啊。"

"虎仔，你是不是不想在TT混了？成功的话，明天你就可以不用来上班了。"

"人生有梦，各自精彩。请大家记住TT_Tigger这个ID，毕竟明天他就要退役了。"

"虎仔,你是嫌工资太多,还是觉得自己的职业生涯太长了?"

"明天论坛头条:跳跳虎因为上班时间玩《绝地求生》而被开除!"

"哈哈哈哈哈哈哈,坐等虎仔被开除。"

"虎仔,你现在回头还来得及,否则你真的要人生有梦,各自精彩了,哈哈哈哈哈!"

"屁。"跳跳虎看了眼弹幕,反驳,"我们老板很开明的。"

"开明和开除你没有必然的关系。"

"兄弟们,'人生有梦,各自精彩'可以先刷起来了。"

"虎仔,我会想你的。"

"TT最傻的人要走了,基地平均智商要被拉高了,真遗憾。"

跳跳虎无语。

这帮水友就没有一句好话吗?

他笑着低骂了一句,看见霍嘉鲜和贺随出了派南,正开着一辆小破三轮车往这座桥上驶过来。

"准备!准备!"他连忙提醒唐葫芦,"他们到桥头先不要开枪,听我指令哟。"

"哦。"

萨诺雨林地图的交通工具基本是行驶缓慢的小摩托,霍嘉鲜和贺随开的这辆也不例外。

他们的速度不快,跳跳虎也不怕自己开枪会不及时。

等那辆车到了十米之外的位置,他对唐葫芦说了一声"上",随后自己闪身而出,疯狂扫射。

车胎很快就爆了。

在两把枪的火力之下,车上一人很快狂飙血雾,倒地落车。

霍嘉鲜根本没想到这种地方竟然还有人阴着,而且对方看着还是个高手。这偷袭的距离和位置把握得很妙,以至她落车之后没能找到躲的地方,很快就死在乱枪之下。

她看到电脑屏幕右上角的击杀信息,又听见身后传来两个人鸭叫一样猖狂的笑声,一下子明白过来:"跳跳虎,你胆子这么大,敢搞事情啊?"

他们知道要阴在这个地方,明显就是在背后看着她和贺随的位置,精准定位过来，就是为了专门搞她和贺随的。

现在的年轻人真的很膨胀啊。

跳跳虎笑得快打嗝了，但还是试图稳稳压枪，把贺随也打倒，还顺便隔空回答了霍嘉鲜两句："哈哈哈哈哈哈哈哈哈哈，嘉鲜妹妹……对不起，我不是故意的……我本来只是想杀贺随……没想到先把你杀了……哈哈哈哈哈，我错了，别打我……"

霍嘉鲜无语：我觉得你没有悔意。

"人生有梦，各自精彩。"她佯装认真地道，"你自己考虑一下。"

"哈哈哈哈哈哈哈哈哈，笑死我了。"

"所以，虎仔你对老板的感觉是错觉。"

"完蛋了，虎仔，老板生气了，后果很严重。"

"兄弟们，我是对'开明'两个字有什么误会吗？"

"跳跳虎还是太单纯了啊，一看他就没有接受过社会的毒打，哈哈哈哈哈。"

"虎仔，你真的把自己的路越走越窄了，哈哈哈哈哈。"

游戏画面里，贺随正跑跳着躲到障碍物后，血条只剩最后几滴血。他蹲下身体，开始快速包扎伤口。

听见跳跳虎和唐葫芦在身后忍不住狂笑的声音，他挑了挑眉，没有继续把血补满，反而直接后撤两步，迅速往他们所在的方向扔了两颗地雷和一颗闪光弹。

"哈哈哈哈哈哈……啊！"

欢声笑语之中，跳跳虎听见了地雷在自己身边掉落的声音，吓了一跳，连忙撤离。

然而已经晚了。

贺随的这两颗地雷直接把两个人的半管血炸掉，两人都变成了残血。

没等他们反应过来，贺随最后一颗闪光弹落地。游戏中的两个人纷纷抬起手遮住眼睛，变成无法进攻状态。

而贺随恰恰混着这烟雾，神不知鬼不觉地攻到了两人近前。

趁跳跳虎和唐葫芦还没反应过来的时候，贺随已经枪法利落地把他们直接打倒，全部淘汰，简直是一枪一个小朋友。

跳跳虎和唐葫芦的笑容逐渐凝固。

游戏画面中，贺随操纵的游戏人物迅速从地上捡拾他们骨灰盒里的遗物。

而跳跳虎的身后，近在咫尺的随神语气淡淡地说："我房间里有一本《职场心理与人生智慧》，我觉得你应该还蛮需要的，你有空过来拿。"

跳跳虎一脸蒙。

跳跳虎和唐葫芦想搞事情，最后反被搞的"人生有梦，各自精彩"事件被笑到昏过去的粉丝们剪成视频，在各大论坛与社交平台上广为流传。

当晚，尤喜就看到了这段视频，还专门发过来和霍嘉鲜一起笑。

他真的好可爱啊："哈哈哈哈哈哈，虎仔也太可爱了吧，哈哈哈哈哈！这种事他都搞得出来，哈哈哈哈！"

贺随我家的："嗯。你看中的男人真的很调皮。"

他真的好可爱啊："……"

他真的好可爱啊："我只是觉得他可爱而已。"

贺随我家的："难道你不想得到他？"

他真的好可爱啊："还……好……吧……"

他真的好可爱啊："是……有……点儿……"

贺随我家的："虽然我是他的老板，但是我还是要声明一件事情，我们俱乐部里的男孩子是独立的，我这个老板是不会强迫他们进行一些非法交易的。"

他真的好可爱啊："……"

霍嘉鲜正在和尤喜一本正经地打着嘴炮，忽然，电脑屏幕正上方跳出一条提示消息，竟然是几乎没有什么动静的QQ。

"你收到了一条新消息。"

还有谁会用QQ给她发消息？

霍嘉鲜顺手点进去看了一眼。

不知道暗了多久的那个白色头像，此时竟然亮了起来。

那条新消息就来自之前已经把她删除了的"帅帅帅"。

他竟然重新把自己加了回去？

sss001xxx："好久不见。为你开心。"

"帅帅帅"这句话后面还加了一个对他来说十分罕见并且极其稀有的可爱表情。

这是什么情况？对方被雷劈了吗？这人疯了吗？

霍嘉鲜只觉得十分震惊。

毕竟她从来没有指望过这个"帅帅帅"重返自己的生活啊。

她想了想，才小心谨慎地回了一个问号。

是你的仙女吖："你不是把我删除了吗？"

她的房间隔壁，贺随正对着手机屏幕，沉默良久，思索着对策。

很快，他回了一条消息。

sss001xxx："没有删除，可能是腾讯出问题了。我很久没上QQ了。"

那边也很快回消息过来。

是你的仙女吖："啊，是这样啊？对不起，我错怪你了。本来我还很生气来着。"

是你的仙女吖："腾讯确实漏洞很多，可能你不怎么上号，就出问题了，没事的。"霍嘉鲜在句尾加了一个可爱的表情。

贺随挑了挑眉，看着她在最后发的那个表情。

她用这个……未免过于可爱吧？

原来他不知道，她还会给别的男的发这么可爱的表情。

见他久久没回音，那边的人似乎有些着急，又连发了两条消息过来。

是你的仙女吖："嘿？"

是你的仙女吖："所以，现在你还在打职业赛吗？"

sss001xxx："嗯。"

是你的仙女吖："哇！太棒啦！那我们也可以算同行啦！开心！"

sss001xxx："嗯。"

是你的仙女吖："我在想一件事呢，不知道能不能说？"

sss001xxx："嗯？"

是你的仙女吖："你能告诉我你是谁吗？因为你算是把我领进这个行业的人，我真的很感谢你。现在我们也算是同行啦，我想和你认识一下。"

是你的仙女吖："如果你不愿意就算啦。"

是你的仙女吖："哦，对！如果你女朋友不愿意也算啦。今天我男朋友刚和我说过，说也许因为你有了女朋友，所以才把我删除的。我觉得我男朋友说得还蛮有道理的！"

sss001xxx："嗯。"

是你的仙女吖："啊，这是什么意思？"

是你的仙女吖："你愿意还是不愿意呀？"

sss001xxx："见面聊。"

是你的仙女吖："啊……"

很显然，她在纠结。

贺随很快又发了一条消息过去。

sss001xxx："我住望山这里。"

是你的仙女吖："你的基地也在望山吗？我也是！"

sss001xxx："嗯。"

sss001xxx："明晚5点，大门口见。"

是你的仙女吖："可以！可以！"

是你的仙女吖："如果我叫我男朋友和我一起去，你会介意吗？"

贺随半天才发过去两个字。

sss001xxx："可以。"

第二天一大早，整个基地的人还在沉睡中，霍嘉鲜就轻轻敲响了贺随的门。

贺随睡眼惺忪地打开门以后，见外面站着的霍嘉鲜正扑闪着一双眼睛，充满希冀地看着自己。

"那个……男朋友，我想和你商量一件事。"她有些为难地开口，"就是之前我和你说过的那个'帅帅帅'，他真的突然和我联系了，说愿意和我见面认识一下！我怕有危险，也怕你多想，所以就和他说带你一起去。"

贺随看了一眼时间。

7点30分。

她敲响他的门，问他要不要陪她去见另一个男人？

大概刚醒来，不太清醒，贺随还没意识到，这个"另一个男人"就是他自己。

他懒散地靠在门口，额头抵在门框上，声音带着几分饱含睡意的沙哑。

"一起去？"

"对呀。"霍嘉鲜拼命点头，"真的好巧，他的基地也在望山！今晚5点，我们去大门口就行，和他见一面认识一下就回来！我保证不会耽误晚上的训练赛的！"

她来之前还做了很多心理建设，觉得贺随很有可能不会答应自己，毕竟是个男的都受不了自己女朋友那么热衷去见一位男网友，而且这个男网友和自己的女朋友认识了这么多年。

坦诚、坦诚，霍嘉鲜一直这么对自己说。

"帅帅帅"对她的意义可不仅限于一个男网友这么简单。

她在脑袋里想了一大通道理，只想着等会儿贺随拒绝的时候，可以列举出来，如此这般把他说服。

没想到面前的男人沉默了片刻，随后点了点头："可以。"

就没了？

他就这么答应了？

霍嘉鲜觉得有些蒙。

直到贺随关上门回去补觉之后，她的大脑还处于死机状态：这胜利……来得未免太轻松了吧？

就是那句"可以"，言简意赅，倒是和"帅帅帅"的"可以"有异曲同工之妙。

看来打游戏的男生说话果然是差不多的——简单直接，她喜欢。

接下来的一整天，霍嘉鲜觉得时间有些漫长。

人一旦对某一事件特别期待以后，那之前的时间就会格外难熬。

下午的训练赛，平时她觉得转瞬即逝，今天却觉得过了许久，才终于挨到4点50分。

下了训练赛，跳跳虎照例来叫霍嘉鲜和贺随一起排位练枪。哪知两人一前一后匆匆走出训练室，连个回复都没给他。

跳跳虎觉得今天两个人有点儿反常。

平时他们不是高调秀恩爱的吗？今天怎么一反常态，这么低调？

霍嘉鲜和贺随沿着小区里的马路，慢慢走到了望山别墅的大门口。

4月正是早春，沿途树冠繁盛，冒出了新芽。

路过那棵她曾经在下面抱着贺随痛哭过的金桂树时，霍嘉鲜还特地停留了一下。

她透过层层错落的枝杈空隙向上看去，天空被分割成了零碎的小区域："时间过得好快啊。"

去年她注意到这棵树的时候，它还开着繁茂的黄色小花。

今年再路过这棵树，不过才过了几个月的光景，她的生活却已经改变了太多太多。

贺随走在霍嘉鲜的身后，跟上几步在她身旁站定，同样和她仰头看向天空。

"嗯。"他的回应简简单单，却格外让人心安。

两个人就这么手牵着手，慢慢悠悠地往前走。春天的空气里沁满了芬芳的草木气息，在磨砂玻璃似的天光之下，像是隔着一层薄雾，气氛恰到好处。

快走到大门口的时候，霍嘉鲜看了一眼手机上的时间，正好5点。如果现在她飞快地拉着贺随跑过去，也许刚好不会迟到。

但是她的脚步渐渐变得慢了。

贺随察觉到她的异样，也停下脚步，侧过脸看向她："怎么了？"

"贺随，要不还是算了吧？"霍嘉鲜犹豫了一下，临到关头竟然有些退缩，"望山那么多俱乐部，他多半也是打《绝地求生》的选手吧？如果他是FLG的还好，可万一是BF的怎么办？不行，我越来越感觉他很像BF的人。你记不记得BF有个叫帅气的队员，万一就是他呢？"

"是他怎么办？"

"那我肯定会觉得自己是傻子的。"霍嘉鲜微微皱了皱眉，"如果'帅帅帅'就是BF那个傻子，那我因为这种傻子才想打职业赛，是不是更傻呀？"

贺随愣了愣，倏地低笑："不会的。"

男人的声音消融在春天微醺的暖风中，那丝低笑显得格外撩人。

"嗯？"

"不会的。"贺随忍不住用指尖卷了一下霍嘉鲜颈后的发尾，"我相信他肯定是个有素质、技术好的帅哥。"

霍嘉鲜有些奇怪地看向贺随:"我们还没见到他呢,你怎么给一个陌生人说这么多好话?"

这对惜字如金的随神来说,可不太常见。

贺随回避了这个问题:"去看看吧。"

"去吗?"

"我只是觉得,如果他对你决定要打职业赛这么重要的话,你不去见他,也许会后悔的。"说到最后,贺随不由自主地笑了起来,"毕竟要是没有他的话,你就不会想要打职业赛,我们也不会认识,那么现在的贺随也不会是一个这么快乐的人。"

本来霍嘉鲜还在一脸焦虑地看着大门口的方向,现在听见贺随这么说,愣了愣,缓缓把头扭了过来。

"你说……"

"是的,我觉得现在很快乐。"

大概是春风太过和暖,贺随的声音听起来也格外温柔。

"如果没有霍嘉鲜的出现,那现在贺随只是一个压力很大的职业战队队长而已。每天训练、比赛、直播,循规蹈矩地生活,也许赚了很多钱,有很多人知道他的名字,但是他并不快乐。

"但是后来霍嘉鲜出现了,他忽然发现自己在这个女孩儿身上看到了很多自己丢失已久的东西。他打了这么多年的职业赛,似乎早就忘了自己曾经还拥有过这样的东西。"

"是什么东西?"霍嘉鲜认真地看着贺随的眼睛,轻轻地问。

"热情、勇气、坚守,还有我也说不上来的其他东西。"

贺随的五指和霍嘉鲜的五指紧紧交叉缠起,声音里带着几分异样的情愫。

"亲爱的女朋友,我只希望你能永远快乐地在这条路上走下去。那些有关离别、责备、遗憾的多余痛苦可以远离你。你只需要永远和十四岁时候的那个小姑娘一样,心无旁骛、简单纯粹地做你最喜欢的事情。"

说话间,两人已经走到了小区的大门口。

天光渐渐暗了下来,油画一般的光影中,霍嘉鲜有些困惑地扭过头,略带错愕地看向贺随。

大门口空空荡荡的,什么人也没有。

她似乎意识到了什么，却又觉得这一切太不可思议，所以根本没敢继续往那方面想下去。

霍嘉鲜有些不确定地开口："你……为什么突然和我说这些？"

贺随笑了笑，没说话。

他左手还握着霍嘉鲜的手，右手从口袋里掏出手机，修长的手指在屏幕上点了两下，不知道给谁发了一条消息。

这时，霍嘉鲜手里的手机振动了一下。

她有些呆呆地低头看了一眼自己的手机屏幕，又呆呆地抬起头，再次看向贺随。

"你……"

她的屏幕上显示 QQ 收到了一条新消息，来自 sss001xxx。

"是收到了消息吗？"贺随低笑着催促她，"快看看。"

霍嘉鲜看了他半天，最终还是默默地点开了自己的 QQ。

sss001xxx："我到了。"

霍嘉鲜松开和贺随牵着的手，低头回了一条。

是你的仙女吖："我也到了，你在哪儿呀？"

sss001xxx："你抬头。"

sss001xxx："就在你前面，大门口。"

是你的仙女吖："我前面是我男朋友。"

sss001xxx："嗯。"

是你的仙女吖："你是我男朋友？"

sss001xxx："嗯。"

是你的仙女吖："你是贺随？"

sss001xxx："嗯。"

对面的少女半天没回话。

贺随微微抬眸，看了霍嘉鲜一眼。

霍嘉鲜一直低着头，贺随也看不清她脸上是什么表情。

他在 QQ 上问她。

sss001xxx："怎么不说话？"

两个人面对面站着。

那边的人半天回过来一句话。

是你的仙女吖:"贺随,你真是的。"

这话怨恨中带着三分不爽。

贺随轻轻笑了一下,想给她发一个表情过去。然而按下"发送"键的那一瞬间,他才发现——

"你还不是对方好友,不能给对方发消息。"

霍嘉鲜竟然已经把他……删除了?

删除他之后,小姑娘的脸上没什么表情。她直接把手机放回了自己的口袋里,然后面无表情地扭头,往大门口的反方向走去。

贺随连忙拉住她:"哎,嘉鲜,生气啦?"

"没有。"

霍嘉鲜任由他拉起自己的手,也不挣脱,也不看他,就这么径直往前走去。

"我也是昨天刚知道这件事。"贺随疾步跟着霍嘉鲜,语速飞快地解释,"我一知道这件事,就马上把你加回来了呀。之前我是真不知道……真不知道你就是她。所以你给我发了那么多条消息,我也没回,最后直接把你删除了。"

"那你不知道和我说一声吗?"霍嘉鲜恨恨道,"还说是腾讯的问题,关键是我还信了。行,你这甩锅给腾讯的操作真的厉害。你是不是最会这么骗女孩子了?"

"怎么可能?"贺随连忙发誓,"我就这样和你开过玩笑,真的!而且现在你知道是假的了,不算骗。"

霍嘉鲜走得极快,偏偏一只手还被贺随拉着,就这么姿态别扭地气哄哄地往前走。

小姑娘看着前方,半天才闷闷地来了一句。

"当时和我打《反恐精英》的是你?"

"嗯。"

"当时你刚开始打职业赛?"

"也不算啦,一开始我就是自己组小战队去打一些线下小比赛。"

"当时你听到我是女生,是怎么想的?"

"就是那么想的啊。无论男生女生,你都是很有天赋的。你天生就是打职业赛的,为什么要分性别呢?"

霍嘉鲜的脚步渐缓，她又往前走了两步，倏地转过身来："那你为什么昨天不告诉我'帅帅帅'就是你？"

"啊，一时间，我不知道怎么开口。"非常难得地，贺随的身上第一次出现了一种类似"不好意思"的情绪，"毕竟我进 TT 之后很忙，所以就很久没上 QQ 了。前段时间，我一上去就看到这么多年你给我发的这么多消息，那时候我刚和你在一起，就想着不能和陌生的女孩子有来往，所以就把你……删除了。"

"你这个男人真的戏很多呀。"

霍嘉鲜半天才给出这样一句评论，到底还是没忍住，紧绷的脸上染上几分笑意。

见贺随还是一脸紧张的模样，她拍了拍他的肩膀，做出一副老板的威严样，"好啦，小伙子，努力工作，我不生气了。"

"真的？"

"嗯。"

两人就这么手牵着手，在暮色的笼罩下，沿着柏油马路走回基地。

一路上安安静静的，两个人很有默契，谁也没有开口说话。

暮色四合，时钟转到了某一时刻，像是触发了什么机关一样，道路两边高大的欧式灯柱唰的一下齐齐亮起，温柔的晚风浸润在浮尘里，像是包裹在一团朦胧的面纱之中。

霍嘉鲜"哇"了一声，赞叹："好美啊。"

来 TT 这么久了，她总是来去匆匆的，除了那晚的金桂树，还没有偶遇过这么美的时刻。

贺随在她的身边说："确实很神奇。"

"我也觉得很神奇。"霍嘉鲜接得很快，"我从来没有想过，让我拥有想要打职业赛的梦想的那个人竟然和我打职业赛之后喜欢的是同一个人。贺随，你能想象这种感受吗？就好像……一切都殊途同归。好像我的决定从头到尾是对的。我就应该来打职业赛，就应该会遇见你。"

命运真的是一个太奇妙的东西。

这一路上，她反抗过、怨恨过、后悔过、退缩过，但最终还是感恩。

她感恩遇到贺随，感恩遇到跳跳虎、史迪、唐葫芦、尼罗、冥灭、阿霁，遇到所有爱她甚至恨她的人。

她同样感恩早已到达另一个世界的母亲,以及现在无条件支持自己追逐梦想的家人和朋友。

好像因为有他们的存在,自己这一路上的辛苦不再是苦痛与磨难,而是另一种馈赠与慰藉。

那些已经离开的人会变成一种独特的力量,让她成为一个更好的人。

而那些没有离开的人,她坚信,他们可以一直在一起,在这条路上,走到他们可以到达的最远的地方。

比如说,她坚信,他们一定可以拿到那个属于他们的世界冠军。

又比如说,在她说"我真的很高兴遇见你"的时候,身边的那个男人回了她三个字。

他说:"我也是。"

浩瀚宇宙里,人与人之间的相逢大概是短暂的。

就像基地天台上轻轻吹拂的晚风、香甜桂树下的那个拥抱、在西雅图海边的温柔月色、十九岁生日时那个热闹的雪夜、除夕璀璨的城市焰火……

瞬间易逝,但爱永恒。

就像贺随手腕上的那个黑色文身,每一分,每一秒,都在随着他的生命而有力地跳动着。

微醺的晚风笼罩着他们渐行渐远的身形,缓缓送来他们的交谈声。

"等一下我想去吃海底捞。"

"好。"

"我还想喝喜茶。"

"可以。"

"贺随,今天的月亮漂亮吗?"

"今天没有月亮。"

"但我还是觉得好美啊。"

"我也是。"

澳大利亚,悉尼。

PGS 如期到来。

7 月的南半球是冬天,虽然没有季风气候这样四季分明,但自南极洲吹来的干燥冷风里依然带着几丝寒意。

出机场的时候,跳跳虎只穿了一件牛仔外套,一出门口,就被冻得瑟瑟发抖。

他低声说了一句:"怎么这么冷?!"

"我说了,这里是冬天。"冥灭在一旁挖苦跳跳虎,但还是从自己的包里翻出一件大衣给了他,"来,看在你马上要为队伍打比赛、争奖金的分儿上,我还是把我的衣服借你穿穿,只是你别把我干净的大衣玷污了就行。"

跳跳虎满脸嫌弃地接过了外套,然后一脸不情愿地套到了身上。

赛事方专门安排了保姆车来机场接人,一行人在飞机上睡够了,所以现在一路上没什么睡意,都有些新奇地边看边聊。

虽然这不是 TT 第一次出国比赛,但他们还是第一次来澳洲,看起来,这片独立的大陆风景还是有些不一样的。

到达酒店之后,一群人纷纷聚在霍嘉鲜的房间里,等着老板投喂食物。

毕竟上次在西雅图的教训有点儿深,这次俱乐部帮他们备足了老干妈、老坛酸菜面之类的东西,好让他们在外面比赛的这大半个月不那么难熬。

史迪去了总部的管理层,这次只能留在国内坐镇,也没有时间陪大家一起来悉尼比赛。

新的战队经理也请了产假,最近阿霁和冥灭是既当爹,又当妈,还要天天被这群小崽子冷嘲热讽年纪大,简直快要自闭了。

好在这场大赛已经到来。

等到一切结束,下一个赛季到来之前,他们两个就要离开 TT,回去过老婆孩子热炕头的神仙日子了。

对比之下,跳跳虎觉得并不忌妒,并表示有老婆的给我滚远点儿。

所以,吃完晚饭之后,他就决定排挤这两个正在和老婆打电话秀恩爱的老年人,要找自己的队友一起去附近的网吧练枪。

尼罗和作为替补的唐葫芦积极响应了跳跳虎的号召,而曾经最执着去网吧练枪的贺随竟然第一次破天荒地说不去了。

跳跳虎的目光穿梭在贺随和同样不去的霍嘉鲜之间:"随神,你不是一直说比赛前要保持手速的吗?"

"保持手速就一定要去网吧?"贺随低声道。

不知为何,跳跳虎从他的声音里听出了一种若有似无的蔑视。

"你还是太年轻了。"

跳跳虎半天才反应过来:"行,我懂。"

他转身大踏步向外走去,身后跟着一脸茫然的唐葫芦和向来没什么表情的尼罗,徒留下一个倔强的背影。

霍嘉鲜一脸蒙。

等到门被关上好久,房间里还是寂静一片。霍嘉鲜奇怪地看了几眼贺随,随后开始大义凛然地脱衣服。

"虽然后天就要比赛了,但是你想的话,还是可以来的。"

霍嘉鲜一边说,一边就想爬到贺随身上,后者一脸莫名其妙地把她拉了下去:"很热吗,你脱这么多衣服?"

霍嘉鲜全身上下只剩了一件吊带背心。

贺随从床上拣了一件薄外套给霍嘉鲜披上,声音里蕴含着低笑:"后天就要比赛了,你忍忍吧,我可没有说。"

"你说要练手速!"

"对啊。"贺随将右手举到霍嘉鲜面前,迅速张开又合拢,强调,"练手速。"

霍嘉鲜:"别的人我不知道,但你是真的很讨厌。"

虽然霍嘉鲜是这么说,但是心里清楚贺随为什么没有和他们一起去网吧,而是留下来陪自己。

去年 PGC 赛前,Stan 给她带来的阴影实在是太大了,以至她一想到要出国参加世界赛,心里本能地就会产生一种无以名状的恐惧情绪。

不过为了不让自己的队友担心,她没有和任何人说。

在所有人面前,她表现得是正常的,没什么异样。所有人觉得霍嘉鲜就和她自己说的那样,可以以最好的状态参加比赛,但只有贺随一个人看出来她不像她表面上那么从容不迫。

他能看出她的紧张,但是没有说。

这一天晚上,他只是搂着霍嘉鲜,陪伴她睡了一晚,什么多余的话都没有说。

霍嘉鲜迷迷糊糊快睡着时,只觉得有人温柔地在自己的眼皮上印了一个浅浅的吻,鼻端萦绕着的是非常令人心安的味道。

说不上来贺随用的是什么香水,抑或是洗衣粉的气味,反正她就是知道这是贺随的味道,让她能够完全放松地沉沉睡去。

这一晚上,霍嘉鲜又梦见了自己的妈妈。

时隔将近一年,她终于第二次见到了妈妈。

妈妈似乎比上次更加丰润了一些。

她还是穿着那条长裙,站在一条河对岸,笑吟吟地冲霍嘉鲜挥了挥手。霍嘉鲜激动得想要穿过桥,去到妈妈的身边,可是发现这座桥似乎好长好长,长到根本走不完。

"宝贝。"谢繁轻轻地阻止了她,"妈妈很好,你不用过来的。"

"妈妈,"许久,霍嘉鲜看着那张熟悉的脸庞,喃喃道,"都过了好久了,您怎么一直没有回来看我?"

"宝贝,妈妈也不是想回来就能回来的呀。"谢繁笑道,"不过妈妈一直在远远地看着你,看到你过得幸福快乐,我就很放心了。"

霍嘉鲜觉得脸颊上有些冰凉的触感,下意识地就伸手用力抹了一下。

她这才发现,不知什么时候,她的脸上竟然沾满了晶莹的泪珠。

"爸爸过得很好,现在也很少熬夜了;哥哥交了新的女朋友,他们还一起借钱给我,让我买下了我喜欢的俱乐部;现在我既打比赛,又做老板,可以帮助那些没有条件打职业赛的人……去年我生日的时候,我还和现在的男朋友在一起了。他人很好很好,是我见过最好的男孩子,是我想要和他结婚的那种男孩子,是我觉得想要和他一直一直走下去的男孩子……"

霍嘉鲜也不知道她为什么会絮絮叨叨和妈妈说这么多无关紧要的话。

这一年来,她想象过无数次在梦里见到母亲的场景。她有很多话想对母亲说,但是临到关头,自己脑袋里能想起的竟然是些这么琐碎的片段。

她翻来覆去地讲,这些话大部分还是关于贺随的。

霍嘉鲜觉得自己说了好久好久。

谢繁一直静静地听着她说。两个人隔着几步的距离，中间笼罩着一层薄雾。他们似乎离得很远很远，但也很近很近。

"嘉鲜，"最后，是谢繁轻声打断了霍嘉鲜絮絮叨叨的长篇大论，"今天妈妈来找你，只是想问你一件事。"

"什么？"

"你快乐吗？"母亲的微笑在薄雾中显得格外温柔，"这个问题我在你第一天决定要打职业赛的时候就问过你，但今天，我依然想问你，你快乐吗？"

霍嘉鲜愣了愣。

"你知道的，如果你觉得不快乐，就永远可以回头。"谢繁轻轻道，"你背后还有你的家人、朋友以及所有支持你的人，还有刚才你和我说过的那个……那个男孩子，叫贺随，对吗？"

霍嘉鲜紧抿着唇，一直没说话。

她能感受到这条河上的光线越来越淡，即将消失。

而母亲的脸庞也在这蔓延且要吞噬一切的黑暗之中，逐渐变得模糊不清。

霍嘉鲜似乎意识到了什么，终于开口，声音里满是倔强隐忍的哭腔。

"妈，您要走了吗？"

"嗯。"

"以后，您……还会回来看我吗？"

"宝贝，你知道的，妈妈只希望你每天能快乐。"谢繁笑了，温柔地安抚霍嘉鲜，"只要你快乐，妈妈就放心了。有些时候，人总是要往前走的，对吗？"

霍嘉鲜没出声。

她眼睁睁地看着妈妈的身影越来越淡，越来越透明，最终消失在无边的黑暗里，又像是一闪而过，成为漆黑夜幕中一颗璀璨明亮的星星。

她轻轻开口，声音很低很低。

但是她确信，妈妈听得到。

"妈妈再见。"霍嘉鲜静静地哭着，"我爱您。"

第十三章

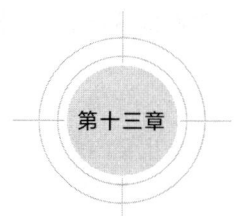

冠军，我们来了

霍嘉鲜醒来的时候，半边枕头都湿了。

贺随像是早就醒了，但一直没有把她叫醒。

看见她睁开眼睛，贺随递过来几张餐巾纸，问："梦到你妈妈了？"

"嗯。"霍嘉鲜的声音哑哑的，她没多说什么，只擦了擦脸颊上的泪痕。

两个人颇有默契地没怎么说话，等洗漱完毕，就一起下楼去吃早饭。因为签证问题，TT到得最晚，所以今天他们得早点儿去场地试外设，早发现状况，可以早应对。

霍嘉鲜一路拉着贺随的手，垂着脑袋跟在他的身后，神色也是蔫蔫的，萎靡不振，像个跟着老父亲上幼儿园的女儿。

TT其他几个人早就在餐厅门口等着了。看见两个人一起走过来，关键霍嘉鲜还是这种状态，大家纷纷调侃起来。

"昨天晚上老板睡得太晚？"

"随神是不是有点儿过分了？"

"随神，昨晚手速练得怎么样呀？"

"我们可怜的小嘉鲜黑眼圈这么重啦。"

霍嘉鲜面无表情地推开一群满脸八卦的人，冷静地道："没上床，没乱来。一直很尊重随神,你们也不要东想西想,都给我这个老板好好打比赛。"

大家一脸蒙。

这嘉鲜妹妹的回答能别这么生猛吗? !

一回到人堆里,霍嘉鲜似乎又恢复了一些精气神。她和贺随并肩,跟着一大帮兄弟往里走,打打嘴炮,互损几句,刚才的悲伤似乎也被冲淡了些许,直到迎面走来了那张熟悉的、令人作呕的脸。

Stan 看到他们,竟然还有脸过来打招呼。

"嘿,真的好久不见。"

在所有人还没来得及开口骂人的时候,霍嘉鲜率先冷笑着开了口。

"确实好久不见。大半年的时间,也够你们做准备的了吧?"

Stan 愣了一下,显然有些没明白她在说什么。

"准备……什么?"

少女微微仰起下巴,目光中满是轻蔑与讥讽。

她声音很缓,一字一顿地说:"你们准备好被我们碾压,做我们的手下败将了吗?"

在 Stan 展现出错愕的一面时,跳跳虎和唐葫芦还在一边添油加醋,帮霍嘉鲜阴阳怪气地说了对方几句。

"最近我们在练 4vs8、4vs12 这种,并且练得还行,如果你们不想死的话,别组排往我们脸上撞就行。"

"对、对,还有 P 城,如果你们要抢,我们奉陪到底。"

"毕竟我们已经准备好要错失亚军,含泪夺冠了。"

大家你一言我一语,本来霍嘉鲜的心情还有些低落,而现在她都要被这群臭小子给说笑了。

"好了、好了,虽然今天我心情好,不骂人,但骂狗也会影响人的心情的。"霍嘉鲜懒得再看 Stan 一眼,招呼大家,"走走走,快去吃饭吧,我们已经来晚了,而且一会儿要去场地试外设呢。"

一群人有说有笑地绕过了 Stan。

虽然 Stan 听得一知半解,但那句"骂狗"还是明白的。

他的脸色有些阴沉,脸上没什么多余的表情,但那眼神像蛰伏在草丛深处的毒蛇,让人背上无端起了几丝寒意。

霍嘉鲜没再回头看。

因为TT一群人早就开始笑个不停。

刚才她一提到"我们来晚了"这件事，大家就把关注的焦点指向跳跳虎，开始疯狂嘲笑。

"就怪你，虎仔，如果你签证顺利下来的话，我们还可以早几天到悉尼，骂狗骂久一点儿！"

"虎仔，昨天你拿着那签证去网吧没问题？没人拦着你？"

"我签证又怎么了啊？"跳跳虎小声嘀咕，"你们可以过签就了不起了？还不是运气问题？"

"我倒觉得这次你确实可以考虑一下。"霍嘉鲜端详跳跳虎的脸，认真地道，"喏，这个眼皮可以小小割一下，我感觉这样的话，你的眼睛会更迷人、更加吸引女孩子。"

本来跳跳虎不以为意，但是听到最后，神色也渐渐凝重起来。

"大神啊。"他拉住一边的冥灭，诚恳地问道，"你觉得我应不应该去割个双眼皮？那样是不是会更迷人、更吸引女孩子？"

冥灭："老板说得对。"

5分钟之内，被霍嘉鲜忽悠的跳跳虎已经从"去你的，我这么帅，怎么可能要整容"发展成了"嘉鲜妹妹说得好有道理，要不我就去看看做些什么可以让我变得更帅气更迷人"。

一群人像看傻子一样看着这只憨憨虎。

大家依次去自助处拿吃的，留霍嘉鲜和贺随两个人看位置。

两人坐在一起，霍嘉鲜边看着手机，边拿左手在贺随的膝盖上轻轻拍动着，黏糊得不行。

"我怎么样？"

忽然，她听见身边的男人低声开了口。

霍嘉鲜愣了一下，没反应过来贺随是什么意思，懵懵懂懂地"啊"了一声，扭头看向他："什么？"

贺随也认真地回视她："就你刚才说的——眼睛。"

他的眉骨很高，双眼皮又压得极深，薄薄一片，并不突兀。

那双淡漠的眼睛就这么静静地看着她，眼神专注而纯粹，全世界那么大，但贺随的瞳孔里只有自己一个小小的身影。

像是周围的一切已然消失不见。

有那么一瞬间，霍嘉鲜觉得身边的声音消失了，自己似乎止住了呼吸，耳朵也有些红了。

该死。

两人在一起这么久了，但只要贺随的一个眼神，她还是会受不了。

霍嘉鲜快速移开眼神，随口"哦"了一声："好……好看啊。"

"什么？"

"啊？"

"怎么好看？"贺随显得很有耐心。

霍嘉鲜的大脑有些乱，一时间没有反应过来："你让我说什么？"

"很迷人。"

"哦哦哦哦哦。"霍嘉鲜的大脑终于转过弯来，她低垂眼睫，接得飞快，"还用我说吗，哥哥？！你这双眼睛简直是我见过最迷人、最吸引女孩子的眼睛了！只要看一眼，我就要彻底沉沦，完全没有办法从你那该死的魅力深渊里爬出来！"

刚刚端着餐盘走回桌子旁边的跳跳虎有些尴尬。

他为什么回来得这么快？

偏偏贺随傻子似乎还冲他投来一道若有似无的淡漠目光，然后轻轻笑了一下。

"是吗？"

跳跳虎心想：傻子随神，你不要欺人太甚。

PGS 第一场小组赛在 TT 到达悉尼的第三天如期而至。

这两天，贺随一直跟在霍嘉鲜身边，可以说是寸步不离，就怕去年赛前 Stan 过来故意搞心态这种事会再次发生。

好在一切出奇顺利。

小组赛，TT 和 H 国的那几支队伍并没有被分在一起。他们所在的组实力相对弱一些，所以 TT 几乎没费什么力气，就轻松进入了一周后的半决赛。

半决赛总共入围了二十四支来自世界各地、不同赛区的战队。

对《绝地求生》冠军联赛赛区 TT、FLG 这样的老牌强队来说，各大赛区该见到的那几个老朋友，一个也没有少。

PKL 的 HP、3AE，泰国的 QG，中国台北的 Star King，还有欧美的几支劲旅，皆在对手之列。

前五局，TT 的打法相对没有那么激进，稳定吃分。

虽然没有一把"吃鸡"，但是他们依然凭借高击杀的淘汰分，积分高居前三位置。

解说席上的外国解说们已经震惊了。

"TT 去年引进的这名女选手怎么这么厉害？！她一个人就拿了十七个人头！直接排在杀人榜第四！只比 TT 的随神少了一个人头！"

"我记得去年的 PGC，这位女选手的表现还没有现在这么亮眼。只是最后一次 1 打 4 团灭 HP 的操作硬生生把 HP 拉到了第三的位置才比较令人震撼。"

"大半年的时间，我们可以看出这位 SexyBaby 已经成长了许多！她的枪法比从前更猛，意识也更稳！这次 PGS 的赛前战队投票阶段，TT 也是凭借高票数拿到了第二，这说明很多人认为 TT 是冠军强有力的争夺者！"

"镜头刚刚给到这位性感宝贝！这是第六局的开局，TT 按照惯例，落地圣马丁。他们在短暂地搜集物资之后，很快开车出城，在第二圈刷新的时候抢占了一个低点房区。"

"但是，同样有一队也看中了这个房区，是来自中国台北的 Star King 战队，他们是由一群高中生组成的，在去年虽然拿到了 PGC 的名额，然而因为年龄限制，并没能参加最后的世界大赛。不过今年他们也有了这个机会，来世界舞台上证明自己。"

"虽然他们发现这个房区有人了，但还是选择往前压楼进攻，听说 Star King 的四个队员是很年轻的枪男，他们的打法很激进，枪法也过硬，很容易打得人措手不及。TT 今年的打法相比去年，确实保守稳重了许多，就看他们能不能接住 Star King 的这次团战，击退进攻吧。"

霍嘉鲜正在二楼窗口开镜看远处城里的情况，没有关注近点的状况。

耳机里传来轻微的、几乎辨认不出的细碎脚步声，她皱了皱眉，下意识地身形灵巧地往后一躲，从窗前移开。

几乎是同一时间，窗外传来了一阵激烈的枪声，子弹直射霍嘉鲜面前的窗户，窗棂上的木头全部被打烂。

"怎么回事？"耳机里传来贺随冷静的问话，"要我们过去吗？"

贺随和跳跳虎他们分别待在不同的房子里，离霍嘉鲜有些距离，根本听不见刚才那点儿细微的脚步声。

蓦地枪声大作，跳跳虎被吓了一跳，但又不敢多说话，只问了一句："嘉鲜妹妹，要我们过去吗？"

"不用。"霍嘉鲜趁着下面的人在装弹的几秒钟时间，迅速闪身到窗边开镜看了一眼，"四个人，尼罗帮我架枪就行，我能搞定。"

"可以。"贺随对她的能力没有丝毫怀疑，"跳跳虎，我们帮霍嘉鲜看屁股后面，防止有人摸上来偷袭她。"

断后这样的事本来应该是霍嘉鲜这个自由人做的。

但现在，贺随为了给她足够的操作空间，竟然拉着跳跳虎，由他们两个世界顶级的突击手给她断后。

说霍嘉鲜没有触动，那是假的。

她对着公麦，低低"嗯"了一声，说："你们放心吧。"

Star King 的四个人很快就攻到了霍嘉鲜近前。

Star King 果然是血气方刚的少年，那攻势强势且刚猛，一个人在后面铺烟，其他人直接轮流往前冲。根本没有人断后拉枪线，也没有人去清远点的位置。

这也给尼罗的操作带来几分便捷。

他的狙击枪架在二楼窗口一角，一动也不动。从低点往上看，不多留意的话，根本不会有人注意到这里还露出小半个头。

Star King 四个人的视野被烟雾挡了大半，但他们不管不顾，直接以三角之势包了上来，从近点疯狂往霍嘉鲜所在的房区扔投掷物。

被四个顶尖选手围攻，攻势还凶成这样，后台，就连唐葫芦和阿雳也不由自主地皱紧了眉头，死死盯着屏幕上少女单薄的身影。

"随神他们怎么还不支援啊？"唐葫芦快急死了，"嘉鲜姐对四个人，怎么可能对得过？！更何况，这四个人的枪法是一流的啊！"

"对啊，双拳难敌四手啊。"阿雳也在拼命点头，"嘉鲜有些莽撞了！她怎么没等随神他们会合，就……？"

"随神他们不会过来的。"冥灭淡淡地打断他的话,指了指电脑屏幕角落处尼罗露出来的半个头,"他在帮嘉鲜架枪,随神他们应该是要往后去看屁股。"

唐葫芦和阿雳吓了一跳:"啊?!不过来?!"

那嘉鲜怎么打?!

"你们看着吧。"冥灭笑了笑,然后看向电脑屏幕,脸上颇有一种与有荣焉的自豪感,"不就是团灭对方吗?嘉鲜可以的。"

唐葫芦、阿雳心想:拜托你不要把一打四说得和买大白菜一样那么轻松好不好?

大屏幕上,导播刚刚切到霍嘉鲜的视角。

休息室里的气氛非常紧张,相比之下,身处战场上的霍嘉鲜没有丝毫慌乱。

脚下传来接连不断的枪声与手雷爆炸声,Star King 的四个人已经越来越近了。

她任由对方往前攻楼,在楼梯口放了两颗烟幕弹。随着烟雾的弥漫,她弓起身,悄无声息地走到了楼梯口的一处窄边上,蹲伏在半空之中。

她的枪口向下,直指脚下的楼梯。

如果一楼有人上来,他们看不见她,她却能第一时间放倒他们。

霍嘉鲜的这个位置实在太过刁钻。

国际大赛上还从来没有人在这个位置伏击过攻楼的对手。

就连那些外国解说也全看傻了——

"天哪!性感宝贝的这个位置……不可思议!简直是不可思议!这个地方,人能踩上去吗?你在游戏里上去过吗?反正我是从来不知道这里还可以这样走!"

"我也是第一次看到还可以这样守楼的!看性感宝贝的样子,她的队友也不会过来帮她,所以她是准备一个人埋伏在这里,然后出其不意地把对方团灭吗?!我真的太期待她的表现了!"

"说实话,这个地方确实太刁钻了,如果 Star King 的四个人细节做得不到位的话,他们很大可能不会发现性感宝贝!天哪,简直难以想象!所有人在往上冲,却不知道敌人早已埋伏在他们头顶看不见的地方,然后对他们举起了枪。"

"天哪!我也无法想象!如果性感宝贝能够在这个位置成功守下这幢楼,那么我敢说,接下来这半分钟的比赛绝对是半决赛最精彩的部分!"

比赛现场,所有人屏住了呼吸。

敌人的脚步声凌乱,全被笼罩在烟雾里。霍嘉鲜仔细听着耳机里的声音,辨认着他们的位置,枪口随着敌人的脚步声而不断变换着方位。

烟雾散去的那一刻,她迅速开枪。

解说席上正激情飞扬——

"击倒一个!击倒两个!击倒三个!天哪!所有人没有看到性感宝贝的位置!她成功一打三……哦不,她跳了下来,再次将最后一个人头收入囊中!她自己只剩了五滴血!一打四!一打四,灭队!

"所有人,让我们为这个来自中国的性感宝贝欢呼好吗?我敢说,这次 PGS,无论他们战队能拿到什么名次,她已经成为这个赛场上当之无愧的王者!"

赛场上,霍嘉鲜的手稳稳地射出最后一颗子弹。

她的血条上还剩下五滴血。

她赌赢了。

跳跳虎呆呆地看着电脑屏幕右上角的击杀信息,只觉得有些蒙:"不是吧,嘉鲜妹妹,去年你一打四那次我还能理解,今年你一打四完了,还能全身而退。"

这叫人吗?

这是怪物!

这是和随神一样变态的怪物!

"怎么?"霍嘉鲜终于开口,声音里带着微颤和兴奋,"不相信我?"

跳跳虎还处于蒙的状态:"这不是相不相信啊,这是……"

"我相信你。"耳机里,贺随淡淡打断了跳跳虎的话,"你知道的,只要是你,我就永远相信你。"

霍嘉鲜边弯腰捡拾起 Star King 留下的骨灰盒,边甜甜地笑道:"谢谢男朋友!"

随即话锋一转,她对跳跳虎说:"你少说两句,我又没问你。"

跳跳虎心想：行，我是造了什么孽？竟然要开口说话，自取其辱。不过我们还打着国际比赛呢！你们两个能不能收敛点儿？

半决赛结束，TT 以稳定积分第三的成绩，成功晋级决赛。

而昔日的劲敌——来自 KPL 的强队 HP——以第十五名的成绩勉强晋级。

比赛结束之后，连霍嘉鲜都觉得有些诧异。

毕竟这么多场比赛打下来，他们几乎没怎么见到过 HP。

去年在曼谷邀请赛的时候，HP 公然跳 P 城来围攻他们。结果今年都来到世界邀请赛了，HP 反而没什么动静了。

为此，她还特地去问了一下别人，HP 到底是什么情况。

来比赛前，他们可是拼命做过功课，把 HP 正儿八经地作为一个对手来研究的。结果到现在，这队伍菜成这样？

不仅霍嘉鲜，连冥灭也觉得有些不可思议。

之前他们看过许多 KPL 的比赛视频，虽然 HP 的状态有所下滑，但也没有成现在这样。

现在这状态，别说他们没法儿把 HP 当对手，就是勉强把他们当对手，不仅是对其他强敌的不尊重，也是看不起自己。

就这？HP 也配和他们打比赛吗？

最后还是史迪的一通电话解开了他们的困惑。

"哦，HP 啊，估计是去年那件事吧。去年我和他们队的那个 Stan 谈的就是，把我刚给你们谈好的一个条件很好的直播合约让给他们。现在中国的直播产业太赚钱了，他们早就开始眼红，想要找机会进驻中国市场。"

"天哪，这人这么贪吗？"跳跳虎在旁边听得有些火大，"那时候他把嘉鲜妹妹的心态搞成那样！Stan 就是一个傻子、浑蛋，老史你还答应他这种要求？"

"我也气啊，但是不答应不行啊。"史迪叹了一口气，"你是不知道，当时他拿什么来威胁我。我也不太好和你们说，就想着给就给吧，第二年你们把成绩打回来，照样有更好的直播合约找上门。"

但是后来一连串的比赛失利、俱乐部差点儿解散，TT 整个队伍都要没了,史迪心里承受的压力可想而知。

但这一切,所有的队员都不知道。

冥灭也在一边罕见地开了金口:"老史,那你去年也太难了。"

"还好啦。"史迪憨憨地笑了笑,"毕竟每天和这群臭小子一起还挺开心的。最重要的是,后来我听说HP的队员开始直播之后,他们的状态便直线下滑了。"

"嗯?"

"主要还是在中国直播真的很赚钱吧。"史迪说,"HP的队员年纪也不大,虽然在H国是明星选手,但H国的直播产业哪能和我们国家比?除了比赛奖金,估计他们从来没想到每天直播收收礼物能有这么多钱进账,渐渐地,也就没放多少心思在比赛上了。"

"就这?"霍嘉鲜有些不明白,"就多直播一下,耽误耽误训练,但也不会下滑这么多吧?"

"枪法是没怎么退步,主要是配合意识啊!"史迪压低了声音小声道,"而且我听说哟,他们和一些女主播搞来搞去搞不清楚,反正因为女人,可能还有一些利益的事吧,他们队里出了很大的矛盾,所以现在HP根本没有默契可言了。这个阵容好歹是曾经获得过世界赛季军的,现在状态太差,转会期时都没什么俱乐部想要他们,就这么僵着。"

跳跳虎和唐葫芦到底年轻,在一边听呆了。

"这么猛吗?"

他们就给了一个直播合约,便能把曾经那么生猛的一支冠军预备队搞成这个样子?!

"唉,小朋友,你还是太年轻。"史迪的语气有种慈祥的味道,"你是不知道,金钱、美女……这些诱惑对他们这种初入社会的小男孩儿来说,吸引力有多大。"

所以当年,就算他心里有多气、多不情愿,最终还是同意了Stan的要求。

因为史迪太过清楚,对电竞选手来说,自律、勤奋这些品质比起牛气的枪法、生猛的配合,实在重要太多太多了。

不知有多少选手就毁在缺少这些品质上。

但是史迪该庆幸,他的臭小子们不是这样的人。

挂了电话，TT 的所有人沉默着，没人先开口说话。

比起半决赛的成功晋级，也许这件事更加触动他们的心灵。

这是他们第一次亲身体会一支强队陨落的速度到底有多快、多恐怖。

大概所有人都该庆幸，这一路走来，他们一直保持着那颗纯粹的初心，从未走偏。

比起拿到世界冠军，也许这件事的意义更加重要。

决赛将于一周后在悉尼举办。

这一个星期的时间，TT 的队员们要么在酒店里瘫着玩手机，要么去附近的网吧偷偷练枪。但悉尼的华人实在有些多，他们一个不小心就会被认出，而且要被围观好一阵，那些人才会散去。

决赛临近，快要回国了，俱乐部准备好的那些祖国美食也快吃完了。到了决赛前一天，一群人实在忍不住，嚷着要去买火鸡面吃。

不过谁也不愿意出去被当作围观的活靶子。

他们叱咤《绝地求生》的赛场，但在现实中，却只是一群"网瘾少年"而已。推诿来，推诿去，最终大家决定，抓阄儿选出两个人出这趟门。

结果出来了，竟然是跳跳虎和霍嘉鲜。

跳跳虎有些心虚地看了一眼贺随："我和嘉鲜妹妹啊？"

贺随看也没看自己手里的小字条，直接揉成小团，扔进了一旁的垃圾桶里。

"你不会开车，别去了。"

"那……"

贺随打断他的话："我和嘉鲜去。"

说完，他径直拉着霍嘉鲜的手，然后出了门，只留下一群人面面相觑。

哼，你想去就去呗，那刚才为什么还要统一抓阄儿？这不明摆着又给了你一个宣示主权的机会？

这人真的是欺人太甚！

因为要在悉尼待一个月的时间,所以为了方便,俱乐部专门给队员们租了一辆车,让大家可以方便出行。

跳跳虎他们年纪小,根本没有去学开车的机会。贺随却有驾照,也不知道他什么时候去学的。

澳洲的驾驶室在汽车右边,霍嘉鲜一直还没有适应过来。坐进副驾驶室,她乖乖系上安全带,看了看窗外,又看了看身边准备发动车子的贺随。

密闭的空间里,霍嘉鲜忽然笑了一下。

"哎,之前我没有发现呢。"

"发现什么?"

"是不是澳洲车子的副驾驶位和驾驶位特别特别近呀?"少女忽地探身,在贺随的唇侧轻轻啄了一下,然后又将距离稍稍拉远,"你看,你开车的时候,如果我想亲你,就特别方便呢!"

贺随不知该说什么。

近在咫尺的是少女特有的淡然馨香。

霍嘉鲜上身微微前倾,两只手撑在贺随的腿上,力度柔若无骨,却又恰到好处;一双湿润的鹿眼微微下垂,蕴满水光,就这么认真地看着贺随,单纯里带着几分天真与无辜。

贺随觉得,自己有些受不了了。

于是他将钥匙一转,刚刚发动的汽车又安静下来。

霍嘉鲜有些错愕,还以为是自己妨碍到贺随开车了,连忙抱歉地眨眨眼睛。当她正想将手收回时,却猛地被男人用力按住。

男人那双迷人的眼睛看了过来,闪着幽深的光。

他的声音喑哑勾人:"亲我?你知道该怎么亲吗?"

霍嘉鲜呆呆地看着他,一时间没动。

贺随侧过脸,倾身覆了上来,双唇轻触她的皮肤,从她的脖颈一路吻上下巴。

在碰到霍嘉鲜的唇瓣的那一刻,贺随微微启齿,亲昵地咬了一下她的下唇,随后又轻轻蹭了蹭她的鼻尖,嘶哑着声音开口:"要这样亲我,懂了吗?"

不知不觉间,车里的气温似乎有些升高了。

在贺随的目光注视下，霍嘉鲜不由自主地闭上了眼睛，耳朵里只能听到唇齿之间的轻微声响与渐渐急促的呼吸声。

她再次开口，声音有些颤抖："别……"

"别什么？"

"别了，"霍嘉鲜一只手软软地搭在贺随的胸前，死死攥住他的领口，声音急促而虚弱，"求你了。"

"嗯？"

"我们还要去买东西。"

贺随的声音低哑而带着蛊惑之意："是你先亲我的。"

"不亲了、不亲了。"霍嘉鲜拼命挣扎着想要从贺随的身上起来，但手上软绵绵的，根本使不上力，连声音里都带了哭腔，"我错了。"

贺随紧紧将霍嘉鲜抱在怀中，用鼻尖蹭着她的脸："错哪里了？"

"我……我不应该没事就亲你，你要开车。"

贺随低笑一声："是吗？"

"啊，不是不是，"霍嘉鲜立刻意识到自己的回答有问题，忙改口道，"下次我这么亲你好不好？"

"需要我再教吗？"

"不需要……不需要了。"少女的鹿眼湿漉漉的，微颤的声音带着喘息，撒娇着说道，"我们快走吧，他们还等着呢。"

贺随终于放过了她。

等到车开出去十分钟后，霍嘉鲜才发现，明明在南半球的冬天，自己背上和腿上却已经出了一层薄薄的汗。

这男的真的太坏了。

PGS 的决赛日在 7 月的最后一个周末到来。

尤喜刚刚结束暑假在非洲的实习项目，匆匆忙忙从卢旺达飞到悉尼来看比赛。

小姑娘落地悉尼，按理来说，应该是没什么事的唐葫芦、冥灭或者阿雾去机场接人。

但是那天，他们三个恰好被主办方拉去开会，看来看去，竟然只有跳跳虎一个人是闲着的。

霍嘉鲜有意撮合他们两个，立刻举双手赞成。本来跳跳虎还想睡懒觉，但现在被贺随一个眼神扫过来，立刻屈服。

行吧，去就去呗，反正是接妹子，自己也不亏。

因为这个，霍嘉鲜还偷偷摸摸地提前给尤喜通风报信，让她好好打扮一番，争取下飞机的时候还是光彩照人，艳压一飞机的空姐。

为了衬托出自己在催促跳跳虎去接她的过程当中做出了重大贡献，霍嘉鲜刻意浓墨重彩地渲染了自己是如何费尽口舌说服那臭小子不睡懒觉的。尤喜听得感动不已，直接大手一挥，决定承包TT一个月的海底捞费用。

霍嘉鲜一脸问号。

这一个月的费用，大半还不是直接进了跳跳虎的肚子？

尤喜周四一早到达悉尼，霍嘉鲜虽然没亲自出发接人，但也是早早起床，全程和她联系。

贺随我家的："聊起来了吗？怎么样？"

贺随我家的："我可是好不容易给你这么一个和那个臭小子单独相处的机会！姐妹你一定要好好把握啊！"

尤喜很快就发了一张自拍过来。

臭小子们给妈妈冲呀："怎么样，够不够光彩照人、艳压空姐？"

照片上，女孩儿面对机场巨大的落地玻璃，笑得明媚灿烂。

尤喜的皮肤本来就白，她现在精心化好妆容，粉嫩里带着几分俏皮，头上还戴着一顶毛茸茸的针织帽，整个人活脱脱就是一个青春明艳美少女。

霍嘉鲜给她发了一个大拇指的表情过去。

贺随我家的："我了解这个臭小子。"

贺随我家的："你走这路线，他一定吃不消！姐妹冲呀，搞定他！"

5分钟后，尤喜发了一个开心的表情过来。

臭小子们给妈妈冲呀："见到啦！"

10分钟后。

臭小子们给妈妈冲呀："上车啦！"

15分钟后。

臭小子们给妈妈冲呀:"哈哈哈哈哈哈,他真的好搞笑哟!"

半个小时后。

臭小子们给妈妈冲呀:"我放弃了。"

霍嘉鲜秒回。

贺随我家的:"什么情况啊,你就放弃了?你在和我开玩笑?"

这姐们儿在跳跳虎的直播间刷了那么多礼物,现在说……放弃了?有钱她也不是这么花的吧?

尤喜过了半天才给她发过来一条简短的消息。

臭小子们给妈妈冲呀:"见面聊。"

这晚,本来霍嘉鲜计划好要带上所有人去唐人街找家中国餐馆给尤喜接风洗尘,结果路上闹了这一出。她思来想去,还是借口尤喜要倒时差,让贺随带着其他人去了。

临走之前,贺随看出了些什么,问霍嘉鲜发生什么事了。

霍嘉鲜哪里敢把尤喜对跳跳虎的心思告诉别人。

她敷衍了几句,直接就把一群人赶走了。

尤喜的房间订在顶楼,她住的是最贵的总统套间,透过落地窗望出去就是错落有致的街区,海湾上的大桥、远处的悉尼歌剧院清晰可见。

霍嘉鲜进门的时候,自家好姐妹正蒙头缩在被子里,安安静静地蜷着。

"喂。"她轻轻叫了一声。

尤喜没动。

霍嘉鲜很有耐心地等了几分钟,随后再度开口。

"喂——"她拉长了尾音,揉了揉躲在被子里装死的女孩儿,"怎么回事啊?嘻嘻,那臭小子是和你说了什么伤人的话吗?我跟你说,这傻子其他都好,就是有时候嘴贱,你别放在心上啊,如果你生气,那你直接骂回去就行。"

被子里的尤喜还是一动也不动。

霍嘉鲜叹了口气,试图去把被子掀开,像个慈祥的母亲一样絮絮叨叨地说道:"别的不说,我老板的威信还是在这里的。如果他不愿意,我可以命令他天天和你聊……"

"他有女朋友了。"

尤喜的声音虽轻，但还是轻易地把霍嘉鲜接下来的话截断了。

"啊？"霍嘉鲜完全愣住，一下子没反应过来尤喜在说什么，还以为自己听错了，"女朋友？"

"嗯。"被子里传来女孩儿闷闷的声音，"他有女朋友了，叫锦兮。"

"锦兮？"

这个似曾相识的名字经过大脑，霍嘉鲜花费了半分钟的时间，才勉强回想起那张温柔甜美的脸。

她皱了皱眉，不太相信地说："他怎么和你说的？我们怎么不知道这件事？"

"他说，就最近这几天的事。"尤喜一下子掀开被子，耷拉着眉毛，有气无力地道，"他说锦兮是他在一个什么对抗赛上认识的女主持，然后两人聊着聊着，最近就聊出一些感情来了。他出国之前和那个锦兮说好，如果TT拿了冠军，回去以后两人就在一起。"

霍嘉鲜真的忍不住骂了一声："我怎么什么都不知道？这臭小子瞒得也太好了吧？！"

"然后我又去微博上查了一下这个锦兮，看到她的照片，就知道自己没戏了。"尤喜恍若未闻，自顾自地说下去，"我和她根本不是同一种类型，如果他喜欢的是她，那他根本就不会喜欢我的，对不对？"

"也不……"

"我知道的，你不用和我说。"尤喜蔫蔫地开口，"喜欢这种温柔姐姐类型的男生根本不会喜欢我的，这点我早就明白了。"

霍嘉鲜张了张嘴，不知道该说些什么安慰尤喜。

说到底，她也不知道跳跳虎那边到底是什么情况。

万一尤喜说的是对的呢？万一跳跳虎真的是这么觉得的呢？

那现在无论她多说什么，都是在尤喜的心上撒盐吧？

"唉，别多想了。"霍嘉鲜轻轻摸了摸尤喜的脸，帮她把窗帘拉上，"你睡不着的话，我还带了褪黑素来，你要不要？下午你就休息一下吧，明天我们就要比赛了。"

尤喜低低"嗯"了一声，转过身背对着霍嘉鲜，呼吸渐渐平顺，像是慢慢睡着了。

霍嘉鲜轻手轻脚地出了尤喜的房门，然后小心翼翼地把门关上，却没看见，黑魆魆的房间里，背对自己的女孩儿紧紧闭上了眼睛，一滴晶莹的泪珠滑落，眼角湿润，水光微弱。

　　TT一群人从唐人街回来，一路上冥灭和阿霁在尽职尽责地直播户外情况。

　　"这儿是我们住的酒店，主办方订得挺高档的，也让我们可以有独立房间。"阿霁说到一半，忽然极度暧昧地笑了一下，"不过我们的选手呢，也有要求住一起的。虎仔要和唐葫芦住一起，这个大家知道。至于另两个人……"

　　贺随走在最后，听见这话，双手插兜，懒懒地抬了一下眼皮。

　　"她怕鬼，我陪她。"他的语气淡淡的，"你有意见？"

　　阿霁心想：我哪里敢有意见？

　　弹幕一片"哈哈哈哈哈"，笑个不停，还有很多粉丝兴致勃勃地问怎么没看见老板小仙女。

　　阿霁一边走进电梯，一边说："妹妹她今天有朋友来，所以就没和我们一起去吃饭。要不现在我们一起去她的房间里，让她露露脸？顺便你们有什么问题可以提，看她有什么想说的呗。"

　　电梯里的信号断断续续，但阿霁依然能看到不断跳出来的弹幕聚焦在同一个问题上。

　　"那虎仔呢？我想问最近虎仔是不是谈恋爱了？哥！"

　　"就是啊，最近我感觉虎仔直播的时候总是看手机，而且他发的几条微博也令人肉麻得不行啊。"

　　"TT真是充满了恋爱的气息。"

　　"让虎仔出来回话！告诉我们你这臭小子是不是谈恋爱了？！"

　　"呃。"阿霁看着满屏的弹幕，愣了愣，把手机塞给跳跳虎："你自己说吧。"

　　叮咚一声，电梯门开了。

　　信号终于恢复，跳跳虎的脸出现在镜头里，他傻呵呵地笑着摸了摸脑袋。

　　"那个……最近的话，确实。"他的笑容憨憨的，却不失纯真的少年气，"但我也还没确定啦。要是我有好消息的话，一定会和好兄弟们说的,至于这次世界赛,大家不用担心,我们一定会努力拿到冠军的!"

得到正主的回复,弹幕里的妈妈粉们一片哗然。

"虎仔长大了!竟然要谈恋爱了!"

"连虎仔都要有女朋友了,我竟然还是单身,对不起,好兄弟们,我拖后腿了!"

"所以是哪个小姐姐?"

"虎仔!难道是那个最近在你的直播间狂砸礼物的富婆小姐姐?啊啊啊啊啊,那个小姐姐在群里说过话,我感觉她好温柔、好可爱的!"

"快把小姐姐放出来给我看!我要看我儿媳!"

跳跳虎看到"儿媳"这个词,耳朵都有些红了,连忙解释:"大家别激动,八字还没一撇呢。我先打好比赛,打好比赛再说呗。"

这是大家第一次听跳跳虎提到这个神秘小姐姐的事。

阿霁和唐葫芦他们在一边疯狂起哄,边用胳膊肘戳跳跳虎,边挑眉调笑:"是谁?是谁?我们认不认识?"

跳跳虎只是一脸傻笑,什么也没说。

一群人有说有笑地去敲响霍嘉鲜的房门,阿霁把镜头对准了房间门,以便第一时间拍到霍嘉鲜的神色。

门很快就开了,霍嘉鲜似乎早早就等在门边,门一打开,面对直播的镜头,冷笑了一声:"你们来了啊。"

"哎,嘉鲜妹妹。"跳跳虎没听出她话中的异样,往里探了探头,兴致勃勃地道,"你朋友呢?她怎么不在?"

"她自己开了房间睡觉。"霍嘉鲜将他的头推了出去,冷声问,"别说那些有的没的了,你就回答我,你说的这个小姐姐,给你刷礼物的这个,是谁?"

跳跳虎愣了一下,有些为难:"不好意思啊,嘉鲜妹妹,我不能说。"

"凭什么不能说?"

"她说想低调……"

"锦兮,是吧?"霍嘉鲜再次冷笑着开口,语气里满是讥嘲之意,"她亲口和你说,她是给你刷礼物的人?"

跳跳虎皱了皱眉,有些想不通霍嘉鲜为什么这么步步紧逼。

"嘉鲜妹妹，你怎么这么说？"

就算他没事先和俱乐部的大家打招呼，但是恋爱自由，嘉鲜也没必要这么凶吧？

"你觉得我很不可理喻是吧？"霍嘉鲜牵了牵嘴角，露出讥讽的神色，"我只是看不惯有人当了婊子还立牌坊。"

"婊子"两个字被她咬得格外清晰。

跳跳虎皱了皱眉："嘉鲜妹妹，你怎么这么说她？"

"我不仅要这么说她，还说你是傻子。"面对镜头，霍嘉鲜直接推着他出门，往电梯的方向走去，"跟我一起上去。"

贺随适时接过手，避免霍嘉鲜的手和跳跳虎的身体有任何接触，只一言不发地抓着跳跳虎的肩膀，让他只能乖乖往电梯那边走去。

跳跳虎一脸茫然，边走边扭头问："嘉鲜，你要我干吗？"

霍嘉鲜眯了眯眼，一字一顿地道："道歉。"

一直走到顶楼的总统套房门口，跳跳虎还没明白过来发生了什么。

阿雳几个人早就手忙脚乱地关了直播，连声劝霍嘉鲜冷静再冷静。

虽然他们也不知道发生了什么，但是天子一怒，血流千里，也没人敢忤逆霍嘉鲜。

霍嘉鲜让跳跳虎停下，直接开始敲门。

这会儿，跳跳虎才稍稍回过神来，简直是一脸问号："嘉鲜妹妹，到底发生什么了啊？"

霍嘉鲜睇了他一眼，面色难看："我不知道你喜欢那个锦兮，是因为她给你砸了很多礼物，还是因为她这个人本身。"霍嘉鲜的声音冷厉，带着几分绝对的强势，"但是我可以负责任地告诉你，给你砸礼物的那个人不是她。"

跳跳虎愣住："你怎么知道？"

"她就在里面，这个房间里。"霍嘉鲜扭过头去，不再看他，"无论如何，你应该和她说声谢谢，就算加上一句对不起，我觉得也无可厚非吧？"

跳跳虎没接茬，有些震惊地看向面前的房门号，又下意识地看了一眼贺随，目光中的困惑不言而喻。

这个房间，上午他送尤喜上来过。

现在霍嘉鲜和他说……砸礼物的那个小姐姐就是尤喜？

尤喜？

那个每次一见他就开始挖苦他的尤喜？

那个在微信上一年到头不会给他点一个赞或说一句话的尤喜？

那个在美国读书，学着他看不懂的东西的尤喜？

跳跳虎觉得脑袋里一片空白，有点儿蒙。

咔嗒一声，面前的房门打开了。

尤喜的额头上还蒙着一个熊猫眼罩，她似乎是刚刚睡醒的模样，眼神迷离地看着门外的一堆人。

她的眼睛肿得厉害，不知道是不是没休息好，眼里还有微红的血丝，看起来很疲倦的样子。

霍嘉鲜扭过头，冲跳跳虎仰了仰下巴，意思很明显。

"什么事呀？"尤喜终于清醒过来，被眼前突然出现的这么一大堆人吓了一跳，"嘉鲜，你们干吗？来顶楼开派对？"

这不还没拿冠军呢，怎么大家就开始兴奋起来了？

回答她的不是霍嘉鲜。

在老板强势目光的压迫之下，跳跳虎吞了口口水，看向尤喜，艰难地开口："那个……刚才嘉鲜妹妹和我说了一件事。"

尤喜："嗯？"

尤喜是那种爱恨分明的性格，感情来得快，去得也不黏糊。

在睡前大哭了一场，尤喜心里很清晰地意识到，自己和跳跳虎之间可能真的没有缘分。

既然如此，她就此放手，倒也是件让大家都轻松的事。

所以，现在她看到跳跳虎的时候，心里虽然泛着淡淡的酸涩情绪，却没上午那么难过了。

就像嘉鲜的妈妈去世的时候一样，没有什么事是过不去的。

跳跳虎踌躇了一会儿，才小心翼翼地继续道："那个在我的直播间里每天砸礼物的'虎仔唯一官方认证老婆粉'……是你吗？"

尤喜下意识地看了一眼霍嘉鲜，有些不明白好姐妹为什么突然把这个秘密说了出去。

她明明下定决心要放手了，这种热血上头才会做出来的傻事，为什么还要让跳跳虎知道？

而且跳跳虎把这个羞耻的 ID 在大庭广众之下说了出来？！

她有些无言以对，看了看跳跳虎，又再次看向霍嘉鲜，半天才垂下眼睛，随意地应了一声，算是承认。

霍嘉鲜淡淡睨着跳跳虎，目光里的威胁之意呼之欲出。

跳跳虎知道现在他应该说些什么了。

但偏偏就是因为知道自己要说些什么，所以他迟迟不知道怎么开口。

那一句简简单单的"谢谢"一直卡在他的喉咙里，进不去，也出不来，憋了半天，却是一句八竿子打不着的话："你为什么……给我刷这么多礼物？"

尤喜微微皱着眉头，抬眼看他。

"对不起，可能我这么问有些突兀，但是我真的很想知道你为什么给我刷那么多礼物。"跳跳虎挤出一个比哭还难看的笑，有些语无伦次，"因为 TT 是嘉鲜妹妹的心血，你想支持我们吗？那也不对，你为什么只给我刷礼物，从来不给随神刷？你的名字为什么……要叫那个？你为什么……为什么从来不和我说？"

尤喜定定地看着跳跳虎的脸。

他有些惊慌失措，从耳尖红到了脖子，和桀骜地说着"我要把这帮傻子干翻"的那个跳跳虎一点儿不一样。

尤喜一直没有说话。

半分钟后，在跳跳虎忍不住再次开口之前，尤喜面无表情地把额头上的熊猫眼罩往下一拉，遮住了自己的小半张脸，以及全部视线。

"我很困，要睡觉了。"她毫不留情地将门关上，却还不忘有礼貌地对大家说了一声，"大家晚安，比赛加油。"

砰的一声，在跳跳虎鼻尖半米之外，门被无情地关上了。

他愣了半秒，才后知后觉地扭头去看霍嘉鲜："嘉鲜妹妹……"

"别叫我嘉鲜妹妹，现在我是你的老板，懂？"回应他的是少女同样冷酷的脸，"我不会阻拦员工自由恋爱，但要是你选择的对象是那个喜欢撒谎的锦兮姐姐，那么对不起，道不同不相为谋，以后我们比赛照打，但朋友不做。"

说完这句,她就冷哼了一声,满脸高傲地先行一步,往电梯间走去。

跳跳虎无语。

贺随、唐葫芦、冥灭几个也跟着霍嘉鲜一起走了。

只有阿霁幸灾乐祸地留到了最后,还不忘拍拍跳跳虎的肩膀,语重心长地叮嘱:"虎啊,以后你自己的路走成什么样,就看你自己了。"

跳跳虎无言以对,只能长长叹了口气。

唉。

他打游戏看敌人的时候眼神那么灵光,怎么一到现实里,就看不见了呢?

决赛开始之前,霍嘉鲜一直没和跳跳虎说话。

她还生气着。

跳跳虎私下里去找过贺随,把这件事好好解释了一番,想要让贺随帮自己在霍嘉鲜和尤喜面前说几句话。

但几年的战友情谊,最后换来的不过是贺随的一句——"别找我,没用,女朋友说了算。"

跳跳虎无语。

虽然这次确实是自己做得不对,但他也是受蒙骗的那个好不好?

中国、R国、H国对抗赛那会儿,他加上了锦兮的微信好友,但是两人还没怎么聊过天。

后来从PGC回来之后,尤其是TT换了霍嘉鲜做老板之后,两个人的聊天才变得频繁起来。一直到前段时间,锦兮话里还隐隐约约地透露她就是一直以来支持他、给他送礼物的那个头号老婆粉。

她说出这种话,暗示也是很明显的。

本来跳跳虎还觉得没什么,结果妹子都说这么暧昧的话了,两个人的对话就越来越往不可控制的方向发展,一直到今天这个地步。

贺随看着他为难的样子,好歹还是拍了拍他的肩膀,给了他这两天来唯一一条忠告:"好好打比赛,其余的事,比赛以后再说吧。"

决赛很快就到来了。

十六支顶级强队进入决赛，全为了世界之巅的那个位置而浴血奋战。

官方的投票系统已经收到了将近一个亿的投票，TT 的人气遥遥领先，排名第一。

大家的期望越大，TT 的压力也就越大。去年铩羽而归的情景还历历在目，此番征战，所有队员不免有些紧张。

上战场前，在休息室里，冥灭和阿雳把所有人聚在一起，给大家加油鼓劲。

冥灭这人的话一向不算多，但其开口必定震撼人心，说的赛前鼓励的话也是花里胡哨得不行，一会儿说"我为你们含辛茹苦这么一整年，你们要为我拿来这个世界冠军"，一会儿又说"不拿也没事，反正我们的金主永远屹立不倒，TT 万古长存"。到最后，仅凭一己之力，他直接把赛前鼓励环节搞成了狂吹老板"彩虹屁"的节目。

轮到阿雳的时候，大家以为他会跟着冥灭一起把吹"彩虹屁"的企业文化贯彻到底。哪知道平时吹牛头头是道的阿雳站起身来，竟然罕见地沉默了半天，一个字都没说出口。

跳跳虎和唐葫芦在一边起哄："怎么啦，阿雳哥？赛前这么吝啬？不给好兄弟们打打气？"

阿雳看着坐在身边这一群活力四射的少年少女，心里有些感慨，脸上也不觉多了几分温柔的神色。

"其实，我想说的也没什么。"他笑道，环视一圈，"我一直相信大家，你们一定可以的。"

"阿雳哥，你对我们就这么自信？"霍嘉鲜也在一旁开玩笑，"前两天跳跳虎可刚被我搞了一下心态，比赛的时候他别拿车压我，我就谢天谢地了。"

再次躺枪的跳跳虎无语。

一群人想到那天下午跳跳虎面如土色的样子，笑个不停，站着的阿雳也笑了。

"其实吧，刚才冥灭说的一句话，本来我也想说的，但现在我想想，还是算了。"

"说呗，阿雳哥。"

"不,现在我想想,真的算了。"阿霁摇了摇头,脸上是前所未有的温煦神色,"本来我想说,不为他,你们也要为我拿下这个冠军。本来我应该亲手把这个冠军奖杯捧回国,却倒在了最后一步,所以我想你们应该为我完成这个梦想。"

贺随勾了勾嘴角,在一旁开口:"这确实应该。"

"不,不是的。"阿霁轻声反驳,眼中闪耀着霍嘉鲜不太看得懂的光芒,"这个冠军不该是为我争取,也不该是为冥灭,甚至不该是为嘉鲜的妈妈,这个冠军不该是为任何人。"

房间里安静了片刻。

阿霁看了一眼霍嘉鲜,缓缓道:"这个冠军该是为你们自己争取。

"为你们这一年以来坚持不懈的努力,夜以继日的训练;为你们的伤病,你们的汗水与眼泪;为你们的快乐、无畏,与遇到的所有困难;为你们坐在训练室里,认真分析所有队友的每一分每一秒;为你们在电子竞技这个行业,甘愿付出的所有与朋友相聚的时光,与你们的……整个青春。

"拿到这个冠军,是不辜负你们自己的梦想。你们所有人——随神、嘉鲜、跳跳虎、尼罗——总有一天,你们会离开这个舞台,但是这个冠军能让你们在多年以后回想起这些年的经历时,依然会觉得:我全力以赴,从未后悔,所以,我没有输。"

阿霁好像从未这么认真地和他们说过这样的话。

一时间,休息室里鸦雀无声。刚才起哄的唐葫芦忘了自己要说什么,只仰起头呆呆地看着站着的阿霁,眼中是懵懂和渴望的光。

没有人是神,舞台总会谢幕,青春总会结束。

也许那些自己努力过的日子从未被人注视过,但是总有那么一天,他们可以在舞台的金雨洒落之下,捧起那个独一无二的冠军奖杯。

不辜负,不放弃,也许这就是电子竞技最大的魅力所在。

临上台之前,因为阿霁的那番话,四个人是前所未有的沉默。

就连平时话多的跳跳虎都满脸严肃,一副"我要认真打比赛——横扫战场了,你们谁也别拦着我"的架势。

霍嘉鲜有意缓和一下紧张的气氛,随口问了句:"如果我们夺冠的话，在舞台上接受采访的时候，你们打算说什么？"

"China PUBG No.1！"跳跳虎毫不犹豫，脱口而出，"而且我一定要披着国旗说这句话！那时候肯定特别骄傲！特别自豪！"

尼罗笑了笑，态度是一贯的沉稳谦逊："我没什么好说的，你们说吧。"

"哎呀，你怎么不说什么？"跳跳虎果然比刚才放松了些，听这语气，好像已然拿到了冠军奖杯一样兴奋，"这说不定就是你唯一一次拿到世界冠军啊！全球直播，几亿人观看的比赛！你真的没什么好说的？"

尼罗笑着摇了摇头。

"那你呢，随神？"跳跳虎觉得没劲，又扭头去问贺随，"你准备说什么？"

贺随懒懒地靠在墙上，摇了摇头，也没说话。

霍嘉鲜倒是好奇，偷偷凑过去也问了句："你真的没有什么要说的？"

"还好吧。"贺随语焉不详，只回她一个神秘的笑，"等到我们真夺冠的时候，你就会知道了。"

因为票数第一，TT战队是决赛最后登场的队伍。

非常意外，今年PGS的女主持人竟然是个中国人，身穿露肩长裙，红唇明艳。

TT四个人一排站开，主持人笑着介绍："最后，让我们欢迎来自《绝地求生》冠军联赛的TT战队！最近TT战队在我们PGS的线上投票环节获得了很多人的支持。我们可以看到，和去年相比，今年TT的阵容并没有变，依然是随神与跳跳虎做突击手，尼罗是狙击手，小仙女来做自由人，对吗？"

大家下意识地看向了霍嘉鲜，让老板代表发言。

霍嘉鲜笑着摇了摇头，把主持人递过来的话筒送到了贺随手上。

"你有什么问题，还是直接问我们队长吧。"

主持人看到他们之间的小动作，笑意更深，意有所指地道："看来队内和家庭地位，我们也可以一目了然了。"

霍嘉鲜无语。

明明是这么严肃的场合,偏偏因为女主持人的这么一句话,TT 几个人全开始疯狂憋笑,一个劲儿地在用眼神起哄,现场气氛也轻松了不少。

贺随垂着眼皮,唇边挂着一抹散漫的笑。

他接过话筒,懒懒地开口,很自然地承认:"没错。无论在队内还是哪里,都听她的。"

女主持人没料到贺随会这样回答,愣了半天,差点儿忘了下面要问什么:"那随神,作为《绝地求生》冠军联赛数一数二战队 TT 的队长,平时你的压力应该也是蛮大的咯?"

"还好。"

"去年 TT 在决赛失利,你们战队也承受了许多非议。相比去年错失冠军的遗憾,TT 今年的目标又是什么呢?"

男人漫不经心地抬起眼皮,面对镜头,微微勾唇,脸上是志在必得的笑。

"错失亚军,含泪夺冠。"他摸了摸右手手腕,没有丝毫犹豫,"这就是 TT 今年的目标。"

女主持人的笑容渐渐凝固了:什么错失亚军,含泪夺冠?

女主持人有些无言以对,却也只能硬着头皮接下去:"看来 TT 今年的信心还是很足的。"

"那当然。"贺随瞥了她一眼,满脸"这不是废话吗"的坦然,"我们有最好的突击手、最值得信赖的狙击手,以及《绝地求生》冠军联赛第一自由人。我们有什么理由不夺冠?"

女主持人有些无语。

就连站在一旁的跳跳虎也愣了一下,身体微微倾到尼罗那边,低声问了句:"嘉鲜妹妹什么时候成了《绝地求生》冠军联赛第一自由人?我怎么不知道?"

尼罗同样摇了摇头,看向一旁站在聚光灯下满脸自信的贺随,长长叹了口气:"我觉得,这个名号应该是随神自己评的。"

跳跳虎无语。

贺随这人,他真的服了。

在女主持人的不懈努力下,赛前的采访很快就结束了。

四个人到自己的座位上坐好,等待着所有设备到位,比赛正式开始。

第一局开局,航线偏北,由 G 港穿过圣山,然后到 K 城。

第一个圈出来,也是以航线为直径的圆。

四圈就要开始排水,因为从 G 港到圣山脚下的美兰湖之间蜿蜒着一条河流,所以这里必定会被刷出。

大家判断得很迅速:最后的决赛圈不是刷在 G 港旁的龙脊山,就是圣山。

TT 跳点在 P 城,离这两个点有一定距离。

所幸 P 城的载具多,四个人简单地搜集了一下物资装备,就两两分开,开车转移到 P 城北部的龙门客栈。

"龙门客栈"是国内的"吃鸡"黑话,指的是 P 城和学校中间的一片房区。因为这里地处交通要塞,房区又分属马路两边,来往车辆众多,所以很容易被收过路费。

这片房区基本就是死亡房区,有去无回。

贺随选择迅速北撤,占据龙门客栈收割人头也是这个道理。

二圈很快出来,确实是往北一个切角。龙门客栈正好卡在南侧圈边,霍嘉鲜没留在房区,而是直接徒步上附近山头,给大家报信息。

TT 配合得可谓是炉火纯青,近处突击、远处抽靶,第一支路过这里的 Star King 战队很快就被 TT 团灭。

四分到手。

霍嘉鲜在山上收完最后一个人头,舒舒服服地趴到了石头后的草丛里补了一瓶小药,又将弹药装满。

"再等两分钟,下一个圈缩之前,如果我们还等不到人,就开车转移。"耳机里传来贺随有条不紊的指挥,"嘉鲜看视野,如果有人过来,四百米之内,我们就冲,可以吧?"

"好的。"霍嘉鲜应了一声,正想站起身来,却突然听见耳机里传来几下极其轻微的摩擦声,是那种身体与地面草丛摩擦的声音。

不愧是十几万的外设,这点儿动静都能捕捉到。

霍嘉鲜的反应很快,她大喊了一句"这里有人",就立刻又趴下,隐身到石头后。

"有人?"贺随低声问,"几个?"

"不确定,起码有三个,"霍嘉鲜仔细地辨认着空气里声音轻微的变化,也不敢太大声地说话,"他们应该是刚才我们灭 Star King 的时候摸过来的。当时我在卡正面的 Star King,没注意后面。"

"没事。"贺随冷静地跳到窗外,直接发动一辆车子,想要拉到近前,"嘉鲜,你后撤到我们的视野里,尼罗和跳跳虎在窗口架枪,我去前面和你会合。"

"好。"

队长发话,四个人迅速就位。

为了掩盖后撤的脚步声,霍嘉鲜还不忘投掷了两颗烟幕弹才行动。

烟雾蔓延开的声音削弱了她的脚步声,但是投掷烟幕弹出去形成的抛物线也在无形之中暴露了她大致的方位。

这支神不知鬼不觉摸上来的队伍同样很聪明。在没有明确对面的对手到底有几个人的时候,他们没有选择直接上前硬碰硬,而是最大化地利用了自己手中的投掷物,燃烧瓶、手榴弹像不要钱似的往烟雾中疯狂砸来。

耳边的爆炸声络绎不绝,简直要把人轰傻,幸好霍嘉鲜的身形足够灵活,准确避开了这些杀伤力极强的投掷物。

只是她被手雷的余波炸到,血量同样残了。

霍嘉鲜冷哼了一声,把背包里所有的烟幕弹投掷了出去,彻底将对方进攻的视线封死,才蹲到反斜坡后的一棵树下,准备打药。

恰好此时,贺随的车也及时赶到。

"太好了,你先帮我挡一下,我打一下药。"霍嘉鲜一边打了一个大的急救包,一边对贺随说,"我打好后,就去旁边拉枪线。尼罗、跳跳虎准备好,我把人引过来,你们打靶就行。"

"好……""的"字还没出口,耳机里的跳跳虎忽然惊叫一声,大喊,"随神!随神!他们的侧枪线也拉过来了!就在你的左后方!小心!"

对方拉枪线的那个人反应也很迅速。

就在跳跳虎开口提醒队员的那一瞬间,那人下蹲开镜,果断开枪,位置卡在一棵树与一块石头之间,完美挡住了跳跳虎和尼罗架枪的视野。

要不是刚才跳跳虎多往那边看了一眼,压根儿不会发现那棵树后的一寸草皮颜色有点儿不对劲。

贺随的反应能力也很惊人。

听见跳跳虎的提醒,他迅速闪身躲避了一下,随即顺着从耳边飞过的第一颗子弹,准确地定位了对方伏击的位置。

然而整个身体完全暴露在对方视野之下的霍嘉鲜就有些倒霉了。

因为背后和侧身位有尼罗和跳跳虎架着,她压根儿没想到还有人胆子这么大。此人不仅趁乱摸了过来,还找到了一个视野盲区伏击。

因为还在打药,霍嘉鲜躲闪不及,直接被对方爆头击倒。

"FLG_LuMingMmm 使用 AK 击倒了 TT_SexyBaby。"

看到电脑屏幕右上角的击杀信息,霍嘉鲜反应过来,边艰难地往后爬,边低声说了一句:"竟然是《绝地求生》冠军联赛自家人。"

FLG 的队长鹿鸣,他们还算是朋友,平时关系不错。

不过整个春季赛下来,TT 的战术和套路基本已经被《绝地求生》冠军联赛的那几支队伍研究透了。

他们知道,贺随和霍嘉鲜是整个团队最稳定的两个点,贺随是这支队伍的上限,而霍嘉鲜是这支队伍的下限。

霍嘉鲜的枪线确实拉得很灵,但只要他们两个没了,那 TT 整支队伍基本就已经瓦解。

贺随也看到了电脑屏幕上的击杀信息。

他微微皱了皱眉,几乎是下意识地转身拉过枪,靶心准确地瞄准了鹿鸣的头——

赛场外,《绝地求生》冠军联赛解说席上,两个解说已经开始激动地咆哮了。

"春季赛战无不胜的 TT 竟然在这里被 FLG 找到了破绽!小仙女已经先行倒地了!一直以来,大家在说小仙女是 TT 的下限!现在小仙女竟然倒了!就看随神能不能顶住正面压力,把鹿鸣放倒,救起小仙女了!"

"是的,虽然远处的跳跳虎和尼罗在架枪线,但是鹿鸣正好躲在一个视野盲区里,他们根本帮不上忙!现在开车过来也肯定来不及了!这边倒了一个，FLG 的其他三个人肯定会拼命往前压，随神这次只要能把鹿鸣放倒，TT 就又能活了！否则……"

另一个解说语速飞快，已经快兴奋地站起来了："快看！导播切到了随神的视角！随神的靶心准确地瞄中了鹿鸣的头！这一枪锁头的能力堪称完美！现在就是看个人能力的时候了，随神和鹿鸣几乎是同一时间开枪——"

所有人以为，毫无疑问，贺随肯定能把鹿鸣放倒。

就连霍嘉鲜也是这么认为的。

她甚至只往后面移了两下，就没再动了。

她面前站着的可是随神，《绝地求生》冠军联赛第一战神贺随呀，堪称世界顶尖枪男、联盟顶级突击手、亚服第一行走锁头挂的贺随呀！

耳边传来一阵激烈的枪声。

应该只过了不到一秒的时间，霍嘉鲜却觉得似乎过了很久很久。

烟雾弥漫之中，她看不清眼前的战况，却看到了电脑屏幕右上角的击杀信息。

"FLG_LuMingMmm 使用 AK 击倒了 TT_suishen。"

霍嘉鲜还以为自己看错了。

她完全无法相信自己的眼睛。

他们的绝对核心——对枪从未输过的贺随……竟然倒了？

怎么可能？

连解说席上的两个解说也已经蒙了。

"我没有看错吧？刚才随神的枪竟然这么差？！"

"对啊，这真的是随神的视角吗？"解说 B 也处于震惊状态，"贺随明明第一时间锁中了对手的头，鹿鸣装弹稍微慢了半秒，而且用的是射速更慢的 AK，怎么能把随神放倒？随神手里拿的可是他最厉害的红点 M416 啊！"

"我也有些没看懂，刚才随神的压枪和我有的一拼了。"解说 A 缓了缓，只能开玩笑地绕过这个话题，"好了，现在看场上的情况，TT 倒了两个人，随神和小仙女基本上就是没了。跳跳虎和尼罗在远处无法支援，这轮估计是 FLG 要 0 换 2……"

"就看跳跳虎和尼罗准备怎么做了。"解说 B 看向屏幕，刚才的兴奋劲儿立刻烟消云散,"他们决定马上开车撤退,及时止损,这也是比较好的一个选择。就看他们能不能混进决赛圈,进入前八,弄一点儿排名分。"

不仅解说,台下的冥灭和阿霂也根本没有想到,贺随的这一次开枪,明明是打了个先手,最后却被对方成功反打。

冥灭的眉头皱得很紧,他本来就小的眼睛显得更小了。

"贺随是什么情况?"他在嘴里嘀咕了一句,"自己的媳妇倒了,他就气得连枪也压不住了?"

而一旁的阿霂似乎想到了什么,脸色阴郁,看起来心情很不好的样子。

唐葫芦瞥了他一眼,低声安慰:"阿霂哥,你不要生气,我相信随神的!这把他虽然白给,但下一把的时候,他肯定会打回来的!"

阿霂张了张嘴,像是想要说什么,最终却欲言又止。

不是的,他在心里说,不是这样的。

这次糟糕的压枪也许在顶级突击手贺随身上显得很陌生,但是对他——这个曾经因为伤病退役的前职业选手而言,是无比熟悉的。

他犹记得当初快退役那会儿,状态下滑很快,在大多数训练赛的时候,总是因为这样的马枪而让队伍陷入危险之中。

但阿霂从来没有想过,这样的事也会发生在贺随身上。

那可是战无不胜的贺随啊。

拥有绝对的压制力、恐怖的控枪能力的顶尖枪男战神,怎么可能会有这么一天呢?

就连台下的阿霂也注意到了贺随的异样,更别说台上还在和他并肩作战的队友了。

跳跳虎和尼罗离得远,没怎么看清刚才到底发生了什么,但是就趴在贺随身边等着被救援的霍嘉鲜看得一清二楚。

鹿鸣选择先把她击倒,失了先手,只要没有出大的失误,就贺随这种顶级突击手,基本没有可能被鹿鸣放倒。

然而事实是,贺随确实被成功反杀。

FLG的手雷混着燃烧瓶疯狂掷来,很快,霍嘉鲜和贺随倒在熊熊燃烧的烈火中，被活活烧死，死状惨烈。

屏幕转灰，紧接着又跳到了观察跳跳虎和尼罗的视角。霍嘉鲜渐渐松开了紧紧抓着鼠标的右手，背部僵硬地虚靠在电竞椅背上，余光似乎看到身边的男人也愣在电脑屏幕前。

跳跳虎和尼罗正各自驾驶一辆车，紧急远离战场。

两人一边走，一边还不忘安慰贺随和霍嘉鲜，耳机里传来跳跳虎大大咧咧的声音："没事，随神，我们两个也能藏一藏。"他轻松地笑道，"直接扎到圈中心，找个乱石堆，躲起来就完事！以前嘉鲜妹妹不也是独狼灭 HP 全队？我们也可以。"

贺随没说话。

"是啊，随神。"平时在游戏里不怎么说话的尼罗也开了口，"鹿鸣那位置真的刁钻，你被阴也很正常，别想太多了。"

两人似乎察觉到了贺随的变化，你一言我一语，想把刚才凝滞的气氛化为乌有。

毕竟对一个电竞选手来说，心态实在太重要了。

更何况这只是他们在 PGS 总决赛上的第一场比赛。

霍嘉鲜轻轻咬了咬下唇，悄悄侧过脸去，偷偷看向身旁一言不发的男人。

贺随看着电脑屏幕，双手撑在桌上，身体后靠，还是那副慵懒散漫的样子。

然而霍嘉鲜敏锐地发现，他靠近自己的右手臂似乎正在微微颤抖。

颤抖？

像是意识到了什么，霍嘉鲜的脑袋嗡的一声响，眼前的电脑、比赛、热闹的场馆就在这一瞬间消失不见了。

她只能看到贺随故作自然的神色，以及那只控制不住在颤抖的手。

俱乐部为他的这只右手投保了上千万元的保险。

这只手可以在一秒之内锁定敌人的头，稳稳压枪，于百米之外拿一支装红点的步枪就能把敌人打倒。

她紧紧抿着嘴唇，强迫自己不在这时候抓着贺随的手问他到底发生了什么，只是久久地看着身边这个男人。

TT 的队长——众神时代《绝地求生》唯一的神，曾经缔造无数传奇，也是她的男朋友。他们叫他随神，但好像忘了一点：贺随不是神，他也是人。

似乎过了很久很久，但其实跳跳虎和尼罗的车并没有开出多远，贺随像是终于从长久的沉寂中回过神来，紧抿薄唇，又开始沉稳镇定地进行指挥。

"我标了黄点，你们从这边绕进圈。"他快速拉动手臂，在地图上标记了一个点，"这边应该是弱侧，你们往前盲扎就行，最好交错前压，能藏得越久越好。"

"明白。"跳跳虎用力点头，前行开车，呼啸着往前冲去。

贺随的指挥一向求稳。最终，在他的指挥下，TT虽然前期处于劣势，但在决赛圈运营到了第五名的成绩。

第一局，TT积分7分，排名第七。

两局比赛之间，队员们有20分钟左右的休息时间。跳跳虎站起身来，狠狠伸了一个懒腰，和尼罗一前一后地去卫生间，只留下霍嘉鲜和贺随两个人。

贺随靠在电竞椅上，右手搭在膝盖上，似乎在闭目养神，又似乎单纯在发呆。

霍嘉鲜迟疑了一会儿，最终还是轻轻拍了拍贺随的肩膀，叫了他一声。

"男朋友。"

"嗯？"

"你怎么了？"

"刚才那个马枪吗？"贺随笔挺的鼻梁下，薄薄的唇瓣极快地扬了一下，"就是枪法对不过，这几天在澳洲没摸到电脑，有些退步了。"

"不是。"

霍嘉鲜目光下移，看向贺随像没事一样搭在膝盖上的右手，顿了顿，到底还是说出了口："男朋友，你是不是……手腕受伤了？"

第一时间，贺随没有回她。

他似乎愣了一下，眼神顺着霍嘉鲜的目光，也落到自己搭在膝盖上的那只右手上。

舞台的灯光打得不亮，只有幽幽的屏幕光洒落。

就算在黑暗里,他的右手也呈现出一种不正常的白,指节分明,修长有力。

曾经在《绝地求生》的赛场上,这只手缔造了太多太多的奇迹。

但是今天,它只能虚弱地搭在自己的膝盖上,他要费很大很大力气,才能勉强让人看不出异样。

贺随已经记不清自己是从哪一天开始感觉到这只手出问题的了。

伤痛这种东西,日积月累,由量变发展为质变,很多时候是一瞬间的事。

但他可以肯定的是,那一天和PGS开赛一定离得不远。

否则,他也不会选择瞒着所有人,自己偷偷去找医生,背地里打了很多封闭针,只希望能尽自己最大的努力,把这件事撑到PGS结束以后。

但是他可能只能瞒到现在了。

贺随再度抬眼,迎上霍嘉鲜倔强而坚持的目光,最终缓缓地点了一下头。

霍嘉鲜的心随着他那一下点头,沉到了谷底。

"什么时候开始的?"虽然是问话,她却又自言自语地说了下去,"来澳洲之前?一个月前?春季赛的时候你还好吧……啊,不对,那时候你是在左手手腕上文的文身,难道说,新年的时候,你就……?"

贺随的双眸隐在昏暗的光线里。

霍嘉鲜能看见贺随刘海儿下那双眼睛里有着一些她看不太懂的情绪。

霍嘉鲜的语气有些急促,她一口气说了一长串话,最后却又放缓了速度,像是怕吓到贺随。

贺随勾了勾膝盖上的右手指尖,轻轻"嗯"了一声。

也是这一声回应,让霍嘉鲜联想到了更多细节。

比如说从前他们出来打比赛的时候,贺随是多么在意手感问题,赛前一定要拉所有人一起去网吧练枪,但这一次基本没再和大家一起出去过,只说要留在酒店里,要陪她,要休息。

又比如说,刚到澳洲那天,本来她还以为能和贺随做点儿羞羞的事,他却以一副清心寡欲的样子拒绝了自己。现在想来,他不是清心寡欲,而是怕一脱衣服,她就能看到他手腕上的绷带吧?

霍嘉鲜张了张嘴,想要说些什么,却终究失语。

最后,少女微张着唇,也只是发出一个无声的"啊"。

她这个女朋友是怎么当的?

为什么一直到今天,她才注意到贺随的异样?

贺随看到她快被吓蒙的样子,笑着抬起手腕,轻轻揉了揉她的头发。

"没事。"他说,"我本来就不想和你们说,怕你们担心。TT本来就没有可以取代我的人,赛前告诉你们这些,不是自乱军心吗?"

"但是你也不能……"

"不能什么?不能让我上场吗?"贺随笑了笑,温柔地打断她的后半句话,"唐葫芦不算很好的突击手,二队里也没有人可以足够强到顶替我的位置。去年我答应过你,我们一定要拿到这个冠军,所以今年我不能食言,我们必须拿到这个冠军。"

男人的语气是前所未有的自信与坚定。

为了你的母亲,为了你,为了阿雳,为了所有已经离开TT或者还坚持着这个梦想的人,为了所有曾经付出过的坚持和努力,他一定要走到最后。

霍嘉鲜的心像是被密密麻麻的针刺痛一样,眼角一涩,眼眶很快就红了:"贺随。"

"别难过了,嗯?"贺随捏了捏霍嘉鲜的下巴,语气轻松自如,"还没拿冠军呢,你这就要开始表演含泪夺冠了?"

"不是,"霍嘉鲜差点儿被他这句话气笑,"刚才你手抖成那样子了,我能不心疼吗?"

"心疼也没有办法,我们已经走到这里了,绝对不能放弃。"贺随耸了耸肩,语气散漫,"而且你男朋友是世界顶级突击手呀。你看小组赛半决赛的时候,我的手也痛着,不是照样吊打他们?"

霍嘉鲜有些心疼,但是又不知道该说些什么。

镜头围绕着他们,她没敢去拉贺随的袖子,只能偷偷伸手过去,心疼地摸了摸他的手腕,声音也是可怜巴巴的:"很痛吗?"

"还好。"

"怎么可能还好？刚才你已经痛到枪都压不住了。"

"你亲亲啊。"贺随压低嗓音，语气轻佻地说，"你亲亲我，我就可以暂时把枪压住了。"

霍嘉鲜无语。

跳跳虎和尼罗从卫生间回来，本能地察觉到队内气氛有些不对劲。

刚才，因为随神那些反常的马枪，大家不敢说太多话，气氛有些压抑。

但现在，他们不过就是上了个厕所的工夫，随神和嘉鲜妹妹之间的气氛怎么就这么暧昧了呢？！

跳跳虎在内心里默默翻了个白眼，然后在自己的座位上坐好，心里暗暗吐槽。

亏得刚才自己还疯狂说轻松的话想要安慰随神，帮随神调整心态，现在看来，人家压根儿就不需要自己呀！

他真是自讨没趣了。

贺随的手受伤了，霍嘉鲜也没敢往他手臂上下重手，只能用一只手偷偷摸到贺随的腰上，狠狠掐了一下。

贺随低低"哒"了一声："谋杀亲夫啊。"

"没往你那里掐就不错了。"霍嘉鲜的眼眶还红红的，她压低声音，借着环境昏暗才能勉强掩饰好情绪，"给我好好把比赛打完再说。"

贺随从鼻腔里发出一声"嗯"，低哑的声音带着几分撩人劲。

霍嘉鲜扭过头，没再看他。

既然这货自己说要坚持到最后，那她也选择尊重他的意思。

毕竟世界赛年年有，她也有信心，只要自己在，TT就能拿到冠军。

但是对贺随来说，也许今年的这届PGS是他参加的最后一次世界级别的大赛了。

第一天比赛结束，TT积分48，排名第六。

除了第一局的马枪，之后的五局里，贺随一直控制得很好。

他不再选择和霍嘉鲜一起前压枪线，反而和尼罗一起站在中后方进行火力压制。虽然跳跳虎平时看着是个不靠谱儿的弟弟，但在《绝地求生》的战场上——他确实是个不折不扣的猛男。

场均 8 分，决赛第一天能拿到这个成绩，对 TT 来说，虽然有些滑坡，但是也很不错了。

比赛结束，下台见到冥灭和阿霁的第一刻，TT 的四个人就被收缴了手机。

冥灭笑眯眯地看着大家，阿霁则一边用他们的指纹解锁手机，一边嘴里絮絮叨叨地说："今天大家打得很不错，只是还有一些瑕疵，今晚我们复盘讨论一下，不过网是暂时不能让你们自由上了，论坛、微博、贴吧，我全帮你们卸载，拿到冠军了，我们再把这几个 App 装回来。"

跳跳虎看阿霁熟练删除 App 的样子，被震惊得目瞪口呆："不是吧，"他挠了挠头，不解地道，"今天我们打得有那么烂？你有必要强制把论坛卸载？"

"不是打得烂，是怕别人搞你们的心态。"阿霁翻了一个白眼，"也不知道是谁上次世界赛的时候紧张得和什么似的，因为网上那些话，心态差点儿崩了，作为战队的副教练和数据分析师，我可以很负责任地告诉你，甭管别人怎么说，今天你打得不错。"

跳跳虎一听这话就乐了，把手机接过来，笑道："怎么个不错法？"

"伤害拉满，突击的压制力也做得很好。"阿霁说，"就是不太会抢人头，你们打倒的起码有一半人头被别的队伍抢了。"

"是我马枪了。"贺随在一旁开口，主动揽下责任，"我在远点抽靶有些不准，把那些人头放了。"

冥灭眯着一双小眼睛看向了贺随，然后摸了摸自己的肚皮，笑得慈祥，像个弥勒佛："马枪？"他拍了拍贺随的肩膀，"八百米之外拿四倍镜抽靶，你真以为你是神仙？你能拿到几个人头就不错了。我敢说，今天场上没第二个人能打出这个成绩。"

阿霁和冥灭左一句右一句，终于把队员的心态稳定下来了。

所有人基本被动断网了。看不到论坛上铺天盖地的恶意评价，大家自然没觉得心态受到多大影响。

起码比起去年来说，TT 今年的状况已经好了许多许多。

所有人的状态还不错，除了第一局的失误，以及后面五局没有什么爆发操作以外，这个成绩也算可以接受。

毕竟决赛还有两天，他们有的是机会把分追赶回来。

只除了一点,除了霍嘉鲜以及隐隐约约猜到什么的阿雳以外,其他人还不知道贺随的秘密。

晚饭大家自行解决。

因为尤喜过来,霍嘉鲜也不打算和大家一起吃饭,毕竟尤喜碰上跳跳虎,估计场面会有些尴尬。

她独自和尤喜摸到附近的商场去,随便吃了点儿烤鸡。

尤喜见霍嘉鲜忧心忡忡的样子,还以为她是觉得今天TT的成绩不算理想,便特地安慰了霍嘉鲜几句。

霍嘉鲜犹豫了一会儿,还是选择把这件事告诉自家姐妹。

"嘻嘻,"霍嘉鲜嘴里嚼着烤鸡,食不知味,"贺随受伤了。"

"受伤?"尤喜一下子没反应过来,"什么受伤?你们在床上搞得太激烈而弄伤了啊?"

霍嘉鲜懒得理尤喜的这句话,低头吃了两根薯条,才缓缓道:"不是,是手腕……手腕的伤病。"

尤喜花费了足足十秒钟才消化这个信息:"手腕?你是说那种职业选手会得的伤病吗?"

"嗯。"霍嘉鲜点了点头,"你记不记得第一把时,鹿鸣先把我击倒,然后才去打贺随的?放在从前,贺随是绝对不可能就这样被放倒的。应该是当时他的手腕很痛了,所以他才控制不住。"

说到最后,霍嘉鲜的眼前又浮现今天在舞台上的时候,贺随刻意隐藏那只微微颤抖的右手的画面。

她有点儿难过,有点儿想哭,但是又无时无刻不在告诉自己——她要坚强,必须坚强。

如果贺随倒下了,她必须带领TT的其他人继续往前走。

尤喜见她的神色有些不对劲,一时间也不知道怎么安慰她,沉默了半天才开口:"那他说什么了吗?"

"他说他能坚持到最后。他一定要和我们一起拿到这次的冠军。"霍嘉鲜无意识地咀嚼着嘴里的食物,食不知味地说,"所以,嘻嘻,你一定不能告诉别人这件事。他不想影响跳跳虎和尼罗的心态。"

尤喜顿了一下,才点了点头:"知道的。"

两个人面对面安静地把桌上的食物吃完，也不知道该说什么，只是发了很久的呆。

半晌，霍嘉鲜才开口，语气异常平静："嘻嘻，你说这次贺随能挺过去吗？"

"挺？"尤喜皱了皱眉头，宽慰她，"你也别想那么多了，随神心里肯定有数的。我觉得这次你们不仅能拿到冠军，过后一定也能找到医生把他的手治好的。回头我问问我姐夫，他家里当医生的人还挺多的，肯定有办法。"

"不是的。"霍嘉鲜长长地叹了口气，慢慢摇了摇头，"不是这样的。"

就算她不是医生，就算她对贺随的病情一无所知，心里也有预感。

贺随撑到现在，肯定就是想参加最后一次世界赛。

明年的这个时候，大家还能在世界赛的舞台上看到他吗？

虽然只有万分之一的可能性，但霍嘉鲜还是想逼迫自己相信，即使心如明镜。

明年贺随就23岁了，早就过了一个第一人称射击竞技游戏选手的黄金年龄。

电竞选手的职业期就像昙花，像是要把极致的情绪与努力堆叠在这短短几年爆发。

无论你是谁，无论你曾经站得有多高，总会悲壮而无可挽回地走下坡路。

这是任何人都无法躲避的自然规律。

贺随也懂这一点。

所以，他想把自己的职业生涯停留在最辉煌的一刻。

霍嘉鲜理解他，也选择全身心地支持他。

没有人能永垂不朽，只要他曾在这舞台上绽放出闪耀绚烂的光芒，就已经足够了。

不过转瞬之间，霍嘉鲜像是已经下定决心。

她一把抓住尤喜的手，目光炯炯地说："嘻嘻，我的手机被收走了，但是你的还在吧？"

尤喜被她的反常行为吓了一跳："啊？"

"你快用谷歌地图查一下这儿附近有没有什么文身店！"霍嘉鲜抓

得更紧,"可以尽快文身的地方,多少钱都无所谓。"

"你要干吗?!"

霍嘉鲜掀起右手的袖子,环绕着抚了抚自己手腕处粉嫩的肌肤,没有说话。

但是她的动作已经说明了一切。

尤喜觉得她简直有些魔怔了:"你明后天还有比赛!世界比赛!现在你要跑去给右手手腕上文身?!那你还怎么打比赛?你真的疯了吧?!霍嘉鲜!"

"我没疯。"霍嘉鲜淡淡地打断她的话,语气异常坚定,"既然我没办法阻止他,没办法减轻他的痛苦,那至少能稍微体会一点儿他的痛苦,和他共同承担吧。"

尤喜无语。

"你觉得呢?"

第十四章

大吉大利，今天恋爱

这天晚上，霍嘉鲜很晚才回来，而且特地搬到了尤喜的房间去睡。

跳跳虎以为霍嘉鲜和贺随吵架了，还特地关心地问了两句。

哪知贺随睨他一眼，目光是前所未有的刻薄冷淡："我觉得你最好还是先把自己管好。"

跳跳虎碰了一鼻子灰，转身去找阿霁诉苦。

阿霁听了事情的前因后果，似乎想到了什么，本来还心不在焉的，此时立刻拉住跳跳虎反问："你说随神和嘉鲜闹矛盾了？"

"对啊。"跳跳虎奇怪地摸了摸鼻子，"明明昨天还如胶似漆地睡一张床的，但是今天嘉鲜妹妹就跑到尤喜那里去睡了。我好歹去关心随神两句，他还反过来嘲讽我。"

出问题了，一定是哪里出问题了。

阿霁满脑子是这么几个字，当下就着急地拉着跳跳虎要上顶楼："快，你跟着我上去一趟。"

"干吗？"跳跳虎一脸蒙，就这么被拉了上去。

"我要问嘉鲜一些事情。"阿霁脚步很快，直接把跳跳虎拽进电梯，又看了一眼身边这个傻傻的、什么都没有意识到的愣头青，"你……上次你没和那个小姑娘道歉，现在你上去正儿八经地给她道个歉总可以吧？"

跳跳一脸蒙。

就在阿雳和跳跳虎所乘坐的电梯缓缓上升的同一时间，顶楼尤喜的房门刚刚被人敲响。

尤喜还在卫生间里洗澡，霍嘉鲜文身结束没过三个小时，不能碰水。而且她的手机被没收了，现在她只能躺在床上，无聊地看着澳洲的电视频道。

她英文不好，也不怎么看得懂，眼睛是盯着屏幕的，但其实心早就飘到了不知道什么地方，以至门铃响了很久，她都没有听见，最后还是尤喜关了水，打开卫生间的门，大叫了一声："门铃响了！"

霍嘉鲜这才反应过来。

她连鞋子都没穿，光脚踩着厚厚的地毯，也没看猫眼，直接就开了门。

开门的那一瞬间，她就愣住了。

门外站着的那个人西装革履，笑容得体。但在霍嘉鲜看来，他的脸上有着掩盖不住的虚伪与做作。

她皱了皱眉，想也不想就要将门狠狠摔上。

去年比赛的时候这人搞她的心态搞得还不够，今年还故技重施？

Stan 的那张脸，相比去年，现在看上去到底多了几分疲惫。

他似乎料到了霍嘉鲜的举动，这回直接用手抵住了门，语气急促，生怕下一秒霍嘉鲜就要听不到一样："是不是随的手腕受伤了？"他死死盯着霍嘉鲜的眼睛，急于想要求证什么，"今天那种错误在他这样顶级的突击手身上根本不可能出现！比赛结束以后，你就搬到了这里，是不是因为你今天才发现，所以和他吵架了？！"

霍嘉鲜愣了一下。

除了搬离房间的原因之外，其他的事，Stan 都猜对了。

但是他猜对了又怎样呢？

这几秒的沉默让 Stan 更加确信自己的猜测。

他冷笑一声，手肘上的力度也大了几分。

"随是你们的核心，绝对的主力。他受伤了，无论你们怎么隐瞒，都不可能是现在这样风平浪静的样子。所以你是今天才知道这件事的？

那么其他人呢，他们知道吗？"

霍嘉鲜冷冷地看着 Stan，依然没开口。

Stan 的笑容里多了几分阴冷与同归于尽的疯狂："跳跳虎、尼罗、甚至我的老朋友阿雰、冥灭，我相信他们还不知道，对吗？"

叮咚一声，不远处的电梯门不知什么时候开了。

Stan 似乎已经完全沉浸在自己的世界里，眼眸里泛着阴狠与威胁："Baby，难道他们不应该知道这一切吗？他们的队长竟然把这么重要的事隐瞒了下来，TT 的队员会怎么想？你觉得如果我告诉他们真相，接下来两天的比赛，他们还可以心无旁骛地完全投入去为这个冠军而努力吗？！"

Stan 激动的声音最终消失在霍嘉鲜心不在焉的眼神中。

霍嘉鲜似乎在看他，又似乎在看他身后的什么东西。

本来 Stan 觉得自己这番话一定是一个重磅炸弹，霍嘉鲜听了之后必定会害怕不已。

他想象过霍嘉鲜的反应，或惊恐，或痛苦，却唯独没有想过她会是这样的反应。

就像是他蓄力已久的一拳狠狠打在了棉花上。威胁得不到回应，与其说他感到无力，倒不如说是可笑。

有那么一瞬间，Stan 觉得自己虽然穿着整洁的西装，却仿佛一个正在舞台上表演的小丑，供人娱乐，笑料百出。

他额上青筋微暴，似乎有些恼火："你听见我说的话没有？嗯？！"

"啊，听见了。"霍嘉鲜像是才回过神来，幽幽地将目光转回到了他身上，应得很是敷衍，"'心无旁骛'都知道，你中文确实不错。"

"难道你不怕？"

"怕什么怕？"霍嘉鲜的目光终于聚焦在他的脸上，定了两秒，少女忽然绽放出一个灿烂的笑容，"我怕你把这件事告诉其他人？"

"当然。"

"喏，他们已经来了。"霍嘉鲜随意地仰了仰下巴，往他身后一指，"刚才你不是还威胁我，说要告诉我的队友吗？现在他们就在这里，你有什么想说的话一起说了吧。"

Stan 愣了愣，随后猛地扭过头。

在他身后不远处的走廊上正站着目瞪口呆的跳跳虎以及一脸凝重的阿雳。

"刚才你不是还叫嚣得很厉害吗?嗯?"霍嘉鲜的声音也悠悠传来,语气自在而惬意,"你想用这个威胁我做什么?再让TT给你们一个合约,还是和你们非法组队,提高你们的名次?"

"你……"

"对不起,我很忙的,你的条件我也懒得听了。"霍嘉鲜双手抱在胸前,催促道,"快啊,他们就在你面前了,你怎么不说了呢?嗯?"

Stan 一脸蒙。

见面前这只狗终于不叫了,霍嘉鲜伸了一个懒腰,懒懒地道:"哎呀,刚才你中文不是说得挺好的,怎么突然又不说了呢?你再不告诉他们,我真的要急死了呢。"

不远处的电梯门叮咚一声,缓缓合上。

跳跳虎和阿雳就站在三扇门之外,有些错愕地看着面前正在对峙的霍嘉鲜和 Stan。

似乎有些不太相信自己听到的一切,跳跳虎足足愣了半分钟才反应过来:"嘉鲜妹妹,刚才他说什么?随神有什么重要的事没和我们说?!"

霍嘉鲜从始至终盯着 Stan,目光未动分毫。

"快啊。"少女的语气存了几分不屑,她将下巴傲慢地仰起,"刚才你不是还说得很起劲吗?现在我让你说,你怎么又变成哑巴了?"

Stan 的脸色变了又变,最终他还是没有说话。

霍嘉鲜丝毫不让步。见对方的气势弱了几分,她的目光愈加强势且不依不饶,良久,她发出一声清晰的冷笑。

"既然他不愿意说,那我告诉你们好了。"少女语气强硬,眼睛里透着坚定的光,"我们的队长——TT 的随神,右手手腕患了伤病,而且比较严重。"

相比已经有思想准备的阿雳,跳跳虎呆在原地半天,迷茫地张了张嘴,最终只能从喉咙里发出一声极短促的"啊"来。

怎么回事?

随神……?

他怎么可能出现伤病的情况?

在十九岁的跳跳虎眼里,伤病=职业生涯终结=退役,那是阿雳这种老头子才会遇到的悲惨事,随神……那可是随神啊,怎么可能?!

走廊上久久沉默着。最终开口打破沉默的还是霍嘉鲜。

她松了松抱在胸前的双手,换了一边靠在门上,扭头看向跳跳虎和阿雳:"难道你们没有什么想说的吗?"

"说什么?"跳跳虎还觉得自己仿佛踩在棉花上一样,又好像是在做梦,"随神他的手伤了吗?"

"嗯。"

"那……他还能打比赛吗?"跳跳虎犹豫了片刻才开口。

"你说呢?"霍嘉鲜看向跳跳虎,眼里是无与伦比的信任与坚定,她一字一顿地道,"他是贺随,是国内登顶联赛千杀第一人的随神,是我们的队长和指挥,是我们所有人最坚不可摧的后盾。所以,你觉得呢?"

跳跳虎看着霍嘉鲜的样子,一时间不知道该说些什么。

算起来,跳跳虎和霍嘉鲜认识已经有一年多的时间了。

这一年多以来,他们好像没有意识到,和第一次遇见的她相比,现在的霍嘉鲜好像真的变得有些不一样了。

具体是哪里不太一样,跳跳虎一时半会儿说不出来,但有一点是明确的。

在遇到这样的变故时,霍嘉鲜再也不会那么轻易地被击倒。

去年 PGC 时趴在地上痛哭的那个小姑娘已经彻底消失不见,取而代之的是眼前这个看似柔弱,却异常坚定的少女。

她的眼神倔强坚忍,双眸里像是烧着两团烈火,闪着璀璨的光芒。

跳跳虎和阿雳并肩站着,愣怔了许久。

像是接收到霍嘉鲜目光中的信号,两人双双回过神来。

"为什么这个废物会到顶楼来?"跳跳虎看都没看 Stan 一眼,意有所指地说道,"这酒店对客人的隐私保护得未免也太差了吧?"

阿雳在一旁乐呵呵地接上了话,声音里却不乏冷意:"就是,这傻子是不是爱上嘉鲜了?一而再,再而三地骚扰我们队里的女生,还跑到人家房间门口来搞事情,我可不可以向联盟举报他的这种恶心行为?"

两个人一唱一和,把 Stan 堵得无话可说。

其实霍嘉鲜说得没错,一开始 Stan 上来的时候,确实不打算把这件事直接告诉 TT 的其他人,反而是想把这件事当作把柄来威胁霍嘉鲜,想像去年一样再换一些好处回来。

但他哪里能想到,霍嘉鲜压根儿没有上钩。

她不仅不怕他,反而正大光明地将这件事告诉了跳跳虎和阿雳,这样出其不意的反打,他根本来不及还手。

Stan 根本没有想到,去年脆弱成那般的少女,今年已经完全不怕他的威胁了。

霍嘉鲜只是双手环抱,目光冷冷地看着他。

"你说完了吧?"她娇俏的声音里带着几分不屑,"还有什么事?"

"你……"

"你没事的话,就快离开,没看见我们很忙吗?"霍嘉鲜皱了皱眉,像面对垃圾一样嫌弃地催促道,"另外我奉劝你一句,既然你早就退役了,就别天天想着搞事情了好吧?今年 HP 没一个能打的,但冠军也不是你这样用歪门邪道就能轻易得手的,懂吧?"

"就是、就是。"跳跳虎在一旁附和,"我含泪夺冠的眼泪都准备好了,你们呢?准备好解散之后要干什么了吗?"

Stan 面色阴冷,总算听懂了一句话:"我们不会解散。"

"你说不会解散没有用,还是要看你们的大老板啊。"霍嘉鲜在一旁叹了口气,惋惜道,"不好意思哟,虽然投资你们的大股东也是 H 国人,但我哥和他的关系似乎还不错。没准儿哪天他觉得投资 HP 没前途,反正他也挺有眼光,就想着把钱投到《绝地求生》冠军联赛来发展发展也不一定呢?"

Stan 被堵得一句话也说不出来,最终只能阴沉着脸,怒气冲冲地转身离开。

电梯关上门,载着他缓缓下行。

顶楼走廊里终于清静了不少。

房间里,卫生间的门刚刚被打开。

尤喜一脸奇怪地探头看了一眼。她没看见外头还站着人,只看见霍嘉鲜还站在门口。

"谁啊？"她好奇地道，"讲了这么久？我在里头听着还挺热闹的。"

霍嘉鲜没搭腔。

她微微侧过身体，示意阿霁和跳跳虎进来。

"你们肯定想问我什么吧？"少女叹了口气，刚才的嚣张气焰已然退去一半，"进来吧，我们聊会儿。"

10分钟后，跳跳虎和尤喜单独坐在房间里，面面相觑。

阿霁说是有事和霍嘉鲜在客厅里单独说，所以只能让跳跳虎在房间里待着。

本来尤喜想到阳台上去的，但一想到这是自己的房间，凭什么自己要出去，就又坐回来吹头发了。

凭什么要避开的是她？

尤喜甚至没看跳跳虎一眼，自顾自地一边吹着头发，一边刷手机。

跳跳虎在椅子上坐了会儿，想了想，还是抬头开口，尴尬地"嘿"了一声。

尤喜连眼皮都没抬一下。

"对不起。"犹豫片刻后，跳跳虎还是开了口，"上次那件事是我做得不对。"

尤喜还是一脸"你在说什么，我听不见也听不懂"的冷漠样子。

跳跳虎顿了顿，还是选择低垂着眼说了下去："之前我也是傻，别人说什么就相信什么，没想到去求证，而且她这么说，我才……"

"你才什么？你才喜欢她？你才觉得想要和她在一起？"

尤喜终于忍不住了，说话声直接盖过手中吹风机呼呼的嘈杂声。

她乱揉着头发，脸上是冷冷的笑："对不起，我尤喜还没可怜到需要你这种道歉的地步。"

"不是……"

"什么不是？难道你不是因为那个什么锦西还是锦东的一句话就喜欢上了她？难道你不是因为她给你花了很多钱，所以才想和她在一起？"

跳跳虎怔了怔："我……"

"别和我说什么其他的话了。"尤喜耸了耸肩，终于把手里的吹风机关掉，"上次从机场回来的时候，你自己和我说的，你喜欢她，如果TT

拿到冠军,你回去就要和她在一起。现在你还有什么其他想要说的?想说你发现刷礼物的人不是她,所以又发现自己不喜欢她了?"

跳跳虎抿了抿唇,没说话。

尤喜撩了一下头发:"你要是这么说,我可能真的会看不起你。至于礼物呢,那确实是我刷的,你就当一个真情实感喜欢你的粉丝给你的一点儿零花钱好了,没什么别的意思。"

上次跳跳虎当面问尤喜,为什么要给自己送这么多礼物,今天尤喜回答跳跳虎,就是一个粉丝想要送礼物而已,没什么别的意思。

跳跳虎沉默了片刻,最终还是点了点头:"我知道了。"

房间里长久安静下来。

尤喜拨弄了一下手里的吹风机,卷了卷肩头的发尾,最终淡淡地开口:"以后我不会再打扰你,也不会那样给你送礼物了。这两天好好打比赛,帮嘉鲜拿一个冠军,好吧?"

跳跳虎抬头看向坐在床上的尤喜。

她神色冷漠,语气傲慢,像是一个倨傲的女王。

沉默半晌,跳跳虎没再多说什么,而是慢慢地点了点头:"好。"

同一时间,房间的门被人推开,阿霁的头率先探了进来。

"我们聊完了,你们呢?"

尤喜淡淡地"嗯"了一声。

阿霁看了尤喜一眼,又看了看坐在椅子上的跳跳虎,看他们的神色,知道他们的聊天应该没自己预想中那么理想。

他在心里叹了口气,最终还是选择把这个话题跳过不谈。

"那个……虎仔啊,我和嘉鲜商量了一下,明后天的比赛,我们队伍可能要做一些调整。待会儿我们也要去和冥灭还有随神说一下。"

"啊,什么调整?"

"明后天让随神打三号位自由人的位置,去拉枪线断后,好吧?"阿霁看了一眼门外的霍嘉鲜,把后半句话补充完整,"随神的战神位留给嘉鲜上。"

霍嘉鲜要换到战神位上?

要让她去顶正面压力?

这能行?

房间里的两个人呆愣了半天，最后还是坐在床上的局外人尤喜率先开口。

她扬高声音说道："嘉鲜，你不怕啊？"

他们要让嘉鲜顶在前面去打突破点？一对多地拼枪法？

虽然尤喜没玩过游戏，但在那种枪林弹雨的战场上，只是想想都觉得好恐怖。

跳跳虎也在一旁小心翼翼地提出疑问："嘉鲜妹妹，你可以吗？"

霍嘉鲜走进了房间里，身形懒散地靠在门框上，语气轻松地"嗯"了一声。

"不是啊，嘉鲜。"尤喜吸了吸鼻子，提醒她，"你这个位置吧，虽说是战神位，但承受的压力是最大的呀。万一你崩了……"

那国内那些早就唱衰 TT 让女选手上场的网友还不得集体沸腾？

霍嘉鲜耸了耸肩，此时此刻，微扬的嘴角看起来有几分自信的痞气。

"怕什么？"她举了举右手手腕，淡淡地道，"别忘了，我可是有增益效果加持的女人。"

阿雰和跳跳虎不明所以，定睛看向她的右手手腕，白嫩的皮肤还微微泛红，内侧手腕上有一排黑色字，显然是刚文上去的文身——TT_suishen。

没有什么花里胡哨的东西，就这么一个简简单单的 ID，贺随的 ID。

在所有人震惊的目光中，霍嘉鲜笑了笑，轻轻道："你们有那种拼尽全力想保护的人吗？我有。"

尤喜看着从小认识的姐妹就站在不远处，脸上带着倨傲的笑。

不知不觉中，霍嘉鲜确实有哪里和之前不太一样了。

霍嘉鲜迎上大家的目光，声音里是绝对的强势和自信："所以大家放心吧，这次冠军，我一定会带 TT 拿到的。"

这天晚上，为了不让贺随担心，霍嘉鲜还是没下去见他。

换位置的消息也是阿雰和跳跳虎帮忙转达的。

据前方记者跳跳虎报道，贺随听说这个消息之后，什么话也没说，只是平静地接受了俱乐部的调整。

本来他们以为随神会坚持说让自己打突击位置的。

没想到一向习惯自己顶住所有压力、坚持保护所有人的随神，破天荒地妥协了。

阿雳在私下里感慨："这臭小子和刚开始我认识的那个小男孩儿相比，真的变了不少啊。"

霍嘉鲜也没有想到贺随会是这样一种反应。

夜深人静，尤喜早就已经在身边睡熟了。但是霍嘉鲜辗转反侧，想到贺随的手伤和明天的那场硬仗，反而越来越清醒。

黑暗里，她小心翼翼地拿起床头的手机，本来只是想随便刷刷微博，却没想到下意识地就打开了贺随的微信。

微信对话框里，他们上一次的对话内容还停留在前几天，他去便利店买东西的时候，问她要买什么吃的。

霍嘉鲜把聊天页面往上滑，往上看这大半年来他们的对话。

从最近的亲密到几个月前的暧昧与无措，再到一开始的时候，她单方面积极主动发的消息。

对话框滑到最上面，是她刚进 TT 的那一天，加到贺随的微信的第一时间，主动给贺随发的第一条消息："训练很辛苦吧？累了就休息哟！别太逼自己哟！"

累了就休息，别太逼自己。

她不知道有多少人和贺随说过类似的话，但是自己和贺随认识的时间也不算短了……一直到今天，她都觉得贺随好像从来没有明白过自己的意思。

他总是一个人默默承受着外界所有的压力与指责，但是好像忘了这个俱乐部里除了他，其他人已经不是小孩子了。

在这样的时刻，他们也可以站出来承担自己的那一份责任。

不知道为什么，霍嘉鲜忽然有些想哭，但最终还是忍住了。

她停留在对话框的最上面，过了很久很久，手机上显示的时间已经是凌晨 2 点。

太晚了，她该睡了。

霍嘉鲜正想退出微信，关了手机，却看见正上方的字一变，随后显示"对方正在输入……"几个字。

霍嘉鲜愣了愣。

贺随还没睡？

她抿了抿唇，也将手移到了对话框上，按出要打字的光标符。

不过她一直没先说话，在等着贺随的消息。

然而不知道是不是贺随也看到了她在输入消息，页面显示他输入了又输入，5分钟过去了，还是没有一条消息发过来。

最后，还是霍嘉鲜先忍不住，发了一个问号过去。

贺随的消息回得很快。

TT_suishen："还没睡？"

贺随我家的："嗯。"

贺随我家的："睡不着。"

TT_suishen："因为我吗？"

贺随我家的："也不是啦，就是想到了好多事。"

TT_suishen："嗯？"

贺随我家的："感觉进入TT，认识你，认识大家，开始打职业赛……怎么会发生这么多事情？"

贺随我家的："现在回想起一年前的事，感觉好像是上辈子发生的一样，有点儿不真实。"

TT_suishen："是不是觉得竟然能认识我，这很不真实？"

贺随我家的："……"

贺随我家的："这么煽情的时刻，你能不能不要这么无聊，嗯？"

就算隔着手机，没有任何画面和声音，霍嘉鲜都能想象到男人微勾嘴角的样子。

她很想他。

那边的人也很快发了消息过来。

TT_suishen："对不起。"

霍嘉鲜笑了笑，正想说"为什么要这么严肃地说对不起呀"，就见下一条消息紧随其后，在屏幕上弹了出来——

TT_suishen："就是挺想你的。"

她看着简简单单的六个字，蓦地愣住了。

似乎是因为她这短暂的停顿，贺随不依不饶，几秒后，连续发了几条消息过来。

TT_suishen："今晚没有你在身边。"

TT_suishen："很想你，很想你。"

TT_suishen："你呢？"

TT_suishen："想我吗？"

盯着最后的那个问号，霍嘉鲜侧躺在床上，呼吸停滞了半秒。

也不知过了多久，久到对面的贺随以为她睡着了，直接发了一个"晚安"过来。

身边的尤喜在睡梦里呢喃了一句，笨拙地转过身，将半边胳膊压在了霍嘉鲜的腰上。

霍嘉鲜终于回过神来。

她轻轻地挪开尤喜的胳膊，悄声无息地掀开被子，赤脚下床，轻手轻脚地走出了房间。

关上房门的那一刹那，霍嘉鲜踩着厚厚的地毯，瞬间迈开步子，转身就往走廊尽头的电梯间跑去。

一路迫不及待，等到站在贺随的房间门口的那一瞬间，霍嘉鲜终于将脸上兴奋的神色收敛了一些。

她整理了一下有些凌乱的头发，在小腿上蹭了蹭赤裸的脚背，又对着猫眼往里探了探脑袋。

里面好像开着灯。

贺随还没睡呢？

踌躇片刻，霍嘉鲜最终还是轻轻敲了敲贺随的房门。

门很快被打开了。

玄关灯光昏暗，映出男人半明半暗的脸。

他的刘海儿遮挡在额上，唇边似乎带了一丝若有似无的笑。

贺随开口，声音微微沙哑，尾音略带玩味，带着淡淡的睡意："不是睡了吗？"

"我不和你睡，不是因为生气，而是因为这个。"霍嘉鲜主动扬起右手手腕，展示给贺随看。

暖黄色的灯光下，少女的手腕纤细瘦削，肌肤几近透明，隐约能看到蜿蜒而下的淡蓝色血管。

贺随恍惚了一下，终于看到了她的手腕上新文的那个文身。

他皱了皱眉，几乎是下意识地就抓起了她的手腕："这是什么？"

"文身啊，刚刚文上去的。"霍嘉鲜歪了歪头，脸上漾着甜笑，"你的 ID。怎么样，好看吗？"

贺随垂眸看着掌心里她纤细的手腕。

这只手，在《绝地求生》的战场上杀伐果断，所向披靡，打得又凶又狠，全然不应该是眼前这个样子，又柔又细，只会让人想到良辰美景、岁月静好，又哪里能想到她会那样自由自在地驰骋在硝烟弥漫的战场上？

而明天，她还要独自一个人站到那个最高、最危险、压力最大的位置上。

她是为了他。

男人低垂着眼，不知过了多久，才低声开口："不痛吗？"

"还好啦。"霍嘉鲜笑道，"我想到你也文过嘛，所以就觉得没什么感觉啦。"

"明天还要比赛。"

"那我也可以的！"霍嘉鲜一把搂住了贺随的脖子，用力一跃，跳到了他的身上，双腿盘在他身后，"你的右手那么痛都能比赛呢，何况我这种小小的伤。我可以的，而且现在我已经没有什么感觉了。"

少女声音娇俏，带着些许撒娇讨好的意味。

贺随明白，她是想让自己安心。

她想让自己知道，无论出现什么困难，他们都一定会走到万人瞩目的世界之巅。

贺随一手托住霍嘉鲜的臀，用脚将敞开的门带上。

霍嘉鲜的头发散落在贺随的肩颈处，贺随用鼻尖碰了碰霍嘉鲜的下巴，轻嗅着她耳窝处传来的淡淡香气，低声呢喃，气氛充满了暧昧。

"一起睡吗，女朋友？"

凌晨 3 点的悉尼，灯火暗淡。

市中心区某间酒店的一个房间里，昏暗的灯还亮着。

明明是南半球的冬天，房间里充盈着暧昧气息却让温度急剧上升。贺随用脚将门带上，门后一面落地镜正好映出两人交叠相缠的身影。

　　少女白皙的肌肤微微透出粉色，长发凌乱地散在男人的肩颈上，面色潮红，呼吸微促。

　　男人在她耳边的呢喃声极其低沉，尾音勾出几丝模糊的余韵，让声音显得更加诱惑。

　　贺随轻缓的呼吸在霍嘉鲜的耳垂下方拂过，带起一阵酥麻的感觉。

　　霍嘉鲜的双腿紧紧缠在贺随的腰上，她只觉得在这昏黄的灯光里，此时此刻的自己仿佛已经化成一条流淌的河，只等一叶小舟驰骋摇曳。

　　贺随的气息喷在她最嫩的那一寸肌肤上，痒意从颌下一直传递到了心上。霍嘉鲜实在有些忍不住了，闭着眼睛瑟缩了一下，手却搂得更紧。

　　她没有说话，贺随又用下巴蹭了蹭她的发尾，又是惑人的声音响起："嗯？"

　　慢慢地，男人已经抱着她从玄关走到了床边。

　　落地灯光线昏暗，照出男人的宽肩窄腰。虽然贺随常年坐着打游戏，但他的身材清瘦，线条流畅，有着恰到好处的力量感。

　　霍嘉鲜早已被撩拨得心痒难耐，从鼻腔里发出一声轻微的呢喃，在贺随的肩头轻轻咬了一个牙印。

　　她没有说话，行动却代表了一切。

　　贺随已经有些忍不住了。

　　他小心翼翼地将霍嘉鲜放在了床上，双手撑在了她身体的两侧，从始至终看着霍嘉鲜，随后解纽扣的手缓缓地向下挪动。

　　他脱掉衬衫的那一瞬间，霍嘉鲜看到了他的右手手腕。

　　她的大腿外侧靠着他的大腿内侧，两人肌肤相触，暖意相融，气息交缠。意识迷离之际，霍嘉鲜看到那厚厚的绷带，忽然有些清醒过来。

　　她挣扎着抓住贺随的右手，语气却是软绵绵的："别……"

　　明天他们还要比赛。

　　贺随深情地看着她，没有说话。

　　两人相拥而眠。

　　PGS决赛第二日。

　　比赛9点开始，队员们7点就得起床，开始比赛前的一系列准备。

7 点 30 分，TT 大群里所有人被尤喜的一条消息炸醒——

时刻默念莫生气："有谁看到嘉鲜了吗？嘉鲜怎么不见了？"

其余的人很快跳了出来，打出一串问号。

就连远在大洋彼岸的史迪也跳了出来。

史迪："怎么回事？！嘉鲜怎么会不见了？！"

时刻默念莫生气："我不知道啊，本来昨晚嘉鲜和我一起睡的，结果今天早上我一起来，她就不见了！"

时刻默念莫生气："不会吧，她是不是特别无法接受贺随手受伤这件事，所以……？"

史迪："呸呸呸，你个乌鸦嘴！"

阿霁："随神怎么还没出来？问他啊。"

时刻默念莫生气："万一嘉鲜真的不见了，他不是要急死？那今天的比赛还打不打啊？"

一群人在群里讨论得热火朝天，都心急火燎地到处打听霍嘉鲜的消息。

10 分钟后，一直没有说话的贺随终于上线。

TT_suishen："在我这里。"

大家全松了口气，正想问他们到底是什么情况，搞得大家心里七上八下很紧张，结果那边的贺随又加上了一句。

TT_suishen："床上。"

所有人翻了一个白眼。

行，在就行了，他也没必要汇报得这么详细。

9 点钟，决赛正式开始。

TT 四人亮相，依然是一样的阵容，但是似乎又有哪里不一样了。

跳跳虎他们离得近，比赛前好歹还关心了一下贺随和霍嘉鲜。

"昨晚没熬夜吧？几点睡的？"

"应该不会影响到今天的比赛吧？"

"滚。"

霍嘉鲜呵斥了一声，终于让几个人八卦的心勉强平复了一些。想起昨晚，霍嘉鲜的耳尖犹带红晕，她扭过脸去，镇定自若地从外设包里拿出耳机戴上。

贺随在一旁代她回答:"嘉鲜的意思是睡得很好,滚远点儿。"

跳跳虎:"遵命。"

第一局比赛很快开始。

等到 TT 与 FLG 再次爆发团战的时候,台下的观众才后知后觉地发现,今天的 TT 到底有哪里不一样了。

曾经拉枪线断后看屁股的霍嘉鲜,今天竟然占了贺随的位置,率先带着跳跳虎冲锋陷阵。

这是什么意思?

一夜之间,TT 把自家的自由人和突击手换了位置?

不仅普通观众,就连《绝地求生》冠军联赛解说席上的两个解说也有些蒙。

"这操作,我实在没看懂,"看着拿着一把 AK 就直接往前压的霍嘉鲜,解说 A 有些不知所措,"尼罗还没占好高点视野,小仙女就要先往前冲?这会不会太快了?他们确实知道这个大仓里有人,但是现在鹿鸣和小熊猫蹲着没动,TT 应该不知道这个仓库里埋伏了三个人吧?"

解说 B 连连点头:"没错,而且 FLG 的第四个人在远处山坡上架着枪。今天小仙女应该是换到了突击手的位置上,但有一说一,这冲得确实有些冲动了。虽然跳跳虎也跟在她身后,但是他们这就相当于冲进了别人的天罗地……"

最后一个"网"字他还没说出来,霍嘉鲜已经冲进了仓库,第一时间看到了蹲在角落的鹿鸣和埋伏在正前方障碍物后面的小熊猫。

不过一秒不到的时间,霍嘉鲜就迅速做出了判断——

小熊猫只露出了小半个脑袋,霍嘉鲜退后一步,正好退到他的视野盲区的位置。

同一时间,霍嘉鲜极限 90 度拉枪,几乎同一时间和鹿鸣瞄准了对方的头!

"我的天哪!"解说 A 一拍大腿,差点儿没在直播间里跳起来,"小仙女这反应和这极限拉枪,太快了!这才是年轻人该有的速度嘛!"

"有一说一,现在《绝地求生》冠军联赛能拉出这种枪的人不超过五个。"解说 B 很客观地评价着,"小仙女的直播我也看过,其实她一直走的是灵活避战策略，喜欢利用投掷物和其他对手来进行拉扯压制。但是她今天的气势让我觉得她好像还挺适合突击手的位置的。"

解说 A 点头："对，在我的印象里，小仙女确实不算枪猛的类型。最经典的还是 PGC 打 HP 那次，她也是进行了一次极限操作，直接把 HP 拉下了冠军的位置，不过平时很少能看到她这么猛。"

两个人解说之间，屏幕上的两个人已然动手。

导播切的是霍嘉鲜的视角。她半蹲在地上，开枪扫射眼前的鹿鸣，红点压得很稳。

同一时间，所有人屏住了呼吸。

跳跳虎还在十米之外没能赶来，尼罗的高点还没架好，贺随的侧枪线还没拉开。

如果霍嘉鲜在这时被击倒，那她就将成为正在冲击冠军的 TT 里唯一的突破口。

屏幕上，混乱的枪声中，霍嘉鲜的血在快速减少。

不过是过了零点几秒的时间，但是所有人都觉得似乎过了很久。

"一枪头，两枪头！倒的是鹿鸣！倒的竟然是鹿鸣！"

"小仙女的枪竟然对过了鹿鸣！FLG 的队长鹿鸣！这可是《绝地求生》冠军联赛首屈一指的猛男鸣神啊！昨天连随神都没对过他！"

"小仙女丝血锁死，究极反杀！天哪，小仙女这操作太厉害了！真的是太厉害了！"

"跳跳虎终于赶到大仓，估计是小仙女给他报了位置，他的手雷准确地丢到了小熊猫的脚下！"

"大仓的两人倒了！高点的最后一人也被随神和尼罗锁死！"

"恭喜 TT，团灭 FLG，成功拿到 4 分！离冠军又近了一步！"

成功团灭 FLG 后，霍嘉鲜松了松肩膀，这才发觉自己背部僵硬得吓人。

刚才往前冲的时候，她还没觉得什么，满脑子就是冲冲冲、杀杀杀，也根本没去考虑万一自己失败的话，面对的会是什么后果。

4 打 4 的对决，只要倒下一个人，那么那个人就会成为团灭发动机、被反杀的突破口。

但是那时候，霍嘉鲜似乎并没有想到这么多东西。

她唯一想到的那个词是"胜利"。

这种一往无前的冲劲似乎和队伍里的某人一脉相承。

耳机里传来男人带着笑意的鼓励声："打得不错。"

跳跳虎在一旁心有余悸地松了口气，边蹲在地上打药，边活动了下手腕："刚才嘉鲜妹妹的极限操作吓死我了。这还叫打得不错？明明就是打得太棒了好不好？！"

第一人称射击竞技游戏里讲究的就是枪法和反应力。

刚才明明是嘉鲜妹妹先被 FLG 的鹿鸣蹲到，失了先手，却能比对方更快地拉枪瞄镜，然后完成反杀。

就这操作，全《绝地求生》冠军联赛不一定有几人能做到。

贺随淡淡地瞥了瞥跳跳虎："紧张了？"

"还好、还好。"跳跳虎虽然这么说，但微微颤抖的声音还是出卖了他的内心。

只是这颤抖与其说是紧张，不如说是兴奋。

霍嘉鲜的打法生猛刚硬，比起贺随来有过之而无不及。

自从上次世界赛之后，他们的风格逐渐变成求稳，他们好像已经很久没有打过这么酣畅淋漓的比赛了。

"嘉鲜妹妹真厉害！"打好药，跳跳虎激动地喊了一嗓子，"冲冲冲！"

"冲。"就连一旁的尼罗也应和了一句。

而霍嘉鲜笑了笑，悄无声息地深吸了一口气，这才后知后觉地发现自己握着鼠标的右手在微微颤抖。

PGS 决赛第二天，TT 总积分达到 103，排名第四。

和小组赛他们的势不可当比起来，这个成绩确实差了一点儿。

电子竞技，菜是原罪，在职业选手和教练看起来不错的成绩，在成绩粉的眼里肯定不值一提。

所有人都认为，自己喜欢的队伍必定要拿到冠军，否则他们就是菜。

就算 TT 这几个人手机上的论坛全被卸载，但他们想都不用想也知道，网上肯定有那些唯恐天下不乱的人在带节奏。

临阵换位置,就这状态,TT还想拿冠军?真是痴心妄想。

相比之下,冥灭和阿雳给他们的压力却没那么大。霍嘉鲜的突击手位是昨天刚刚换的,打法完全不同,TT能打到现在这个成绩已经很不错了。

当天晚上,霍嘉鲜还是选择到尤喜的房间里睡,美其名曰是要复盘,实际上就是不想再被贺随折腾了。

尤喜擦着头发从卫生间里出来准备睡觉的时候,霍嘉鲜还拿着平板电脑,坐在床上看今天比赛的复盘。

"哟。"尤喜笑着坐到她身边,"这么晚了还这么认真?"

"嗯。"霍嘉鲜头也没抬,皱着眉头,在调比赛录像的全景视角。

"你不会又要和昨天一样,趁着我睡着之后偷偷溜下去吧?"尤喜撇了撇嘴,开始吹头发,"你要想下去的话,提早告诉我一声就行了,你们是正常的男女朋友关系,非要搞得这么刺激?"

霍嘉鲜无语。

面对单身姐妹的怨念,她决定跳过这个话题不谈。

"你觉得今天我们打得怎么样?"霍嘉鲜翻看着录像,问道,"从一个普通观众的角度来讲,你给我们打几分?"

"普通观众?"尤喜思索了片刻,说道,"如果从姐妹的角度来说,我肯定打一百分,但是如果从普通观众的角度来说,可能还是得扣几分吧?"

"怎么说?"

"嗯,我还是觉得你打得太惊险刺激了。"尤喜也不太看得懂个中门道,只能用通俗的外行话来形容,"比如你第一局打FLG那里,虽然赢了,但是我觉得你还是太莽了,纯粹就是以个人实力扳回一城。"

霍嘉鲜放下平板电脑,随后长长地叹了口气。

"你也觉得我太莽,对吧?"她说道,"其实我也有些后怕的。仔细想了一下,我完全可以等队友就位再冲,根本不差那么几秒钟。"

"那你为什么还冲得那么快?"

"我不知道,"霍嘉鲜皱了皱眉头,随后又拿起平板电脑,翻看第一局游戏的复盘,"那局游戏结束之后,我确实挺紧张的,手都抖了。你也知道的,我打自由人位置的时候根本不是这样的,肯定是要等找到最佳输出位置的时候再出手。"

尤喜吹头发的动作停顿了一下。

"嘉鲜。"她轻声宽慰着自己的好朋友,"你是不是太想保护大家了?"

因为知道自己必须冲在最前面顶住压力,所以急于证明自己,她可以做到。

但是所有人,包括霍嘉鲜自己都忘了,她只是个十九岁的小姑娘,打职业赛的初衷不过是简简单单地图快乐而已。

一下子把这么多责任加到她身上,她会不会一时之间承受不了?

霍嘉鲜抬眼看向尤喜,眼神里的茫然很是明显:"太想……保护大家?"

"是啊。"尤喜关了吹风机,一只手覆在霍嘉鲜冰凉的手腕上,"虽然我不是很懂你们的战术、策略,但是我也知道这是一个团队游戏,赢是四个人赢,输是四个人输。虽然现在你成了突击手,但是也不用那么全力以赴地背负起所有压力,因为你背后还有随神、跳跳虎、尼罗,甚至唐葫芦,对不对?"

长久以来,所有人都将目光放在对面的敌人身上,要打败他们,要杀光所有人,才能获得最后的胜利,而被忽视的往往是那些更重要的——站在自己背后一直支撑着自己前行的队友。

曾几何时,她也对贺随说过同样的话。

但是现在,忘记这件事的人好像成了她自己。

初听不知曲中意,再听已是曲中人。

霍嘉鲜有些自嘲地笑了一下,喃喃道:"是啊。"

没有人可以永远保护别人,也没有人永远需要别人保护。

在这一段旅程中,他们是互相搀扶着前行的队友。

也许有一天,大家会说再见,但是起码这一刻,他们的命运是连在一起的。

霍嘉鲜闭上眼睛,把平板电脑扔到床上,往后仰倒在床上,似乎是如释重负一般长长地吐出一口气。

房间里寂静下来。

但在霍嘉鲜再次睁开眼睛的刹那,有些东西似乎已经有些不一样了。

"嘻嘻,我先睡了,明早早点儿叫我。"她的声音很平静,一点儿也不像在开玩笑,"你可以提前思考一下,明天夺冠之后要去吃什么庆祝了。"

PGS 决赛日最后一日，比赛场馆人潮汹涌，几万张现场门票早已售罄。

投票的官网上，奖金池内的金额已经冲破了一千万元，而今天的比赛就将决出谁能够把巨额奖金带回自己的赛区。

随之带回的还有那象征着世界之巅的奖杯与至高无上的荣耀。

后台休息室里，跳跳虎一边用力推着墙，一边疯狂深呼吸放松肌肉。

冥灭一边吃着零食一边看手机，见跳跳虎这副模样，调侃道："哟，平时天不怕地不怕，连老板的闺密都敢得罪的虎仔少爷，现在竟然这么紧张？"

跳跳虎无语。

冥灭这唯恐天下不乱的人就爱哪壶不开提哪壶。

跳跳虎偷偷看了看一旁的霍嘉鲜和尤喜，发现两人正在窃窃私语，似乎没听到冥灭说的话，这才悄悄松了口气。

废话，今天可是第二年冲冠的最后一天，六场比赛定胜负，他能不紧张？

TT 现在的总积分排名第四，与第一名有 23 分的差距。

这 23 分说多也多，说少也少，毕竟一局"吃鸡"的话，少说也能拿回十几分，这样双方差距也会进一步缩短。

不过目前排行榜上排名前三的队伍基本是这一年来各赛区的最强者，他们的实力不容小觑。

9 点，PGS 正式开赛。

第一局，航线刷出，是个偏北的航线。TT 的落点在 P 城，最终圈切到了极限北部，P 城离蓝圈有三百多米。

P 城几乎是海岛地图的中心了，TT 这还能被刷出去？跳跳虎的心态有些崩，他嘟囔了一句："第一个圈就被刷出去了，难不成今天还做绝地赶圈人？不要啊。"

没想到，跳跳虎一语成谶。

第二个圈，TT 再次被刷到圈外。

因为离圈有些远，前面卡的队伍又多，中途尼罗被扫掉，才换来他们勉强进圈。

第三个圈，圈再次刷向反方向。

第四个圈，TT依然在赶圈。

第五个圈，跳跳虎在转移路上被扫掉。

第六个圈，霍嘉鲜和贺随处在蓝圈要收缩的宽边，在三支队伍的包围之中没办法进圈，最终被蓝圈收掉。

第一局，TT只拿了5分，排名直接下降一名。

第二局，TT再次沦为绝地赶圈人。

虽然大家尽力拿回尽可能多的击杀分数，但TT的排名依然在第五停滞不前。

第三局，绝地赶圈人TT排名依然很稳定。

中场休息时，TT整个队伍里的气氛很凝重。

早晨的时候，所有人还对冠军志在必得，但是三场比赛下来，大家的心态有些崩了。

跳跳虎和唐葫芦的反应是最大的。

"天哪，今天这是什么圈啊？我真的吐了，整个人快裂开了，真的。"跳跳虎道。

遇到强敌、遇到困难，这他们都能打、能克服，但是《绝地求生》这个游戏里，圈运真的很重要。

虽然运营也很重要，但是如果他们运气不到位，真的就差了那么一口气。

就连阿雳也有些稳不住了："今天这是什么绝地赶圈人？我也要吐了，真的！"

霍嘉鲜坐在休息室里，手里晃着一瓶水，呆呆地看着窗外，一直没有说话。

听到大家此起彼伏的哀号声，她抬眼看了一下站在门边的贺随。

他正在低头看手机，刘海儿挡住了眼睛，露出好看的下颌线。

似是感受到了霍嘉鲜的目光，贺随微微侧过脸来，对她勾了勾唇。

"你没有什么想说的吗？"霍嘉鲜的声音里也有隐隐的委屈感。

"圈运这么差，我总不能打电话给蓝洞让他们安排一下吧？"贺随的声音一点儿也不着急，相反，其中还有隐隐的笑意，"但是，我相信我们。"

男人徐徐说着，玩笑里带了几分认真之意，话语仿佛一剂镇定人心的良药。

"就算圈运差，我们也能克服的。稳住，我们能赢。"

第四局萨诺雨林地图，是大家公认的最难，也是最看运气的地图。

萨诺面积最小，同样的人数之下，战队与战队更容易交战，节奏更快，比赛也更加刺激。

今天 TT 遇上的全是天谴圈，所以当第四局的第一个圈刷出来的时候，所有人的心态没刚才那么崩了。

"随便搜一下就进圈。"贺随看了一眼地图，蓝圈中心离他们足足有将近八百米，"我去探点，尼罗断后架枪，弹药尽可能留给嘉鲜和虎仔。"

"行。"

经过一天的磨合，四个人已经能井然有序地适应新位置。

贺随随便捡了把枪，就去探点，虽然 TT 连遭天谴圈的诅咒，但经过短暂的调整，大家的心态稳定了很多。

TT 的跳点在祭坛附近，而最新刷出的蓝圈停留在最大的岛上，中心位于天堂度假村。

从祭坛转移进圈，他们将会遭遇到多支队伍的重重卡圈。派南、自闭城、采石场算是资源大点，那里走出来的队伍不会弱到哪里去。

快摸到派南的时候，虽然四下悄无声息，但贺随还是微微皱眉，凭借本能低声提醒了身后的队友一句："小心有人。"

他话音刚落，派南城里忽然枪声大作。

跳跳虎和霍嘉鲜还在后面，听见枪声时吓了一跳，忙问："随神，是你那里？"

"不是。"贺随冷静地在墙角蹲伏下来，看了一眼电脑屏幕右上角的击倒信息，"是 FLG 和 Solid。他们在派南。"

FLG 和 Solid……

所有人的心皆是猛地跳了一下。

台下 VIP 区，冥灭和阿雾看着大屏幕，也不由自主地握了握拳头。

尤喜没太看懂,但感觉到气氛逐渐紧张起来,看了一眼实时积分排行榜,才后知后觉地反应过来。

"Solid现在的分数比TT高?"

"对。"冥灭喝了一口水,眼神是前所未有的严肃,"其实现在TT最好的战术是绕开派南,直接去圈里占点。现在Solid的分数比我们高了将近20分,如果前期双方再遇上,我们打不过的话,分差会进一步拉大的。"

"那他们应该也会选择避战吧?"尤喜皱了皱眉,"只剩下最后三场比赛了,如果再在开头打不过掉人的话……"

后半句话,尤喜没有说完整,但是所有人心知肚明。

如果TT再在前期掉人,那这次的夺冠希望将会越发渺茫。

冥灭仰脸看向大屏幕,导播已经切到了贺随的第一视角。

画面里,贺随操纵的游戏人物还蹲在墙角侧耳倾听着,一动也没动。

"避战吗?"阿雳叹了口气,"那你可能还真的不太了解随神了。"

这臭小子,平时看着是个还算稳重的队长,但阿雳算是他的入行领路人,所以比谁都清楚这货高冷的外表下有一颗多么狂放桀骜的心。

贺随打职业赛这么多年以来,锋利的棱角渐渐被一次又一次的失败磨平——他却也一次又一次地重新站了起来,逐渐成为队伍里独当一面的队长。

但是在很多时候,阿雳会觉得贺随依然是当年的那个少年,任性、乖戾、傲慢、狂妄。

也只有这样的贺随,才常常在那些非常重要的时刻,做出孤注一掷的决定。

比如说,眼下这一刻。

只要他们能在派南成功把Solid淘汰,那么自身和冠军的距离将会一下子缩短很多。

也许别人不会选择冒这个险,但是现在在台上的那个人是贺随。

舞台上,TT的四个人全陷入了沉默状态。

FLG和Solid正在激战,混乱的枪声和爆炸声此起彼伏,将耳机里的其他声音完全掩盖了过去。

电脑屏幕右上角不断跳出击倒信息，FLG 和 Solid 有人被击倒，打了一次平手。

和贺随一起打了这么久，大家默契十足。就算贺随不开口，他们也知道他是想主动进攻了。

螳螂捕蝉，黄雀在后，现在 FLG 和 Solid 有人被击倒，这应该就是最好的时机。霍嘉鲜刚赶到派南对岸，就有些忍不住了，开口问贺随："如果要冲的话，为什么现在还不冲？"

"再等等。"贺随再次看了一眼地图，"这里交战这么激烈，自闭城和采石场的队伍肯定也想过来劝架，所以他们多半会在前面卡圈。自闭城是 MC 的跳点，他们应该会过来的。"

MC 是一支来自 H 国的后起之秀，也是目前在积分榜上排名第一的队伍。

霍嘉鲜万万没有想到，贺随不仅要灭 Solid，竟然还有同时团灭 MC 的野心？

他这是想同时把第一、第二的队伍都拉下去啊？！

她有些震惊了，半天说不出话来，扭头看了看跳跳虎，后者却递给她一个安心的眼神。

"放心吧，嘉鲜妹妹。"每当到这个时候，跳跳虎总是会对贺随有一种盲目的信任与崇拜，"搏一搏，单车变摩托。富贵险中求，我觉得我们还是有能力干掉他们的。"

"嗯。"尼罗接上话，"他们离圈中心更近，把他们放到后期，可能对我们不利，还不如现在就灭了他们。"

这群"网瘾少年"平时看着很不着调，到了关键时刻，却血气方刚且坚韧不拔。

听到他们你一言我一语地宽慰自己，霍嘉鲜刚才还有些忐忑的心情，这一刻竟奇迹般渐渐平静下来。

"行。"她手握鼠标，看着不远处激战的派南，有些热血沸腾地喊了一句，"兄弟们，干起来！"

贺随在前面探路，先找到了一个房子二楼，躲在窗下等待着激战结束。

不久之后，FLG 就被 Solid 团灭。Solid 只掉了一个人，还有三人存活。半分钟后，枪声再次响起。

"应该是 MC 的人来了。"贺随对耳机里的队友打了一声招呼，"你们就位了？"

"嗯。"其他三人应声。

地图上，拥有上帝视角的观众可以看到 TT 的四个人在派南的这一岸包成了一个半圆，枪线拉开，形成包夹之势。

直播间里，看直播的观众已经惊呆了。

"TT 这是要干吗？主动出击？！"

"TT 野心有点儿大啊！他们这是想一口气把第一、第二的队伍全都团灭？"

"最近随神的状态一直不怎么好，没看到突击手都换成小仙女了吗？现在 TT 正面作战能力很一般啊，真害怕劝架没劝好，自己反而一碰就碎了。"

"要我说，TT 在旁边偷一两个人头就可以先进圈了。现在这么硬碰硬，万一打不过别人，岂不是进前三名都难？"

"最近随神的指挥好谜！！！我感觉 TT 要被团灭了！"

"没看到屏幕上的击杀信息吗？如果 TT 能把 MC 和 Solid 团灭，我直播倒立上厕所！"

…………

解说和评论席上的人也没有好到哪里去。

这样破釜沉舟、孤注一掷的行为，任谁看了，都会觉得 TT 必输无疑。

然而场上的四个人心态却一直很稳定。

他们的默契配合和平常心让人觉得，他们只是在打一场没什么特别之处的训练赛而已。

"尼罗打先手，只要狙中一枪，无论对方倒没倒，嘉鲜、虎仔直接上。"贺随一边小心翼翼地蹲伏在草丛里看视野，一边指挥道，"我会给你们铺烟幕弹，手雷你们自己丢。如果你们倒了，也不要怕，直接往前爬，然后把对方的位置信息报过来，不用救。"

贺随的声音沉稳而冷静，却莫名地夹杂着几丝急躁："听清楚了吗？"

"好。"霍嘉鲜最先响应。

她早就已经悄悄游泳摸过河,谨慎地缩在一处墙角。

跳跳虎已经在她侧前方三十米处就位。

"行。"贺随看准 Solid 和 MC 交战的时机,直接让尼罗开狙。

四面八方全是混战声,尼罗的枪线夹杂在 Solid 和 MC 双方的枪线间进场,竟然没有人第一时间发现,早已有第三支队伍悄悄摸进了派南。

砰的一声响,尼罗的 98k 弹无虚发,直接击中了一个人的头部。

那人头上飘出绿雾,很快就倒了。

"TT_NilE 使用 98k 击倒了 MC_Pai。"

"太好了,是 MC 的人!"霍嘉鲜激动地大喊一声,率先冲了出去,"现在,MC 和 Solid 全是残编,只剩三个人,虎仔跟我冲!"

而在派南激战的那两支队伍显然还没反应过来——TT 什么时候摸到了附近?

Solid 刚刚和 FLG 大战一场,消耗了很多投掷物,弹药也已然不多。

反观 MC,他们虽然弹药充足,但刚刚被尼罗猝不及防地打掉一人,人数上立刻处于劣势,对上埋伏已久、打了先手的 TT,气势上已然输掉一大截。

贺随在侧边,等人一倒,立刻掏出早就准备好的烟幕弹,将烟雾铺了满场。

MC 和 Solid 的视野全被贺随封在烟里。近点,霍嘉鲜和跳跳虎的脚步声被烟雾弥漫的声音掩盖,混合着手雷落地的声音,两队混战的这个山坡立刻变成了人间地狱。

"天哪!随神的这一手闪电战真的绝了!"解说赞不绝口,"MC 和 Solid 已经完全被打蒙了,TT 的投掷物用得很好很好,TT 还没有开枪,双方已经再倒一人!"

"难道 TT 只靠四个人就可以完成团灭两队的壮举吗?!现在在队友的掩护下,小仙女和跳跳虎进场了!小仙女手里拿的是一把 M416,标准的红点步枪;虎仔拿的依然是他最爱的 AK,压得确实也很不错。"

"小仙女化身烟中恶鬼,率先出手!场上全是烟雾,现在她根本没有视野啊,真的仅仅听声辨位,就锁定了 MC 剩余两个人的位置!MC

在扶人，MC是怎么想的？怎么会现在扶人呢？！果然！小仙女一个压枪，伤害拉满，直接把MC的第三个人也打倒在地了！"

"虎仔也放倒一个人，这轮操作真的很棒！TT这次雷霆进攻真的让人猝不及防，可以看出MC和Solid已经不知道要干什么了！随神也拉到了侧面，直接把剩下的三个人包围了。"

台下，冥灭、阿霁他们几个已经屏住了呼吸。

尤喜更是吓得手脚冰凉，这枪林弹雨的，稍微不留神，大家就会死无葬身之地，霍嘉鲜竟然还能游刃有余？

别人在哪里都看不清，她竟然还要开枪杀人，看着都要吓死人了。

然而，当对手一个接着一个倒下的时候，所有人都清楚了一点——胜利的天平终于渐渐倒向经历了四局天谴圈的TT。

第四局，TT排名第二，积分18，总排名到达第三。

尤喜在台下已经紧张得开始到处在微博转好运锦鲤了："啊啊啊啊啊，我愿意用我一年不谈恋爱换TT拿冠军！"

阿霁在旁边奇怪地问了一句："喜妹子，原来你谈过恋爱啊？"

"干吗？"

"我只是觉得，如果你没谈过恋爱的话，那你这个许愿应该也没什么用吧？"

尤喜瞪了他一眼："要你管！"

虽然尤喜这么凶，但还是非常诚恳地把自己的愿望改成了"我愿意用跳跳虎三年不谈恋爱换TT拿冠军"。

这样就很完美了。

第五局开局，TT依然遭遇天谴圈。

经历了一天的度劫，现在大家已经能平心静气地面对这么差的圈运了。

在贺随的指挥下，几个人顺利转移进圈，排名前二的Solid、MC接连被淘汰，TT和他们的差距进一步拉近。

"10分！现在只差10分了！"阿霁看着总积分榜上的排名，兴奋地道，"只要TT最后一局'吃鸡'，那这个冠军肯定就是我们的了！"

"也不一定。"冥灭一盆冷水泼了下来。他比阿霁冷静许多，"还得

MC 和 Solid 少拿分才行。如果他们之中的某一队拿到第二，或者有高击杀分，那我们也没辙。"

"也是。"阿霈叹息着打开手机，习惯性点开论坛，却在大脑做出反应之前，及时把页面关掉了。

只不过一眼，他就看到了满版面的讥嘲和拉踩言论。

就连他都有些看不下去，更不必说在上面比赛的四个队员了。

他长长地叹了口气，又拍了拍身边尤喜的肩膀，道："你这个闺密，真的很勇敢。"

"嗯？"尤喜正盯着屏幕发呆，一下子没反应过来。

"我说嘉鲜，她真的很勇敢。"阿霈看着台上纤弱的少女，感慨道，"她才十九岁，就要经历这么多事。其实电子竞技是很残酷的，吃青春饭，而且只看实力，无论你成功了多少次，只要你失败那么一次，那就足够被打入万劫不复之地了。

"其实这里面的压力真的很大。"

尤喜没回话，也仰脸看向台上的霍嘉鲜。

少女还是那副熟悉的样子，长发红唇，灵动甜美，但似乎又有哪里不同了。

这一年来，她几乎待在国外，和霍嘉鲜大多数情况下只是通过微信联系。

在不知不觉中，这个曾经和她一起泡甜品店和电影院的闺密似乎已经长大了。

第六局开局，出乎意料，连续一天遭遇天谴圈的 TT 竟然位于天命圈的中心。

这突如其来的好运让阿霈有些怀疑自我了："天哪，你们告诉我，现在我们真的处在天命圈的正中央？圆心点？别人都要过来那种？是不是我的眼睛看不见了？"

"没。"冥灭嫌弃地看了他一眼，满脸"你能不能有点儿出息，怎么就激动成这样"的表情，"确实是天命圈。"

"那我们是不是……是不是几乎就快稳拿冠军了？！"

阿霈激动得话都有些说不清了。

"难说。"比起刚才,冥灭的神色似乎更加严肃,"其实,天命圈反而……不太好。"

"嗯?"

"如果从头到尾是天命圈,那他们就会待在原地不动。"冥灭淡淡地道,"如果不动,我们就杀不了人,明白吗?就算'吃鸡',排名分最高也只有 10 分而已,够吗?我们肯定是多杀人,才能拿冠军。"

阿雳这下才回过神来:"我都给忘了,'吃鸡'不一定稳,高击杀才行。"

"看他们的选择吧。"冥灭再次看向屏幕,"最后一局了,我相信他们会做出最好的判断。"

台上,跳跳虎惊呼了一声:"今天蓝洞终于给我一个天命圈了?!"

"别高兴得太早。"贺随和冥灭一样冷静,"排名分不够,我们还得多杀人。"

霍嘉鲜问:"我们下一步怎么办?"

TT 的落点在圣马丁,这个资源点的位置并不算很好,没有其他队来瓜分。

但这也就意味着,在决赛圈之前,不太可能会有队伍从这里经过,那么他们也就不太可能拿到击杀分。

如果没有人经过的话,难道他们要出去找架打?

别说世界赛了,就算《绝地求生》冠军联赛自家比赛,也不太可能有这种操作啊。

能占据一片资源点就已经很不错了,谁还会冒着自己被反杀的风险出门杀人?

然而,贺随到底是贺随。

他看了一眼地图,沉吟两秒,在圣马丁东北部的别墅区标了一个点:"第五个圈,如果我们还在中心,就去这里。"

别墅区是 MC 的跳点。

又是这熟悉的"明知山有虎,偏向虎山行"策略。

耳机里,其他三人沉默了半秒,随后第一个做出回应的是霍嘉鲜。

"好。"她应得干脆利落,"团灭 MC,守住圈中心,冠军就是我们的了！"

"行。"跳跳虎也回道，"一起给我干！"

"冲冲冲。"尼罗的语气有些生硬，把大家给逗笑了。

明明是最后一局，但TT的战队语音里，气氛却不知不觉轻松了起来。

大家在安静地等待，等待着第五个圈的到来。

第五个圈，TT依然处于圈中心。

不远处的别墅区已经传来零星的交战声。

贺随跳出窗户，发动汽车，给出指令："出发。"

别墅区算是霍嘉鲜最熟悉的地段之一。

上次中国、R国、H国主播对抗赛的时候，她就是在这里带领大家逆风翻盘，绝地求生的。

这里周边地势平坦，易守难攻，要不是为了团灭MC，他们也不可能选择进攻这里。

解说再次被TT的举动震惊到。

"我的天哪，TT明明等来了这么好的圈运，结果现在主动放弃圣马丁，自己去冲撞别墅区？！别墅区可是MC的跳点，TT这是有想法啊！"

"何止是有想法，这是很有想法！看来TT这次世界赛的目标只有一个，那就是拿到冠军！"

"不过有想法归有想法，TT这操作还是有点儿危险的。别墅区这么难攻，万一他们在路上全军覆没的话……"

出了圣马丁，贺随驾车率先冲过平坦的沙漠。其他三人紧随其后，分别驾车往前冲。

然而贺随的第一辆车顺利到达别墅区后，跳跳虎和尼罗的车却被MC发现，很快被打爆。

"天哪！"随着跳跳虎的一声怒喊，他的车子爆炸，自己也顺势被击倒，"这火力太猛了，根本冲不过去啊！"

同一时间，尼罗也被击倒。

两个人掉的位置正好在一望无际的沙漠中央，没什么掩体，贺随他们也不可能开车去救。

很快,两个人就被补枪击杀!

这回不仅解说,TT 的四个人也能清晰地听见台下观众的惊呼声。

场上还留有三十多个对手。

排名第一的 MC 满编,还占据着圈中心的位置。

TT 却只剩下贺随和霍嘉鲜两个人。

所有人都觉得,这几乎就可以确定今年 TT 和冠军无缘了。

场上的贺随却依然很镇定。

他一刻没停留,找好掩体直接下车,上满子弹:"嘉鲜,你那里有多少投掷物?"

"多。"在这一刻,霍嘉鲜的心态依然很稳定,表现出来的是和贺随超乎寻常的默契,"你往前冲,我给你架枪。"

"可以。"

话音刚落,贺随立刻从石头后面冲出,向房区发起冲锋。霍嘉鲜在他右后方的石头后面探头,投掷出三枚烟幕弹,随后开镜架枪。

而贺随拿着一把他最熟悉的猛男枪 M762,孤身一人往里面冲去。

没有人提到贺随的手,也没有人担心贺随的手是不是不适合打突击手。

在这一刻,这个舞台就是属于他的。

霍嘉鲜在全神贯注地帮贺随架枪,没有劝他,也没有说那句"我来"。

因为她心底清楚地明白一点——也许这一场比赛是贺随在《绝地求生》的国际赛场上最后一次亮相了。

昏暗的灯光下,男人握着鼠标的右手微颤,但不断射出的子弹出人意料地稳。

"随神先把压到外面的 Pai 击倒!哎哟,谁说他的手不行了?这枪明明压得很稳!太漂亮了!"

"第二个人头也到手!但是随神的血量也要见底,他还要翻窗去杀第三个人吗?!"

"随神没有动,开始封烟打药,现在是小仙女行动了!小仙女直接一把 98k 把 MC 的第三个人打残!随神在近点,MC 的人不敢压出来,小仙女也顺利到达别墅区的坡下!"

"现在是随神在给小仙女架枪,小仙女收到了第三个人头!第四个人在哪里？小仙女在用手雷排点！"

"找到第四个人了！目前排名第一的 MC 的最后一人！随神的这把猛男枪展现出了十足的压制力，他在和人无掩体对枪！竟然还对过了！对过了！随神厉害！小仙女厉害！TT 厉害！"

舞台上，贺随猛地甩开鼠标，眼眶发红，盯着屏幕上只剩三滴血的游戏人物，激动得胸口上下起伏。他刚才紧握着鼠标的右手还在控制不住地微微颤抖，手腕处已经痛得麻木了。

但是，他做到了。

他竟然做到了。

身边的霍嘉鲜也扭过头，不可思议地看向贺随，似乎还沉浸在刚才的激战中，有些没明白过来眼前所发生的一切。

跳跳虎显然也有些难以置信，十秒之后，才讶异地开口："打过了？

"MC 被我们团灭了？

"我们……赢了？"

PGS 决赛最后一局，TT 排名第一，成功"吃鸡"，最终单局积分 19，总积分 208，总分排名第一。

TT 的四个人坐在舞台上，足足有十分钟沉浸在刚才的比赛里。

直到阿雳、冥灭、尤喜激动地冲到台上抱住他们，高兴地欢呼、呐喊、尖叫，观众席全部沸腾的那一刻，四个人才后知后觉地反应过来——他们真的拿到这个冠军了。

而半小时后，他们将面对着全世界的观众，身披国旗，举起奖杯，淋上那梦寐以求的金色的雨。

"China PUBG No.1！"跳跳虎猛地站了起来，仰面朝天用力大喊，"《绝地求生》冠军联赛真牛！中国战队真牛！"

"天哪，"阿雳抱着微靠在电竞椅上的贺随，已经泣不成声，"臭小子，你做到了，你们真的做到了。"

就连平时一向泰山压顶而面不改色的冥灭也眯起了他那双小眼睛，有些热泪盈眶的模样。

台下，中国观众的欢呼声、呐喊声汇聚成河，在整个场馆里流动、奔腾。

到处是一片金色的海洋。

镜头聚焦在贺随的脸上——这个传说中《绝地求生》唯一的神面带微笑，眼尾泛红，一向冷静自持的他也控制不住地在胜利的这一刻动容。

"准备一下吧。"冥灭拍了拍贺随的肩膀，沉声道，"准备上台去拿属于你们的荣耀吧。"

接下来的半个小时，对霍嘉鲜而言，是混乱而陌生的半个小时。

也不知道谁领他们下去休息了一会儿，也不知道她接到了多少电话，也不知道最后她又是怎么回到舞台上的。

总之，在这一段混乱的记忆里，她只清楚地记得接过两个电话。

一个是她哥哥打来的。

霍凛激动地喊道："嘉鲜！你竟然拿到了冠军！真给我们霍家争气！太给你哥我长脸了！你真的太厉害了！"

另一个电话则来自她常年不怎么联系的父亲。

霍父的声音依然是平平静静的，没有什么波澜，但是他随便说了两句话，就让霍嘉鲜刚才忍了半天的眼泪掉了下来。

"嘉鲜，你妈走之前和我说，让我一定要瞒着你。如果你因为她拿不到冠军，她会走得不安心的。

"去年的时候，我不敢和你说，但是现在，你证明了自己。

"嘉鲜，你妈妈想让你知道，无论你在这条路上走了多远，无论你能不能实现你的梦想，她都很为你骄傲……爸爸也一样。"

贺随在一旁看到霍嘉鲜咬着唇隐忍落泪的样子，轻轻地揽过她的肩膀，任由她靠在自己身上。

这一场痛哭似乎来得有些晚，以至大半年来，所有的悲伤情绪在这一刻爆发。

霍嘉鲜上台的时候，眼睛还是红红的。

主持人还是PGS一开始的那个华人美女，看见霍嘉鲜哭得像小兔子的模样，笑眯眯地道："看来嘉鲜妹妹对拿到这个冠军真的很激动呀。妹妹有没有什么话想对一直支持你们的观众和粉丝说的呢？"

"我……我没有什么想说的。"霍嘉鲜的声音还带着哭腔，"就……

就谢谢你们的支持吧。我……我会继续……继续努力的。"

"好，看来妹妹真的需要一点儿时间来缓一缓，毕竟初出茅庐，十九岁就拿到了这个冠军，要我我肯定也这么激动。"主持人打趣道，娴熟地扯开话题，将话筒递给了跳跳虎："那虎仔弟弟，你有什么话想对粉丝说的吗？"

"China PUBG No.1！"跳跳虎一把抢过话筒，一脸认真地道，"今年，我们证明了自己，明年我们一定也可以把这个奖杯继续留在《绝地求生》冠军联赛！"

"好。"主持人笑着和跳跳虎聊了两句，跳过一向低调到不接受采访的尼罗，终于把话筒递到了不败战神贺随的手上："那最后来问我们粉丝最关心的随神。身为TT的现任队长和突击手，PGS半决赛之后，TT战队的位置就做了调整，粉丝很关心随神，可以问一下为什么把随神换到了自由人的位置上，是出于什么战术考虑吗？"

刚才还热热闹闹的场馆，瞬间安静了下来。

主持人的这个问题问得很犀利，但也正是所有人关心的话题。

这两天论坛上的人都在猜测随神是不是因为什么不可抗拒的问题，所以才被从战神位上换下。

这其中猜测最多的就是手伤。

而"手伤"这两个字，对一个职业选手而言，意义自然不必多说。

主持人挑在这个节骨眼儿上问这个问题，也只是想增加话题度，并不指望贺随正儿八经地回答自己。

没想到，面前神色慵懒的男人随意地卷起了袖子，将缠满绷带的手腕大大方方地展露在镜头面前。

"本来我想尽量在《绝地求生》的战场上多待一段时间的，但是自己的身体嘛，确实也掌控不了。"贺随对着镜头淡淡笑着，眼底没有一丝遗憾与悲伤之色，"也许这是我最后一次参加世界赛了，但是我好歹拿回了这个冠军，所以也没有什么好遗憾的了，对不对？"

霍嘉鲜扭头看着这个自己最爱的男人。

明明是那么让人感到刺痛的话，但从他的嘴巴里说出来，好像不是什么大事，好像天塌下来有他顶着。

主持人也没想到贺随把这件事就这么云淡风轻地说了出来，震惊地看着他缠满绷带的手腕,半天才找回自己的声音:"所以,随神是在考虑退役的事吗?"

"或许吧。"贺随也扭头看向霍嘉鲜,眼里的笑意很明显,"主要还是要看我们老板的意思。"

他的意思实在再明显不过,主持人秒懂,连忙顺着他的话问了下去:"说到老板,最后和 MC 的那一场博弈真的是惊心动魄。但是随神你也是凭借和小仙女天衣无缝的配合,拿下了这一城。想问一下随神和小仙女之所以拥有这么高的默契度,是因为你们平时朝夕相处吗?"

"当然。"

"随神,你和小仙女身为《绝地求生》圈里有名的情侣,有没有觉得谈恋爱会让你们打游戏的时候更加有默契?"

"肯定啊。"

似乎没有被问到点子上,贺大少爷的脸上虽然挂着还算礼貌的笑容,但他就这么懒懒站着,不肯再多赏几个字了。

主持人绞尽脑汁地问:"那随神和小仙女下一步的计划是什么?有没有什么想要和粉丝分享的?"

贺随终于站直了一些。

他自始至终一直看着一旁的霍嘉鲜,头顶的镁光灯打得很亮,在灯光的照耀下,他漆黑发亮的眼眸里闪着灿若星辰的光。

贺随低沉的声音里包含着前所未有的认真态度,却又掺杂着一丝不易被人发觉的紧张与惴惴不安:"我计划和她结婚,不知道她愿不愿意呢?"

霍嘉鲜刚刚才平静下来的呼吸,在这一瞬间又猛地顿住。

少女呆呆地站在舞台上,不可思议地看着一旁的男人。

什么?

她没听错吧?

结婚?!

台下的呼喊声和起哄声一浪高过一浪,很快将贺随的低笑声压了过去。

贺随看着霍嘉鲜难以置信的目光,隔着主持人和跳跳虎,遥遥冲霍嘉鲜举起左手手腕,随后轻轻地在自己的脉搏处印下一个温柔的吻。

没有人知道贺随在干什么。

全世界这么多人看着，只有霍嘉鲜清楚——

贺随的左手手腕处文着她的名字。

他在吻她。

头上飘落的是无边的金片，金色的光折射出光怪陆离的景象，像是那晚他们在梅园公馆俯瞰的盛大烟火，璀璨而夺目。

跳跳虎和阿雳站在一旁快笑疯了，拼命地让出位置，推着霍嘉鲜上前。

TT的所有人围在他们两个身旁，疯狂地起哄调侃，满世界全是幸福的喧闹声。

而霍嘉鲜只能看到那个这一年以来她熟悉得不能再熟悉的男人慢慢单膝落地，跪在了自己面前。

她记不清楚身边的人到底说了什么，又在笑什么，却永远记得，头顶的灯光洒落在男人认真的双眼里。

那一路绵延出去的光像是那晚他们走在温柔的暮色之下，沿路次第亮起的灯光，又像是十九岁生日时下雪的夜晚，雪片纷纷飘扬在昏黄路灯之下的模样。

然后，她听见自己说——

"我愿意。"